JEREMIAS GOTTHELF

Wie Uli der Knecht glücklich wird

Eine Gabe für Dienstboten und Meisterleute

HERAUSGEGEBEN VON
HANNS PETER HOLL

PHILIPP RECLAM JUN. STUTTGART

Universal-Bibliothek Nr. 2333 [7]

Umschlagabbildung: Ausschnitt aus einer Federzeichnung
zu »Uli der Knecht« von Friedrich Walthard (1818–1870)
Gesamtherstellung: Reclam, Ditzingen. Printed in Germany 1982
ISBN 3-15-002333-5

Erstes Kapitel

Es erwacht ein Meister, es spukt in einem Knechte.

Es lag eine dunkle Nacht über der Erde; noch dunkler war der Ort, wo eine Stimme gedämpft zu wiederholten Malen »Johannes!« rief. Es war ein kleines Stübchen in einem großen Baurenhause; aus dem großen Bette, welches fast den ganzen Hintergrund füllte, kam die Stimme. In demselben lag eine Bäurin samt ihrem Manne, und diesem rief die Frau: »Johannes!«, bis er endlich anfing zu mugglen und zuletzt zu fragen: »Was willst, was gibts?« »Du wirst aufmüssen und füttern! Es hat schon halb fünf geschlagen, und der Uli ist erst nach den zweien heimgekommen und noch die Steige herabgefallen, als er ins Gaden wollte. Es dünkte mich, du solltest erwachen, so hat er einen Lärm verführt. Er ist voll gewesen und wird jetzt nicht aufmögen, und es ist mir auch lieber, er gehe so gestürmt mit dem Licht nicht in den Stall.« »Es ist ein Elend heutzutag mit den Diensten«, sagte der Bauer, während er Licht machte und sich anzog, »man kann sie fast nicht bekommen, kann ihnen nicht Lohn genug geben, und zuletzt sollte man alles selbst machen und zu keiner Sache nichts sagen. Man ist nicht mehr Meister im Hause und kann nicht eben genug trappen, wenn man nicht Streit haben und verbrüllet sein will.« »Du kannst das aber nicht so gehen lassen«, sagte die Frau, »das kömmt zu oft wieder; erst in der letzten Woche hat er zweimal gehudelt, hat ja Lohn eingezogen, ehe es Fasnacht war. Es ist mir nicht nur wegen dir, sondern auch wegen Uli. Wenn man ihm nichts sagt, so meint er, er habe das Recht dazu, und tut immer wüster. Und dann müssen wir uns doch ein Gewissen daraus machen; Meisterleut sind Meisterleut, und man mag sagen, was man will, auf die neue Mode, was die Diensten neben der Arbeit machen, gehe niemand etwas an: die Meisterleut sind doch Meister in ihrem Hause, und was sie in ihrem Hause dulden, und was sie ihren Leuten nachlassen, dafür sind sie Gott und den Menschen verantwortlich. Dann ist mir noch wegen den Kindern. Du mußt ihn ins Stübli nehmen, wenn sie zMorge gegessen haben, und ihm ein Kapitel lesen.«

Es herrscht nämlich in vielen Bauernhäusern, und namentlich in solchen, die zum eigentlichen Bauernadel gehören, das heißt in solchen, wo der Besitztum lange in der Familie sich fortgeerbt hat, daher Familiensitte sich festgesetzt, Familienehre entstanden ist, die sehr schöne Sitte, durchaus keinen Zank, keinen heftigen Auftritt zu veranlassen, der irgend der Nachbaren Aufmerksamkeit auf sich ziehen könnte. In stolzer Ruhe liegt das Haus mitten in den grünen Bäumen; in ruhigem, gemessenem Anstande bewegen sich um und in demselben dessen Bewohner, und über die Bäume schallt höchstens das Wiehern der Pferde, aber nicht die Stimme der Menschen. Es wird nicht viel und laut getadelt. Mann und Weib tun es gegeneinander nie, daß es andere hören; über Fehler von Dienstboten schweigen sie oft oder machen gleichsam im Vorbeigehen eine Bemerkung, lassen bloß ein Wort, eine Andeutung fallen, daß es die andern kaum merken. Wenn etwas Besonderes vorgefallen oder das Maß voll geworden ist, so rufen sie den Sünder ins Stübli, und zwar so unvermerkt als möglich, oder suchen ihn bei einsamer Arbeit auf und lesen ihm unter vier Augen ein Kapitel, wie man zu sagen pflegt, und dazu hat der Meister gewöhnlich sich recht vorbereitet. Er liest dieses Kapitel in vollkommener Ruhe, recht väterlich, verhehlt dem Sünder nichts, auch das Herbste nicht, läßt ihm aber auch Gerechtigkeit widerfahren, stellt ihm die Folgen seines Tuns in bezug auf sein zukünftig Schicksal vor. Und wenn der Meister fertig ist, so ist er zufrieden, und die Sache ist soweit abgetan, daß der Abkapitelte oder die andern im Betragen des Meisters durchaus nichts spüren, weder Bitterkeit noch Heftigkeit noch etwas anderes. Diese Kapitelten sind meist von guter Wirkung, wegen dem Väterlichen, das darin vorherrscht, wegen der Ruhe, mit welcher sie gehalten werden, wegen der Schonung vor andern. Von der Selbstbeherrschung und ruhigen Gemessenheit in solchen Häusern vermag man sich kaum eine Vorstellung zu machen.

Als der Meister im Stall fast fertig war, kam Uli auch nach, aber stillschweigend; sie sagten kein Wort zueinander. Als die Stimme aus der Küchetüre zum Essen rief, ging der Meister alsobald zum Brunnentrog und wusch die Hände; aber Uli drehte noch lange, ehe er kam. Er wäre vielleicht gar nicht gekommen, wenn die Meisterfrau nicht eigenmündig ihm noch einmal gerufen hätte.

Er schämte sich, sein Gesicht zu zeigen, das braun, blau und blutig war. Er wußte nicht, daß es besser ist, sich vor einer Sache zu schämen, ehe man sie tut, als hintenher über eine Sache, wenn sie getan ist; aber er sollte es erfahren.

Über Tisch fiel keine Bemerkung, keine Frage, welche ihn betroffen hätte; nicht einmal spöttische Gesichter durften die beiden Mägde machen, denn der Meister und die Meisterfrau machten ernsthafte. Als aber abgegessen war, die Mägde die Schüsseln hinaustrugen und Uli, der zuletzt fertig war, die Ellbogen ab dem Tisch hob und die Kappe wieder auf den Kopf setzte, also gebetet hatte und auch hinauswollte, sagte der Meister: »Kumm, los neuis (etwas)!«, ging ins Stübli und machte hinter ihnen zu. Der Meister setzte sich oben zum Tischli, Uli blieb an der Türe stehen und machte ein Schafsgesicht, das sich gleich leicht in ein trotziges oder ein reumütiges verwandeln ließ.

Uli war ein großer, schöner Bursche, noch nicht zwanzig Jahre alt, von kraftvollem Aussehen, aber mit etwas auf seinem Gesichte, das nicht auf große Unschuld und Mäßigkeit schließen ließ, das ihn im nächsten Jahre leicht zehn Jahre älter konnte aussehen lassen.

»Hör, Uli!« hob der Meister an, »so kann das nicht länger gehen, du tust mir zu wüst, dein Hudeln kömmt mir zu oft wieder; ich will meine Rosse und Kühe keinem anvertrauen, der den Kopf voll Brönz oder Wein hat, einen solchen darf ich nicht mit der Laterne in den Stall lassen, und ganz besonders nicht, wenn er noch dazu tubaket wie du, es sind mir schon zu viele Häuser so verleichtsinniget worden. Ich weiß gar nicht, was du auch sinnest, und was du denkst, wo das hinaus soll.« Er hätte noch nichts verleichtsinniget, antwortete Uli, er hätte seine Arbeit immer noch gemacht, es hätte ihm sie niemand zu machen gebraucht, und was er saufe, zahle ihm niemand; was er versaufe, gehe niemand an, er versaufe sein Geld. »Aber es ist mein Knecht«, antwortete der Meister, »der sein Geld versauft, und wenn du wüst tust, so geht es über mich aus, und die Leute sagen, das sei aber des Bodenbauren Knecht, und sie wüßten nicht, was der auch sinne, daß er ihn so machen lasse, und daß er so einen haben möge. Du hast noch kein Haus verleichtsinniget; aber denk, Uli, wär es nicht an einemmal zuviel, und hättest du noch eine ruhige Stunde, wenn du denken müßtest, du hättest mir mein Haus verleichtsinniget, und wenn wir und die Kinder noch darin bleiben müßten? Und was ists mit deiner Arbeit? Es wäre mir lieber, du lägest den ganzen Tag im Bett. Du schläfst ja unter den Kühen beim Melken ein, siehst, hörst, schmöckest nichts und stopfest ums Haus herum, wie wenn du sturm wärest an der Leber. Es ist ein Elend, dir zuzusehen. Da staunest du so gradeaus, daß man wohl sieht, daß du an nichts als an deine Schleipfe sinnest, mit denen du desumetrolet bist.« Er sei mit keinen Schleipfe desumetrolet, sagte Uli, solches nehme er nicht an. Und wenn er ihm nicht genug arbeiten könnte, so wolle er gehen. Aber so sei es heutzutage, man könne keinem Meister mehr genug arbeiten, wenn man schon immer mache; es sei einer wüster als der andere. Lohn wollten sie je länger je weniger geben, und das Essen werde alle Tage schlechter. Am Ende werde man noch Erdflöh, Käfer und Heustöffel zusammenlesen müssen, wenn man Fleisch haben wolle und etwas Schmutziges ins Kraut. »Hör, Uli«, sagte der Meister, »so wollen wir nicht miteinander reden, du bist noch gstürmt, ich hätte noch nichts zu dir sagen sollen. Aber du kannst mich dauren, du wärest sonst ein braver Bursch und könntest arbeiten. Ich habe eine Zeitlang geglaubt, es gebe etwas Rechtes aus dir, und habe mich gefreut. Aber seitdem du das Hudeln angefangen und das Nachtgeläuf, bist du ganz ein anderer geworden. Es ist dir an nichts mehr gelegen, hast einen bösen Kopf, und wenn man dir, wie leicht, etwas sagt, so hängst du einem das böse Maul an oder tublest eine ganze Woche lang. Jawohl gibst du dich mit Schleipfen ab, und zähle darauf, du wirst unglücklich! Du mußt nicht glauben, ich wisse nicht, daß du zu Gnäggerlers Anne Lisi gehst, ihm alles anhängst. Und das ist ja das wüstest Meitli zentum; es geht bei ihm wie in einem Taubenhaus, es gibt sich mit jedem Halunk ab, und da bist du ihm gerade der Rechte, für dich anzugeben, wenns gefehlt hat, kannst Kindbett halten für andere, dein Leben lang der Gatter vor der Türe und dein Leben lang mitten in der teuren Zeit sein wie so viel tausend andere, die es gerade machten wie du und jetzt im Elend sind und in der teuren Zeit. Denn für einen, der nichts vermag, der immer zuwenig hat, der entweder betteln oder Schulden machen oder hungern muß, währet ja die teure Zeit, wie wohlfeil es übrigens sein mag, von Jahr zu Jahr in alle Ewigkeit. Geh jetzt, besinne dich, und wenn du dich nicht ändern willst, so kannst du in Gottes Namen gehen; ich begehre dich nicht mehr. Gib mir in acht Tagen den Bescheid!«

Da hätte er sich bald ausbsinnt und brauche nicht acht Tage dazu, brummte Uli im Herausgehen; aber der Meister tat, als hörte er es nicht.

Als der Meister auch hinauskam, fragte ihn die Meisterfrau wie üblich: »Was hast du ihm gesagt, und was hat er wieder gesagt?« Er habe nichts mit ihm machen können, antwortete der Meister. Uli sei noch ganz aufbegehrisch gewesen, hätte den Rausch noch nicht verschlafen gehabt; es wäre besser gewesen, wenn man erst den folgenden Tag mit ihm geredet hätte oder am Abend, wenn der natürliche Katzenjammer ihn bereits mürbe gemacht hätte. Nun habe er ihm Zeit gegeben, sich zu besinnen, und wolle jetzt erwarten, was herauskomme.

Uli ging bitterbös hinaus, als ob ihm das größte Unrecht geschehen. Er schoß das Werkzeug herum, als ob alles draufmüßte an einem Tage, und die Tiere brüllte er an, daß es dem Meister in alle Glieder kam; allein er hielt ruhig an sich, sagte ein einziges Mal: »Nume hübschli!« Mit dem andern Gesinde verkehrte Uli nicht, machte ihm auch ein böses Gesicht. Da der Meister nicht vor den andern ihm abkapitelt hatte, so mochte er seine eigene Schande ihnen nicht auskramen, und weil er nicht mit ihnen gemeinsame Sache machte, so hielt er dafür, daß sie auf des Meisters Seite, seine Gegner seien, nach dem tiefwahren Spruch: »Wer nicht für mich ist, der ist wider mich.« Es machte ihm also hier niemand den Kopf groß, und er hatte nicht Gelegenheit, sich zu verreden: dieser und jener solle ihn nehmen, wenn er eine Stunde länger hier bleibe, als bis seine Zeit aus sei.

Nach und nach wichen die Wein- und andern Geister aus ihm, und immer schlaffer wurden seine Glieder. Die frühere Spannung machte einer unerträglichen Mattigkeit Platz. Diese Mattigkeit blieb aber nicht nur im Leibe, sondern sie ging auch in die Seele über. Und wie dem matten Leib alles, was er tut, schwer und peinlich ist, so nimmt die matte Seele auch alles schwer, was sie getan hat, und was ihr bevorsteht. Worüber sie früher gelacht, darüber möchte sie jetzt weinen, und was ihr früher Lust und Freude gemacht, das macht ihr jetzt Gram und Kummer, und in was sie früher mit beiden Beinen gesprungen, über das möchte sie sich die Haare vom Kopfe reißen, ja den ganzen Kopf ab dem Leibe. Wenn diese Stimmung über der Seele schwebt, so ist sie unwiderstehlich, und über alles, was dem Menschen in Gedanken kömmt, und was ihm sonst vorkömmt, wirft sie ihren trüben Schein.

Während Uli, solang der Wein in ihm war, über den Meister sich geärgert hatte, kam ihm nun, als der Wein aus ihm war, der Ärger über sich selbsten. Er ärgerte sich nicht mehr über den Meister, der ihm das Hudeln vorgehalten, sondern über sich, daß er gehudelt. Es kamen ihm die dreiundzwanzig Batzen in Sinn, die er an einem Abend durchgebracht, an denen er nun fast vierzehn Tage arbeiten mußte, ehe er sie wieder hatte. Er ärgerte sich über die Arbeit, die er deshalb tun mußte, über den Wein, den er getrunken, den Wirt, der ihn gebracht, usw. Er dachte an das, was ihm der Meister von Gnäggerlers Anne Lisi gesagt; es ergriff ihn immer mehr eine Angst, die ihm den Schweiß auf die Stirne trieb. Jetzt kam ihm manches an diesem Meitschi verdächtig vor; und mußte er es wohl heiraten? Er mußte ohne Unterlaß daran sinnen, sich das Für und Wider denken, und wenn er es im Schweiße seines Angesichtes dahin gebracht hatte, sich zu überreden, daß alles nichts sei, keine Gefahr vorhanden, oder wenn er sich ein untrüglich Mittel ausgedacht hatte, wie er sich bei vorhandener Gefahr, und wenn Anne Lisi ihn ansuche, herausleugnen wolle und er sah auf tausend Schritte ein Weibervolk gegen das Haus kommen, so fielen alle seine Pläne und Tröstungen zusammen wie ein Haufen Stroh, in den das Feuer kömmt, die Beine schlotterten ihm vor Angst, und er floh in den Stall oder auf die Bühne. Er sah hinter jedem Fürtuch Anne Lisi, und wenn jemand an die Haustüre klopfte, so fuhr er zusammen wie Aspenlaub und meinte, Anne Lisi stehe draußen und wolle ihn herausrufen lassen. Und wie sollte er heiraten? Er hatte ja kein Geld, war Schneider und Krämer noch die letzte Bekleidung schuldig, hatte nur drei gute Hemder und vier böse. Und wer sollte ihm das Einzuggeld leihen, wer ihm die Hochzeitkleidung bezahlen, und wie sollte er Weib und Kind durchbringen und die Schulden bezahlen, da er sich jetzt alleine nicht helfen konnte? Ob diesen Gedanken verlor er allen Sinn, vergaß alles, machte alles verkehrt. Er war unbehaglich, unzufrieden mit sich selbsten, daher auch unzufrieden mit allen Menschen, der ganzen Welt; er gab niemand ein gutes Wort, und nichts war ihm recht. Es dünkte ihn, die

Meisterfrau koche expreß schlecht und alles, was er nicht gerne habe, der Meister plage ihn mit unnötiger Arbeit, die Pferde seien alle koldrig, und die Kühe täten ihm expreß alles zuleid, was sie könnten, seien die dümmsten Kühe, die auf Gottes Erdboden Gras fräßen.

Hätte er Geld gehabt oder nicht die Begegnung von Gnäggerlers Anne Lisi befürchtet, er wäre aus Trotz und Angst dem Wein nachgelaufen, um Groll, Gram, Mißmut in ihm zu ertränken. Nun mußte er zu Hause bleiben, zeigte sich sowenig als möglich vor den Leuten und fuhr alle Augenblicke in den Stall, wenn er ein Weibsbild von weitem sah. Wem es vielleicht auffallen mag, daß Uli solche Angst vor Anne Lisi hatte, daß seine Liebe zu demselben so schnell vergangen schien, dem muß ich bemerken, daß Uli gar keine Liebe hatte. Er gehörte unter die vielen, vielen Bursche, welche aus Großtuerei die leidige Sitte des Kiltganges treiben so früh möglich; welche dabei ohne Gewissensbisse, ich möchte fast sagen ganz gedankenlos, alles treiben, was Lust und Gelegenheit ihnen darbieten; welche ohne Ahnung von Gefahr flattern um das Licht wie die Fliegen und auf eine, wenn man dieser Leute Gedankenlosigkeit nicht kennte, fast unglaubliche Art aufschrecken, wenn die notwendigen, natürlichen Folgen eintreten, wenn ein Mädchen sie der Vaterschaft beklagt, aufschrecken wie Menschen, die man mit verbundenen Augen an einen Abgrund geführt, ihnen die Binde erst abnimmt, wenn man sie hineinstößt. Bei ihnen wird nie Liebe sichtbar, sobald ein Mädchen sie anklagt; sie fliehen die Mädchen, mit welchen sie früher so zärtlich getan, sie so oft zu Gast gehalten, nicht nur, sie hassen sie recht eigentlich. Und dies wollen die Mädchen trotz tausendfältiger Erfahrung nie begreifen, die Mädchen, welche mit ihrer lästerlichen Willfährigkeit, ja Zutäppigkeit sich Huld und Liebe zu erwerben und zu erhalten meinen.

Der Bauer und seine Frau ließen den Burschen machen; es war, als ob sie sich nicht um ihn kümmerten. Es war aber nicht so. Die Frau hatte ein paar Male zum Manne gesagt: Uli tue doch so wüst, sie hätte ihn noch nie so gesehen; ob er ihm wohl nicht zu scharf zugesprochen? Der Mann wollte das nicht glauben: Uli sei ja nicht über ihn allein böse, sondern über die ganze Welt, sagte er. Er glaube, er sei eigentlich am meisten böse über sich selbst und lasse es nun an andern aus. Am Sonntag wolle er mit ihm noch einmal reden, so könne es nicht mehr gehen, das müsse nun einmal halten oder brechen. Er solle es aber doch nicht zu grob machen, sagte die Frau. Daneben sei Uli nicht der Schlimmste; man wisse, was man an ihm habe, aber nie, was man bekomme.

Zweites Kapitel

Ein heiterer Sonntag in einem schönen Baurenhause.

Der Sonntag kam am Himmel herauf, hell, klar, wunderschön. Die dunkelgrünen Gräslein hatten mit demantenen Kränzlein ihre Stirnen geschmückt und funkelten und dufteten als süße Bräutlein in Gottes unermeßlichem Tempel. Tausend Finken, tausend Amseln, tausend Lerchen sangen die Hochzeitlieder; weißbärtig, ernst und feierlich, aber mit den Rosen der Jugend auf den gefurchten Wangen, sahen die alten Berge als Zeugen auf die holden Bräutlein nieder, und als Priesterin Gottes erhob sich hoch über alle die goldene Sonne und spendete in funkelnden Strahlen ihren Hochzeitsegen. Der tausendstimmige Gesang und des Landes Herrlichkeit hatten den Bauer früh geweckt, und er wandelte andächtigen Gemütes dem Segen nach, den ihm Gott beschert hatte. Er durchging mit hochgehobenen Beinen und langen Schritten das mächtige Gras, stund am üppigen Kornacker still, an den wohlgeordneten Pflanzplätzen, dem sanft sich wiegenden Flachse, betrachtete die schwellenden

Kirschen, die von kleiner Frucht starrenden Bäume mit Kernobst, band hier etwas auf und las dort etwas Schädliches ab und freute sich bei allem nicht nur des Preises, den es einsten gelten, nicht nur des Gewinnes, den er machen werde, sondern des Herren, dessen Güte die Erde voll, dessen Herrlichkeit und Weisheit neu sei jeden Morgen. Und er gedachte: wie alles Kraut und jedes Tier jetzt den Schöpfer preise, so sollte es auch der Mensch tun, und mit dem Munde nicht nur, sondern mit seinem ganzen Wesen; wie der Baum in seiner Pracht, wie der Kornacker in seiner Fülle, so der Mensch in seinem Tun und Lassen. »Gott Lob und Dank!« dachte er, »ich und mein Weib und meine Kinder, wir wollen dem Herren dienen, und er braucht sich unser nicht zu schämen. Wir sind wohl auch arme Sünder und haben nur einen geringen Anfang der Gottseligkeit, aber wir haben doch ein Herz zu ihm und vergessen ihn nie einen ganzen Tag lang und essen nichts, trinken nichts, daß wir ihm nicht danken, und nicht nur mit Worten, sondern von Herzensgrund.«

Aber wenn er des Uli gedachte, und wie der liebe Gott ihn so fürstlich ausgestattet mit Gesundheit und Kraft, und wie Uli seines Schöpfers so ganz vergesse, so schnöde seine Gaben mißbrauche, so wurde er ganz wehmütig und stund oft und lange still, sinnend, was er ihm wohl sagen solle, daß er wieder werde ein Preis seines Schöpfers. Es war ihm an seiner eigenen Seele viel gelegen, darum an den Seelen anderer auch; und wie er teilnahm, wenn ein Knecht oder eine Magd am Leibe krank war, so schmerzte es ihn auch, wenn er ihre Seelen in Gefahr sah; und wie er für kranke Diensten den Doktor kommen ließ, so suchte er auch ihre kranken Seelen zu doktern. So was ist nicht immer der Fall. Den meisten Menschen ist an den eigenen Seelen nichts gelegen, darum auch an den Seelen der andern nicht. Das ist ein Grundübel dieser Zeit.

So verweilete sich der Bauer unvermerkt, und die Mutter hatte schon lange gesagt, sie wollte zum Essen rufen, wenn der Ätti da wäre. Als er zur Küchetüre einkam mit der freundlichen Frage, ob sie gekochet hätten, und als ihm die freundliche Antwort wurde, man hätte schon lange essen können, wenn er dagewesen wäre, mit wem er sich wohl wieder verdampet hätte, und als er ernsthaft sagte: »Mit dem lieben Gott«, so kam seiner Frau fast das Augenwasser, und sie sah ihn gar sinnig an, während sie den Kaffee einschenkte und die Mägde die Knechte riefen und das Essen auf den Tisch stellten.

Aus tiefem Schweigen heraus frug der Bauer: »Wer geht zKilche?« Die Frau sagte, sie habe es im Sinne und deswegen schon züpfet, damit sie zu rechter Zeit hinkommen möge; und in ihre Stimme fielen mehrere Kinderstimmen: »Mutter, ich will mit!« Zwei Knechte aber und zwei Mägde blieben stumm. Auf die Frage, ob denn keines gehen wolle, fehlte es dem einen an den Schuhen, dem andern an den Strümpfen. In keinem war der Trieb, zu gehen, aber Ausreden dagegen in Menge. Da sagte der Bauer: so könne das nicht mehr gehen; das komme ihm doch streng vor, daß sie zu jedem Geläuf Zeit hätten, aber nie zum Kilchengehen. Am Morgen sei keins vom Hause wegzubringen, und am Nachmittag sei es, wie wenn man sie mit Kanonen davon wegschösse, und bis am späten Abend sei keins mehr zu sehen. Das sei ihm eine schlechte Sache, wenn man nur Sinn hätte für alles Narrenwerk, aber keinen für seine arme Seele. Und er wolle ihnen geradeheraus sagen, daß kein Meister einem Dienst trauen könne, der Gott aus dem Sinn geschlagen habe und Gott untreu geworden sei. Wenn ein Mensch Gott untreu sei, ob man dann erwarten könne, daß er Menschen treu sein werde? So wolle er es aber nicht, und heute hätten sie gar keinen Grund, daheim zu bleiben, nur um ums Haus herumzustopfen. Zudem habe er Sachen zu verrichten. Er müßte vierzig Pfund Salz haben; das könnten die beiden Mägde holen und einander ablösen. Hans Joggi (der andere Knecht) solle in die Mühle und fragen, wann man Spreuer haben könne; er wollte lieber nicht allemal auf Bern fahren,

und der Müller gäbe seine eigenen Spreuer ihm selber und nicht andern Leuten.
»Aber Vater«, sagte die Mutter, »wer kochet dann zMittag, wenn du alles fortjagst?« »He«, sagte der Vater, »ds Annebäbeli (sein zwölfjähriges Mädchen) kann dazu sehen, es muß sich auch gewöhnen, daß man ihm etwas überläßt, und hat noch Freude daran. Uli muß mit mir daheim bleiben; ich weiß nicht, was es mit dem Kleb geben kann: er fängt an einzufallen und hat vorhin so trätschet; ein Kalb ist manchmal ungesinnet da, und dann geht es bös, wenn niemand dabei ist.« Zu den Worten schaute er die Mutter gar ernsthaft an. Da fiel dieser ein, daß der Vater mit Uli allein sein wolle, um mit ihm zu reden, und daß er deswegen alles fortschicke, damit die gwundrigen Jungfern nicht ihre spitzigen Ohren an Orten hätten, wo sie nicht sollten. Und sie musterte alsobald die beiden Mägde, die gar langsam herumdrehten und es sichtbar an den Tag legten, wie zuwider es ihnen sei, in die Kirche zu gehen und sich jetzt schon zu waschen und zu strählen, aus Furcht, nachmittags sehe man ihnen beides nur noch halb an, und die schön glatt und rot geriebene Haut sei wieder gelb und schlumpelig geworden. Und zweimal eigentliche Toilette zu machen, ist bei Baurenmägden doch noch nicht Brauch, Gottlob; sie sehen höchstens im Spiegel nach, sooft es sich schickt, wie das Ding noch hält, und ob das Trädeli vorn an der Stirne noch schön kruslet sei. Dem Knecht war es auch nicht recht: er hätte noch nicht bartet, sagte er, und sein Messer haue nichts; er hätte gedacht, diesen Sonntag überzuspringen und es dann während der Woche schleifen zu lassen. Allein der Meister sagte, er könne diesmal seine Rustig (Rüstzeug) nehmen und hier in der Stube barten, er selbst könne es nachher machen. Diese Befehle waren unwiderruflich, aber ihnen zu folgen, ging hart. Die Mutter mußte zehnmal mahnen. Bald wußte eine den Waschlumpen nicht, die andere hatte einen ihrer Sonntagsstrümpfe vernistet, und als sie den endlich fand zwischen dem Strohsack und der Bettstatt, sah sie zu ihrem

Schrecken, daß sie ihren bessern Lumpen (Nastuch) nicht hätte, und der war nirgends zu finden. Sie hätte fast Mut gehabt, dem Bauer zu trotzen und nicht zur Kirche zu gehen; allein die andere, mit der sie zufällig heute einig war, warnte sie und versprach ihr, den ihren ihr zu leihen, wenn etwa Not an Mann kommen sollte, da man in der Kirche nicht wohl weder in die Finger noch in das Fürtuch die Nase stecken dürfe.

Die Bäurin war schon lange fertig, hatte ihrem Johannes »Bhüt di Gott!« gesagt und »Machs nit z'ruch!«, dem Annebäbeli anbefohlen, nicht zuviel Holz anzulegen, das Fleisch sei von einer jungen Kuh, und der Pfarrer mache zuweilen wohl lang, besonders wenn zu taufen sei; und stund mit zweien Kindern, von denen das eine, ein Bube, das Psalmenbuch trug, vor dem Hause, und immer waren die Mägde noch nicht da: der einen wollte sich das Mänteli nicht recht schicken, und die andere ribsete noch an einem Schuh, der halt nicht glänzender werden wollte, als es seine Art war. »Meyeli (Mareili)«, sagte die Bäurin, »geh und sage ihnen, ich gehe voran, und sie sollten nachkommen und machen, daß sie in der Kirche seien, ehe es verläutet habe, und nicht so hintendrein in die Kirche schießen wie aus einer Büchse.« Und sie wandelte stattlich voraus, den hübschen Buben an der einen Hand, das hübsche Mädchen an der andern; in des Buben Kappe ein Pfingstnägeli, um dessen Hals ein rotseidenes Halstuch; das Mädchen unter einem schönen Schaubhütli, ein schönes Meieli im Korset, während in der Mutter stattlichem Brustlatz ein schöner Rosmarinstengel sich wiegte und in ihrem Gesichte wohl erlaubte Mutterfreude.

Eine Viertelstunde nachher schossen den gleichen Weg zwei Mädchen mit Gesichtern wie angelaufene Krebse. Plötzlich stand das größere still und fragte: »Hast du das Salzsäckli?« »Nein«, sagte das andere, »ich habe gedacht, du hättest es.« »Das verfluchte Salzsäckli!« sagte das erste, »ich wollte, der Meister müßte es unküchelt fresse. Du mußt gehn und es holen. Aber lauf, was du magst, sonst balget die Meisterfrau, wenn wir so hintendreinkommen.« Es ging hier auch wie allenthalben in der Welt, die Meisterjungfere hatte es vergessen, die untergebene Magd mußte die Mühe haben, es zu holen, und das ist eben in der ganzen Welt so: wenn der Obere etwas Dummes macht, so soll der Untergebene daran schuld sein oder es wieder gutmachen.

Unterdessen war der Meister mit Barten fertig geworden, hatte im Stall sich umgesehen, stund im Schopf, eine Pfeife stopfend und Sinns, auf das Bänkli vor dem Stalle sich zu setzen und hier dem Uli, der noch im Stall war, ans Herz zu greifen. Während er so dastund und stopfte und über das Kapitel sann, sah er ein Wägeli von der Straße ablenken, ein stattlich Roß davor mit schön beschlagenem Geschirr, Leute darauf, große und kleine. Bald erkannte er seine Schwester, die mit seinem Schwager kam und drei Kindern, eines noch an der Brust. Mit herzlichem Gottwillche trat er ihnen entgegen, konnte sich aber nicht enthalten, zu denken, es sei doch ds Tütschels Sach, daß seine Frau heute hätte zKilche gehen müssen. Nachdem mit Mühe das Weib den schweren Weg vom hohen Wägeli auf den Boden gefunden, die Kinder ebenfalls, wurde gefragt: wo er seine Alte habe? Es sei alles zKilche, sagte er, aber sie sollten nur hineinkommen, sie werde bald wieder da sein. Er führte sie zum Hause; doch brachte es der Schwager nicht übers Herz, dem Uli, der das Roß abgenommen hatte, nicht in den Stall nachzugehen, zu sehen, wo er das Roß hinstelle, wie er es abschirre und anbinde, und zu hören, wie Uli es rühme. Das letztere tat Uli auch. Es war ihm offenbar ein Stein vom Herzen gefallen; denn er hatte des Meisters Absicht wohl gemerket; und daß diese jetzt vereitelt war, machte ihn freundlicher, als er die ganze Woche gewesen. Drinnen hatte der Bauer seinem Meitschi befohlen, ein Kaffee zu machen. Er selbst ging in den Keller, nahm Nidle ab, hieb Käse ab und brachte alles nebst einem tüchtigen Laib Brot herauf und stellte es dem Mädchen zur Verfügung, das sich gar emsig rührte und für ein ganzes Königreich diese Gelegenheit, der Mutter und der Gotte zu zeigen, was es schon verrichten könne, nicht gegeben hätte. Bald war in der Tat die Sache zweg, und die Gotte ermangelte nicht, das Annebäbeli zu rühmen, wie gleitig es sei, und wie guten Kaffee es gemacht habe. Einmal ihr Lisabethli wäre das nicht imstande gewesen und sei doch siebenundzwanzig Wochen älter.

»Trini«, sagte später der Bauer seiner Schwester, »dPredig ist aber lange nicht aus, und du tätest mir ein Gefallen, wenn du kücheln wolltest. Meine Alte wird froh sein, wenn sie heimkömmt und das gmacht ist. Es ist Anken im Keller, ich will ihn dir hinaufholen.« »Nein, Johannes, das tue ich nicht«, sagte Trini. »Das manglet sich gar nicht z'küchle, und dann küchle ich nicht in einer fremden Pfanne und mit fremdem Anken. Ich hätte es auch nicht gern, wenn mir jemand über meine Ankenkübel ginge.« »Du machst dich eigelicher als unsere Frau Pfarreri«, sagte Johannes. »Warum, was hat denn die gemacht?« fragte Trini. »Ds Pfarrers sind letzthin hier gewesen, und da war meine Alte auch nicht daheim. Sie geht manchmal so lange nicht von Haus, aber allemal, wenn sie fort ist, dünkt mich, es komme jemand. Da habe ich ds Pfarrers gesagt, es sei mir gar leid, meine Alte sei nicht daheim, sonst hätte die ihnen eins küchlen müssen. Ich wisse wohl, Küchleni seien den Herrenleuten seltsam. Oh, sie wolle schon küchlen, sagte ds Pfarrers Frau, ich solle ihr nur Anken geben, das Mehl wolle sie schon finden. Und ist sie nicht gegangen und hat geküchelt, daß man es im ganzen Dorf gschmöckt hat, und hat noch geglaubt, was sie verrichte. Wohl, da hat meine Alte etwas gesagt, als sie heimgekommen ist. So uverschant, meinte sie, sei sie doch nie gewesen, wenn sie schon nie im Weltschland gewesen und Gumpernantlis gelernt habe.« Während Trini lachte, ging der Bauer hinaus und sagte Annebäbeli: es müsse noch mehr Fleisch in den Hafen und ein stattliches Hammeli, und dann solle es der Mutter alles zwegmachen zum Küchlen. Annebäbeli wäre im Zuge gewesen und hätte gerne selbst geküchelt, um zu zeigen, daß es das auch könne. Wer weiß, was Annebäbeli noch unterfangen hätte, wenn nicht glücklicherweise die Mutter dazwischengekommen wäre. Sie kam im Schweiß ihres Angesichts. Sie hatte von weitem das Wägeli vor dem Hause stehen sehen, und alsobald stund vor ihren Augen alles, was sie noch zu tun hatte, um am Mittagessen mit Ehren bestehen zu können. Das trieb zur Eile, und unterwegs dachte sie immer: wenn sie nur daran gedacht haben, noch mehr Fleisch überzutun, wenn ich jetzt schon wollte, so wird es nicht mehr lind; aber das kommt meinem Mann nicht in Sinn, und Annebäbeli ist einmal noch z'jungs. Und ehe sie in die Stube kam, sah sie noch über die Häfen, und als sie das hinzugekommene Fleisch und die Hamme sah, war sie ganz verwundert und sagte: das hätte sie nicht geglaubt, daß das eim zSinn käme. Als drinnen schön gegrüßt worden war, sagte Trini: »Was hättest du gesagt, Eisi, wenn ich es gemacht hätte wie eure Frau Pfarrerin und dir über die Ankenkübel geraten wäre? Der Johannes hat mich wollen dahinterreisen.« »Ja, das wär mir ganz recht gewesen«, sagte Eisi, »wärest du nur dahintergegangen!« Aber im Herzen dachte Eisi doch, es sei besser, Trini habe das nicht gemacht; es hätte saure Augen gegeben, und der Johannes sei hie und da noch immer so dumm, wie wo es ihn bekommen. Ds Mannevolk sei gar nicht zu erbrichten.

Mit Schwitzen und Essen und Brummen über die Mägde, welche mit ihrem Salzsäcklein gar nicht heimkommen wollten, ging der Mittag vorüber; der Nachmittag wurde mit anderem zugebracht. Die Kinder handelten mit Küngelenen (Kaninchen). Des Johannes Bube verkaufte dem andern eine aschgraue Mähre um drei Batzen. Als derselbe ein schönes ledernes Säckeli hervorzog und die drei Batzen hervorblechen wollte mit fröhlichem Herzen, denn er hatte einen ganzen Batzen abgemärtet und glaubte, einen sehr guten Kauf gemacht zu haben, sah es Eisi und fuhr dazwischen und wollte es absolut nicht tun, daß er die aschgraue Mähre bezahle: sie hätten ja deren Küngeli mehr als genug, sie hätten des Jahres Junge, es wisse kein Mensch, wie oft, und er soll ihm nicht ds Hergetts sein und einen Kreuzer abnehmen, das hätte ja keine Gattig. Das Bübli, das aufrecht und ehrlich gehandelt hatte und von Küngeli Verehren nichts wußte, denn es hatte den Vater auch nie Kühe und Pferde verehren sehen, sondern verkaufen, machte ein sehr verblüfftes Gesicht, und das Weinen war ihm nahe. Trini nahm des Buben Partie, wollte es lange nicht tun und sagte: gehandelt sei gehandelt, und es wäre uverschant, wenn sein Bub das Küngeli umsonst nähmte. Als aber Eisi standhaft blieb, ging es doch nicht über seine Kasse aus, gab endlich Trini nach unter dem Beding, wenn sie ihm versprechen wollten, bald zu ihnen zu kommen, so könne ihr Bub die aschgraue Mähre nehmen; er müsse aber dann dem Johannesli einen hasengrauen Bock geben, ein Fotzelküngeli (langhaariges), sie hätten deren Böcke zwei, die plagten einander nur. Als das Johannesli hörte, vergaß er das Weinen, und der hasengraue Fotzelbock kam ihm so lange im Traum vor, bis er ihn wirklich in Händen hatte.

Auf dem Wege aus dem Garten nach den Pflanzplätzen waren Trini und Eisi zufällig zu diesem Handel gekommen. Eisi machte diesen Spaziergang diesmal nicht ganz so freudig wie sonst. Die Erdflöhe waren hinter dem Flachs gewesen, und das Werch (Hanf) war etwas ungleich. Trini rühmte aber alles gar sehr, während Eisi es ausmachte. Trini dachte freilich bei sich, während es rühmte: zur Zeit, wo es daheim gewesen wäre, hätten sie viel schönere Sachen gehabt als jetzt, und Kabislöcher, wie es sie daheim habe, seien hier auch keine. Als es den Flachs sah, dachte es bei sich: »Gottlob, der ist noch viel schlechter als der meine!« Indessen sagte es dieses nicht, sondern: es sei gar schade, daß die Erdflöhe so viel gschändet hätten; es wäre sonst der schönste Flachs, den es in diesem Jahre noch gesehen; der seine sei viel leider. Aber Eisi sagte, das würde kaum möglich sein. Gar schöne Rübli bewegten Trini etwas zum Neid, und es rühmte dieselben besonders und sagte: bei ihnen herum hätte es nie solche gesehen, und wenn es von dieser Art Samen bekommen könnte, so wollte es dafür zahlen, soviel man wollte; aber es wüßte nirgends welchen zu bekommen. Eisi mußte sagen, es wolle ihm schon geben, der nichts kosten solle. Trini sagte, es wolle gerne zahlen, aber Eisi sagte: was es doch denke! Bei sich dachte es: es werde es niemand merken, wenn es schon andern Samen dareinmische. Endlich ließ sich Trini bewegen, vom Bezahlen abzustehen; dagegen versprach es, es wolle, wenn sie zu ihnen kämen, Eisi Bohnen geben, wie es sicher auch noch nie gehabt. Die Kifel würden über einen halben Schuh lang, seien breit wie ein Daumen und doch so zart, daß sie einem im Maul ganz vergingen wie Zucker. Eisi dankte gar schön, dachte aber bei sich: da werde wohl etwas abzumärten sein; es könnte nicht begreifen, wie Trini zu Bohnen käme, von denen es noch nichts gehört.

Unterdessen war Johannes mit dem Schwager im Stall gewesen und hatte ihm alle Herrlichkeit gezeigt. Es war mehr als ein Pferd herausgenommen worden, und Johannes hatte gesagt, er hätte soundso viel lösen können, aber er gebe es nicht, es müsse ihm wenigstens zwei Dublone mehr gelten. Dann war der Schwager ringsum gegangen, hatte es billig gerühmt, sich aber nicht enthalten können, so mit einigen Winken zu verstehen zu geben, daß er auch Augen im Kopf habe. Etwas mehr Kuttlen würden ihm nichts schaden, sagte er; wenn das Zeichen etwas kleiner wäre, so würde es ihm wohl anstehen, und wenn es die Ohren etwas näher beieinander hätte, so glaube er, er würde lösen, was er wollte. Von da waren sie zu den Kühen gekommen. Johannes erzählte, wie lange jede trage, und wieviel Milch jede gebe, und was die und jene ihn gekostet, und wie bsunderbar glücklich mit dieser und jener er gewesen. Unterdessen waren des Schwagers Blicke durch einen jungen schönen Schwarzkleb gefesselt worden. Von diesem zog er, wie im Vergeß, die genaueste Erkundigung ein und frug endlich um den Preis desselben. Johannes sagte, der sei ihm eigentlich gar nicht feil, und wenn er ihm nicht soundso viel gelte, so gebe er ihn nicht fort. Der Schwager sagte, das sei viel zuviel. Es sei wohl ein braves Rind, aber er hätte noch viel brävere gesehen; es sei wohl schwer im Kopf und habe kein schönes viereckiges Uter, aber es kalbere ihm gar anständig. Es gingen ihm zur selben Zeit gerade zwei Kühe gust, und da müsse er etwas Frisches einstellen, das Milch gebe, sonst gäbte es Lärm im Hause. Sie märteten lange miteinander, märteten bis an einen Neuentaler Unterschied, aber da wollte keiner mehr nachgeben, und der Handel zerschlug sich. Hingegen bestellte der Schwager das Kalb davon, wenn es ein Kuhkalb sein sollte, und Johannes versprach, das sollte er nicht zu teuer haben, sondern ungefähr so, wie es Kauf und Lauf sei.

So war der Nachmittag vergangen, und Trini suchte den Mann, um ihn an die Abreise zu mahnen. Man redete ein, wie früh es sei, und sie sollten noch in die Stube kommen. Als Eisi immer nötlicher pressierte, verstund man sich dazu. Drinnen stund wieder die stattliche Kaffeekanne, eine mächtige Ankenballe, Küchli, schön weißes Brot, Honigwaben, Kirschmus, Käse, Hamme und süßer Zieger. Trini schlug fast die Hände über dem Kopf zusammen und fragte: was Eisi doch auch sinne; sie hätten ja erst zu Mittag gegessen, es duechs, es möchte es noch mit dem Finger erlängen und könnte es machen bis morndrist zAbe. Wenn sie zu ihnen kämten, so könnte es ihnen einmal nicht so aufwarten; es wüßte nicht, wo es dasselbe nehmen sollte. Aber Eisi sagte, es wolle ihns nur ausführen, denn das Aufwarten hätte es bei ihm gelernt; wenn man bei ihnen wäre, so käme man ja den ganzen Tag nicht vom Essen weg. Nachdem sich in der Tat noch hie und da ein Plätzchen für ein Küchli oder eine Ankenschnitte gefunden, nachdem die Kaffeekanne der Weinflasche Platz gemacht, auch dieser trotz vielem Weigern zugesprochen und noch Gesundheit gemacht worden war, bestieg man das schon lange bereitstehende Wägeli.

Trini mußte dreimal ansetzen und Johannes den Sitz auf der andern Seite halten, ehe es oben war; dann wurden die Kinder aufgepackt, aus deren Säcken noch Stücke Brot sahen, und endlich stieg der Schwager nach. Wohin der eigentlich sollte, begriff niemand, bis er mitten in die andern hineinplumpte. Es war fast, als ob ein Kindlifresser da hinaufgefahren: denn hinter seiner breiten Gestalt verschwanden die Kindlein, nur hie und da streckten sich Ärmchen hervor, die fast aussahen, als ob sie direkt aus seinem Bauche kämen.

Es gab viel Wegräumens, und später wurde zu Nacht gegessen, als sonst der Brauch war. Während demselben sagte Johannes: »Mutter, du mußt uns die Laterne rüsten; Uli und ich müssen diese Nacht dem Kleb wachen, es gibt ein Kalb, ehe es Morgen ist.« Uli sagte, ds Michels Hans hätte ihm versprochen, diese Nacht wachen zu helfen, und wenn es bös gehen sollte, so sei es immer noch früh genug, den Meister zu wecken. Der Meister aber sagte, er solle dem Hans nur absagen; er hätte nicht gerne, wenn man fremde Knechte unnötigerweise und ungefragt brauche. Michel habe morgen Hans nötig, und man erfahre es alle Tage, was ein Knecht, der nicht geschlafen habe, wert sei. Uli meinte, so könnte ja sein Nebenknecht wachen helfen. Diesmal sei er lieber von Anfang an selbst dabei, sagte der Meister. Es sei das letztemal bös ausgegangen, er möchte diesmal davor sein. Uli mußte den Meister haben.

Drittes Kapitel

Eine Kinderlehre während der Nacht.

Nachdem sie draußen im Stalle die Laterne aufgehängt hatten, den Pferden über Nacht gegeben, streute der Meister selbst dem Kleb noch, der unruhig hin- und hertrappete und in seiner Unruhe nicht liegen konnte, und sagte: es gehe wohl noch eine Stunde oder zwei; sie wollten hinaus auf das Bänkli sitzen und noch ein Pfeifchen rauchen, der Kleb werde sich schon künden, wenn es Zeit sei.

Es war eine lauwarme Nacht, halb dem Frühling, halb dem Sommer angehörend. Wenige Sterne glitzerten im blauen Himmelsmeer; ein helles Jauchzen, ein fernes Fahren unterbrach zuweilen die stille Nacht.

»Hast du dich nun ausbesonnen, Uli?« fragte der Meister, als sie auf dem Bänklein vor dem Stalle saßen. Es sei ihm noch so nebeneinander, sagte Uli, doch nicht in einem bösen Ton. Alles annehmen, das wolle er nicht, aber zuletzt sei es ihm graglych (lasse er es sich gefallen), zu bleiben. Er hatte halt auch schon den allgemein angenommenen Grundsatz, daß man es nie zeigen dürfe, wenn einem an etwas gelegen sei, indem sonst der Gegner Vorteil daraus ziehe. Daher die merkwürdige Ruhe und Kaltblütigkeit, die Diplomaten an Bauren bewundern müßten. Es ist aber in seiner Ausdehnung und Anwendung ein heilloser Grundsatz, der unsäglich viel Böses stiftet, unzählige Menschen auseinanderbringt, sie gegenseitig als Feinde gegenüberstellt und wiederum Kaltblütigkeit da erzeuget, wo heiliger Eifer brennen sollte, und aus der Kaltblütigkeit eine Gleichgültigkeit macht, welche jedem Freund des Guten unwillkürlich Gänsehaut den ganzen Rücken aufschnadern läßt. Glücklicherweise war der Meister auch kaltblütig und nahm die Sache nicht so übel, sondern sagte, ihm seis auch geradeso. Er hätte nichts wider Uli, aber so dabeisein wolle er auch nicht. Es nähmte ihn wunder, wer gefehlt hätte, und ob er in seinem Hause nichts mehr sagen dürfe, wenn er nicht eine ganze Woche kein gutes Wort hören und ein Gesicht sehen wolle, mit dem man ganz Amerika vergiften könnte? Er könne nicht helfen, sagte Uli. Sauersehn sei seine Freundlichkeit, und wenn er ein apartig Gesicht gemacht habe, so sei es nicht seinetwegen gewesen, er hätte apartig über ihn nicht zu klagen und über niemand sonst. Aber er sei halt

auch ein armes Knechtlein und sollte nirgends sein und keine Freude haben; er sollte nur auf der Welt sein, um bös zu haben, und wenn er einmal sein Elend vergessen wolle und sich lustig machen, so käme alles auf ihn los und suche ihn untern zu drücken. Wer ihn ins Unglück sprengen könne, der tue es. Da könne man nicht immer süß dareinsehen.
Er sollte doch sehen, daß er ihn nicht begehre ins Unglück zu sprengen; ds Gunteräri, sagte der Meister. Wenn ihn jemand ins Unglück sprenge, so sei er es selbst. Wenn ein Bursche sich mit schlechten Mädchen abgebe, so sei er sein eigener Unglücksstifter und niemand anders. Er wisse wohl, es tröste sich jeder damit, es treffe nicht ihn, sondern einen andern; aber einen treffe es immer, und wenn einer auch siebenmal entronnen sei und ein anderer statt seiner im Lätsch geblieben, so gebe es ihn zum achten Male, er solle nur darauf zählen. Aber solang er noch nicht darin sei, lache er alle aus und sage allen wüst, die ihn davor warnen; und wenn er einmal darin sei, so sollen alle daran schuld sein, und er sage wiederum allen wüst, daß sie ihm nicht davorgewesen seien. »Aber gell, Uli«, sagte der Meister, »es ist dir diese Woche schon angst genug gewesen, es hätte dich im Lätsch. Ich habe wohl gesehen, wie du vor jedem Weibervolk geflohen bist und hinter allen Zäunen Anne Lisi gesehen hast. Und deine Angst hast du dann uns und unser Vieh entgelten lassen, nach Art so vieler Diensten, die allen Zorn und alles Ungerade, das ihnen über den Weg läuft, an den Meisterleuten oder an ihren Sachen, an Kühen oder Kacheln, auslassen. Deine Angst war in dieser Woche dein Böshaben, und an der war niemand schuld als du. Du hättest es ohne die Angst so gut haben können als wir selbst. Nein, Uli, du mußt von deinem Lumpenleben lassen, du machst dich unglücklich, und solchen Ärger wie diese Woche will ich deinetwegen nicht mehr haben.«
Er hätte noch nichts Schlechts gemacht, sagte Uli. »He«, das nehme ihn doch wunder, sagte der Meister, ob Vollsein etwas Bravs sei; und was er mit Anne Lisi getrieben habe,

werde auch nicht das Sauberste gewesen sein und wohl auch im siebenten Gebot vernamset. »Oh«, es seien noch viel schlechtere Leute als er, sagte Uli, und es gebe viele Bauren, mit denen er sich dann noch lange nicht zusammenzählen lasse. Da habe er nichts darwider, antwortete der Meister, aber ein schlechter Mensch mache den andern nicht gut, und wenn schon mancher Bauer ein Trunkenbold sei oder gar ein Schelm, so sei es deswegen um nichts bräver, wenn Uli ein Hudel sei und noch anderes mehr. Es werde doch wohl erlaubt sein, eine Freude zu haben, sagte Uli; »wer möchte dabeisein, wenn man keine Freude mehr haben dürfte?« »Aber, Uli, was ist das für eine Freude, wenn man darauf eine ganze Woche nirgends sein darf, es einem nirgends wohl ist? Was ist das für eine Freude, die einem für das ganze Leben elend und unglücklich machen kann? Solche Freuden sind des Teufels Lockvögel. Ja freilich kannst du dich freuen; es darf jeder Mensch Freude haben, aber an guten und erlaubten Dingen. Das ist eben ein Zeichen, ob ein Mensch gut oder schlecht ist, je nachdem er an guten oder schlechten Dingen seine Freude hat.« »Ja, du hast gut krähen«, sagte Uli, »du hast den schönsten Hof weit und breit, hast die Ställe voll schöner Ware, den Spycher voll Sachen, eine gute Frau, von den besten eine, schöne Kinder; du kannst dich wohl freuen, du hast Sachen, woran du Freude haben kannst; wenn ich sie hätte, es käme mir auch kein Sinn ans Hudeln, an Anne Lisi. Aber was habe ich? Ich bin ein armes Bürschli, habe keinen Menschen auf der Welt, ders gut mit mir meint; der Vater ist mir gestorben, die Mutter auch, und von den Schwestern sieht jedes für sich. Böshaben ist mein Teil in der Welt: werde ich krank, so will mich niemand haben, und sterbe ich, so tut man mich untern wie einen Hund, und kein Mensch pläret mir nach. Oh, daß man unsereinen nicht zTod schlägt, wenn wir auf die Welt kommen!« Und damit fing der große, starke Uli an gar bitterlich zu weinen. »Nit, nit, Uli«, sagte der Meister, »du bist gar nicht so bös daran, wenn du es nur glauben wolltest.

Laß dein wüstes Leben sein, so kannst du noch ein Mann werden. Es hat mancher nicht mehr gehabt als du und hat jetzt Haus und Hof und Ställ voll War.« »Ja«, sagte Uli, solches geschehe nicht mehr, und dann müsse man mehr Glück haben dazu, als er habe. »Das ist eine dumme Red«, sagte der Meister; »wie kann einer von Glück reden, wenn er alles fortwirft und vertut, was ihm in die Hände kömmt? Ich habe noch kein Geldstück gesehen, das nicht aus der Hand wollte, wenn man es fortgab. Aber das ist eben der Fehler, daß du den Glauben nicht hast, daß du noch ein Mann werden könntest. Du hast den Glauben, du seiest arm und bleibest arm, und an dir sei nichts gelegen, und darum bleibst du auch arm. Hättest du einen andern Glauben, so würde es auch anders gehen. Denn es kommt noch immer alles auf den Glauben an.« »Aber um tusig Gottswillen, Meister«, sagte Uli, »wie sollte ich auch reich werden? Wie geringen Lohn habe ich! Wieviel Kleider brauche ich! Dazu habe ich noch Schulden! Was hilft da husen (sparen)? Und sollt ich dann kein Freudeli haben?« »Aber dr tusig Gottswillen, wo soll das mit dir hin, wenn du jetzt schon Schulden hast, bei gesundem Leib, und hast für niemand zu sorgen? So mußt du einen Fötzel geben, und dann mag dich niemand mehr; du verdienst immer weniger und hättest doch immer mehr nötig. Nein, Uli, sinn doch ein wenig nach, so kann das nicht mehr gehen. Jetzt ists noch Zeit, und ich sage es dir aufrichtig, es wäre schade um dich.« »Es trägt nichts ab; was hilft mir das, wenn ich schinde und mir nichts mehr gönne? Ich bringe es doch zu nichts; so ein arm Bürschli, wie ich bin, bleibt ein arm Bürschli«, sagte Uli. »Sieh doch, was der Kleb macht!« sagte der Meister. Und als Uli mit dem Bescheid kam, er verdrehe sich noch, das Kalb komme noch nicht gleich, sagte der Meister: »Ich denke mein Lebtag daran, wie unser Pfarrer uns das Dienen ausgelegt hat in der Unterweisung, und wie er die Sache so deutlich gemacht hat; man hat ihm müssen glauben, und es ist mancher glücklich geworden, der ihm geglaubt hat. Er hat gesagt: alle Menschen empfingen von Gott zwei große Kapitale, die man zinsbar zu machen habe, nämlich Kräfte und Zeit. Durch gute Anwendung derselben müßten wir das zeitliche und ewige Leben gewinnen. Nun hätte mancher nichts, woran er seine Kräfte üben, seine Zeit nützlich und abträglich gebrauchen könnte; er verleihe daher seine Kräfte, seine Zeit jemandem, der zuviel Arbeit, aber zuwenig Zeit und Kräfte habe, um einen bestimmten Lohn; das heiße dienen. Nun sei das eine gar unglückliche Sache, daß die meisten Diensten dieses Dienen als ein Unglück betrachteten und ihre Meisterleute als ihre Feinde oder wenigstens als ihre Unterdrücker; daß sie es als einen Vorteil betrachteten, im Dienst sowenig als möglich zu machen, soviel Zeit als möglich verklappern, verlaufen, verschlafen zu können; daß sie untreu würden; denn sie entzögen auf diese Weise dem Meister das, was sie verliehen, verkauft hätten, die Zeit. Wie aber jede Untreue sich selbst strafe, so führe auch diese Untreue gar fürchterliche Folgen mit sich; denn so, wie man untreu sei gegen den Meister, sei man auch untreu an sich. Es gebe jede Ausübung unvermerkt eine Gewohnheit, welcher man nicht mehr loswerde. Wenn so ein Jungfräuli oder ein Knechtlein jahrelang so wenig als möglich getan, so langsam als möglich an einer Sache gemacht, allemal gebrummt hätte, wenn man ihm etwas zugemutet, entweder auf- und davongemacht hätte, unbekümmert, wie es komme, oder darob geklappert, daß ihm das Gras unter den Füßen gewachsen sei, zu nichts Sorge getragen, soviel als möglich gschändet, nie Angst gehabt, sondern für alles gleichgültig gewesen sei, so gebe das erstlich eine Gewohnheit, und die könne es später nicht mehr ablegen. Zu allen Meistern bringe es diese Gewohnheit mit, und wenn es am Ende für sich selbst sei, heirate, wer müsse diese Gewohnheiten, diese Trägheit, Schläfrigkeit, Schmäderfräßigkeit, Unzufriedenheit haben als es selbst? Es müsse sie tragen und alle ihre Folgen, Not und Jammer, bis ins Grab, durch das Grab, bis vor Gottes Richterstuhl. Man solle doch nur sehen, wie viele tausend Menschen den Menschen zur Last seien und Gott zum Ärgernis und sich als widerwärtige Geschöpfe herumschleppten, den Denkenden als sichtbare Zeugnisse, wie die Untreue sich selbsten strafe. Aber so, wie man durch sein Tun sich inwendig eine Gewohnheit bereite, so mache man sich auswendig einen Namen. An diesem Namen, an dem Ruf, der Geltung unter den Menschen, arbeite ein jeder von Kindsbeinen an bis zum Grabe, jede kleine Ausübung, ja jedes einzelne Wort trage zu diesem Namen bei. ›Dieser Name öffnet oder versperrt uns Herzen, macht uns wert oder unwert, gesucht oder verstoßen. Wie gering ein Mensch sein mag, so hat er doch einen Namen; auch ihn betrachten die Augen seiner Mitmenschen und urteilen, was er ihnen wert sei. So macht auch jedes Knechtlein und jedes Jungfräulein an seinem Namen unwillkürlich, und nach diesem Namen kriegen sie Lohn, dieser Name bricht ihnen Bahn oder verschließt sie ihnen. Da kann eins lange reden und über frühere Meisterleute schimpfen, es macht damit seinen Namen nicht gut, sein Tun hat ihn längst gemacht.‹ Ein solcher Name werde stundenweit bekannt, man könne nicht begreifen, wie. Es sei eine wunderbare Sache um diesen Namen, und doch beachteten ihn die Menschen viel zuwenig und namentlich die, welchen er das zweite Gut sei, mit dem sie, verbunden mit der inwendigen Gewohnheit, ein drittes, ein gutes Auskommen in der Welt, Vermögen, ein viertes, den Himmel und seine Schätze, erwerben wollten. Er frage nun: wie ein elender Tropf einer sei, wenn er schlechte Gewohnheit habe, einen schlechten Namen und um Himmel und Erde komme!

Daher soll, habe der Pfarrer gesagt, jeder, der in Dienst trete, den Dienst nicht betrachten als eine Sklavenzeit, den Meister als den Feind, sondern als eine Lehrzeit und den Meister als eine Wohltat Gottes, denn was sollten die Armen, das heißt die, welche nur Zeit und Kräfte, also doch eigentlich viel hätten, anfangen, wenn ihnen niemand Arbeit und Lohn gäbte? Sie sollten die Dienstzeit betrachten als eine

Gelegenheit, sich an Arbeit und Emsigkeit zu gewöhnen und sich einen recht guten Namen zu machen unter den Menschen. In dem Maße, als sie dem Meister treu wären, wären sie es auch an ihnen, und wie der Meister an ihnen gewinne, gewönnen sie selbst auch. Sie sollten ja nie meinen, daß nur der Meister Nutzen zöge aus ihrem Fleiß; sie gewönnen wenigstens ebensoviel dabei. Wenn sie daher auch zu einem schlechten Meister kämen, sie sollten ja nie meinen, ihn zu strafen durch schlechte Aufführung; sie täten damit nur sich selbst ein Leid an und schadeten sich innerlich und äußerlich. Wenn nun so ein Dienstbote immer besser arbeite, immer treuer und geschickter sei, so sei das sein Eigentum, und das könne niemand von ihm nehmen, und dazu besäße er einen guten Namen, die Leute hätten ihn gerne, vertrauten ihm viel an, und die Welt stehe ihm offen. Er möchte vornehmen, was er wollte, so fände er gute Leute, die ihm hülfen, weil sein guter Name der beste Bürge für ihn sei. Man solle doch nur achten, welche Dienstboten man rühme, die treuen oder die untreuen, solle sich achten, welche unter ihnen zu Eigentum und Ansehen kämen.

Dann hat der Pfarrer noch ein drittes gesagt, und das geht dich besonders an. Er hat gesagt, der Mensch wolle Freude haben und müsse Freude haben, besonders in der Jugendzeit. Hasse nun ein Dienst seinen Dienst, und sei ihm die Arbeit zuwider, so müsse er eine apartige Freude suchen, und er fange daher an zu laufen, zu hudeln, mit schlechten Sachen sich abzugeben und habe daran seine Freude und sinne daran Tag und Nacht. Sei aber einem Knecht oder einer Magd das Licht aufgegangen, daß sie etwas werden möchten, und der Glaube gekommen, daß sie etwas werden könnten, so liebten sie die Arbeit, hätten Freude daran, etwas zu lernen, etwas recht zu machen, Freude, wenn ihnen etwas gelinge, wachse, was sie gesäet, fett werde, was sie gefüttert; sie sagten nie: ›Was frage ich dem nach, was geht mich das an? Ich habe so nichts davon.‹ Ja, sie hätten eine eigentliche Lust daran, etwas Ungewohntes zu verrich-

ten, etwas Schweres zu unternehmen; dadurch wüchsen ihre Kräfte am besten, dadurch machten sie sich den besten Namen. So haben sie auch Freude an des Meisters Sache, seinen Pferden, seinen Kühen, seinem Korn, seinem Gras, als ob es ihnen gehöre. ›Woran man Freude hat, daran sinnet man auch; wo man den Schatz hat, da hat man auch das Herz‹, sagte der Pfarrer. ›Hat nun der Knecht seinen Dienst im Kopf, erfüllt ihn der Trieb, so ein vor Gott und Menschen recht tüchtiger Mensch zu werden, so hat der Teufel wenig Macht über ihn, kann ihm nicht böse Sachen eingeben, wüste Sachen, an die er Tag und Nacht denkt, so daß er keinen Sinn für seine Arbeit hat, und die ihn noch von einem Laster zum andern ziehen und innerlich und äußerlich verderben.‹
Das hat der Pfarrer gesagt«, sagte der Meister; »es ist mir, als ob es noch heute wäre, als er uns das sagte, und ich habe schon hundertmal gesehen, daß er recht hatte. Ich habe gedacht, ich wolle es dir sagen, es passet gerade auf dich. Und wenn du nur glauben wolltest, so könntest du einen von den brävsten Burschen abgeben und es einst haben, wie du nur wolltest.«

Viertes Kapitel

Wie eine schlechte Dirne einem braven Meister die Ohren des Knechtes auftut.

Des Ulis Antwort schnitt der Kleb ab, der seine Nöten deutlicher kündete. Es gab nun Arbeit, das Gespräch konnte nicht mehr fortgesetzt werden. Es ging alles gut, und endlich war ein schönes, brandschwarzes Kälbchen da mit einem weißen Stern, wie beide noch nie eins gesehen, und das abzubrechen erkannt wurde. Uli war bei dem Geschäft noch einmal so tätig und aufmerksam gewesen als sonst, und das

Kälbchen behandelte er ganz sanft, fast zärtlich und betrachtete es mit einer eigentlichen Zuneigung.

Als sie fertig waren mit dem Kleb und derselbe seine Zwiebelnsuppe hatte, dämmerte der Morgen herauf und ließ keine Zeit zur Fortsetzung ihres Gesprächs.

Die anbrechenden Werktage nahmen sie mit ihren Arbeiten hart in Anspruch, auch war der Meister in Gemeindsgeschäften abwesend, so daß sie nicht miteinander weiters redeten. Aber es schien von beiden angenommen, daß Uli bleibe, und wenn der Meister heimkam, konnte die Frau nicht genug rühmen, wie Uli sich zu der Sache gehalten, und wie sie nicht gebraucht hätte, ihn etwas zu heißen; es sei ihm alles von selbst in den Sinn gekommen, und wenn sie daran gedacht habe, so sei es schon gemacht gewesen. Das freute natürlich den Meister gar wohl und machte, daß er dem Uli immer bessere Worte gab, ihm immer mehr Zutrauen zeigte. Es ist nichts verdrießlicher für einen Meister, als wenn er abends müde oder schläfrig heimkommt, und er findet alles im Ungreis und sein Weib voll Klagens, sieht nicht die halbe Arbeit getan, die hätte abgefertigt werden sollen, vieles verpfuscht und schlecht gemacht, daß es besser wäre, es wäre gar nichts getan worden, und muß über das aus die halbe Nacht sein Weib jammern hören, wie die Diensten sich gegen ihns unbärdig eingestellt, unverschämten Bescheid gegeben und jedes gemacht habe, was ihm gefallen, und wie es ihr erleidet sei, so dabeizusein, und wenn er ein andermal fortgehe, so laufe sie auch fort. Es ist gräßlich für einen Mann, der fortmuß, und das muß der Mann, wenn ihm auf dem Heimwege, sobald er sein Haus von weitem sieht, die schweren Seufzer kommen: »Was hat es wohl aber gegeben? Was muß ich sehen, was muß ich hören?« und er so fast nicht zum Hause herzudarf; wenn er mit Liebe und Freude heimkommen möchte und mit Donner und Blitz einziehen muß in sein aufrührerisch gewordenes Reich.

Bei Uli war etwas Neues erwacht und in die Glieder gefahren, ohne daß er es selbst noch recht wußte. Er mußte der

Rede des Meisters je länger je mehr nachsinnen, und es dünkte ihn immer mehr, der Meister hätte doch etwas recht. Es tat ihm wohl, zu denken, er sei nicht dazu erschaffen, ein arm, verachtet Bürschli zu bleiben, sondern er könnte noch ein Mann werden. Er sah ein, daß man dieses nicht mit Wüsttun werde, und daß, je mehr man wüst tue, man um so mehr Boden verliere unter den Füßen. Es dünkte ihn gar seltsam, was der Meister gesagt von der Gewohnheit und dem guten Namen, die man neben dem Lohn sich erarbeiten könne und so auch immer mehr für sich verdiene, je treuer man einem Meister sei, und wie man nicht besser für sich selber sehen könne, als wenn man recht treu zu des Meisters Sache luege.

Er konnte je länger je weniger ableugnen, daß es also sei. Es kamen ihm immer mehr Beispiele in den Sinn von schlechten Diensten, die unglücklich geworden, arm geblieben, und hinwiederum, wie er andere von ihren alten Meisterleuten habe rühmen hören, wie sie einen guten Knecht, eine gute Magd gehabt, und die jetzt recht wohl zweg und gut im Stande seien.

Nur eines konnte er nicht begreifen: wie er, Uli, je zu Geld, zu Vermögen kommen sollte; das dünkte ihn rein unmöglich. Er hatte dreißig Kronen, also fünfundsiebzig Franken bar, zwei Hemden und ein Paar Schuhe zu Lohn. Nun hatte er noch fast vier Kronen Schulden, bereits viel eingezogen. Er hatte es bisher nicht machen können mit seinem Einkommen, nun sollte er Schulden zahlen, vorschlagen, das kam ihm unmöglich vor. Dem natürlichen Gang der Dinge nach war er darauf gefaßt, seine Schuld jährlich größer zu machen. Von den dreißig Kronen brauchte er doch wenigstens zehn für Kleider und konnte dabei noch nicht hoffärtig sein; für Strümpfe, Schuhe, Hemden, deren er nur drei gute und vier böse hatte, Waschen etc. gingen doch wenigstens auch acht Kronen darauf; alle Wochen ein Päcklein Tubak (und er brauchte meistens mehr), war wieder zwei Kronen: es blieben noch zehn Kronen. Nun waren fünfzig Samstagsnächte, fünfzig Sonntagsnachmittage, von denen noch sechs extra Tanzsonntage, Märkte, es wußte kein Mensch, wieviel, war eine Musterung, vielleicht gar noch eine Garnison, die zufällig sich ergebenden Gelegenheiten zum Hudeln nicht einmal gerechnet, wie Niedersingeten, An- und Aussaufeten, Schießeten, Kegelten und das wieder einreißende Tschämeln, Abendsitze, die gefährlichste aller Unsitte, Springeten usw. Der Verfassungsabend, der in eine der ärgsten Schweinereien ausartet, wo fünfzigjährige Weibsstücke am Boden sich wälzen auf die unflätigste Weise, war damals noch nicht im Schwange. Rechnete er nun fürs Ordinäre alle Wochen nur zwei Batzen für Brönz oder Wein, so machte das wieder vier Kronen. Übersprang er drei Tanzsonntage, so brauchte er doch, wenn er mit dem Geiger abschaffen mußte, ein Mädchen haben und, wie es der Brauch war, voll heimgehen wollte, wenigstens eine Krone und manchmal einen Fünfunddreißiger für jeden der drei übrigen Sonntage. Jetzt hatte er für Märkte, Musterungen und die übrigen Hudeleien nur noch drei Kronen. Mit dem, dachte er, sei es doch wirklich nicht menschenmöglich auszukommen. Schon zwei Märte und die Musterung brauchten mehr als das, für das andere hatte er also gar nichts. Er rechnete immer von neuem, probierte an den Kleidern, an den andern Ausgaben abzuschränzen; aber das Ding ging nicht. Er mußte doch gekleidet sein, mußte waschen lassen, barfuß konnte er auch nicht laufen. So brachte er, er mochte rechnen, wie er wollte, immer die traurige Wahrheit heraus, daß er, statt vorzuschlagen, zuwenig hätte.

Als er einst so in seine trostlose Rechnung vertieft war beim Grasen und immer von vornen anfing und hintenaus immer zuwenig hatte und eben bei sich feststellte, es müß dem Meister nicht recht im Gring sein, so ein Bauer wisse nicht, was ein Knechtlein alles brauche; ein Bauer brauche nichts waschen zu lassen, nehme Schuhmacher und Schneider auf die Stör und hätte am Ende vom Jahr alle Schöpplein vergessen, welche er getrunken, weil er sie seinem Geld nicht anmerke; wie er so verstaunet stund, tönte es hinter ihm: »Bist am Grase?« Wie von einer Schlange gebissen, fuhr Uli auf, und Anne Lisi stund neben ihm. »Ich habe geglaubt«, sagte Anne Lisi, »du seiest krank, daß du nicht zu mir gekommen bist. Ich sah allenthalben auf dich und konnte dich doch nirgends erblicken. Da konnte ich es nicht mehr erleiden vor Längizyti, es hat mir fry das Essen gestellt. Ich habe schon gestern dort hinter dem Hag auf dich passet, aber du bist nie allein gewesen. Es dünkt mich, es hätte mir schon gewohlet, daß ich dich nur sehen kann. Aber Uli, mi Uli, warum bist jetzt mehr als vierzehn Tage nicht zu mir gekommen? Das ist doch nichts gemacht von dir. Ich bin manche Nacht durch immer mit dem Kopf auf dem Ellbogen gewesen; es het mi duecht, du müßtest kommen. Warum bist du nicht gekommen?« So angedonnert war Uli in seinem ganzen Leben nicht gewesen. Er kannte Anne Lisi, hatte ein böses Gewissen gegen ihns und durfte ihm nicht sagen, daß er nie mehr zu kommen gedenke. Zu diesem war er fest entschlossen, es war ihm zu angst gewesen, und jetzt kam ihm die Angst in verdoppeltem Maße wieder. Er muckelte etwas von einem kranken Roß, dem er hätte abwarten müssen, von einer Kuh, zuletzt sogar von Gliedersucht. Anne Lisi trat nicht lange in die Vergangenheit ein, sondern sagte: es könne da nicht recht mit ihm reden, es hätte ihm bsunderbar viel zu sagen; er solle in dieser Nacht zu ihm kommen, es könne es unmöglich länger ohne ihn ausstehen. Uli wollte das nicht versprechen: der Meister sei fort mit Roß und Wägeli; er müsse warten, bis er heimkomme, sagte er, und dann müsse er noch füttern, und dann werde es kaum mehr der wert sein. »Was ist mit dir?« sagte Anne Lisi; »wenn es dir neuis daran gelegen wäre, es würde sich dir öppe wohl schicken. Das sind nur Ausreden, es hat dich jemand aufgewiesen, dr Gring großgmacht. Oh, ich weiß schon, Kuder Joggelis Annebäbi hat dich aufgestüpft. Aber wart es nur, dem rote Donner will ich die Läuse runtermachen, daß es mich nicht vergessen soll. Aber wie magst du dich auch mit einem solchen Strupf, das nicht größer ist als ein dreitägiges Kalb, abgeben? Das ist nichts Bravs von dir. Schäme dich, du wüste Hung du! Ich will dirs bim Dolder zeige! Aber gell, du kömmst diese Nacht? Bis mir ds Hergetts, und komm nicht!«

Uli sagte: es hätts schon gehört, er könne nicht. »Was, du willst nicht? Du wirst doch nit öppe welle wüst tue wie die andere Schyßhüng? Du wirst doch nicht wollen vergessen, was du mir gesagt hast?« Er wisse nichts Apartigs, das er ihm gesagt habe, sagte Uli. »Was, du dolderschießige Grännihung, du weißt nicht mehr, was du mir gesagt hast? Hast du nicht gesagt, daß du, wenn du eine zKilche führen wollest, mich zKilche führen wollest?« Er wisse nichts mehr davon, sagte Uli, das sei ihm etwas Neues. »So, du besinnst dich nicht mehr daran, du verfluchte Lumpenhung, was du bist! Soll ich dir Bsinnig mache umezcho? Aber es ist mir sich nicht der wert deinetwegen! Ein solchen Zyberligränni finde ich hinter jedem Zaunstecken, und wenn ich einen haben muß, so will ich nicht einen solchen Fötzel, der nie drei Kreuzer beieinander hat und der Meisterfrau alli Wäschlumpe stiehlt, um seine Sonntagskutte zu plätzen. Nei, beim Dolder, eine so leidi More bin ich denn nadisch nicht, daß ich mich bei keinem Bräveren und Reicheren weiß z'kündte als bei einem solchen verrebleten Baurenknechtli. Zu dir käme ich zuletzt, wenn ich einen haben müßte; häb nit öppe Kummer, ich well di! Sellig wett ih zehn an jeden Finger kriegen, ich müßt nicht eine sellige sein, wie ich bin. Aber wart ume, ds Kuder Joggis Annebäbi, dem will ich sagen, was es für eine ist, und ich will nicht lebig da dännecho, wenn ich dem nicht sein Maul auftue, daß man es zu Merligen für ein Tennstor brauchen könnte. Das verflucht Mönsch, dich so gegen mich aufzureisen! Aber du kannst es noch machen, wie du willst; kömmst du hinecht (in dieser Nacht), wohl und gut, so will ich dirs vergessen und dir auftun! Kommst du aber nicht, so lueg de, was geht, und ich will keine gesunde Stund mehr haben, wenn ich dir noch einmal auftue! Jowolle, so wüst zu tun und so dr Gring z'machen!«

Uli wohlete es bedenklich, und er ward ganz trotzig und sagte: seinetwegen brauch es hinecht nicht auf dem Ellbogen zu schlafen; er bleibe lieber daheim, als daß er andern ihre Suppe ausessen wolle, und mit einer selligen wolle er sich nicht mehr bschyßen. Es solle jetzt seiner Wege gehn und ihn ruhig lassen, er hätte genug von ihm. Da fing Anne Lisi aufs neue an wüst zu tun: bald sagte es ihm alle Schande, dann heulte es über die Schlechtigkeit des Mannenvolks; dann rühmte es sein gutes Herz, das so schändlich angeführt werde seiner Güte wegen, und weil es so einem Schyßhung getraut habe. Dann flattierte es dem Uli wieder auf das zärtlichste und sagte: es sei ihm noch keiner so lieb gewesen von denen, die es an sein Herz gelassen; es hätte sich für ihn können lassen lebig schinden, und es dünke ihns, es well ihm ds Herz zerschryßen. Aber Uli blieb unbeweglich, und als er genug hatte, fuhr er mit seiner Grasbähre nach Hause und ließ Anne Lisi im Klee stehen. Aber bei sich setzte er hoch ein, dasmal sei er entronnen, und das wolle er sich als Warnung dienen lassen, und so müß ihm keine mehr kommen aus einem Haselhag hervor.

Und seiner gesprengten Fesseln sich freuend, ließ er ein Jodeln ertönen, daß seine Kühe in den Bahren fuhren, die Pferde in die Zügel schossen, die Katze ab dem Ofen sprang, der Hund aus seinem Stalle kroch und die Jungfrau sagte: »Was kömmt wohl den Uli an, den Göhl, daß er so abläßt? Man hat ihn fry lang nicht gehört.«

Bald darauf führten Meister und Knecht Steine zu einem neuen Stubenofen. Auf dem Heimweg kehrten sie ein, da sie einen weiten und bergichten Weg hatten. Da der Meister nicht hundshärig war und vom schlechtesten Wein befahl, wenn der Knecht bei ihm war, und für zwei Personen nur um einen halben Batzen Brot aufstellen ließ, so wurde Uli auf dem Rest des Weges gesprächig. Er erzählte dem Meister die Begegnung mit Anne Lisi, und wie er froh sei, daß er nun des Kummers und dem Mensch ein für alle Male los sei. Es hätte ihm gewohlet, er könne es niemand sagen, wie. Er begreife erst jetzt, was man mit dem Sprüchwort sagen wolle: »Es sind mir Zentnersteine ab dem Herzen gefallen.« Der Meister freute sich der Nachricht, aber warnte, er solle es nicht machen wie gar viele, die, solange sie die Folgen ihres Lasters fühlen, reuig seien, dann aber wiederum um die Sünde herumfahren wie die Fliege um ein Licht, bis sie sich die Flügel verbrannt und vielleicht ein für alle Male. So kenne er manchen Trunkenbold, der allemal, wenn er sein Geld ver- und einen sturmen Kopf ertrunken, sich vornehme, sich nie mehr so zuzuputzen – und das nächstemal, wenn er zum Wein komme, sei er wieder ein volles Kalb. So gehe es manchem mit dem Weibervolk: die, welche meinen, die Listigsten geworden zu sein, die gebe es oft am wüstesten. »Nein, Uli, halt dich jetzt, so kannst du noch einen Mann abgeben, wie ich es dir ausgelegt habe«, sagte der Meister.

»Los, Meister!« sagte Uli, »ich habe der Sache nachgesinnet, und der Pfarrer, wo dich unterwiesen hat, ist nicht ganz ein Narr gewesen; aber was ein Baurenknechtli für Lohn hat, und was er braucht, davon hat er nichts gewußt: er wird gemeint haben, ungefähr soviel als ein Vikari. Aber du solltest es besser wissen und solltest es wissen, daß es aus sei mit Fürhusen und Reichwerden. Ich habe manchen Tag lang gerechnet, daß es mir fast den Kopf obenabgesprengt hat; aber ich habe immer das gleiche herausgebracht: aus nichts wird nichts, und nüt von nüt geht auf.« »Wie hast du denn gerechnet?« sagte der Meister. Uli machte ihm die ganze Rechnung punktum wieder durch, und als er fertig war, fragte er spöttisch den Meister: »Und jetzt, was sagst du dazu, ists nicht so?« Der Meister sagte: »Deiner Rechnung nach macht es allerdings soviel; aber man kann noch ganz anders rechnen, Bürschli! Los einmal, ich will dir jetzt auch eine Rechnung machen auf meine Art; es nimmt mich wunder, was du zu dieser sagen wirst.

An dem, was du für deine Kleidung angesetzt hast, will ich nicht viel ändern. Es ist möglich, daß du, wenn du dich ordentlich instand stellen und namentlich Hemder haben willst, um den Wascherlohn zu ersparen, und überhaupt daherkommen Sonntag und Werktag, wie es einem braven Burschen wohl ansteht, in der ersten Zeit noch mehr brauchst. Für Tubak hingegen hast du zwei Kronen angesetzt; das ist zuviel. Ein Knecht, der in den Stall und auf die Bühne muß, soll den ganzen Tag nicht rauchen, nie als nach dem Feierabend. Um den Hunger zu vertreiben, brauchst du bei mir nicht zu rauchen, und wenn du es dir ganz abgewöhnen könntest, so würde es dir als Knecht viel nützen. Wenn einer nicht tubaket, so macht er allenthalben mehr Lohn.

Die andern zehn Kronen, welche du für Lustbarkeiten aller Art rechnest, die tue ich dir ganz durch, vom ersten Kreuzer bis zum letzten. Ja, tue nur das Maul auf und sieh mich an, wie dStorche ein neues Dach. Willst du dich kurieren und etwas werden, so mußt du dir auf einmal etwas Rechtes vornehmen, vornehmen, von deinem Lohn keinen Kreuzer zu verhudeln, auf keine Weise. Nimmst du dir vor, nur etwas weniger als früher zu laufen, etwas weniger zu vertun als sonst, so ist das nur den Mäusen gepfiffen. Bist du einmal im Wirtshaus, so bist du deiner nicht mehr Meister, die alte Kameradschaft, die alte Gewohnheit reißt dich hin, und du vertust wieder zwei bis drei Wochenlöhne. Dann kömmt der Nachdurst, und du mußt andere Abende nachbessern und verlierst immer mehr allen Glauben, daß du dir je aufhelfen könnest, wirst alle Tage liederlicher und verzweifelst immer mehr an dir selbst. Das ist übrigens nicht so schrecklich, als du ein Gesicht machst. Sieh doch, wie viele jahraus jahrein nie einen Schoppen trinken und in kein Wirtshaus gehen. Es sind nicht nur arme Tagelöhner, welche genug zu tun haben, der Gemeinde sich zu erwehren, sondern es sind darunter auch vermögliche, ja reiche Leute, welchen es zur Gewohnheit geworden ist, nichts unnütz zu vertun, und sie sind nicht nur wohl dabei, sondern die können noch viel weniger begreifen, wie einem vernünftigen Menschen wohl beim Hudeln sein könne, als du mich jetzt begreifen willst, daß ein Mensch, ohne zu hudeln, leben könne. Ich bin einmal mit einem Mannli vom Langentalermärit zeitlich heimgegangen. Er verwunderte sich, mich schon auf dem Heimweg zu finden, er müsse sonst gewöhnlich alleine heim, sagte dasselbe. Ich antwortete ihm, ich hätte apartig nichts mehr zu tun gehabt, und im Wirtshaus sitzen bis am Abend sei mir auch zuwider gewesen. Das Geld gehe drauf, die Zeit damit, und am Ende wisse man nicht, wann und wie man heimkomme. ›Ja‹, sagte er, ihm sei es auch so. Er hätte mit nichts angefangen und gar kaum tun müssen. Lange hätte er Vater und Mutter alleine erhalten, aber doch jetzt ein zahltes Heimet und jahraus und jahrein zwei Kühe, von denen keine minder als sechs Zentner mache. Aber er habe auch von Anfang an keinen Kreuzer zUnnutz vertan. Ein einziges Mal erinnere er sich, daß er in Burgdorf ein halbbatziges Mütschi gekauft habe, das er hätte können sein lassen. Er hätte es auch erleiden mögen bis heim und dort wohlfeileres Essen gefunden. ›Ja‹, sagte ich, soviel könne ich nicht sagen, es sei mir mancher Batzen entronnen; aber man könne es auch zu weit treiben; der Mensch müsse doch auch gelebt haben.

›Ja freilich‹, sagte er. ›Ich lebe auch und bin froh dabei. Ein Kreuzer, den ich erspare, tut mir wöhler als ein Neutaler einem, der ihn verhudelt. Wenn ich es nicht so angefangen hätte, so wäre ich wohl zu nichts gekommen. Ein armes Bürschli hat nicht den Verstand, wenn er einmal angefangen hat, aufzuhören zu rechter Zeit; hat er einen Batzen verschlengget, so zieht er zehn andere nach. Du mußt aber nicht etwa glauben, daß ich dabei ein wüster Gythung sei. Es ist schon mancher z'leerem von großen Baurenhäusern weggegangen und hat bei mir erhalten, was er nötig hatte. Ich habe nadisch dann nicht vergessen, wer mir den Segen zu meiner Arbeit gegeben hat, und wem ich bald Rechnung ablegen muß.‹ Auf diese Rede hin habe ich das Mannli von oben bis unten angesehen mit großem Respekt; es hätte ihm kein Mensch angesehen, was hinter ihm stecke. Ehe wir voneinandergingen, wollte ich ihm noch eine Halbe zahlen für seine gute Lehre. Allein er wollte nicht und sagte, er hätte gar nichts nötig, und ob er mein Geld oder seines zUnnutz vertäte, das käme ja einst bei der Rechnung auf das gleiche heraus. Seither habe ich das Mannli nicht mehr gesehen; es hat wahrscheinlich seine Rechnung schon abgelegt, und wenn niemand eine schwerere hätte als der, so käme es vielen wohl.

Siehe, so meine ich, sei jeder Kreuzer, den du von deinem Lohn für solche unnütze Sachen brauchst, durchaus ein schlecht gebrauchter. Bleibe zu Hause, und damit ersparst du nicht nur zehn Kronen, sondern noch gar viel dazu. Es klagen alle Knechtlein, wieviel Schuhe, wieviel Kleider sie brauchen, wie sie an Wind und Wetter sein müßten; aber weißt du, womit sie die meisten Kleider verderben? Mit ihrem Herumfahren des Nachts bei allem Wetter durch dick und dünn und mit allem dem, was dabei vorgeht. Wenn man die Kleider vierundzwanzig Stunden am Leibe hat, so verderbt man sie offenbar mehr, als wenn es nur vierzehn Stunden geschieht. Zu Kilt läuft man nicht in den Holzböden, und wann sprengt man mehr Schuhnägel aus, des Tages oder des Nachts, wo man keinen Stein sieht, kein Loch, keinen Graben? Und sag mir: wie sehen die Sonntagskleider aus, wenn man voll herumghürschet ist, einander herumgerissen, im Kot herumgedröhlt hat? Wie manche Sonntagskutte ist so in Stücke gegangen, wie manches Paar Hosen unbrauchbar, wie manche Kappe verloren worden!

Es brauchte gewiß manch Knechtlein dsHalb weniger für seine Kleider, wenn es daheim bliebe; von den Mädchen will ich nur nicht reden. Und denk daran, Uli, wenn du jetzt schon zehn Kronen für solche unnütze Gewohnheit brauchst, so brauchst du in zehn Jahren zwanzig und in zwanzig Jahren vierzig, wenn du sie hast; denn so eine

Gewohnheit steht nicht stille, sie wächst, und führt das nicht schnurstracks dem alten Hudel zu?

Endlich, Uli, hast du nicht bloß dreißig Kronen, sondern auch noch manchen Batzen Trinkgeld, wenn eine Kuh, ein Roß etc. verkauft wird. Die brauche, wenn du wohin laufen mußt und das Einkehren nicht vermeiden kannst. Daraus kannst du meinethalb an einer Musterung einen Schoppen trinken, kannst etwas zusammentun, wenn du in Garnison mußt; das reicht vollkommen hin dazu. Du hast schon viel Lohn eingezogen; aber wenn du mir glauben und folgen willst, so kommst du schon dieses Jahr aus den Schulden; das andere Jahr kannst du ans Vorschlagen gehen. Und wenn du mir glaubst, so ist dann nicht gesagt, daß ich nur dreißig Kronen Lohn geben könne. Wenn ein Knecht so recht bei der Sache ist und mit seinem Sinn nicht nur beim Narrenwerk, wenn man ihm etwas anvertrauen kann und es gleich geht, sei ich dabei oder nicht, und ich nicht allemal mit Kummer heim muß, es sei etwas Ungrads gegangen, so, Uli, kommts mir auf ein paar Kronen nicht an. Denk daran, Uli: je besser die Gewohnheit, je besser der Name, desto besser auch der Lohn.«

Dem Uli gingen ob diesen Reden Maul und Nase auf, und endlich sagte er: das wäre wohl schön, aber es werde es kaum geben, er glaube nicht, daß er das usgstang (aushalte).

»He, probiere einmal einen Monat und siehe, wie es kommt, und sinn nicht an Laufen, Schoppen und das Wirtshausgehen, so wird es sich schon machen.«

Fünftes Kapitel

Nun kommt der Teufel und säet Unkraut in den guten Samen.

Und es ging recht ordentlich manchen Sonntag lang. Der Uli ging wieder zKilchen und dachte daran, daß er ein Mensch sei, und daß er auch selig werden möchte. Er fing auch an zu glauben, daß der Meister doch etwas recht haben möchte; denn wenigstens zwei Neutaler hätte er früher in dieser Zeit für nichts ausgegeben, die er jetzt noch im Sack hatte. Er war auch ein anderer bei der Arbeit; es ging ihm alles noch einmal so rasch von der Hand, und weil er wirklich des Nachts schlief, des Sonntags ruhte, den Körper nicht durch Ausschweifungen schwächte, so schien ihm keine Arbeit mehr schwer; es war ihm fast, als ob er nicht mehr müde werden könnte. Der Meister sah mit Freuden, daß es so gut komme, und wenn er ihm etwas zuhalten konnte, so tat er es; märtete ein größeres Trinkgeld ein, wenn es ihn dünkte, der Metzger vermöge es, und es sei ihm angst um die Sache; nahm Uli mit auf einen Märit oder schickte ihn hier oder dort aus, wenn etwas zu verrichten war, damit Uli doch auch sein Pläsier hätte, und wenn Uli einen Schoppen trank auf diesen Wegen, so zahlte ihn der Meister.

Natürlich fiel Ulis Betragen auch andern auf; zuerst seinen Mitdiensten, dann den Nachbaren. Es geht unter den Diensten gerne wie unter Jakobs Söhnen. Wenn eines besser ist als die andern und daher auch den Meisterleuten lieber, so verfolgen es die schlechtern, führen es aus und ruhen nicht, bis sie es vertrieben haben oder so schlecht gemacht, als sie selbst sind. Sie wollen nicht, daß Meisterleute es erfahren, was ein guter Knecht, eine gute Magd ausrichten könne; sie fürchten, es möchte dann allzu sichtbar werden, wie schlecht sie seien, und ihnen auch mehr angemutet werden, ein anderes Betragen, ein rührigeres Schaffen. Das wollen sie nicht; es soll der Meister keinen Vorteil an ihnen haben; sie wollen nicht Göhle, Narren, Tröpfe, Kühe sein und sich zTod werchen, wo sie nichts davon hätten; sie machten, wie sie es gewohnt seien, und wenn es so nicht anständig sei, so gingen sie weiters. Es ist daher sehr oft die Dienerschaft eine gegen die Meisterleute verschworne Bande. Das Komplott besteht darin, so viel Lohn, so viel Freiheit, ein so gut Leben zu erzwingen als möglich und, wenn es nicht nach den Köpfen geht, die Meisterleute so zornig als möglich zu machen. Es braucht viel Kraft und viel Klugheit, solche Komplotte zu zerstören, und viel Liebe und viel aufrichtige Wohlmeinenheit, sie nicht aufkommen zu lassen. Es gibt jedoch Diensten, deren feindseliger Sinn auf keine Weise zu brechen oder zu versöhnen ist, und die daher gegen jeden Meister feindselig verfahren und allenthalben den Frieden stören, wohin sie auch kommen.

Die Nebendiensten fingen daher bald an, auf Uli zu sticheln, zu sagen: sie wollten einmal Narren sein, so auf den Meister zu sehen, sie begehren nicht die Liebsten zu sein; oder aber, wenn sie eine Viertelstunde an ihren Hauenstielen gedampet hatten, zu trümpfen, sie müßten sich zur Arbeit halten, der Meister wüßte am Abend, wie manchmal eins geleuet (geruhet) hätte. Das machte Uli böse, denn er machte nicht den Ohrenträger, und mehr als einmal ließ er sich verführen, mit der Bande zu räsonieren und zu schlumpen. Wenn er aber darüber dachte, so dünkte es ihn doch, es sei dumm von ihm. Sobald er mitmachte und miträsonierte, war er unzufrieden und mißmutig; sobald er nicht von Herzen arbeitete, hatte er Langweile, und er wurde noch einmal so müde dabei. Er tat sich selbst also ebensoviel zuleid als dem Meister, und wenn er so fortfahre, so sah er wohl, daß er einen mißmutigen, unzufriedenen Menschen abgebe, dem die Arbeit eine Plage sei. Er sah doch, daß auf des Meisters Seite die größere Gutmeinenheit sei, und daß, wenn er diesem gehorche, es ihm besser gehe, und wenn auch der Meister Nutzen hätte von seiner guten Aufführung, so hätte er selbst doch noch den größern und bleibenderen davon.

Es kam ihm vor, als ob da zwei Mächte sich um seine Seele stritten, fast gleichsam ein guter und ein böser Engel, und jeder ihn haben wollte. Der Pfarrer hatte nämlich einmal in einer Predigt gesagt: zu den ersten Eltern im Paradies hätte Gott geredet und die Schlange. Gott hätte ihnen etwas zu ihrem Besten verboten, und die Schlange hätte aufgewiesen, Gott und sein Gebot verdächtigt, als ob er dasselbe nur zu seinem eigenen Nutzen gegeben hätte, hätte auch den Menschen geschmeichelt, und so hätten die ersten Eltern der Schlange, der Aufweisung mit ihrer verführerischen, schmeichlerischen Rede Gehör gegeben und seien darob unglücklich geworden und hätten ihre Nachkommenen mit ins Unglück gezogen. Nun sei das sehr wunderbar, daß die beiden Stimmen alle Menschen durchs Leben begleiteten und aus Menschenmund zu ihnen kämen. Es sei selten ein Mensch, den nicht gute Menschen zum Guten mahnen mit Liebe und Ernst, den hinwiederum nicht böse Menschen aufreisen und zum Bösen antreiben, indem sie sich mit süßer Rede als Freunde stellen oder mit Spott seine Eitelkeit erregen. Und etwas sei in uns, das mahne, den guten Menschen zu gehorchen; aber noch ein anderes sei in uns, das lieber den bösen Menschen höre, das sich durch Schmeichelei gerne verführen lasse, das größern Glauben habe zu denen, welche zum Bösen antreiben, als zu denen, welche zum Guten mahnen. Daher geschehe es zumeist, daß die Bösen die Gewalt bekämen und die Menschen ins Unglück führen könnten; hintendrein lachten sie dann und hätten ihr Gespött mit dem Unglücklichen, der es zu spät einsehe, wer es eigentlich gut mit ihm gemeint hätte.

So kam es Uli manchmal in Sinn, es gehe ihm jetzt geradeso, und doch war er so oft nicht Meister über sich, und die bösen Stimmen erhielten Gewalt über ihn. Besonders als nun auch Nachbaren auf Uli aufmerksam wurden und ihr Maul hineinhängten und den Uli aufzureisen suchten. Einer war Ulis Meister feindlich und verstund es meisterlich, fremde Dienste anzulocken und sie, wenn er sie hatte, auszunutzen auf eine unglaubliche Weise. Der tadelte selten einen Knecht, er rühmte sie, daß die Schwarten krachten, und trieb sie damit zu übermäßigen Anstrengungen und lachte den Buckel voll, wenn sie so recht bysteten und berzeten. Der hatte nicht ungern, wenn sie hudelten, und sie hatten in seinem Hause auch Freiheit zu allem Wüsten: Mägde und Knechte konnten miteinander umgehen wie Eheleute; das behielt viele trotz des schlechten Lohns bei ihm. Er streckte ihnen gerne Geld vor; denn wenn sie seine Schuldner waren, so waren sie auch mehr oder weniger seine Sklaven; die Schulden waren das Seil, an dem er sie festhielt.

Diesem Meister hatte Uli schon lange in die Augen geschienen, ganz wie gemacht für ihn: ein hübscher Lockvogel für Mägde, die nicht ungern in ein Haus dingen, wo Freiheit ist und ein hübscher Knecht dazu; ein guter Bastesel, der die Arbeit verstund, aber liederlich war und etwas einfältig, schien eben recht zum Brauchen und Ausnutzen. Dieser Meister spottete erst, wenn er Uli des Sonntags daheim sah: er werde wollen geistlich werden oder in die Versammlungen gehen! Es gehe auch kurzweilig zu dort, und das auf die Füße Trappen sei noch nicht abgestellt bei ihnen. Das guselte Uli, daß man ihn für einen Geistlichen ansehen sollte, und es juckte ihn, recht wüst zu tun, damit man ja nicht glaube, er sei besser als ein anderer. Es ist gar merkwürdig, für was alles die Jugend sich schämen zu müssen glaubt: nicht nur, minder Geld zu haben, minder hübsch zu sein, minder stark, minder schön gekleidet, sondern es schämen sich gar viele auch, minder wüst zu tun als andere. Doch hielt Uli noch an sich.

Als der Nachbar mit Spötteln nichts abbrachte, so versuchte derselbe es mit einem andern Ton. Er begann Uli zu rühmen, wie er afe einer sei, und wie ihm schon lange keiner unter die Augen gekommen sei, der ihm die Schuhriemen auflöse. Gerade so einen hätte er schon lange gewünscht, allein er hätte das Gfell (Glück) nicht. Es sei nur schade, daß ihn sein Meister hätte; der wüßte nicht, was er an ihm habe. So machte er Uli den Kopf groß und fing allgemach an, den Dienst ihm zu erleiden. Er deutete ihm darauf hin, wie man alles an ihn lasse, ihm immer mehr aufbürde, ihm Sachen anmute wie sonst nirgend einem Knecht, und wie sein Meister den Faulhund mache und ihn allenthalben am schwereren Orte nehmen lasse. Der Meister hatte nämlich im Herbst den Uli einen Acker säen lassen, während er selbst geeggt, hatte ihn Pflug halten lassen, während er den Ackerbub machte. Er hatte Uli gesagt, er müsse das auch lernen, wenn er ein Hauptknecht werden wolle. Es gebe gar manchen Platz, und das seien gewöhnlich die besten, wo ein Knecht alle Arbeit müsse machen können, und es sei doch nichts Traurigers als so ein Baurenknechtlein, das nicht die halbe Landarbeit verstehe; und deren gäbte es ganze Hutten voll, die nichts anderes könnten als so geradehin hacken, holzen und heuen. So hatte der Meister gesagt und den Uli an den Pflug gestellt, was hundert Väter an den eigenen Söhnen nicht tun, solange sie ein Bein machen können, ihnen Pflughalten und Säen nie anvertrauen, aus Furcht, es könne eine Handvoll Korn mehr gebraucht oder sonst irgendein Fehler gemacht werden. Und gerade seine Wohlmeinenheit wurde ihm nun so übel ausgelegt und dem Uli alle Tage der Kopf größer gemacht, wie der Meister alles an ihn lasse, und wie der Meister es nicht mehr machen könnte, wenn Uli einmal fort sei.

»Es nimmt mi nume ds Tüfels wunder, wie es denn einist gah (gehen) soll, wenn du nicht mehr da bist; sie werden es dann erfahren«; das ist ein Spruch, mit welchem man schon viele hundert Dienste von ihren Plätzen weggesprengt hat. Es reitet sie der Teufel immer mehr durch den Gwunder, wie es dann gehe, wenn sie nicht mehr da seien. Es steigt immer mehr die Lust zu Kopfe, einmal seine Unentbehrlichkeit zu zeigen, zu erfahren, ob man es könne ohne sie, zu erfahren, daß ein Meister oder eine Meisterfrau bittend komme mit dem Bekenntnis: sie könnten es durchaus nicht mehr machen ohne Lisi, ohne Benz. Es träumen tausend halbbatzige Knechtlein und Mägdlein ganze Jahre durch von dieser Unentbehrlichkeit, und wenn Weihnacht kommt und sie ihren Bündel weitertragen, so will niemand ihnen nachlaufen und sagen: »Benz, Lisi, bleib doch da dr tusig Gottswille!«; gäb wie sie zurückschauen, es kömmt niemand. Da treibt sie vielleicht schon die nächste Woche der Gwunder, wie man es ohne sie mache, in ein Nachbarhaus, wo sie etwas sehen und etwas vernehmen können über die neuen Diensten und den Stand der Dinge. Und siehe da, es geht, und die neuen Diensten sind ungefähr wie die alten, und wie sie sich auch mit der Hoffnung trösten, das bleibe nicht vierzehn Tage beieinander, so geht es doch wie das vorige Jahr von einer Weihnacht zur andern. Und mit jeder Weihnacht zügeln sie weiter, und niemand will sie zurückrufen, und allenthalben geht es ohne sie. Ach, es möchten die Menschen so gerne unentbehrlich sein und verstehn doch so selten, sich unentbehrlich zu machen.

So stieg die Aufweisung dem Uli nach und nach ins Haupt. Es verstehen gar selten Menschen und selbst nicht bloß Hochgestellte (die am allerwenigsten), sondern auch Hochgebildete, der Aufweisung zu widerstehen; es ist also Uli nicht zu verargen, wenn er die Laus nicht hinunterwarf, welche ihm hinter den Ohren krabbelte. Was ihn der Meister aus Gutmeinenheit machen ließ, das schien ihm eine ungerecht und mutwillig aufgebürdete Last. Er dachte selten mehr an die guten und bösen Stimmen, und sein Kopf schwoll immer mehr an, und immer unwirscher ward es inwendig, und der Nachbar sah mit mächtiger Schadenfreude die Wirkung des eingespritzten Giftes, und wie Uli näher und näher dem aufgespannten Garne kam. Der Meister dagegen bemerkte mit Bedauren, daß etwas wie eine finstere Wolke zwischen ihr Vertrauen getreten. Er wußte nicht, was, und mit angestammter Kaltblütigkeit überließ er das Aufdecken dieses Unbekannten der Zeit; denn besondere Gelegenheit, mit Uli zu reden, bot sein Betragen nicht dar, er war äußerlich noch geregelt, und eine Gelegenheit machen war nicht Sache von Johannes.

Sechstes Kapitel

Wie das Hurnussen dem Uli vom Unkraut hilft.

Es war schon lange die Rede davon gewesen, daß die Bursche aus Ulis Gemeinde, die Erdöpfelkofer, mit den Brönzwyleren einen Wetthurnusset abhalten sollten. Das Hurnussen ist nämlich eine Art Ballspiel, welches im Frühjahr und Herbst im Kanton Bern auf Wiesen und Äckern, wo nichts zu verderben ist, gespielt wird, an dem Knaben und Greise teilnehmen. Es ist wohl nicht bald ein Spiel, welches Kraft und Gelenkigkeit, Hand, Aug und Fuß so sehr in Anspruch nimmt als das Hurnussen. Die Spielenden teilen sich in zwei Partien, die eine hat den Hurnuß zu schlagen, die andere ihn aufzufangen. Der Hurnuß ist eine kleine Scheibe von nicht zwei Zoll im Durchmesser, in der Mitte etwas dicker als an den Rändern, welche abgerundet und zwei Linien dick sind. Derselbe wird mit schlanken Stecken von einem Sparren, der hinten auf dem Boden, vornen auf zirka zwei bis drei Fuß hohen Schwirren liegt, geschlagen, auf den er aufrecht mit Lehm angeklebt wird. Etwa zwanzig Schritte weit vor dem Sparren wird die Fronte des Raumes bezeichnet, innerhalb welchem der Hurnuß fallen oder abgetan werden muß. Dieser Raum oder dieses Ziel ist an der Fronte auch ungefähr zwanzig Schritte breit, erweitert sich nach und nach auf beiden Seiten, hat aber keine Rückseite, sondern ist in seiner Längenausdehnung unbegrenzt; soweit die Kraft reicht, kann der Hurnuß geschlagen werden. Innerhalb dieses Zieles muß nun der sehr rasch fliegende Hurnuß aufgefaßt, abgetan werden, welches mit großen hölzernen Schaufeln mit kurzen Handhaben geschieht. Fällt derselbe unabgetan innerhalb des Zieles zu Boden, so ist das ein guter Punkt. Wird er aber aufgefaßt, oder fällt er dreimal hintereinander außerhalb der Grenzen zu Boden, so muß der Schlagende zu schlagen aufhören. Die zwei Partien bestehen aus gleich viel Gliedern und schlagen und tun wechselseitig den Hurnuß ab. Haben alle Glieder einer Partie das Schlagrecht verloren, indem der Hurnuß entweder abgefaßt worden oder außer das Ziel gefallen, so zählen sie die guten Punkte und gehen nun ins Ziel, um den Hurnuß aufzufassen, den nun die andere Partie schlägt, bis auch alle Glieder das Schlagrecht verloren. Welcher Partie es gelungen ist, mehr Punkte zu machen, den Hurnuß ins Ziel zu schlagen, ohne daß er abgetan wird, die hat gewonnen. Nun muß man wissen, daß dieser Hurnuß fünfzig bis siebenzig Fuß hoch und vielleicht sechs- bis achthundert Fuß weit geschlagen wird, und doch gelingt es bei geübten Spielern den Partien oft nicht, einen einzigen Punkt zu machen, höchstens zwei bis drei. Es ist bewunderungswürdig, mit welcher Sicherheit gewandte Spieler dem haushoch über sie hinfliegenden Hurnuß ihre Schaufel entgegenrädern, wie man zu sagen pflegt, und ihn abtun mit weithin tönendem, hellem Klange; mit welcher Schnelligkeit man dem Hurnuß entgegenläuft oder rückwärts springt, um ihn in seinen Bereich zu kriegen. Denn, je gewandter ein Spieler ist, ein desto größerer Raum wird ihm zur Bewachung anvertraut. Je gewaltiger einer den Hurnuß zu schlagen vermag, um so mehr müssen die Auffassenden im Ziel sich verteilen, so daß große Zwischenräume zwischen ihnen entstehen und auf den geflügelten Hurnuß eine eigentliche Jagd gemacht werden muß. Dieses Spiel ist ein echt nationales und verdient als eins der schönsten mehr Beachtung, als es bisher gefunden hat. Daß es ein nationales ist, beweist das am besten, daß ein ausgezeichneter Spieler durch eine ganze Landschaft berühmt wird und die Spieler verschiedener Dörfer ordentliche Wettkämpfe miteinander eingehen, wo die verlierende

Partie der gewinnenden eine Ürti zahlen muß, das heißt ein Nachtessen mit der nötigen Portion Wein etc.

Zur Zeit, als die Erdöpfelkofer und die Brönzwylerer miteinander hurnussen wollten, war noch der Dorfhaß in vollem Leben. Es war nämlich eine Zeit im Kanton Bern, wo jedes Dorf das andere haßte, jedes Dorf seinen Spottnamen hatte, wo dieser Haß bei jedem Tanz, an jedem Markt und zwischendurch im Jahr noch sehr oft mit Blut neu besiegelt wurde, daher nie veraltete, sondern in seiner gleichen Schärfe von einem Geschlecht zum andern überging. Damals schlug man sich mehr als jetzt, es floß mehr Blut als jetzt; aber damals war es ein nationales Schlagen mit Scheitern, Stuhlbeinen, Zaunstecken, und die harten Bernergrinden wurden wohl sturm davon, aber brachen nicht ein. Jetzt aber ist es mehr ein banditenmäßiges Morden, ein unnationales Messerbrauchen, und, je stumpfer das Schwert der Gerechtigkeit wird, desto schärfer werden die Messer, und, je feiger die Richter sind, desto frecher wird das Pack. Ach Gott, wenn doch so ein Richter durch seine vermeintliche Popularität hindurchsehen könnte, wie geehrt und beliebt er sich durch seine Feigheit macht, wie hoch ihn die Mit- und Nachwelt schätzt, wenn er jedem Spitzbuben, jedem Vieh herauszuhelfen sucht, ja dadurch so recht eigentlich zu ihrem Helfershelfer sich macht, er würde zittern und schlottern vor Scham und Angst und doch vielleicht nicht anders können, von wegen seinen natürlichen Anlagen.

Schon lange hatten sie sich gegenseitig ausgeboten und verhöhnt, schon manches Loch in die Köpfe war geschlagen worden, ehe man dazukam, einen Tag zum Wettkampf anzusetzen. Nun entstund in beiden Dörfern ein reges Leben, jede Abendstunde wurde zur Vorübung benutzt. Die Alten brummten über viele Zeitversäumnis, sagten voraus, das werde eine schöne Geschichte absetzen, und doch nahmen sie eifrig teil an allem, nahmen selbst noch die Schaufeln zur Hand und probierten die Schlagstecken, wie sie sich in die Hand schickten, und was für einen Zug sie hätten, bis sie sich nicht enthalten konnten, den Hurnuß auch zu schlagen. Zugleich führten sie die Jungen aus, wie sie gar nichts mehr könnten, und wie die andern ihnen den Marsch machen werden, und doch ließen sich noch einige alte Berühmtheiten mit fast weißen Haaren erbitten, am eigentlichen Kampfe teilzunehmen. Die Auswahl der Spielenden geschah mit der größten Sorgfalt und nach langem Prüfen und Wägen; denn die Ehre des Dorfes stund auf dem Spiele, und es war lustig anzusehen, wie die Auserwählten sich ordentlich in die Brust warfen, die Nichterwählten aber sich klein machten und demütig zu den andern aufschauten.

Unter den Auserwählten sollte auch Uli sein, denn für so ein Junger war er ein Meister, und wenn ihm schon im Schlagen noch hie und da ein Streich fehlte, so war er doch im Abtun, wo es Springen und Werfen galt, einer der Tüchtigsten. Sein Meister riet ihm ab, die Wahl anzunehmen. Das sei nicht für ihn, sagte derselbe. Verliere seine Partie, so komme er unter fünfundzwanzig bis dreißig Batzen nicht daraus. Das sei noch das wenigste. Am Abend gebe es Streit, und, was dann das kosten werde, das wisse man nicht voraus. Wenn es bös gehe, so könne es zu Leistungen kommen, und man habe Beispiele, daß so ein Streit viele hundert Kronen gekostet habe. Das sei für reiche Bauernsöhne, welche gerne ihre Neutaler sonneten, und denen ihre Alten nichts darauf hätten, wenn sie nicht alle halben Jahre eine Ausmacheten hätten, wenn sie nicht während ihrer ledigen Zeit einige hundert Neutaler an Schmerzengeld und Bußen zahlen müßten. Ob solchem sei schon mancher Bauer arm geworden; ein Knechtlein vermöge es vollends nicht. Er solle daher zurückbleiben, meinte der Meister, es könnte ihn sonst um manches Jahr zurückschlagen, ja machen, daß er nie mehr ins Geleise käme. Den Uli dünkte, was der Meister sagte, gar vernünftig, obgleich es ihn hart hielt, nicht an der Ehre teilzunehmen, an jenem Sonntag vor der großen Zuschauerschaft als ein bewährter Hurnusser aufziehen zu können. Er ging den nächsten Abend hin, um abzusagen. Natürlich nahm man sein Wort nicht gerne an, und unglücklicherweise war gerade jener oben genannte Nachbar auch dabei. Nachdem man lange umsonst in Uli gedrungen war, nahm jener Nachbar ihn nebenaus und stellte die Sache nun anders dar.

Der sagte nun dem Uli, wie es seinem Meister nur darum zu tun sei, daß er ihm nicht etwas versäume, und daß er nicht etwa einen Abend für ihn füttern müsse. Er kenne den Bodenbauer von Jugend auf, sagte er. Das sei ihm der größte Fuchs und scheinheiligste Ketzer unter der Sonne, und so wie er wisse keiner die Diensten auszunutzen. Da gebe er ihnen alles mögliche an und stelle sich lauter gutmeinend, nur um sie zu Hause zu behalten, damit keiner einen Augenblick versäume und er sie brauchen könne Tag und Nacht. Auch wolle er nicht, daß sie mit andern Leuten Gemeinschaft hätten und Bekanntschaft machten, damit sie nicht vernähmten, wieviel Lohn man hier oder dort gebe, wie gut man es hätte usw. So mache er es allen seinen Diensten, und wenn er einen recht ausgenutzet habe, ihm alles aufgebürdet und der etwas mehr Lohn wolle, so jage er ihn fort und stelle wieder einen wohlfeilern an. Jetzt wolle er nur nicht, daß Uli gute Kameradschaft mache mit reichen Bauernsöhnen und dadurch vielleicht sein Glück machen könne, man wisse nicht, wie. Er, Uli, solle nur dem Meister sagen, man hätte ihn nicht loslassen wollen. Es sei ihm nützlicher, der Meister brumme ein wenig, als wenn die ganze Dorfschaft ihn zHaß ergreifen würde. Uli schwankte, gab nach; solche Worte fanden noch Glauben bei ihm, zudem gefiel ihm die Kameradschaft mit reichen Bauernsöhnen; er wußte nicht, daß auch hier das Sprüchwort giltet, es sei bös mit großen Herren Kirschen essen, weil sie einem gerne Steine und Stiele ins Gesicht würfen, das Fleisch aber behielten. Wer mit Höhern ohne eigenen Schaden umgehen will, muß sehr klug sein; sonst wird er mißbraucht, muß die Ehre teuer bezahlen und wird am Ende doch mit Spott und Hohn weggeworfen, wenn man seiner satt hat oder ihn nicht mehr zu brauchen weiß, oder wenn er sich einfallen läßt, Ansprüche zu machen. Das ist ganz akkurat gleich zu Erdöpfelkofen wie zu Paris, zu Brönzwyler wie zu Bern.

Als Uli dem Meister sagte, er müsse doch mithalten, man wolle ihn nicht loslassen, so erwiderte dieser wenig darauf, nur ermahnte er Uli, daß er sich wohl in acht nehmen möchte; es wäre ihm leid, wenn er in Ungelegenheit käme und wieder ans alte Ort. Diese Milde rührte Uli fast, und beinahe wäre er jetzt noch zurückgegangen, aber die falsche Scham war stärker in ihm als die gute Regung.

Der ersehnte Sonntag brach endlich an, und mit ihm nahm manchem eine schlaflose Nacht ihr Ende. Wenige hatten Zeit, die Kirche zu besuchen; alle Teilnehmer mußten sich rüsten, Schaufeln probieren, Stecken fecken, die andern hatten ihnen zu helfen, und alle Weiber mußten das Mittagsmahl wenigstens eine halbe Stunde früher bereit halten als sonst, was für die einen eine schwere Aufgabe war, welche Fleisch im Hafen hatten, das drei Jahre im Kamin gehangen und von einer Kuh gekommen war, welche, wenn sie eine Frau gewesen, fast gar zur goldenen Hochzeit gekommen wäre.

Indessen, wenn das Fleisch auch blieb wie mittelmäßiges Sohlleder, heute nahm es niemand übel, und glücklich war man, als endlich nichts mehr zwischen dem Nachmittage war, an dem des Dorfes Ehre für Kind und Kindeskinder neu bewährt werden sollte.

Noch lange hatte die bestimmte Stunde nicht geschlagen, als man schon mit dem Rüstzeug auf den Achseln einzelne dem Sammelplatz zuziehen und dort Stecken und Schaufeln von Hand zu Hand zu sorgfältiger Prüfung wandern sah. Die Knaben drängten sich gar eifrig herbei und schwangen mit Eifer die Stecken und redeten mit gar wichtigen Gesichtern, welche Schaufel am besten in die Hand sich schicke; die Alten aber stunden scheinbar kaltblütig draußen auf der Straße, die kurzen Pfeifchen trotzig im Munde, die Hände in den Kuttentäschen und Westensäcken, und redeten vom Luft und vom Säen. Endlich wurde aufgebrochen, die jubelnde Jugend voran. Mit glücklichen Gesichtern die, welche eine Schaufel, einen Stecken tragen konnten, branzend und zankend die, welche leer nebenbeiliefen, kühn und trotzig, hie und da einer einen ungelenken Sprung versuchend, wenn er eben ein Mädchengesicht erblickte, das ihm nicht gleichgültig war, marschierten die Kämpfer in halbmilitärischer Ordnung nach, und hintendrein trätscheten, wie in halbem Selbstvergessen, die Alten, und einer sagte dem andern, er müsse auf seinen Acker, man habe ihm gesagt, die Schnecken machten gar wüst in seinem Roggen, und da gehe es ihm in einem zu, zu sehen, wie die Jungen es verspielten. Es sei unter ihnen kein einziger, der ihm die Schuhriemen aufgetan hätte, wo er noch jung gewesen, und doch seien noch ein halb Dutzend ebenso bös gewesen oder noch böser als er. Und als die Mannschaft aus dem Dörfchen war, hielt das Weibervolk Rat, was sie wohl zWort haben könnten, um auch auf dem Kampfplatz zu erscheinen oder wenigstens von weitem zuzusehen. So mir nichts, dir nichts dem Zuge nachzulaufen, schämten sie sich. Ei nun, die Vorwände waren bald gefunden! Die jungen Mädchen zogen aus in langen Zeilen, Hand in Hand, und flatterten herum, bis sie mitten unter den Buben saßen; etwas ältere zogen langsam, in weiten Kreisen um den Platz herum und stellten sich in geziemender Entfernung auf einem kleinen Hübeli auf, wo sie weithin gesehen werden konnten, und eine Alte nach der andern trappete nach mit einem Kinde an der einen, einem Rosmarinstengel in der andern Hand und sagte jedem Begegnenden: sie müsse auch noch da hinaus, wenn es ihr schon zwider sei, aber das Kleine hätte ihr keine Ruhe gelassen. Es wolle auch luegen, wie dr Ätti hurnussen könne, hätte es gesagt.

Es war ein schöner herbstlicher Tag, hell die Luft und grün die Erde; einzelne Schäfchen gingen am Himmel, ganze Scharen weideten auf der Erde, und eine liebliche Wärme lag auf Menschen und Tieren, die in süßer Behaglichkeit sich ausstreckten im grünen Grase an der hellen Sonne.

Draußen trafen auf einer weiten Matte die Partien zusammen und ordneten sich zum Spiele, das hundertmal schöner und tausendmal nationaler ist als das fratzenhafte Komödiespielen, das den Leib nicht übt, an dem die Seele nicht wohllebt, das eine leidige Nachahmung ist und Gelegenheiten zum Faulenzen oder Hudeln gibt.

Der günstigste Standpunkt wurde auserlesen, die Sonne für die Abtuenden in den Rücken genommen, der Sparren zum Schlagen des Hurnusses sorgfältig gestellt, wo kein dunkler Hintergrund das Aufsteigen des Hurnusses verbarg, wo er gleich von der Stange weg in freier Luft wahrgenommen werden konnte. Wo dies nicht beachtet wird oder der Tag etwas dunkel ist und der Schläger den Hurnuß rasch und kräftig zwickt, da fliegt er mit solcher Schnelligkeit, daß er nicht wahrgenommen wird, bis er einem schwer verletzend an den Kopf fliegt oder mit dumpfem Schlage neben einem zu Boden fällt. Daher haben auch die Vordersten im Ziele die Aufgabe, denselben, sobald sie ihn erblicken, mit Händen und Schaufeln den Hintern zu zeigen, und weithin schallt dann das ängstliche: »Da, da, da, da, hier, hier!«

Lange gings, bis der Sparren oder die Stange aufgerichtet war in ebenrechter Höhe, bis das Ziel ausgesteckt war in ebenrechter Weite und Breite, bis die Regeln des Spieles festgesetzt waren und geloset war, wer anschlagen solle. Jede Partie suchte ihre wirklichen oder vermeintlichen Vorteile, und eine brauchte nur etwas vorzuschlagen, so verweigerte es die andere hartnäckig, etwas Verdächtiges dahinter witternd. Dann zankte man sich, bis die Alten sich dareinlegten, den einen oder den andern nebenausriefen, ihm etwas ins Ohr sagten, welches gewöhnlich darauf hinauslief: mit Aufgeben eines Vörtelchens ein anderes zu erlistelen.

Es war schon über zwei Uhr geworden, ehe die Spieler ins Ziel traten, sich verstellten, vom Sparren herauf der Ruf ertönte: »Weit dr ne?«, von dort her die Antwort kam: »Gät ume!«, ein Schläger rasch hinzutrat, aufzog, den Stecken über den Sparren, ihn hörbar berührend, niedersausen ließ, alle Herzen pochten, alle Mäuler aufgingen, alle Augen in zitternder Spannung zum Hurnuß sahen, ihn suchten in der Luft, ihn nirgends sahen; und während alle die Augen aus dem Kopfe sahen, tönte ein zweiter Schlag, da flog der Hurnuß hoch herein übers Ziel, wurde zu spät entdeckt und machte eins. Der erste Schlag war ein Vexierschlag gewesen.

Ich will nun nicht fortfahren, wie ich angefangen, nicht den Lauf des gesamten Spiels erzählen, wie oft man branzte miteinander über vermeintliche und wirkliche Täuschungen, wie man sich manchmal die Fäuste unter die Nase hielt, wie die Alten Schiedsrichter sein mußten, wie sie mittelten von beiden Seiten, und wie die Jungen sich ihnen fügten, freilich oft sperrig; wie die Alten sich nicht enthalten konnten, praktischen Unterricht zu geben, einem Schläger zuzurufen: er solle bas hingere stah oder bas füre; den Abtuenden: sie sollen sich besser auseinanderlassen und ihre Schaufeln nit z'gly (zu früh) werfen, das sei nichts wert. Ich will auch nicht weiter beschreiben, wie allmählich ein dichter Kranz von Zuschauern die Spielenden umschlang, wie die alten Mütter mit pochenden Herzen an dem Spiele teilnahmen, wie die Mädchen vor Angst oder Freude zitterten, wenn ihr Liebster ans Schlagen trat oder den Hurnuß abtat; auch nicht, wie die Buben von Erdöpfelkofen und Brönzwyler sich boshaft neckten und endlich jämmerlich prügelten, bis die Mütter und Schwestern sie auseinanderrissen, während die Väter und Brüder es nicht der Mühe wert fanden, einzuschreiten.

Das alles will ich nicht erzählen, sondern bloß noch sagen, daß die Erdöpfelkofer es verloren, freilich nur um eins, aber doch verloren. Sie zankten sich zwar tüchtig, ehe sie es glauben wollten, versuchten alle List und alle Vörtel, konnten wirklich einen noch einmal schlagen lassen, nachdem er schon abgetan worden, stüpften einen Hurnuß, der ins Ziel gefallen war, hinaus und hoben ihn erst draußen auf und leugneten es dem alten Brönzwyler, der pfiffig in der Nähe aufpaßte, ab; aber es half alles nichts, sie mußten es endlich verloren geben. Sie waren unwirsch und hielten den Entscheid des Schicksals für durchaus ungerecht, weil sie offenbar die Bessern gewesen, und hie und da einer konnte sich nicht enthalten, einem schuld zu geben, daß er schlecht geschlagen oder im Abtun sich verfehlt. Die Alten verließen brummend den Platz und meinten, sie hätten es schon lange gesagt, es komme so; allbets (ehemals) wäre es anders gegangen, sie seien manchmal dabeigewesen, aber so leid hätten sie sich nie gestellt. Und die Weiber und die Mädchen gingen auch mit schweren Beinen heim und sagten: das mach ihnen zuletzt noch nichts, wenns Ihrer schon verspielt hätten, wenn es hinecht (diese Nacht) nur nichts Uwatligs (Ungereimtes) geb, aber sie förchte, die kämen nicht ohne Kläpf auseinander. He nu, was das denn mache, sagte so ein alter Fäger (Schläger); er sei auch manchmal dabeigewesen, wo es Kläpf gegeben habe, und noch ganz andere als heutzutag, und er sei doch immer mit dem Leben davongekommen.

Uli hatte sich brav gestellt, und doch trümpfte ihn ein Baurensohn, der selbst den Hurnuß mehr als einmal liederlich vorbeigelassen, als ob er am Verlust schuld sei. Das und die Aussicht, so mir nichts dir nichts um zwei bis drei Franken zu kommen, machte ihn ganz böse und ärgerlich; er sagte: er denk, er komme nicht mit zum Trinken, es sei ihm nicht darum, und er müsse daheim füttern, der Meister werde kaum daheim sein; es soll doch einer für ihn zahlen, was es ihm breiche, er wolle es ihm dann wiedergeben. Aber da sagte man ihm, ob man ihn hintersich darauslassen wolle! Er hätte es verspielen helfen, er müsse jetzt auch zahlen helfen und mit den andern halten, es möge kommen, was da wolle. Das wäre lustig, wenn jetzt ein jeder heimwollte, dem Müetti under dScheube (Fürtuch) schlüfen. Uli mußte mit, unzufrieden mit sich selbst und der ganzen Welt. Er hatte im stillen gehofft, einmal wieder recht trinken zu können auf anderer Leute Kosten; nun ging es ihm umgekehrt.

Es war wirklich für die Erdöpfelkofer eine harte Nuß, so gleichsam im Triumph von ihren Siegern aufgeführt zu werden dem auserwählten Wirtshaus zu und in diesem Zuge die fröhlichen Gesichter der Brönzwyler Weiber und Mädchen zu sehen und hören zu müssen: wie sie es nicht geglaubt hätten, daß es Ihrer so wohl könnten, aber da hätten sie keinen vorbeigelassen, wie hoch einer auch dahergekommen sei und wie schnausig (schnell). Sie mußten es indessen leiden, gebärdeten sich dabei aber so trotzig als möglich, waren auf Spottreden mit Schlagworten bereit, und wenn die Mädchen mit schelmischen Blicken sie neckten, so vergalten sie es ihnen mit schlüpferigen Reden.

Im Wirtshause glimmte das heimliche Feuer, vom Weine genährt, immer mehr auf. Stichelreden flogen hin und her, und manche Faust hob sich, und manche Flasche wurde zum Wurfe gefaßt; aber noch mittelten die Ältern, setzten die Jüngern und mahnten, ja nicht anzufangen; aber wenn die andern anfingen, so sollten sie sich wehren vom Teufel und nichts borgen. Aber immer mehr stieg auch den Ältern der Wein zu Haupt. Sie begannen zu erzählen von vergangenen Zeiten, wie sie hier und dort sich geprügelt, daß das Blut durch die Karrgläuse (Wagenspuren) gelaufen sei, wie aus allen Häusern die Leute zusammengelaufen seien, wie wenn man zusammengeläutet hätte, und wie sie allen Meister geworden wären. Die Erdöpfelkofer hielten den Brönzwylern vor, wie oft sie dieselben gejagt, gescheitert, gebodiget hätten. Die Brönzwyler führten anderes an und namentlich den heutigen Tag, und wenn sie es so verspielt hätten, so wollten sie sich nicht so groß machen; es hätten es ja alle Leute sehen können, welche die Leideren seien. Und einer begann dem andern vorzuhalten, wie er ihn dort in einen Bach geworfen oder in einer Mistgülle herumgezogen, mit einem Zaunstecken traktiert, daß er am Boden gelegen sei wie ein Kalb. Und der andere erhob dann die Faust und wollte erfahren, wer heute Meister sei. Und die Älteren, die früher abgewehrt, waren jetzt die Hitzigsten geworden, und hier griff ein Paar zusammen, und dort drückten sich einige alte Mannlein an die Wand, während einige mächtige Männer ruhig hinter den Tischen saßen und mit bewunderungswürdiger Gravität in das Getümmel schauten, nur hie und da einige gewichtige Worte sprachen, als: »E e, ih wett nit; la dä gah, sust wills dr zeige (setze dich, oder ich komme)«; und ihre Worte verfehlten ihre Wirkung nicht. Es waren die Künge (Könige), die man kannte, von denen man wußte, daß, wenn die einmal aufstünden, es den Fall vieler zu bedeuten hätte; denen es aber selten mehr der Mühe sich lohnte, ihre Kraft in die Waagschale zu legen. Ihre Worte unterstützten die Bemühungen des Wirtes, der Ruhe halten wollte, seiner Tische und Stühle, seiner Flaschen und Gläser wegen. Er war ein kräftiger und beliebter Mann, der ohne Furcht mitten unter die Streitenden trat, sie auseinandertat, den einen hiehin, den andern dorthin setzte, wenn sie sich wehren wollten, und mit mächtigem Arme den aus der Stube warf, der sich nicht ergeben, nicht ruhig sein wollte.

Dem guten Mann floß von der Stirne heiß der Schweiß; wenn er hier auseinandergetan, so klebten dort andere zusammen; aber er gab nicht nach, sondern rief immer mächtiger, hier sei er Meister, und hier dulde er keinen Streit; wer für ds Teufels Gwalt Schläge haben wolle, der solle hinaus, dort hätten sie Platz genug, und dort könnten sie einander seinethalb dGringe abschryße. Die recht Streitbrünstigen ließen sich das gesagt sein. Es verschwand einer nach dem andern; einer wollte dem andern auflauern, und ehe er recht draußen war, hagelten Streiche auf ihn ein wie von unsichtbaren Händen; er konnte kaum seinen Kopf sichern und mit Dreinschlagen den Feind sich vom Leibe halten. Wie man es draußen so tätschen und klepfen hörte, so nahm es die drinnen immer mehr wunder, wie es draußen ginge, sie stürzten hinaus und hingen sich auch in den großen, immer blutiger werdenden Knäuel, auf den mild lächelnd die heitern Sterne schienen, aber nicht hell genug leuchteten, daß der Freund vor Freundes Schlag sich wehren, der Feind den Feind erkennen konnte. Es ging wüst draußen, und hie und da kam einer herein, mit Blut überströmt, sagte, es werde ihm fast gschmucht, und man solle ihm Wasser geben. Der Wirt, der Wasser holen wollte, kam auch blutend, mit zerschlagener Flasche wieder und sagte den Küngen, die noch immer am Tische saßen, es wäre doch afe Zeit, daß sie hinausgingen und sähen, was es gebe; es dünke ihn, es gehe afe wüst genug. Die Mannen tranken aus, klopften ihre Pfeifen aus, erhoben langsam ihre Riesenglieder und schritten langsam hinaus; sie wären schneller gegangen, wenn man sie gerufen hätte, draußen einem Pferde die Fliegen zu wehren. Draußen stellten sie sich, betrachteten gemächlich das Gewühl der auf dem Boden Liegenden, der in Masse Kämpfenden, und endlich sagte einer: es dunke ihn, es sollte jetzt genug sein, sie sollten jetzt aufhören, sonst wolle man es ihnen teilen, aber dann unsauber. »La gseh, gutets jetz de?« rief ein anderer, als der Streit fortdauerte, nahm den Nächsten und schmiß ihn rücklings in einen Haufen hinein, daß er durch denselben fuhr wie eine Kanonenkugel und jenseits in einem Zaune hängen blieb. Die andern griffen auch zu, und es war merkwürdig zu sehen, wie die wildesten Schläger im Arme eines der Künge zappelten wie Fische in der Hand einer Köchin, und in kurzer Zeit war der Platz von Streitenden leer, nur noch hie und da, in immer zunehmender Ferne hörte man Schläge fallen, Flüche schallen. Nun wurden die Verwundeten aufgehoben, ausgewaschen und suchten sich im Geleite der Künge den Weg nach Hause. Nur zwei von Brönzwyler wollten nicht fort, sondern blieben, wie man zu sagen pflegt, in der Leistung liegen und begehrten einen Doktor, das heißt, sie blieben auf Kosten ihrer Schläger liegen so lange als möglich, oder bis der Handel ausgemacht, die Entschädnis ausgemittelt war. Das wollte zwar den Küngen nicht gefallen, sie sagten: zu ihren Zeiten hätte man sich wegen solchen Flöhbicken nicht umgesehen, es sei nichts mehr mit den Leuten. Aber die Bursche ließen sich nicht abwendig machen; es waren halt nicht die reichsten, und es war ihnen nur um das Stück Geld zu tun.

Uli war gereizten Gemütes zum Weine gekommen und hatte viel getrunken. Er dachte, wenn er doch mitzahlen müsse, so wolle er wenigstens machen, daß er redlich seinen Teil bekäme. Er war auch im Streit gewesen, aber nur so im allgemeinen, weil gerade kein besonderer Haß gegen irgendeinen Brönzwylerer in ihm war. Er teilte tüchtige Schläge aus hie und da, aber mißhandelte niemand insbesonders; er erhielt einige räße (gesalzene) Kläpfe, blutete, und sein Sonntagsstaat hing ihm zerrissen am Leibe. Als die alten Fäger dem Streit ein Ende machten, so hatten die Erdöpfelkofer die Oberhand, auch waren die beiden in der Leistung Liegenden Brönzwylerer. Die erstern schrieben sich daher den nächtlichen Sieg zu, trösteten sich deswegen über die Niederlage beim Hurnussen und verführten beim Heimgehen einen Mordsspektakel, und manches unschuldige Bäumchen und manch noch unschuldigeres Fenster mußten ihren Sieges- und andern Rausch büßen. Die Helden von Waterloo oder Morgarten konnten nicht bäumeliger (stolzierender) heimgekommen sein als sie. Am Morgen verging einigen der Jubel. Als Uli erwachte, der zerschlagene Kopf ihn brannte, ein Arm sich fast nicht wollte bewegen lassen, seine zerfetzten Sonntagskleider ihm in die Augen und die mächtige Ürti ihm ins Gedächtnis fielen, da hätte er fast weinen mögen. Jetzt sei alles aus, dachte er, Hausen lohne sich nicht der Mühe. Er habe doch recht, ein arm Knechtlein komme zu nichts, und wenn er ein einzigmal übertrappe, so sei er fertig; es möge ihm auch gar nichts erleiden. Er hatte allen Mut verloren, gab nicht nur niemand ein gutes Wort, sondern ging umher wie eine geladene Kanone, vor der jedermann floh, weil man fürchtete, sie könnte jeden Augenblick losgehen.

Unterdessen hatten die in der Leistung Liegenden zwei

Männer nach Erdöpfelkofen gesandt mit der Frage, ob sie es mit ihnen in Freundlichkeit ausmachen, oder ob sie es dem Landvogt anzeigen sollten. Diese Männer hatten sich an den Bauer gewandt, der den Uli aufgestiefelt hatte gegen seinen Meister, und dieser gab ihnen den Bescheid, man werde wohl ausmachen, wenn es der wert sei; es werde wohl nicht so bös gegangen sein. Indessen müsse er mit den andern reden, man könne ihnen morgen den Bescheid sagen lassen. Der Fuchs hatte seinen Plan schon gemacht, wie er und seinesgleichen darauskommen wollten, ohne daß es sie etwas koste. Er gab unter der Hand den andern an, sie wollten den Uli vermögen, daß er sich als den Schuldigen, welcher jene beiden mißhandelt, dargebe und entweder mit ihnen abmache oder sich dem Landvogt anzeigen lasse. Das tue der schon, sagte er, wenn man ihm den Mund recht süß mache, ihm nicht nur verspreche, ihn in allem auszuhalten, sondern noch einen schönen Lohn obendrein zu geben. Man könne von diesem allem hintendrein immer halten, was einem anständig sei. Zugleich schmiere man so die Brönzwylerer an, die an Uli auch nicht reich werden würden.

Das gefiel den meisten wohl, daß Uli die Suppe ausessen sollte; sie hatten so halb und halb Angst, der Landvogt könnte diesmal nicht bloß büßen, sondern bannisieren; und wenn ein reicher Bauernsohn schon das Geld liebhat, so zahlt er doch zehnmal lieber, als daß er leistet, und sein Vater hundertmal lieber und das Müetti gar tausendmal.

Resli, wie der alte Fuchs hieß, machte sich also an Uli, als der fütterte am Abend, und sagte ihm, es hätte gefehlt, und die Brönzwylerer hätten Mannen geschickt, und es komme jetzt darauf an, wie man es etwa ausmachen könne, viel Geld könnte es allweg kosten. Das war bei Uli die Lunte auf die Kanone, und die brannte nun krachend und donnernd über Resli los. Uli nannte ihn einen alten Schelm, der ihn ins Unglück gestürzt. Er hätte nicht kommen wollen, Resli hätte ihn beredet; er hätte den Streit nicht angefangen, gerade sie Alten, wo am witzigsten hätten sein sollen, hätten am wüstesten getan, und namentlich er, Resli. Nun sollte er, ein armes Knechtlein, ein halbes oder ganzes Jahrlöhnli dargeben, ein ganzes Jahr umsonst arbeiten; das sei vor Gott und Menschen nicht recht! Aber so habe man es mit den dolderschießigen Bauren; wenn die ein arm Knechtlein ins Unglück stoßen könnten, so bsinnten sie sich nicht zweimal.

Resli ließ den Sturm gelassen austoben und sagte endlich: wenn er ihn wollte zu Worten kommen lassen, so sollte er gerade das Gegenteil erfahren; man hätte sein Glück im Sinn, und wenn er vernünftig tue, so wolle man es einrichten, daß er allein den Vorteil vom ganzen Handel hätte. Er hatte Mühe, Uli zu gschweigen und zum Losen zu bringen. Als es Resli endlich gelang, zu sagen, daß Uli sich als Täter dargeben solle, so ging ein neuer Schuß los; Uli wollte vom Nachtrag lange gar nichts hören. Endlich gelang es Resli doch, anzubringen, wie man hinter ihm stehen und nicht nur alle Kosten tragen, sondern auch dem Uli ein Schönes geben wolle für sich; er solle nur fordern, man wolle ihm geben, bis er zufrieden sei. Wenn Uli sich dargebe, so könne man es viel wohlfeiler ausmachen; oder wenn es endlich vor den Landvogt komme und Uli leisten müsse, so mache ihm das ja nichts. Ein Kerli wie er finde allenthalben Meister; ds Gunträri, es hätte schon mancher in der Fremde, wohin er nie gegangen, wenn er nicht bannisiert worden wäre, sein Glück gemacht. Und die fünfzig oder hundert Kronen, die man ihm geben wolle, er solle ja nur heuschen, kämten ihm auch wohl; er könne lange arbeiten, ehe er soviel verdient hätte. Und wenn man ihm weiter sonst dienen könne, so solle er nur zusprechen, man werde ihn nie stecken lassen, sondern sein Leben lang ihm daran denken. Kurz, Resli wußte dem Uli die Sache so süß vorzustellen, ihm es glaublich zu machen, daß er noch großen Gewinn aus dem ganzen Handel ziehen würde, statt Schaden zu haben, daß er versprach, nach dem Feierabend in eine Versammlung zu kommen, wo man das Nähere verabreden wolle.

»So komm dann!« sagte Resli, »aber sag deinem Meister nichts, der braucht eben nicht alles zu wissen, was wir unter uns machen; es geht ihn ja nichts an, darum hat er nichts dazu zu sagen.«
Kaum war der Resli fort, so trat der Meister zu Uli in den Stall, und nach einigen gleichgültigen Worten fragte er: »Ist nicht der Resli bei dir gewesen? Hat er etwa zu mir wollen?« Uli sagte, er wisse es nicht, er hätte nichts davon gesagt. Der Meister sagte, er wüßte auch nicht, was er mit ihm hätte; er werde wohl nur zu Uli gewollt haben. Uli sagte, sie hätten noch von gestern miteinander brichtet. Der Meister wußte wohl, was. Er war, während Uli und Resli miteinander geredet, die ganze Zeit über im Futtergang gewesen, hatte alles gehört. Es ward ihm daher nicht schwer, durch eine Reihe von Fragen Uli endlich zum Geständnis der Wahrheit zu bringen. In seiner angestammten Bedächtigkeit hatte der Meister einen Kampf in sich zu bestehen: ob er sich weiter in eine Sache mischen wolle, die ihn allerdings nichts anging, und ob er eines Knechtes gegenüber von Nachbarn sich annehmen wolle. Indessen siegte seine Gutmütigkeit, sein Wohlwollen zu Uli und auch etwas der Ärger, daß man hinter seinem Rücken an seinen Knecht sich mache, ihn erst aufreise und dann mißbrauchen wolle. Er sagte daher Uli: »Du kannst meinethalben machen, was du willst; du hast mir nicht gehorcht, als ich dir von dem Mitmachen abgeraten; du kannst jetzt auch machen, was du willst. Indessen, wenn ich dir gut zu Rate bin, so laß dich nicht ein; man will dich hineinsprengen, und die andern wollen sich hinter dir drausmachen. Man wird dir alles versprechen, was du willst, aber gar nichts halten. Wenn du mit den Brönzwylerern abmachst, so kannst du bezahlen; wenn du leisten mußt, so kannst du ihrethalben gehen, wohin du willst, keiner wird dir Dankeigist sagen. Glaub mir nur, so gehts; der Gattigs hab ich schon mehr erlebt.« Aber das wär ihm doch dr Tüfel, sagte Uli; was man ihm verspreche, werde man ihm wohl halten, oder er müßte sich dann gar nichts auf die

Leute verstehen. »Ja, du guter Tropf du«, sagte der Meister, »man hält, was man gerne will oder halten muß, aber mehr nicht, am allerwenigsten in solchen Händeln, das sind die wüstesten Bschyßhändel von der ganzen Welt. Wenn man da einen hineinsprengen kann, so lacht man sich den Buckel voll.«

Da wurde es Uli angst, es war ihm fast, als wäre er schon hineingesprengt, und weinerlich sagte er: er könne nicht glauben, daß die Menschen so schlecht seien; wenn es also wäre, so erleide es einem, dabeizusein, und es wär eim am besten, wenn man dahin und daweg aus allem herauskönnte, ganz aus der Welt heraus. Da müsse er die Leute nehmen, wie sie seien, sagte der Meister, er könne sie nicht besser machen. Je gescheuter man sei, desto besser komme man mit ihnen nach; denn da fänden sie nicht Gelegenheit, einen zu betrügen, und scheuten sich auch mehr oder weniger davor; es heiße ganz recht, man solle klug sein wie eine Schlange, aber auch ohne Falsch wie eine Taube. Ein dummer Mensch sei eine immerwährende Versuchung für andere, ihn hinters Licht zu führen, ihn zu betrügen. Er solle nur gescheut tun, so hätte alles nichts zu sagen. Ja, was er dann zu machen hätte? fragte Uli. »Vielleicht wäre das das Witzigste, du gingest gar nicht hin, ließest dich nirgends finden; da würden sie dann von selbst deinen Namen aus dem Spiel lassen müssen. Indessen gehe und wehre dich, da werden sie dir das Schönste versprechen und immer mehr und mehr und werden schwören und alle Zeichen setzen, daß es dir ganz warm ums Herz werden wird, daß es dich dünkt, es müsse wirklich so sein, und es wäre die dümmste Sache von dir, wenn du nicht nachgäbest und dein Glück zu machen suchtest. Dann sag in Gottes Namen ja, aber man solle dir die Sache gschriftlich geben. Sieh dann, was das für Gesichter gibt, und wie man dir sagen wird, das mangle sich nicht; wenn es dir ja alle versprechen, so werde das wohl gut sein, und man wollte sich doch schämen, so etwas zu versprechen und nicht zu halten. Indessen bestehe darauf und sieh dann zu, was man dir gibt, wer es unterschreibt, und daß darin alle vernamset seien und einer für den andern gut ist!« »Ja«, sagte Uli, das wäre wohl gut, aber er könne nicht Geschriebenes lesen. »Ei nun«, sagte der Meister, »das macht nichts; nimm das Papier nur heim, man kann sehen, was darin ist, und du kannst morgen noch immer machen, was du willst.« »Aber meinst dann, Meister«, fragte Uli mit Beben, »das mache nichts, und ich verfehle mich nicht?« »Das kömmt darauf an«, sagte der Meister; »wenn du mir diesmal glauben willst, dich nicht willst mißtreu machen, aufreisen lassen, so verspreche ich, dir hinauszuhelfen. Willst du aber den andern wiederum mehr glauben als mir, so kannst du meinethalb; siehe dann, wie es dir geht! Ich habe es dir im voraus gesagt, wie das Ding auslaufen werde; aber du hattest zu den andern mehr Glauben als zu mir. Ich weiß wohl, wie sie mich werden verdächtigt und gesagt haben, es sei nur Mißgunst von mir, nur Zwang, ich wolle meinen Leuten keine Freude gönnen; und nicht recht von dir, Uli, war, daß du solche Dinge von mir glauben konntest. Ich hätte geglaubt, du solltest wissen, wie ich es mit dir meine, und du verdientest wirklich, daß ich dich stecken ließe. Aber das sage ich dir rundweg: wenn du mir noch einmal so mißtreu wirst und jedem Ohrenbläser und Lumpenhund mehr glaubst als mir und seine Aufweisungen gegen mich annimmst, so sind wir geschiedene Leute für immerdar. Wenn ich ein Vater an dir sein will, so kann ich doch fordern, daß du Glauben zu mir habest; und den solltest du wohl haben können!« Uli bekannte sein Unrecht, und daß er nicht geglaubt, daß die Menschen so seien. »Was«, sagte der Meister, »daß die Menschen so seien? Du hast ja geglaubt, ich sei ein schlechter Meister und wolle dich ausnutzen; du hast geglaubt, daß der, der mit der Tat sein Wohlwollen dir zeigte, schlecht sei, hingegen gut diejenigen, die dir flattierten, schmeichelten, aber auch nicht ein Augvoll an dir taten. Du hast es gehabt wie alle: du hast den Glauben an die Schlechten gehabt und Unglauben gegen die, welche gut an dir waren; dann kommst du wie alle andern: du hättest nicht geglaubt, daß die Menschen so schlecht seien. Das ist eine unvernünftige Rede. Aber ihr könnt gut von schlecht nicht unterscheiden und habt eine natürliche Vorliebe für die, welche euch aufweisen, und eine natürliche Abneigung gegen die, welche euch befehlen, euch in Ordnung halten müssen, und darum glaubt ihr zehnmal einem Halunk und nicht einmal einem Meister. Darum gehts den meisten auch so gut und kommen so weit. Glaubs mir nur: die, welche Knechte und Mägde haben müssen, sind weit mehr gestraft als die, welche Knechte und Mägde sein müssen.« Der Meister war wider seine Gewohnheit ganz heiß geworden. Uli hielt ihm an: er solle doch recht nicht böse sein; wenn es jetzt so gehe, wie er gesagt habe, so wolle er sein Lebtag an ihn glauben und nie mehr an Aufreisungen und Halunken.

Am andern Morgen früh kam Uli zum Meister und sagte ihm: er hätts nicht geglaubt, aber punktum sei es gegangen, wie er gesagt; er glaube, der Meister könne hexen. Sie hätten ihn fast gefressen vor lauter Liebe und Freundschaft, und zwischenein habe hie und da einer ihn wollen zu fürchten machen, und am Ende hätten sie ihm über alles aus tausend Pfund für ihn versprochen. Da habe er nachgegeben und es gschriftlig gefordert. Lange hätten sie mit ihm gezankt, und endlich habe Resli gesagt: »He«, was das dann mache, sie könnten es ihm wohl geben, und er solle selbst schreiben, wie er es haben wolle. Da habe er gesagt, er verstand sich nichts aufs Gschriftliche; und Resli habe gesagt, so wolle er es machen, und zwei müßten es im Namen aller unterschreiben. Nun hätten sie ihm dieses Papier mitgegeben, aber ihm gesagt, er solle es bei Leib und Leben einstweilen niemandes zeigen, sonst könnte das Ganze fehlen; und wie sie es ihm abgelesen, sei alles so gewesen, wie sie es abgeredet. Aber das hätte ihm nicht gefallen, sie hätten zäpflet untereinander, und jeder habe das Maul verzogen, wenn er darein gesehen.

Der Meister sagte: »Soll ich dir jetzt ablesen was darauf steht? Hör:
›Daß vergangenen Sonntag es schlecht gegangen mit dem Hurnussen, und daß nachher auch übel geschlagen worden, woran des Bodenbauren Knecht schuld ist und sich auch als schuldig dargegeben und bekannt hat und alle hiemit liberiert sind, das bezeugen mit ihren Unterschriften für sie und die andern:
Heuschrecken, den siebenesiebezigst Jänner 1000,8005.

Johnes Fürfuß.
Bendicht Hemmlischilt.‹«

Als Uli das Papier ablesen hörte, wurde er bald rot und bald weiß, und als es aus war, hatte er beide Hände geballt und konnte nichts sagen als: »Die Donnere, die Donnere!« »Und jetzt, Uli«, sagte der Meister, »wem ist nun zu glauben?« »Schwyg doch, Meister!« sagte Uli; »aber wart, dem Donners Resli schlag ich auf der Stelle beide Beine abenandere.« »Das käme gut heraus«, sagte der Meister. »Da kämest du vom Regen unter das Dachtrauf.« »Aber was soll ich machen?« sagte Uli; »so will ich es nicht annehmen.« »Gehe, mach deine Sache«, sagte der Meister, »und laß mir das Papier da; ich will das Ding in der Stille fertig machen; es ist am besten, man mache nicht Lärm; es könnte für beide Teile nichts Gutes dabei herauskommen, nichts als Futter für die Lämmergeier, welche vom Streit der Bauren leben.« Als der Meister ruhig zMorgen gegessen hatte, trätschete er so wie von ungefähr gegen Reslis Hofstatt, wo dieser Äpfel auflas, rühmte ihm, wie viele und schöne Bäume darin seien, und wie sie bsunderbar gerne trügen. Er ging darauf einige Schritte, kehrte sich dann um und sagte: »Jä, jetzt hätte ich es bald vergessen! Uli geht heute nicht an die Ausmacheten, das Papier hat ihm nicht recht gefallen wollen.« Resli bückte sich nach Äpfeln und sagte: »He nun, er hat dWehli (die Wahl); aber sehe er nur, was er macht!« »He, ja ja«, sagte der Meister, »aber ich habe dir nur sagen wollen, daß man mir Uli e rühyig (in Ruhe) läßt; es ist euch nützlicher, ihr machet aus und zahlet und fordert dem Uli keinen Kreuzer, als daß er das Papier dem Landvogt zeigt.« Darauf gab Resli gar keine Antwort, sondern sagte: »Johannes, es wäre mir lieb, wenn du deinen Hag besser vermachtest; deine Schafe sind immer in meiner Hofstatt, und wenn eins an einem Öpfel erstickt, so will ich nicht schuld sein.« Noch diesen Nachmittag solle die Lücke vermacht werden, sagte Johannes; es wäre schon lange geschehen, wenn man Zeit gehabt hätte. Er solle es nicht für ungut halten. »Nein«, sagte Resli, aber es hätte ihn gedünkt, es wäre afe Zeit. Er hätte nichts dawider, sagte Johannes, »aber Resli, du weißt wohl, wenn ds Hurnusse nicht gewesen wäre, so wäre manches gemacht, was nicht gemacht ist, und manches wäre unterwegs geblieben, was nichts abträgt.« Dem Resli kam der Tubak in den letzen (unrechten) Hals; er mußte husten, und Johannes ging fürbas; aber zu Uli sagte von wegen dem Zahlen niemand etwas mehr.

Siebentes Kapitel

Wie der Meister für den guten Samen einen Ofen heizt.

So kam er fast ungeschlagen aus großer Gefahr. Freilich reute ihn das vertane Geld, die verderbte Kleidung, und er konnte den Verlust fast nicht verwinden. Indessen erkannte er auch den großen Gewinn, den er gemacht hatte, daß er nämlich für immer begreifen gelernt, wer es gut und wer es bös mit ihm meine; daß die vom Teufel seien, welche einen auf den breiten Weg locken, und die von Gott, welche an den schmalen Pfad mahnen, der so mühselig ist in seinem Anfang, aber so herrlich in seinem Ausgang. Um dieses Gewinnes willen verschmerzte er den Verlust und verlor den Mut zum Sparen nicht, wurde aber doch erst dann recht froh, als er den Schaden wieder erarbeitet und da fortfahren konnte, wo er bereits gewesen war. Das war ein groß Glück; denn nichts lähmt den Mut mehr und oft für immer, als wenn man wieder von vornen anfangen soll. Rasch will einer einen Berg hinauf, er kugelt wieder hinab; er setzt noch einmal an, es geht ihm wie das erstemal; da schleichen die meisten lendenlahm weiter und lassen den Berg stehn. Laßt Pferde umsonst einen Wagen anziehen, durch einen ungeschickten Fuhrmann schlecht geleitet, und der Wagen kömmt nicht nach, so werden sie allemal schlechter anziehen und zuletzt es gar nicht mehr versuchen wollen. Gerade so ist es beim Hausen (Sparen) insbesonders, beim Besserwerden, sich Bekehren im allgemeinen: fruchtlose Versuche, Rückfälle sind die gefährlichsten Feinde wirklicher Besserungen.

Uli erhielt sich indessen oben, wenn schon das eigene Fleisch und Blut und manche Gelegenheit ihn hinunterziehen wollten. Am schwersten waren ihm die Winterabende, in welchen es nichts zu rüsten gab, und die Sonntage im Winter; da dünkte es ihn, es ziehe ihn jemand an allen Haaren nach irgendeinem Versammlungsort der Jugend, wo man anfänglich scheinbar Unschuldiges treibt, um Nüsse spielt, dann um Branntwein, dann um Geld und endlich noch ausfliegt, um seine Lust weiters zu büßen. Es ist in gar vielen Häusern eine Eigentümlichkeit, welcher man bestimmt viele schlechte Diensten zu verdanken hat. In gar vielen Häusern haben nämlich die männlichen Diensten keine helle oder warme Stube, in welcher sie sich aufhalten können. Sie schlafen in den obern Kammern; diese sind an den meisten Orten finster, an allen kalt, selten eine enthält Stühle, noch weniger Tische: es sind bloße Schlafstätten, in welchen oft im Winter Biecht an das Dackbett sich ansetzt, und wer einen Pfnüsel hat, soll häufig Eiszäpfen unter die Nase kriegen, ungefähr so, wie sie an Strohdächern zu Hunderten hangen. Hier können sie sich im Winter nicht anders aufhalten als im Bette, und schlafen mag man doch nicht immer; von irgend etwas anders machen ist nicht die Rede, nicht einmal von einem Knopf annähen oder einem Fürfuß plätzen für die Notdurft. In der Stube, wo gegessen wird, duldet man sie meistens nicht. Gewöhnlich ist es die Wohnstube der ganzen Haushaltung. Aber die Knechte sollen nicht darin sein. Bis man zum Essen ruft, sollen sie nicht hineinkommen, und wenn abgegessen ist, so sollen sie wieder hinausgehen; sonst macht die Hausfrau saure Augen, und wenn die nichts nützen, so erhält der Meister den Auftrag, dem Knecht zu sagen, sein Tubak stinke gar, oder aber kurzweg: wenn er gegessen habe, so hätte er nichts mehr in der Stube zu tun; er könne ins Gaden hinauf, dort sei sein Platz. Etwas besser haben es die Mägde; die können doch in der Stube sein, auch an den Abenden, wo nichts zu rüsten ist, sie müssen spinnen. An Sonntagnachmittagen sieht man sie aber an vielen Orten auch nicht ungern wandern, und schon manche Bäurin hat zu der Magd gesagt: ob sie denn nie von Hause wegwolle; das zu Hause Plättern (Herumsitzen) trage doch hell nichts ab, und es gebe nichts aus einem Meitschi, wenn es nicht von Hause wegkomme. Wo sie jung gewesen sei, da hätte man sie des Sonntags nicht einmal an einem neuen Hälsig (kleines Seil) daheimgehalten, da hätte es müssen öppe usgrüteret sy.

Es gibt hie und da auch Dienstenstuben; aber da bemächtigen sich meist die Mägde derselben und entblöden sich nicht, die Knechte unter irgendeinem Vorwand wegzujagen: bald wollen sie die Hühneraugen abhauen, bald sich anders anlegen etc., und die Knechte müssen weichen. Einige Abweichungen von dieser Regel gibt es: wo die Meisterleute nicht aufpassen und die Diensten unter sich leben können, wie sie wollen, und die Knechte gerade die Liebhaber der Mägde sind, da wird die Toilette ziemlich ungeniert gemacht. Nun stelle man sich vor, was aus einem Knechte werden muß, der jahrelang keinen Platz hat, etwas zu schreiben oder zu lesen; der während einem ganzen Jahre vielleicht nicht ein Halbdutzend Male dazukömmt, etwas im Kalender nachzuschlagen; der hinaus verwiesen ist in den Stall zum Vieh oder hinauf ins finstere Gaden; der noch dazu ausgelacht wird, wenn er statt in den Stall einmal in die Kinderlehre wollte. Man denke vernünftig nach, ob natürlicherweise diese Menschen nicht mehr oder weniger zum Vieh herabsinken müssen; denn Menschen, welche zu keiner geistigen Speise mehr kommen, müssen auf feinere oder gröbere Weise dem Tiere ähnlich werden. Die, welche noch einen besseren Trieb in sich fühlen und nicht ein völlig Tier werden wollen, die verlassen Stall und Gaden und suchen andere Menschen auf – Gesellschaft. Diese Gesellschaft besteht aber eben aus Leuten zumeist, welche kein Heim haben, keine Triftig (Platz zu ruhigem Sein) daheim; deren Seele zu etwas Höherem weder gespeiset noch getränket wird. Hie und da wird ein harmlos Kurzweil getrieben; an vielen Orten aber reizen schon die Gespräche die gröbste Sinnlichkeit, Getränke tun es nicht weniger, und man mag kaum die Nacht mit ihren dunkeln Schatten erwarten, um die mühsam gezügelte Begierde ganz loszulassen. Es würde ganz bestimmt selbst die, welche den Sonntag nicht als einen Tag des Herrn betrachten, schaudern an Leib und Seele, wenn man ihnen vor ihrem Angesicht all das Treiben an den Wintersonntagnachmittagen und -abenden könnte aufgehen lassen. Und ein bedeutender Teil dieser Unsitte rührt davon her, daß die dienende Klasse in ihren unbeschäftigten Stunden keinen heitern Platz an einem Tische, keinen warmen Platz an oder auf einem warmen Ofen hat. Es klagen so viele sonst vernünftige Leute über die Schlechtigkeit der Dienstboten, und wie sie kein Gefühl, keinen Verstand, und ich weiß nicht, was alles, nicht hätten, und diese weisen ihren Diensten oft einen Wohnort an, den man nicht einmal unter die hoffärtigen Hundeställe rechnen könnte. Und wenn man ihnen die Bemerkung macht, daß, wer wie das Vieh wohne, doch wohl nicht viel besser als das Vieh sein könne, so sagen sie, sie könnten sich nicht anders einrichten, die Hauszinse seien gar teuer und das Holz auch nicht wohlfeil. Ich habe nichts dawider; aber dann müssen sie auch mit den Diensten vorliebnehmen, wie sie in Hundsställen und in Löchern werden.

Dieser Übelstand ist aber nicht nur auf dem Lande zu Hause, sondern je länger je mehr auch in den Städten. Man mag kein Stübchen mehr für Mägde mieten; ja man baut große Häuser, wo man nur wirkliche und eigentliche Hundeställe für Dienstboten anbringt und keine Stube für Menschen. Aber wie alles sich vergiltet, so auch dieses, und es gibt Häuser, welche gerade wegen dieser Unsitte nie rechte Dienstboten haben können, sie nie haben werden, solange sie das nicht ändern. Man glaube mir nur: einen großen Segen würde manchem Hause eine Stube bringen, wo der arme Knecht, der eine ganze Woche am Wetter gewesen, wenigstens am Sonntag Licht und Wärme, einen freien Platz am Tisch, ein vernünftig Buch, ganz besonders die Bibel und allfällig auch ein Schreibzeug finden würde. Man bedenke: die Diensten sind keine Hunde; je vornehmer man sich gegen sie beträgt, um so gemeiner werden sie, und wenn unser Betragen gegen sie nicht mönschelet, so mönschelen sie auch nicht mehr.

Dieser Übelstand drückte auch Uli. Er wollte die Sonntagnachmittage daheim zubringen; aber was sollte er machen? Sie wurden ihm so lang wie des Samihanse Taunern im Buchiberg die Vormittage, wenn er dieselben mit dem Frühstück des Morgens um fünf Uhr angehen läßt, durch keinen Imbiß sie unterbricht und erst nachmittags um zwei Uhr mit dem Mittagessen sie schließt. Wir wollen wetten, das ist der einzige an der ganzen Bucheggberg-Sonnseite, bei dem es so halb und halb pariserlet.

Einst traf der Meister Uli an, wie er unter dem Dachtrauf stund und das eine Bein schon außer demselben hatte und doch nicht ganz darüberauskam. Nachdem er ihm lange zugesehen, fragte er ihn endlich: »Was Schießigs hast du? Bist du da angeklebt, daß du nicht fortkömmst?« »Nein, Meister«, sagte Uli; »aber es reißt mich fast voneinander, etwas reißt mich hinaus und ein anderes hinein, und keines mag das andere recht, und so bin ich übel daran und fast wie gebannt; ich wollte es würde mir jemand entweder hinaus- oder hineinhelfen; es friert mich bereits, daß ich meine Füße gar nicht mehr fühle.« Der Meister lachte und fragte: was er da Wunderlichs habe, das ihn so hieher und dorther ziehe, er solle ihm es brichten.

»He, Meister, ich habe grausam Langeweile und weiß gar nicht, was machen, und da habe ich gedacht, ich wolle etwas zur Gesellschaft. Aber ich weiß nur an *ein* Ort hin und weiß, wie es da geht; wie ich davonkomme, das aber weiß ich nicht; da dachte ich, es sei besser, daheim zu bleiben. Aber was soll ich daheim machen? Ins Bett mag ich nicht, im Stall ist es mir auch erleidet, und ums Haus herum geht der Bysluft, daß es einem fast die Knöpfe ab den Kleidern nimmt, so daß es mich wegtreibt und gar nicht daheim dulden will. Meister, was soll ich machen?«

»Du bist ein dummer Bursche!« sagte der Meister. »Kannst du nicht in die Stube? Dort ist der Ofen warm, geht der Bysluft nicht, und wenn du schon einmal ein Kapitel lesen würdest, so würde es dir gar nichts schaden.«

»Jä, ich weiß es neue nit mit der Stube«, sagte Uli, »obs denn allen recht ist, wenn ich da drinnen hocke; ich habe es neue einist welle probiere, und da hat es mich gedünkt, als wäre ich allen Leuten im Wege.«

»He, das wär mir gspäßig«, sagte der Meister; »wenn es mir recht ist, wenn du da drinnen bist, so wirds den andern wohl auch recht sein müssen.«

»Ich weiß's neue nit«, sagte Uli. Indessen kam er doch vom Bysluft weg und dem Meister nach in die Stube. Doch gebärdete er sich, wie wenn er zVisite wäre, und wußte nicht recht, wo er absitzen solle. Er setzte sich endlich an die untere Ecke des Tisches, und der Meister gab ihm die Bibel, welche in der obern Ecke des Tisches stand, und zeigte ihm noch andere Bücher auf dem Buffert und sagte ihm: wenn er in der nicht mehr möge, so soll er da nehmen, was ihm gefalle. Angeklebt an Tisch und Bank begann Uli zu lesen, aber den beiden Jungfrauen war er da im Wege. Die eine wollte da, wo er die Bibel hatte, gerade das Kacheli mit Wasser stellen, welches sie zum Strählen brauchte; und als er weiterrutschte, so wollte die zweite gerade da, wo er jetzt war, ein Mänteli fieggen (plätten); und als er noch weiterging, war er mit den Beinen im Wege, und sie klagten, daß sie nicht sauft zuche und dänne könnten. Da begann er doch auch aufzubegehren: daß er so gut das Recht hätte, da zu sein, als sie; der Meister habe ihn ja selbst geheißen hineinkommen, und es dunke ihn, dBible sollte so gut Wyti (Platz) auf dem Tische haben als so ein ausgegriffener Hemlideckel. Die Mägde sagten aber: was frügen sie dem Meister nach! Es sei, solange sie hier seien, nie der Brauch gewesen, daß ihnen die Knechte hier am Tische den Platz verschlügen. Das wär ihnen afangs lustig, wenn der Meister alle Tag einen neuen Brauch einführen wollte und sie die Kühdreckhosen einen ganzen Tag in der Nase haben sollten; es sei genug, wenn sie ihnen alle Essen verstänkten. Das gehe den Meister nichts an, da habe er nichts zu befehlen. Uli sagte, er dächte, der Meister hätte soviel zu befehlen hier als so eine halbbatzige Jumpfer, und er wisse, daß seine Hosen nicht so stänken als andere, welche sie ganze Nächte in der Nase gehabt.

So zankten sie, bis die Meisterfrau aus dem Stübli kam und sagte: es sei doch afange eine böse Sache. Am Werchtig (an den Werktagen) kämen ihrer Gattig Leut nie dazu, ein Buch zu nehmen. Und wenn man dann am Sonntag eins nehmen wolle und öppe auch tun, wie es dr Brauch sei, so könne man nicht einmal mehr ruhig ein Kapitel lesen. Öppige (ehemals) sei das nicht so gewesen, und die Diensten hätten auch öppe gwüßt, was dr Bruch syg. »Vrzieht, Meisterfrau!« sagte Uli, der den Trumpf wohl begriff. »Der Meister hat mich hineingeheißen, aus mir selber wäre ich nicht gekommen, aber ich kann wieder gehen.« »Bleib nur, Uli!« sagte die Frau, als sie vom Meister hörte, »ich habe dich ja nicht geheißen, zu gehen; aber des Zanks mag ich nicht, und ihr könnet einander ruhig lassen. Wenn ich öppis lesen will, so mag ich das Branzen nebenzuche nit.«

Das Zanken hörte auf; aber es war Uli doch nicht recht wohl da, er war froh, als die Fütterungszeit kam und er hinauskonnte. Dort traf ihn der Meister, der von einem Gange heimkam, und fragte ihn: wie ihm jetzt der Nachmittag fürgegangen? »Ho, ho«, sagte Uli, das Lese in der Bibel sei ihm neue no kurzweilig gewesen, er hätte es nicht geglaubt; aber sonst wisse er neue nicht: es hätte ihm doch geschienen, er sollte nicht drinnen sein. Ob ihn jemand hätte hinausgehen heißen, fragte der Meister. »Oh, apartig nicht«, sagte Uli, aber er hätte es sonst merken können.

Weiter fragte der Meister nicht; aber als er hineinkam, fragte ihn seine Frau: sie möchte ihn doch fragen, aber er solle nicht höhn werden, was ihm denn eigentlich in Sinn komme, dKnechte heißen in die Stube zu kommen am Sonntagnachmittag? Das sei bei ihnen nie dr Bruch gewesen. Wo man dann eigentlich sein solle, wenn auf jedem Bank so ein Gstabi (von Stab, steif) eim am Weg sei; und wenn e Mönsch zu eim chömm, wo man dann mit ihm ein vertrautes Wort reden wolle, wenn die Stube voll Diensten sei? Im Sommer könne man in die Hinterstube, aber im Winter sei es dort zu kalt, und man müsse mit den Leuten in die Vorderstube, wo es auch viel freiner sei von wegen der Sonne, die den ganzen Tag da hineinscheine.

Der Meister hatte ernsthaft der Frau zugehört und sagte dann: »Jetzt, Frau, höre mich auch und werde auch nicht höhn; aber ich will dir sagen, was ich gemacht habe, und während ich da so herumgelaufen bin, habe ich darüber nachgedacht, und die Sache ist mir viel wichtiger vorgekommen, als ich afangs gsinnet.« Nun erzählte er, daß er so ganz zufällig den Uli getroffen und wie und dann habe hineinkommen heißen aus Erbarmen; denn es sei doch wirklich grüselich, wenn so ein Knechtlein nirgends sein solle, und wenn er in schlechte Gesellschaft müsse, um nur irgendwo zu sein. Dem habe er so nachgedacht, und die Sache sei ihm je länger je ernsthafter vorgekommen. So könne ja kein Knecht ein Buch nehmen, keiner o öppige einist einen Buchstaben machen; alles, was er in der Schule erlernt habe, vergesse er, und wenn er einmal etwas anfangen wolle oder Kinder bekomme, so könne er kaum das Druckte mehr, vrschwyge de das Gschriebne. So komme ja gar nichts mehr Vernünftiges in seinen Kopf, und er vergesse ganz und gar, daß er ein Mensch sei. Und noch eins habe er gedacht. Fast allemal, wenn eins fortgehe, so komme es mit einem großen Kopf heim; »sie machen sich die Köpfe gegenseitig so groß wie Ofenhäuser. Eine jede Frau hat die Freude, auszufrägeln, aufzuweisen, und die boshaftesten können sich dabei so verflümeret gutmeinend stellen, daß es mich schon manchmal gejuckt hat, so einem Giftlöffel eins zum Gring zu geben, daß es es dünke, es fahre zring um dWelt. Da habe ich gedacht: wenn man sie ungezwungen und ungeheißen daheim behalten könnte, so wäre man ds Halb bas, und wenn sie bei dem Daheimbleiben vernünftiger würden und öppe o sinne lernte, was ihr eigener Nutze wäre, so wär man nicht nur ds Halb bas, sondern noch einmal so wohl.«

»Eh, Johannes«, sagte die Frau, »schnup doch, du kömmst ja ganz vom Atem und machst es akkurat wie üse Predikant, der redet auch, es ist am Halbe zviel. Es ist mir zuwider, einen neuen Brauch anzufangen, und wo sollen wir sein? Sollen wir keinen rühyigen Ecken haben, wo wir für uns sein sollen, wo uns nicht immer so ein Gstabi am Weg ist, wenn man auch etwa ein vertraulich Wort miteinander reden möchte, wozu man durch die ganze Woche keine Zeit hat? Der Johannes meinte, sie hätten immer das Stübli, oder man könnte am Sonntag die Hinterstube heizen, es trage es eim wohl ab, wenn man die Diensten nicht in der Wohnstube haben möchte. »Was würden die Leute sagen, wenn wir so etwas Neues anfangen wollten?« sagte die Frau. »Du Tröpfli«, sagte Johannes, »merkst du noch nicht, daß die Leute immer zu reden haben, du magst alte oder neue Sachen machen? Den Leuten entrinnt man nie, man mag es machen, wie man will; aber man kömmt am ungebissensten davon, wenn man es mit ihnen gerade macht wie mit den Hunden, ihre Ehre vorbehalten: diese beißen die am meisten, welche sich am meisten vor ihnen fürchten.«

»Aber Johannes, denkst du denn nicht an deine Kinder? Die werden immer bei den Diensten sein wollen, und du weißt ja, was sie da für wüste Sachen lernen. Es ist gerade, verzeih mir Gott meine Sünde, als ob der Tüfel sie stüpfte, ihnen das Wüsteste zu sagen.« »Aber Frau«, sagte Johannes, »du verhütest es nicht, daß die Kinder nicht bei ihnen sind, und finden dieselben die Diensten nicht in der Stube, so laufen sie zu ihnen in den Stall; du kannst nicht immer daran denken. Gerade jetzt habe ich zwei bei Uli gefunden. Nun werden sie ihnen in der Stube unter unsern Ohren gewiß weniger wüste Sachen brichten als draußen im Stall. Und wenn sie etwas Vernünftiges vornehmen in der Stube, so ist es mir weit lieber, daß die Kinder bei ihnen seien als draußen auf der Gasse, woher sie dir ja gewöhnlich heimkommen, als hätte man sie durch Dornhäge gezogen und in Güllen herumgetröhlt.«

Die Frau hatte noch manches einzuwenden; doch gab sie am Ende nach, und Johannes führte den neuen Brauch ein, daß seine Knechte an Sonntagen und nach dem Feierabend Triftig hatten an einem warmen, hellen Orte. Herd warf es freilich allemal auf, wenn an Abenden hie und da zwei Lichter notwendig wurden. Es wollte der Bäurin fast vor den Atem kommen, wenn der Johannes die zweite Lampe anzündete, damit ein Knecht im Kalender lesen könnte. Müssen doch an vielen Orten Knechte ohne Licht ins Bett, und jetzt gab ihnen Johannes eins nur so für die Gwundernase! Es duechte sie, das hätte afe sy Seel ke Gattig.

Indessen sie gewöhnte sich daran, und es ging je länger je besser und zu ihrer eigentlichen Freude.

Die Diensten gewöhnten sich daran, daß immer ein Platz für sie da sei und am Sonntag bald in der Wohnstube, bald in der Hinterstube, wie es sich schickte. Dort konnte einer auf dem

Ofen liegen oder am Tische sitzen, wie er wollte; aber meistens geschah das letztere. Eins las, eins machte Buchstaben, zwei andere versuchten etwas zu rechnen; die einen halfen den andern, und wenn niemand mehr aus und an wußte, so ward man rätig, den Meister zu fragen; und wenn der zum Beispiel ein vorkommend Wort nicht zu erklären wußte, so mußte ein Kind am folgenden Tag den Schulmeister fragen, der aber auch nicht einen Kopf hatte, in dem alles stand, was andere nicht wußten. An allem diesem nahmen die Kinder teil und hatten eine unbändige Freude, wenn sie die großen Knechte etwas brichten konnten, und wenn es hieß: »Dr Johannesli ist afe e Gschickte, dr Schumeister cha ne wäger bald nüt meh lehre.« Aber sie hatten nicht nur Freude. Selbst die Bäurin mußte sagen: es duech se, sie hätten noch keinen Winter soviel gelernt als in diesem, und man hätte sowenig mit ihnen zu tun und wüßte doch immer, wo sie wären.

Aber auch die Diensten schienen anders zu werden. Es gab viel weniger Verdruß mit ihnen, viel weniger Streit unter ihnen. Sie hatten etwas, das ihre Gedanken beschäftigte, und mußten nicht, um etwas zu denken, ihren bösen Gelüsten, ihrem Neid gegen den Meister, den Aufweisungen ablosen und sie immer wiederkauen. Es rührte sich etwas Besseres in ihnen, und sie begriffen immer mehr, daß es doch eigentlich ein Unterschied sei zwischen einem Mooskalb und einem vernünftigen Menschen. Wie beim gesund werdenden Menschen der Hunger kömmt und, solange kein Hunger da ist, immer noch der Tod seine Krallen zweg hat, so kam bei ihnen auch der Appetit nach Gottes Wort, und sie gingen gerne in eine Predigt, ja sogar hie und da in eine Kinderlehre und wußten dann nicht nur zu sagen, was verlesen und verkündet worden, sondern auch, wo der Herr den Text gehabt, und bald dies, bald das, was ihnen in der Predigt aufgefallen. Daran knüpften sich dann über Tisch Gespräche und zwar recht ernsthafte, und wenn einer etwas spotten wollte, so wurde er zurechtgewiesen. Sie wurden dabei sich immer mehr bewußt, daß es doch etwas Hohes und Bedeutendes sei, ein Christ zu sein, und daß ein christlicher Knecht doch viel besser daran sei als ein heidnischer König, der nicht recht wisse, warum er auf der Welt sei, während der christliche Knecht doch wisse, daß er da sei, um ein Kind Gottes zu werden und das Himmelreich erblich zu erwerben.

Die Nachmittage gingen vorbei wie im Fluge, und allemal, wenn es viere schlug, wollte es niemand glauben: das könne unmöglich sein, sagten sie, man hätte ja erst gegessen. Die Bäurin sagte selbst, sie hätte das nicht geglaubt und hätte selber recht Kurzezyti dabei. Ja, es kam sie mehr als einmal an, daß sie im halben Tag ein Kaffee machte über den ganzen Tisch weg und nicht einmal daran dachte, was die Leute sagen werden, daß sie am Sonntag im halben Tag ein Kaffee mache für Knechte und Mägde.

Etwas Unerwartetes hätte die ganze Geschichte beinahe verkehrt und zerstört. Man sieht im Winter da, wo die Sonne warm und viel scheinet, die Fliegen sich hinziehn und da an der Sonne ihr Leben genießen; gerade so ists an Sonntagen, wo ein warmer Ofen für Diensten frei ist, mit den Diensten. Es ist recht traurig zu sehen, wie sie sich fast unwillkürlich herzulassen wie die Fliegen an die Sonne und sich wärmen und im Gefühl der Wärme auftauen und ihres Lebens sich freuen. Freilich ist dann dieses Auftauen oft ein schmutziges, und die Freude gibt sich auf eine wüste Art kund.

Es ging nicht lange, so merkte hie und da einer, daß am Sonntag beim Bodenbauer eine warme Stube sei. Wo nun das Gelüsten treibt, macht ein Knechtlein nicht lange Komplimente. »Seh, komm«, sagt er zu seinem Kameraden, »wir wollen da hinein, sie werden uns notti nit fresse, er ist öppe kei Herr nit, und mi wird öppe wohl i si Stube dörfe. Er het zwo vrflucht brav Jumpfere, die werde wohl öppe o dinne sy.« Mit diesem Sinne drang nun der eine den andern hinein und wollten nun drinnen Flausen machen, den Narren treiben, Karlishof haben. Es kamen nicht nur Knechte, sondern diesen nach zogen auch Jumpfern, und diesen war es auch nicht um etwas Vernünftiges, sondern nur um die Knechtlein zu tun. Das gab nun ein Zök (Einandernachziehen), ein wüst, unsauber Wesen in Reden und Gebärden, in Liedern und Werken, daß der Bodenbauer Holla machen mußte, so unangenehm es ihm war. Denn es wird wohl einem Landmann nichts unanständiger sein, als wenn er fremde Diensten zurechtweisen, ja überhaupt, wenn er sich geradeaus einen Tadel, eine Zurechtweisung erlauben muß, die man ihm übelnehmen, übel auslegen, nachtragen könnte. Aber es mußte geschehen. Er sagte daher einmal: er wolle niemand verbieten, in sein Haus zu kommen, allein dasselbe sei kein Haus, für Kilbi zu halten; wer nur wüst tun wolle, solle an ein ander Ort hingehen, und des Zöks begehre er nichts. Man könne ja bald nicht einmal stehen in der Stube, und es stinke von Tubak, daß es eim fast erstecke. Es gutete nun. Freilich räsonierten einige kreuzerige Knechtlein, und einige viererige Jungfräulein rümpften die Nase; aber was frug dem der Bodenbauer nach!

Achtes Kapitel

Ein Knecht kommt zu Geld, und alsbald zeigen sich die Spekulanten.

Den ganzen Winter über hatte Uli fast kein Geld gebraucht und so wenig Kleider, daß er sich selbst verwunderte. Ein einziges Mal war er im Wirtshaus gewesen, und da hatte ihn der Meister noch selbst gehen heißen. Er solle auch einmal gehen und eine Halbe haben, damit er nicht vergesse, wie es in einem Wirtshause sei. Er komme später selbst nach; dann wollten sie miteinander heim. So ging es auch. Der Meister zahlte ihm noch einen Schoppen, und zum erstenmal in seinem Leben kam Uli mit einer Ürti von wenig Batzen und als ein vernünftiger Mensch zum Wirtshaus hinaus. Er hätte nicht geglaubt, sagte er dem Meister, daß das möglich sei. Es schien, als sei er mit der Erkenntnis dieser Möglichkeit um einen ganzen Fuß größer geworden. Als er so mit seinem Meister vernünftig heimging und mit ihm redete alswie mit einem Kameraden, da durchrieselte ihn eine Ahnung, daß er auch einst als Meister aus einem Wirtshause gehen könne, wenn er so fortfahre, und er träumte die ganze Nacht durch von Höfen, die er kaufen wollte, und von Säcken Geld, die er mit sich herumtrug, um die Höfe gleich zu bezahlen. Aber er bystete, berzete, gruchsete unter dem Gewichte dieser Säcke, daß er manchmal fast zu ersticken fürchtete; und wenn er sie abstellte, so wurden sie ihm gestohlen, oder er konnte sie sonst nicht mehr finden. Dann versprach ihm ein schönes Meitschi, es wolle sie ihm zeigen, und ging voran; ihm aber fielen die Schuhe von den Füßen, als er dem Meitschi nachwollte, und als er diese in beide Hände nahm, konnte er seine Beine nicht vorwärtsbringen, es war ihm, als ob er gspannet wäre. Das Mädchen aber lief immer geschwinder, er konnte je länger je weniger Schritte machen, obschon er bachnaß sich schwitzte. Endlich verschwand das Mädchen, und eine alte Frau kam mit dem Besen und wollte ihn fortjagen, weil er ihr durch die Bäunde (Hanfpflanzungen) gehe, und er wollte davonlaufen und konnte wieder nicht und mußte dem Besen darhalten und sich wüst sagen lassen, und endlich rief er aus: »Uy, Uy, su hör doch, du alts Rääff!« Darob erwachte er, und sein Mitknecht fragte ihn, was er doch gehabt hätte, er hätte ihn schon lange gemüpft (gestoßen), aber er hätte nicht erwachen wollen. Er hätte sich bald angefangen zu fürchten und hätte noch den Meister geholt, wenn er jetzt nicht erwachet wäre. Ds Toggeli hätte ihn gedrückt, sagte Uli. Den Traum konnte er lange nicht vergessen, und wenn er sich nicht geschämt hätte, er wäre seinetwegen zu einer Wahrsagerin gelaufen, denn er selbst konnte gar nicht einig darüber werden, ob derselbe bedeute, daß er einst einen Hof werde kaufen können oder aber das Gegenteil; heute dünkte ihn dies und morgen das andere. Auffallend war es, daß, wenn er gegessen und gut geschlafen hatte, es ihm immer schien, als sei er eine gute Vorbedeutung; hingegen wenn er müde war und hungrig, so hätte ihm niemand ausgeredet, der Traum bedeute, daß er um alles kommen werde, was er habe oder sich erwerbe, und zuletzt aller Menschen Schuhwisch abgeben müsse.

Unterdessen ging es ihm sehr gut. Er ging dem Meister mit allem Fleiß an die Hand, als ob es seine eigene Sache wäre, und fühlte dabei alle Tage mehr, daß er doch auf diese Weise ein ganz anderer Kerli werde, als er zu selber Zeit einer gewesen sei, wo er es für eine Schande geachtet, ein guter, treuer Knecht zu sein, und seinen Ruhm dareingesetzt, den Meister zu überlistelen, zuviel zu fressen und zuwenig zu arbeiten. Er setzte eine Ehre darein, das ganze Jahr durch vom Lohne nichts einzuziehen, ihn ganz stehen zu lassen, und er zwängte es auch durch. Er ließ es sich gesagt sein, daß man nicht auf die Zukunft hin oder vielmehr auf künftigen Erwerb hin anschaffen dürfe, sondern daß der zukünftige Erwerb der Zukunft gehöre und die Vergangenheit die Gegenwart ernähren müsse, das heißt, daß man aus dem verdienten Lohn seine Bedürfnisse müsse bestreiten können. Und da in der Zukunft der Gebrauch wohl sicher ist, aber nicht der Erwerb, so muß die Vergangenheit uns auch die Notpfennige liefern für die Tage, von denen man sagt, sie gefallen mir nicht.

Es war aber auch ein Tag großer Freude für Uli, als auf Weihnacht nachmittags der Meister ihn ins Stübli rief, ihm dreißig Kronen vorzählte und noch einen Neuentaler als Trinkgeld dazulegte. Dem starken Burschen zitterte die Hand, als er es einstrich, denn soviel Geld hatte er noch nie beisammengehabt. Und als der Meister ihn noch lobte und ihn ermahnte, so fortzufahren, so gäbte er noch ein Kerli ab, so bekam er Augenwasser. Er begann nun auch zu denken und zu erzählen, was er mit dem Gelde machen wolle.

Kleider mußte er haben, Hemder besonders; aber wenn nicht den halben, doch den Drittel des Lohns wolle er beiseitetun. Er hätte nicht geglaubt, sagte er, wie wohl so dreißig Kronen bschüßten, wenn man Sorg dazu hätte; es schienen nur so dreißig Krönlein, und doch könnte man weit längen damit, wenn man abzuteilen wüßte. Er hätte nie geglaubt, daß das Geld so darhalten könne; früher hätte er es immer damit gehabt wie der Bauer mit dem herbeigeführten Heu, wo man ein Klafter nur anzusehen brauche, so sei es nicht mehr da. Jetzt gehe es ihm mit dem Gelde wie mit einem selbstgemachten, gutgelegenen Stock Heu; gäb wie man davonnehme, so scheine es eim, er mindere nicht, und man hätte immer gleich viel. Der Meister mußte lachen ob dieser Vergleichung; die Meisterin dagegen wurde gerührt und sagte ihm: er sei ihr recht lieb geworden, und wenn die Näherin auf die Stör komme, so werde die ihm als Weihnachtskindli von ihr ein Hemd machen, das Tuch sei schon lange zweg dafür. Uli meinte, der Meister hätte ihm schon zuviel gegeben, und alles dürfte er nicht nehmen, er hätte es nicht verdienet. Der Meister hätte so viel an ihm getan, daß er ein Lehrgeld fordern könnte. Aber wenn sie ihm einen Gefallen tun wolle, so solle sie doch so gut sein und ihm Tuch für etwa drei Hemder kaufen; er wolle gleich recht viel zusammen machen lassen, es hätts dann eine gute Weil. Wenn man nur so eins ums ander kaufe, so müsse man immer hingerfür (wieder von vornen) anfangen. Er verstehe sich nicht auf das Tuch und sei noch allemal betrogen worden; entweder hätte man es ihm zu teuer gegeben, oder das Tuch sei dünn gewesen oder der Faden bröde, es hätte immer an einem Orte gefehlt, und es sei nicht lange gegangen, so hätte er Hemder gehabt wie Spinnhubbelen. Sie wolle ihm wohl den Gefallen tun, sagte die Bäurin, aber daß sie es allemal treffe, sei auch nicht gesagt. Die Weber und Krämer seien so einer Bäurin je länger je mehr z'schlimm. Vielleicht daß sie selbst hätte, wo sie ihm für drei Hemder geben könnte, sagte Uli. Ja, sie hätte wohl, sagte die Meisterfrau, aber sie verkaufe den Diensten nicht gerne etwas. Sie hätte es auch schon getan, aber noch allemal Verdruß davon gehabt. Die Diensten seien den Krämern fast die besten Kunden, denn sie profitierten am meisten an den Diensten, könnten ihnen die dümmsten Sachen anhängen, allweg die, welche niemand Witzigs kaufen wolle. Es brauche nur eine Bäurin einem Dienst etwas zu verkaufen, so führten es alle Krämer, alle Schneider, alle Näherinnen, kurz alle die, welche miteinander im Kornplatz seien, aus und sagten: an einem andern Ort hätten sie es wohlfeiler gekauft; wenn ds Buren es für sich hätten brauchen können, sie hätten es den Diensten nicht verkauft. Es sei doch schlecht, ihnen fürs erste schlechten Lohn zu geben und dann noch für gutes Geld schlechte Sachen. »Bald sagt der Schneider, es halte den Stich nicht, und die Näherin behauptet, es bekomme ihr Löcher unter den Fingern; und so wird man verdächtigt und verbrüllet, daß es eine schröckliche Sache ist. Ich weiß wohl, daß es Meisterleute gibt, welche ihre Diensten betrügen und ihnen den sauer verdienten Lohn abläschlen; aber die sind doch die mindern, und es meinen es mehr Meisterleute gut mit den Diensten, als die Diensten glauben und die Krämer sagen. Darum, Uli, will ich sehen, daß ich dir irgendwo kaufen kann, so gut, als wenn es für mich wäre. Ich brauche mein Tuch dann so, daß mich kein Krämer verbrüllet und kein Schneider verdächtigt.«

Uli hatte gar große Freude an seinem Schatz und betrachtete ihn oft im stillen. Es hatten aber noch andere Leute ihre Augen auf demselben. So ein Bürschchen, das Geld hat, ist gerade wie ein Hunghafen für die Wespen; es sucht ein jeder, der gerne Geld hätte und es nicht verdienen mag, daraus zu schlecken. Da sollte er dem fünf Batzen leihen, weil dieser gerade kein Geld bei sich hatte, dort wollte ein anderer nur einen Batzen für ein Päckli Tubak. Sein Nebenknecht wußte auf einmal einen herrlichen Schick zu machen mit einer Uhr, allein es fehlte ihm ein Neuentaler. Die eine Jumpfere wollte ein prächtiges blaues Tüchlein kaufen von einem Aargauer, der, ins Haus geschlichen, seine Baumwollenware für seidene ausgab; allein Uli sollte ihr dreizehn Batzen leihen, weil sie es der Meisterfrau nicht sagen mochte. Der Schuhmacher, der auf der Stör war, hatte absolut vier Kronen nötig und versprach teuer und fest, bis Ostern es wiederzugeben mit einer Krone Zins. Der Hechler, der bald darauf kam, sollte vier Neutaler haben: er wüßte mit Flachs gerade jetzt viel zu machen und wollte mit Uli den Profit teilen. Dem Uli gefiel das ganz prächtig, es flimmerte ihm lauter Gold vor den Augen. Er dachte, es wäre ja dumm, wenn er das Geld im Trögli haben wollte, während es ihm so viel verdienen könnte; da sei er nicht ein Narr und gebe es nicht. Er ließ es sich noch einmal gut versprechen, daß man ihm auch halten wolle, und gab es dann hin. So hatte er auf einmal freilich kein Geld mehr, sondern Gülten, schöne Pfosten: an einem Orte vier Kronen, am andern mehr als sechs. Das sei besser, dachte er, als so die Stümpleten batzenweise, die trage nichts ab. Jetzt könne er doch sagen, er hätte kein Geld mehr, er hätte alles ausgeliehen. Er kam sich recht gewichtig vor mitten unter seinen Schuldnern, aber seinem Meister sagte er nichts davon. Der brauche nicht alles zu wissen, dachte er, und vielleicht hätte er den Profit lieber selber genommen und dem Hechler das Geld selbst gegeben. Er müsse auch etwas anfangen, das nicht alle Leute wüßten. Er hatte den besten Glauben zu seinem Meister, indessen das Mißtrauen noch nicht ganz verloren, und gar wenige Diensten lassen es gerne den Meister wissen, wieviel Geld sie haben, und beichten ihm noch weniger, was sie mit demselben anfangen.

Das ging eine Zeitlang recht schön, und Uli rechnete zum öftern nach, wieviel Zins ihm bereits gelaufen sei. Ostern ging vorbei, und der Schuhmacher brachte kein Geld; aber er entschuldigte sich bündig, indem er vornehme Kunden bekommen, Stiefelschäfte gekauft und diese bar hätte bezahlen müssen, und versprach, der Zeit nach am Zins nachzutun. Nun mühte sich Uli ab, zu rechnen, wieviel per Woche der Schuhmacher ihm nachzutun hätte; aber das brachte er trotz vielem Schwitzen nicht heraus. Es pressierte übrigens auch nicht; denn Michelstag kam, und Uli hatte seine vier Kronen noch nicht gesehen. Dem Hechler ging es sehr fatal. Der Flachs hatte eher ab- als aufgeschlagen. Er fand, mit dem einen Teil wäre besser zu warten als ihn jetzt zu verkaufen, den andern aber hatte er einem Händler dings (auf Kredit) verkauft, und den konnte er auf keinem Märit mehr antreffen und hatte vergessen, zu fragen, wie er heiße, und niemand wolle von so einem wissen, er habe schon viele Leute gefragt. Da begann es Uli doch angst zu machen. Es fing ihm an vorzukommen, wenn er nur sein Geld wieder hätte, so wollte er zufrieden sein, an den Zins nicht denken, von Profit nichts sagen; aber eben, das Geld wieder zu kriegen, das war die Kunst. Sooft er es forderte, waren neue Ausreden da, und wenn er ungestüm wurde, so blieb man ihm die Antwort auch nicht schuldig. Man könne es einmal nicht aus den Steinen herausschlagen; er höre ja, wenn man es hätte, so wollte man es ihm geben. Er solle machen, was er könne, und wenn er sehe, es zu nehmen, so solle er es nehmen. Man hätte gar nicht geglaubt, daß er ein so Wüster sei, sonst hätte man lieber nichts mit ihm wollen zu tun haben. Er wußte sich gar nicht zu helfen und lief wie sturm herum. Der Gedanke, es sei doch schrecklich, was er so sauer verdient, so liederlich zu verlieren und gar nichts dafür zu haben, ließ ihn nicht mehr essen, nicht mehr schlafen. Ehedem beim Hudeln, dachte er, hätte er doch gewußt, was er mache, und sein Geld selbst verschlengget; jetzt, wo er meine, gut zu tun, und bös habe, gehe es ihm noch ärger als zuvor, und er komme geradesoweit als der ärgste Hudel; das sei doch schrecklich, und er sei der unglücklichste Hung auf der Welt, und das werde wohl an einem Orte geschrieben sein, daß er zu nichts kommen solle. Jetzt wüßte er, was sein Traum bedeuten solle und die Geldsäcke, die er nicht mehr finden könne.

Der Meister konnte gar nicht begreifen, was Uli hatte.

Endlich glaubte er ihn krank, denn er sah keine andere Ursache seines sonderbaren Wesens. Er sah der Sache noch einige Zeit zu; aber als Uli immer schlechter aussah, fragte er ihn einmal, was ihm doch fehle, etwas sei nicht recht da. Uli wollte nicht mit der Sprache heraus. Erst als der Meister sagte, wenn er so dumm tun wolle, so könne er seinethalben; aber er hätte doch geglaubt, mehr Vertrauen zu verdienen als so. Uli wisse ja, daß, wo er ihm helfen könne, es nie Nein sei bei ihm. Nachdem Uli noch manchmal gesagt, er dürfe es nicht sagen, gestund er endlich seinen Kummer, und wie seine ganze Ersparnis vom letzten Jahr, auf die er sich so gefreut, dem Tüfel zu sei; er werde wohl nie einen Kreuzer davon wiedersehen.

»Ja, das hättest du denken sollen«, sagte der Meister; »es wissen so viele Diensten nichts mit ihrem Gelde anzufangen, lassen es sich ablocken und kommen so darum. Aber ich mische mich nicht gerne in diese Sache, wenn man mich nicht apartig frägt«, fuhr er fort. »Man meint sonst gleich, ich wolle Vogt sein oder gar das Geld für mich, und sie werden mißtrauisch. Es ist mir leid für dich; aber den Hechler und den Schuhmacher hättest du kennen sollen, du weißt ja, was das für Vögel sind. Aber gell, Uli, dr Gyttüfel hat dich plaget! Weißt du, daß dir der Schuhmacher nicht weniger als hundert Prozent versprochen hat per Jahr, während ehrliche Leute sonst nur vier geben? Und der Hechler hat dir das Maul sonst süß gemacht. Aber eben so fängt man die einfältigen Leute, und wenn einer soviel verspricht, so sollte man doch denken können, der werde nicht halten wollen, er würde sonst nicht soviel versprechen.« »Ja«, sagte Uli, das alles komme ihm jetzt hintendrein selbst in Sinn; aber er möchte dem Meister doch angehalten haben, daß er ihm zu seinem Gelde verhelfe, er hintersinne sich sonst noch. Der Meister schüttelte den Kopf dazu; indessen rettete er mehr, als er anfangs erwartete, da weder Schuhmacher noch Hechler gerne seine Kundsame verlor.

Als er Uli das Geld übergab, sagte ihm dieser: »Meister,

behalte du es und kalte es (bewahre es auf)! Ich brauche es nicht, und wenn ich es habe, so behalte ich es nicht lange; ich bin gar ungfellig mit dem Gelde: entweder vertue ich es, oder man betrügt mich darum, oder es wird mir gestohlen, und zuletzt, wenn niemand sonst dazukäme, so würden es mir die Mäuse fressen. »Nein«, sagte der Meister, »das Geld will ich nicht behalten, ich habe genug an meinem zu hüten, wenn ich schon nicht viel habe. Aber weißt du was, tue du das i dKasse!« »Was ist das?« fragte Uli. »He, das ist eine Kasse, wo man das Geld, welches man nicht braucht, hineinlegen kann, bis man es braucht, und unter der Zeit bekömmt man einen billigen Zins, und es ist gut versichert, daß man gar nichts zu fürchten hat.« »Das ist kommod«, sagte Uli; »aber kann man hineintun, soviel man will, und kommt es einem dann nicht aus, wenn man dort Geld hat?« Das sei eben gar kommod, bekam er zur Antwort, daß man viel und wenig hineintun könne, und wann man wolle. Was das Auskommen anbetreffe, so solle er sich deshalb nicht fürchten. Wer Geld am Zins habe, dem komme es früher oder später immer aus. Und zudem glaube er nicht, daß es einem Knechte schade, wenn man vernehme, er hätte Geld am Zins. Ds Gunträri, er glaube, das vermehre nicht wenig seinen guten Namen und verschaffe ihm einen gewissen Respekt. In einer solchen Kasse brauche er sich auch um den Zins nicht zu bekümmern. Sobald ein Jahr um sei, werde der Zins zum Kapital geschlagen und trage wieder Zins: so könne sich, zu vier Prozent gerechnet, in siebenzehn Jahren das Kapital verdoppeln. Und sobald er es nötig habe, kriege er es ohne Umstände in gesetzlicher Frist wieder ganz bestimmt, denn solche Kassen seien gut verbürget und hintersetzt. Da könnten Diensten weitaus am besten ihre Gelder einlegen, eben weil man auch weniges nehme und zu jeder Zeit, weil sie sich da vor keinen Schelmereien, Kunstgriffen etc. in acht zu nehmen hätten, nichts zu tun hätten mit Benefizien, Inventarien, Geldstagen oder gar mit Rechtsagenten. Da könnten sie ganz ruhig ihr Geld hintun, arbeiten lassen, bis sie es einmal brauchten, und könnten jedem, der ihnen abentlehnen wolle, ohne Lüge sagen, sie hätten keins. Nur solle er sich vor einer St. Galler Kasse hüten, die seien nicht die richtigsten: entweder könnten sie da gar nicht rechnen oder nur zu gut, und überdem geldstagen sie dort gerne. Da schmollte Uli mit dem Meister, daß er ihm dieses nicht früher gesagt; so wäre er nicht zu Schaden gekommen. »Du hasts gehört«, sagte darauf dieser, »ich kann einen Knecht nicht behandeln wie ein kleines Kind. Willst du aber, daß ich dich halte wie ein Kind, so mußt du vor allem aus mit Zutrauen an mich kommen, mußt mir das Maul gönnen. Das Kind kömmt zum Vater und frägt um Rat und sagt: ›Vater, was meinst; Vater, was glaubst?‹«

Uli bekannte sich im Fehler und bat den Meister, sein Geld in die Ersparniskasse zu tun; es waren fünfzehn Kronen, welche er übrigzuhaben glaubte. Es trage zwar nicht viel ab, meinte er, aber es sei ihm doch sicher. »Das scheint dir«, sagte der Meister, »und eben diese Ungeduld ists, was so viele Menschen um Hab und Gut bringt. Wem es auf dem rechten Weg zu langsam geht, wird entweder ein Spitzbube oder ein Hudel. Warte nur einige Jahre, lege immer zu, so wirst du sehen, zu welchem Kapital du kommen wirst.«

Neuntes Kapitel

Uli steigt im Ansehen und kommt Mädchen in den Kopf.

Und Uli tat so. Er blieb sparsam, ward immer anschlägiger und emsiger und wuchs zugleich an Weisheit und Verstand und an Gnade bei Gott und den Menschen. Es war recht merkwürdig, auch äußerlich die Veränderung wahrzunehmen, die mit ihm vorgegangen. Er ging eigentlich erst jetzt recht aufrecht wie ein Mensch; man sah es ihm von weitem an, daß das kein Sauniggel sei; man nahm ihn sehr oft für einen Baurensohn und nicht für einen Baurenknecht, und zwar nicht bloß wegen der Kleidung, und weil er eine silberne Uhrenkette hatte, sondern wegen seiner guten Haltung, seinem anständigen Betragen. Es redete jeder Bauer gerne mit ihm, fragte ihn: »Uli, was meinst?« Und seine Worte hatten eine Bedeutung. Er fühlte auch, daß sie eine Art von Gewicht erhielten; darum laferte er nicht mehr in den Tag hinein, sondern besann sich, was er sagte, wog seine Worte ab, so daß es schon hie und da hieß: »Ds Bodebure Uli het gseit; er hets o gmeint.«

Er fühlte, daß er nicht mehr nur so ein arm Knechtlein sei, der nirgends sein sollte, sondern daß er in der Welt sich auf einen Platz gestellt, wo man ihn gerne sah, wo er etwas zu bedeuten hatte. Wie das alles so nach und nach kam und bei welchen einzelnen Anlässen, indem er dem Meister vor Schaden zum Nutzen war, Mängel an Rossen entdeckte, die der Meister kaufen wollte, günstige Witterung benutzte in seiner Abwesenheit usw., kann ich nicht erzählen, es wäre zu weitläufig. Er begann auch zu fühlen, daß man ganz anders auf die Erde trappe, auch sie mit andern Augen ansehe, wenn man ein Besitzer ist, als wenn man ein Habenichts ist. Es kömmt so eine Art ruhige Sicherheit, die bei vielen in dummen Stolz ausartet, über den Menschen, wenn er angehängt hat an der Welt, das heißt, wenn er Früchte seiner Arbeit, Ertrag seiner Kräfte vorgespart, Vorrat gewonnen hat auf künftige Jahre. Er fühlt: er ist nicht mehr ganz allen Winden, fremder Willkür preisgegeben, er ist schon selbständiger, mehr Herr seiner selbst. Er kann schon einige Krankheitswochen unbesorgt ertragen, kann wenige Wochen ohne Meister sein; das macht ihn zufriedener, gelassener; er schießt auch nicht mehr herum, wie wenn er in einer Wesperen wäre, denn mit der innern Ruhe nimmt auch die äußere zu, und in dem Maße, als er wirklich zufrieden in seinem Inwendigen wird, wird er auch zufriedener mit seinen Meisterleuten. Und je mehr er zu etwas kömmt, um so mehr erkennt er den Wert der Dinge, huset (spart) nicht nur für sich, sondern es reut ihn überhaupt, etwas zu vergeuden, er huset also auch den Meisterleuten, um so zufriedener werden diese auch mit ihm. Es stellt sich sein Name fest: er ist ein hauslicher (sparsamer), arbeitsamer Bursche.

Was dieser Name bedeute, und wie jeder Name auch seine Versuchungen herbeilocke, so wie jede Blume ein Insekt, jede Frucht einen Esser, das sollte er bald erfahren. Der Titel »Es ist ein huslicher Bursche« ist ein Lockvogel, und auf der Stelle finden sich, freilich nicht Insekten, sondern Mädchen ein, die den Vogel locken möchten.

Bei ihnen waren zwei Mägde, die Meisterjumpfere und die Untermagd. Die erstere war griesgrämlich, gab nicht drei gute Worte im ganzen Jahr, häßlich, sie hatte haarichte Warzen im Gesicht und Blattergruben und rote Augen und weiße Lefzgen (Lippen) und eine blaue Nase; daneben war sie arbeitsam, sparsam und hätte für ihr Leben gerne einen Mann gehabt; aber ihre Liebe konnte sie nicht anders zeigen als durch Rauen und Knurren (so ein Gemisch von Hunde- und Katzengeschrei); und jedesmal rauete und knurrte sie mit dem am meisten, den sie am liebsten gehabt hätte. Es schien, als ob sie alle Augenblicke auf ihn schießen, ihn kneipen, kratzen oder beißen wollte. Die sagte: erst wenn sie einen Mann hätte, sei es sich recht der wert, zu arbeiten und zu sparen; dann wolle sie zeigen, daß mit Husen sie keine möge.

Die andere aber war ein leichtfertig Ding, mit leichtfertigem Gemüt, leichtfertigem Gesicht, leichtfertigem Leibe: alles schön rot und weiß angestrichen, glatt gerieben, und die Augen wußte sie so süß zu stützen und den Mund so süß zu spitzen, daß es jeden dünkte, er müßte daran kleben bleiben. Sie putzte sich gerne, arbeitete um so ungerner, wußte nichts von sparen; gut leben war ihr um so lieber, aber am allerliebsten wäre ihr ein Mann gewesen. In einem Mann dachte sie sich Heil, Glück, Seligkeit, kurz alles beieinander. Die knurrte nicht und biß nicht; die wußte sich anlässig zu machen und strich an einem herum wie eine Katze, wenn sie bei guter Laune ist. Die meinte, wenn sie einmal einen Mann hätte, so wollte sie ihn liebhaben wie keine, und dann wollten sie es sich recht wohl sein lassen. Es zwings kei Tüfel, länger zu dienen, bis es einen Mann hätte; dann wolle es kochen, was ihm gschmöcke, und aufstehen, wenn es ihm gefalle.

Beide richteten ihre Augen auf Uli und wollten ihn glücklich machen, beiden gefiel er. Die erste meinte, der werde ihr husen helfen, die zweite, der werde husen, daß sie mit ihm glücklich sein könne, das heißt, daß sie nichts zu tun brauche und doch alles habe, nach was es sie gelüste.

Beide warfen ungefähr zu gleicher Zeit nach dem Glücklichen ihre Netze aus.

Stini (Christine) zankte allemal mit ihm, wenn er in der Küche mit einem Schwefelholz oder auch mit einem Span die Tabakpfeife anzünden wollte: seine Finger wären nicht zu vornehm, ein Köhli zu nehmen, er werde sie einmal nicht verbrennen darob. Es schnauzte ihn allemal an, wenn er Öl in die Laterne wollte; bald füllte er das Ampeli zu sehr, bald kam ein Tropfen daneben. Er werde noch anders müssen husen lernen, sagte Stini. Seine Lederschuhe stunden oft eine Woche lang zum Salben in der Küche. Stini rührte sie nicht an. Es tue ihm sauft, die Holzboden zu tragen; was mangle er, um das Haus herumzustopfen, Lederschuhe? Das sei ihm eine neue Mode! Stini hoffte, wenn Uli keine Lederschuhe habe, so müsse er daheim bleiben. Wenn zuweilen nach dem Feierabend die Knechte noch auf den Bänken vor dem Hause saßen, so jagte Stini sie ins Bett. »Kein Wunder«, sagte es Uli, »daß du am Morgen so dr Fulhung machst, wenn d am Abe nie is Nest wottst; aus dir gibts dir Lebetag nüt.« Der Meisterfrau redete Stini beständig von Uli, aber unter lauter Schimpfen und Schelten, es war nichts recht, was er machte, so daß die Meisterin manchmal sagte: »Aber Stini, ich weiß gar nicht, was du über Uli hast; er tut doch

niemand etwas zuleid und ist einer von den brävsten Bursche, wo es gibt, einen tölleren sieht man nicht.«
Ürsi (Ursula) machte es ganz anders. Ürsi flattierte, machte süße Büschelimüli, stund ganz nahe unter die Augen, hatte immer bei Uli was zu tun: entweder mußte es ihm helfen oder er ihm, es neckte ihn, bis er ihns anrühren, mit ihm ringen mußte. Bald wollte es ihm das Nastuch stehlen, bald eine Blume ab dem Hut, wollte ihm süße Äpfel zustecken oder teigge Biren. Beim Kornmähen wollte es ihm nachlegen und hatte immer ein gutes Wort für ihn auf der Zunge und eine Liebeserklärung in den Augen. Es wolle einen Mann, sagte Ürsi oft, und der solle es gut haben bei ihm; man lebe ja nur einmal, und da wäre man ja einfalt, wenn man miteinander bös haben, nicht miteinander glücklich sein wollte.
Natürlich sagte es beiden der weibliche Instinkt bald, daß sie Nebenbuhlerinnen seien, und jede suchte die andere auszustechen.
Stini schimpfte über die Mannevölcher, welche einem jeden Schlärpli nachliefen und beim Weiben nur auf das Gfräß (Gesicht) sähen, und sagte Uli, er sei gerade einer von den Dümmsten und Nichtsnutzigsten, er sei eigentlich gar nicht wert, daß ein bravs Mönsch sich mit ihm abgebe. So einer, der so eim wie dem Ürsi, dem liederlichsten Uflat, nachsehe und sich mit ihm abgebe, dem sött me dHose achela. Mit so eim zähl es sich dann notti nicht zusammen. Wenn es schon kein solch Gesichtli hätte, das man nicht an der Sonne brauchen könne, wenn es nicht abschießen solle, so hätte es doch zwei Dutzend Hemder und sieben Paar Sommerstrümpfe und fünf Winterstrümpfe (einer sei ihm verloren gegangen), vier Kittle, zwe verflucht brav und zwe minger, und dann Geld hätte es auch noch, es sage nicht, wieviel. Aber wenn es mit eim anfinge zu husen, so für zwei Bett und zwei Kühe und vielleicht für ein Schaf auch noch brauchte der keinen Kummer zu haben. Das wär doch dann öppis angers als son es Plätterfüdle, wo nit emal Geld hätte für

Stroh z'kaufe, wenn es es einmal wischen möchte. Es könnte viel noch sagen, aber es sei kein so Anlässiges, das meine, es müsse einmal mannen; es hätte zu leben, und sein lediger Leib sei ihm auch noch etwas wert. Allbets hätte es schon lange einen Mann gehabt, und vor zwanzig Jahren hätte es mehr als einmal mannen können, aber jetzt sei nichts mehr zu machen, unter Hunderten gäbe es keinen vernünftigen Bursch mehr; son e Mistmore sei heutzutage allen lieber als es brav Mönsch mit einer guten Hinterlag. Zu einer solchen Rede machte es gewöhnlich ein Gesicht, daß man junge Katzen hätte erstecken können, und ließ Kräuel hervor, daß ein Lämmergeier schalus geworden wäre.

Ürsi war nicht halb so böse über Stini, sondern lachte und spottete über dasselbe, führte es aus, wie gerne es mannen möchte, aber gäb wie es seine Augzähne hervorstrecke einem Eber zTrotz, wolle ihm keiner daran bhangen. Es schnürfle zNacht, daß es Späne absprenge an der Wand, und brülle manchmal geradeaus mitts in der Nacht. Und wenn es dann frage, was es so brülle, so schreie es: »Es het mr ertraumt, es heyg mi eine la hocke, u ih ha scho gmeint, ih heyg ne.« Hemder habe es in der Nacht an, wo siebni keinen Ofenwüsch gäbten; anstatt Gloschleni ziehe es Hudlen an einen Faden wie Bohnen, binde sie dann um den Leib und rühme, wie die grusam warm gäbten. Wenn es an einem Morgen Stinis Strümpfe anziehen sollte, so könnte es die ganze Nacht aus Angst nicht schlafen, ob es je zum Fürfuß kommen könnte, denn an manchem Ort seien sie fast zringsum abenandere und hingen nur an einzelnen Fäden, daß es das größte Wunder sei, wie es sie noch an die Beine bringen könne. Es nähme es nur wunder, wo es mit dem Geld hinkomme; es schaffe nichts an und hätte doch nie fünf Kreuzer beieinander. Es wollte nur, es ließe sich einer anschmieren durch Stini und nähmte es, in der Hoffnung, er kriege eine reiche Frau; der könnte ihns lächern, wenn er Hudlen zu erlesen bekäme statt Geld zu zählen. »Uli, das wäre eine für dich!« sagte dann Ürsi, »da könntest du eine

Nase voll usenäh, daß du den Säumist nicht mehr riechen würdest, nicht einmal den Kuhdreck; du hättest sie dein Lebtag voll genug von der Frau. Ich rühme mich nicht halb so als das Stinkloch; aber es wäre mir doch noch ein himmelweiter Unterschied, eine süferliche Frau zu bekommen als so ein Mistloch, so ein ungewaschenes Tier; es gruset mich alle Nächt, wenn ich zu ihm ins Bett muß, und es kötzeret mich allemal, wenn es kochet und nicht die Meisterfrau.

So führten die Nebenbuhlerinnen ihre Gefechte hinter ihren respektiven Rücken; indessen auch vorwärts schonten sie sich nicht, und Stini schimpfte Ürsi, und Ürsi verspottete Stini. Und Uli, den vernünftigen Kerli in seinem übrigen Betragen, hätte man vernünftig glauben sollen, glauben sollen, da werde es ihm nicht gehen wie einem Esel zwischen zwei Heuhaufen; und doch ging es Uli, dem verständig gewordenen Knecht, so. Es ist eine ganz merkwürdige Sache, wie der gescheuteste Kerli in allen Dingen der Welt beim Heiraten ein dummer Stöffel werden kann. Wie irgendein Trieb im Menschen, eine verborgene oder schon offenkundig gewordene Lust durch ein Weibsstück fast wie mit einer Lunte entflammt werden kann, daß Feuer in ihm aufgeht, ins Dach schießt und ihm wird, als müßte er mit diesem Stück glücklich werden und hätte die ganze Welt gerade nichts für ihn als dieses Stück, nichts Reiz für ihn mehr als dieses Stück, das sieht man alle Tage, und wer es hundertmal gesehen, den gibt es auch zu seiner Zeit, er ist an andern nicht klug geworden. Man sieht tausend Ehen geschlossen werden, wo Tausende sagen mit aller Bestimmtheit: »So gewiß eins und eins zwei machen, werden die unglücklich«; alle pflichten bei, der Erfolg gibt ihnen recht, nur die beiden oder wenigstens eins ist blind, hörlos, es schmeckt und riecht nichts. Irgendeine Begierde lag in ihm in noch unentwickelter Kraft, in mächtiger Anlage: ein Weibsstück tritt als Leben gebendes Element hinzu, und nun entsteht eine Gärung, in welcher alle Besonnenheit untergeht, in welcher diese Aufwallung einzig den Willen bestimmt, alle sonstigen Rücksichten verdunkelt und einzig das ins Licht stellt, was Ziel jenes Triebes ist. Das ist allerdings eine sehr handgreifliche Erklärung vieler sogenannter Liebe. Aber man erkläre es mir anders, wenn die widerwärtigste Person wegen hundert Kronen geheiratet wird, das fäulste Schlärpli, weil es eine schöne Haut hat, die sinnlichste, üppigste Witwe, weil sie das Flattieren versteht, während aller früheres Leben, das meist den Betreffenden bekannt ist, ihre Umstände, ihre Anlagen die unglücklichste Ehe wie mit Kanonendonner predigen?

Kann man bei einem Menschen die Zeit dieser Gärung vorbeiweisen, ehe er ans Heiraten gekommen ist, so geht der Rausch vorbei; er erwacht wie aus einem Traume, es ist ihm, als ob die Augen ihm aufgingen, Schuppen von denselben fielen, ganz anders sieht er alles an, ganz anders rechnet er, und sein Dringlichstes ist, von seinem sogenannten Lebensglück sich zu befreien. Daher das Geschrei über verschwundene Liebe, über Untreue, daher die Trennung vieler Brautpaare, daher die noch zahlreicheren sogenannten unglücklichen Ehen. Einen solchen Gärungsprozeß hat man halt für Liebe angesehen; es hat nun ausgejäset (ausgegärt), der natürliche Zustand kehrt wieder: da ist nun keine Liebe mehr; was eins werden sollte, hat sich nicht binden wollen, sondern liegt ausgeschieden feindselig sich gegenüber.

Nun steckte in Uli noch immer der einige zwanzig Jahre alte Bursche, der beim Flattieren warm wird und ein hübsches Mädchen lieber hat als ein wüstes; dem die Sinnlichkeit zur Brille wird, mit der er ein Mädchen und das durch dasselbe zu erlangende Glück ansieht. Aber in Uli regte sich auch die Huslichkeit, der Trieb, etwas Selbständiges anzufangen, ein Meister zu werden. Einige hundert Kronen und eine sparsame Frau hatten daher eine eigene Bedeutung in seinen Augen; mit so einer glaubte er alles gewonnen und seine Dienstjahre um vieles abgekürzt.

Daher konnte er sich nicht enthalten, mit Ürsi zu tschänzlen (schätzelen), zu denken, es sei doch ein liebes und gutes

Meitschi, und mit ihm würde er ein gut Leben haben. Und er spielte oft in Gedanken mit diesem Leben, und wie er und Ürsi es treiben, wie sie miteinander Kilbi haben und einen Haushalt führen wollten. Dann kam ihm wieder vor, daß man am Ende von der Hübschi nicht leben könne, und daß Ürsi nicht nur nichts habe, sondern noch hoffärtig sei, zu ihren Kleidern nicht recht Sorge tragen könne, wie es eben nicht das Eifrigste in der Arbeit sei. Indessen, dachte er, daran könnte er es gewöhnen. Dann kam ihm aber auch Stini in Sinn, und es kam ihm vor, als ob er es mit demselben viel besser machen würde. Stini hatte Geld, war werchbar und huslig. Freilich war es hässig; aber daran gewöhne man sich, dachte er, daß man es zuletzt gar nicht mehr achte. Es war sehr wüst; aber dann dachte er wieder, zletzt sei eine Frau wie die ander, es könnten nicht alle schöne Weiber haben, und mancher würde seine schöne Frau an eine wüstere tauschen, die aber minder hoffärtig und werchbarer wäre. Dann schwatzte er wohl mit Stini und ließ sich mit ihm an: dann grinste Stini ihn noch grimmiger an, es war fast, als ob die Haare sich ihm zu Berge stellten, und zankte ihn noch einmal so innig und inbrünstig aus und sparte die Uflät und wüste Hüng nicht, während es noch einmal sowenig Mehl und Anken in die Suppe tat. Dann dachte Uli, es sei doch wahrhaftig nicht alles, mit einer Frau leben zu müssen, deren Freundlichkeit Sauersehen, deren Wohlmeinenheit Zanken sei, und wenn sie ihm nichts gönne und er bei ihr keine Leute haben könnte, ob er nicht ein geschlagener Mann wäre, und was ihm dann das Schübeli (Häufchen) Geld hülfe?

So wurde Uli von zwei Gewalten angezogen und abgestoßen; immer dringlicher kam es ihm vor, sich bald zu entscheiden: denn es schien ihm, als ob er nach und nach veralte, und daß, wenn er sich nicht bald entscheide, es bei ihm mit dem Heiraten vorbei sein werde, so einen Alten keine mehr nähme. Denn man kömmt sich heutzutage viel früher alt vor als ehemals; der Schnuderbube will schon ein

Mann sein, was kann daher ein Mann anders sein als ein Greis? Ehedem schämte sich einer, zu heiraten vor dem dreißigsten Jahre, jetzt rümpfen die Meitscheni die Nase, wenn einer über fünfundzwanzig ist, und nehmen am liebsten mit den Flaumbärtigen von achtzehn bis zwanzig vorlieb. Das gibt einen guten Begriff, wie witzig die heutigen Mädchen sind, und für was sie die Ehe ansehen, und wie wenig sie darnach fragen, was Kinder mit Kindern anfangen sollen.

Glücklicherweise für Uli wurde in diesem Hause nicht geduldet, daß die Dienstboten sich nächtlich besuchten; zudem waren die beiden Nebenbuhlerinnen in einem Bette, da wäre jedenfalls ein strubes nächtliches Besuchen gewesen. Aber eben dieser Hemmungen wegen suchten sie ihn um so eifriger bei Tage auf, denn auch bei ihnen wuchs der Drang, die Vereinigung zu beschleunigen, Ulis sicher zu sein. Deswegen war Uli nirgends sicher. Im Stall beim Melken, im Futtergang beim Füttern, auf der Bühne beim Futterrüsten, beim Grasen und Misten schlich sich bald Stini, bald Ürsi herbei, Stini zankend, Ürsi liebelend. Aber kaum war Stini da, so war auch Ürsi nicht weit, trennte entweder die Zwiesprache oder plagte Uli später deswegen. Und kaum war Ürsi dem Uli an einem Ort unter die Augen gestanden und blinzelte mit den Augen zu ihm auf, so schoß Stini daher wie aus einer Büchse, ließ die Milch ins Feuer laufen, schnüzte wie eine taube Katze, warf mit ungschämten Mönschern um sich und Fotzelbuben usw.

Je länger je ungerner ließ Ürsi und Stini sich vertreiben, immer mehr hielten sie einander stand, hielten sich gegenseitig die wüstesten Sachen vor, und eine drohte der andern immer, beim Meister sie zu verklagen: es nähmte sie wunder, ob er denn ein solches Zök und Gschleipf dulden wolle? Der Meister und die Meisterfrau sahen das Ding schon lange und allerdings immer mehr mit Unwille; denn es störte den Gang der Arbeit, und weder Stini noch Ürsi hatten Sinn für ihre Geschäfte, vergaßen alles unter den Händen, auch Uli

bösete (wurde schlimmer) es. Die Meisterin meinte schon lange, Johannes sollte doch mit dem Uli reden; sie hätte schon manchmal den Mägden abgeputzt, aber es sei nur, wie wenn sie Öl ins Feuer schütte, es dunke sie, dieselben würden alle Tage stürmer, und sie hätte afe Kummer, Stini werde ein Narr, es hätte letzthin afe pläret, und das hätte es noch nie getan, solange sie es kenne. Ürsi, selbem tue es nichts; das denke: »Gits nit dä, su gits en angere.« Johannes sagte, es sei ihm zuwider, mit Uli zu reden, er hätte ihm noch nichts davon gesagt; aber wenn es nicht gute, so werde es doch sein müssen, so könne es nicht länger gehen.
Uli kam die Sache auch immer peinlicher vor. Er schämte sich nach und nach seiner beiden Schätze, die Gärung war am Verrauchnen; eine war der andern im Wege gestanden, und beide hatten dem Uli Zeit verschafft, wieder zu sich selbst zu kommen. Er begann nach und nach, die Zwiesprachen zu vermeiden; desto hitziger stellten sie ihm nach, desto wüster sagten sie einander. Er war ohne Laterne im Stall, desto emsiger suchten sie ihn. Einmal gab er den Rossen über Nacht, und kaum hatte er angefangen, so war Ürsi da und schätzelete mit ihm und fragte endlich ganz bedauerlich, was er auch habe, er sei nicht mehr der gleiche. Daran sei nur Stini schuld; aber dem solle es gezeigt werden, es wolle Stini dahin helfen, wohin es gehöre. Und wie Ürsi das sagte, fing es draußen an zu poltern, zu plätschern und dann so wunderlich zu tönen und zu mööggen. Ürsi jauchzte auf und schrie: »Es hets, es hets!«, lief hinaus, und Uli zündete nach; aus dem Hause liefen die Leute herbei, und da fanden sie Stini im Mistloch, das triefende Haupt aus der schwarzen Jauche emporstreckend und gar erbärmlich schnopsend (das Haschen nach Atem, wenn Wasser in den Mund gelaufen), hustend und brüllend in allen Tönen. Es konnte nicht selbst heraus, und niemand mochte das triefende Mensch anrühren. Die ganze Haushaltung stund ums Loch herum; niemand konnte sich des Lachens enthalten, selbst die Meisterin mußte auf die Seite, weil sie nicht mehr

Meisterin ihrer Mienen war. Stini streckte beide Hände empor und begann zu fluchen. Ürsi lachte immer lauter, Stini brüllte immer wüster: es wollte es Ürsi zeigen, sobald es heraus sei; denn das Mönsch und niemand anders hätte das Loch abgedeckt, daß es auf dem Weg zum Brunnen hätte hineinfallen müssen. Während die lachten und fluchten, wollte niemand zugreifen; der eine redete vom Misthaken, der andere von einer Schoßgabel (große eiserne Gabel, mit der man die Garben auf den Wagen hebt), der dritte meinte, man solle es mit Pulver heraussprengen. Endlich erbarmte sich der Meister, nahm einen drei bis vier Fuß langen Knebel, hielt ihn an einem Ende und gab Uli das andere, und Stini mußte nun mit beiden Händen diesen Knebel in der Mitte fassen. So hoben sie mit Anstrengung aller ihrer Kräfte Stini langsam aus dem Loch empor.

Man kann sich keine Vorstellung machen, was das im Scheine der Laterne für ein Luegen war, als die von Jauche triefende Gestalt, in schwarzen Kot gehüllt, mit den roten Augen, der blauen Nase, den weißen Lippen so nach und nach aus dem schwarzen Loche tauchte und schwarze Ströme nach allen Seiten aus ihren Kleidern sich ergossen, bis sie endlich wie ein eigentlicher Drecksack auf festen Boden gestellt werden konnte. Die Zuschauer wollten sich fast am Boden herumwälzen vor Lachen. Aber kaum fühlte Stini festen Boden, so stürzte es zsämmefüßlige (mit beiden Füßen zugleich) wie eine Hyäne auf Ürsi los. Dieses, laut aufschreiend, wollte fliehen; aber schon war es von Stini umkrallt, an den Züpfen zu Boden gerissen; auf dem schönen Ürsi wälzte sich der Drecksack, dessen gräßliche Finger wühlten in seinem glatten Gesicht, und wie das gestrählte Ürsi der tusig Gottswillen um Hülfe schrie, schrie wie am Messer, es kam ihm niemand zu Hülfe, niemand mochte Stini anrühren, das bei jeder Bewegung Jauche weit um sich herspritzte. Da mußte endlich Ürsi sich wehren, und Stini schrie auf, und sie wälzten, verschlungen, zu einem Knäuel geballt, sich am Boden. Von ferne hörte man Schritte; die

Meisterin sagte, wenn man die Mönscher nicht bald voneinandertun wolle, so wolle sie es selbst tun. Das durfte man sich nicht zweimal sagen lassen; man suchte Ürsi zu ergreifen. Aber Ürsi war um nichts sauberer als Stini; wer zugriff, wurde besudelt, und als Uli helfen wollte, wären beide bald über ihn hergefallen, an allem sollte er schuldig sein. Stini fluchte, daß er es habe ins Loch sprengen helfen, und Ürsi, daß er ihm Stini angereiset, und wenn der Meister nicht aus Angst vor den nach und nach sich nähernden Nachbarn die beiden Unholdinnen ins Haus gewiesen hätte allen Ernstes, so hätte Uli mit ihrem Zorn noch härter zu kämpfen gehabt als mit ihrer Liebe.

Wie die beiden Liebhaberinnen ausgesehen, wie sie zusammen ins Gaden gekommen und dann endlich auch ins Bett, das muß ich der Einbildungskraft meiner Leser überlassen. Nur das kann ich sagen, daß ihr Anblick Uli wirklich über den Magen kam und er von Stund an von beiden genug hatte. Sie fühlten es beide auch selbst, daß das Ding ein Ende haben müsse, und erneuerten nur sehr schwach ihre Versuche. Stini tröstete sich damit, das verfluchte Mönsch überkömm ihn emel (einmal) auch nicht, und Ürsi faßte sich, im Vertrauen, es gebe noch andere als Uli, und wenn ein schönes Meitschi einen Mann wolle, so brauche es nur den kleinen Finger zum Fenster hinauszustrecken, so hingen ihm zehn daran; einen jedern nehme es aber auch nicht, es sei nicht gewachsen, für an einem Orte der Schuhwisch zu sein.

Aber ganz war Uli die Luft zum Weiben noch nicht vergangen; es dünkte ihn noch immer, es wäre jetzt Zeit, und er hätte nichts mehr zu versäumen.

Zehntes Kapitel

Wie Uli um eine Kuh handelt und fast eine Frau gekriegt hätte.

Einmal, und damals war es heiß, hatte er eine Kuh zu Markt geführt. Der Meister hatte ihm gesagt, wieviel er lösen solle; was er darüberaus ermärte, das könne er behalten, aber er solle sich dabei wohl in acht nehmen, daß er nicht zwischen Stühle und Bänke komme und am Ende die Kuh heimbringen müsse. Es sei schon manchem so gegangen, daß er den Preis hätte lösen können, aber zu hoch gespannt und zuletzt keinen Käufer mehr gefunden habe. Uli hatte beim Mästen dieser Kuh sich viele Mühe gegeben und ging gespannter Erwartungen voll auf den Markt. »Kann ich wohl zwanzig, kann ich vierzig Batzen herausschlagen, oder muß ich mit gar nichts vorliebnehmen?« Das ging ihm beständig rundum im Kopfe.

Schon weit vor der Stadt paßten Leute auf, schrien ihn an: »Junge, wie teuer das Kuhli?« Sie griffen mit ihren Händen um die Kuh herum, führten alle Griffe aus, und die Haut sei gar dünn, sagten sie, und Unschlitt nicht viel mehr, als für einem Kinde die Schühli zu salben. Sie führten die Kuh aus, daß Uli bald dreingeschlagen hätte. Dann kamen andere und fingen an zu loben, so halb und halb: man müsse sie dieses Jahr nehmen, wie man sie finde; es seien Häufen Kühe feil, aber das sei noch keine von den schlechtesten; das Mästen gehe etwas hart bei grauem Heu.

Fast wie Brämen das Vieh beim Eintritt in einen Wald empfangen, wurde Uli und seine Kuh von Leuten umsumst, die ausführten, rühmten, bald die Kuh, bald ihn, und verlangten, er solle sie schätzen, er solle doch sagen, was er fordern dürfe für so ein Rämpeli (mager Tierchen). Uli begann zu ahnden, daß die Ware besonders bsüchig sei, daß er einen Schnitt machen könne. Er forderte fünf Neutaler mehr, als der Meister ihm gesagt hatte. Nun erhob sich ein

Gebrüll gegen ihn, wie wenn er in eine Wespern geguselt, und akkurat so fuhren die Menschen von ihm weg. Indessen bemerkte er doch, daß ihn einige nicht aus den Augen ließen und sich den Ort merkten, wo er auf dem Märit sich und seine Kuh stellte. Einen Bekannten, der vorbeiging, rief er herbei, um die Kuh ihm einen Augenblick zu halten, und durchstrich flüchtig den Markt, um zu hören, was Kauf und Lauf sei. Er sah zu seiner Freude, daß seine Ahnung ihn nicht betrogen und heute etwas für ihn zu machen sei. Als er zurückkam, fand er seinen Stellvertreter in großer Verlegenheit: es waren Käufer da, wollten den Preis wissen, und er kannte ihn nicht. Alsobald kam Uli in Handel. Er blieb bei seiner Forderung; man bot, man märtete, man ging weg, aber er merkte, daß die meisten der Bietenden die Kuh im Auge behielten, daß man ungern aus dem Märit ging und einen andern dazuließ; er kam zur Einsicht, daß er um eine Dublone Gewinn verkaufen könne, und er tat es endlich auch, fürchtend, durch zu langes Hinhalten möchte er endlich um alle Käufer kommen.

Es verzögerte sich, bis er das Geld in Empfang genommen, und es brannte eben die heißeste Nachmittagssonne, als er heimging. Er war noch nicht weit außerhalb der Stadt, als er ein großes Weibsbild mit vier kleinen Schweinen sich herumtreiben sah. Diese wollten nicht parieren, und alle fünfe lechzten und schnupeten zum Erbarmen. Er erkannte die Tochter eines ihrer Nachbarn, die fast atemlos und erschöpft ihn dr tusig Gottswille bat, er möchte ihr beistehen, sie bringe sonst die Donners Ketzern nicht lebendig heim. Uli half mit etwas mehr Ruhe, als das Mädchen gehabt, und bald brachten sie auch die Schweinchen in einen ruhigen Gang. Denn wie die Tiere tun, hängt meist von ihren Treibern ab. Es ließe sich da ein merkwürdig Kapitel für Eltern und Regenten anknüpfen. Doch diesmal haben wir nicht Zeit, uns mit ihnen abzugeben; wir müssen jetzt erzählen, wie Käthi wieder zu Atem kam, und wie sie mit den ersten freien Atemzügen zu erzählen begann, wie manches Schwein sie daheim hätten, und wieviel sie jährlich nur mit dem Schweinmästen gewönnen. Aber die Mutter verstehe das bsunderbar; sie gebe aber ihren Mastschweinen im Winter mehr Nidlen als ganze Milch. Aber mit dem Gspünnst machten sie noch viel mehr. Sie pflanzten alle Jahre grusam viel, und alle Jahre gerate es ihnen bsunderbar wohl, und dann hätten sie Fleiß mit Spinnen und schon zWeihnacht alle Stangen voll. Der Baucher habe schon manchmal gesagt, er treffe in keinem Hause so vieles und so schönes Garn an. Und wenn die Mutter schon tuchen lasse, daß es einem übel gruse, sie hätte den halben Spycher und alle Trög voll Tuch, so könne doch die Mutter von Weihnacht bis Ostern alle Wochen mit großen Burdenen Garn zMärit gehen. Für ein jedes Kind hätte sie schon lange den Drossel (Aussteuer) zweg; da seien Anzüge und Fassene (Überzüge) und flächsigs Tuch für Hemder und reistenes zu Tischlachen und Lylachen (Bettücher), man könne weit laufen, ehe man solches sähe. Schon manchmal, wenn sie Dorf (Besuch) bekommen und die Mutter die Leute in den Spycher geführt hätte, so hätten sie die Händ über dem Kopf zusammengeschlagen vor Verwunderung und hätten gesagt, so viel Sachen und so schöne hätten sie noch nie beieinander gesehen. Wo das sei, werde auch noch anderes sein; da möchten sie einist helfen teilen. Der Vater hätte aber auch schon manchmal gesagt, es sei mancher, er meine, er sei ein Bauer, aber er gstiengs (stünde es) nicht aus, nur was jährlich die Mutter an Weber- und Bleicherlohn ausgebe. Es käme ihm wohl, seien die Zinse gegeben. Es käme ihm wohl, wüßte er aus dem Stall zu lösen mehr als ein anderer; da mög es wohl etwas erleiden. »Aber das ist noch alles nichts«, fuhr Käthi fort; »aber es hat mir manchmal übel gruset, was jährlich der Müller dem Vater für Geld geben muß, ich glaube, mängs hundert Kronen. Aber er sagt auch allemal, so gutes Korn wie unseres finde er nirgends; es sei allemal wenigstens eine halbe Krone mehr wert als den andern Bauren im Dörfli ihres. Aber wir haben auch Ackere dafür, viel Jucharten aneinander, ich weiß nur nicht, wieviel, und alles eben wie ein Teller und so schöner, schwarzer, murber Herd, man kann nicht genug luege, und die Leute haben schon manchmal gesagt, sellig Ackere treff man nirgends an ds Land uf und ab, man möge hinkommen, wohin man wolle.« Es sei kein schöneres Luegen als so einer ihrer Ackern voll Korn, wenns so schön graduf stang und dick wie eine Bürste und alle Halmen gleich lang, wie wenn man sie mit der Schere abgehauen hätte. Es stünden allbets alle Leute dabei still und sagten, sie wüßten doch nicht, wie es der Vater auch mache; aber solches Korn sehe man nirgends, und es dunk eim, er müsse es vorauswissen, ob es einen frühen Winter gebe oder nicht, ob er dicker oder dünner säen müsse; er treffe es allemal und hätte alle Jahre immer gleich schönes Korn, immer eben recht dick, und ihm falle es nie, nume hie und da öppe es Hämpfeli am ene Port.

So schwatzte Käthi in einem fort, während der Schweiß ihr von der Stirne rann und es einem dünkte, der Mund sollte ihr zusammenkleben und nicht mehr voneinander wollen. Etwas dergleichen muß wahrscheinlich auch gewesen sein; denn als man zu einem Wirtshause kam, sagte Käthi: wenn es dSäuleni könnte in einen Stall lassen und ihnen etwas zu saufen darhalten, so glaube es, es täte ihnen wohl. Unterdessen könnte es Uli eine Halbe zahlen, weil er ihm so behülflich gewesen; es glaube nicht, daß es sie allein heimgebracht hätte. Uli sagte, es sei ihm recht, eine zu haben, wenn es sich nicht schäme, ume so mit einem Knecht im Wirtshause zu trinken; er hätte aber auch Geld, um eine zu zahlen. Käthi sagte, er solle nicht Gspäß haben; es sei schon mit manchem Baurensohn im Wirtshause gewesen, der minder vorgestellt als er. Der Vater hätte ihn auch schon manchmal gerühmt und gesagt: er wollte, er hätte einen Knecht, wie er sei, und er wüßte manchen Baurensohn, er wäre ihm als Tochtermann minder anständig als Bodenbauren Uli, wenn der schon nur ein Knecht sei.

Der Stall fand sich und eine Halbe auch. Es waren nicht viel

Leute im Wirtshaus. Zwischen drei und vier Uhr findet man nicht auf dem Heimwege, wer am Ordinäri sitzt oder tanzen will. Die gehen heim, welche mit einem halben Schoppen vorliebnehmen, Anken, Garn verkauft haben oder sonst etwas, Ziegen, Schafe, Schweine gekauft, die sogenannten Mannleni und die Hausmutteni, die sich nicht gerne lange säumen und doch noch etwas möchten, ehe sie heim ans dünne Kaffee müssen. Derlei Leute saßen einige in der Gaststube, hatten ihre halben Schöpplein vor sich, ihre Körbchen oder Märtsäcklein neben sich und verhandelten den Märit, und was dies oder jenes gegolten, und wenn man es nur gewußt hätte, wie es ginge, so hätte man etwas anderes auf den Markt gebracht, das bsüchiger gewesen als der Anken, den man gehabt. Es sei gar grusam viel gewesen, es heig eim fry dunkt, die Ankekörbleni wachsen us dm Bode use, und dLüt hätten aus Brunnwasser Anken gemacht. Käthi rühmte, wie sie es getroffen. Sie hätten der Gattig gehabt; aber die Mutter hätte es gesagt: heute solle man nicht mit Anken kommen; die Leute, welche einen Kreuzer Geld mangeln, werden alle heute Anken verkaufen wollen. Es duechs, sagte es zu Uli, es möcht etwas essen, der Wein mache ihm Hunger; ob sie neuis wollen heißen cho (etwas bestellen wollten)? Es sei ihm gleich, sagte Uli. Er könnte es machen, aber er wolle mithalten. Käthi rief den Wirt und fragte, was sie hätten. Der Wirt sagte: wenn sie noch ein Brösmeli Geduld hätten, so könnten sie Bratis haben und Würste und von einem Hammli; aber es sei noch alles über (ob dem Feuer); sie hätten nicht geglaubt, daß die Leute heute so früh kämen. Dem Käthi war es recht, zu warten, von wegen den Säulene, sagte es; es kuhle dann derweilen. Da werden sie noch eine Halbe haben müssen; sie hätten so enangerena trunke und nicht daran gedacht, daß sie noch etwas essen wollten.

Endlich war aufgegessen und ausgetrunken, und Käthi rief: »Wirt, was sy mr schuldig?« »Kann man euch nicht noch mit etwas aufwarten?« sagte er, »öppe no mit emene

Schöppli?« Als er das Nein vernahm, sagte er: »He nu so de, su isch es zämme sechszeche Batze.« Sie fuhren beide in die Säcke, und Käthi sagte dem Uli, er solle nicht Geld fürezieh, es wolle zahlen. Uli sagte, das wäre ihm gspäßig; er sei auch froh gewesen, etwas zu nehmen. Uli zog eine Handvoll Münze hervor und Käthi nur sechs Kreuzer oder drei Batzen, dazu dann drei oder vier Neutaler. Es müsse wechseln lassen, sagte Käthi; aber seine Neutaler reuten es schier, man bekäme immer so schlechte Münze in den Wirtshäusern. Es hätte einen ganzen Bieter (Sack) voll Münze bei sich gehabt, aber dem Vater davon geben müssen, als er die Säuleni gezahlt habe; sein Geld habe ihn gereut. »Weißt was, Uli«, sagte Käthi, »zahl du auch für mich; ich will es dir wiedergeben, sobald wir heim sind. Ich habe zu Hause noch mehr Geld als das da; es hat noch manche nicht so viel als ich; es wär mänge Bur froh, er könnte mit mir tauschen. Die Mutter sagt immer, es sei nicht manche Baurentochter ds Land auf und ds Land ab, die sövli (so viel) Bietersackgeld habe wie ich. Aber ich bekomme Trinkgelder allemal, wenn wir Schweine verkaufen, auf das mindest immer fünf Batzen von einem. Und wenn etwas zu vertragen ist, kömmt es an mich. Die Metzg ins Pfarrhaus trage ich auch, aber dort hats böset. Die vorige Pfarrere hat fünf Batzen gegeben, wenn eine Hamme dabeigewesen ist; die gibt nur drei und ein halb Batzen auf ds vielst. Alle Jahre habe ich einen eigenen Flachsplätz, wo ich schon manchmal fünfundzwanzig Pfund gemacht habe. Aber die Mutter sagt, es sei nichts als billig, daß ich für mich pflanzen könne; es gäbte ds Land auf und ab nicht manche, die sich zum Spinnen hielte wie ich, und sie wolle ausbieten, es seien im ganzen Kanton nicht ein Dotzend, die mit mir machen können ›welches besser‹. Dann ist auch der Vater gar gut gegen mir; wenn ihm Geld eingeht und ich bin umeweg, so tut er es nie ins Bureau, bis er mir ein oder zwei Neutaler gegeben; ja ich weiß schon, ich habe eine ganze Dublone bekommen. Aber dr Vater hat schon manchmal gesagt, das sei nichts als billig. Wenn er einen Knecht bekommen sollte, der mir die Stange hielte, und den er brauchen könnte wie mich in alle Spiel, er müßte ihm vierzig bis fünfzig Kronen Lohn geben, und dann könnte er ihn im Winter doch nicht zum Spinnen brauchen wie mich. Er hat schon manchmal gesagt, er hätte noch kein Meitschi gesehen, das mähen könne wie ich. Wo er jung gewesen sei, so hätte er mich müsse förchte, und doch hätte ihn nie einer mögen. Aber ds Wetzen verstehe ich aus dem ff; es haut mir durch Schärhüfe und durch den Wurmherd wie gschisse, und ich fahre noch lange zu, wenn die andern schon lange nichts mehr machen können. Aber sie haben mir auch schon manchmal alle ihre Segessen zu wetzen gegeben und haben gesagt, es nehme sie nur wunder, wie ich es mache; so hauig hätten sie noch niemand wetzen sehen, und doch meine man, ich nehme die Segesse bloß i dFinger, so nüt z'tue gebs mr. Da bin ich am Morgen immer zuerst zweg, und wenn abends die Knechte schon lange im Nest sind, so fichten ih (fechte ich, schaffe ich) noch in der Küche und wasche ab oder helfe der Mutter zMorgen rüsten. Sie hat schon manchmal gesagt, es nehme sie nur wunder, wie ich es ausstehen möge. Aber gschau mini Arme, Uli, und Beine habe ich noch dickere, da ist öppis drinne. Voriges Jahr habe ich zweitausend Korngarben, so schwer, wie wir sie machen, wo wir von einer immer fünf Immi dröschen, in einem halben Tag allein hinaufgegeben; es ist dem gschmucht (ohnmächtig) worden, wo sie hat abnehmen müssen. Die Leute haben von allem Wunder brichtet und gesagt, das sei noch nie erlebt worden, daß ein Meitschi zweitausend sellig Garben in einem halben Tag allein hinaufgegeben habe, und ich bin doch gar nicht müde gewesen. Unser Melker hat gesagt, jetz werde ich doch afe gstabelig sein. Und da hab ich ihm gesagt, ich wolle ihm es zeigen, wenn er wolle; und da habe ich ihn dreimal auf den Rücken geschlagen, gäb er mich einist. Da hat er gesagt, es sei im ganzen Bernbiet keine Küherstochter, die mich möchte, und es werde nicht mancher Küherssohn sein. Aber wie hat der afe ein Gesicht gemacht, wo ich ihm einist habe helfen melken und immer geng zwei Kühe gmolchen habe, gäb er eine wohl. Da hat er gesagt, es sei verflucht schad, wenn ich nicht eine Kühersfrau gebe. Es könnte einer denken, er wäre glücklich, wenn er mich bekämte; der wüßte dann, daß er eine Frau hätte, und der könnte ausbieten: im Bernbiet und im Länderbiet gäbt es kei selligi. Aber da hat unser Ätti gesagt, und ds Augewasser ist ihm gekommen, uf my arme wien e Husbrunne, er begehre nicht, daß einer käme, und wenn ihm einer die beste Kuh im Stall wegnähmte, es ginge ihm nicht so übel, als wenn ich ihm fortkämte, und es müß nichts mehr zu machen sein, sonst lasse er mich nicht. Und darauf ist er ins Stübli gegangen und ist mit einer ganzen Handvoll Neutaler herausgekommen und hat mir sie gegeben und hat gesagt: eine ganze Scheube voll reuten ihn nicht für mich, wenn es sein müßte. Und im Aargau habe ich vier reiche Basen, und wenn es z'machen ist, so erben wir sie alle; und die kommen nie zDorf, daß sie mir nicht Kittlen und Fürtücher mitbringen von den schönsten, wo es gibt; und wenn sie fortgehen, so drückt mir eine jedere noch Silber in die Hand, soviel sie hämpfelen kann. Die sagen aber allemal, erst wenn sie mich sähen, werde es ihnen recht leid, daß sie keinen Sohn hätten, wie der afe glücklich mit mir sein könnte. Im ganzen Aargau seie keine, die mir nur von weitem die Zechen längte. Sie hätten es schon manchmal drunten gesagt; und es nähme sie wunder, daß nicht ganze Haufen aus dem Aargau gekommen seien, die mich hätten haben wollen, denn da wäre ich doch andere Rustig als ihre bauelige Meitscheni, wo man könne abenangereluege. Aber das seien gar ybildisch Leut da unten; die meinten, es gäbe nirgend etwas Gutes als in ihrem Ärgäu, wo drWy eim dZäng abfreß und dRübe eim dr Buuch verderbe und verkälte, daß läng Stück nüt as Isch(Eis)zäpfe von eim gingen.« Der Vater hätte schon manchmal gesagt, wenn es wollte bei ihm bleiben und die Basen gestorben seien und sie dieselben geerbt hätten, so wollte er ihm einen Stock bauen lassen, wie in der ganzen Stadt Bern keiner sei, und Land zum Pflanzen müßte es genug haben. Da könnte es sich lassen wohl sein, besser als manche Herrenfrau. Es wisse es noch nicht, sagte Käthi, wie es es machen wolle. Ja, ein schöner Stock sei schön, und so gut haben sein Leben lang sei auch schön. Aber es wisse es nicht; so ein werchbar Mensch, wie es sei, fürchte es, es hätte nur Längizyti. Was es doch anfangen wollte so allein? Es duechs immer, wenn so einer käme, der ihm anständig wäre, es wollte noch lieber mannen. Es hätte schon manchen haben können; aber einen jedern nehme es nicht, es wolle dann nadisch auslesen, es könns, und wenn ihm keiner anständig sei, so hätte es sonst zu essen, und dann sei es noch früh genug mit dem Stock. Es sehe nicht auf den Reichtum; es hätte schon solche haben können, die zahlte Heimet gehabt hätten und große; aber dPerson habe ihm nicht gefallen. Es wolle e Hübsche und e Freine (sanft, gutmütig, liebenswürdig), auf das Geld brauche es nicht zu sehen, es bekäme für ihns und noch einen genug. Es duechs, wenn es so einen bekäme, es wollte sich nicht lange besinnen, und die Eltern hätte es nicht zu scheuen, bsungerbar wenn der öppe bei ihnen bliebe. Wenn einer käme, öppe e rechte Bursch, der ihm anständig wär, und sagte, er wolle Käthi ne öppe la, solang sis manglete, und wenn man ihn öppis schätzte, so wolle er auch kommen, so glaubte es, sie würden ihm mängs tusigmal lieber ja sagen als dem Reichsten, wenn der ihns fortnehmen wollte. Sie haßten die Diensten afe gar; denen seis nicht zu breichen (treffen). Wunderselten treffe man einen an, der öppe zufrieden sei mit dem, wie man es selbsten habe, und sie hätten es nadisch bei ihnen gut; aber sie meinten, man solle die Erdöpfel selbst fressen und ihnen eiertätschlen. Ja, wenn sie alle wären wie er, sagte Käthi, so wollte sie nichts sagen; aber solche treffe man unter Hunderten nicht einen mehr an. »Es nimmt mich my armi nur wunder, daß du immer dienen magst; so einer wie du, e sellige tolle Bursch un e huslige, der scho öppis i de Fingere het, der kann öppe öppis anfangen, wenn er will;

und wenn ihm das nicht pressiert, so kann er eine Frau bekommen, wo er zu essen hat, wenn er schon nicht Knecht ist. Es wäre manche froh, wenn sie so einen genommen hätte statt so einen reichen Gytgnäpper, der ihr nichts gönnt und ihr alle Tag vorhält, wie reich er sei.« Die Mutter hätte manchmal gesagt, gäb sie ihre Tochter so einem geben wollte, wollte sie sie lieber dem ersten besten ab der Gasse geben. So einen aber möchte es notti nit, sagte Käthi; aber es wolle nicht sagen, daß es sich lange besinnen würde, wenn ein rechter Bursch käme; mi syg notti da für z'hürate, und mi heyg viel Byspiel, daß die, wo am eigeligsten gewesen und am wunderlichsten im Auslesen, die unglücklichsten Hüng geworden von der Welt. Und wenn es einen hätte, so wollte es sy armi eine manierligte Frau sein, und ds Fresse müßte einer haben so gut als es selber. Da sei es doch nicht von denen eins, die öppis Apartigs fressen und dem Mann nichts davon geben möchten. Das duechs wüsts; es duechs, wenn man alles gemein hätte, so sollte man das Fressen auch gemein haben; es hätte es ja eins vom andern zu genießen.

Käthi brichtete, Uli konnte nicht mit einem Hämmerlein dazwischen, und so kamen sie bis zu ihrem Scheideweg. Da dankte Käthi dem Uli gar schön und sagte, es hätte die Tüfels Tiere nicht heimgebracht ohne ihn. »Dankeigist dafür; und dann bin ich dir noch acht Batzen schuldig, und ich bin nicht gerne etwas schuldig, man könnte es vergessen, und das hätte ich ungern. Komm kurzum und hole es, hörst! Sonst hab ichs ungern. Oder weißt was«, sagte Käthi, schon zehn Schritte weiter mit seinen Schweinchen, »chumms hinecht cho yzieh!« »Ists dr Ärst (Ernst)?« rief Uli zurück. »Ja, my armi türi«, antwortete Käthi.

Ganz wunderlich ging es dem guten Uli im Kopf herum. Käthi war eine Person, wie man sagt, von den töllsten eine, hatte eine Postur wie eine Fluh, einen Gring wie ein Mäß, Arme wie ein Ankenkübli und Beine, wie es selbst gesagt, noch dickere. Käthi war eine Baurentochter, der Vater hatte ein großes Wesen; Käthi hatte Bietersackgeld, mehr wie mancher Bauer Geld; die vier Basen im Aargau waren auch nicht zu verachten, und Käthi war nicht spröde, und Käthi nahm vielleicht Uli, er glaubte das aus dessen Worten abnehmen zu können. Ein glücklicher Bursch war, wer Käthi erhielt, so ein werchbar Mensch! Das alles machte Uli sturm, daß er fast den Weg nicht getroffen hätte.

Als Uli vom Stolpern sich aufschnellte, sah er das Haus des Meisters in der Nähe. Da vergaß er Käthi und dachte an die Dublone, die er heute verdient hatte. Es fiel ihm ein, die werde den Meister reuen, und ob es eigentlich nicht besser wäre, er verheimlichte sie ihm und redete nur von zwei oder vier Franken. Kein bekannter Mensch war beim Kauf gewesen und ein fremder Händler der Käufer. Er ersparte auf diese Weise dem Meister Ärger und behielt nichts für sich, als was ihm von Gott und Rechts wegen zugehörte, was er in eigentlichem Sinne verdient hatte. Aber wußte der Meister, wie Kauf und Lauf ginge; sollte er seine Gutmeinenheit, daß er ihm das Verkaufen anvertraut, also mißbrauchen? Denn wenn der Meister nicht gut gegen ihn gewesen, so wäre er selbst gegangen, und als einem alten Fuchs, den die Vorgumper (so nennt man die Treibauf der Küh- und Roßhändler) nicht täuschen, wäre auch ihm der Profit nicht entgangen. Das arbeitete in ihm, die Waage stieg auf und ab, und es war noch nichts entschieden, als er zum Hause kam und am Stüblifenster ihm der Meister klopfte und ihn hineinkommen hieß. Er kam und trat mit einer Art Respekt in dieses Heiligtum, in dieses Kämmerlein, das Allerheiligste des Hauses.

Das Allerheiligste in der großen Welt ist ein Salon. Nach diesem fragen die Herrn und Damen, wenn sie ein Haus mieten wollen, messen, wie hoch er sei, ob ein Leuchter darin Platz habe, wie breit er sei, und wie manchen Spieltisch man plazieren könne, und sehen sich an den Wänden um, ob Glanzfarbe daran sei oder geschmackvolle Tapeten; aber nach einem Stübli fragen sie nicht. Und haben sie einen Salon gefunden, so gehen sie glücklich heim, machen ein glücklich Gesicht und raten ab, ob man die alten Meublen noch brauchen könne oder neue mangle. Und beide machen ein glücklich Gesicht, solange beide einer Meinung sind, und sobald in diese irgendein Unterschied trittet, so ziehen die Gesichter sich schief, das Unglück trittet in alle Züge, die Frau kriegt Krämpfe, der Mann Taubsucht, eins fällt hier aus, das andere läuft dort aus. Da können sie den Salon nicht mehr brauchen, und Stübli haben sie keins, höchstens einen Alkoven. Kein Stübli, wo sie mit treuem Sinn und halblauter Stimme die gemeinsamen Angelegenheiten beraten, keines zu einem hohen oder lauten Ton sich hinreißen läßt, keines anders als einig mit dem andern das Stübli verläßt, das Stübli, der Ehe Heiligtum, wo Leiden und Freuden, Hoffen und Kümmern, Meinen und Glauben treuherzig geteilt, treuherzig aufgenommen und treuherzig verarbeitet, getragen werden. Ja, wenn ihnen ein Stübli Bedürfnis würde und sie nach einem Stübli fragen würden statt nach einem Salon, es würde manche Ehe wieder eine Ehe, die jetzt nichts anders ist als ein Salonstück, bestehend aus einem Mann und einer Frau in einem Salon, beide nach Möglichkeit aufgeputzt, wenigstens die Frau geschnürt und mit einem Schnepf (eine Art Rock) versehen, aber jedenfalls beide mit langweiligen Gesichtern und mit unflätigen Mauggern (hängendes Maul), bis das Kammermeitli die erste Person anmeldet. Dann strengt man sich zu graziösen Gesichtern an, macht glückliche Augen und rudert wie in einem Meer von Wonne dem Sofa zu. Es ist aber nur Salonwonne!

Kein Kammermeitli, weder ein weltsches noch eins vom Buchholterberg, meldete den Uli an, sondern er trat alleine ein, aber doch mit einer Art von Respekt: denn in demselben war er noch nie gewesen, als wenn ihm der Meister die Kuttlen gewaschen oder den Lohn gegeben. Darum trat er diesmal ein wie in einen geheimnisvollen Hain, in dem einem Dinge begegnen konnten, die noch kein sterbliches Auge gesehen. Drinnen saßen der Meister und die Frau Meisterin bei einem Kaffee, und der Meister frug den Uli nach seiner Verrichtung: er werde den Scheck verkauft haben, daß er ihn nicht heimgebracht? Die Frau Meisterin aber stund auf, ob auf einen Wink oder eigenmächtig, war nicht bemerkbar, holte ein Kacheli, schenkte es voll, stellte es zweg und sagte: »So hock ab, nimm das und hau dr selber Brot ab, du sottst durstig sy? Es macht heiß!« Nachdem Uli gesagt hatte, das hätte sich nicht gemangelt, hockete er doch ab und begann zu brichten, wie es ihm ergangen, und von Anfang bis ans Ende war alles lautere Wahrheit; alles, was er gesagt, gedacht, getan, erfuhren der Meister und die Frau Meisterin; es wäre ihm unmöglich gewesen, hier im Stübli ein unwahres Wort aus dem Munde zu bringen. Zuletzt zählte er das Geld auf und alles bei Batzen und Kreuzer, was er gelöst, und schob es dem Meister dar. Der Meister lachte, und die Meisterin sagte: er hätte es ihnen recht gemacht; aber sie hätte nicht geglaubt, daß er sövli merkig wäre.

Sie aßen und tranken, und als der Meister fertig war, nahm er seine Dublonen und schob die eine dem Uli hin mit der Bemerkung, daß er diese nicht wolle, die gehöre ja ihm laut Abrede. Uli sagte: ja wenn es ein Zwänzger (kein östreichischer) wäre, so möchte es angehen; allein eine Duble, das sei zuviel, die nehme er nicht. Das wäre gspäßig, sagte der Meister, wenn Uli nicht an seinen Profit gedacht hätte, er wäre vielleicht auch nicht so merkig gewesen. Er hätte sie verdient, und er sollte sie auch nehmen. Uli weigerte sich und meinte: er sage nicht, daß er gar nichts wolle, aber er solle ihm öppen geben, was ihn billig dueche, aber eine Duble sei zuviel. Der Meister sagte: er hätte es schon gehört, sie wollten nicht weiter chären (unnützerweise hin- und herreden). »Aber los«, sagte die Meisterin, die wie die meisten Frauen nicht gerne grundsätzlich verfuhr, besonders wenn eine ganze Dublone auf dem Spiele stund (eine Dublone in Kreuzern hätte sie an so viel Personen, als Kreuzer waren, unbedenklich ausgeteilt), »los, wenn der Uli vernünftig sein will, so tue nicht ungattlich; es duecht mich, wenn ihr halbieren würdet, so hätte keiner sich zu klagen.

Seh da, nimm, Uli, zwei Neutaler; und du, Johannes, tue das Geld weg, es könnte sonst noch jemand dazukommen, und den könnte es lächern ob eurem Branzen, und ihr kämet noch in die Brattig (Kalender).« Uli sagte: »Dankeiget de, aber es ist noch zviel!« Im Hinausgehen dachte er nichts; aber es regte sich doch ein Gefühl in ihm, das ihm sagte, die Sache sei nicht ganz nobel zugegangen. Indessen was wollte er anders, er mußte sich darein schicken. Der Meister aber strich sein Geld ein, tat es weg, ohne daß er etwas sagte, weder mit einer Miene noch mit einem Worte.

Nachdem die Tagesgeschäfte vorbei und abgegessen war, sagte Johannes zu seiner Frau, er müsse noch hinaus. Uli hätte noch die Sonntagshosen anbehalten; es nehme ihn wunder, ob der noch fortwolle, etwa zu Hubechbure Käthi, da wolle er doch auch noch ein Wort dazu sagen. Draußen traf er allerdings den Uli an, verdächtig in den Sonntagshosen und der Gelegenheit abpassend, wo er am unbemerktesten sich vom Hause wegstehlen konnte. Der Meister trat zu Uli und gab ihm zwei Neutaler. »Da nimm noch, was dir gehört! Hast du geglaubt, ich wolle dir das vorenthalten, was von Rechts wegen dein ist? Da bist du am Unrechten.« Uli wollte wieder Komplimente machen und sagte: aber es sei doch nicht billig; er hätte es auch gelöst, wenn er selbst gegangen wäre, und sechzehn Franken sei doch ein zu großer Taglohn für ein Knechtlein. »Hast du es gehört?« sagte darauf der Meister, »geredet ist geredet, und wenn es zehn Dublonen wären; was einer versprochen hat, das muß er halten, und ich bin zufrieden. Aber wegen meiner Alten habe ich da nicht wollen zanken: man muß den Weibern etwa einmal recht geben; man kann dann immer noch machen, wie man will, oder wie es recht ist. Die Weiber haben in solchen Sachen nicht immer den rechten Verstand, wenn sie schon das beste Herz haben.« Uli nahm endlich den Rest der Dublone, und hoch vor Freuden schlug ihm sein Herz, an einem Tage um so viel reicher geworden zu sein, und er legte bei sich selbst das Zeugnis ab: sein Meister müsse doch wirklich ein braver Mann sein; unter Hunderten hätte das nicht einer getan.

Und wie der Meister so bei ihm stund, so ging das Herz ihm immer mehr auf, es duechte ihn, er möchte ihn doch neuis fragen. Aber er redete doch von etwas anderm; und wenn der Meister gehen wollte, so fing er wieder etwas Frisches an, aber doch nicht das Rechte. Endlich sagte der Meister: »Es ist Zeit, daß wir niedergehen; gute Nacht!« »Gute Nacht, Meister!« sagte Uli; »aber wenns dr gleich wär, so hätte ich dich gerne noch was gefragt.« »He was de?« sagte der Meister. »He, es ist mir wunderlich gegangen mit ds Hubechbure Käthi. Das hat mir neue so zuechegredt, daß es scheint, als hieße es dort nicht Nein, wenn ich es begehrte. Das muß ein bsunderbar werchbar Mönsch sein, in alle Spiel zu brauchen, es geht für einen Knecht. Und für einen, der nicht viel hat, muß da ein großes Vermögen sein; das wäre ein schöner Anfang. Käthi hat mir so um die Stauden herumgeschlagen, daß es mir auftäte, wenn ich käme; und es zweiet (es wiegt) mir sich, ob ich gehen solle. Da habe ich gedacht, ich wolle dich fragen, du meinest es gut mit mir und könnest mir die beste Auskunft geben.«

»Für was mangelst du einen Knecht?« fragte der Meister. »Knecht mangle ich aparti keinen«, sagte Uli; »aber ich habe geglaubt, Käthi wäre eine rechte Frau für mich.« »Jä so«, sagte der Meister, »aber du hast mir an Käthi ausgestrichen, was zu einem guten Knecht gehört und nicht zu einer Frau; und eine Frau und ein Knecht sind nicht nur ganz verschiedene Krebse, sondern ein guter Knecht kann eine schlechte Frau und ein schlechter Knecht eine gute Frau sein. Was trägt es dir ab, wenn deine Frau den Knecht macht und von der Haushaltung soviel versteht als ein Gusti vom Geigen? Und so ist es mit Käthi. Es mäht und mistet, wie Mädchen das können, und trappet dir den Mist mit den bloßen Füßen, daß er ihm bis weit über die Stumphosen hinaufspreiset; aber eine repetierliche Suppe, die man von irgendeinem Gschlüder unterscheiden kann, ist es nicht imstande zu machen. Die Mutter macht die Haushaltung, und nur wenn sie krank ist, chaaren dTöchtere i dr Pfanne herum und sagen, sie müßten kochen, und kochen dann, daß es eine eigeliche Sau nicht fressen möchte. Zu den Zeiten, wo sie meinen, sie müßten etwas Apartes haben, oder wenn der Vater nicht zu Hause ist, tätschlet eine jedere für sich. Wenn sie nur viel Anken und Eier und Mehl vergeuden können, so meinen sie, die Sache müsse auch gut sein. Keine kann dir ein Loch plätzen; ich glaube nicht, daß eine noch je eine Nadel in den Fingern gehabt hat. Es ist da ein schrecklicher Hausbrauch; es sind Sachen genug, jedes braucht, soviel es kann, und niemand achtet sich, wieviel. Deswegen sind die Leute nicht reich; da geht es eher zurück als vorwärts, wie es allenthalben geht, wo keine Ordnung ist. Eine Tochter wird da niemals viel erhalten, Käthi mag sagen, was es will; das Vermögen ist im Land, das nehmen die Buben, und die Meitscheni können luegen, was sie kriegen. Von den Basen aus dem Aargau habe ich auch schon gehört; aber das sind nur so Zuckerstengel, die sie den Leuten durchs Maul ziehen. Ich wüßte gar nicht, woher sie Basen im Aargau haben sollten. Es geht nicht um diese Meitlein, sie rühmen viel zu fast; da denkt man, es hätte sich nötig. Schon ihre Mutter hat es so gehabt. Sie hätte mich auch beinahe gefangen, und ich wäre mich übel reuig geworden. Ich glaube, du bekämest Käthi; aber was wolltest du mit ihm? Geld kriegtest noch lange keins, du könntest hingegen dort Knecht sein ohne Lohn, Sühniswyb. Oder wenn du etwas anfangen wolltest, so könntest du eine Jungfrau anstellen, für die Haushaltung zu machen, während Käthi dir den Mist vertrappet. Dann würde Käthi nirgend genug sehen, und wenn es nicht die Milch von vier Kühen verchaaren könnte, so würde es über Mangel und Not schreien. Du glaubst nicht, was man mit Baurentöchtern oft angeführt ist, aus denen man das größte Wesen macht, und die aus einem großen Wesen herauskommen. Die wissen oft in Gottes Namen nichts als gradane dryschla, nie genug zu sehen; wenn sie nicht bis an den Hals in der Milch und im Anken flotschen können, so meinen sie, es gehe ihnen übel, und wenn nicht immer der Schneider hinter ihnen, die Näherin vor ihnen ist, so sehen sie aus, daß man nicht weiß, was hinten und vornen ist. Und wenn man nicht Jungfrauen vermag oder die nicht mehr Verstand haben als die Meisterin, so weiß man oft in einem solchen Hause nicht, wo trappen, und das Essen ist, wie wenn es die Hühner ab dem Mist gekratzet hätten. Dafür wollen sie manchmal Pflug halten, meinen, was das sei, wenn sie einige Tage im Jahre vom Morgen früh bis am Abend spät mit dem Volk auf dem Felde sind. Zwischen den großen Arbeiten machen sie gewöhnlich den Faulhung. Wenn du so eine kriegtest, so hätte sie es dir das ganze Jahr alle Tage für und in den langen Tagen zweimal, wie gut sie es daheim gehabt hätte, und aus welchem Hause sie käme, und wie bös sie es bei dir habe, und wie sie doch dr dümmst Hung gsy syg; sie hätte andere haben können als so ein Baurenknechtlein. Das ist meine Meinung, Uli«, sagte der Meister; »mach darneben, was du willst; aber weil du mich gefragt hast, so rate ich es dir nicht.«

Uli hatte ganz andächtig zugehört und sagte endlich: »So will ich denk gehen und meine Sonntagshosen abziehen; du hast mir so eine Baurentochter ganz erleidet, aber du magst öppis recht haben. Wenn man eine Frau will, so muß man nicht auf einen Knecht sehen, und ich könnte da selbst der Knecht sein und nichts davonbringen als eine Kuppelen Kinder und eine böse Frau, die nie genug sehen würde aus Vertünligi (Gewohnheit, viel zu brauchen). Wenn du mir nicht gewehrt hättest, ich wäre gegangen und hätte da vielleicht den Schuh noch völler herausgenommen als mit Stini oder Ürsi. Es ist doch gut, wenn man noch jemand hat, der witziger ist, als man selbst ist.« »Ja«, sagte der Meister, »das ist kummlich; aber dann muß man ihn fragen und ihm glauben, sonst trägt es einem nichts ab.«

»Du hast recht«, sagte Uli; »so witzig bin ich doch jetzt auch worden, zu fragen und zu glauben; du sollest Dank haben.«

»Ist gerne geschehen!« sagte der Meister. »Gut Nacht!« »Gut Nacht!« antwortete Uli. »Aber los, daß du dann niemand plauderst, was ich dir gesagt!« »Häb nit Kummer!« sagte Uli, »sellig Sache bhäben ih für mi.«

Elftes Kapitel

Wie bei einem Knechte Wünsche sich bilden, und wie ein rechter Meister sie ins Leben setzt.

So vergingen Uli einstweilen die Heiratsflausen, und er ward wieder der recht emsige Knecht, der seinem Dienst alle Aufmerksamkeit widmete. Seine Rosse waren die schönsten weit und breit, die Kühe glänzten, und einen solchen Misthaufen hätte er noch nie gehabt, sagte der Meister. Wenn es einer verstehe, so könne er mit dem gleichen Stroh fast ds Halb mehr Mist machen als ein anderer, das sehe man hier. Aber er hätte schon Knechte gehabt, gäb wie er es ihnen gesagt habe, sie seien in ihrem Trapp fortgefahren und hätten gelächelt in den Maulecken. Es mach ihn aber auch nichts täuber als so ein ybildisches Bürschchen, das nichts verstehe und sich doch nicht wolle brichten lassen, das meine, der Meister habe zu seiner eigenen Sache nichts zu sagen. Das seien die, wo in Gottsnamen nichts lernten und ihrer Leben lang gleich dumm blieben, wo zuletzt niemand gerne als Tauner brauche für zehn Kreuzer des Tags. Uli fliß sich aber auch zu allen Arbeiten außer dem Hause. Im Fahren war er ein Meister, und seine vier Rosse zogen so satt und gleichlig an, wenn er die Geißel hob, daß sie wenigstens ein Drittel mehr als andere ab Platz zogen: ja, soviel der Wagen tragen mochte, zogen sie, sie ließen nichts stehen. Er hielt Pflug trotz einem alten Bauer, und mit Säen mochte ihn nicht bald einer. Selbst das kleine Gsäm, Klee, Flachs etc., konnte ihm der Meister zu säen überlassen, und die Meisterfrau sagte: sie sehe fry keinen Unterschied, wenn dr Johannes säe oder dr Uli. Der Meister sagte manchmal, das gehe aufs Haar ganz gleich, sei er daheim oder nicht, und man wisse gar nicht, wieviel wöhler man sei, wenn man einen Knecht habe, dem es am Dienst gelegen sei, und dem man etwas anvertrauen könne, als wenn man so einen Stopfi habe, dem nichts in Sinn komme als heute eine Unfläterei und morgen eine Lümmelei. Er habe das schon manchem gesagt; dann habe man ihm geantwortet: »Du hast gut krähen, du vermagst Lohn zu geben; üsereim muß Zinsen geben, da vermögen wir nicht vierzigkrönig Knechten, wir müssens mit mingere machen.« Dann habe er ihnen gesagt, wenn sie doch rechnen wollten, so würden sie finden, daß die wohlfeilsten Knechte die teursten seien; aber das hätten sie nicht fassen wollen.

So predigte Johannes oft und war stolz auf seinen Knecht. Uli hatte nach und nach bis auf vierzig Kronen Lohn erhalten und von diesen wenigstens zwanzig vorgespart, und doch war er stolz gekleidet und hatte mehr Hemder, und zwar gute, als mancher Baurensohn. Er hatte viel über hundert Kronen in der Kasse und sah sich bereits für einen vermöglichen Mann an. Doch wie oft mit dem Essen der Hunger kömmt, so kömmt oft mit dem Huslichwerden, mit dem Vermögengewinnen die Ungeduld. Es scheint viel zu langsam zu gehen; es dunkt einem, es sei nicht zu erwarten, bis etwas Erkleckliches beisammen sei, und das müsse anders gehen. Das ist ein eigen Kapitel über diese Krankheit, die alle mehr oder weniger ergreift, die zu einigen eigenen Kronen kommen, und denen der Gedanke geboren worden ist, vermöglich zu werden. Sie ergriff auch Uli, und es dünkte ihn von zweien eins: entweder sollte er etwas eigenes anfangen oder noch mehr Lohn zu machen suchen; so sechzig Kronen, dünkte ihn, sollte er an einem Orte darnach wohl zu erhalten imstande sein, und wenn er einen guten Platz als Stallknecht bekommen könnte, so könnte er leicht auf hundert Kronen kommen. Es reue ihn freilich, da fort, dachte er, und es seien ihm alle lieb, aber es müsse ein jeder für sich selbsten auch sehen.

Der Meister sah diese Krankheit und merkte sie aus einzelnen Äußerungen, aber er zürnte nicht darüber. Er war nicht von denen einer, die glauben, wenn sie einem Dienstboten Gutmeinenheit zeigen, so solle derselbe dafür ein lebenslängliches Opfer bringen, das heißt ihnen um einen Lohn dienen lebenslang, der ihren Kräften nicht angemessen ist. Wohlverstanden, ich rede hier nicht von der Sucht der meisten Diensten, alle Jahre weiterzuziehen um ein, zwei Kronen Lohn mehr, wobei sie gar nichts in Anschlag bringen, weder ihre Fähigkeit noch die ihrer wartende Arbeit noch den sittlichen Namen, den sittlichen Schutz eines Hauses. Das Bewußtsein, etwas Gutes an einem getan zu haben, ist auch ein Lohn, und jedenfalls genießt man einige Zeitlang den besser gewordenen Menschen. Aber dann gehe man nicht zu weit! Kann man denselben bei sich nicht seinen Kräften angemessen stellen und lohnen, so sei man ihm nicht selbstsüchtig vor seinem Weiterkommen, sondern setze sein Werk also fort, daß man ihm selbst weiterzuhelfen, ihn recht zu stellen sucht; dann hat man für zeitlebens ein dankbares Herz, einen Freund gewonnen.

So recht klar sah Johannes das gleich anfangs nicht ein, und es wurmte ihn, daß er Uli für einen andern erzogen haben sollte; aber er ließ es sich nicht merken und kam endlich doch zum Schluß: »Entweder mußt du ihn belohnen, bis er zufrieden ist, oder ihn gehen lassen.« Als daher Uli in seinem zum Meister gewonnenen Vertrauen ihm einmal eröffnete, er wisse nicht recht, was anfangen, ob etwas kaufen oder mieten oder was, so konnte derselbe ohne Bitterkeit ihm raten. »Ich begreife es«, sagte er, »daß du nicht immer bei mir bleiben kannst; du bist jung und mußt deine jungen Jahre brauchen, und dir mit dem Lohn noch viel nachezmache, gruset mir auch, wenn es mir vielleicht schon nützlicher wäre. Aber was denkst du ans Kaufen oder Empfangen? Was willst du mit deinen hundert Kronen anfangen? Etwas Großes ist nicht möglich, da sind hundert Kronen grad wie nichts. Und wenn man nicht auch etwas Geld in den Fingern hat, so kann man gar nichts zwängen und ist immer am Hag. Man muß alles wohlfeiler verkaufen denen, die bar zahlen, und die es wohl merken, wenn einer Geld haben muß; man kann nie warten, bis es die rechte Zeit ist. Dagegen muß man alles teurer kaufen von denen, die es einem dings geben; man kann sich nie wehren, ist immer im Hinterlig, bis man die Beine ob sich kehren muß. Noch schlimmer ist es mit etwas Kleinem. Es gruset mir allemal, wenn ich jemand so an ein kleines Heimwesen sich hängen sehe, wo man alles, was darauf wächst, librement selber braucht; woraus soll man den Zins geben? Die Kuhheimetli (Heimwesen, auf denen nur ein oder zwei Kühe zu ernähren sind) sind zum Kaufen und Empfangen weitaus die teuersten; auf solchen gehen die meisten zugrunde, wenn sie den Zins innerhalb des Hages nehmen müssen. Wo ein Gewerbe dabei ist oder sonst ein anderweitiger Verdienst, da ist es ein anderes. Mit deinem Gelde kannst du keines zahlen, hast höchstens für die Bsatzig (das nötige Vieh auf einen Hof; man besetzt die Berge, das heißt, schickt das nötige Vieh hinauf); was willst du darauf anfangen? Nein, dafür habe noch Geduld; du kämest um deine Sache, ehe du daran dächtest. Aber wenn ich etwa einen Platz vernehme, wo du recht Lohn machen kannst, so will ich dir nicht davor sein. Öppe nit Stallknecht; da gibt es gerne böse Alter: dr Gliedersucht oder dr Wysucht entrinnt öppe nit menge. Du reust mich freilich; aber ich kann doch nicht klagen, daß du öppe grad fortgewollt hast und öppe uverschant mit dem Lohn gewesen seiest; daß du nicht öppe eingesehen, daß du mir auch etwas zu verdanken hättest. Du bist nun bald zehn Jahre bei mir, und so habe ich allerdings auch deine Besserung zu Nutzen gehabt. Zähl darauf: wenn mir etwas anläuft, so will ich an dich sinnen. Du kannst selber auch nachsehen, nur sag es mir immer öppe i dr Zyt!« So offen redeten Knecht und Meister miteinander; sie mochten sich das Maul gönnen, und es war keinesten Schade (der Schade von keinem).

Herbst war es. Voll Obst hingen die Bäume, voll Kühe waren die Matten, voll Erdäpfelgräber die Äcker, voll Eichhörnchen die Birnbäume, voll Jäger die Wälder, voll Wirte das Weltschland. Der Johannes hatte den Zug heimgebracht vom Felde und stopfte auf der Bsetzi die Pfeife, um sie auf dem Bänkchen zu genießen vor dem Nachtessen; seine Frau kam eben aus dem Keller, wo sie Obst auf die Hürde hatte schütten lassen, und sagte, schwer Atem schöpfend: »Sag, Johannes, ich weiß einmal nicht, was anfangen; drunten sind schon fast alle Hürden voll hochauf, und es hangen noch fast tausend Körbe voll; du mußt sehen, daß da etwas geht, so kann es nicht länger bleiben; wenn es schon fast nichts giltet, so ist neuis doch immer besser, als es la z'schange gah zUnnutz. Der liebe Gott hat es wachsen lassen, und da muß es für neuis gebraucht sein.« »Ich möchte mich nadisch nicht versündigen, Frau«, sagte Johannes, »ich habe auch schon daran gedacht. Willst morgen mit zMärit? Ich habe allerlei zu tun, sollte für eine Kuh sehen, sollte auf den Metzger luegen, der mir das Kalb noch nicht bezahlt hat, und hätte noch neuis z'rede mit einem Schreiber wegen Gemeindssachen, und da hab ich gedacht, es sollte sein, daß ich zMärit gehe. Da kann ich nachsehen, ob so ein Essig- oder Brönzmacher sie gleich alle miteinander wolle.« »E, was sinnist, Johannes, wie könnte ich zMärit! Ich will von allem andern noch nichts sagen, aber wir haben die Schneider auf der Stör; denk doch, was das sagen will! Da müßte ich Tuch füregä u Fade für e ganze Tag! He nu, ih chönnt wohl füregä, un es wär ne viellicht ds Rechte; aber vo wegem Tuch u Fade denke ich doch, ich verdiene am meisten daheim. U de lan ih dJumpfere u dSchnyder o nit gern alleini daheim; das chönnt arig gah. Aber gang du und nimm Roß und Wägeli und nimm ein Füderli Äpfel mit!« »O Frau, das trägt nichts ab«, sagte Johannes. »Morgen ist der ganze Märit gstacket voll. Ein jeder bringt ein Füderli, und man löset nicht, was Roß und Wagen versäumen und vertun. Aber Roß und Wägeli will ich doch nehmen. Es ist mir zwider, zu laufen; es ist mir gar in den Beinen, und morgen können wir doch nicht zAcher fahren. Es muß Mist geführt sein, und da kömmt man mit drei Rossen so weit als mit vieren. Man kann nicht laden, der Boden ist zu naß.« »Du hast recht, daß du fährst. Aber da mußt du mir doch eine Ankenballe mitnehmen, ich will gleich noch anken lassen. Ich kann dann den Schneidern morgen im halben Tag einen Ankenbock (Butterbrot) geben. Es ist ihnen seltsam und macht öppe, daß sie mr minger zMittag esse. Es isch i Gottsname ke Sege i nüt, wenn die da sy.«

»Uli«, sagte am Abend der Meister, »mach mir doch morgen den Blaß zweg und bürst mir das Wägeli ein wenig, man hat es lange nicht gebraucht. Ich mag, weiß Gott, nicht mit einem Wägeli fahren wie die Oberaargauer und die Bauren um Bern; so ferndrigen Dreck an den Rädern, an den Speichen und an der Nabe, und Gras in den Spälten. Es meint einem, sie könnten keinen Wagen waschen. Das muß sufer aussehen um ihre Häuser; da wird man wohl noch nach fünfzig Jahren dem Großätti sein Ghüder (Unrat) und Gfräß ums Haus herum finden, damit, wenn er wiederkäme, es ihn heimelete.« Da lachten die Schneider, und jeder wußte dem Johannes zu Lieb und Ehr etwas von den Bauren um Bern herum.

Am Morgen stund der stattliche Blaß und das saubere Bernerwägeli vor dem Hause. Die Bäurin legte dem Johannes noch das Halstuch um, machte ihm den Hemdekragen zurecht, wie sie meinte, daß er ihm am besten stehe, steckte ihm ein Nastuch in die Tasche, nachdem sie es aufgemacht, um sich zu vergewissern, daß nicht etwa ein Loch darin sei, fragte ihn: »Hast du jetzt alles?« Und als Johannes nach allen Säcken griff, fehlte ihm noch Schwamm, den die Frau ihm aus der Küche holte. Draußen war der Anken zweg in einem Bogenkorbe und mit einem schönen weißen Zwecheli mit roten Strichen bedeckt. Johannes setzte sich auf, nachdem er dem Uli die nötigen Anweisungen eingeschärft; hinter ihm war die Bäurin und gab ihm den Anken hinauf und sagte: er könne ihn einstweilen auf den Sitz stellen; aber wenn eine Hübsche und Muntere ihn ums Reiten frage, so solle er es ihr nicht etwa absagen, sie sei nicht so schalus wie die Gufebüri, die apartige Leute bestelle und bezahle, welche ihr aufpassen müßten, mit wem ihr Mann geritten sei, daß sie es allemal wüßte, ehe er noch heim wäre. »Komm aber notti nicht z'spät heim«, sagte die Frau, »und bring den Korb und das Zwecheli wieder mit! Hast jetzt alles?« »Ja«, sagte Johannes, »bhüt ech Gott und heyt gut Sorg zu enangere! Hü i Gottsname!« Der Blaß schritt stattlich vor, und Uli stund im Wege und die Bäurin auf der Bsetzi und sahen dem stattlichen Meister nach. Nach hundert Schritten, eben als Uli umkehren wollte dem Stalle zu, hielt der Meister. »Lauf gschwing, Uli!« sagte die Frau, »er hat etwas vergessen. Es nimmt mich nur wunder, daß der nicht einmal dr Gring am ene Ort vrgißt; e vrgeßlichere Mönsch gits nit«, brummte die Bäurin, während Uli lief und den Bescheid vernahm, der Meister hätte im Stübli auf dem Tischli noch Schriften vergessen; die Frau solle ihm sie geben, er hätte sie zweggelegt. Von weitem schon vernahm die Frau den Auftrag und brachte sie dem Uli. Nun fuhr der Meister fort und kam aus den Augen; und als die Frau in die Stube ging, abzuräumen, sagte sie zu sich selbst: »Ich bin allemal froh, wenn er einist fort ist; man hat immer nur mit ihm zu tun, er kann nie fortkommen, und doch hat er immer noch etwas vergessen.«

Unterdessen fuhr Johannes dem Märit zu. Seine Augen betrachteten allenthalben den Stand der Herbstarbeit, die Kornäcker, die gesäet waren, die Erdäpfel, die noch auszumachen waren; übersah die Bäume, wie sie behängt, und ob nicht hier oder da eine schöne Sorte sei, die er noch nicht besitze.

Er sah vor sich mit einem schweren Korb am Arme mühsam ein schlank Weibchen gehen, die zuweilen ein rosiges

Gesicht zurückdrehte. »Hü, Blaß«, sagte er, »spring es bitzeli!« Aber kaum war der im Zuge, so zog der Meister das Leitseil wieder an und frug: »Anne Meieli, wottsch öppe ryte?« Und Anne Meieli stund still und sagte: »Gar gern, wes di nüt irrt; es het mi scho vo wytem duecht, es sott di sy, und we d mi heißist cho, su wells dr nit absäge.« »So gib mir dein Körbchen!« sagte Johannes, schlug den Fußsack zurück, versorgte die Körbchen unten im Gestell und bot dann dem Weibchen die Hand, während er mit der andern den Blaß mühsam zügelte. »So«, sagte Anne Meieli, »jetz wär ih dobe; es isch mr viel z'gut gange. Mein Korb hätte mich würden plagen, wenn ich ihn hätte tragen müssen bis hinein. Aber ich habe viel zu kaufen, und da habe ich gedacht, ich wolle einmal nehmen, daß ich etwa lösen könne, was ich brauche.« »Ihr werdet kein Geld mehr haben daheim!« sagte Johannes. »Selb nicht«, sagte Anne Meieli, eine junge, tätige Nachbarsfrau, »aber es duechs geng, solange man etwas zu verkaufen habe, das einem nichts abtrage, so solle man verkaufen und nicht das Geld, das man habe, wiederum aus dem Hause tragen.« »Für son e Jungi«, sagte Johannes, »bist du nicht die Letzte.« »Oh«, sagte Anne Meieli, es sei nicht gesagt, daß die Ältesten immer die Besten wären und die Witzigsten; wenn manche Junge machen könnte, was sie wollte, es würde noch an manchem Orte besser gehen. Nit, sie wolle aparti nicht klagen; aber es hätte sie schon manchmal duecht, ihres Manns Mutter hätte einen Brauch, es wäre besser, er wäre nicht. Aber sie sage nichts, man könne alte Leute nicht anders gewöhnen, und es sei ein Söhniswyb geng dumm, wenn es alles nach seinem Brauch machen wolle. Wenn man jung sei, so könne man sich am besten leiden; wenn man einst alt werde, so hätte man es auch nicht gerne, wenn so eine Junge käme und alles besser machen wollte. Johannes antwortete darauf, wie es einem solchen Manne anständig war.

Unter solchen Gesprächen fuhr man durch die sich mehrende Menge von allerlei Geschöpfen, grüßte links und

grüßte rechts, und Anne Mareili machte ein recht glückliches, fast stolzes Gesicht auf dem schönen Wägeli und neben dem tollen Mann. Endlich angelangt, sprang Anne Mareili zuerst herab, empfing die beiden Körbchen und sagte: wenn er seins ihm anvertrauen wolle, so wolle es seinen Anken auch verkaufen, es gehe ihm in einem zu, und es wolle es machen, so gut es könne; es wisse wohl, daß die Männer mit dem nicht gerne zu tun hätten. »Anne Mareili«, sagte Johannes, »du tust mir einen großen Gefallen; aber ich will dir die Körbchen tragen bis auf den Ankenmärit. Ich mag die besser als du.« Anne Mareili machte Komplimente; indessen es ließ es geschehen, und Johannes fragte ihns noch, wann es wieder fortwolle? Es solle mit ihm heimreiten; er wolle auch nicht spät sein. Es könnte ihm doch zu lange gehen, sagte Anne Mareili. Er solle sagen, wo es ihn antreffen könne so um Mittagszeit. Es wolle ihm dann das Geld bringen, und da könne man immer noch luegen, ob es sich schicken wolle.
Johannes ging seinen Geschäften nach, tat dieses ab und jenes, und bald war es Mittag. Da schiens ihm in dichtem Gedränge, er höre rufen hinter sich: »Vetterma, los neuis! Johannes, wart doch!« Endlich stund er still, sah um sich, wollte wieder gehen, hörte wieder rufen, stund wieder still, bis ein altes, schitteres (gebrechliches) Mannli sich zu ihm durcharbeitete und keuchend sagte: »Ich habe geglaubt, ich bringe es nicht zweg, bis zu dir zu kommen, Vetter Johannes.« »Eh Gottwillche, Vetter!« sagte Johannes. »Ich hätte eher an den Tod gedacht als an Euch; was bringt Euch hier zMärit so weit?« »Gerade deinetwegen komme ich«, sagte er; »ich habe neuis mit dir zu reden, wenn du der Zeit hast, mir abzlose.« »Warum nit, Vetter, saget ume!« »Hier nicht«, sagte er, »hier schickt es sich mir nicht; aber wenn wir etwa an einen Ort könnten, wo wir ein rühyig Stübli haben könnten, wo nit alles zuchelauft, so wär es mir anständig. Aber ich bin hier gar nicht bekannt.« »Kommet nur, Vetter; ich weiß schon, wo wir hinwollen. Da, wo ich

eingestellt habe, da gibt uns die Wirtin schon ein Stübli; es ist noch von weitem meine Base, und wenn ich etwas möchte, so ist es nie Nein, wenns einmal z'mache ist.«
Es ging nicht lange, so saßen sie in der freundlichen Wirtin Schlafstübli, nachdem die viel Entschuldigung gemacht, daß sie kein anderes habe; aber es sei heute alles voll, es duech se, noch nie so. Hier seien sie ruhig, und womit sie aufwarten könne. »Denk emel afe mit ere Halbe und dann, wanns Zeit ist, auch etwas zMittag.« »Was begehret ihr z'esse, und was für Wein soll ich bringen?« »Bring gute und z'esse, was dr öppe heit; aber emel lings Fleisch, ich kann gar nichts mehr daran machen, wenns nicht gut kochet ist. Allbets isch es mr öppe glych gsi; aber ih spüre ds Alter a alle Orte, und es duecht mi mengisch, wenn ih ume nimme wär!« »He, Vetter«, sagte Johannes, »man siehts Euch noch gar nicht an; und wenn Ihr so klagen wollt, was sollen wir andern dann sagen, wo wir nicht den Zehnten Sachen haben, wie Ihr habt?« »Los, Vettermann, auf den Reichtum kömmt es nicht an, das erfahre ich alle Tage, und das ist gerade, was mir Kummer macht, und deswegen kam ich heute, um mit dir zu reden. Du weißt, ich habe ein großes Wesen und muß eine große Kuppele Leute haben, um es zu arbeiten. Meine Alte und ich sind schitter (dem Zusammenfallen nahe) und mögen nicht mehr nach. My Bueb, der Johannes, ist zu vornehm geworden im Weltschland, für auf dem Land zu arbeiten, dem mußte ich ein Wirtshaus kaufen; den kann ich nichts rechnen, als daß er hie und da kömmt, wenn er Geld nötig hat oder etwas anderes. Meine Tochter ist hell (glatt, gar, ganz) nichts. Die hat geglaubt, sie käme gegen den Bruder zu kurz, wenn sie nicht auch ins Weltschland könnte. Und jetzt ist sie, helf mir Gott, nüt angers als es Schlärpli und lismet öppe dem Schatten nach, wird bleich wie ein weiß gewaschenes Tuch, daß es eim übel gruset, und meint, wenn sie etwas anrühren solle, me well se hänke. Du kannst dir vorstellen, wie das nun geht bei der Kuppele Leute, die ich haben muß. Da flökt (verschleppt) eines hier

aus, das andere dort aus, die Sache wird nur halb gwerchet, das Land wird alle Jahr schlechter, der Hof trägt mir fast nichts mehr ab, und was es noch gibt, geht in den Kosten auf. Ja, weiß Gott, wenn ich nicht noch Gülti hätte, ich könnte es nicht mehr machen bei einem solchen Hof, wo vielleicht nicht ein Dutzend sind im ganzen Bernbiet. Ich habe geglaubt, ich hätte einen guten Meisterknecht, und hab ihm alles anvertraut. Er ist eilf Jahre bei mir gewesen, und ich hätte ein Haus auf ihn gebaut, so hat er mir reden können. Und jetzt, was macht er mir? Verkauft mir der Hundsbub nicht sechzig Mütt Korn, und der Müller zahlte mir nur fünfzig, und den Rest teilen die Schelmen miteinander, und das ist schon mehr so gegangen. Es hats mir endlich ein Tauner verraten, dem ich Götti bin. Er könns nicht mehr übers Herz bringen, wie es mir gehe, hatte er gesagt; er müsse mir etwas sagen, aber ich solle ihn dr tusig Gottswillen nicht verraten. Und das haben alle gewußt und niemand mir etwas gesagt, weil alle das gleiche treiben; da kannst du wohl denken, wie es mir geht. Was soll ich anfangen? Verkaufen will ich nicht, gäb wie es der Sohn meint. Der könnte noch einmal froh über den Hof sein, oder wenigstens seine Kinder. Lehenmann mag ich auch keinen. Da hätte ich gar nichts zu befehlen, und der Hof käme vollends in Abgang. Und du magst mirs glauben oder nicht, ich kann nicht ruhig sterben, bis der öppe wieder im Gang ist. My Vater hat mir ihn gut im Stand übergeben. Wie dürfte ich wieder zu ihm kommen, wenn ich schlecht hinterlassen würde, was er mir gut übergeben? Ich möchte einen Meisterknecht, aber recht einen hauptäntischen (vorzüglichen), an den ich kommen könnte, der alles wohl verstünde, und dem ich trauen dürfte. Aber er müßte aus einer andern Gegend sein; bei mir herum ist alles unter einer Decke, und sie betrachten mich alle wie die Adler das Aas, noch ehe ich gestorben bin. Da habe ich gedacht, vielleicht könntest du mir am besten zu einem verhelfen; und darum bin ich expreß hiehergekommen; ich habe gedacht, ich treffe dich an. Auf den Lohn käme es mir gar nicht an: ich wollte einem sechzig Kronen geben, wenn es sein müßte, ja hundert Kronen reuten mich nicht, wenn ich einen kriegte, wie ich ihn haben wollte.«

Unterdessen war Johannes ganz stillgesessen, und auch als der Vetter ausgeredet hatte, antwortete er nichts. Die Wirtin kam darauf herein, deckte ihnen dar und brachte Essen und sagte: sie müßten heute vorliebnehmen, wie es komme; so an einem Märit könne man es nicht immer geben, wie man es gerne möchte; sie wüßte nicht, wie die Sache öppe wäre, sie hätte zwar ausgelesen so gut möglich. Der Vetter redete allerlei mit der Wirtin. Johannes sagte nicht viel dazu. Es kam eine Magd herein und fragte, ob der Bodenbauer da sei, es frage ihm draußen eine Frau nach. Er werde etwas Bestelltes haben, spöttelte die Wirtin. Die Magd sagte, es sei einmal eine Hübsche. Sobald Johannes draußen war, sagte der Vetter: ob denn der so einer sei? Er hätte das nicht von ihm geglaubt. »Bhütis«, sagte die Wirtin, »da ist nichts Böses, das ist von den Brävsten einer. Es wird öppe eine sein, die mit ihm heimreiten will.« Johannes brachte die Körbchen herein und bestätigte der Wirtin Meinung und sagte, es sei eine Nachbäurin gewesen, die ihm seinen Anken verkauft. Sie habe nicht warten wollen und wolle mit einem andern heimreiten, wenn es sich schicke. Das sei ihm leid, wenn er im Weg gewesen sei; es hätte ihn schon lange duecht, er erwarte jemand, er habe ihm nur halb zugehört und noch keine Antwort gegeben? »Bhütis, Vetter«, sagte Johannes, »da seid Ihr letz dra; wißt Ihr, was ich gesinnet habe und warum noch keine Antwort gegeben? Es ist mir etwas im Sinn herumgegangen, und es hat sich bei mir gwerweiset, ob ich es Euch sagen wolle. Ich will es jetzt fry graduse bekenne. Ich hätte gerade so einen Knecht, wie Ihr ihn mangelt, aber er reut mich; ich kriege einen solchen nicht bald wieder, und doch möchte ich nicht vor seinem Glück sein.« »Das wäre!« sagte der Vetter; »aber warum willst du ihn fortlassen, was scheust du an ihm?« »Gar nichts«, sagte Johannes, »er ist mir gerade recht, und ich wünsche mir keinen bessern; allein er trachtet nach großem Lohn, und er verdient ihn auch. Er kann einem Bauernwesen vorstehen mit Arbeiten und Handeln wie der beste Bauer; und dazu ist er fromm, man könnte ihn in Königs Schatzkammer lassen, er würde um keinen Kreuzer betrügen, da ist alles sicher vor ihm.« »Das wär mir afe!« sagte der Vetter; »grad so einen möchte ich. Und was meinst du, käme mir der um vierzig Kronen? Das ist ein schönes Geld.« »Gerade soviel gebe ich ihm selbst«, sagte Johannes; »Vetter, wenn Ihr den wollt, so kostet er sechzig Kronen und keinen Rappen weniger.« »Ist er dir verwandt?« fragte der Vetter. »Nein«, sagte Johannes, »er ist ein armer Bursch gewesen, wo er zu mir gekommen ist.« Noch ein gar langes Examen stellte der mißtreue Vetter an, bis er sich endlich entschloß, mit Johannes heimzufahren und den Knecht selbst ins Aug zu nehmen. Johannes war fast reuig, daß er etwas gesagt.

Bald befahlen sie anzuspannen, und der Vetter bezahlte die ganze Ürti, geb wie Johannes sich wehrte. Als sie hinunterkamen, kam Anne Meieli wiederum daher und sagte: da sei es ihm schön ergangen, der Burri Uli hätte ihm versprochen, ihns mitzunehmen; er wolle nur noch eine Verrichtung machen, es solle hier warten. Es habe nun gewartet, ihn noch gesucht und könne ihn nirgends finden, und wenn es jetzt noch heimlaufen müsse, so komme es, es wisse niemand, wann, heim; es schäme sich schon jetzt, so lange auf dem Märit zu sein. Johannes sagte, der alte Platz warte ihm noch; und so fuhren sie fort: Johannes voran, der Vetter in seinem schönen Reitwägeli hintendrein. Er dachte allerlei, so alleine fahrend, und als sie noch etwa eine Stunde vom Bodenhof waren, rief er Johannes: ob nicht im nächsten Dörfchen eine Schmiede sei, er müsse ein Eisen festschlagen lassen, er verliere es sonst. Johannes sagte: »Ja«, und er wolle ihm warten, es sei gleich dabei auch ein Wirtshäuschen. Aber der Vetter wollte nicht. Die Frau pressiere, sagte er, und es sei nicht der wert einzukehren; er komme gleich nach.

So fuhr Johannes voraus; Joggeli, der Vetter, gar langsam nach, ließ beim Wirtshaus ausspannen und zum Schein einen Nagel einschlagen. Beim Ausspannen frug er den Stallknecht, was das für ein Bauer sei, der da vor ihm hergefahren? Ob das seine Frau sei? »Nein«, sagte der Stallknecht. »Sie werden einander sonst liebhaben«, meinte Joggeli. Er wisse nichts Apartigs, er hätte von beiden nichts dergleichen gehört, sagte der Stallknecht. Er hätte gar ein braves Roß im Wägeli gehabt, sagte Joggeli, er mangelte schier so eins und hätte auf dem Märit nichts Anständiges gefunden; ob das wohl dem Bauer feil wäre, und ob er noch mehrere hätte? Der hätte einen ganzen Stall voll Roß, sagte der Stallknecht. Da finde man selten die besten Rosse; wenn man so viel habe, so werde gewöhnlich schlecht gefüttert und schlecht zu ihnen gesehen, warf Joggeli ein. Das sei da nicht der Fall, antwortete der Stallknecht; der Bauer täts nicht so, das sei einer von den Mehbessern; und dann hätte er einen bsonderbar guten Knecht, es gäb weit und breit keinen solchen. Joggeli schwieg, ließ den Stallknecht das Pferd besorgen, ging in die Stube und fing dort fast das gleiche Examen an, während er seinen Schoppen trank, nur mit ganz andern Wendungen, kam aber am Ende aufs gleiche heraus: daß sein Vetter Johannes ein gar braver Mann sei, soviel me emel wüß, seine Gefährtin ein ehrbares, unbescholtenes Weib, und daß der Bodenbauer allerdings einen berühmten Knecht hätte, den ihm schon mancher gerne abgedinget hätte; aber der Meister und der Knecht seien gar bsonderbar wohl füreinander, die ließen nicht voneinander. Ob es denn nicht kurzum etwas zwischen ihnen gegeben habe, frug Joggeli. Gar nichts, daß man wisse; sie hätten erst am Sonntag hier miteinander eine Halbe getrunken; daneben wüßten sie nichts Genaueres, erhielt er von den Wirtsleuten zur Antwort.

Unterdessen war Johannes heimgefahren, hatte Anne

Mareili bis zum Hause mitgenommen, und als die Frau zum Wägeli kam und die Geißel abnahm, sagte Johannes: »Jetz, Frau, magst recht freini sein, sonst will Anne Mareili bei mir bleiben.« »Da werde ich anwenden müssen«, sagte die Bäurin freundlich, nahm auch die Körbchen ab, hieß Anne Mareili hineinkommen, sie hätte Kaffee zweg und tät es nicht anders, als daß Anne Mareili ein Kacheli nähme. Anne Mareili wehrte sich, sagte, es werde daheim auch finden, sagte, es hätte schon früher absteigen wollen, es wüßte Weiber, es wollte nicht um zwanzig Batzen mit ihren Männern bis zum Hause fahren. »Hast du geglaubt, ich sei son e Schalusi?« sagte die Bäurin lachend. »Nein, da bin ich zu alt dazu. Nit, ich will nicht sagen, daß es nicht auch eine Zeit gegeben habe, wos mr vrflümeret i Kopf cho ist, wenn dr Johannes eine andere angesehen hat; selbist (dazumal) het es mi duecht, er sollte alle andern angrännen, nur mich nicht. Aber das vergeht einem so nach und nach, wenn man sieht, daß man keine Ursache hat, schalus zu sein.«
Das gab zu einigen Geschichten Anlaß von schalusen Weibern, bis die Bäurin auffuhr und fragte: »Was kommt dort für ein Reitwägeli gegen das Haus?« »Tüfel abenandere, das ist dr Vetter us dr Glungge, er kommt zu uns zum Übernachten«, sagte Johannes. »Und sagst einem nichts, du bist mir doch einer! Was will der, daß der kömmt; der ist ja viel Jahr nie dagewesen?« »Du wirst es schon erfahren!« sagte Johannes; und Anne Mareili nahm Abschied und ging am herbeifahrenden Vetter vorbei.
Beim Hause stund alles zweg, den Vetter zu empfangen, der etwas schlotternd und mühselig vom Wägeli stieg, während Uli herbeisprang, das Roß abzunehmen. »Reib es mir doch ein wenig ab«, sagte Joggeli, »und gib ihm nicht gleich zu saufen; es hat warm. Ihr füttert doch Dürrs?« fragte er den Johannes; und erst, als er über alles beruhigt war, ging er auf seinen wackeligen Beinen ins Haus. Kaum war er abgesessen, so fragte er: »Ist das ne gsi?« »Ja«, sagte Johannes. »Er duecht mi no wohl junge und gar so lüftig.« »Er ist bald

dreißig«, sagte Johannes, »und e gleytige (gelenkiger), das ist wahr; aber es ist kommöder so, als wenn er nicht fürers (vorwärts) möcht.« Mit dem ging er in den Keller und holte Wein und Käs, und im Vorbeigehen in der Küche frug ihn die Frau: »Was hat der nach Uli zu fragen, was wott der mit Uli?« »Ich habe jetzt nicht Zeit, es dir zu sagen«, antwortete Johannes; »komm herein, du wirst es dann schon hören.« »Was hats dem Johannes gä?« dachte die Frau; »er ist ganz wunderliche, und so agschnellt hat er mich jetzt lange nie.« Darinnen fing der Vetter wiederum an, sein Leid zu klagen, und wie sie arme, beschissene Leute wären; und kaum war Johannes hinaus, um das heutige Tagewerk zu überschauen, so fragte er: »Base, was ist mit Euem Knecht, dem Uli? Dr Johannes wett mr ne gä für Meisterknecht.« »Das wird öppe nicht sein!« fuhr die Bäurin auf, »dr Uli ist der beste Knecht, den man weit und breit antrifft; wir haben noch nie so einen gehabt.« »So?« sagte der Vetter; »aber wie hat ers denn mit dem Weibervolk? Es hat mir geschienen, er sei gerade so einer, wie sie am schlimmsten seien.« Es wäre gut, sagte die Frau, wenn es keine schlimmern gäbte; er sei mehr als ein Jahr zNacht nie aus dem Hause gewesen. »So, so«, sagte der Vetter. »Dr Johannes ist da mit einem lustigen Wybli heimgeritten und hats bis zum Haus gebracht, wie ich gesehen; wer ist das gewesen?« »Das ist unsere Nachbäurin, es hauptäntisch bravs Fraueli, und sie ist bsunderbar wohl für mich. Es ist ds einzig Hus, in das ich so jeweilen gehe.« »So, so«, sagte der Vetter; »dr Uli wär Euch denn mit Schein nicht erleidet?« »Wer sagt das?« fragte die Frau; »der Johannes wird doch nicht so dumm sein und den Uli forttun wollen; da wollte ich auch noch ein Wort dazu sagen.« Mit dem kam Johannes wieder herein, redete von Gleichgültigem; die Frau ging hinaus, und der Vetter sagte: »Sag, Vetterma, es duecht mi, dy Frau könn es bsunderbar gut mit Uli, und er sei ihr gar wert.« »Ja«, sagte Johannes, »es ist ihr noch keiner so wert gewesen; über all hat sie mir immer zu klagen gehabt, aber seit manchem Jahr über den kein Wort.

Es ist ein ganz anders Dabeisein.« Es schade dann vielleicht nicht, wenn sie auseinanderkämen, sagte Joggeli. »Bhütis«, er wolle damit nichts Böses gesagt haben; aber es sei doch nicht allemal gut, wenns dWyber und Knechte zu gut miteinander könnten. Oh, das mache nichts, sagte Johannes, wenn es dabei die Weiber noch besser mit den Männern könnten als mit den Knechten. Und das sei bei ihnen so. Er und seine Frau seien einig, und keins mache eine Partei weder gegen die Kinder noch gegen die Diensten, und seit einiger Zeit seien sie auch mit ihren Diensten einig, und die machen keine Partei gegen sie und unter sich, und so befänden sich sich bsunderbar gut dabei. »Ich weiß es neue nit«, sagte der Vetter; »wenn sie zu einig sind, so hat sich sonst der Meister zu klagen. Wenn es allen gegangen wäre wie mir, so würde noch mancher anders reden.« Die Bäurin konnte nicht ins klare kommen, bis endlich bei Tische das Kapitel wieder auf Uli kam und sie sich überzeugen mußte, daß es Ernst sei mit dem Platz bei Joggeli. Da sagte sie: »Aber Johannes, sinnest auch, was du machst?« »Ich möchte dem Uli nicht vor seinem Glück sein«, antwortete er. »Es ist nicht immer alles Glück, was glänzt«, sagte sie halblaut und ging zur Türe hinaus. Da fing der Vetter an zu treiben, daß man den Uli hineinkommen heiße, er möchte mit ihm reden; und Johannes meinte, das pressiere den Abend noch nicht; morgen wolle er ihm alles zeigen, und dann könne er noch immer machen, was er wolle. Aber der Vetter sagte, er müsse morgen zeitlich fort, wolle die Sache heute noch richtig machen, so könne er vielleicht wieder einmal gut schlafen; und Uli mußte herein.

Uli war ganz voll Gwunder, was er im Stübli solle, und stellte sich an der Türe auf. Der Vetter füllte sein Glas, brachte es Uli und sagte: »Tue Bscheid und chumm, hock; ich möchte neuis mit dir reden.« Nun begann er, wie Johannes ihm Uli als Meisterknecht angeboten habe, wie er einen mangle, wie er einen schönen Lohn gebe und bei Zufriedenheit noch mehr nicht scheuen wolle. »Und wenn es dich gelüstet, zu kommen, so fordere Lohn; wir wollen es gleich miteinander richtig machen.« Uli war ganz verstummet. Endlich sagte er, es sei ihm hier nicht erleidet, er begehre gar nicht fort. Wenn der Meister meine, es sei sein Glück, so wolle er probieren, aber ungern. »Du kannst probieren«, sagte Johannes; »und wenn ihr nicht fürenandere seid, so nehm ich dich wieder jede Stund.« »Und nun, was forderst du für Lohn?« »Der Meister soll für mich heischen«, sagte Uli. »Was duecht Euch: sechzig Kronen, zwei Paar Schuhe, vier Hemder und dann noch Trinkgelder?« sagte Johannes. Ihm sei es recht, sagte Uli, wie es der Meister mache. Es sei wohl viel, sagte der Vetter, und so für den Anfang hätte man es mit etwas wenigerem auch machen können; indessen wolle er nicht märten. Nur mit den Trinkgeldern könne er nicht viel versprechen; für die Rosse nehme sie der Karrer, für die Kühe der Melcher, und sonst gebe es nicht viel. »He nun«, sagte Johannes, »so gebt Ihr am Neujahr noch einen schönen Kram, wenn Ihr zufrieden seid.« Das werde sich schon machen, sagte Joggeli; da hätte er fürs erste zwanzig Batzen Haftpfennig, und dann soll er ihm zur rechten Zeit kommen, um anzustehen. Somit gab er Geld und Hand, und die Sache war abgetan, ehe Johannes und Uli es sich versahen, und ehe die Bäurin ein Wort dazu sagen konnte. Er hätte gedacht, er wolle es heute noch richtig machen, sagte Joggeli; es hätte sonst vielleicht nichts mehr daraus werden können; man wisse nie, was es über Nacht gebe.

Und Joggeli, der alte Fuchs, hatte verdammt recht. Die Frau schwieg jetzt, sie fühlte, jetzt könne sie nicht mehr reden. Aber sobald Johannes neben ihr hinterm Umhang lag, so begann sie mit der Frage: »Aber sag mir auch, was sinnest du? Ich hätte nie geglaubt, daß du ein solcher Löhl wärest. Einen solchen Verdruß hast du mir nicht gemacht, seit wir verheiratet sind. Du bist viel fort, und wie soll es gehen, wenn Uli nicht mehr da ist? Der alte Verdruß kommt wieder an mich. Dem alte, wunderliche Narr, der niemand trauet und meint, alle Leute seien schlecht, den besten Knecht anzubieten! Man sollte dich my Seel vogten. Ich glaube, du bist voll gewesen, wo du das gemacht hast. Sag mir nur, was hast du auch gesinnet?« Aber Johannes, dem der Handel selbst übers Herz gekommen, wußte nicht viel zu sagen; seine Gründe schienen ihm selbst nicht mehr stichhaltig. Er wisse es selbsten nicht, seufzte er. Er habe geglaubt, dem Uli sein Glück zu machen. Knecht könne der auch nicht immer bleiben; und um etwas anzufangen, müsse er Geld haben, und einen größern Lohn zu geben, vermöge er nicht. Aber die Frau tat ihm alles durch und wollte von Glück nichts wissen, das Uli mache, daß sie ihm einen größern Lohn hätten geben sollen, oder daß sie einen größern nicht vermöchten: kurz, sie war zu einem eigentlichen Redhaus geworden und ließ Johannes in selber Nacht wenig schlafen. Auch Uli schlief nicht, er war auch halb reuig; nur der Vetter schnarchte behaglich, daß man meinte, es sprenge Laden an der Diele auf und Schindeln vom Dache.

Am andern Morgen war alles wie verstört; aber dessen achtete Joggeli sich wenig, er machte, daß er fortkam, gab Uli noch einen Walliserbatzen Trinkgeld und fuhr vergnügt von dannen.

Uli hätte den Handel gerne aufgegeben, und auch die Frau Meisterin war der Meinung. Was frage man dem Vetter nach; man hätte ja sein Lebtag nichts von ihm gehabt und werde nichts von ihm haben, und er wohne ja sieben Stunden dadänne (von ihnen weg), man sehe ihn vielleicht in seinem Leben nicht mehr. Uli sagte, wenn er im neuen Dienst noch alleine wäre, so würde es ihm noch minder machen; aber daß er da drei, vier Knechte regieren solle, noch Jungfrauen dazu und Tauner die Menge, das gruse ihm. Er wisse wohl, wie er es mit denen bekomme. Sage er zu allem nichts, so sei er nur ihr Schuhwisch, und der wolle er nicht sein; wolle er regieren, so gäbe es Händel, er hätte lauter Streit und wisse nicht, wie dann der Meister ihn unterstütze. Es wäre wohl am besten, er schicke das Haftgeld zurück zu rechter Zeit. Aber Johannes war nicht dieser Meinung. Es wäre schlecht, einen fremden Menschen so anzuführen, geschweige dann einen Vetter. Es komme nichts von ungefähr, und man wisse nicht, wofür das gut sei. Gewöhnlich seien die Sachen, wo einem im Anfang am meisten zuwider seien, später einem die vorteilhaftesten. Jetzt müsse man der Sache ihren Lauf lassen; es werde öppe beidseitig gut gehen. Wenn Uli nur im Anfang recht süferli tue und suche, Boden zu bekommen, so werde sich alles machen. Hans, ihr zweiter Knecht, sei gut angeleitet und hätte vielen guten Willen; es wäre möglich, daß man mit ihm auch nicht schlecht fahren werde. Jedenfalls sei die Sache jetzt so, lasse sich nicht ändern; es wäre daher am besten, wenn man sich hineinschicken würde und sowenig als möglich davon redete.

So verstrich die Zeit, und Weihnachten nahte. Schneider, Näherinnen, Schuhmacher wechselten ab auf der Stör; und wenn man es auch nicht sagte, so war es doch größtenteils Ulis wegen, dessen Kleider man alle in den besten Stand setzen ließ, fast wie einem Sohn, der in die Fremde will. Bald hatte die Meisterin noch einen Resten Tuch, den sie nicht zu brauchen wußte, zu einem Hemde, oder der Meister eine Kutte, die ihm zu enge war, oder ein Gilet, das ihm der Schneider verpfuscht hatte. Eines Abends sagte der Meister: »Uli, du mußt noch einen Heimatschein holen beim Pfarrer; gehe morgen, damit man Zeit hat, ihn ausfertigen zu lassen!« »Meister, das ist mir zwider«, sagte Uli. »Nit, der Pfarrer ist mir lieb, und ich habe viel auf ihm, seine Predigten haben mir wohlgetan, und ich habe bei ihm einsehen gelernt, daß, wenn man ein Mensch sein will, man unserm Heiland nachfolgen müsse. Aber ich bin gar ein wüster und ungeschickter Bube gewesen in der Unterweisung, er hat viel mit mir müssen balgen, und daher habe ich ihn seither immer geflohen und kein einzig Wort mit ihm geredet. Das habe ich nun ungern, ich darf mich nicht vor ihm zeigen; denn wenn ich gehe, so wird er glauben, ich sei noch immer der wüste Bub wie früher und mir einen Abputzer geben vom Tüfel. Du könntest mir ihn nehmen, Meister; du kommst wohl öppe zum Pfarrer.« »Nein«, sagte der Meister, »es ist anständig, daß du selbst gehst, und wenn er dir schon noch eine Ermahnung gibt, so schadet die dir allweg nichts.«

Uli mochte wollen oder nicht, er mußte selbst gehen. Aber es wurde ihm recht schwer, als er gegen das Pfarrhaus kam; das Herz klopfte ihm, als er hineingeheißen wurde; und als drinnen der Pfarrer fragte: »Was wotsch, was wär dir lieb?«, da fand er das einfache Wort »Einen Heimatschein« fast nicht und brachte es mit Mühe heraus. Der Pfarrer schlug große Bücher auf, frug: »Du heißest Ulrich Merk; dein Vater hat Christian geheißen, deine Mutter Madle Schmöck, dein Götti ist der Vrenechbur gsi.« Das wunderte den Uli gar fast, wie der Pfarrer das alles so wissen könne, und daß er ihn noch gekannt hätte; seit der Unterweisung sei er doch fast einen Schuh größer geworden. Dann fragte ihn der Pfarrer wieder: »Du gehst in die Glungge, in die Gemeinde Üfligen. He nun, es soll mich freuen, wenn es dein Glück ist«, sagte der Pfarrer. »Es hat mich schon lange gefreut, daß du dich so brav aufgeführt hast; es freut mich allemal, wenn ich einen auf einem bessern Weg sehe. Wo du in die Unterweisung gekommen bist, hätte ich das nicht von dir erwartet. Aber es ist dem lieben Gott gar viel möglich, woran der Mensch nicht denkt. Vergiß aber in der Glungge nicht, daß dort der gleiche Gott ist, der hier sein Auge auf dir gehabt hat, und daß es dir nur so lange wohl geht, als er dir hilft und du ihm treu bist. Vergiß nie, daß er alles gseht und alles ghört, wenn es schon dein Meister nicht sieht und nicht hört! Jetzt wirst du über viel gesetzt; es wird auch viel von dir gefordert werden. Jetzt hast du Gott nötiger als nie, und denke immer, was du sagst, wenn du betest: ›Führe mich nicht in Versuchung!‹ Denke daran, was der Heiland gesagt hat: ›Wachet und betet, daß ihr nicht in Anfechtungen fallet!‹ Es wird mich immer freuen, wenn ich gute Nachricht von dir habe, und wenn du hieher zDorf kömmst, so komm auch zu mir und gib mir Bricht, wie es dir geht; es wird mich recht wohl freuen.«

Uli ging ganz gerührt und verwundert fort und mochte nicht warten, bis er dem Meister sagen konnte: »Denk, dr Pfarrer hat mich noch gekannt, und es ist ihm alles bekannt gewesen. Er hat gewußt, daß ich mich geändert, daß ich in die Glungge komme; und wie es dort ist, hat mir geschienen, wisse er auch. Wie ist das auch möglich, er hat doch nie mit mir geredet und ist die längste Zeit nicht bei dir gewesen?« »Jä«, sagte der Meister, »das ist der Name, von dem ich dir gesagt habe. Der gute Name kommt weit und der böse noch weiter, und es ist kein Mensch so gering, es wird von ihm brichtet. Und so ein Pfarrer soll auf diese Namen mehr oder weniger achthaben, damit, wenn die Gelegenheit kommt, er weiß, wie er mit den Leuten reden soll. So ein unerwarteter Zuspruch bei Gelegenheit tut manchmal recht gute Wirkung; es schadet niemere nüt, wenn man weiß, daß auf einen gesehen wird.« »Ja, das muß ich sagen«, sagte Uli, »der Zuspruch hat mich gefreut, und ich wollte nicht, daß ich nicht selbst gegangen wäre. Er hat mir da ein paar wichtige Worte gesagt, die ich nicht vergessen will.«

Der Meister hatte sich entschlossen, Uli selbst auf seinen neuen Platz zu führen; er solle mit dem Züglen nicht Kosten haben, sagte er, und dann könne er ihm vielleicht noch einen oder den andern Rat geben, wenn er die Gelegenheit selbst angesehen. Uli ließ seinen Lohn fast ganz zurück und hatte nun in der Kasse ordentlich über hundertundfünfzig Kronen. Einen Trog hatte er machen lassen mit einem guten Schloß, damit ihm nicht jeder über seine Sachen könne.

Neujahr kam, da wurde auch gneujahret nach allgemeinem Gebrauch. Wein und Fleisch war genug auf dem Tisch; sonst ging es recht lustig zu. Jetzt saß man beisammen, aß und trank und wollte lustig sein. Da sagte Uli: »Hocken ih ächt zum letztenmal da?«, und das Augenwasser schoß ihm über die Backen ab, und er stund auf und ging hinaus. Und allen kam das Augenwasser und stellte ihnen das Essen, und sie redeten lange nichts, bis endlich die Frau sagte: »Johannes, du mußt doch use und ga luege, wo Uli bleibt; er soll hineinkommen. Es ist jetzt so, und ich bin nicht schuld daran; aber mir wey die letzti Stund doch noch binenangere sy.«

Zwölftes Kapitel

Wie Uli seinen alten Dienstort verläßt und an den neuen einfährt.

Am folgenden Morgen wurde der Schlitten zurechtgemacht, das Tröglein aufgebunden, und Uli mußte noch im Stübli mit ihnen frühstücken, Kaffee, Käs und Eiertätsch. Als angespannt war, konnte er fast nicht fort, und als es endlich sein mußte und er der Meisterin die Hand längte und sagte: »Lebet wohl, Mutter, und zürnet mr nüt!«, da schoß ihm wieder das Wasser aus den Augen, und die Bäurin mußte das Fürtuch vor die Augen nehmen und sagte: »Ich wüßte nicht, was ich zürnen wollte; wenns dir nur gut geht; aber wenn es dir nicht gefällt, so komm wieder, welche Stunde du willst, je eher, je lieber!« Die Kinder wollten ihn fast nicht lassen; es duechte ihn, als wolle es ihm das Herz zerreißen, als endlich der Meister sagte: sie sollten lugg lassen; sie müßten fort, wenn sie noch heute an Ort und Stelle wollten, und es werde nicht das letztemal sein, daß sie einander sehen. Es sei einmal jetzt so. Als sie fortfuhren, wischte sich die Frau noch lange die Augen ab und mußte die Kinder trösten, die fast nicht vom Klagen und Jammern lassen wollten.

Die beiden fuhren lange stillschweigend durch den glitzernden Schnee. »Na, na!« mußte der Meister zuweilen sagen, wenn der wilde Blaß in Galopp fiel, den leichten Schlitten pfeilschnell dahinriß und mit hoch aufgeworfenen Beinen den Schnee weit in die Luft warf. »Es macht mir Kummer«, sagte Uli, »und je länger, je mehr, je näher wir kommen; es ist mir so schwer, ich kann nichts anderes glauben, als daß ich meinem Unglück entgegenfahre; es ist mir, als wenn es mir vor wäre.«

»Das ist nichts anders«, sagte der Meister, »und ich wollte das nicht für eine böse Bedeutung nehmen. Sinn daran: vor bald zehn Jahren, wo du ein Nütnutz gewesen bist und ich zum Bessern dich angetrieben, wie schwer kam dich die Besserung nicht an, wie wenig Glauben hattest du an die Möglichkeit, daß alles gut kommen werde! Und doch kam es nach und nach gut, dein Glaube mehrte sich, und jetzt bist ein Bursch, von dem man wohl sagen kann, daß es mit dem gewonnen sei. Darum kümmere nicht; was du jetzt vor dir hast, ist ds Halb leichter; da kann es öppe nicht übeler gehen, als daß du nach einem Jahr wieder zu mir kommst. Halte dich nur gut, nimm dich in acht, der Vetter ist grusam mißtreu; aber wenn er dich einmal erfahren hat, so kannst du dich seiner trösten. Mit den Diensten wirst du es am bösten haben; da mach süferli, nur nach und nach; solang es geht, in der Liebe, und nützt das nicht, so gschirr einmal recht aus, daß du weißt, woran du bist; so darinnen hangen ein ganzes Jahr möchte ich auch nicht.«

Es war ein heller, klarer Jennertag, als sie durch schöne Felder, dann zwischen weißen Zäunen, glitzerenden Bäumen durch der Glunggen zufuhren. Dieses Gut lag etwa eine Viertelstunde von Üfligen, war über hundert Jucharten groß, sehr fruchtbar, doch nicht ganz in einer Einhäge; einige Äcker und eine Matte lagen entfernter. In nassen Jahren mochte es an einigen Orten wohl naß werden, doch dem ließ sich helfen. Als sie anfuhren, trätschete Joggeli an einem Stock ums Haus herum, das etwas im Boden lag, und sagte: er hätte schon lange auf sie gesehen und bald geglaubt, sie kämen nicht mehr; es hätte ihn blanget. »Es soll einer kommen und das Roß abnehmen!« rief er gegen das Scheuerwerk hin, das am Hause war. Es kam niemand. Uli mußte selbst abspannen und frug, wo er mit dem Blaß hinsolle?

»Seh, es soll einer kommen!« Keiner kam. Da ging der Alte ärgerlich gegen den Stall, riß die Türe auf, und da striegelte der Karrer ganz gelassen Pferde. »Ghörst denn nichts, wenn man ruft?« sagte Joggeli. »Ich habe nichts gehört.« »Su los es andermal, und chumm, nimm das Roß!« Er müsse ihm zuerst Platz machen, schnauzte der Bursche, und fuhr nun unter seine Rosse wie der Habek in ein Taubenhaus, daß die in die Krippe schossen, aufwarfen und Uli unter beständigem »Ü, ü, ü!« und Lebensgefahr seinen Blaß zuhinterst in den Stall brachte. Dort konnte er lange keine Halfter kriegen. »Hättest eine mitgebracht!« erhielt er erst zur Antwort. Als er wieder zum Schlitten kam und sein Trögli abband, sollten Holzer es ihm tragen helfen; aber lange rührte sich keiner. Endlich schickten sie den Bueb, der auf der Treppe die Handhabe fahren ließ, so daß Uli beinahe rückwärts hinabgefahren wäre und nur seiner Kraft es zu verdanken hatte, daß es nicht geschah. Das Gemach, in das man ihn führte, war nicht hell, unheizbar und mit zwei Betten besetzt. Etwas trübselig stund er darin, als man ihn hinunterrief: er solle kommen und etwas Warmes nehmen.

Draußen nahm ihn ein munteres, schönes Mädchen in Empfang, nußbraun an Haar und Augen, rot und weiß an den Backen, kußlicht die Lippen, blendend die Zähne, groß, fest, aber schlank gebaut, mit ernsten Mienen, hinter denen der Schalk lauerte, aber auch die Gutmütigkeit. Über das Ganze war das bekannte, aber unbeschreibliche Etwas gegossen, das da, wo es sichtbar wird, von innerer und äußerer Reinlichkeit zeuget, von einer Seele, die das Unreine haßt, deren Leib daher auch nie unrein wird oder nie unrein scheint mitten in der wüstesten Arbeit. Vreneli, so hieß das Mädchen, war eine arme Verwandte im Hause, die ihr Lebtag nirgends hätte sein sollen, allenthalben für Aschenbrödel gehalten wurde, aber immer die Asche abschüttelte, weder äußerlich noch innerlich getrübt wurde, Gott und Menschen und jedem jungen Tage in neuer Frische entgegenlachte, daher auch allenthalben sein konnte und sich

Platz machte in den Herzen, gäb wie man sich dagegen wehren mochte; daher es oft schon lange von Verwandten innerlich geliebt wurde, während sie glaubten, sie haßten es noch und verschüpften es als den Zeugen des unerlaubten Umganges einer vornehmen Verwandtin mit einem Tauner. Vreneli hatte die Türe nicht aufgemacht. Als Uli heraustrat, überflogen ihn die braunen Augen, und ganz ernst frug Vreneli: »Du wirst der neue Meisterknecht sein sollen; du sollest hinunterkommen und öppis Warms näh.« Es hätte sich nicht gemangelt, sagte Uli, sie hätten unterwegs etwas genommen. Indessen ging er stillschweigend hinter dem raschen Mädchen her der Stube zu. Dort saßen Joggeli und Johannes schon hinter dem Tische hinter dampfendem Fleische, grünes und gesalzenes, hinter Sauerkabis und Birenschnitzen, und eine alte, runde, freundliche Frau trat ihm entgegen, strich die Hand noch am Fürtuche ab, bot ihm sie dar und sagte: »Bist du dr neu Meisterknecht? He nu so de, we d son e Fromme bist, wie de e Brave (hübsch und stark gewachsen) bist, so wirds scho gut cho, ih ha kei Kummer. Hock zuche u nimm; schüch di nüt, es isch da, für daß me nähm.« Auf dem Ofentritt saß noch eine dünne Gestalt mit weißem Gesicht, blassen, glanzlosen Augen, die tat, als bekümmere sie sich um alles nicht, ein schönes Druckli vor sich hatte und blauen Seidenfaden von einem Klungeli auf das andere wand.

Joggeli brichtete, wie er es mit dem letzten Meisterknecht gehabt habe, und über was alles er seither noch gekommen sei, und wie es ihn dueche, es sei noch viel übler gegangen, als er jetzt nur sinne. »Was eim doch so ein Kerli Verdruß machen und schaden kann, und sellig darf man nicht henke, es ist my Secht nicht recht. Allbets ist das nicht so gewesen; es ist eine Zeit gewesen, wo man jeden gehängt hat, der eines Strickes wert gestohlen. Selbist ist es recht gsi, aber jetzt ists nüt meh. Es sollte einem meinen, die schlechten Leute sollten lauter ihresgleichen an der Regierung haben, so luegen sie ihnen durch die Finger. Ja, nicht einmal die

Weiber, welche ihre Männer vergiften, hängt man mehr. Es nimmt mi nume wunder, was schlechter ist, wenn man einen gegen das Gesetz tötet oder einen gegen das Gesetz lebendig läßt; es duecht mi, das sei eins wie das andere. Und dennoch dünkt mich, wenn die, wo die Gesetze aufrecht erhalten sollen, selber darinnen gange ga chaflen, so sei das ihnen vor Gott und Menschen nicht zu verzeihen. Da, dünkt es mich, sollte man das Recht haben, die zu tun, wo sie hingehören, statt ihnen noch müssen den Lohn zu geben.«

Während dieser langen Rede von Joggeli, die er glücklicherweise innerhalb seiner vier Wände hielt, ansonst sie ihm leicht nicht sowohl einen Preßprozeß, denn die waren damals noch nicht Mode, sondern eine Hochverratsgeschichte hätte zuziehen können, sagte seine Frau fortwährend zu Johannes und besonders zu Uli: »Näht doch, näht, es isch drfür da; oder duecht es ech nit gut? Mir gäs, wie mrs hey. Joggeli, schenk doch y, lue, si hey us: trinkit doch, es isch no meh, wo dä gsi isch. Der Sohn het ne gä, es soll gute sy, er het ne selber kauft im Weltschlang, aber er het is währli füfehalb Batze kostet die Maß, und de ist no nit wohl gmesse gsi.« Als Uli nicht mehr nehmen wollte, so legte ihm die Alte immer noch vor, stach die größten Stücke mit der Gabel an und stieß sie dann mit dem Daumen ihm aufs Teller ab und sagte dazu: »He, du wärist mr e Lyde, we d das nit no möchtist; e sellige tolle Bursch muß gesse ha, wenn er bi dr Kraft blybe soll, und mir gönne nes; we sie arbeite sölle, su muß me ne o z'esse gä. Nimm ume, nimm!« Indessen, Uli vermochte doch endlich nichts mehr, nahm die Kappe in die Hände, betete und stund auf, um weiterzugehen. »Bleib doch!« sagte Joggeli, »wo wotsch hi? Sie werden schon zum Blaß sehen, ich habe es ihnen streng befohlen.« »He, ih will use, öppe e wenig go umenangereluege, wies mir gfall«, sagte Uli. »He nu, so gang, chumm de wieder yche, wes di friert; du sost mir hüt no nit werche«, sagte die Mutter.

»Der wird noch etwas erleben!« sagte Joggeli; »sie sehen ihn gar grusam ungern kommen; ich glaube, der Karrer wäre selbst gerne Meisterknecht geworden. Aber es ist mir recht, wenn sie schon widereinander sind. Es ist nie gut, wenn das Gesind zu einig ist; der Meister muß es immer entgelten.« »He«, sagte Johannes, »das ist, wie man es nimmt. Ja, wenn das Gesind auf einer Seite ist und der Meister auf der andern, so geht es dem Meister bös, und er kann nichts zwängen. Aber wenn auch das Gesind widereinander ist und eines dem andern das mögliche zuleid tut, keines dem andern helfen will, so geht es dem Meister auch bös; denn es geht am Ende doch alles über den Meister und seine Sache aus. Ich meine, das Wort sei allweg richtig: ›Friede bauet, Unfriede zerstört.‹ Es will mir hier nicht recht gefallen. Da ist kein Mensch gekommen, das Roß abzunehmen, niemand wollte dem Uli tragen helfen; da macht ein jeder, was er will, und sie fürchten niemand. Das, Vetter, kommt nicht gut. Das muß ich sagen: so bleibt Uli nicht dabei. Wenn er Meisterknecht sein, die Verantwortung haben soll, so will er auch Ordnung; da läßt er nicht jeden machen, was er will. Da wirds nun Lärm geben; alles wird auf ihn darkommen, und wenn Ihr ihn nicht unterstützt, so läuft er fort. Ich will es fry graduse säge: Ich habe ihm gesagt, wenn er es hier nicht länger ausstehen könne, so solle er wieder zu mir kommen, für ihn hätte ich immer Platz. Er reut uns übel genug, und meine Frau het pläret, wo ich mit ihm fortgegangen bin, wie wenn er ihr Kind wäre.« Das duechte die alte Mutter gar schön, und sie wischte bloß vom Hörensagen schon die Augen aus und sagte: »Häb nit Kummer, Vetter Johannes, dem soll es öppe nit übel bei uns gehen, wir vermögen es auch, zu ihm z'luege. Es duecht mich, wenn wir nume afe einen hätten, dem man trauen könnte, und dem an der Sache gelegen wäre; es reute mich kein Lohn.« »Base«, sagte Johannes, »es kömmt auf den Lohn nicht alles an; aber Unterstützig muß Uli haben, und glauben muß man ihm. Wir haben ihn fast gehabt wie ein Kind vom Hause, und da täte es ihm gar ungewohnt, wenn er nur so der Knecht sein sollte.« »He«, sagte die Mutter, »häb nit Kummer, Johannes, mir wey ds mügliche tue. Wenn wir für uns ein Kaffee machen so zwüsche yche, so muß es nicht zu machen sein, oder er muß ein Kacheli davon haben. Und wir haben öppe alle Tage unser Möckli Fleisch, die Diensten aber nur am Sonntag. Wo käme man hin, wenn man ihnen alle Tage geben wollte? Aber, wenn d meinst, so wey mr luege, daß dr Uli o allbeneinisch zwüsche yche Fleisch überchunnt.« »Base«, sagte Johannes, »das macht die Sache nicht aus, und Uli begehrt das auch nicht, es macht die andern nur schalus. Gäb, wie man es anstellt, die andern merken es doch. Wir haben eine Jungfrau gehabt, die hat allemal, wenn sie vom Felde kam, in allen Kachelene gschmöckt und hat allemal es richtig erraten, wenn ein Kaffee gemacht worden, von dem sie nichts erhielt, wohl aber ein anderer Dienst; und dann hat sie acht Tage dr Kolder gmacht, daß man es bei ihr kaum aushalten konnte. Aber Zutrauen müsset ihr haben und ihm helfen, dann kömmts gut.«

Der Vetter mochte das Gespräch nicht länger dauren lassen und führte den Johannes herum, in Ställen und Spycher, solange es heiter war, fragte um Rat und erhielt welchen, aber rühmen wollte ihm Johannes nichts. Bei den Kälbern sagte er, es wäre gut, wenn man dazu täte, die hätten Läuse; und bei den Schafen, die wären wohl dicht ineinander, sie erdrückten sich, und die Lämmer verrigelten ganz. Die übrige Inspektion tat er stillschweigend ab. Als sie wieder hineingingen, trafen sie Uli trübselig im Schopfe an, nahmen ihn hinein, aber trübselig blieb er den ganzen Abend. Das Weinen war ihm zvorderst, sobald jemand ein Wort zu ihm sagte.

Am folgenden Morgen rüstete Johannes sich zur Abreise, nachdem er über Vermögen hatte essen und auf alles hinauf noch ein Schnäpschen hatte trinken müssen, gäb wie er sagte: er trinke nie selligs am ene Morge. Uli hing ihm fast an der Kutte wie ein Kind, das fürchtet, der Vater laufe ihm fort; und als er ihm die Hand geben wollte, so sagte Uli, wenns ihm erlaubt würde, so wollte er noch einen Plätz mit ihm fahren; er wisse nicht, wann er ihn wiedersehe. »Und wie gefällt es dir?« sagte Johannes, sobald sie vom Hause weg waren. »O Meister, ich kann nicht sagen, wie es mir ist. Ich bin an vielen Orten gewesen, aber so habe ich es nirgends angetroffen. Da ist, helf mir Gott, nirgends keine Ordnung. Die Bschütte läuft in den Stall, der Mist ist noch nie recht ausgemacht worden, die Rosse stehen hinten höher als vornen, am Stroh ist noch das halbe Korn, auf der Bühne ist es Gsau (schweinische Unordnung), das Werkzeug sieht aus, man darfs nicht ansehen. Sie sehen mich alle an, als ob sie mich fressen wollten. Entweder geben sie mir keinen Bescheid oder messen mir unverschämte Worte zu, daß es mi duecht, ich müß ihnen eine zum Grind geben.« »Häb Geduld und lyd di!« sagte Johannes. »Fange hübscheli an, nimm sHeft unbemerkt, mach selbst, soviel du kannst, sag alles mit Manier und lueg, daß du sie nach und nach äne ume-(herum-)bringest oder wenigstens einige auf deine Seite. So warte eine Zeitlang und lueg, wie es geht, und bis du recht gut mit allem bekannt worden bist, daß du siehst, wo du am besten zwegkommen magst. So grad afangs dryzschieße, trägt nichts ab; man kennt die Sache gewöhnlich zuwenig und greifts nicht recht an. Wenn du dann weißt, woran du bist, und gutet es nicht, so turniere dann einmal recht aus dem ff aus, damit sie wissen, woran sie mit dir sind, und mach, daß einer oder zwei fortmüssen, es wird dann schon bessern. Darneben habe nur guten Mut; du bist ja kein Sklave, kannst gehen, wann du willst. Es ist aber eine Lehrzeit für dich, und, je mehr ein junger Mensch ausstehen muß, desto besser ist es ihm. Du kannst da viel lernen, kannst lernen Meister sein, und das ist eine größere Kunst, als du meinst, und es ist mir immer, als könnest du da so recht dein Glück machen und ein Mann werden. Mach nur, daß du es mit dem Weibervolk wohl kannst, aber doch nicht, daß der Alte mißtreu wird; wenn ds mit denen kannst, so hast du schon viel gewonnen. Aber wenn sie dich zuviel nebenausrufen wollen zu einem Kaffee, so tue es nicht; hebs wie die andern, und im Werche sei immer voran, so müssen sie sich am Ende ergeben, sie mögen wollen oder nicht.« Das richtete Uli auf; er fand neuen Mut, und doch konnte er fast nicht vom Meister. Erst jetzt kamen ihm eine Menge Dinge in Sinn, die er noch hätte fragen sollen. Es schien ihm, als wüßte er gar nichts. Er fragte über sSäen, und wie er wohl dies hier anfangen solle oder jenes, ob diese Pflanze hier käme, wie jene besorgt sein müsse? Er wurde nicht fertig mit Fragen, bis Johannes endlich bei einem Wirtshause anhielt, noch eine Halbe mit ihm trank und ihn dann fast gewaltsam heimsandte. Ermutigt ging endlich Uli und fühlte nun allein zum erstenmal so recht seine Bedeutsamkeit. Er war etwas, er tat seine Augen ganz anders auf, als er auf das anvertraute Gut trat, das von ihm allein seine Besorgung erwartete; er ging mit ganz andern Schritten dem Hause zu, wo er gewissermaßen regieren sollte, wo man ihn erwartete wie ein rebellisch Regiment seinen neuen Obersten.

Dreizehntes Kapitel

Wie Uli sich selbsten als Meisterknecht einführt.

Ruhig, mit gefaßtem Entschluß kam er zu den Arbeitenden; es war Nachmittag, bald nach dem Essen. Zu sechsen wurde gedroschen. Melcher und Karrer rüsteten Futter; zu diesen trat er und half mit. Sie brauchten ihn nicht, sagten sie, und könnten das alleine. Im Tenn könne er heute nicht helfen bis zum Herausmachen, und so wolle er ihnen helfen heute Futter rüsten und dann misten, antwortete er. Sie brummten; allein er griff zu, schüttelte mit seiner gewohnten Eigelichkeit (ein unausdrückbar Wort: Reinlichkeit, Ordnung, Pünktlichkeit, alles drückt etwas davon aus, und doch alle drei nicht das Ganze) das Futter durcheinander, den Staub davon und zwang dadurch die andern stillschweigend, es auch besser zu machen als sonst. Drunten im Gang schüttelte er wieder, und die Futterwalmen zog er so schön und exakt, wischte dann mit dem Besen den Gang zwischen dem Roß- und Kuhfutter, daß es eine Freude war. Der Melcher sagte: wenn das all Tag so gehen sollte, so möchte man in zwei Tagen nicht rüsten, was die Ware an einem Tage fressen möchte. Das käme darauf an, sagte Uli, wie man sich gewohnt hätte zu rüsten und je nachdem die Ware gewohnt wäre zu gschänden. Beim Misten hatte er seine liebe Not mit dem Melcher, der nur das Gröbste obenabnehmen wollte, so gleichsam die Nidle ab der Milch. Es sei schön warm draußen, sagte Uli, da erkalte ihnen das Vieh nicht; sie wollten ein wenig zBoden ha. Und wirklich war es nötig; es war da alte Rustig, daß sie fast die Reuthaue nehmen mußten, um nur zu den Steinen der Bsetzi zu kommen; das, was zwischen denen war, herauszugäbelen, dazu kamen sie nicht einmal. Es mußte aus dem Bschüttiloch geschöpft werden, da das Wasser sich auftrieb, fast bis zuhinterst in den Stall; und daß das Ausgeschöpfte in die Hofstatt geführt und nicht auf die Straße geschüttet würde, konnte er nur mit Mühe erzwingen. Als der Mist draußen war, wollte ihn niemand verlegen, und auf seine Frage erhielt er zur Antwort: heute hätte man nicht Zeit, man müßte bald füttern, es sei morgen noch früh genug. Das sei gar kommod zwischen dem Füttern zu machen, und den Mist müsse man verlegen, während er warm sei, besonders im Winter. Sei er einmal gefroren, so setze er sich nicht mehr, und man erhalte keinen Mist. Somit ging er selbst ans Werk, und die beiden ließen getrost ihn machen und zäpfelten ihn aus hinter den Stalltüren und im Futtergang.

Drinnen hatte man schon lange sich gewundert, daß der neue Meisterknecht nicht heimkomme, und schon Kummer gefaßt, er möchte auf und davon gefahren sein. Joggeli hatte sich ans Fenster gesetzt, von wo aus er auf den Weg sehen konnte, und sah sich fast die Augen aus und begann zu schimpfen: den Johannes habe er doch so schlecht nicht geglaubt, und dazu sei er sein Vetter, und selligs möchte er dem frömdest Mensch nicht machen. Aber es sei sich heutzutage auf niemand zu verlassen, nicht einmal auf die eigenen Kinder. Während er am besten im Zuge war, kömmt Vreneli herein und sagt: »Da könnt Ihr lange hinaussehen; der neue Knecht verlegt draußen den Mist, den sie herausgemacht, er wird auch der Meinung sein, es sei besser, ihn nicht von zwei Malen lassen zusammenzukommen. Wenn es niemand anders tut, so wird er meinen, er müß es selber machen.« »Warum kündet der sich nicht, wenn er heimkommt?« sagte Joggeli; und: »Herr Yses, warum chunntr nit cho esse?« sagte die Mutter. »Gehe und sag ihm, er solle auf der Stelle hineinkommen, es sei ihm dänne deckt.« »Wart«, sagte Joggeli, »ich will selber gehen und sehen, wie er es macht, und was gegangen ist.« »Aber heiß ihn kommen!« sagte die Mutter, »es duecht mi, dWurmlöcher sollten ihm aufgegangen sein.«

Joggeli ging hinaus, sah, wie Uli den Mist sorgfältig verstreute und tüchtig niedertrat; das gefiel ihm. Er wollte den Melcher und den Karrer suchen, um ihnen zu zeigen, wie Uli es mache, und daß sie es künftig auch so machen sollten; er blickte in den Futtergang und konnte lange seine Augen nicht herausbringen, als er die schönen, runden, appetitlichen Futterwalmen sah und den gesäuberten Gang dazwischen. Er blickte in den Stall, und als er wohlbehaglich die Kühe in reinem Stroh stehen sah und nicht mehr auf altem Mist, da ward ihm auch wohl, und erst jetzt ging er zu Uli und sagte ihm, das sei doch dann eigentlich nicht so gemeint, daß er das Wüsteste selbst mache, das sei eigentlich an andern Leuten. Er hätte wohl Zeit gehabt, sagte Uli; beim Dreschen sei er zuviel gewesen, und da hätte er es gemacht, um zu zeigen, wie er es künftig haben wolle. Joggeli wollte ihn in die Stube heißen; aber Uli sagte, er möchte noch gerne beim Usemachen (Reinigen) des Kornes sein, er möchte auch wissen, wie es da gehe. Da sah er, daß alles nur auf frühen Feierabend hin gemacht werde. Das Korn war schlecht gemutzet, es waren noch eine Menge halber Ähren, dann noch schlechter gereitert und gewannet; das Korn in der Bütti war unsauber, es gelüstete ihn, es auszuleeren und die Arbeit von neuem anfangen zu lassen; indessen besaß er sich und dachte, er wolle das morgen anders machen. Joggeli aber sagte drinnen: der neue Knecht gefalle ihm wohl, er verstehe die Sache; aber wenn er nur nicht zuviel regieren wolle, das wäre ihm doch zuwider. Man könnte es nicht an einem Orte machen wie am andern, und zuletzt hätte er selbst nichts mehr zu befehlen.

Nach dem Essen suchte Uli den Meister und fragte ihn, was eigentlich alles noch zu tun sei diesen Winter; es dünke ihn, man sollte so die Arbeit ineinanderreisen, daß, wenn der Hustagen (Frühling) komme, man fertig und zweg sei für die neue Arbeit. »Ja«, sagte Joggeli, es wäre wohl gut; aber zwingen könne man nicht alles auf einmal, es wolle alles seine Zeit haben. Man habe noch zirka drei Wochen zu dreschen, dann könne man anfangen, z'grechtem (mit allen Leuten hintereinander) z'holzen, und wenn man mit dem fertig sei, so werde der Hustagen wohl da sein. Wenn er etwas sagen dürfe, sagte Uli, so dünkte es ihn, man sollte jetzt das Holz herbeimachen. Es sei gar schön Wetter und der Weg gut, es gehe ds Halb ringer. Im Horner sei meist schlecht und leid Wetter, da bringe man nichts ab Platz und verkarre alle Wagen. Das könne es nicht wohl geben, meinte Joggeli, es sei nicht der Brauch, erst im Horner zu dreschen. Das sei nicht seine Meinung, sagte Uli. Man solle fortfahren, zu dreschen. Er und noch einer wollten dem Karrer wohl soviel niedermachen und zurüsten, als er heimzuführen vermöge. Und bis etwas fertig sei, könne der Karrer ihnen ja auch im Wald helfen. Dann könne man nicht mehr zu sechs dreschen, wenn er einen aus dem Tenn nehme, sagte Joggeli, und wenn alle miteinander holzeten, so hätte man bald viel geholzet. »He«, sagte Uli, »wie Ihr wollt; es het mi so duecht, könnte der Melcher nicht dreschen helfen durch den Morgen und auch am Nachmittag, wenn man über Mittag einander helfen will misten und Futter rüsten? Und manchmal verrichten zwei im Walde mehr als eine ganze Kuppele, wo keiner etwas anrühren will.« »Ja«, sagte Joggeli, »es geht manchmal so; aber wir wollen das Holzen doch bleiben lassen, das Dreschen tut jetzt nöter.« »Wie Ihr wollt!« sagte Uli und ging gedankenschwer ins Bett.

»Du bist doch e bloße Wunderliche«, sagte die Alte zu ihrem Manne. »Es hat mir bsunderbar wohl gefallen, was Uli gesagt hat. Es wäre unser Nutzen gewesen; und wenn schon da die zwei Musjö, der Karrer und der Melcher, nicht könnten beständig ihre Nasenlöcher an der Sonne tröcknen, so schadete es diesen zwei Lumpenhünden nichts. So tut dir Uli bald nicht mehr gut, wenn du es so machst.« »Ich will aber von einem Knecht mir nicht lassen befehlen. Wenn ich ihn so machen ließe, so würde er gleich meinen, es hätte niemand zu befehlen als er. Man muß es so einem gleich von Anfang zeigen, wie man es haben will.« »Du bist der Recht, für es ihnen zu zeigen; die Guten verderbst du, und die Schlechten förchtest du und lässest sie machen, was sie wollen; so hast dus«, sagte die Alte. »Wir haben es immer so gehabt, und es wird jetzt auch nicht anders gehen sollen.«

Am andern Morgen sagte Uli der Meisterfrau, eine Jungfrau sei überflüssig im Tenn; sie solle die behalten, welche ihr anständiger sei. Und Uli hielt nieder (dreschen, daß der Schlag durch die ganze Schicht bis auf den Boden geht) im Tenn, stellte den Flegel und traf den Nebenmann auf den Flegel, daß er über den ganzen Schenkel hin bis an die Wand dreschen mußte; und wenn eine Tenneten fertig war, so wurden die Zwischenarbeiten rasch abgetan und zu einer neuen geschritten, und das zwang Uli nicht durch Worte, sondern durch das Drängen mit der eigenen Arbeit. In der Stube sagten sie, es duecht se, sie hätten im Tenn ganz andere Flegel; das räble ganz anders als sonst, das gehe doch auch zBode. Die Jungfrau, welche in der Stube bleiben konnte, erzählte Vreneli, wie man es dem machen wolle; der müsse nicht meinen, daß er eine neue Ordnung einführen wolle, von so einem wollten sie sich nicht kujinieren lassen. Er daure sie noch, es wäre ein manierlicher Bursche, und arbeiten könne er, man müsse es bekennen. Alles, was er in die Finger nehme, stehe ihm wohl an. Unterdessen man im Tenn drosch, war der Karrer auf einem Rosse ausgeritten; es hieß, er sei in die Schmiede. Der Melcher war mit einer Kuh fortgefahren, er hatte aber niemand gesagt, wohin. Es war Mittag, ehe einer von ihnen heimkam; keiner hatte einen Streich gearbeitet.

Nach dem Mittagessen half Uli noch Erdäpfel schinden, wie es in geordneten Haushaltungen, wenn die Zeit es erlaubt, üblich ist; die andern liefen hinaus, nahmen sich kaum Zeit zum Beten. Als Uli hinauskam, war Lärm im Tenn; zwei Paare schwangen auf dem Stroh der letzten Tenneten, die andern sahen zu. Er rief dem Melcher, er solle kommen, sie wollten geschwind die Kälber herausnehmen und sehen, wie es mit ihnen stehe; wahrscheinlich müßten sie geschoren und gesalbet werden. Der Melcher sagte, das gehe Uli nichts an; die Kälber solle ihm niemand anrühren, die seien noch lang wohl so. Und der Karrer trat zu Uli: »Wei mr öppe eis mitenangere mache, we d darfst?« Es kochte Uli in den Adern, und er sah, daß das ein angelegtes Spiel sei, dem er sich nicht wohl entziehen könne. Früher oder später, das wußte er wohl, mußte er ihnen stehen und sich fecken lassen. Darum also gerade jetzt, so wüßten sie doch, woran sie mit ihm seien. »He, wenn ds probiere witt, es ist mir gleich«, und zweimal hintereinander schlug er den Karrer auf den Rücken, daß es krachte. Da sagte der Melcher, er wolle es auch probieren; es sei ihm zwar fast nicht der wert, mit einem solchen Hagstecken z'machen, der Scheichleni heyg wie ein Tubakröhrli und Wadli dran wien e Flöhdreck. Mit seinen braunen haarigen Armen packte er Uli an, als ob er ihn wie einen alten Lumpen verrupfen wollte. Aber Uli hielt stand, der Melcher brachte nichts ab. Er wurde immer zorniger, setzte immer giftiger an, schonte weder Arme noch Beine, müpfte mit dem Kopf wie ein Tier, bis endlich Uli die Sache auch satt hatte, alle Kraft zusammennahm und dem Melcher einen solchen Schwung gab, daß er über den Kornwalm in die Mitte des Tenns flog und auf dem jenseitigen Schenkel niederfiel, alle viere in die Höhe streckend, lange nicht recht wissend, wo er sei. Wie zufällig hatte Vreneli den Schweinen gebracht und Ulis Sieg gesehen. Drinnen sagte es der Gotte (Patin), es hätte etwas gesehen, das ihns gefreut. Sie hätten Uli zuschanden machen wollen; er hätte mit ihnen schwingen müssen, aber er hätte sie alle mögen. Den struben Melcher hätte er auf den Rücken geschlagen, als ob er nie gestanden wäre. Das sei ihm kommod, wenn er sie alle möge; »so müssen sie ihn doch fürchten und Respekt haben.« Uli aber, an seinem Kälberexamen gestört, ergriff den Flegel und sagte dem Melcher bloß: heute habe er keine Zeit mehr für die Kälber; sie wollten denen dann an einem andern Tag lausen. Das Kornmutzen nahm diesmal mehr Zeit weg als sonst, und doch war man früher fertig als sonst und das Korn besser geputzt; aber man hatte sich auch anders gemühet als sonst und dabei auch weniger gefroren. Als Uli dem Meister angab, wieviel Korn es gegeben, so sagte der: soviel hätten sie noch nie gemacht in diesem Jahre, und doch hätten sie gefallenes gedroschen.

Am Abend, als sie bei Tische saßen, kam der Meister und sagte: es dueche ihn, das Holzen wäre jetzt kommod, man hätte die Pferde nichts zu brauchen, und das Wetter sei schön; und es dueche ihn, das Holzen und das Dreschen sollten miteinander gehen, wenn man es recht einrichte. Der Karrer sagte, die Pferde seien nicht gespitzt, und ein anderer meinte, dann könne man nicht mehr zu sechsen, sondern höchstens zu vieren dreschen und werde so nie fertig. Uli sagte nichts. Endlich fragte Joggeli, als er nichts mehr zu antworten wußte, von den Diensten übermaulet: »Seh du, was meinst denn du?« »Wenn der Meister befiehlt, so muß es gehen«, antwortete Uli. »Hans, der Karrer und ich bringen das Holz schon heim, und wenn der Melcher dreschen hilft und die andern ihm misten und Futter rüsten helfen, so säumt das Holzen das Dreschen nicht.« »He nu, so machet es so!« sagte Joggeli und ging. Nun brach das Wetter über Uli los, in einzelnen Schlägen erst, dann in ganzen Batterien Donnerwettern. Der Karrer verfluchte sich, er gehe nicht ins Holz; der Melcher verfluchte sich, er rühre keinen Flegel an; die andern verfluchten sich, sie wollten nicht zu vieren dreschen. Sie ließen sich nicht kujinieren, sie seien keine Hüng, sie wüßten, was Brauch sei etc. Aber sie wüßten wohl, von wem es käme; aber der solle sich in acht nehmen, wenn er hier wolle sechse läuten hören. (Im Winter läutet es abends um drei, im Sommer um sechs.) Es sei schon mancher gekommen wie ein Landvogt und hätte sich streichen müssen wie ein Hund. Es sei einer ein schlechter Donner, wenn er, um dem Meister die Augen auszubohren, seine Nebendiensten vermalestiere. Aber einem solchen hätte man es nadisch dann bald erleidet. Uli sagte nicht viel dazu, als daß, was der Meister befohlen, vollzogen werden müsse. Der Meister hätte befohlen und nicht er, und wenn keiner schlechter da wegkäme als er, so sollten sie Gott danken. Er wolle niemand kujinieren, aber er lasse sich auch von niemanden kujinieren; er hätte keine Ursache, einen von ihnen zu fürchten. Der Meisterfrau sagte er, sie solle doch so gut sein und für ihrer drei zMittag rüsten zum Mitnehmen, denn sie würden zum Essen kaum heimkommen aus dem Walde.

Am Morgen ging es in den Wald. Gäb wie der Karrer brummte und fluchte, er mußte mit. Der Melcher wollte nicht dreschen, und der Meister zeigte sich nicht. Da nahm die Meisterfrau sich zusammen, ging hinaus und sagte: es duech se, er sollte nicht zu vornehm sein zum Dreschen, es hätten schon viel vornehmere Leute als er gedroschen. Sie vermöchten keinen Melcher zu haben, der den ganzen Morgen die Zäng am Luft trocknen wolle. So wurde das Holz heimgebracht, man wußte nicht, wie, und im Horner war Wetter und Weg so bös, daß man bös gelebt hätte beim Holzen.

Wie Uli auch draußen gearbeitet hatte und bös gehabt im Walde (denn er nahm immer am schwereren Orte, er wollte der Meister sein nicht nur im Befehlen, sondern auch im Arbeiten), so half er doch am Abend rüsten, was die Meisterfrau aufzuschütten befahl, es mochte sein, was es wollte. Er drehte sich nie davon und wehrte auch den andern, es zu tun; je mehr man einander helfe, desto eher sei man fertig, sagte er, und wenn man davon essen wolle, so sei es doch billig, daß man daran helfe. Überhaupt war er behülflich, wo er nur konnte. Wenn eine Jungfrau einen Korb mit Kartoffeln gewaschen hatte und ihn nicht gerne alleine trug, weil sie dabei ganz naß wurde, so half er selbst tragen oder befahl es dem Buben (halb Knecht, halb Kind), und als der sich anfangs weigerte, an seine Worte nicht kam, so gewöhnte er ihn mit Ernst zum Gehorsam. Das sei nichts gemacht, sagte er, wenn ein Dienst dem andern nicht helfe Sorge tragen zu seinen Kleidern, überhaupt ein Dienst den andern plage. So mache man sich ja selbst das Dienen mutwilligerweise noch schwerer, als es sonst sei. Sie wollten das lange nicht fassen. Es war überhaupt da eine merkwürdige Weise. Die Knechte plagten die Mägde, wo sie nur konnten; da war nirgends eine gegenseitige Hülfsleistung. Wenn ein Knecht dem Weibervolke Hand bieten sollte, so höhnte er und fluchte, tat keinen Wank; selbst die Meisterfrau mußte sich dieses gefallen lassen, und wenn sie Joggeli klagte, so sagte er: sie hätte immer nur zu balgen. Er hätte die Knechte nicht, um dem Weibervolk zu helfen; die hätten anderes zu tun als das Meienzeug desumzzaaggen (herumzuschleppen). Das Benehmen von Uli, der an eine solche Zwiespältigkeit in einem Hause nicht gewohnt war, fiel daher auf und zog ihm von den Knechten argen Hohn und Spott zu.

Dieser Hohn, dieser Spott steigerte sich noch wegen andern Sachen bis zum Unerträglichen auf. Am ersten Samstag schon wollte der Melcher aus bloßem Mutwillen nicht misten, sondern es versparen auf den Sonntagmorgen. Uli sagte, das tue er nicht; es sei durchaus kein Grund dazu da, es aufzuschieben. So könne man ja am Samstag nicht aufräumen ums Haus herum, wie es auch der Brauch sei. Zudem heiße es, man solle am Sonntag nicht arbeiten, »du und dein Knecht und deine Magd«. Am allerwenigsten schicke es sich, die wüsteste Sache auf den Sonntag zu sparen. Der Melcher sagte: »Sunntig hi, Sunntig her; was gheit (geht an) mich der Sonntag, und heute miste ich nicht.« Uli kochte es hoch im Kopf; indessen besaß er sich und sagte bloß: »He nu, so miste ich.« Der Meister, der das Brüll hörte, ging hinein und brummte für sich: »Wenn doch Uli nicht alles zwänge wett und neu Brüch yführe; selb isch mr nit recht. Man hat lange am Sonntag gemistet, und es ist allen gut gsi; es wäre auch noch gut genug für ihn.«

Vierzehntes Kapitel

Der erste Sonntag am neuen Orte.

In der Samstagnacht ging es aus und ein wie in einem Taubenhaus. Als am Sonntagmorgen Uli zur gewohnten Stunde hinunterkam, war es still von Menschen; aber die Pferde scharrten, die Kühe brüllten, und kein Melcher, kein Karrer waren da. Uli gab einmal Futter, gab zum zweitenmal, setzte sich endlich selbst ans Melchen; denn es ist nichts schlimmer, als wenn nicht immer zur gleichen Stunde gemolken und gefüttert wird. Mit Schrecken sah er, wie verwahrloset die Euter der Kühe waren; nicht die halben Striche gut, es schien ihm, als wenn der Melcher nicht melchen könne oder sich nicht Zeit nehme, es gut zu machen. Er war bald fertig, als der Melcher fluchend kam und sagte, das hätte nicht so pressiert, die Kühe hätten wohl der Zeit gehabt, zu warten, bis er gekommen, und wenn er ihm mehr unter eine Kuh sitze, so schlage er ihn unter sie, daß er sich seiner Leben lang daran besinne. Uli sagte, das könnte er machen, wie er wolle; aber es wäre möglich, daß der Melcher eher unter der Kuh wäre als er. Übrigens wolle er, daß zur rechten Zeit gemolken würde, und zwar gut, sonst tue er es. Die Kühe mangelten es, daß man gut zu ihnen sehe.

Im Hause verwunderte man sich gar sehr, als diesmal die Milch so früh kam, und Vreneli sagte: es sei gut, wenn es eine andere Ordnung gebe; es wäre schon lange nötig gewesen. Als es zum Essen rief, war Uli zuerst auf dem Platz; selbst die beiden Jungfrauen erschienen erst später, verstrupft und schliefrig (schlüpferig) anzusehen; die Knechte drehten sich mit unerträglicher Langsamkeit herbei. Vreneli balgete: es sei ein unerträglich Warten, man könne an einem Sonntag gar nicht mehr fertig werden, um in die Kirche zu gehen. Von den Schlinglen gehe keiner; es wäre auch schade um die Kirche, wenn einer hineinkäme; aber das sei das Verflüchtest, daß ihretwegen auch niemand anders hineinkomme. Uli fragte, wie weit es sei bis zur Kirche; wann man gehen müsse, um zu rechter Zeit zu kommen, und wo syr Gattig säßen darin? »Die werden doch luegen«, sagte Vreneli, »wenn einer aus der Glungge in die Kirche kommt; das ist schon manches Jahr nicht der Brauch gewesen. Der Vetter geht, wenn er Götti sein muß, die Base zweimal im Jahr zum Nachtmahl und übers ander Jahr an dem Bettag, Lisabethli (Elisi sött men imm säge) allemal, wenn es ein neues seidenes Tschöpli bekommen, ich, wenn ich einmal allen wüst gesagt, daß sie doch zur rechten Zeit zum Essen kämen, und die andern gar nie, die denken so wenig daran, daß sie eine Seele haben, als unser Ringgi. Es nimmt mich wunder, was einist der liebe Gott aus sellige Trüßle, wenn sie gestorben sind, macht, bsunders mit dem Melcher. Wenn ich ihn wäre, den wollte ich einbeizen hundert oder zweihundert Jahre in ein Bätzifaß und ihn dann erst hervornehmen und luegen, ob er noch stinke; dann wär es erst noch Zeit, zu denken, was man aus ihm machen wolle. Aber, Uli, sie lachen dich aus«, sagte Vreneli, »wenn du gehst, und du hast Verdruß.« »I Gottsname«, sagte Uli; »aber zKilche z'ga brauch ich mich doch nicht zu schämen; und wenn ich hier nicht gehen dürfte, so wollte ich lieber fort. Der Lohn wäre mir noch lang zu klein, als daß ich meine Seele darob vergessen sollte.« »Du hast recht«, sagte Vreneli, »geh du nur; ich wollte, ich könnte mit dir. Aber dene Tüfels Trüßle will ich einmal wieder recht wüst sagen, vielleicht kann ich dann den andern Sonntag gehen.« »Warum sagt auch der Meister zu solchen Sachen nichts? Mein Meister, wohl, der hat uns gesagt, ob wir in die Kirche sollten oder nicht.« »Der Vetter«, sagte Vreneli, »sagt, es gehe ihn nichts an, was sie mit ihren Seelen anfangen wollten; wenn sie ihm nur brav werchen und nicht stehlen täten, und das sei fast nicht zu erwehren.« »Das glaube ich«, sagte Uli, »das kann er nicht erwehren; wenn da nicht ein anderer wehrt, so ist Joggeli lang z'mutze (zu kurz) dazu.«

Uli machte sich zweg, trotz dem Gespött der andern, nahm ein Psalmenbuch in die Kuttentäsche und wanderte der Kirche zu. Die andern lachten ihm nach und sagten: er wolle zu Üfligen den neuen Meisterknecht zeigen; er werde meinen, die Leute werden auf die Bänke hinaufsteigen, um ihn zu sehen. Aber solche hätte man schon manchen gesehen und noch Brävere. Vielleicht meine er gar, der Pfarrer ziehe ihn an in der Predig; aber sellig Flause wollten sie ihm schon vertreiben. Vreneli war, vielleicht zufällig, vielleicht nicht, unter der Türe gestanden und hatte ihm nachgesehen und sagte den andern: es wäre eher möglich, daß der Pfarrer sie anzöge und von Hurenbuben, Faulhüngen und Lugibuben redete, darum dürften sie nicht in die Kirche gehen. Dann werden sie denken, solche Fötzel an Leib und Seele gehörten nicht in die Kirche. »Säg ume!« sagte einer, »es uverschants Mul hescht; aber gäll, der gfiel dr; du redst sonst nicht so; du bist nicht besser als die andern, sonst wärst du auch zKilche gange. Du wirst denken, wenn er nur einmal mit dir zKilche chömm, so heygs de für dyr Lebtig.« »Das geht dich nichts an; einmal mit dir begehre ich nicht zKilche, lieber mit einem Schinderhund«, sagte Vreneli und verschwand. Wildes Gelächter scholl ihm nach.

Uli fand bald Begleiter auf seinem Wege und ein Geständ um das Schulhaus, wo die Predigt abgehalten wurde. Das werde der neue Meisterknecht in der Glungge sein, sagte hier einer, dort einer. Es nehme sie wunder, wie lange er es mache. Meisterknecht möchten sie da nicht sein. Alle andern hätten es gut, der müsse für alle ausfressen. Könne er es wohl mit den Diensten und mache auch, was sie, so passe ihm Joggeli auf wie ein Häftlimacher, bis er ihn fortschicken könne. Wolle einer Ordnung halten und das Land werchen lassen, wie öppe der Brauch sei, so hocken ihm die Diensten auf, und Joggeli werde zuletzt noch gar schalus und meine, er wolle regieren, und statt ihn zu unterstützen, kujiniere er ihn, bis er fortlaufe. Hintendrein sei er dann reuig und laufe ihnen nach; aber kaum habe er sie wieder, so fange das alte Spiel von neuem an. Das sei der wunderlichste Joggi, den es auf der Erde gebe, und dJoggeni seien doch füra (meistens) etwas wunderlich, es wohne dem Namen an.

Jeder wußte von Joggeli ein Müsterli zu erzählen, was er gemacht, und wie es ihm dieser und jener gereiset, und alle ermahnten ihn, er solle sich da nicht plagen, sondern für sich sehen; wenn er es verstehe, so sei da etwas zu machen. Uli wurde ganz sturm darob und konnte seine Gedanken gar nicht bei der Predigt behalten. Alles, was er schon gesehen, bestätigte ihm das Gesagte; dasselbe kam ihm immer ärger, greller vor; das Unangenehme wuchs handgreiflich vor seinen Augen bis zur Unerträglichkeit. Er werde wohl nicht mehr oft in die Kirche gehen, dachte er; da halte er es nicht lange aus. Als er heimging, finster und trübselig, schien die Sonne so freundlich, und es glitzerte der Schnee so rein und weiß, und traulich hüpften und flogen die Gilberiche vor ihm her, daß ihm ganz heimelig zumute wurde, daß es ihm ward, als sei er wieder am alten Ort und Johannes gehe neben ihm und rede zu ihm. Und da ward ihm, als hörte er ihn sagen: »Weißt du noch von den zwei Stimmen, die einen begleiten im Leben, einer aufweisenden und einer mahnenden; und weißt du, wie die aufweisende, schmeichelnde Stimme vom Versucher kömmt, der Schlange im Paradiese, und wie sie einem den Kopf groß machen, ableiten will vom rechten Pfade und hintenher auslachet, wenn sie einen in Unglück und Schande gebracht, wie man die von sich weisen und sagen muß: »Weiche von mir, Satanas! Wie sollte ich ein so großes Übel tun und wider den Herrn, meinen Gott, sündigen!« So glaubte Uli den Johannes reden zu hören; und da gedachte er, was die Menschen, die gekommen waren, an Gottes Wort sich aufzuerbauen, zu ihm gesagt, wie sie ihn aufgewiesen, den Kopf großgemacht. Da erkannte er, was das für Stimmen seien, was sie für eine Bedeutung hätten, und wie er vor ihnen die Ohren verschließen müsse. Aber es fing ihm fast an zu grusen vor den Leuten, die zusammenkommen, das Wort Gottes zu hören, Gott zu dienen, wie sie sagen, und die, statt Gott zu dienen, dem Satan dienen; statt sich zu erbauen, andere niederziehen wollen in den Abgrund der Sünde. Es sei doch fürchterlich, dachte er, wenn den Leuten die Kirchenwege zu Höllenwegen würden; und es sei doch fürchterlich, ein Herz zu besitzen, das einem das Wort Gottes in Gift verkehre und dem Satan angehöre, während man mit dem Leibe Gott zu dienen vermeine. Da richtete er sich wieder auf und ward wohlgemut, daß er wieder wußte, woran er sei, und den rechten Weg wieder unter den Füßen fühlte. Doch schämte er sich fast, daß er beinahe und so leicht verführt worden, und er dachte, daß der Mensch fast sei wie ein Rohr, das der Wind hin- und herbewege, und wie notwendig es sei, zu wachen und zu beten, damit man nicht in Versuchung falle. Nun begriff er, was aus den Menschen werden müsse, die nicht wachen, nicht beten; und es kam ihm fast verwunderlich vor, daß nicht noch größere Ruchlosigkeit sei unter den Menschen.

Beim Mittagessen konnte er ohne Zorn die Spöttereien ertragen; er solle sich schicken, er werde wohl noch in die Kinderlehre gehen und Fragen aufsagen wollen. Er solle doch für sie alle beten; es käme ihnen jetzt kommod, daß sie einen Geistlichen unter sich hätten; der könne es für sie alle machen. Aber fluchen werden sie nüsti doch dürfen? Uli hätte es nie geglaubt, daß an einem Orte die Gottlosigkeit auf einem solchen Punkte stünde, daß sie so frech sich zeigen und die offen verfolgen dürfe, welche Gott dienen wollten. Uli wußte darum nicht, daß alle, die etwas Apartiges wollen, Glaubensfreiheit, Gewissensfreiheit wollen, bis sie in dieser Duldsamkeit zur Macht erwachsen und dann despotisch und gewaltsam Zwang und Tyrannei des Gewissens und des Glaubens einführen. Und merkwürdigerweise ist gerade die Gottlosigkeit am unduldsamsten, sobald sie das Recht erstritten hat, mit Frechheit offen sich zeigen zu dürfen. Sie will keine Gottesverehrung mehr dulden und verfolgt jede mit allen ihr zu Gebote stehenden Mitteln, legt euch Glaubens- und Gewissensfreiheit so aus, daß niemand mehr einen Glauben haben, niemand ein Gewissen zeigen solle. Wer fühlt nicht diese zur Macht strebende Gottlosigkeit und den Zwang, den sie bereits auszuüben beginnt?

Nach dem Essen ging Uli in sein Stübchen herauf, das kalt und dunkel war. Er nahm die Bibel hervor, die er im Trögli verschlossen hatte; es war eine sehr schöne, die ihm seine Meisterfrau zum Andenken geschenkt, mit grobem, weitem Druck und stattlichem Einbande. Da schlug er gleich das erste Kapitel auf, las die Schöpfungsgeschichte und staunte ob den Wundern, die Gottes Hand geschaffen, und dachte, wie weislich alles sich gestaltet, und wie unendlich der Raum sein möge, den Gottes Allmacht mit Sternenheeren bevölkert. Er freute sich ob der Herrlichkeit des Paradieses und dachte sich in dieses wunderherrliche Tal, über das ein ungestörter Friede sich gelagert hatte, das noch keine Leidenschaft gesehen, keine Störung erfahren. Er mußte es sich denken in herrlichem Sonnenschein wie ein himmlischer Sonntag, der in aller seiner Heiligkeit sich ausgebreitet, wie ein unsichtbarer, aber alles verklärender Teppich, über diesen schönen Garten. Vor seine Augen stellte sich wie ein himmelanstrebender dunkler Tannenbaum an silbernem Gewässer der Baum der Erkenntnis des Guten und Bösen. Goldene Früchte sah er strahlen in dunklem Laube; er sah die bunte Schlange schimmern in den dunklen Ästen, sah sie spielen mit der goldenen Frucht und naschen davon mit lustfunkelnden Augen. Und wie zwei Lichter strahlten diese Augen weithin in die Ferne; zwei andere Augen begegneten ihnen, und er sah flüchtigen Schrittes die junge Mutter des alten Menschengeschlechtes nahen dem verhängnisvollen Baume. Und in zierlichen Ringen funkelte die Schlange so herrlich in dunklem Laube und naschte so zierlich von der prangenden Frucht und ringelte sich noch funkelnder hinaus auf des Baumes Äste, wiegte sich in süßem Behagen, und hinauf mit glänzenden Augen sah die junge Mutter. Die Schlange prangte so üppig, die Frucht duftete so süß: in ihrer jungen Brust schwoll das Gelüsten auf. Da wiegte die Schlange näher und näher sich, wälzte spielend die schönsten der Früchte zu des Weibes Füßen und lockte in süßen Tönen die neu geborne Lust zum fröhlichen Genuß. Schmeichelnd pries sie des Weibes Wohlgestalt und herrlich Wesen und schalt bitter des Allvaters Mißgunst, der ihr diesen Genuß verpönt, damit sie nicht an Herrlichkeit würden wie er. Er sah, wie die giftig süßen Worte schwellten die Lust, wie sie höher und höher wuchs, wie die schmeichelnde Stimme verdrängte des Allvaters gebietend Wort; er sah, wie Eva naschte in neugieriger Schüchternheit, wie sie eilte, mit Adam die Sünde zu teilen, wie einer düstern, geheimnisvollen Wolke gleich ein düsteres Etwas über das Tal sich senkte, es verhüllte. Wüst und dürre breitete der Erdboden vor ihm sich aus, und im Schweiße ihres Angesichtes sah er die ersten Eltern verdüstert und verstört den ersten Acker bauen, sie, die ersten Opfer der verlockenden Stimme, die vom Vater die Geschöpfe locket und ihnen Elend gibt zum Lohn.

So saß Uli in seinem kalten Stübchen vertieft in die heilige Geschichte, und seine Einbildungskraft stellte ihm das alles so lebendig vor, als wenn er es wirklich vor Augen hätte. Er vergaß, daß er in der Glungge war, und es kam ihm wirklich vor, als sei er im Paradies hinter einem Holderstock und erlebe alles mit. Da wurde plötzlich die Türe aufgerissen, und eine rauhe Stimme sagte: »Seh, bist du da und wieder geistlich!« Uli, obgleich er nicht nervös war, fuhr doch hochauf, als die unerwartete Stimme ihn anrief; er wußte es nicht gleich, war es die des Engels Michael, der ihn dem Adam nachjagen wollte; und erst bei näherem Besinnen merkte er, daß es einer der Knechte war. Sie hätten ihn allenthalben gesucht, sagte dieser, aber nicht gedacht, daß er in diesem kalten Loch sei. Er solle hinüberkommen in die Küherstube. Uli war aufgestanden und fühlte erst jetzt die Kälte, die ihn ganz steif gemacht. Was er dort solle? fragte Uli. Er solle nur kommen, hieß es, er werde es dann schon sehen. In des Kühers großer, warmer Stube war die ganze Dienerschaft versammelt, sogar die zwei Mägde. Einige spielten mit einem Kartenspiel, das so beschmutzt war wie zehnjährige Küherhosen; andere lagen auf dem Ofen herum. Fluchen und Zotenreißen waren Trumpf. Als Uli kam, brüllte ihm alles entgegen: er müsse Brönz oder Wein zahlen, was er lieber wolle, das täte jeder neue Meisterknecht. Es komme auf sie an, ob er dableiben könne oder nicht, und sie wollten ihn bald weghaben, wenn er sich nicht nachela well. Uli wußte anfangs gar nicht, was er da machen solle. Das Geld reute ihn; er hatte nicht Lust, gemeine Sache mit ihnen zu machen, fürchtete sich nicht vor ihnen, aber geizig mochte er auch nicht scheinen, und zuletzt dachte er, wenn er hier etwas nachgebe, so könne er vielleicht um so besser beharren auf seinen Anforderungen an sie.

Es wurde abgeredet, daß sie nach dem Abendessen ins Wirtshaus wollten, und die Leute, die nicht Zeit hatten, für die Kirche sich anzuziehen, die hatten jetzt Zeit genug, sich anzuziehen für das Wirtshaus; die Leute, welche um Gottes und ihrer armen Seele willen zu faul waren, zu rechter Zeit aufzustehen, die waren jetzt mit Freuden bereit, um einer Maß Wein willen viele Stunden ihres Schlafes zu opfern. Als beim Nachtessen die ganze Sippschaft gsunntiget erschien und die Mägde mit dem Essen pressierten, machte Vreneli große Augen und fragte, was das geben müßte? »He«, sie wollten alle ins Wirtshaus, hieß es; Uli müsse Wein zahlen. Vreneli war das nicht recht. Es konnte nicht begreifen, warum Uli das tat. Wollte er jetzt auch mit ihnen gemeine Sache machen, und war es ihm schon erleidet, ihr Widerpart zu sein, oder hatte er sich betören lassen? Es hätte das für sein Leben gerne gewußt. Es war kurz angebunden beim Nachtessen und trümpfte alles, was ihm nahe kam, verzweifelt ab. Und als Uli, ehe er wegging, es fragte, ob es nicht auch mitkommen wolle, so antwortete es: es würde sich schämen, mit sellige Fötzle ins Wirtshaus zu gehen; für so was sei es noch lange nicht gut genug. Als Uli schon unter der Türe war, rief es ihm noch nach: »Nimm dich in acht, wenn dr rate cha!«

Auf dem Hinwege und im Wirtshause wollte jeder Uli der Liebere sein. Einer drängte sich näher als der andere; einer rühmte dies an ihm, ein anderer etwas anderes. Hie und da warf einer einen Zweifel auf, aber nur, damit die andern Uli desto höher heben könnten. Der Melcher meinte: er hätte nicht bald einen gesehen, der sich auf das Vieh besser verstünde; und der Karrer sagte: im Fahren fürchte er keinen, aber beim Holzführen hätte er von Uli lernen können. Und wenn der jüngste Knecht sagte, sie wollen sehen, ob er vormähen könne, da wollten sie ihm noch heiß machen, so sagte ein anderer: einmal er begehre nicht, mit ihm zu machen, sondern er wolle es im voraus verspielt geben. Und wenn die eine Magd klagte, er sei gar so ein Stolzer und möge sich nicht mit einem abgeben, ihrer Gattig seien ihm nur zu gering; sie wisse aber wohl, wer ihm in die

Augen scheine, sagte die andere, einmal sie hätte nichts über ihn zu klagen, so ein Bhülflige und Manierlige sei ihr noch nicht bald vorgekommen. Die seien ihr dann nadisch nicht die Liebsten, die meinten, sie müßten ihre Finger gleich an allen Orten haben. Und dann sei Uli auch erst acht Tage da und wisse es noch nicht, mit wem er sich könne anlassen, und wer es eigentlich gut mit ihm meine. Während sie so rühmten, verschwand eine Maß nach der andern, und Uli konnte gar nicht Einhalt tun. Vom Rühmen ging man in Vorschläge über und sagte ihm, er werde bald sehen, wer es gut mit ihm meine. Er solle doch nicht ein Narr sein und meinen, er wolle dem Meister husen und zu seiner Sache sehen. Gerade das wolle der selbst nicht; und wer es am besten mit ihm meine, den nehme er am meisten auf die Mugge. Wenn man aber mache, wie es einem in Gring komme, und mit ihm aufbegehre, wenn er etwas sage, so fürchte er einen und habe Respekt vor einem. Er sollte doch nicht sich und andere plagen für nichts und wieder nichts, sein eigen Sohn mache es akkurat nicht besser, und wenn er den Alten bschummeln könne, so lache er sich den Buckel voll. Wenn man einander verstehen wolle, so ließe sich da etwas machen, nur müsse er es nicht machen wie der frühere Meisterknecht: der habe alles für sich wollen und andern nichts gegönnt; darum sei es ihm auch so gegangen. Wenn er öppe auch andern etwas gegönnt, er hätte noch lange gut Sach haben können, Joggeli hätte nichts vernommen. So erzählte und brichtete man Uli, daß er ganz sturm wurde und lange nicht wußte: waren das die gleichen Leute, welche die ganze Woche durch ihm alles mögliche in den Weg gelegt, oder waren es ganz andere? Ein Glück für ihn waren die Vorgänge des Tages; der Wein, das Rühmen, die Gutmeinenheit hätten ihn überwältigt. Nun aber an das Erlebte, an Vrenelis Rat denkend, blieb er vorsichtig, konnte sich aber des Gedankens fast nicht erwehren: die Leute seien doch besser, als er sie gedacht und sie im ersten Augenblick ihm geschienen hätten, und es müßte bös gehen, wenn er mit denen nicht nachkommen sollte.

Endlich wollte der Wirt keinen Wein mehr geben, weil es über die Zeit sei. Da wußte man noch, was für Zeit es sei. Wo man aber nie weiß, was für Zeit es ist, da ist eine Hudelornig, mags nun ein Haus, ein Bureau oder gar ein Oberamt sein. Ach, so ein verhudeltes Oberamt ist doch eine gräßliche Sache. Es schämt sich jeder Mensch, in verhudelten Kleidern zu laufen, und mancher, der keinen vorrätigen Kreuzer hat, schickt doch sein Kleid zum Schneider zum Plätzen; aber ein Oberamt läßt man verhudeln und läuft in diesem verhudelten Oberamte herum dick und breit und meint noch, wer man sei. Du guter Gott, hat man denn ganz vergessen, daß die Welt alles verachtet, das in Hudeln herumgeht, Hudeln an sich hängen hat? Wenn aber einer nie weiß, was für Zeit es ist, so ist er immer wie sturm im Kopf, legt die Nachtkappe an, wenn er einen Dreiröhrenhut aufsetzen sollte, setzt sich aufs hohe Roß, wenn er kusch machen sollte unter den ersten besten Ofen.

Während Uli mit innerlichen Seufzern die ziemlich hohe Ürte bezahlte, ging eins nach dem andern hinaus, nur ein Knecht blieb bei ihm. Draußen war es dunkel, es schneite stark, man sah kaum eine Hand vor den Augen. Sein Begleiter sagte ihm, jetzt wolle er ihn zKilt führen. Ihm seien alle Meitscheni bekannt weit und breit, und er wolle sie alle unters Fenster bringen, und es sei in der ganzen Gemeinde nicht manches Gaden, in dem er noch nicht gewesen sei. Uli weigerte sich und sagte, er sei noch fremd hier und habe keine Lust, zu erfrieren an unbekannter Mädchen Fenstern; sie wollten machen, daß sie den andern nachkämen, die vorausgegangen seien. So solle er doch mit ihm nur einen Augenblick da nebenauskommen, nicht fünfzig Schritte vom Wege; es nähmte ihn wunder, ob dort die Tochter einen Kilter hätte oder nicht. Es solle sie nicht fünf Minuten aufhalten. Uli ging. Kaum war er vom Wege ab, in einem dunkeln Gäßchen, zwischen schwarzen Gebäuden, so pfiff ein Scheit ihm hart am Kopf vorbei; ein Streich surrete ihm im Nacken, ein anderer auf der Achsel. Rasch griff er ins Dunkel hinein, packte eine Hand mit einem Scheit, riß es aus derselben, tat zwei, drei tüchtige Schläge um sich, daß es klepfte, schmiß mit gewaltiger Kraft einen ihm im Wege stehenden Gegenstand weit in eine Hofstatt hinaus und war verschwunden, wie wenn ihn der Boden verschluckt hätte. Man hörte noch hie und da einen Tätsch, dann: »Nit, nit, zDonner, ih bis!«, flüsternde Stimmen: »Wo ist er, wo ist er? Ih weiß ne niene meh, es isch, wie wenn ne dr Tüfel gno hätt! Aber chumm, hilf mr dr Karrer aufstellen, der hat ein Näggis (wahrscheinlich eins in Nacken) erwütscht. Ich blüte auch wie eine Sau; aber dem Donner wollen wir es noch eintreiben. Wir wollen ihm vorlaufen und dann beim Türli ihm warten; es müßt dr Tüfel tue, wenn wir ihn dort nicht erwütschen, und dort wollen wir ihn dann salben, bis er zfrieden ist.« Sie liefen, taumelten, warteten beim Türli, aber kein Uli kam. Endlich wurde ihnen angst, er könnte vielleicht bewußtlos niedergefallen sein und nun erfrieren. Sie schlichen sich heim, und der Karrer fluchte in einem fort: e sellige Ketzer hätte er noch nie bekommen, und er wollte, Uli erfriere; aber wenns dann nur nicht auf sie herauskäme, weil sie mit ihm aus dem Wirtshaus gegangen; es sei jetzt gar verflucht kalt i dr Kefi.

Am Morgen erschraken sie heftig, als Ulis Stimme wie gewohnt aufrief. »Dä Dolder lebt scheints noch!« sagte der Karrer zum Melcher. »Wie Tüfel ist der heimgekommen?« Aber niemand konnte Bescheid geben. Sie fragten Uli, wie er heimgekommen; sie hätten ihm lange gewartet, doch umsonst; er werde zu Kilt gewesen sein. Darauf erzählte Ulis Begleiter, wie es ihnen im Gäßchen ergangen, und klagte Uli an, daß er ihn im Stich gelassen und davongelaufen sei, ohne sich darum zu bekümmern, ob er zu Tod geschlagen würde. Uli antwortete nicht viel, als daß jeder zu sich selbst sehen müsse. Er hätte übrigens nicht gewußt, wie ihm helfen, da er ihn gleich nicht mehr gesehen. Die andern taten gar unbefangen und wünschten nur, daß sie dabeigewesen; denen hätten sie es zeigen wollen. Uli nahm das hin, ohne nach ihren Beulen zu fragen, ohne einläßlich über die Art seiner Heimkunft zu antworten. Vreneli, welches auf die Heimkehr der Abwesenden bange gewartet, hatte Uli zuerst und alleine heimkommen hören und schlief darauf ein. Am Morgen sah es einige blaue Beulen, und im Vorbeigehen sagte ihm Uli: »Du sollst Dank haben, du hast recht gehabt.« Aber mehr zu sagen schickte es sich nicht. Es wurde natürlich darüber gwunderig, und endlich gelang es ihm, von der einen Magd, die sich etwas auf Ulis Seite neigte, zu vernehmen, wie die Abrede gewesen, Uli recht tüchtig zu prügeln, nachdem man seinen Wein getrunken und mit Rühmen ihn recht zutraulich gemacht. Man habe das schon im Dorfe versucht, damit man die Schuld auf die Dorfbuben werfen könnte. Aber sie wisse nicht recht, wie es gegangen, und niemand könne rechten Bricht geben. Es seien ein paar Streiche gewechselt worden, dem Karrer sei es gschmucht geworden, der Herdknecht sei unter einen Wagen gefahren wie aus einer Kanone, der Melcher habe ein Loch in den Kopf erhalten, daß das Blut herausgefahren sei wie aus einer Brunnröhre, aber keinen Uli hätte man mehr gemerkt, so daß sie fast glauben, sie hätten einander selbst geschlagen. Sie hätten ihm noch gepaßt beim Türli, aber kein Uli sei gekommen; dagegen habe er sie heute geweckt; sie könnten gar nicht wissen, wie das gekommen, da auch sie Mägde, die auf der Straße geblieben, von Uli gar nichts gemerkt. Heute beim Betten habe sie Blut auf Ulis Hauptkissen gesehen, so daß sie glaube, er müsse doch dabeigewesen sein. Aber wie es zugegangen, könne sie nicht sagen, und wenn man ihr den Gring abschreiße. Und niemand kam darüber. Auch Vreneli hätte es nie erfahren, wenn Uli es ihm später nicht selbst erzählt, wie er, nachdem er einige ausgewischt, unter das schwarze Dach eines Ofenhauses gestanden, weil er zu alt dazu gewesen, eine Schlägerei auf Tod und Leben fortzusetzen. Da, ganz an ihnen an, hätte er ihre Reden vernommen, ihre Stimmen gekannt und sei unvermerkt, aber schnell ihnen, die noch mit dem Karrer zu tun gehabt, vorausgekommen und heim, ehe sie daran gedacht. Es hätte ihn freilich gejuckt, selbst beim Türli zu lußen (aufzulauern); allein am Ende habe er gedacht, es könnte ein Unglück geben, und am wöhlsten sei er daheim im Bett. Das habe ihm wieder die Augen aufgetan, was man den Leuten trauen könne, und wie er hier zweg sei. Er solle nur nicht gerade erschrecken, sondern sich niemere nüt achten und seine Sache recht machen, so werde das schon gut kommen, sagte Vreneli. Dann aber sagte es auch der Mutter, was gegangen, und wie die Diensten den Meisterknecht verfolgeten, und man müsse doch ein wenig zu ihm luegen, sonst laufe er ungsinnet fort. Er scheine ein braver Bursche und nehme sich der Sache an, man kriege vielleicht nicht bald wieder so einen. »Wir wollen sehen«, sagte die Mutter, »wir wollen öppe machen, was wir können; wenn nur der Ätti nicht so ein Wunderlicher wäre, dem ist bim Schieß keiner recht.«

Fünfzehntes Kapitel

Uli kriegt Platz in Haus und Feld, sogar in etlichen Herzen.

Am nächsten Sonntag rief die Mutter Uli ins Stübli. Joggeli war zum Sohn gefahren mit der Elisi, die dort einem Ball beiwohnen wollte und deswegen Schneider, Näherin, Schuhmacher fast auf den Tod geplagt hatte, sie schön zu machen, und, da alles nichts helfen wollte, weinte und Krämpfe kriegte. Im Weltschland, jammerte sie, sei sie immer von den Schönsten eine gewesen, und hier wolle alles nichts helfen, gäb wie sie anwende und kein Geld sie reue; aber die Schneider und die Näherinnen könnten in Gottsname nüt, und dann duechs 's geng, man hätte hier gar nicht solches Zeug wie im Weltschland; dort möge man anlegen, was man wolle, so stehe es einem wohl an, und sollte es der Ofenwüsch sein. Gäb wie leicht es sich angelegt und noch lange nicht das Schönste, so hätten seine Frauen gesagt: »O quelle mignonne vous êtes, quelle jolie tournure vous avez, et le teint est si fin, si noble, vous êtes un Göscheli, comme on dit à Berne.« Und hier sage man ihm nur: »Du bisch es Bleechs un e Räbel«; das sei das Schönste, wo es höre.

»Uli«, sagte die Mutter, »seh, trink eis und nimm Brot und es bitzli vom Hammli, wenn d magst!« Er begehre nichts, sagte Uli, er hätte ja erst gegessen, und es mangle sich dessen nicht. Er möchte sie nur etwas anderes fragen, und wenn es ihr nicht recht sei, so solle sie es ihm nur gleich sagen, er zürne es nicht. Er wisse wohl, daß an jedem Ort ein anderer Brauch sei. Ob sie ihm nicht erlauben wollte, an Sonntagnachmittagen in der Wohnstube zu sein, wenn ihn der Meister nicht etwa aussende. Er gehe nicht gerne, wo die andern; er wisse nur zu gut, wie es da gehe. Ins Bett möge er auch nicht. Er lese am Sonntag gern öppe ein Kapitel und möchte seinem frühern Meister einen Brief schreiben, und dazu sei es gar zu kalt in seinem Stübchen. »He, ja freilich«, sagte die Frau, »ja freilich; Joggeli wird öppe nichts dagegen haben, und dem Elisi wird es auch nichts machen. Du bist nicht wie die angere; die begehrte ich nicht, die können meinethalben gheye, wo sie wollen. Mit dem Rüsten und mit dem Haspen magst du dich gmühen, wie es noch keiner gemacht hat. Und überall, wenn d so fortfahrst, so bin ich mit dir bsunderbar wohl zfriede und der Joggeli auch. Aber er kann es nicht zeigen, und wenn er schon allbeneinisch e wenig wunderlich ist, so mußt du dich seiner nüt achten und deine Sache nur fortmachen.« Während sie ihm so zusprach, nötigte sie ihm doch etwas vom Hammli und etwas aus der Flasche auf und trug ihm noch auf, er solle morgen für Saumehl fassen, dr Joggeli brauch eben nicht alles zu sehen. Er sage freilich nichts darwider, aber er hätte ihr doch immer vor, wieviel sie brauche zum Säumästen. Verschleipfe wolle sie ihm nichts, und er esse soviel von den Schweinen als sie, und so werde das wohl keine große Sünde sein.

Vreneli machte ein kurios Gesicht, als Uli mit seinem Schreibgeräte dahergezügelt kam. »Was solls?« fragte es, »was kömmt dich an?« »He, die Meisterfrau hat mir erlaubt, am Sonntagnachmittag hier zu sein«, sagte er. »Beim Küher mag ich nicht sein, droben ists mir zu kalt, und alle Sonntag ins Wirtshaus will ich nicht.« Vreneli ging zur Base und sagte: es habe nichts gegen Uli; aber wenn es mit ihm ins Geschrei komme, so solle sie daran denken, daß sie schuld sei, und der Vetter werd auch ein gspäßigs Gesicht machen, wenn Uli tue, wie wenn er da daheim wäre. »Du Göhl«, sagte die Base, »was hab ich machen sollen, wo er mich gefragt? Und er ist doch auch kein Hung, wenn er schon ein Knecht ist, und zuletzt ist es doch besser, er sei da, als daß er uns beim Küher hilft ausführen und dr Plätz machen.« »Wie gesagt«, sagte Vreneli, »ich habe nichts darwider; allein sinnet dann daran, daß ich nicht schuld bin, wenn allerlei geredet wird!«

Das ärgerte allerdings den Joggeli den nächsten Sonntag gar sehr, als er Uli Platz nehmen sah, und die gute Mutter hatte manches Stichwort auszustehen, ja sie sollte ihn schicken. Das wollte sie aber doch nicht; er könne es ihm selber sagen, sagte sie; das wollte aber Joggeli nicht.

Nicht minder grännete ds Elisi, wie ihr die Mutter sagte. Die packte gewöhnlich alle Nachmittage ihren Kram aus, sonnete ihn und packte ihn dann wieder ein in die schönen Druckleni: Krälli, Seidenfaden, Ketteli, Ringe, Häfte, Tüchleni, Mänteli; sie hatte manchmal damit, wenn es sie recht ankam, den ganzen Tisch überlegt und alle Stühle dazu, hielt eins nach dem andern bald ans Licht, bald an den Kopf oder an den Rücken, und dann sollten ihr die Anwesenden sagen, was ihr am besten stehe; das legte sie zweg für den nächsten Sonntag. Da sie dieses aber fast alle Nachmittage vom Montag bis am Samstag trieb, so änderte der projektierte

Putz gar manchmal; denn man trieb das Spiel mit ihm. Die Eltern durften ihm nichts sagen, sonst plärete Elisi und lag ins Bett, wollte sterben, weil sie verfolget würde; man mußte den Doktor holen lassen, und es gab eine Geschichte vom Gugger. Vreneli und Elisi waren einander nicht hold. Elisi behandelte Vreneli wie eine arme Verwandte, die das Gnadenbrot ißt, und bedachte nicht, daß die Last der ganzen Haushaltung eigentlich auf ihm lag; auch mochten Vrenelis gesunde Farbe und rüstiges Wesen nicht wenig geheimen Neid erwecken, obgleich Elisi manchmal sagte: im Weltschland hätten sie ein Wochenmönsch gehabt, das Vreneli auffallend ähnlich gewesen sei, und von dem hätten seine Frauen immer gesagt: »O ciel, quel air commun elle a!« Vreneli dagegen sah mit Bedauren der Verwandtin Narrochtigi und Meisterlosigkeit, nahm derselben Hochmut nicht sehr zu Herzen, ließ hie und da ein Wort fallen, um Elisi abzumahnen, daß es sich doch nicht lächerlich machen möchte, was aber allemal übel aufgenommen und ausgelegt wurde, als ob Vreneli nur schalus sei.

Elisi grännete, als sich Uli an den Tisch setzte und etwas zu lesen begann. Er war ihr allenthalben im Wege, er sollte nicht an diesem Platze sein, sondern an einem andern, und war er an dem andern, so war er doch wieder nicht am rechten. Elisi hatte wieder den ganzen Tisch überlegt, eine ganze Menge Haarschnüre aufgerollt, eine schöner als die andere, und Uli konnte kaum mehr sein Buch darauf haben. Er ward in sich böse. Er sah die verdrüßlichen Gesichter wohl und die offenbare Absicht, ihn zu verdrängen, und nun meinte er bei sich selbst: wenn er eine ganze Woche bös habe, an Wind und Wetter sei, allenthalben der erste und der letzte, so sollte doch wohl zwei oder drei Stunden für ihn Platz in einer warmen Stube sein. Er war darauf und daran, seinen Unmut laut werden zu lassen und aufzuprotzen, obgleich es ihm so halb und halb vorkam, als wäre dieses dumm, indem er sich damit selbst strafe; das Klügste sei, zu tun, als achte er sich ihrer nicht, und zu machen, was ihm bequem sei. Aufzubegehren seis dann immer noch Zeit, wenn man ihm etwas sage. Wenn aber Ärger im Menschen ist, so macht er selten das Klügste, sondern gewöhnlich das Dümmste. Da fiel eins der Bänder Uli zu Füßen, er hob es auf, sah darüber hin und sagte unwillkürlich: das sei das schönste Seidenband, das er noch gesehen; es nähmte ihn nur wunder, wie man sellig Blumen hineinweben könnte. Das sei noch gar nichts, sagte Elisi, es hätte noch viel schönere. Diese schönern brachte es herbei, und Uli bewunderte sie aus aufrichtigem Herzen, denn er hatte wirklich noch keine solchen gesehen. Es nehme ihn aber nicht wunder, setzte Uli hinzu, daß es schöne Haarschnüre begehre, es hätte auch schöne Züpfen dazu. Von da an fand Uli Platz am Tische und Gnade in Elisis Augen. Elisi war nun alle Sonntagnachmittage in der Wohnstube, züpfete darin, und Uli mußte raten, welche Haarschnur einzuflechten sei. Uli war aber auch ein hübscher Mann, freilich bald dreißig, aber schön von Wuchs und Farbe; im Kopf hatte er blaue, heitere Augen und auf demselben dunkelblondes, gekrauselt Haar, bas nieden eine schöne Nase und darunter weiße Zähne, welche die Juden auch gestohlen haben würden, wenn sie sich an einen solchen Mann getraut hätten.

Das sah aber Joggeli wiederum nicht gerne; er wurde überhaupt immer ärgerlicher auf Uli. Der Schnee war vergangen, und mit dem Holzen war man fertig geworden. Aber Uli hatte zugleich unnötiges Gräbel aller Art, das ums Haus lag, aufgeholzt und weggeräumt und die Scheiterbygen so zierlich gemacht, daß die Bäurin große Freude daran hatte und sagte: jetzt sei eim doch einmal recht wohl, man könne zring ums Haus gehen, man stolpere über nichts und könne zring ums Haus luegen, und es mache einem nichts taub (zornig). Joggeli aber brummte gewaltig: so einen hätte er noch nicht gehabt, dem nichts recht sei; er lasse nichts am alten Ort, und zuletzt komme er ihnen noch ins Stübli und räume da auf. Zugleich hatte er um Erlaubnis gefragt, die Bäume, die in ganz jämmerlichem Zustande, voll Moos, Misteln und dürren Ästen waren, putzen zu dürfen. Er machte es einem Meister zTrotz, aber Joggeli doch nicht recht; und alle Knechte schimpften, er ziehe die Arbeit aus dem hintersten Ecken hervor, um sie zu kujonieren. Die Bschütti mußte ausgetan werden, damit man für das Frühjahr neue machen könne; das war wieder keinem recht. Sobald es recht auffror, ging es hinter die Matten, die eigentlich im Herbst hätten instand gesetzt werden sollen. Hier waren Wuhre aufzutun, und Gräben und neue Britschen hätten sollen gemacht sein. Aber Joggeli, obgleich er das Holz hatte, sperrte sich mit allen Füßen und wollte nicht; es war, als ob Uli den Nutzen davon hätte. Die seien lange gut gewesen, sagte er, er wüßte gar nicht, warum jetzt auf einmal alles neu sein solle. Die andern Knechte hätten mit denen wässern können, und wenn Uli so ein Meister sein wolle, so duech es ihn, er sollte es mit denen auch können.

Im März, an einem hellen Sonntagnachmittag, sagte Uli zu Vreneli, er möchte gerne ein Wort mit dem Meister reden, es solle ihn doch heißen herauskommen. Vreneli richtete den Auftrag aus, und Joggeli brummte: »Was wott er ächt aber, was ist ihm wieder zSinn cho? Er ist e Tüfels Chäri und läßt einem Sunndig und Werchtig nit rühyig.«

Draußen nun fragte ihn Uli um die Frühlingsarbeit. Sein Meister und er, sagte er, hätten in jeder Jahreszeit und vor jedem Werch die ganze Arbeit und alle Geschäfte ins Auge genommen und dann sich eingerichtet, daß öppe alles zusammen gegangen und nichts zurückgeblieben sei. Wenn man alles ein wenig ins Auge nehme, so wisse man, was für Leute man nötig habe, wann man anfangen und wie man die Leute brauchen müsse, daß an allen Orten etwas gehe. Wenn man die Sache nur so von einem Tag zum andern nehme, so vergesse man immer etwas; man glaube immer, mehr Zeit zu haben, als es sich ergebe, und weniger Geschäfte, als sich dann nach und nach zeigen; so komme man in Hinderlig, und zuletzt werde alles zur Unzeit gemacht und schlecht, so auf und davon gearbeitet. Er möchte daher fragen, da es bald angehen werde, was für Sommerfrucht gepflanzt werde, wieviel Erdäpfel, wie große Bäunde etc., und wo man dieses und jenes haben wolle. Wenn es ihm anständig wäre, so sollte er ihm heute das Land anweisen; es sei ein so freiner Nachmittag, daß es ein rechtes Pläsier sei, ein wenig an der Sunne umezträtsche.

Da seis noch lange Zeit dafür, sagte Joggeli, der Schnee sei ja kaum ab; wenn es dann Zeit sei, so wolle er es ihm schon sagen. Das Pressiere trage nichts ab; sie hätten bis dahin den Hof werchen können ohne ein sellig Pressier. »Aber nichtsdestobesser«, sagte die Frau, »es gibt ja bald keine Sachen mehr. Und ich wollte mit Uli gehen; es tut dir nur wohl, wenn du dich auch ein wenig an die Sonne lässest. Warum willst du hingere hangen und den Leuten umsonst z'fressen und den Lohn geben? Andere Jahre sind wir mit Holzen und Dreschen drei Wochen später fertig gewesen und mußten immer um so viel später anfangen als andere Leute und blieben so das ganze Jahr durch im Hinderlig. Was sollen die Leute jetzt machen, wenn du nicht Arbeit anweisen willst?« Joggeli zog brummend seine Finkenschuhe aus und andere an; die Frau mußte ihm das Halstuch umlegen und ein Nastuch in die Tasche tun. Hinter dem Ofen suchte er einen Stecken und ging endlich zankend und ärgerlich.

Joggeli hatte sein Lebtag noch nie sein ganz prächtiges Gut ins Auge genommen und darüber nachgedacht, wie es zu benutzen sei, daß nicht nur ein bedeutender Ertrag herauskomme, sondern daß das Gut selbst gesünder werde, ein Teil dem andern nachhelfe usw. Er säete soviel an, als er Mist hatte oder die Zeit erlaubte. Mußten Erdäpfel gesetzt werden, so suchte er einen Plätz dazu, aber immer so klein als möglich, daß man nach dem Neujahr mit den Erdäpfeln zu sparen anfangen mußte. So machte er es mit den Flachs-, Reps- und Werch-(Hanf-)plätzen. Er ließ sich die von der Frau nur so abmärten, und Mist dazu und Bschütti mußte fast gestohlen werden. Alles Land, das nicht Korn oder Futter trug, reute ihn, er hielt es wie für verloren. So war auf dem ganzen Gute nur so eine Stümperei. Hier ein Plätzli von dem, dort ein Plätzli von jenem, je nachdem zufällig ein Stücklein wenig oder viel Gras gehabt. Zudem stund das Angebaute mit dem Liegenden nie in rechtem Verhältnis. So wenig als sein Gut nahm er seine Dienerschaft ins Auge, berechnete und verteilte nie ihre Kräfte in der Bearbeitung des Gutes. Er hatte eben nicht am liebsten zu viele Leute; die Leute aber, die er hatte, wußte er nicht zu beschäftigen und anzuleiten; er brummte freilich, wenn sie so wenig und so schlecht als möglich arbeiteten; allein weiter brachte er es nicht. Daher fehlten dem Gute die nötigen Kräfte, es wurde nicht bearbeitet; bald fehlte Mist zum Ansäen, meist die Zeit. Man wurde nie fertig, und doch wurde kaum die Hälfte von dem, was nötig gewesen wäre, getan. Daher nahm das Leben des Gutes – denn jedes Gut hat ein Leben, das halb von der Beschaffenheit des Bodens, halb von der Arbeit abhängt – ab, und somit auch alle Jahre der Ertrag. Und das ist die Ursache vom unglücklichen Siechtum vieler Güter, daß man das Gleichgewicht nicht zu finden weiß zwischen dem, was das Gut will, und dem, was sein Besitzer will, zwischen den Kräften und Bedürfnissen des Gutes, daß man das Maß und die Art und Weise der Arbeit nicht gehörig würdigt.

Uli hatte seine liebe Not mit dem Alten. Es reute ihn jeder Boden, den er hergeben sollte für dies oder das, aller Mist, der nötig war. Er wollte Boden und Mist immer für etwas anderes, Besseres versparen. Vergebens stellte ihm Uli vor: man könne doch nicht alles auf den Herbst sparen, und es dünke ihn, für eine solche Weite Landes sei viel zuwenig angesäet; man müsse auch den Frühling benutzen, und Mist für den Herbst wolle er schon genug machen. Mit der größten Not brachte er ein größer Erdäpfelstück heraus, als sonst der Brauch war, und einigen Sommerweizen, in den er dann Klee säen wollte. Daneben sah er auf dieser Wanderung Häge, zwei Klafter breit, Börder, mutwillige, sah Arbeit für die Zwischenzeit auf viele Jahre.

Auf dem Heimwege sagte Uli: er müsse ihm noch etwas sagen, wenn er es nicht ungern haben wolle. Joggeli sagte: es duech ihn, er hätte ihm afe viel gesagt und sollte zufrieden sein für heute. Doch solle er es auch noch füremache, es gehe am Ende in einem zu. »Meister«, sagte Uli, »es ist in den Ställen nicht alles, wie es sein sollte. An unsern Rossen ist nicht mehr viel zu erfüttern; wenn man nicht etwas ändert, so kommen die meisten in Abgang. Bei den Kühen ists noch viel schlimmer. Die geben nicht Milch, wie sie sollten; die meisten haben nur zwei oder drei Striche, sind auch wohl alt, und es dünkte mich, wenigstens mit vieren sollte man fort und dagegen etwas Junges einstellen, mit ganzen Eutern; man käme viel weiter.« Diesen Weg füttere man fast ganz zUnnutz.

»Ja, ja«, sagte Joggeli, »verkaufen kann man wohl, verkaufen kann ein jeder, wenn er etwas hat; aber wenn man dann etwas anderes hätte!« Man werde heutzutage mit allem betrogen. Und wer sich mit diesem Handel abgeben solle? Er möge nicht mehr nach, und wem er es anvertrauen solle, daß er nicht bschissen werde? »Oh«, sagte Uli, das müsse ein jeder Bauer riskieren, und betrogen sei schon ein jeder geworden; aber bei seinem Meister habe er Rosse und Kühe gekauft und sei noch glücklich gewesen dabei. »Jä, so«, sagte Joggeli, »du wolltest das also machen, verkaufen und einkaufen; jä so, das ist öppis angers; jetzt nimmts mich nicht mehr wunder. He nun, wir wollen sehen, wir wollen sehen; das ist eine wunderliche Sache.«

Daheim klagte er seiner Alten bitter, wie Uli ihn drängseliert habe. Nichts sei ihm recht. Er würfe ihm das ganze Gut zunderobis, wenn er ihn machen ließe. Und beide Ställe wolle er ihm neu besetzen. Er merke aber das Bürschli wohl und wolle es ihm reisen. So einer, der keine Hand breit Land hätte, wolle, wie man ein Gut werche, besser wissen als einer, dessen Ätti und Großätti schon vornehme Bauren gewesen seien. Das sei ein Hochmut in den Leuten vom Tüfel; es sei gar nicht mehr dabeizusein. Als er nun insbesondere erzählte, um was ihn Uli drängseliert, so sagte seine Alte: »Bauren hin, Bauren her; aber wenn mancher nur halb so witzig gewesen wäre, als mancher Knecht ist, so wäre er z'Halbem reicher, und sein Hof trüg ihm noch einmal soviel ab.«

Indessen lief die Arbeit, und alle Welt verwunderte sich, wie früh man in der Glunggen erwacht sei. Kamen die Üflinger zu den Diensten, zum Karrer, der Mist führte, zum Melcher, wenn er Salz holte etc., so sagten sie: das müsse scheints streng gehen in der Glunggen, das sei doch schlecht von einem Knecht, die Leute so zu drängselieren; aber sie täten es nicht, sie würden aufbegehren und so von einem herzugelaufenen Burschen sich nicht lassen befehlen, sie wollten ihm zeigen, daß sie länger da gewesen seien als er. Es gehe alles, bis es genug sei, sagte der Karrer; man solle nur sehen. Kamen sie zu Joggeli, so sagten sie: was ihn ankomme, daß er so pressiere? Oder ob er etwa einen neuen Meister bekommen habe? Es sei eine Gegend nicht wie die andere, und sie hätten noch nie gesehen, daß zu fast pressieren viel abtrage. Er lasse ihn wohl viel zwängen für den Anfang. Daneben wollten sie nichts gesagt haben; er werde wohl wissen, was er mache. Kamen sie dann zu Uli, so sagten sie: so einer wäre auf der Glunggen schon lange nötig gewesen. Man sehe es schon von weitem, daß da ein anderer predige. Daneben sei er ein Göhl, daß er sich so plagen möge; er bleibe doch nicht lange da, bei Joggeli halte er es nicht aus, und ein solcher Kerli wie er werde nicht immer Knecht sein wollen oder dann noch auf einen andern Pfosten pretendieren.

Dieses trug nicht dazu bei, die gegenseitige Anhänglichkeit zu vermehren, den Gang der Dinge zu erleichtern. Erst jetzt nahm Ulis Bürde zu, und es war ihm, als ob er bis an die Knie im Lett wandeln müsse. Alles mußte er Joggeli abdisputieren, abzanken, und wenn ers dann ausführen wollte, so hatte er allenthalben unwillige, ungeschickte Hände. Er mußte allenthalben stoßen und stüpfen; an allem machte man so lange und so schlecht als möglich. Er glaubte, es nicht dahin bringen zu können, daß man den Flachsplätz sauber rüste, daß man auf irgendeinem Acker die Furchen auch recht zu Boden hacke. Man sah noch in zweijährigem Grasboden Furchenstreifen, so oberflächlich war gehacket worden. Er wußte, wie schwer sich über das Arbeiten etwas sagen läßt; wie ungern sich ein Mensch vorwerfen läßt, er mache eine Landarbeit nicht gut; wie ein sechskreuzeriges, drei Schuh hohes Knechtlein auffährt wie ein Güggel, wenn man ihm sagt, er könne nicht mähen oder hacken; wie er sagt: »Ich bin schon bei manchem Meister gewesen und habe es ihnen recht gemacht, und wenn ich dir nicht genug arbeite, so brauchst du es nur zu sagen, es Bürschli wie ich findet Meister dGnüegi.« Nehmen es die Leute von einem Meister nicht an, wie sollen sie es von einem Knecht annehmen? Er meinte daher auch, Joggeli sollte dies, sollte jenes sagen; aber Joggeli wollte nicht. »Sag du es ihnen, wenn es dir nicht recht ist, was sie machen!« sagte er, »das ist deine Sache, darein mischle ich mich nicht. Ich wollte ein Narr sein, einem Meisterknecht einen großen Lohn zu geben und dann noch alles machen zu sollen, was an ihm ist!« Wenn ihm aber die Diensten klagten, heute hätten sie das machen müssen und jenes noch und am Ende noch hintenfür müssen, es sei alles nicht gut genug gewesen, so balgete Joggeli wieder: von dem hätte er nichts gewußt; es täte es Uli doch wohl, zu fragen, aber er mache, wie wenn ihm niemand etwas zu befehlen hätte, wie wenn der ganze Hof der seine wäre. Uli begriff es alle Tage besser, wie man von einem sagen könne, er habe die Wände aufspringen wollen, kam es ihn doch selbst alle Tage an.

Indessen ging die Sache doch, wenn auch mühselig. Sie waren mit den Frühlingsarbeiten so früh fertig als andere Leute und hatten mehr gepflanzt als sonst. Sie konnten dieses Jahr zweimal in die Erdäpfel, konnten sie kärstlen (hacken) und häuflen und mußten nicht das Unterlassen des einen oder des andern mit einigen hundert Mäßen büßen.

Der Flachs wurde gesteckelt und war so schön, daß die Bäurin fast alle Tage hinging, ihn zu besehen, und wenn die Üfliger vorbeigingen, so sagten sie zueinander: »Es ist schade, daß Joggeli diesen Knecht hat. Man sieht, er versteht die Sache; es bekäme gleich alles eine andere Nase in der Glungge. Er wird ihn aber bald fortkäret ha.«

Sechzehntes Kapitel

Uli kommt zu neuen Kühen und neuen Knechten.

Unerwartet sagte Joggeli eines Morgens dem Uli: er hätte der Sache nachgesinnet und gefunden, daß es nicht übel wäre, wenn man im Stall etwas ändere. Morgen sei zu Bern Monatmärit, und dort mache man es gewöhnlich am besten. Er solle den Zingel und den Stär nehmen und nachmittags mit ihnen fahren. Er könne über Nacht sein, wo es sich ihm schicke, damit er morgens zeitlich auf dem Markte sei. Wenn ihm auf dem Markt etwas Anständiges anlaufe, so solle er es kaufen; sonst könne man am Burgdorfmaimärit sehen. Uli hatte nicht viel einzuwenden, obgleich es ihn seltsam dünkte, daß er mit zwei alten Kühen fünf Stunden weit auf den Markt fahren sollte auf die Gefahr hin, im Fall Nichtverkaufens sie nicht mehr heimbringen zu können. Es war ein warmer Mainachmittag, Staub auf den Straßen, die Kühe des Gehens, des Sonnenscheins ungewohnt, Uli hatte Mühe mit ihnen. Doch die Kühe kannten ihn; sie sprangen nicht erschrocken, wenn er ihnen nahe kam, sie folgten ihm zutrauensvoll ohne Metzgerhund. Während er langsam ihnen den Weg zeigte, hatte er Augen für alles, an dem er vorbeikam; keine Pflanzung entging ihm, keine Hofstatt, keine Einrichtung an einem Hause, und alles erwog er in verständigem Gemüte. Und wenn er nichts Besonderes bemerkte, so dachte er über die Preise nach, die er machen müsse; denn Joggeli hatte ihm durchaus nichts sagen wollen. Er solle luegen, was Kauf und Lauf sei, hatte er gesagt, und dann machen, was ihn gut dueche. Er hatte sich lange gewehrt, bis endlich die Frau sagte: »Was willst du doch da länger käre? Du hörst ja, daß er dirs überläßt; machs, so gut du kannst, und da wird es wohl gut sein.« Joggeli hatte ihm noch einige Dublonen mitgegeben, damit er mit dem Einkaufen es machen könne so gut als möglich. Da ergötzte er sich an dem Gedanken, wenn er doch die alten Kühe verkaufen könnte und junge, schöne heimbringen für das gleiche Geld und dem Joggeli seine Dublonen darzählen! »Wie der Alte Augen machen würde!« dachte er.

Weiter als vier Stunden kam er nicht mit seinen Kühen. Er dachte, wenn er sie heute nicht übertreibe, so komme er am folgenden Morgen um so besser vorwärts. Es war wenig Ruhe im Wirtshause; das kam und ging die ganze Nacht durch, rechtliche Leute und Hudelpack, schmutzige Juden und geizige Christen, Käufer und Verkäufer, alles im Schweiße des Angesichtes rennend und jagend gutem Glücke nach, das Vorspiel der morgigen Schlacht bereits eröffnend um die Ställe herum, in der Gaststube, ja bis in die Schlafkammern hinauf; das war ein Handeln und Märten, ununterbrochener als in einer großen Schlacht der Kanonendonner. Es war ihm nicht geheim unter diesem Volke mit seinen Dublonen im Sacke; er nahm seine Hosen unters Hauptkissen, zog ein Bein davon herab und lag darauf und schlief nur wenig. Er wollte aus den Juden heraus, die ihm schon am Abend zugesetzt hatten, und fuhr am Morgen in aller Frühe von dannen.

Der Morgen war heraufgezogen in aller Schöne, die Mattenblumen dufteten köstlich, in süßem Tau erglänzend; munter und heiter wanderten er und seine Kühe in die Zukunft hinein.

Nicht lange war er gegangen, so gesellte sich ein langer, hagerer Mann zu ihm, von dem er nicht wußte, wie er zu ihm kam. Alsobald begann derselbe mit ihm zu handeln um die Kühe, ließ nicht nach, bis Uli schätzte, und ehe sie in Bern waren, hatte Uli verkauft und zwar, wie er glaubte, wenigstens um zwei Dublonen zu teuer. Noch vor der Stadt zahlte ihn der Mann aus, fuhr mit den Kühen von dannen, und er sah ihn nicht wieder. Es wurde Uli doch noch angst, er möchte sich übereilt haben, der Preis anders stehen, als er gemeint. Allein er sah bald viel Ware daherkommen, sah, daß sie sehr feil war, weil man wegen trocknem Wetter nicht viel Heu erwartete. Das sei ihm gut gegangen, dachte er, und ein guter Schick fehle ihm nicht. Er wartete nicht weit vom obern Tore und sah die schönen Rinder herbeitreiben, die aus den reichen Gemeinden oberhalb der Stadt und aus dem Freiburger Gebiete kamen. Es fiel ihm eine große junge Kuh mit gewaltigem Knochengebäude in die Augen, welche ein kleiner Mann mit einer Speckseitenkutten und breitem, niederm Wetterhute führte. Die Kuh war mager, strub anzusehen, hatte noch lange nicht ausgetragen; aber an der sei etwas zu machen, dachte er, wenn sie nicht ungerecht (krank) sei. Das war sie nicht, die Haut ließ schön von den Knochen. Aber der Mann roch gar übel (brüttelete), daß man ihn auf zehn Schritte in die Nase faßte; sein ganzes Aussehen gab mit, daß er nebenaus wohne und in der Welt nicht recht daheim sei. Diese sind sehr oft im eigenen Hauswesen auch nicht daheim, haben absonderliche Gebräuche, wissen sich nicht zu helfen, fangen alles verkehrt an, geizen, tun genug bis aufs Blut und kommen doch nicht vorwärts, sondern hangen so zwischen Leben und Sterben. Das Mannli sagte, als Uli die Kuh visitierte: »Ja, visitier sie nur, der Kuh fehlt nichts! Ich habe den halben Winter durch Stroh füttern müssen, ich habe zuviel Ware gehabt, und doch hat es mich gereut, etwas zu verkaufen, und Heu kaufen vermag unsereinem nicht. Ich habe mich auf das Grün getröstet, und jetzt will das auch fehlen, und so muß ich jetzt abstoßen. Sie reut mich übel; aber wenn ich alles eingrase, so habe ich dann im Winter nichts. Dr Ätti hat immer drei Kühe gehabt, und ich zwänge es jetzt, fünf Haupt zu halten; es ist mir von wegen dem Mist; aber es geht manchmal kaum genug zu.« Das gute Nebenausmannli wußte auch noch nicht, daß zwei gut gefütterte Kühe mehr Nutzung und Mist geben als vier schlecht gefütterte. Dem Nebenausmannli war aber das nicht zu verargen, wissen dieses große Männer an großen Straßen nicht, halten dreizehn Kühe und bringen es auf zehn Maß Milch von dreizehn Kühen. Das Mannli weinte fast, und Uli hatte das Herz nicht, ihn zu drücken, wie er vielleicht gekonnt hätte; denn niemand sah auf die strube Kuh, niemand kam ihm ins Spiel. Er kaufte sie wohlfeil, doch war das Mannli zufrieden und wünschte ihm alles Glück zu der Kuh, der er mit nassen Augen nachsah. Zu dieser kaufte Uli noch eine andere, nähig (nahe beim Kalben), leicht in den Hörnern, fein von Haaren, hintenaus wie ein Eisenwecken, kurz, wie man die Kühe, von denen man Milch haben will, gerne hat. Bald nach zehn fuhr er schon zum Tore hinaus mit fröhlichem Herzen; denn er hatte drei Neutaler weniger ausgegeben als gelöst und glaubte doch viel bessere Ware heimzutreiben, als er fortgeführt.

Was Joggeli sagen werde und der Melcher! dachte er. Freilich werden sie ihm die magere ausführen; aber er wolle sie nur reden lassen, bis zum Kalben solle die eine andere Gattig haben, wenn er das Salz an ihr nicht spare und zu rechter Zeit ein Trank gebrauche, damit die bessere Fütterung nicht böse Säfte erzeuge und ungerecht mache. Die drei Neutaler konnte er dabei nicht aus den Fingern lassen. Es kam ihm immer mehr vor, als ob die eigentlich ihm gehörten. Es war ja ganz seine Schuld, daß so teuer verkauft, so gut eingekauft worden. Dazu hatte er schon manchen Batzen für Joggeli gebraucht, den er nicht anrechnen konnte, hatte schon manchen Schuhnagel ausgesprengt, der bei minderer Anstrengung im Schuh geblieben wäre. Es begann ihm vorzuschweben die große Ürti, die er den Diensten bezahlt um Fried und Ruhe willen, wovon der größte Nutzen eigentlich Joggeli zugefallen wäre. An der hatte ihm auch niemand etwas gegeben, zu seinem Lohn war ihm auch nichts gekommen, die Trinkgelder aus den Ställen fielen dem Melcher und dem Karrer zu. Billig und recht war es nicht, daß er, der die meiste Mühe und Sorge hatte, nichts extra erhielt. Wenn er die drei Neutaler für sich behalte, so könne der Meister sich wahrhaftig nicht klagen; er müsse noch zufrieden sein, daß er ihm nicht mehr anrechne. Die gekauften Kühe wolle er ihm nicht teurer anschlagen, hingegen könne er den Erlös für die zwei verkauften um drei Neutaler geringer angeben, ohne daß das jemand im geringsten merke. Sie seien ja immer noch zu teuer, er habe sie einem fremden Mann verkauft, und kein Mensch sei ja dabeigewesen, der etwas ausplaudern könnte. Hatte er das so recht sich festgestellt, so tauchte bald wieder etwas Unheimliches in ihm auf, das sagte ihm, es sei doch nicht recht, und was er da aussinne, seien nur Ausreden des Teufels, nur Versuche, einer Schelmerei ein schönes Mänteli umzuhängen. Er begann sich zu erinnern aus früheren Zeiten, daß er damals für sein Wüsttun auch gerade solche Ausreden gehabt und sich selbst eingeredet habe, er tue von Gott und Rechts wegen wüst. Es fiel ihm ein, wie er schon früher einen ähnlichen Kampf bestanden und die Ehrlichkeit ihm wohlbekommen. Und mehr und mehr erhob sich in ihm das Bewußtsein, es solle ihm niemand etwas vorzuhalten haben; er wollte unbescholten, untadelich sein, damit er mit ungebrochner Kraft gegenüber den andern Meisterknecht sein könne. Er fühlte es in sich: wenn er diese Untreue begehe, so sei er schon nicht mehr der gleiche; er müßte vieles übersehen; er hätte das Herz nicht mehr, gegen die andern aufzutreten, weil er sich als ihresgleichen fühle. Und wenn es ihm auskäme, welch Gesicht sollte er machen? Wie würden die andern frohlokken! Welche Schmach würde ihn überfluten! Der gute Uli konnte es einem fast glaublich machen, die gegenwärtige Schonung des Lasters habe ihren Grund nicht in christlicher Milde, sondern in schlechtem Gewissen – ein Schelm hängt selten gerne einen andern Schelm, er müßte ja denken: »Heute dir, morgen mir!« Vor Gott könnte er es ja auch nicht verantworten, dachte er, und wie kindlich zu Gott beten mit solcher bewußter Untreue auf dem Gewissen? Nein, das wolle er nicht tun, dachte er und ließ die drei Neutaler aus den Fingern fahren, pfiff munter ein Liedchen, bis er zu einem Wirtshause kam. Da stellte er seine Kühe an Schatten, setzte sich hinter einen Schoppen, ließ sich etwas Warmes geben, ein Schnäfeli Fleisch, und ließ die größte Hitze vorübergehen.

Unerwartet früh und wohlgemut kam er heim. Seine Ware wollte man ihm nicht besonders rühmen. Es komme auf den Preis an, meinte Joggeli, und mit so magerer Ware wisse man nie, wie es einem gehe. Die einen würden so zäh, daß sie nicht mehr nachzufüttern seien. Daneben wolle er nichts sagen, sondern zuerst hören, was sie kosten. Uli mußte ins Stübli, legte dort Rechnung ab frank und wohlgemut und zählte das erhaltene und gewonnene Geld vor. Joggeli hörte mit wunderlichem Gesicht zu, verwunderte sich über den guten Handel, meinte aber, ob er aus den Kühen nicht noch mehr gelöst, wenn er sie bis nach Bern genommen? Indessen seien sie gut bezahlt; die gekauften seien auch nicht teuer, indessen wisse man noch nicht, wie es mit ihnen gehe. Das Trinkgeld, das Uli auch dargelegt, solle er mit dem Melcher teilen und seinen Teil an die Kosten rechnen. »Jä«, sagte Uli, das verstehe er nicht so; er sei gesinnet, die Kosten ihm anzurechnen, denn er habe ihn geschickt, und solche Auslagen zahlten allenthalben die Meister. Da komme bei dem weiten Märitgeläufe nicht viel heraus, sagte Joggeli und bezahlte mit Widerstreben die wenigen Batzen. »Du bist doch beim Schieß e Wüste!« sagte die Frau, als Uli heraus war. »Der hätte einen Neuentaler aus deinem Sack verdient, und jetzt willst du ihm noch das Trinkgeld abzwacken. So verderbst du alle Diensten; es ist keine Freude, dir helfen zu husen.« »Meinst du, das sei etwa ein guter Schick gewesen und Uli schuld daran? Jä, jerenei! Ich habe einen gesandt, der hat ihm auf meinen Gunten die Kühe abgekauft; ich habe nadisch wissen wollen, ob er mich betrügt oder nicht.« »Du bist doch der wüstest Hung«, sagte die Frau. »Und jetzt ist es dir noch leid, daß er nicht ein Schelm an dir gewesen ist! Nei, das hat auf my armi türi afe kei Gattig! Statt daß du am lieben Gott danken solltest, e sellige z'ha, willst du ihn noch zum Schelm machen. Nimm dich in acht; wenn er dich merkt, so gheit dr dir den Bündel an den Kopf, daß der dir dein Lebtag wackelt.«

Es ging nicht lange, so kam Uli zum Meister mit der Frage: wann man anfangen wolle zu heuen; es duech ihn, es wäre Zeit, daran zu denken. »Du bist ein ewiger Käri; es hat ja noch niemand angefangen, und ich habe nie gemeint, daß es gut sei, in allem der erste zu sein.« »Ja«, sagte Uli, »wir können nicht auf andere Leute sehen; wir haben weitaus am meisten zu heuen, und wenn wir nicht beizeiten anfangen, so sind wir bald ein ganzes Werk hinter allen drein. Wenn man einmal im Hinderlig ist, so kömmt man nie nach und hat am bösten dabei. Das ist akkurat gleich wie beim Militär, die Hintersten müssen am härtesten laufen, und versäumen sie sich ein bißchen, so kommen sie gar nicht mehr nach; und wenn man im Hinderlig mit dem Geld ist, so duecht mich, bschüß keis Huse nüt.« Joggeli sperrte sich, drehte, doch mußte er diesmal der erste anfangen.

Uli war gewohnt, mit gutem Werkzeug zu arbeiten; als man aber das Sommerwerkzeug untersuchte, war alles im schlechtesten Zustande. Er fand keine einzige Segessen (Sense), die sich ihm in die Hand schickte. Joggeli behauptete, er hätte im vergangenen Jahr vier neue und Rechen und Gabeln gekauft. Er wisse nicht, wo es hingekommen, und wenn es ihm gestohlen werde, so wollte er ein Narr sein, immer Neues zu kaufen. »Ja«, sagte Uli, das könne er machen, wie er wolle; aber mit den Beinen könne er nicht mähen, mit den Fingern nicht rechen; wenn die Sache gehörig gemacht sein solle, so müßte Werkzeug dafür da sein. Endlich kaufte Joggeli, aber alles so wohlfeil als möglich. Wie nützlich schlechte, wohlfeile Segessen sind, weiß jeder. Uli kaufte sich endlich eine aus eigenem Gelde. Wollte er aber dem einen oder dem andern über sein Mähen etwas zu verstehen geben, so sagte ihm dieser: er solle ihm eine bessere Segessen geben oder aber schweigen.

Uli war gewohnt, mit dem Mähen morgens um drei anzufangen. Um diese Zeit wollte ihm anfangs niemand auf; er hatte Mühe, um vier sie auf die Matte zu bringen. Melcher und Karrer wollten auch nicht anbeißen, selbst wenn man zunächst des Hauses mähte; und wann sie kamen, so trieben sie nur Flausen, wollten Uli durchtun und ihm vormähen, bis er ihnen seine Meisterschaft beurkundet und sie zehn Schritte im Rücken gelassen hatte. Hatte er endlich die Knechte auf der Matte, so fehlten ihm noch die Tauner und kamen erst, um vor dem Morgenbrot noch eine Mahde zu mähen. Der eine hatte etwas für sich gemäht, der andere seine Segessen anders anschlagen müssen, der dritte seiner Frau Bschütti geführt; aber alle meinten, der Meister brauche es nicht zu wissen, und wollten den ganzen Taglohn.

Uli hätte es nie geglaubt, welch Unterschied es sei, von drei bis zehn Uhr morgens mit zehn rüstigen Burschen, versehen mit gutem Werkzeug und gutem Mut, zu mähen, oder aber mit zehn lässigen, wo alle nach dem Takte »Komm ich nicht heute, so komme ich doch morgen« arbeiten, einer hier aus zieht, der andere dort aus liegt. Es schien ihm, als sei man förmlich verhexet, während die andern jammerten, so drängseliert und kujiniert seien sie noch nie worden. Hatte er seine liebe Not am Morgen ausgestanden, so war am Abend erst das rechte Elend da. Kam er des Mittags nach dem Dängelen und Rüsten der Wagen auf die Matte, so war nicht gekehrt, das Heu nicht zusammengemacht, er mußte warten; ging er mit den andern hinaus, so mußte man auf die Wagen warten. Lud er auf der Matte, und sollte ein Teil der Leute abladen, so verrichteten diese nichts; die Wagen kamen nie zurück, sie mußten halbe Stunden müßig warten. Ging er ans Abladen, so wurden sie fertig, aber der Karrer brachte kein Heu, sie konnten lange Zeit ruhig am Schatten liegen. Am Abend hatte niemand Zeit zum Aufrechen, er mußte es mit Wüsttun erzwingen; von Birligen (Haufen machen) war vollends keine Rede; die konnte er selbst machen, wenn er welche gemacht haben wollte. Er trieb und jastete sich fast zu Tode von früh bis spät, die Weiber hatten rechtes Mitleid mit ihm; aber er brachte nichts ab, er fühlte, es war da ein angelegtes, boshaftes Spiel. Und Joggeli sah der Sache nicht bloß kaltblütig, sondern fast boshaft zu, gäb wie die Weiber ihn stüpften, er solle doch auch ein Wort sagen; er sehe ja, Uli möge nicht gfahren, und die andern täten ihm alles zuwider. »He«, sagte er, dem sei es nur gut, wenn er nicht alles zwängen könne; wenn alles nach seinem Kopf ginge, so kriegte er bald einen so großen, daß Sonne, Mond und Sterne nicht mehr neben ihm Platz hätten.

Es war zudem ein Sommer mit sehr unbeständigem Wetter. Es gab wohl schöne Tage, aber mit vielen andern untermischt, an denen man nichts Dürres machen konnte. Es bedurfte also an den schönen Tagen doppelten Fleiß; mit diesem ist ein guter Landmann imstande, mittelmäßiges Wetter gutzumachen. Uli konnte das; aber nicht bloß einer, sondern zehn Schleiftröge legten sich ihm unter die Beine. Das ist ein peinvoller Zustand; es begreift ihn aber nur der, welcher ihn erlebt hat. Entweder erstickt, erworget man in demselben, oder aber es gibt einen Ausbruch, daß Funken sprühen, die Wände zittern, Haare fliegen und Brülle durch die Welt fahren, daß Kometen und Planeten davonfliegen und nirgends mehr warten dürfen. Uli schrieb am Sonntag seinem alten Meister: so halte er es nicht mehr aus. Der Zorn sei ihm zuoberst, er könne ihn mit einem Finger erlängen. Essen bringe er keins mehr hinunter; es duech ne, er müsse an jedem Stücklein Brot ersticken, und wenn er einen von den Möffen sehe, so gramsle es ihm in den Fingern. Sie hätten noch viel zu mähen und morgen von dreien Tagen einzuführen. Wenn sie es ihm nun machen wie die andern Tage und der Meister noch seine Freude daran hätte, so schirre er aus und komme ihm ungesinnet daher. Das sei ein Teufels Dabeisein, wenn man die Mitdiensten wider sich hätte und auch noch den Meister. Die Frau sehe das wohl, aber sie könne nicht viel zwingen; wenn sie Meister wäre, so ginge es anders.

Schön Wetter war es am Morgen; auf den Abend drohte ein Gewitter. Schon um acht hörte Uli auf zu mähen, um beizeiten zetten und kehren zu können; schon am Morgen wurden zwei Fuder eingeführt. Beim Mittagessen sagte Uli, das Nachtessen soll man nicht früh zweghaben; heute werde es wohl späten Feierabend geben. Das Heu werde alles gut, sollte alles hinein; es wäre schade, wenn es noch einmal Regen kriegte. Im Nachmittag fing es sich an zu stecken, es wollte nichts mehr vorwärts; man steckte die Köpfe zusammen, statt daß man die Arme rührte. Wo Uli war, rückte es; wo er hinkam, war alles im Hinderlig. Der Melcher zeigte sich nicht auf der Matte, der Karrer fuhr, wie wenn er Schnecken hätte, und als Uli ihm sagte, er solle doch schneller laufen lassen, es täte es den Pferden wohl, warf er mutwillig ein Fuder in den Bach, daß man darob fast eine Stunde verlor. Und als Uli dazukam und aufbegehrte, da müsse einer doch fahren wie ein Blind, um da ein Fuder umzuwerfen, so sollte er an allem schuld sein mit seinem Pressier; solange er da sei, gehe es schlecht. Er könne nichts, sagte der Karrer, als alle Leute kujiniere, und wenn er ihm nicht recht fahre, so solle er selbst fahren; er rühre keine Geißel mehr an, bis der Meister es ihm selbst befehle. Damit warf er Uli die Geißel zu und legte sich behaglich auf einen Heuwalm. Uli hatte schon die Geißel am dünnern Ort gefaßt, um zu versuchen, was ungebrannte Asche vermöge; doch besaß er sich und führte kochend in Zorn das Fuder heim.

Die Alte rüstete zu Nacht, und als sie Uli mit dem Fuder kommen sah, fragte sie Vreneli, die vorankam: was es gegeben, daß Uli fahre? »Frag ihn selbst, Base!« sagte Vreneli. »Es ist ein grusamer Streit unter den Diensten, und wenn sich der Vetter des Ulis nicht annimmt, so kömmts nicht gut. Ich wäre schon lange fortgelaufen.« Da stund die Base auf, ging Uli entgegen und frug: »Warum fahrst du? Was hats gegeben?« Und Uli fragte mit bleichen, bebenden Lippen: »Wo ist der Meister, er söll usecho!« »He Ymmers, wie siehst du aus! Komm du in die Stube, er ist dort. Es söll derweilen einer die Rosse halten.« Uli ging nach, und die Base nahm aus einer Ecke auf dem Ofen ein Kacheli mit Kaffee und sagte: »Nimm das geschwind und trinks! Ich hatte es dem Vreneli dänne deckt, aber nimm dus; es bekömmt dann ein andermal. Aber sag mir geschwind: was hats gegeben, was ists?« »Meisterfrau, ich will fort und das auf der Stelle; so will ich nicht mehr dabeisein. Ich will dem Meister die Geißel geben, dann meinen Lohn und noch heute fort. Ich will mich nicht töten für andere und noch dazu ausgelachet sein.« »He, Uli, Uli, wer lachet dich aus?« »Gerade der Meister; der treibt nur den Narren mit mir und ist kein Meister, sonst würde er sehen, was seine Pflicht und sein Nutzen ist; darum will ich fort.« »Und was ist denn meine Pflicht und mein Nutzen?« sagte Joggeli, der eben zur Türe hineinkam. »Ich will meinen Lohn«, sagte Uli, »und will fort.« »Du hast keinen Grund«, sagte Joggeli, »du wirst wohl bleiben.« »Nein, Meister, ich bleibe nicht und habe guten Grund. Ihr habt mich als Meisterknecht angestellt und unterstützt mich nirgends. Ihr befehlet selbst nichts; ich soll aber auch nicht befehlen; da kann ein jeder machen, was er will. So braucht Ihr keinen Meisterknecht und habt mich falsch gedinget, und deswegen will ich nicht mehr dabeisein.« »Aber was hast du denn zu klagen?« fragte Joggeli, schon nicht mehr recht keck. »He, daß Ihr kein Meister seid. Wenn Ihr ein Meister wäret, so wäret Ihr heute gekommen und hättet auch pressiert und befohlen oder hättet wenigstens gesagt, man solle sich schicken. Aber statt dessen habt Ihr mich allein fechten lassen, habt wohl gesehen, wie sie drehen, der Melcher, der Karrer nicht vom Hause wollen, und habt mich stecken lassen; darum will ich fort.« »He, ume nit grad so prüßisch!« sagte Joggeli; »ich kann nicht immer an allen Orten sein. Hättest du mir das Maul gegönnt, so hätte ich etwas sagen können; aber wenn man soviel zu sinnen hat wie ich, so kann man nicht immer an alles sinnen.« »Sinnen hin, sinnen her«, sagte Uli, »ich will meinen Lohn, ich bleibe nicht mehr.« »He, Uli«, sagte die Meisterfrau, »nimm non es Kacheli und bsinn di! Du bist uns ganz der Recht, und es hat dir noch niemand von uns ein Unantwort gegeben. Ds Gunträri; ds Vreneli und ich haben schon manchmal zueinander gesagt: wenn es so seinen Fortgang nehme, so komme der Hof wieder instand, und es gebe auch wieder eine Ornig.« »Solang der Karrer und der Melcher da sind, kömmt es nicht gut, und mit ihnen bleibe ich nicht mehr, keine Stunde; entweder gehe ich, oder sie müssen gehen.« »He, he«, sagte Joggeli, man mache im Zorn leicht etwas Unrechtes; sie wollten sich gegenseitig noch bsinnen bis morgen; man könne dann immer noch sehen. »Meister, das ist ausbsinnet«, sagte Uli, »das ist mir schon zu lang auf dem Magen gelegen; entweder gebt Ihr dem Karrer und dem Melcher noch heute den Lohn oder mir, eins von beiden.« »Ich werde mir doch von einem Knecht nicht sollen befehlen lassen«, sagte Joggeli. »Ich will Euch nichts befehlen, ich lasse Euch ja dWehli (die Wahl); aber eins von beiden muß sein.« »Bis doch nit e Göhl!« sagte die Meisterin, »da wollte ich mich bald ausbesonnen haben.« »Ja, aber wo dann einen anderen Karrer und einen anderen Melcher hernehmen gerade in dieser unmußigen Zeit? Das kann nicht gehen.« »He«, sagte Uli, »wenn die fort sind, so geht die ganze Sache ds Halb ringer, und dann kann ich auch noch melken und fahren so gut als die. Ich will einstweilen den Dienst für beide machen, und ich denke, es wird nicht lange gehen, bis man andere hat. Aber Ihr könnts machen, wie Ihr wollt; es ist mir ganz recht, zu gehen. Ich habe es gestern geschrieben, ich werde wohl bald wiederkommen.«

Das schlug bei Joggeli ein, und er bequemte sich, den Karrer und den Melcher kommen zu lassen, um ihnen den Lohn zu geben. Die meinten, er wolle ihnen nur ein Kapitel lesen, und begehrten gleich von Anfang ganz fürchterlich auf und machten, als ob sie die ganze Erde dem Mond ins Gesicht spucken wollten. Als Joggeli so hübscheli von Lohn geben zu reden anfing, da sagten sie, das sei ihnen gerade recht, und sie begehrten es; aber dann könne er sehen, wie es ihm ergehe, wenn Uli alle die weggebissen hätte, die ihm im Wege seien. Er solle nur füremachen, es lächere sie nur; größeren Lohn hätten sie schon längst haben können. Joggeli wurde ganz lugg (weich). Glücklicherweise war die Frau in der Stube geblieben, um den Wagen zu reisen, wenn er bestechen oder in den Graben fahren sollte. Diese sagte nun: »Seh, Joggeli, mach füre, sie haben ja gesagt, sie begehren ihn. Die zwei Schlinglen sind mir schon lange im Weg gewesen; es ist gut, wenn die einmal fort sind; ich hoffe, sie gehen noch heute.« Keine Stunde länger blieben sie in einem solchen Hause, sagten beide. Sie könnten ihrethalben bis Martistag heuen, es lächere sie nur, und, je eher sie fortkönnten, desto lieber sei es ihnen.

Joggeli zählte beiden den Lohn zweg. Draußen fing es an zu winden, die Wolken flogen am Himmel, schwarze Wände, der Zukunft einer kummervollen Seele vergleichbar, erhoben sich langsam, die Vögel suchten die Gebüsche, die Fische sprangen nach Mücken, Windspiele rissen hoch in die Lüfte bald Heu, bald Staub. Draußen hastete Uli, Heu soviel möglich einzubringen; drinnen zählten hohnlächelnd die beiden ihr Geld und meinten: ob Joggeli nicht auch noch wolle gehen und helfen, es mangelte sich bei dem schönen Heuwetter. Der Wind riß das Heu von den Gabeln, die Mähnen der Pferde flogen im Winde, die Heulader flogen den Walmen nach, die schönen Recherinnen spudeten sich wie flüchtige Rehe, in hochgefüllten Fürtüchern das Zusammengerechete nachtragend. »Häb di!« scholl es von unten herauf; die mächtigen Rosse jagten im Trabe, die Heraufgeber sprangen nach, warfen mitten im Laufe Gabeln voll auf den Wagen, die der kundige Lader auf den Knieen mit ausgebreiteten Armen empfing. Schwere Tropfen rauschten, der Wind stieß heftiger, nach dem Bindbaum sprang einer; im Hui war er auf dem Fuder, mit dicken Wellenseilen wurde er niedergeschnürt; flink eilten die Recherinnen um das Fuder, kämmten es glatt. Da jagte das Wetter heran, es glitzerte der schwere Regen, es krachte aus den schwarzen Wolken, Staub stob weit dem Regen voran. Die mächtigen Rosse flogen weit ausgreifend, aber durch Ulis sichere Hand geleitet, der Scheune zu. Mit den Gabeln auf den Achseln rannten die Heuer nach, und mit den Fürtüchern über Achseln oder Kopf formierten den flüchtigen Nachtrab die lustigen Heuerinnen, die unter Lachen und Schäkern sich schüttelten unter sicherem Dache. Da platzte der Regen herab in ungemeßnen Strömen; es zuckte die Glut des Blitzes durchs dunkle Tenn, hart klepfte es über dem Hause. Ängstlich und andächtig stund das Gesinde im Schopf; es wußte, der Herr rolle nahe über seinen Häuptern weg.

Es dunkelte, man rief zum Essen, schwarz war es noch am Himmel, aber der Regen rauschte sanfter, der Donner rollte ferner: da kamen aus dem Gaden herab der Melcher und der Karrer gsunntiget (in Sonntagskleidern), machten adie bei ihren Freunden, die ganz erstaunt frugen, was das geben solle? »He«, sie sollten Uli fragen, hieß es, der sei jetzt der Meister, und weil sie nicht unter einem solchen sein wollten, so gingen sie lieber, sie möchten für kein Geld bleiben. Nachdem sie ihre Sachen, die sie würden holen lassen, guter Obhut empfohlen, den andern geweissaget, daß sie es auch nicht lange mehr da machen würden, wanderten sie fort wie zwei Nachtvögel zwischen Tag und Nacht, das angebotene Essen verschmähend.

Uli sah sie nicht gehen, aber als er hörte, daß sie fort seien, leichtete es ihm ordentlich ums Herz, und die ihm zugefallene Arbeit kam ihm fast wie ein Lohn, eine Freude vor. Es war auch, als ob zwei Sperrscheiter aus einer Maschine genommen worden. Trotzdem daß zwei Arbeiter weniger waren, wurde doch nicht weniger gemacht. Uli spudete sich freilich ganz wunderbar, und es schien manchmal, als ob er zwei- und dreifach sei. Er mähte und besorgte doch die Ställe, dängelte größtenteils und war doch nicht viel länger daheim als die andern; aber er wußte alles anzukehren, konnte zwei, drei Sachen fast miteinander machen. Im Vorbeigehen gleichsam ging ihm dies und jenes, wozu ein anderer eine Stunde brauchte. Erst da sieht man, was für ein Unterschied es ist zwischen einem Gstabi (Klotz, sperrig, steif), und einem beseelten Menschen. Zudem konnte nun Uli die Kräfte recht zusammenspannen, daß eins dem andern helfen mußte. Unter ihm verrichtete der Bub soviel als sonst ein Knecht. Aus der übrigen Diener- und Taunerschaft schien ein böser Geist gefahren zu sein, es war alles willig und rührsam. Es schien fast, als ob ihnen selbst etwas an der Sache gelegen sei. Die, welche in der Verschwörung gegen Uli am tiefsten verflochten waren, die zeigten sich nun nach deren unglücklichem Ausgang als die Eifrigsten. Ja, sie rühmten nun Uli und erzählten ihm alles, was der Karrer und der Melcher getan, gesagt und im Sinn gehabt, und wie sie ihnen oft abgewehrt und gesagt hätten, es komme nicht gut; wie es sich ihnen aber nicht geschickt hätte, sich dareinzumischen, und dazu hätten sie ihn nicht sövli gekannt.

Der Melcher und der Karrer hielten mit großem Jubel in einer nahegelegenen Pinte sich auf, rühmten mit weitem Maul, wie sie es gemacht, und konnten vor Freude nicht schlafen, weil sie nicht erwarten mochten, welche Zerstörung und Verwirrung nun in der Glungge zum Vorschein kommen werde, weil sie nicht mehr da seien. Aber es ging den ersten Tag. Da sagten sie: ja, das sei noch so gegangen, aber man werde es morgen schon sehen. Es ging aber morgen auch. Da vertrösteten sie die Leute auf den dritten Tag. Aber auch dieser verstrich; in der Glunggen war alles emsig und ruhig. Kein Mensch fragte nach ihnen. Ja, wenn sie sich von weitem zeigten, so taten ihre ehemaligen Freunde, als hätten sie keine Augen. Das begann sie doch zu gmühen; denn es hatte insgeheim jeder für sich die Erwartung gehegt, man werde nach ihm schicken und ihn wiederhaben wollen. Jeder hatte bei sich schon ausgedacht, wie er aufbegehren, wieviel Lohn er mehr fordern wolle; und jetzt kam niemand. Niemand sah nach ihnen. Da sandte der Karrer eine geheime Botschaft an Joggeli ab. Diese sollte verblümt zu verstehen geben, der Karrer käme wieder. Eigentlich sei der Melcher an allem schuld, der habe immer alles hintereinandergereiset und der Karrer es nicht besser gsinnet. Es sei ihm jetzt leid, er sehe sein Unrecht ein. Der Melcher aber sandte eine gleiche Botschaft an Uli, ließ ihm einen Neutaler versprechen, wenn er mache, daß er wieder darkomme. Der Karrer sei an allem schuld; wenn der nicht dagewesen wäre, so hätte der Melcher nicht daran gesinnet, so wüst zu tun. Sobald er zu Uli komme, wolle er ihm sagen, was der Karrer für einer sei. Er wisse noch Sachen, woran jetzt niemand sinne.

Als Uli dängelete, kam Joggeli zu ihm und sagte: »Der Karrer wäre neue Sinns, wiederzukommen; er hat neue gmurbet, der Melcher syg neue an allem schuld. Es wird wohl am richtigsten sein, wenn man ihn wiederkommen heißt? Er ist sich gewohnt hier, ein Neuer muß man erst wieder brichten, wie man es haben will.«

»Meister«, sagte Uli, »das könnet Ihr machen, wie Ihr wollt; aber mit dem Karrer will ich nichts zu tun haben. Der Melcher hat mir einen Neutaler versprechen lassen, wenn ich ihm z'best rede, und gibt dem Karrer an allem schuld. Es ist einer wie der andere, ich kehre nicht die Hand um. Und so gewiß einer wiederkömmt, so haben wir wieder Streit.«

»Jä nu«, sagte Joggeli, »so ists. Aber was meinst denn, was sollen wir anfangen, wenn dir kein anderer recht ist? Gwerchet muß die Sache doch sein; so kann es nicht länger gehen.«

»He«, sagte Uli, er glaube, die Sache sei gwerchet worden so gut, als wo der Melcher und der Karrer dagewesen. Mit dem Heuen seien sie ja bald fertig und hätten trotz dem schlechten Wetter weit weniger lang daran gemacht, als die Leute sagen, daß man andere Jahre daran gezooget (herumgeschleppt) habe. Er glaube nicht, daß etwas versäumt worden sei. »Du bist doch afe so prüßische, Uli«, sagte Joggeli, »man kann gar nicht mit dir reden.« »He nei, Meister«, sagte Uli, »aber ich habe auch gemeint, ich schaffe, daß öppe nit viel dahintenbleibt; und da macht es mich taub, wenn ich immer hören muß, ohne Melcher und ohne Karrer gehe es nicht.« »Ja, das habe ich nicht gesagt«, antwortete Joggeli, »verstehe mich wohl! Aber was soll dann gehen? So kann es nicht bleiben. Jemand muß herzu.« »Ja«, sagte Uli, »das meine ich auch, und ich habe geglaubt, Ihr hättet für andere gesehen.« »Nein«, sagte Joggeli, »ich habe geglaubt, du wolltest nach andern sehen, weil du die andern nicht mehr gewollt.« »Ich bin ja nur Knecht«, sagte Uli, »und kann ja nicht andere Knechte dingen; das würde Euch öppe nicht anständig sein. Aber wenn Ihr nichts darwider habt, so möchte ich Euch etwas sagen.« »He«, sagte Joggeli, »red ume; es duecht mich, ich brauche dirs nicht lange zu erlauben.«

Nun setzte Uli auseinander, daß, wenn es gut kommen solle, einer Meister sein müsse. Bisher sei ein jeder Meister gewesen, der Karrer, der Melcher, jeder souverän in seinem Stall über seine Person, seine Zeit, und alle andern hätten nach ihrem Beispiel nach der gleichen Freiheit gestrebt. Joggeli solle es ihm nicht für übel nehmen, aber er müsse es sagen: er habe nicht recht den Meister gemacht und befohlen; die Leute hätten ihn nicht gefürchtet, und doch hätte er niemand die Meisterschaft anvertrauen wollen; daher sei ein jeder Meister geworden, eins habe hier aus, das andere dort aus gezogen, und mit allem sei man in Hinderlig gekommen. Er wolle nicht lebig dadenne, wenn mit dem Hof nicht ds Halbe mehr zu machen wäre, wenn man recht zum Herd sehe und auch aus den Ställen ziehe, was öppe der Brauch sei. Aber dafür müsse einer da sein, der befehle, und die andern müßten wissen, daß sie zu gehorchen hätten. Nun sei ihm ganz recht, wenn Joggeli befehlen wolle; aber wenn er es nicht tue, so müsse es ein anderer tun in seinem Namen, sonst wolle er lieber nichts mit der Sache zu tun haben. »So befiehl doch!« sagte Joggeli, »ich habe dir ja manchmal gesagt, du sollest befehlen, es sei deine Sache.« »Ja, gesagt habt Ihr mirs wohl, aber den andern nie, daß sie mir gehorchen sollen, ds Gunträri.« »Du bildest dir das nur ein«, sagte Joggeli, »aber du mußt nicht meinen, man könne da so einem, den man nicht kennt, gleich das ganze Heft in die Hand geben und machen lassen, als wenn niemand sonst mehr daheim sei. Meinethalb befiehl allesamme, nur der Frau nicht, was sie kochen soll!« »Das begehre ich nicht, Meister«, sagte Uli, »aber dem Karrer und dem Melcher muß man befehlen dürfen, was sie machen sollen, und wie man es haben will. Man kann nicht in einem Stall *die* Ordnung haben und im andern eine andere, und einer muß dem andern helfen. Das geht bei den Herren gewöhnlich so schlecht, weil die nicht wissen, wie eine Sache sein soll, und daher auch nicht befehlen können, wie sie es haben wollen. Es machts nun ein jeder nach seinem Kopf. So ist man hinger em Haus im Emmental, vor dem Haus im Oberland und nebendran im Seeland, und zuletzt ringsum im Uflat.«

Joggeli ergab sich in sein Schicksal. Zwei Knechte wurden angestellt mit der Weisung, Uli zu gehorchen. Der alte Karrer und der Melcher wanderten endlich in die Weite hoffnungslos, nachdem sie in der Nähe umsonst Platz gesucht. Sie fluchten nicht übel über die Falschheit der Leute. Als sie noch in der Glungge gewesen, hätte sie jeder gerühmt, ihnen den Kopf großgemacht, als ob jeder sie wolle; jetzt, da sie zu haben wären, begehre sie keiner.

Siebzehntes Kapitel

Wie Vater und Sohn an einem Knechte operieren.

In der Glungge zog alles schön an einem Seile, und die Mutter sagte, es sei ihr lange nicht so wohl gewesen, es sei fry es ganz angers Leben, und so freu es einem auch, dabeizusein. Es duech se nichts so ungewohnt, als wie man jetzt melke im Stall. Von den gleichen Kühen kriegten sie fast ds Halb mehr Milch. Es duech se, sie hätten es ihr sonst zuleid getan, daß sie selten in einem Werch genug Milch gehabt, und wenn man nicht Milch habe, so wisse man gar nicht, wie die Haushaltung machen. Jetzt dürfe sie die Ernte auch erwarten, und die Ankenhäfen werden ihr an der Sichelten nicht leer.

Joggeli hingegen war es nicht wohl. Es schien ihm immer, als hätte er zur Sache nichts mehr zu sagen. Noch einmal soviel strich er auf dem Lande herum, in den Ställen, suchte etwas zu sehen, an dem er sich ärgern, über das er balgen konnte, wenigstens vor seiner Frau. Gegen Uli redete er nicht recht heraus, stichelte nur so hintenum, konnte sich aber nicht enthalten, hie und da das Gegenteil von dem zu befehlen, was Uli angeordnet hatte.

Einst strich er auch so mißmutig um einen Kornacker herum, ärgerte sich über dessen schlechtes Aussehen und hätte gerne Uli schuld gegeben; aber der hatte noch keine Hand darangelegt. Da trat der Müller zu ihm und sagte: »Da hast du einen braven Acker voll und bald Reifes! Und ich möchte dich eben gefragt haben, ob du mir nicht etwa dreißig Mütte geben könntest. Ich mangelte sie sehr übel und weiß sie gar nicht zu bekommen.« Joggeli und der Müller wurden des Handels einig. Da sagte der erste: »Du könntest mir einen Gefallen tun. Versprich meinem Knecht einen Neuentaler, wenn er mache, daß du das Korn um den und den Preis kaufen könnest. Es nimmt mich wunder, was er macht. Man kann keinem zuviel trauen; wenn man schon meint, man habe es getroffen, so ist man gerade am übelsten zweg.« Der Müller versprach es natürlich und machte sich an einem Abend an Uli. Dieser las just einen Brief von seinem alten Meister, worin ihm dieser zusprach, auszuhalten und nicht den Kübel auszuleeren. Er solle nur mit Joggeli recht reden und ihm die Sache in der Manier sagen. Das sei weit besser, als den Ärger so in sich zu verschlucken; da jäse (gäre) dann dieser, mache einem übel und breche zuletzt unaufhaltsam und ungereimt aus, daß man sich dessen schämen müsse. Er sei kein Meitschi, das am Kupen, am Ärger sterben werde. Darum solle er nicht mutlos werden; es hätte im Leben jeder sein Bürdeli, und je eher man sich daran gewöhne, das manierlich zu tragen, desto leichter komme es einem später vor. Er solle nicht alles auf einmal wollen, und wenn er wieder dinge, auf die Entlassung derer dringen, mit denen er nicht fahren könne. Dann waren noch viele Grüße dabei, und wie er bald einmal kommen solle, es blangeten alle gar grusam nach ihm.

Zu dem in seinen Brief Vertieften trat der Müller, setzte sich zu ihm und redete mit schönen Worten von allerlei über Ulis Verdienste, rühmte den Misthaufen und das Gras in der Hofstatt, dem man es ansehe, daß es beschüttet worden sei. Nach langem Vorspiel kam er endlich zum Kornkauf. Er müsse Korn haben, und Joggeli könne ihm geben. Aber der sei gar ein grusam Wunderlicher und könne die Sache nie im Preis geben. Zuerst wolle er viel zuviel, und hernach, wenn sie ihm erleidet sei, gebe er sie ums halbe Geld. Er könne diesmal aber nicht auf das Erleiden warten, und doch möchte er nicht gar zuviel bezahlen. Er wisse nun, daß Uli alles zu sagen habe, und was er sage, das sei geredet. Er solle ihm doch z'best reden, und wenn er mache, daß er den Mütt um neunzig Batzen kriege, so komme es ihm auf einen oder zwei Neutaler nicht an. Es sei zwar noch immer mehr als zahlt, aber wie gesagt, er mangle es übel und wisse vor der Ernte es nirgends zu bekommen. Uli sagte: darein mische er sich nicht, das sei seines Meisters Sache. Der

Müller aber gab nicht nach, zog endlich einen heraus und wollte ihn ihm in die Hand drücken. Uli stund auf und begann nun dem Müller wüst zu sagen: er müsse ein schlechter Mann sein, daß er Diensten schlecht machen wolle; es müsse ihm scheints alles ums Geld feil sein, daß er meine, andere hätten es auch so. Aber um eines Müllers willen wolle er sein Gewissen nicht beladen, und wenn er ihm alles Mehl geben wollte, was er in seinem Leben den Bauren gestohlen usw. Das machte am Ende den Müller auch warm, und er sagte: es gebe Bauren, die noch schlechter seien als die Müller, mit denen er sich noch lange nicht zusammenzähle. Übrigens habe er das nicht aus sich selbst gemacht, und er habe noch niemand schlecht machen wollen. »Wer hat dir denn das angegeben?« fragte Uli. »He, das sollte dir doch in Sinn kommen, wenn du so ein Listiger sein willst«, antwortete der Müller. »Öppe der Meister?« »Ich will nichts gesagt haben«, antwortete der Müller, »aber da solltest öppe nicht lange fragen.« Da faßte eine zornige Wehmut Uli, preßte ihm die Brust, daß ihm fast der Atem fehlte, große, schwere Tropfen aus den Augen kamen, und die geballten Fäuste stieß er geradeaus. Er konnte nichts mehr sagen als: »Ist das so gemeint?« und sprang hinauf ins Gaden.

Der Müller schlich sich hinter dem Haus durch zur Küche und sagte dort der Meisterin: sie solle doch hinauf ins Gaden gehen und sehen, was Uli mache; er glaube, es habe gefehlt; und darauf erzählte er, wie er ihn habe fecken sollen, und wie Uli es aufgenommen und den Meister erraten. »Vreneli, gang guck«, sagte sie, »und komm, sag dann, was er macht!« Zum Mann aber ging sie und sagte: »Du bist doch dr wüstest Hung; hast du denn nicht an einem Male genug gehabt? Du hast den besten Knecht weit und breit, und es reitet dich dr Tüfel, bis du ihn fortgesprengt.« Man könne niemand zuviel trauen, sagte Joggeli, und weil sie an Uli den Narren gefressen, so müsse er zusehen; es wüßte kein Mensch, wie es ginge, wenn er nicht öppe es bitzli luegti, und es könne sich ein Mensch von einem Tag zum andern ändern. Und man probiere ja jedes Roß, und so wüßte er nicht, warum man nicht auch einen Menschen, auf den es doch noch viel mehr ankomme als auf ein Roß, sollte probieren können. »Und wenn er schon den Neutaler genommen hätte, deswegen hätte ich ihn nicht fortgeschickt, aber ich hätte dann gewußt, wieweit ich ihm trauen könne oder nicht.« »Aber Joggeli, glaubst du denn, ein braver Bursche sei an einem Ort, wo man ihm nicht trauet, wo man ihm all Finger läng eine Täsche beizt? Wer ein rechtes Gefühl hat, kann nicht in einem Hause sein, wo er sieht, daß man eine schlechte Meinung von ihm hat.« »Du bist geng e Göhl, Alti«, sagte Joggeli. »Heutzutag luegt man auf den Nutzen und nicht auf die Meinung, und es nähmte mich wunder, wo Uli einen größern Lohn machen könnte. Er wird sich wohl bsinnen, was er macht.«

Unterdessen war Vreneli hinaufgegangen und hatte gesehen, wie Uli einpackte, während ihm große Tropfen über die Backen kamen und zuweilen »Dä Donner!« halb verdrückt über die Lippen kam. Vreneli trat unter die Türe und fragte: »Was machst, was hast?« Uli antwortete lange nicht, bis Vreneli näher trat und endlich vernahm: »Furt wott ih!« »Das tue nicht!« sagte es, »es ist ja nicht dr wert; du mußt dr Vetter näh, wie er ist.« Aber Uli sagte: an solches sei er nicht gewohnt und habe es nie erfahren. Ob das nun der Lohn sei, daß er sich halb tot arbeite und dem Meister seinen Nutzen suche, wo er könne. Er sehe wohl, wo das hinaussolle. Zuletzt hänge ihm dä alt Donner noch einen schlechten Namen an; er begehre ihn zum Schelmen zu machen. Er wolle gehen, während es Zeit sei; dä Gränni könne dann sehen, wo er einen andern hernehme. Er sei schon mehr als ein halbes Jahr da, und dä wüst Tüfel hätte ihm noch nie gesagt, daß er zufrieden sei. »Du hast es dann auch wie die andern«, sagte Vreneli. »Ich mache die ganze Haushaltung; er gibt mir keinen Lohn und ist noch imstande, mir zu sagen, er hätte mich dr Gottswillen. Wenn die Base nicht wäre, wer weiß, was ich schon gemacht hätte. Aber los, tue es uns nicht zuleid; du bist allen anständig, und es ist es freins Drbysi (Dabeisein), und es geht alles, daß man Freude daran hat. Denk nur, was der Melcher und Karrer für Freud hätten, wenn du auch fortgingest! Sie würden dir einen Lärm machen weit und breit, wie du fortgejagt worden. Du möchtest sagen, was du wolltest, die Leute glaubten doch das Bösere.« »Mira chönne si«, sagte Uli; »was gheit es mi; so dabeisein will ich nicht mehr.« Da dröhnten die schweren Schritte und der schwere Atem der Mutter die hölzerne Treppe auf, welcher die Verhandlungen im Gaden zu lange gegangen waren. »Es ist gut, kommst du, Base«, sagte Vreneli; »du kannst ihm nun selbst sagen, er solle nichts Einfaltes machen. Er will absolut fort.« »Das sollst du mir nicht«, sagte die Alte. »Was haben wir dir zuleid getan?« »He, Ihr nichts«, sagte Uli, »Ihr wäret mir gar recht, aber der Meister ist wüst gegen mich und trauet mir nichts, will mich zum Schelmen machen, und bei einem solchen bleibe ich nicht, my armi –« »Verred dich (schwöre) nicht, Uli!« sagte die Alte. »Denk, es ist ein alter Mann; man muß Geduld mit ihm haben; du wirst einmal auch froh sein, wenn man Geduld mit dir hat. Das soll nicht mehr geschehen, ich verspreche es dir, und wenn wir dir etwas tun können, so sag es nur, es soll nicht Nein sein.« »Ihr könnet lang versprechen«, sagte Uli, »ich weiß wohl, daß das nicht Euer Wille ist, aber für Euren Mann könnt Ihr nicht gut sein (gut sagen).« »Wohl, das kann ich dann nadisch, wenn es sein muß; er muß mich dann z'zeiten auch noch fürchten; aber er soll selbst noch kommen und versprechen, daß er dich künftig mit Beizen und Fecken ruhig lassen will. Vreneli, geh und sag ihm, er solle heraufkommen!«

Aber Vreneli hatte einen sehr harten Stand; Joggeli sagte, das wäre das erstemal, daß er vor einem Knecht würde anekneue (knien); das tue er nicht. Wenn Uli ds Wüstest machen wolle, so könne er; aber anhalten tue er nicht. Vreneli sagte: »Aber Vetter, Ihr seid doch zuerst wüst gegen Uli gewesen; wenn Ihr mirs so machtet, ich lief auch fort.« »Würdest aber bald wiederkommen, wenn dir niemand nachliefe!« sagte Joggeli. »Das ist noch die Frage«, sagte Vreneli; »aber Uli kömmt nicht wieder, das kann ich Euch sagen, und wer soll dann ernten?« »He nu, so sag myr Alte, sie söll ihm anhalten und öppe ein paar Batzen in die Hand drücken, so wird er sich schon niederlassen.« »Base hat Euch schon manchmal gutgemacht«, sagte Vreneli; »aber dasmal macht es sich nicht damit. Uli will fort, wenn Ihr ihm nicht versprechet, daß so etwas nicht mehr geschehen soll, und dann könnt Ihr sehen, wie es gehen wird in der Ernte, während jetzt ja alles wie am Schnürchen läuft.« »Gell, es ging dir am übelsten, wenn Uli fortging; du könntest dann nicht mehr mit ihm desumeschleipfe.« »Vetter, ich schleipfe mit niemand desume; aber Ihr seid dr wüstest Mann, wo es gibt; Ihr müsset doch afe ein Nichtsnutziger gewesen sein, daß Ihr niemand trauet. Aber machet meinethalb, was ihr wollt; was gheit mich dr Uli, und was gheits mi, wenn ds Korn auf den Ackern bleibt!«

Damit war Vreneli verschwunden, umsonst rief ihm der Vetter nach. Er nahm nun seinen Stecken, ging langsam hinaus, rief seiner Frau. Als die nicht Bescheid gab, kam er immer näher an Ulis Gaden, bis seine Alte ihm sagen konnte: er solle hinaufkommen, sonst gehe es nicht gut. Das sei ihm doch ein Lärm um nichts, sagte Joggeli, er könne gar nicht begreifen, was er da tun solle, und warum Uli so dr Gring mache; das sei ihm afe dr wert. Er hätte es ja nicht böse gemeint und nur wissen wollen, woran er sei, und dazu habe er das Recht, das lasse er sich nicht nehmen. »Du hättest doch afe Ursache gehabt, dem Uli z'glauben«, sagte seine Frau. Er hätte auf dem Glauben nicht viel, sagte Joggeli, er wolle seine Sache lieber gewiß haben. Wenn einer soviel betrogen worden sei in seinem Leben wie er, er nähmte dann die Sache auch genauer. Es sei immer alles unter einer Decke gegen ihn, er nehme niemand aus. Das sei schon lange gewesen und werde immer so bleiben, bis er die Augen zutue. Darum begehre er nicht mehr dabeizusein, sagte Uli, er sehe wohl, daß er ihm nie trauen werde, und er möge nicht an einem Orte sein, wo keines dem andern traue. »Ja«, sagte Joggeli, da könne er weit laufen, ehe er einen Ort finde, wo alles einander traue. Darum solle er nicht so wüst tun. Fecken wolle er ihn nicht mehr, das wolle er ihm gesagt haben. Aber er solle dann deshalb nicht meinen, er hätte nicht zwei Augen im Kopf. Es müsse sich ein Mensch immer etwas zu fürchten haben, der Teufel gehe ja umher wie ein brüllender Löwe und suche, wen er verschlinge. Diesmal sei aber er der Tüfel gewesen, der ihn habe verschlingen wollen, und das sei wüst von ihm, sagte Uli. »He«, er wolle es nicht mehr tun, sagte Joggeli, er solle jetzt zufrieden sein, er selbst sei auch zufrieden, und es wäre ihm zuwider, wenn er wieder um einen neuen Knecht ausmüßte, und er glaube, er fände kaum einen bessern. Die Leute seien neue heutzutage nichts mehr wert. Wenn man sie schon übergülden wollte, so finde man sie nicht, wie man sie suche. »He«, sagte die Frau, »wir sind alle arme Sünder, und du bist auch kein Engel. Aber gät jetz enangere dHäng und höret uf branzen! Uli, du hast gehört, mein Mann will das nicht mehr tun, und komm jetzt herab, ich habe ein Kaffee zweg, du mußt auch ein Kacheli nehmen. Man wird erst recht miteinander zufrieden, wenn man miteinander ißt und trinkt, bsunderbar ein Kacheli Kaffee.« Uli, auch an den Brief seines Meisters denkend, ließ sich dazu verstehen, ward wieder zufrieden. Joggeli tat auch zufrieden, bei sich selbst aber dachte er: seinem Weibervolk müsse er aufpassen, das könne es viel zu gut mit Uli; wenn das so fortgehe, so sei er verraten und verkauft.

Die Ernte kam mit all ihren Anforderungen. Zur Erntezeit treffen mehrere Arbeiten zusammen. Die Kirschen sind reif; Flachs, Werch wollen gezogen, besorgt sein. Es beginnt auch an manchen Orten schon das Strauchen, Lewatsäen etc. Es ist kein Werch, wo so das Ganze ins Auge gefaßt, die Zeit benutzt, die Arbeiter verteilt sein wollen, damit allem sein Recht geschieht, nichts zuschanden geht, wie die Ernte.

In derselben wird recht eigentlich die Tüchtigkeit des Landmannes gefeckt. Fast allemal in der Ernte hatte Joggelis Frau das Gallenfieber gehabt. Entweder war niemand da, der ihr kirschen wollte als die Spatzen; das Werch (Hanf) überreifete, oder man ließ es an den Haufen heiß werden; den Flachs vergaß man entweder zu ziehen oder auf die Rooße zu führen und auf der Rooße zu kehren. Für nichts hatte man Zeit. Wohl aber konnte man ganze halbe Tage ums Haus herum drehen und werweisen, ob man an dieses hinwolle oder an jenes? Und während man für dieses die Zeit zu kurz fand, für jenes zu lang, verrann die Zeit, und es blieb keine mehr, als für zu essen und zu Bette zu gehen.
Nun ging die Sache anders. Uli hatte alles im Auge und daher auch für alles Zeit. Jeder Augenblick wurde benutzt, jeder Arbeiter wußte, was er zu tun. Hatte man nicht mit dem Korn zu schaffen, so wußte man schon im voraus, woran man mußte, verlor mit Stotzen, Fragen, Werweisen keine Zeit. Es wurde auch nicht gezankt, nicht die Last von einem zum andern geschoben, denn sie war gleichmäßig verteilt, daher fühlte sich niemand gedrückt. Die Arbeit ging aus den Händen fort, man wußte nicht, wie, und der Meisterfrau lachte ununterbrochen das Herz im Leibe, wenn die Körbe mit Kirschen kamen, Flachs und Werch in schönen Spreitenen vor ihr sich ausdehnten – dort hängte man den Flachs nicht an Schatten, ehe man ihn räffelte (vom Samen befreite). Hingegen Joggeli trippelte gar unruhig umher, er dachte nur ans Korn, hatte Angst, man versäume dasselbe, und konnte gar nicht begreifen, wie das zuging, daß man an allem sein konnte und doch das Korn auch einkam, und zwar so, daß sie die Sichelten mit den andern Leuten am gleichen Samstag haben konnten. Sonst war es der Brauch, daß man sie in der Glunggen acht oder vierzehn Tage später hatte. Und Joggeli meinte sich noch damit. Er sagte: »Mir hey se erst über acht Tag; aber es ist sich nichts zu verwundern, kurzi Haar sy bald bürstet.« Er wollte es daher fast ungern haben, als er mit andern fertig war. Die

Leute werden meinen, dachte er, er vermöchte nicht mehr soviel anzusäen als sonst. Die Leute wußten aber wohl, woher es kam.

Die Sichelten ist einer der Haupttage im Baurenleben. Einem armen Tauner und seinem Weibe, welche das ganze Jahr durch die Erdäpfel sparen müssen und kein Brösmeli Fleisch sehen, ist eine Sichelten, an der Wein, zwei- oder dreier Gattig Fleisch und Küchleni genug sind, wirklich ein Tag aus dem tausendjährigen Reich, auf den sie sich das ganze Jahr durch freuen und traurig seufzen, wenn er vorbei ist. Der Geizigste schämt sich, an diesem Tag zu schmürzelen, und, wenn es ihn schon reut, er verbirgt es. Es liegt auch eine Art von religiösem Gefühl oder, wenn man will, eine Art von Aberglaube zugrunde. Es ist eine christliche Opfermahlzeit. Der Geber alles Guten hat wiederum seine Hand aufgetan, den Fleiß des Landmanns gesegnet, den Schoß der Erde gesegnet; da kömmts auch dem Härtesten, daß er Gott Dank schuldig sei, etwas opfern solle. Er rüstet eine Mahlzeit, gibt ungezählt die Küchleni weg an der Küchetüre und läßt essen und trinken eine Nacht und einen Tag lang seine Leute, seine Söhne und Knechte und Mägde und den Fremdling, der bei ihm wohnet, soviel ihr Herz gelüstet. Wo die rechte alte Freigebigkeit noch vorwaltet, da heißt man nicht nur die, welche in der Ernte gearbeitet haben, kommen, sondern noch andere, die durch das Jahr durch für das Haus gearbeitet haben. Und weit und breit wird erzählt, wie einst einer einen Arbeitsmann auf der Stör gehabt habe an einem Samstag, der am Abend mit aller Arbeit fertig geworden wäre. Am Mittag sei er zu ihm gegangen und habe ihm gesagt, er wolle mit ihm abschaffen, sie könnten ihn jetzt entmangeln. Darauf habe jener gesagt, es sei ihm zwider, jetzt fortzugehen, so verliere er einen halben Tag, und bis am Abend würde er fertig. »Nein, sag du nur, was ich dir jetzt schuldig bin, wir können dich entmangeln. Ich will dirs fry sagen, warum: diese Nacht haben wir die Sichelten, da haben wir neue nicht Platz für dich. Komm

dann eher morgen e Rung (Zeitlang) wieder, wenn d gern willst!«
Ist dieser Opfertag vorbei, dann liest der Geizige die Brosamen zusammen, tut sie sorgfältig an Schatten und schließt Kisten und Kästen für ein Jahr lang zu.
Freilich muß es dem Landmann an diesem Tage wohl zumute sein. Es hat ihm der Herr für ein Jahr das tägliche Brot beschert, sein Fleiß ist gesegnet worden, seine Kinder dürfen nicht Hunger leiden, und seine Frau kann wieder Arme speisen, Dürstende tränken; in behaglicher Fülle sitzet er. Da kann ihm wohl sein, es ist ihm erlaubt. Aber Essen und Trinken sollten doch nicht das einzige Opfer für Gott sein, nicht die einzigen Dankeszeichen. Der Herr hat die eingeernteten Früchte ein ganzes Jahr durch gesegnet und behütet: kann man ihn wohl mit einem einzigen Tage abspeisen? Sollte man für diesen Herren nicht auch das ganze Jahr hindurch ein Herz im Leibe tragen, das in Dankbarkeit fruchtbar ist, das nie vergißt, daß ohne den Willen des Herren kein Haar von unserm Haupte fällt, und daß jedes Wort und jeder Gedanke vor ihm offenbar ist, und daß wir die Armen allezeit bei uns haben und nicht nur an der Sichelten?
In der Glunggen war das auch ein sehr festlicher Tag, und nichts wurde gespart. Viele Menschen genossen ihn da, und aus dem Anken, der verküchelt worden war, seit die Glungge bestund, hätte man wohl einen Murtensee machen können. An diesem Tage, wenn auch das ganze Jahr nie, kam der Sohn mit seiner Familie von Frevligen, wo er sein Wirtshaus hatte, und tat sich gütlich an den väterlichen Küchlene. Er tat wie einer, der gerne hätte, man meinte, er sei vornehm; er setzte den Hut auf die Seite, hatte die Hände in den Hosensäcken oder schlenggete die Arme und machte ein Gesicht, wie wenn er die sieben Haimonskinder samt ihrem Rosse Bayard lebendig gefressen hätte, und sagte allem: »Bunschur, Bunschur!« Seine Frau war ein Häpeli und Zipperynli und sagte: »Merci!« Sie war eine reiche

Tochter gewesen und hatte gelernt zu schlottern, wenn sie etwas anrühren sollte. Sie zog sich prächtig an, aber alles blampete an ihr herum wie an einem Geißelstecken. Sie tat sehr meisterlosig, ein Hähnelifecken war das Gemeinste, an dem sie schleckete. Sie gebärdete sich sehr vornehm, aber das gemeinste Stüdi war ihr gut genug, um ihm zu rühmen, wie reich sie sei und wie vornehm, wenn es ihr nur zuhören wollte. Sie hatten drei Kinder, in denen Vater und Mutter verschmolzen waren. Sehr hoffärtig waren sie angetoggelt und machten sehr freche Gesichter. Kehrum schrie eins, und dann schrie der Mann: »Wer macht mr dKing geng z'brülle? Ih will de luege, ob das geng so gah müß!« Und sie sagte: »Schwyg ume, schwyg! Du mußt dann eine Feige haben und ein paar Mandlen dazu!« Hatte dieses das erhalten, so schrien die andern, bis sie auch hatten. Sagte die Mutter: »Jetzt hab ich keine mehr«, so fingen alle drei zu schreien an. Dann fluchte der Vater: warum sie auch nicht genug mitgenommen hätte; sie mache es immer so. Aber sie sollten nur schweigen; beim nächsten Krämer wolle er kaufen, bis sie genug hätten. Die Knaben hießen Edewarli und Rudeli, das Mädchen aber Carelini.

Joggeli hatte immer ein heimlicher Schrecken, wenn die kamen; er wußte wohl, warum; indessen meinte er sich doch mit ihnen. Die Alte hatte eine recht mütterliche Liebe zu ihrem Sohne und eine noch größere zu seinen Kindern; indessen klagte sie, sie kämen ihr gar so fremd vor, und wenn sie fortfuhren, so leichtete es ihr allemal, denn sie wußte nach zwei Tagen schon nichts mehr zu essen zu geben, daß es ihnen recht war. Elisi hatte rechte Freude, wenn sie kamen. Elisi und die Schwägerin Trinette (ehemals Trini) zeigten einander ihre Kostbarkeiten, und eins redete herrscheliger als das andere von seinen Krankheiten, und eins tat dümmer als das andere mit seinen Manieren. Glaubte nun Elisi Meister zu sein mit den Kostbarkeiten und Krankheiten und Manieren, so hatte es große Freude und ließ Trinette ungern ziehen und plärete und wollte nicht adie machen. Ward aber Trinette Meister und hatte schwerere Häfte oder ein sydigeres Tschöpli, mehr Krämpfe gehabt oder eine längere Badefahrt gemacht, eine vornehmere Mauggere ersonnen oder zümpferere Scheßti (Manieren, Gebärden, Gesten), so plärete Elisi, solange sie noch da waren, versteckte sich und kam erst wieder zum Vorschein, wenn Trinette schon im Schärbank war. Da lächelte Elisi dann, hatte Handschuhe an, an denen die Fingerspitzen abgehauen waren, ein schönes, weißes Nastuch in der Hand, eine Stündelikappe auf dem Kopf, glitzerte von lauter Gold und Silber, sagte: »A revoir!« und »Bon voyage!«, und wenn der Kohli zog, so sagte Elisi: es sei froh, daß sie endlich fort seien; der Bruder sei ein Grobian, Trinette hätte mauvais goût und die Kinder de mauvaises manières. Es möchte keinen Mann, pfitusig! Aber wenn es einen bekommen sollte, so möchte es keine Kinder, pfitusig! Aber wenn es deren bekommen sollte, und man wisse ja, was man hasse, müsse man haben, so wollte es die ganz anders erziehen; sie müßten ihm nicht so dicke Knüderen sein und so verfrorne Nasen haben und rote Schuhe; sie müßten ihm schlanke Tournure haben und feine Gesichter und gwixte Stifeli. Es würde sich schämen, mit solchen groben Tätschen spazieren zu fahren.

Vreneli sprach selten ein freundlich Wort, solange der Besuch da war. Sie behandelten ihns nicht wie eine Dienstmagd, sondern mit recht eigentlicher Verachtung; höchstens versuchte der Sohn, einige handgreifliche Späße an ihm auszulassen. Zudem ärgerte es ihns, wie sie die Alten auszubeuten suchten auf jegliche Weise und ihnen doch alles nicht gut genug war. Trinette konnte nicht genug erzählen, wieviel sie von Hause erhielte, und wie sie es gar nicht machen könnten, wenn ihre Eltern nicht so viel geben würden. Dann wußte sie zu sagen, dieses hätte ihr der Vater gegeben und jenes die Mutter, und als sie das letztemal bei ihnen gewesen, hätte ihr der Vater sechs Neutaler gegeben und die Mutter zehn und beide ihr gesagt, wenn sie etwas mangle, so solle sie nur kommen; wo das gewesen sei, sei noch mehr. Natürlich wollte dann die gute Mutter auch nicht die letzte sein, rückte auch aus, fast über Vermögen, und bekam kaum ein Dankeigist dafür.

Die Kinder waren in allem, verdarben alles, und wehrte man ihnen das Geringste ab, so sagten sie einem entweder wüst oder schrien wie angeschossene Seekälber. Der Sohn trieb seine Sache dagegen ins Große. Bald kaufte er dem Vater eine Kuh ab und zahlte sie ihm nie oder brachte ein lahmes Roß und nahm das beste mit, vorgebend, das eine zurückzusenden, das andere holen zu lassen, vergaß es aber; oder er mußte einen Wechsel zahlen, den ein Weinherr auf ihn gezogen, und war nicht überflüssig im Gelde, und der Vater sollte ihm vorschießen, erhielt es aber nie wieder. Irgendeine dieser Schräpfeten ging allemal vor, wenn er da war. Dabei behandelte er Vater und Mutter als dumme Baurenleute mit souveräner Verachtung, nicht viel besser als zwei Geldsekkel, zu denen man Sorge trägt, solange Geld darin ist. Er brachte es allemal als einen Tageswitz heim nach Frevligen, wie er seinen Alten abermals zu Ader gelassen. Er wunderte sich diesmal gar sehr über die Ordnung, die er in der Glunggen antraf. Die schönen glatten, saubern Bäume, aufgebunden die jungen, der stattliche Misthaufen, die Aufgeräumtheit allenthalben trotz der Ernte fielen ihm alsobald in die Augen. Als er sein Pferd in den Stall begleitete, wie üblich, wunderte er sich noch mehr über die Reinlichkeit darin und die schönen, wohlbesorgten Pferde und ärgerte sich, daß er diesmal kein lahmes mitgebracht. Nicht weniger gefiel ihm der Kuhstall und absonderlich die junge Kuh, die Uli in Bern gekauft, die jetzt zu kalben stand und wenigstens drei Dublonen mehr wert war als vor drei Monaten, so gut hatte sie getan. »Ätti, was fangst du an in deinem Alter?« sagte der Sohn; »fangst erst jetzt recht an dich zu rühren? Hast die schönste War, und es ist allenthalben wie an einem Sonntage.« »Gefällt es dir?« sagte Joggeli kurz. Aber die Mutter konnte sich nicht enthalten, zu sagen: »Wir haben

einen gar guten Meisterknecht; der nimmt sich der Sache an, wie wenn sie sein wäre, und versteht alles wohl wie ein alter Bauer; es ist jetzt auch eine rechte Freude, dabeizusein.« Der Sohn sagte auch nicht viel darauf, aber er trappete mehr als sonst auf dem Lande herum, sah das letzte Korn laden und einführen, ging durch die Matten, daß der Alte sagte: er könne nicht begreifen, was der Johannes habe, er laufe allenthalben herum und gschaue alles so wohl; ob er wohl meine, er könnte den Hof vielleicht bald erben? Aber er sei sich noch nicht Sinns, bald da dänne, und es hätte schon mancher Alte mit jungen Beinen Äpfel ab den Bäumen geworfen. Nicht daß er das begehre, aber nur so zu sagen.
Als es dunkelte, sollte die Sichelten angehen; aber man hatte seine liebe Not, die Leute herzuzubringen. Vreneli, krebsrot von Kücheln und Kochen den ganzen Tag, war zuletzt zornig und sagte: die Tüfels Schnürfline hätten den ganzen Tag schon die Finger geschleckt bis zu den Achseln und noch bas hingere, und jetzt wollte sich keiner dafür halten, keiner sich herbeilassen; so könne man nicht anrichten, nicht mit der Sache ab Weg, und dann am Morgen sei keiner vom Tisch wegzubringen und hockten da wie angebränntet. Man mußte diesem nachschicken und jenem, und am Ende war doch noch jemand nicht da, den man bei den Ohren hätte herbeireißen sollen.
Da war eine gelbe Safferetsuppe in mehreren Kacheln auf dem Tische, wo das Brot so dick eingeschnitten war, daß man auf eine Kachel hätte knien können, ohne daß das Brot ein Dümpfi (Eindruck) bekommen hätte. Dann kam Rindfleisch, grünes und dürres, Speck, Schnitze, Küchleni von drei Arten, alles hoch aufgebyget, und einige mäßige Flaschen stunden auf dem Tisch, und für alles war kaum Platz, daß die Auftragenden oft in der größten Verlegenheit waren, wo abstellen. Spatzen im Hirse muß es wohl sein; aber die wissen doch noch lange nicht, wie es einem an einem Sicheltentisch ist, der unter seinen Lasten sich biegt, und unter dem man seine Beine gar nicht zum Stillehalten brin-

gen kann, weil sie auch hinaufmöchten und sehen, was da oben so herrlich riecht.

Und doch war es nicht allen gut genug dort. Ds Elisi und Trinette mochten nicht zu den groben Leuten und Speisen. Im Stübli war ein besonderer Tisch gedeckt, auf dem war roter Wein, waren Fische an einer Sauce und Zuckererbse und Braten von Kälbern und Tauben, gebackene Fische, Hamme und Kuchen, Züpfen statt Brot und ein Kännchen voll süßen Tees für die Liebhaber und Dessert, den die Wirtin seit der vorjährigen Zehntsteigerung aufbewahrt hatte. Die Kinder gingen von einem Tisch zum andern, taten immer an einem Tische wüster als am andern, bis sie endlich, zu voll von Speise und Trank, wie wüste kleine Teufelchen zu Bette gebracht werden mußten. Ds Elisi und Trinette erzählten einander, was sie alles erleiden möchten, was nicht, rümpften über alles die Nase und sagten, was ihnen dies mache und was jenes; das eine blähte sie, und das andere lag ihnen sonst im Magen; das eine ließ sie nicht schlafen, das andere brachte ihnen das Toggeli; das eine schlug ihnen in die Augen, das andere in die Ohren; das eine verstopfte sie, das andere machte ihnen den Durchlauf.

Unterdessen aßen sie von dem, was sie verstopfte, und was ihnen Durchlauf machte; das mußte sich ja gegenseitig aufheben; und auch dem Trinken sah man ihre Kränklichkeit eben nicht sehr an.

Johannes hielt sich nicht lange am Familientische auf, sondern machte sich bald hinaus zum Gesinde und blieb dort, bis der Morgen grauete und alles die Betten suchte. Er gab sich besonders mit Uli ab, setzte ihm zu mit Trinken, gab ihm Tabak und führte mit ihm Gespräche über allerlei, daß es Uli vorkam, der Wirt von Frevligen sei nicht halb so hochmütig, als man ihn verschreie. Am meisten aber verwunderte sich Uli, als derselbe schon morgens früh in den Stall kam, wo er alleine hantierte, während die andern Knechte noch schliefen.

»So, bist du schon zweg und alleine?« sagte der Wirt. »He

ja«, antwortete Uli. »Die War hat gestern nicht Sichelten gehabt und hart arbeiten müssen; da wär es nicht billig, wenn sie länger auf ihr Fressen warten müßte.« »Es denken aber nicht alle so«, sagte der Wirt, »und darum habe ich dich etwas fragen wollen. Weißt du was, komm du zu mir; ich hätte einen Platz für dich, wo du wenigstens zehn Kronen höher kömmst als hier, und all Tag mußt du deinen Wein und dein Schnäfeli Fleisch haben.« »Aber was sagt der Meister, wenn Ihr mich abdinget?« »Was geht das dich an?« sagte der Wirt; »da laß du mich sorgen! Du bleibst doch nicht lange da; mein Alter ist viel zu wunderlich und mißtreu, er kann niemand behalten. Bei mir ist das ganz anders: ich bin viel nicht daheim, und meine Frau ist ein Pflartsch; da muß ich einen Knecht haben, dem ich alles anvertrauen darf. Und wenn mir einer anständig ist, so hat einer bei mir einen Posten, wie im ganzen Land keiner mehr ist; er kann es haben wie ein Herr. Komm, du sollst dich nicht reuig sein. Sä, da hast du einen Neutaler Haftgeld.« »Behaltet nur Euer Geld!« sagte Uli, »das macht sich nicht so geschwind. Ich habe diesen Augenblick nichts zu klagen; vor vier Wochen wäre es anders gewesen. Man ist gut gegen mich, besonders die Meisterfrau; und dann halte ich nichts darauf, weiterszugehen, wenn es einem an einem Orte wohl ist.« Der Wirt ließ nicht nach mit Drängen, man hörte Geräusch am Brunnen, Uli sagte endlich, er wolle sich besinnen. Er mußte versprechen, in vierzehn Tagen den Bescheid zu geben. Als sie aus dem Stall traten, ging eben Vreneli mit einem Züber Wasser ins Haus.

Am Mittag ging Essen und Trinken von neuem an; nur Elisi und Trinette taten schmächtig, klagten über allerlei und taten, als ob sie kein Brösmeli hinunterbringen könnten, packten aber doch unvermerkt ziemlich ein. Im Nachmittag reisete der Besuch wieder ab, nachdem Johannes noch einen neuen, schönen Fünfbätzler dem Uli in die Hand gedrückt und mit den Augen bedeutsam zugewinkt hatte. Die Großmutter sah dem Schärbank lange nach und sagte endlich:

»Die Kinder sind mir lieb, aber wüst tun die doch, es hat keine Gattig; die müßten mir noch anders drässiert sy, wenn ich immer um sie sein sollte.« Drinnen sagte sie zu Vreneli: »Dr Johannes macht doch je länger je mehr dr Groß; denk doch, het dä schießig Narr nit dem Uli einen neuen Fünfbätzler zTrinkgeld gä!« »Er wird wohl wissen, warum er das getan hat«, sagte Vreneli. »Dr Herr wott er mache u zeige, daß er weiß, was unter dr Herrschaft dr Bruch syg, das wott er«, sagte die Alte. »Nein, Base«, sagte Vreneli, »er will noch etwas anderes; ich darfs Euch fast nicht sagen; aber es ist ein wüstes Stücklein vom Johannes. Diesesmal hat er den Vetter weder um ein Roß noch um eine Kuh gebracht; aber den Uli will er ihm abdingen; darum hat er ihm auch das Trinkgeld gegeben.« »Was du nicht sagst, dä Uflat!« sagte die Alte. »Wenn man den eigenen Kindern nicht mehr trauen darf, dann ist doch nicht mehr dabeizusein. Johannes, Johannes, was bist du doch für ein Unmönsch! Aber seine Frau ist schuld daran, sie macht ihn so; er ist allbets (ehemals) doch nicht so gewesen! Aber woher weißt du das?« »Ich holte am Morgen früh Wasser; es wollte aber keine Jungfrau auf. Da war Johannes, der sonst bis um zehn im Bett liegt, schon bei Uli im Stall; das wunderte mich. Während mir das Wasser in den Züber lief, loste ich der Sache ab und hörte, wie Johannes Uli drängesilierte und ihm einen Neutaler Haftgeld geben wollte.« »Uli, hat er ihn genommen?« »Nein, er stellte sich recht brav; ich hätte es nicht von ihm geglaubt. Sie hörten mich wahrscheinlich und brachen ab; ich vernahm nur noch, wie Uli vierzehn Tage Bedenkzeit nahm. Aber ich glaube, wenn der Vetter ihn zur rechten Zeit frägt ums Dableiben, so werde es keine Not haben.« »Er hat mich schon manchmal fast wild gemacht«, sagte die Alte. »Er will die Diensten nie fragen; er meint, es sei an ihnen. Aber seit wann frägt ein rechter Knecht selbst? Dann sagt er, sie arbeiteten viel bräver, ehe man sie gefragt habe. Sobald man sie einmal wieder für ein Jahr gedungen, sie des Dienstes sicher seien, so werden sie ganz gelassen, und sie dächten, es hätte es wieder für ein Jahr, ob sie nun etwas mehr oder etwas weniger arbeiteten.« »Ja«, sagte Vreneli, »dr Vetter nimmt immer alles in eine Wid (in ein Band), und weil er die guten wie die schlechten hält, so kömmt er nie zu guten.« »Er muß den Uli noch heute dingen«, sagte die Alte. »Aber verratet mich nicht, daß ich es gehört, sonst hängt mir der Vetter wieder ein Schlemperlig an; er trauet mir auch nicht mehr als dem ärgsten Mönsch«, ermahnte Vreneli.

Die Alte suchte ihren Eheherrn und brachte ihm vor: »Denk ume o, was dr Johannes für e Uflat isch, wott er is nit dr Uli abdinge!« Joggeli tat nicht halb so verwundert, sondern meinte, etwas müsse der Johannes immer verüben, entweder ihm etwas abstehlen oder abschwatzen; er sei von Jugend auf so gewesen; aber er sei nicht schuld daran. Darauf wollte er wissen, wie seine Frau die Sache vernommen. Natürlich bekannte sie bald, daß sie es von Vreneli habe. »Ich kann dir nicht sagen, Frau«, sagte Joggeli, »wie mir das Meitli zwider ist; es hat seine Nase in allem innen, und hinten und vornen heißts immer nur: ›Vreneli, Vreneli.‹ Das hat ein Gschleipf mit dem Uli, zähl darauf! Was hätte es so früh beim Stall zu tun gehabt, wenn es ihm nicht hätte nachstreichen wollen? Aber zähl darauf, sobald ich darüberkomme, so jage ich es fort. Es hat schon Schande genug in die Familie gebracht, es soll nicht noch mehr bringen, die wüste Täsche!« Dann könne er selbst die Haushaltung machen, sagte seine Frau. Das sei nicht recht, daß Vreneli jetzt alles ausessen solle. Es hätte ihnen z'Gutem wollen, und jetzt wolle er es schlecht machen. Wenn sie von allen verraten und verkauft würden, so sei er selbst schuld daran. Sobald eins ihnen einen Dienst erweise, so hänge er ihm etwas an, statt ihm zu danken. »Aber mach meinethalb, was du willst, men isch umen e Göhl, we me dir zGutem will.«

Joggeli bedachte sich die Sache wohl, und sie ging ihm im Leibe herum wie ein Wurmpulver.

Achtzehntes Kapitel

Wie eine gute Mutter viel Ungerades gerade, viel Böses gut macht.

Am Abend ging Uli den Kirschbäumen nach, um zu sehen, wo noch gekirschet werden müsse; unversehens war Joggeli bei ihm. Nachdem sie allerhand verhandelt, sagte Joggeli: die Ernte sei gut gegangen, die Arbeit gut gelaufen, nur müsse er nicht meinen, daß man dem Weibervolk alles machen müsse, woran es sinne; das Korn sei die Hauptsache, der andern Sachen hätte man sich nicht zu achten, wenn es nur mit dem Korn gut gehe. Zum Zeichen der Zufriedenheit wolle er ihm da etwas geben. Er drückte ihm einen Neutaler in die Hand. Uli dankte, sagte aber doch: es sei ihm nicht wegen dem Weibervolk, und er wisse wohl, daß das Korn die Hauptsache sei; aber er meine, man müsse alle Sachen achten und womöglich gar nichts Schaden leiden lassen. Er hätte ihn auch gleich fragen wollen, ob er gedenke, zu bleiben, fragte Joggeli. Er wisse nicht recht, was er sagen solle; es sei ihm zuwider, fürers (weiters); aber er sei auch nicht gerne an einem Orte, wo man nicht mit ihm zufrieden sei, ihm nicht traue. Wenn er wüßte, daß noch etwas der Art geschehen würde wie letzthin, so wollte er gleich gehen, antwortete Uli. Er hätte es ja gehört, sagte Joggeli, daß er zufrieden sei, und so wolle er ihm gleich noch einen Neutaler Haftpfennig geben. Er hätte es sonst nicht im Brauch, wenn er wieder dinge; aber am Ende vermöchte er es so gut als andere. Er wolle lieber seine Neutaler selbst brauchen, wie er wolle, als andere mit seinen Neutalern ihm Streiche spielen lassen. Da dachte Uli an diesen Morgen und sagte: wer ihm das schon wieder gesagt habe? »He, Uli«, sagte Joggeli, »es ist denen immer am mindesten zu trauen, wo vorwärts am meisten schlecken und einem nachstreichen. So machen es gewöhnlich die falschen Katzen, die geben einem hinterrucks den Talpen«, und damit höpperlete

Joggeli an seinem Stecken gegen Üfligen zu, wo er gerne an einem Sonntage seinen Schoppen nahm.

Die letzten Worte warfen Uli einen Stachel ins Herz, er wollte fast, er hätte den letzten Neutaler nicht genommen. Wem sollte er nicht trauen? Wer hatte ihm den Talpen gegeben? Doch wohl Vreneli! Das war vom Brunnen weggegangen, mußte allem an die Verhandlungen gehört haben. Er hatte es mit allen gut gemeint, niemand etwas zuwidergetan und glaubte sich namentlich mit Vreneli in einem gewissen zutraulichen Einverständnisse ohne alle Liebe. Die Bezüglichkeit, die mehr oder weniger zwischen einem hübschen Burschen und einem hübschen Mädchen, welche in einem Hause wohnen, entweder anziehend oder abstoßend stattfindet, merkt man oft lange nicht. Aber Vreneli war im Hause, was Uli außer dem Hause; sie konnten einander viel zuwider, viel zulieb tun. Uli hatte nun geglaubt, das letztere getan zu haben, weil es auch der Meisterleute Nutzen war, daß sie einander in die Hand arbeiteten und gemeinsam das Gemeinsame förderten. Ulis schlichter Verstand begriff, wohin es kommen muß, wenn ein Departement hie aus will, das andere da aus und die Departemente ungefähr das vorstellen am Staate, was die unbändigen Hengste an einem Verbrecher, der zerrissen werden soll. Uli hatte in dieser Beziehung mehr gesunden Verstand als manches Departement in corpore, zum Beispiel als gegenwärtig das Departement des Auswärtigen in Paris.

Nun war also Vreneli falsch an ihm und verklagte ihn hinterrücks; das tat ihm weh. Er haßte das Keßlerwesen, wo immer Feindseligkeit herrscht, bald die einen verbündet sind und bald wieder die gestern Verbündeten als Feinde sich gegenüberstehen; er war daran nicht gewohnt.

Je länger die Sache ihm im Herzen wurmte, desto ärgerlicher wurde er; er war oft darauf und daran, den Haftpfennig wiederzugeben und expreß zu Johannes zu gehen. Natürlich war er dabei mürrischer als sonst, hatte sein fröhliches Aussehen nicht, war einsilbig über Tisch, ließ hier und da einen Trumpf fliegen und tat manchmal, als hörte er etwas nicht, das ihm gesagt wurde. Die Mutter fragte mehr als einmal: »Was hat doch auch Uli, er ist ganz ein anderer; was ist ihm über den Weg gelaufen, oder wer hat ihm etwas zuleid getan?« Es wußte niemand etwas. Sie fragte Joggeli: ob er ihm etwas getan, und ob er ihn eigentlich gedinget oder nicht? Der lächelte und sagte: sie solle nicht Kummer haben, es sei alles im reinen. Sie sagte Vreneli, was doch wohl das sei, und es solle mit Uli reden. Aber Vreneli sagte: das tue es nicht. Es hätte Uli nichts zuleid getan, und doch sei er gerade gegen ihns am wüstesten. Wenn es ihm etwas sage, so tue er, als höre er es nicht, und handkehrum lasse er etwas fliegen, das ein Trumpf sein solle, aber es wisse nicht, auf was. Sie solle selbst mit Uli reden, es schicke sich für sie am besten. So sei allerdings ein langweilig Dabeisein, und es wollte lieber, das währte nicht zu lange.

Die Mutter ging einmal wieder zur Kirche, es war ein Ereignis zu Üfligen. Die gute Mutter hatte so viel zu sehen: die Kanzel war neu angestrichen worden, einige Bänke hatten Lehnen bekommen, junge und alte Menschen waren da, die sie nicht kannte, daß die Predigt aus war, ehe sie daran dachte. Sie hätte ihr Lebtag noch nie so kurze Zeit in einer Predigt gehabt, sagte sie, es müsse ihr künftig wahrhaftlich mehr gegangen sein. Der Pfarrer könne es wie Schnupf, nur mache er es wohl kurz, sagte sie. Nach der Predigt ging sie zum Krämer, kramete allerlei, unter anderm auch ein seidenes Halstuch mit schönem Rande.

Als sie heimkam, wartete alles mit Verlangen auf sie zum Essen, denn die gute Frau hatte gar lange beim Krämer sich aufgehalten. Dort war ja fast noch mehr zu sehen als in der Kirche; dazu mußte man noch märten und konnte darüberein noch über manches fragen, das man in der Kirche gesehen. Sie konnte sich nicht satt erzählen von ihren Genüssen während diesem Morgen und sagte auch: das müsse ihr künftig wäger fleißiger in die Kirche gegangen sein. Wenn der Pfarrer nur nicht so exakt läuten ließe, sie glaube, sie ginge alle Sonntage.

Nachmittags, als das Volk verflog, sah sie unvermerkt nach Uli, wo der hinginge. Als sie ihm nach einiger Zeit in sein Stübchen folgte, fand sie ihn in der Bibel lesend. »Du siehst ja nichts hier«, sagte die Frau; »warum kommst du nicht mehr hinab in die Stube? Du tust seit einiger Zeit so wunderlich, ich kann mich nicht auf dich verstehen, und sonst wäre ich so zufrieden mit dir. Du hast mir so schön zum Flachs und zu den Kirschen gesehen, und deswegen habe ich dir nur so als ein Zeichen ein Halstuch gekramet; aber jetzt möchte ich auch wissen, was du hast. Hat dir jemand etwas in den Weg gelegt oder dich aufgereiset, oder was ists?« Das hätte sich nicht gebraucht, sagte Uli, das Halstuch mit Wohlgefallen betrachtend, er hätte nichts Apartes gemacht. »Aber was dublest (schmollest), was hast denn?« »He«, so wolle er es geradeaus sagen. Böse sei er über Vreneli. Das hätte ihn nicht gebraucht beim Meister zu verrätschen und anzuschwärzen, als Johannes ihn hätte dingen wollen; er hätte sich dessen nichts vermocht und nichts gesagt, was nicht alle Leute hätten hören dürfen; aber, was es dazu gelogen habe, das wisse er nicht. »Wer hat dir gesagt, daß Vreneli dich angeschwärzt?« sagte die Frau. »Das ist gar nicht wahr.« »Es wird doch wohl wahr sein«, sagte Uli, »der Meister hat es selbst gesagt, freilich nicht geradeheraus, aber er hat es merken lassen, daß man es mit dem Zwilchhändschen greifen konnte.« »Er ist doch geng der wüstest Hung, verzeih mir Gott meine Sünde!« antwortete die Frau. Vreneli hat ihm ja gar nichts gesagt, sondern bei mir den Johannes verklagt und dich noch gerühmt dazu; du bist aber auch nicht der Witzigist, daß du gleich alles glaubst. Du weißt ja, wie er ist. Du solltest doch wohl sehen, daß Vreneli dir nichts in den Weg legt, sondern daß du ihm gar anständig bist.« »Was weiß man?« sagte Uli, »es ist sich bös auf das Weibervolk zu verstehen, und es ist doch auch traurig, wenn man dem Meister nicht glauben darf.« »Was willst?« sagte die Frau; »es ist einmal so, und ich meine, wenn man wolle, so sei es sich auf das Weibervolk besser zu verstehen als auf das Mannenvolk; von dem sagt man ja, es sei fälscher als Galgenholz. Und dann möchte ich auch wissen, wer den Heiland verraten hat, ob ein Mann oder eine Frau? Sei wieder zufrieden, aber sage es dem Vreneli nicht, was du gehabt; es hassete sonst meinen Alten noch mehr als jetzt, täte wüst mit ihm und bekehrte ihn doch nicht. Er ist ehemals nicht so gewesen, aber seit alles ihn betrügen will und an ihm saugen, ist er so mißtreu geworden und trauet keinem Menschen mehr. Herr Ises, selbst mir nicht! Anfangs han ih pläret, daß es mir den Kopf fast obenabgesprengt. Ich habe gemeint, das müsse nicht sein, das könne ich nicht leiden. Aber so nach und nach habe ich mich darein ergeben; ich weiß jetzt nichts anderes mehr, und ich lebe doch und, ich will es geradeheraus sagen, nicht böser als ehemals. Wo das nit gsi isch, da isch öppis angers gsi. Öppis muß me geng ha; ists nit das, so ists öppis angers, und das ist geng am schwersten, wo me grad het. Da kömmt es nur darauf an, ob man sich darein schicken kann oder nicht, und ob man annehmen kann, was man nicht wehren kann: das ist dKunst. Uli, das laß dir gesagt sein, an allen Orten ist etwas, und meiner ist noch nicht der Böste. Wenn du immer bleibst, wie du bist, so hast du ihn ja nicht zu scheuen, und er plagt sich am meisten selbst. Er hat mich manchmal duret, daß ich pläret ha seinetwegen. Ich habe gedacht, er müsse viel mehr leiden seinetwegen als kein anderer Mensch. Mit den Meisterleuten müssen die Dienste auch Geduld haben, es haben ja alle Menschen ihre Fehler. Aber sag doch dem Vreneli nichts; ich glaube, es liefe fort oder sagte meinem Alten wüst. Es ist ein freines Meitli, aber solches verträgt es nicht und kann dann wüst tun, daß es einem übel gruset.«

Uli versprach es, und die Meisterfrau hatte im Treppeabgehen eine Ausrede bei der Hand für das fragende Vreneli. Als der Friede wiederkehrte, die Spaltung aufhörte, welcher der Alte mit Freuden zugesehen hatte, wunderte er sich sehr;

aber er fragte mit keinem Worte. Ebensowenig verriet ihm seine Frau, daß sie ihm über seine Schliche gekommen und den Friedensstifter gemacht. Diesmal ging alles so diplomatisch zu, daß selbst Louis-Philippe sich darob verwundert hätte.

Nun lief die Arbeit wieder freudig fort, wie gesalbet. Denn wenn man einig ist und zufrieden die Gemüter, so geht alles ds Halb ringer; und es tat not, es war sehr viele Arbeit. Aber eben wenn am meisten Arbeit ist, dieselbe fast über den Kopf wachsen will, so bemächtigt sich ein gewisser Hast, eine Ungeduld des Menschen. Die läßt sich an den Umgebungen, an den Mitarbeitenden aus; die werden böse, hinterstellig (stellen sich auf die hintern Beine), und der Schleiftrog ist untergeworfen.

Der Herr hatte die Bäume gesegnet, daß man fast nicht wußte, wo mit diesem Segen hin. Es war viel Mist, viel Land bedurfte desselben: es war also viel anzusäen. Wildes, strubes Land kriegte man unter den Pflug, das doppelter Arbeit bedurfte. Nun war man aber in der Glunggen, wie schon gesagt, an ein Hacken gewöhnt, das dem Nidle ab der Milch Nehmen gleicht. Man schürpfte nur das Gras obenab, die zähe Furche, und das darin befindliche Wurzelgeflecht blieb unverhauen, das Samkorn fand keinen mürben, uneingenommenen Boden zum Wurzeln und zur Nahrung, daher mageres, schlechtes Korn trotz allem Misten. Zu gleicher Zeit wurde der Pflug nicht tief geführt, trotzdem daß es in der Glunggen nicht steinichter Boden war. So mußte der Boden unfruchtbar werden. Tiefer gefahren, besser gehackt mußte er werden, wenn es eine gute Ernte geben sollte. Dazu es zu bringen, hatte Uli Mühe; man war der Sache halt nicht gewohnt. Es grusete Joggeli, als er die dichte Reihe der Hacker sah, als Uli sechs Haupt vorspannte, statt sonst nur viere, als der rohe, wilde Boden an die Sonne gekehrt war. Das sei ja die dümmste Sache von der Welt, sagte er halblaut vor sich hin, die gute Erde zu verlochen und die böse, magere obenfürzumachen; so mache man ja den

Boden expreß wieder mager, wenn man den Mist untern fahre, daß er ganz gegen Amerika hinunterkomme und dort hervorgewässert werde, während man in den schlechten, wilden Boden pflanze. Das könne unser Lebtag nichts geben, das komme doch jedem Kind in Sinn. Glücklicherweise ging er mit seinem Sohn ins Welschland, um Wein zu kaufen oder vielmehr, um für den Sohn zu zahlen, was dieser kaufte. Er mußte also freie Hände lassen und war ganz verwundert, als er, zurückgekehrt, die junge Saat so schön erronnen sah im rein gemachten Acker. Man werde es aber im Haustagen (Frühling) sehen, dachte er, wie das komme; der größte Teil werde im Winter dahintenbleiben.

Indessen war vergnüglich eingeherbstet worden, denn wieder hatte man früher angefangen als andere. Nichts mußte unter dem Schnee hervorgeholt werden; man fand Zeit, bei schlechtem Wetter unter Dach zu bleiben, und fand dort auch immer Dinge zu tun, welche die Arbeit draußen förderten. Das Wetter mache freilich viel, sagte die Mutter, aber sie wisse Herbste, wo das Wetter noch schöner gewesen sei, und doch sei man später fertig geworden und habe nicht so viel angesäet und nicht so viel Mist auszutun gehabt. Da sehe man, daß man selbst auch etwas zwingen könne. Freilich, wenn das Wetter darnach sei, so könne man nichts zwingen (im sechzehner Jahr stund der Hafer noch um Weihnacht draußen); aber sie wisse Leute, die nicht fertig würden, und wenn der Herbst bis Fasnacht dauern würde. Die meinten, es sei eine Sünde, wenn sie nicht etwas den ganzen Winter draußen ließen, Kartoffeln, Rüben, Rübli, oder sollten es nur die Bohnenstecken sein.

Die Matten kamen in Ordnung. Gräben, Wühre wurden aufgetan, der gewonnene Schlamm aufs Land geführt, ja Uli schlug sogar noch das Tonen vor in der nassen Matte. Tonen sind nämlich tiefe Graben im Boden, die nachher wieder zugedeckt werden, welche das Wasser sammeln und abführen, so daß die Oberfläche austrocknet und fruchtbar wird.

Solchen Tonen hat man viele tausend Jucharten gutes Land zu verdanken, und noch viele könnten sie gut machen. Freilich können sie nur da angewendet werden, wo Fall (Abzug) ist. Das kam Joggeli aber zu streng vor. Sie wollten doch nicht alles auf einmal machen, sagte er, es sei das andere Jahr auch noch ein Jahr. Und dann sei es Zeit, das Dreschen anzufangen, sonst werde man ja bis Ostern damit nicht fertig. Wenn man Zeit finde, so könne man im Frühjahr sehen; aber alles zunteroben z'gheyen (das Unterste zu oberst zu kehren), sei ihm nicht anständig. Es gebe nur Kosten, und man wisse nicht, was dabei herauskomme. So redete er. Bei sich dachte er noch, die Leute müßten doch nicht meinen, daß dem Uli alles allein in Sinn komme, und daß man in der Glungge nur auf ihn gewartet habe, um solche Sachen zu machen. Der Bursche würde ihm nur zu übermütig; er mache jetzt schon, wie wenn alles sein wäre, und wie wenn vorher niemand da daheim gewesen wäre. Ja, Joggeli rühmte noch den andern Knechten: was sie würden gesagt haben, wenn sie noch den ganzen Winter hätten tonen müssen? Uli hätte wollen. Er aber hätte es doch besser mit ihnen gemeint, als sie hinter eine solche Arbeit zu reisen, wo alle Kleider drufgingen. Uli könne notti nicht alles zwängen; er sei selbst immer noch Meister, und das komme ihnen noch manchmal wohl. Er hätte noch mehr Verstand als mancher, der es doch eigentlich mit ihnen halten sollte. Begreiflich fanden die Knechte die Rede des Meisters sehr erbaulich.

Alle Extraarbeiten sind den meisten Knechten zuwider, weil die laufende Arbeit doch getan, also strenger und fleißiger gearbeitet werden muß. Gar manch Knechtlein verläßt seinen Platz, wenn es eine solche Arbeit kommen sieht. »Machen sie es meinethalb, wenn ich fort bin!« sagt es; »ich aber wollte ein Narr sein, mich da halb zu töten und meine Kleider drufzumachen. Da kann ein anderer den Schleck haben.« Diese Sucht, nichts Ungewohntes zu machen, geht so weit, daß viele, wenn sie nur die geringste nicht täglich vorkommende Arbeit machen sollen, den Kopf aufsetzen, poltern, fluchen, aus dem Dienst laufen. Daher kömmt es auch, daß so viele die geringste Handbietung dem weiblichen Geschlechte verweigern und nie Ohren haben für einen Befehl oder Wunsch der Meisterfrau. Das gibt die Leute, die nicht aus dem Trapp zu bringen sind, die sich nie weder anstrengen können noch anstrengen mögen, die mit der gelassensten Lauheit dem Elend zuwandern, im Elend sich wälzen. Allerdings sind viele Meisterleute da daheim, daß sie mit wenig Diensten das Unmögliche erschinden wollen. Und wie das Kamel sich weigert, aufzustehen, wenn man ihm zu schwer aufgeladen, so werden übernutzete Diensten halsstarrig und weigern sich des Dienstes. Diesen kann man es nicht verübeln. Nun aber verbreitet sich von diesen aus die Halsstarrigkeit nach und nach über die ganze Klasse, und wenn einmal ein Dienst schwitzen muß, so schreit er zetermordio, und wenn er einmal ermahnt wird, schnell zu machen, sich zu schicken, so wirft er den Bündel vor die Füße und begehrt auf wie ein Häftlimacher. Du mein Gott, was soll aus Menschen werden, die sich nicht schicken können, nicht schicken wollen; die, wo es immer möglich ist, vier Stunden an einer Sache machen, welche in zwei leicht abzutun wäre! Das gibt die armen Leute. Sie strafen sich also selbst, und da erwahret sich das Sprüchwort wieder, daß Untreue den eigenen Herren schlägt. Da entsteht die böse Gewohnheit, von der wir schon gesprochen haben; und die Rührigkeit, welche durchs Leben hilft, vergeht.

Gar viel besser als andere waren Joggelis Knechte nicht, und wenn man schon dem Meister es verübelt und flucht und täubelet, wenn er etwas extra vornimmt, so mußten sie es dem Mitknecht noch weit böser aufnehmen, daß er eine so wüste Arbeit ihnen aufsalzen wolle. Sie fluchten nicht nur über den Werchteufel, den er im Leibe habe, und der ihm und andern nie Ruhe lasse, sondern sie suchten hinter seinem Fleiß und Eifer, der ihnen so ungewohnt vorkam, Gründe, und zwar eigennützige und selbstsüchtige. Es ist dies ein eigentümlicher, tiefliegender Zug im Volke. Im Fragenbuch heißt es, alle unsere guten Werke seien mit Sünden befleckt, und Paulus sagte, all unsere Gerechtigkeit sei wie ein unflätig Kleid. Diese Aussprüche haben allerdings ihren guten Grund in unserer Natur. Gar zu oft regt der äußere Nutzen uns zu einer guten Tat an, und wenn wir auch aus innerm, schönem Triebe etwas Gutes vollbracht, so kommt hintendrein gezogen die Eitelkeit, der Stolz und Übermut und beschmutzt die Tat. Das sind die Befleckungen der guten Werke. Nun nimmt das Volk diese Befleckungen, obgleich die meisten der eigenen sich nicht bewußt sind, so allgemein als sich von selbst ergebend an, daß alsobald, sobald man etwas Gutes sieht, nach den Flecken gespürt wird. Und, je weniger man sich selbst innerer guter Triebfedern bewußt ist, um so mehr sucht man nach den äußern Befleckungen, nach eigensüchtigen, äußern Beweggründen, die zum Guten angespornt. Je eifriger einer zum Beispiel der Uneigennützigkeit sich ergibt und mit raschem Hervortun für andere lebt, um so eifriger wird man ihn der geheimen Eigennützigkeit zeihen und verdächtige Absichten ihm zudichten. Die unwillig gewordenen Knechte begnügten sich daher nicht mit bloßem Fluchen und Sticheln, sondern sie suchten nach den Triebfedern von Ulis Tun, und die glaubten sie mit leichter Mühe gefunden zu haben. Sie wüßten wohl, was der Narr meine, aber er habe den Bären noch nicht im Sack. Er wolle sich wert machen, hätte Flausen im Gring und meine, da Bauer zu werden. Aber das komme nicht nur auf das Schlärpli an und die alte Stürme, da predige dann noch ein anderer. Diesem allgemeinen Satz reihten sie eine Menge Einzelheiten an, und jeder wußte neue dazuzufügen samt neuem Spott und neuem Hohn.

Neunzehntes Kapitel

Eine Tochter erscheint und will Uli bilden.

Ds Elisi hatte nämlich großes Wohlgefallen an Uli und tat recht dumm mit ihm.

Schon im Winter hatte es dasselbe gefaßt, und wenn des Sonntags nachmittags Uli allein in der Stube war, so machte sich Elisi an ihn, kramte ihm alles aus, und er mußte raten und bewundern, so daß es Uli recht erleidete, in die Stube zu kommen. Die bessere Jahreszeit unterbrach diese Konferenzen; da bekam ds Elisi Längizyti. Es hatte ein halb Dutzend Blumentöpfe. Die hatten bisher monatelang ruhig an einem Ort stehen können, wenn Vreneli sie nicht der Sonne oder dem Regen nachtrug. Nun waren sie ihm nie am rechten Ort. Uli stund selten vom Essen auf, daß ds Elisi ihm nicht sagte, er müsse ihm seine Meienstöcke fürers tragen, das Vreneli trüge gar keine Sorge zu ihnen, es ließe sie je eher je lieber zugrunde gehen. Und selten kam Uli so schnell fort, als er wollte; er mußte bald an diesem, bald an jenem schmöcken (riechen), und wenn er fortwollte, so kam es Elisi in Sinn, an einem andern Ort wären sie noch besser, und er mußte sie noch einmal weitertragen und noch an einem schmöcken, welcher das vorigemal übersprungen worden war. Saßen die Knechte am Abend auf dem Bänkli vor dem Stalle, so kam Elisi mit einer Gießkanne zum Brunnen und tat so ungeschickt und schüttete sich Wasser in die Schuhe, bis Uli ging und half, während die andern tapfer lachten und ziemlich unverhohlen über das Schlärpli spotteten. Regnete es, oder waren ihm die Meien sonst nicht im Kopf, so trippelte es doch da herum, ja einigemal nahm es sogar eine Lismete in die Hand und spazierte damit den Schopf auf und ab, weil es seine kalten Füße erwärmen müßte, wie es sagte.

Ja, einmal im Emdet legte es sein Schaubhütli auf, zog lange Handschuhe an, schob zwei Paar Bracelets daran herauf, nahm sein Sonnenparisöli und ging hinaus, als sie mit dem Wagen Emd holen wollten. Uli mußte ihm einen Rechen auslesen, und nun fuhr Elisi, mit der einen Hand das Sonnenparisöli haltend, mit der andern den Rechen, in die Matte, sich schrecklich gebärdend über den harten Sitz auf dem Wagen und dessen jämmerliche Stöße. In der Matte wollte es Uli, der Heu auf den Wagen gab, nachrechen; das ging aber nicht. Erstlich fing sich ihm der Rechen immer im Grase, daß es ihn nicht loskriegen konnte, zweitens konnte es nicht rechen und zugleich das Parisöli halten, und die Sonne schien doch so heiß! Elisi setzte sich daher auf den Wagen mit seinem offenen Parisöli. Es war eine schwere Aufgabe für den Lader, den Wagen gehörig zu laden bei dem darauf sitzenden Elisi, das kein Glied machen konnte, das, wenn es etwas Platz machen sollte, Brülle ausließ, daß es den Schwalben, welche den Wagen umflogen, fast gschmucht wurde. Er mußte es hin- und herheben samt seinem Parisöli wie ein kleines Kind. Ringsum in den Matten stunden die Leute still, als sie das Parisöli auf dem Heufuder sahen, wußten zuerst nicht, was das war, denn so etwas hatten sie noch nicht gesehen, und lachten sich dann fast tot, als sie unter dem Parisöli auch das Elisi wahrnahmen. Als das Fuder höher und höher wurde, war es in einem beständigen Kreischen und wollte doch nicht herab. Als es auf dem schwankenden Wagen heimfuhr, hörten die »Herr Jeses, Herr Jeses! Ach, heyt mi, heyt mi dr tusig Gottswille!« nicht auf. Endlich war man glücklich im Tenn; aber nun fing die Not erst an. Elisi durfte weder hinten dem Wellenseil nach hinunter noch vorne über das Fürgstütz. Der Vater und die Mutter kamen heraus, als sie das Geschrei hörten, und als die letztere ihre Tochter mit dem Parisöli schreiend auf dem Fuder sah, sagte sie: »Du Tüfels Göhl, was kommt dir doch in Sinn? Hat man unser Lebtig e sellige Göhl mit dem Parisol uf enem Heufuder gesehen?« Joggeli begehrte mit der Mutter auf, daß sie jetzt hintendrein balge; sie hätte vorher wehren sollen, daß es nicht gehe; jetzt mache sie ihm nur angst. Diese war in der Tat groß. Uli hatte hinten ans Fuder eine Leiter angestellt, und Elisi sollte auf die hinaustreten und da hinunter. Aber Elisi stund zitternd auf dem Fuder, das offene Parisöli in der Hand; und allemal, wenn es den Fuß hob, schrie es: »Herr Jeses, Herr Jeses! Heyt mi, heyt mi, ih fallen abe!« Endlich sagte Joggeli: das tue nichts so; Uli solle hinauf und Elisi holen; es sei aber dumms von ihm, daß er Elisi einmal da hinaufgelassen, er hätte wohl denken sollen, das komme so. Uli ging die Leiter auf und wollte Elisi die Hand bieten. Aber Elisi schrie noch ärger. Da ging er aufs Fuder und wollte Elisi hinaus auf die Leiter heben, damit es auf derselben allein hinuntergehen könne; da schrie aber Elisi geradeaus, als ob man es am Messer hätte. Es blieb Uli endlich nichts übrig, als Elisi auf den Arm zu nehmen wie ein kleines Kind und so es zu tragen. Das ließ auch Elisi sich gefallen und hielt sich so wacker an Ulis Hals, daß er ganz braun und blau den Boden erreichte. Solange Elisi lebte, bildete diese Heufahrt seine Hauptgeschichte. Wenn man es erzählen hörte, was es da ausgestanden und erlebt, so stunden einem fast die Haare zu Berge, und man kam zur Überzeugung, daß, was der Kapitän Parry auf seiner Nordpolexpedition erlebt, nur Kleinigkeiten seien gegen das, was Elisi von der Matte bis ins Tenn erfahren. Daneben behandelte es Uli handkehrum wieder mit gar mächtigem Hochmut, antwortete ihm sowenig als den andern Diensten, wenn er guten Tag oder gute Nacht wünschte, hielt ihm vor, er rieche nach dem Kühstall, führte ihn aus über seine rauhen, großen Knechtenhände, konnte sich aber denn doch nicht enthalten, mit seinen magern, bleichen Händen daran herumzufingerlen.

Uli war dieses sehr unangenehm, ohne daß er eine weitere Bedeutung dareinsetzte. Er meinte, das gehöre zu den Eigentümlichkeiten und Meisterlosigkeiten des verzogenen Kindes. Er war damit geplagt und wurde von den andern Diensten ausgeführt. Indessen benahm er sich anständig, denn es war immerhin die Meisterstochter, während hingegen die andern das Mädchen zum Narren hielten oder es so rücksichtslos verhöhnten, besonders wenn sie zu Weihnacht aus dem Dienst wollten, daß es gar oft heulend und schreiend vor seinen Alten Klage führte und sich ins Bett legen mußte, sich gebärdend fast wie ein wirbelsinnig Kind. Joggeli nahm dann seinen Stecken und höpperlete weiters. Die Mutter sprach zu, es solle doch nicht so plären, es sei doch nicht dr wert, gab ihm Tropfen, und wenn es weit kam, so ging sie hinaus und putzte dem Sünder ab, daß er inskünftig ihr Meitschi rühyig lasse. Dagegen erhielt sie gewöhnlich zur Antwort: daß man Elisi gern rühyig lasse, aber es solle dann in der Stube bleiben und brauche nicht zu ihnen zu kommen und anzufangen. Man sei doch nicht dafür da, sich von einem sellige, das auf der Himmelswelt nichts sei, kujonieren zu lassen.

Dem Elisi kam es auf einmal in Kopf, es wolle seinen Bruder besuchen; es wußte niemand, warum. Es war eine unmußige Zeit. Der Vater wollte es nicht führen; man wollte es ihm ausreden, aber ds Elisi fing an zu plären, zu schnopsen, als ob es ersticken wolle, bis es endlich hieß, Uli solle es morgen führen. Nun kam es nach und nach zu sich selbst, tat Kästen und Schäfte und Kommoden auf und füllte die ganze Stube mit seinen Herrlichkeiten und rief das ganze Haus zu Rate, mit was es die Trinette ärgern könnte. Dem Uli war die Reise nicht anständig; er ging nicht gerne zu Johannes, und auch hörte er den Spott seiner Mitknechte nicht gerne, die sich lustig darüber machten, daß er mit der Meisterstochter im Lande herumfahren könne. Zudem schien ihm Vreneli puckt und mutz, gab ihm kurzen Bescheid und warf seine Schuhe, die er zum Salben brachte, gar unsanft in eine Ecke. Diese Unfreundlichkeit mühte Uli doch, und er hätte gerne gewußt, woher sie stamme; aber er hatte keine Gelegenheit, zu fragen. Als er am Morgen erschien, schön angetan mit dem Halstuch, das ihm die Meisterfrau gekramet, da warf es ihm spöttische Blicke zu und sagte ihm, er hätte wohl angewendet, aber er werde gedacht haben: »Helf, was helfen mag!«, aber dem Elisi möge er doch nicht nach. Allerdings erschien dieses gar schön und glitzerig, umbunden und aufgezäumt mit allem möglichen, zwei Jungfrauen hinter sich, von denen jede ein Pack mit Kleidern trug, und hintendrein die Mutter mit einer Drucke, worin noch eine Kappe und die Mänteli waren, die nicht verdrückt werden durften. Es wollte freilich den andern Tag wiederkommen, aber es sagte, man wisse nie, was es gebe, und es sei einem nicht wohl, wenn man sich nicht wenigstens zweimal anders anziehen könne. Als der Zug durch die Stube war, ergriff Vreneli die Katze und trug sie einige Schritte nach mit der Frage auf der Zunge, ob es die nicht auch noch mitnehmen wolle. Doch besann es sich eines andern, setzte die Katze wieder ab, ging zurück und drückte trübe Augen ans angelaufene Fenster.

Uli hatte sich voraufgesetzt, im verdeckten Sitz saß vergnügt ds Elisi. Es versuchte, sobald das Haus im Rücken war, mit Uli zu reden; aber das wilde junge Roß fesselte dessen Augen so, daß er nicht rückwärtssehen, seine Antworten nur so abgebrochen über die Achsel geben konnte. Da wurde ds Elisi ungeduldig, und einige Regentropfen gaben ihm den Vorwand, den Uli zu heißen, auf den Sitz zu kommen. Er machte Umstände; allein da er endlich den Regen und seinen Hut bedachte, so setzte er sich neben ds Elisi. Nun war diesem recht wohl neben Uli, und es sagte ihm mehrere Male, er solle sich nur nicht so in den Ecken drücken, sie hätten gar wohl Platz nebeneinander, sie seien ja beide noch nicht so dick wie der Vater und die Mutter, und die müßten doch auch Platz haben. Die Mutter sei auch nicht immer so dick gewesen wie jetzt; sie hätte manchmal gesagt, sie sei zu ihrer Zeit noch dünner gewesen als es. Es werde ihm auch schon bessern; der Doktor hätte ihm schon manchmal gesagt, wenn es einmal einen Mann habe, so werde es schon wieder rote Backen bekommen. Es sei das schönste Kind gewesen, wo man hätte sehen wollen. Die Leute seien allbets bei ihm stillgestanden und hätten die

Hände ob dem Kopf zusammengeschlagen und gesagt: »Nei aber, wie ist das doch ein Kind! So ein schönes haben wir noch nie gesehen!« Es besinne sich gar wohl daran. Noch wo es ins Weltschland gekommen sei, sei nit mengs schöners Meitschi im Kanton gsi. Backen hätte es gehabt wie gmalet und eine Haut so glatt, man hätte sich können darin luegen wie in einem Spiegel. Wenn es allbets sys Gitarrli an einem rot und schwarzen Bändel umgehängt habe und vor dem Hause auf und ab spaziert sei und schöne Lieder gespielt und gesungen habe, zum Beispiel »Im Ärgäu sy zweu Liebi, und die händ enandere gern« oder: »Üsi Chatz und ds Herre Chatz hey enandere bisse«, so seien ganz Kuppele Weltsch um es gestanden und hätten ihm flattiert; es hätte nur brauchen ja zu sagen, so hätte es zehn für einen haben können von den Vornehmsten, wo im Weltschland seien, und so schön, so schön, daß man hier nichts so sehe. Das seien dort andere Leute als hier. Da sei es aber krank geworden und hätte wieder heimgemüßt, und da sei man gar wüst gegen ihns gewesen; es hätte arbeiten sollen wie öppe eine gemeine Baurentochter, und Speise hätte es brauchen sollen, so wie sie andere Leute auch hätten, wie sie aber kein Hund im Weltschland fresse, der leicht meisterlosig sei. Seither hätte es, es könne es wohl sagen, keine gesunde Stunde gehabt; aber es werde ihm schon noch bessern. Darauf erzählte ds Elisi seine ganze Krankengeschichte dem Uli; die dauerte, bis sie das Städtchen vor sich sahen, wo ds Elisi noch kramen wollte.

Da ließ es halten und sagte dem Uli, es regne nicht mehr, er solle wieder voraufsitzen, die Leute würden sonst nicht wissen, was das gegeben habe, daß es mit dem Knecht im Schesli hocke, und könnten ihm einen wüsten Lärm machen, den es nicht begehre. Das stach Uli in die Nase, und schweigend setzte er sich vorauf. Im Wirtshaus machte sich ds Elisi ganz breit, ließ sich nicht übel aufwarten, nachdem es doch auch an Uli gedacht und befohlen hatte, daß man ihm einen Schoppen gebe und etwas weniges zu essen, öppe es Mümpfeli Fleisch und es Brösmeli Köch, und aß nur vom Besten. Rindfleisch nahm es keins; deren hätten sie daheim alle Tage, sagte es, und vom Gemüse, daß es deren keins gegessen, seit ihm der Herr erlaubt, es treibe ihm den Bauch gar auf, und vom Kalbfleisch wollte es wissen, daß das zu fett mache, und im Weltschland in den Häusern, wo man leicht vornehm sei, esse man gar keins. Hingegen den Fischen, Tauben, Hähnelinen sprach ds Elisi munter zu, als ob es gedroschen hätte. Es kramete tüchtig und sagte in jedem Laden, es wolle seinen Knecht schicken, die Sache zu holen. »Wo ist mein Knecht?« frug es, sobald es wieder im Wirtshause war. »Mein Knecht muß mir das holen, mein Knecht soll anspannen.« So ging es an einem fort, bis sie endlich wieder zum Tor aus waren.

Kaum dachte Elisi, nun könne vom Städtchen aus sie niemand mehr sehen, nicht einmal mehr der Sigrist im Turm oder der Landjäger im Schloß, so zog es ein rotes Nastuch hervor und sagte Uli, es hätte ihm auch etwas gekramet, er solle sehen. Er begehre nichts, sagte Uli, er könne es sonst machen. »So sieh doch!« sagte Elisi. Er hätte nicht Zeit, sagte Uli, er müsse auf das Roß sehen. Er solle halten und hereinkommen, befahl Elisi. Er sei wohl da, sagte Uli, es könnte es ja jemand sehen. »Bist höhn, Uli? Bis doch recht nit höhn!« sagte Elisi. »Was kann ich dafür? Üserein muß tun, was dr Bruch ist, we me nit will vrbrüllet werde. Gmein Lüt heys gar chummlig, es git niemer druf acht, was sie mache; sie chönne mache, was es si achunnt, es seyt niemere nüt; aber üsereim paßt alles uf. Bis doch recht nit höhn, sunst han ih kei Freud meh!« So bat, befahl, jammerte, weinte endlich Elisi, bis Uli hineinging, aus Angst, Elisi möchte etwas Ungattlichs anfangen. Nicht weit von Frevligen hielt er aber von selbst und wechselte stillschweigend seinen Platz.

Frevligen ist ein großes Dorf in ebenem Lande, reich an Feldern und Wäldern; eine Heerstraße zieht sich durch dasselbe, und schöne Bäche bewässern es; viel Reichtum ist dort, aber auch viel Übermut. Die Leute können notdürftig lesen und schreiben, haben Bildung, darum sind sie auch grenzenlos einbildisch. Weil sie vom A bis Z alle Buchstaben geläufig kennen, so meinen sie, sie kennten auch alle Dinge im Himmel und auf Erden, sprechen daher mit weiten Nasenlöchern, den Hut auf der Seite und die Hand am Geldseckel, über himmlische und irdische Dinge ab, daß Funken davonfahren, als ob die sieben Weisen Schnuderbuben gegen sie wären und jeder von ihnen eine lebendige, herumwandelnde Universität mit allen vier Fakultäten und den sieben freien Künsten im Leibe. Und wenn sie zufällig eine Tabakspfeife im Maul haben, dann will ich niemand raten, ihnen zu widersprechen. Jupiter mit Blitz und Donner in beiden Händen, im Begriff, Städte, Länder zu zerschmettern, muß ein lieblich Mieneli gemacht haben, mit dem Gesicht verglichen, das ein Frevliger macht, wenn er eine Tabakspfeife im Maul hat und Widerspruch vernimmt. Die Flüche entströmen ihm nicht einzeln, sondern dutzendweise, und die »Himmelsdonner« und »Dr Tüfel soll mi näh!« hängen aneinander wie Fröschmalter (Spitzenfalten), und, je gebildeter er sich glaubt, um so länger und um so gräßlicher flucht er, daß einem dünkte, er sei nicht bloß eine lebendige Universität, sondern auch eine lebendige Dampfmaschine, die Flüche fabriziert en gros. Wenn sie von weitem eine Wahrheit hören, seis nun eine religiöse oder eine medizinische, eine politische oder juridische, so blähen sie sich dagegen auf mit Schnauben und Tabak, als ob sie Schwefel unter der Nase fühlten. Wenn ihnen aber ein halbwitziger Gummi oder ein am Verunglücken begriffener juridischer oder medizinischer oder politischer Spekulant die sinnlosesten Unwahrheiten, die wüstesten Lästerungen vorplaudert, so tut es ihnen wohl durch den ganzen Leib; sie strecken wohlbehaglich die Beine von sich aus, und wohl einer oder der andere steht auf, schlägt auf den Tisch und brüllt, indem er Maul und Augen aufreißt, daß sein ganzes Gesicht nur ein Loch scheint: »Dä het jetz auf meine armi türi Himmelsgottsseel recht, dä vrflucht Millions tusigs Donner!« Diese Leute sind ein fürchterlicher Beweis von einem menschlichen Zustande, in welchem man nur Lügen zu lieben, zu glauben imstande ist; sie beweisen die Wahrheit der Worte, daß nur, wer aus der Wahrheit ist, ein wahrhaft Gemüt in sich trägt, Wahrheit begreifen, lieben und glauben kann. Wer diese psychologische Wahrheit im Auge behält, der kann sich gar manches Rätsel im Staatenleben erklären, und gar manche Erscheinung, mit der er sonst nichts zu machen wußte, wird ihm deutlich. Wenn der widerlichste, wüsteste, selbstsüchtigste Lümmel mehr Glauben, mehr Anhang findet als der aufrichtigste Menschenfreund, so weiß er, was da einzig trösten kann.

Als sie dort vor das Wirtshaus fuhren, worin Johannes der Wirt war, so kam der Stallknecht, das Pferd abzunehmen. Kinder stunden vor dem Hause, aber bewegten sich nicht; Gesichter fuhren vom Fenster weg und zeigten sich nicht. Ds Elisi stund da vor dem Wirtshaus in grüner Seide, mit halb verfrornem Gesicht, wie ein Krautblatt im Winter, und Uli packte aus, Pack um Pack, die ihm niemand abnahm. Als endlich alles ausgepackt, das Pferd längst im Stall war, wanderten sie der Haustüre zu, bei den Kindern vorbei, die sie mit großen Augen anglotzten, die liebe Tante weder mit Gebärden noch Worten begrüßten, sondern sich herumschlenggeten und den Rücken wiesen, wenn man sie anreden wollte.

Endlich, als sie unter der Haustüre waren, kam Johannes durch den Gang und grüßte zärtlichst seine Schwester: »Bunschur! Bunschur! Was Donner kömmt dir jetzt in Sinn, daß du zu uns kommst? An dich hatten wir jetzt nicht gesinnet. Wo Donner wottst du hin mit deinen Bünteln?« Den Uli grüßte er vertraulich und hätte ihm sogar die Hand gegeben, wenn Uli eine freie gehabt hätte. Ds Elisi sagte, es hätte Längizyti gehabt, und es hätte es duecht, es möchte einist zu ihnen zDorf cho. »Dr Vater und dMutter lassen dich grüßen.« Somit hatte Johannes eine Stube geöffnet, wo die honetteren Reisenden eintraten, und ds Elisi hineingeführt. Uli legte seine Packs ab und ging, Johannes ihm nach, sagend, er wolle es seiner Frau sagen, daß es da sei. Die aber hatte Elisi wohl gesehen, Johannes brauchte es ihr nicht zu melden. Er ging Uli nach, der zu seinem Roß sehen wollte, sprach mit ihm des langen und breiten darüber, zeigte ihm dann seine Pferde und Kühe und machte ihm zwischendurch Vorwürfe, daß er nicht zu ihm gekommen; er hätte ein ander Leben bei ihm haben sollen, als er in der Glunggen habe, wo ein ewig Kär sei und man es nie treffe, bald zuwenig, bald zuviel mache. Unterdessen saß ds Elisi alleine in der Wartstube, sah sich zuerst die greulichen Helgen an, welche an den Wänden hingen zu großer Erbauung manches Kindbettimannes, der nie etwas Gemaltes gesehen als die Wegweiser, die Kirchenzyt und Hochzeitsschäfte und Tröge. Nachdem es diese und endlich alles andere angesehen, was in der Stube war, so fing es an auszupacken, und Trinette kam noch immer nicht, und niemand offerierte dem Elisi etwas, nicht einmal etwas Kaltes, verschweige etwas Warmes. Trinette machte nämlich die Toilette. So, wie sie war an diesem Nebeltage, mit angelaufenem Mänteli und Fingern, ohne Gufen und Ringe, in Schuhen ohne Hinterstück und Kittel ohne Häfte, einer gemeinen Haarschnur und wohlfeiler Ärgäuer Scheube (Fürtuch), wollte sie sich vor Elisi, das sie schön seiden gesehen, nicht zeigen. Während nun Trinette sich sträubelte und aufzäumte, blies Elisi unten Trübsal und nahm sich allerhand vor, was es tun und sagen wolle. Mitten in den besten Entwürfen rauschte Trinette heran und sagte: »Bonsoir, Elise; es freut mi, di z'seh!«, und Elisi sagte: »Merci, Trinette; ich ha glaubt, mi heyg mi ganz vrgesse.« Trinette entschuldigte sich, daß sie noch mit der Näherin zu tun gehabt, die ihr das Mäß zu einem neuen Tschöpli habe nehmen müssen, und sie habe geglaubt, der Mann sei da. Unterdessen musterten die beiden Schwägerinnen einander mit Kenneraugen von oben bis unten; und während Trinette in stolzer Freude, diesmal dr Däche z'sy, Elisi Erfrischungen anbot, der Köchin und der Stubenmagd Befehle gab, sagte Elisi, es möchte in ein Stübli, sich anders anzuziehen. Es hätte für die Reise das Leydest angezogen, wo es gehabt. Es sei nicht gewohnt, in solchen Kleidern zu sein, und möchte sich auch öppe anziehen, wie es der Brauch sei. Gäb was nun Trinette einwandte, Elisi sei ja so de bon goût angezogen, wie wenn es grad aus dem Weltschland käme, setzte es Elisi doch durch, daß man ihm eine Stube anwies und eine Magd ihm alles nachtrug. Drunten wurde nun aufgetragen allerlei Gutes, die Köchin mußte Strübli machen, und der Johannes sollte Neuenburger holen im Keller, tat aber nur Roquemoore in eine Neuenburgerflasche und sagte für sich: »Was wissen doch die, was Neuenburger ist? Roquemoore tuts denen zwee Gäuggle wohl.« Endlich erschien Elisi, und diesmal nicht grasgrün, sondern schön himmelblau, mit brodiertem Mänteli, großer Gufe, goldener Uhrenkette, Haften am Kittel wie Zwanziger und Göllerketteli, die es ganz vorniederzogen, und deren Blämpel mit Gold ausgelegt waren. Es war eine helle Pracht, wie das funkelte und so neu und schön aussah. Trinette ward ganz grün und gelb vor Neid und war auf dem Punkte, die Strübleni abzusagen. Indessen besaß sie sich doch und rühmte Elisis Pracht, aber stichelte dabei: wie es gar kommod sei, hoffärtig zu sein, wenn man noch bei Vater und Mutter sei; da möge es alles erleiden. Wenn man aber für alles selbst sorgen müsse und noch Kinder habe, so tue einem das die Nase hintere. Sie hätten beide noch nichts geerbt, und wenn ihre Eltern nicht so gut gegen sie wären, sie könnten es nicht machen. Wenn man schon grusam viel verdiene, so gehe doch grusam viel darauf so in einer Wirtschaft. Elisi wurde nun ganz zweg, aß und trank nach Herzenslust, rühmte die Strübli und besonders den Neuenburger. Der Vater müsse auch solchen anschaffen, sagte es, er hätte immer nur so Kuttlenrugger, wo man im Weltschland damit den Mäusen vergebe; man sage ihm Taveller, er komme da von Biel her. Nun packte Elisi auch seinen Kram aus, unter dem feines Guttuch zu einem Tschöpli für Trinette war, über das dieselbe aber gar sehr die Nase rümpfte. Sie sei gar froh darüber, sagte sie, es sei schön warm, und sie hätte schon lange so etwas gemangelt; sie sei voriges Jahr beim Sauerkabiseinmachen schier erfroren im Keller. Freilich machten solches die Mägde; man müsse doch aber auch zuweilen sehen, wie sie es machen. Die Diensten seien heutzutage gar schlecht, sie luegten nur zu sich. Das war die längste Rede, welche diesen Abend Trinette hielt.

Da kriegte Elisi doch nach und nach Langeweile. Aus der Nebenstube ertönte Gelächter, der Stoff der Rede ging ihm aus, und es duechte ihns, es sei doch schade, wenn niemand in Frevligen seine himmelblaue Bkleidig sehe als die mißgünstige Trinette und die dumme Stubenmagd, die noch mit keinem einzigen Wort ihre Bewunderung bezeugt hatte. Immer mehr wuchs ihm der Glust, wenn die daneben doch auch sehen könnten, wie schön es bkleidet sei; vielleicht wäre einer darunter, der ihm gefiele, und da könnte sich eine gute Partie machen ungsinnet. Es müsse daheim versauren und komme den Leuten nicht vor die Augen, da sei es doch kein Wunder, daß es noch keine Partie gemacht. Darum wolle es doch, wenn es einmal fort sei, nicht in einem Hinterstübli vergrauen und sich vor niemand zeigen. Aber Trinette, wie sehr auch Elisi um die Stauden schlug, tat keinen Wank; und wenn es fragte, wer wohl drüben sei, so sagte Trinette, es werden die Säutreiber sein von Lutern oder von Eschlismatt. Aber es duechte Elisi, die Säutreiber von Lutern sollten nicht so mögen lachen; und endlich sagte es, sein Knecht werde wohl auch dort sein? Trinette sagte, er werde wohl. Da sagte Elisi, es müßte doch gehen und ihm sagen, wann sie morgen fortwollten; es hätte ihm noch nichts befohlen. Trinette aber antwortete, es wolle ihn kommen lassen, man könne ihm hier ja auch befehlen. Aber Elisi wollte hinüber, stund auf, entschuldigte sich, daß es nicht Mühe machen wolle, und tat die Zwischentüre auf.

Drinnnen saßen an zwei Tischen, einem den Fenstern,

einem der Wand nach, viele Männer fluchend, lachend, rauchend, trinkend, spielend. Es waren aber allerdings nicht Säuhändler von Lutern, sondern alte und junge Frevliger, die an ihrem gewohnten Abendwerk saßen; denn da war des Wirtshauses wegen alle Tage Sunntig, in der Kirche aber alle Tage Werchtig (Wochentag, Werktag). Bei ihnen saßen Johannes und Uli, der letztere vom erstern zu Gast gehalten mit Tabak und Wein. Langsam kam aus dem dunklen Hintergrunde das himmelblaue Elisi, stüpfte dem Uli auf die Schulter und sagte ihm, sie wollten am Morgen zeitlich fort, er solle machen, daß zu rechter Zeit gefüttert sei. Jenseits dem Tische saß ein lustiger Gerichtsäß; der fragte: was das für eine schöne Jumpfere, für ein hoffärtig Meitschi sei, ob ers ihm bringen dürfe? Ein Wort gab das andere. Elisi saß bald auf einem leeren Platz und lebte wohl an den Späßen der Alten und Jungen, sagte aber nicht viel, sondern lachte nur zimperlig und fuhr oft mit dem schönen Schnupftuch manierlich zur Nase, wobei man die Fingerringe sah, und zog oft an seiner goldenen Kette, wobei man dann eine kleine goldene Uhr sah nach alter Fasson, wie man sie wohlfeil beim Uhrenmacher kauft. Elisi saß da gar wohl, mehr als zwei Stunden lang, und hatte seine Schwägerin ganz vergessen.

Als endlich niemand mehr viel zu ihm sagte, ging es wieder in die Nebenstube. Da war aber keine Trinette mehr, sondern nur die Stubenmagd, die Tisch deckte und sagte, Trinette sei zu Bette gegangen, sie hätte gar Zahnweh gehabt. Obs öppe öppis angers syg? fragte Elisi. Sie wisse e nicht, sagte die Stubenmagd; daneben könnte es wohl sein wunderlich genug sei sie dafür. Das war Elisi angeholfen und vielleicht wären die beiden die ganze Nacht hint Trinette gewesen, wenn nicht die Köchin mit einem Flu zur Türe hereingefahren wäre: ob es aber angebacken daß es die Suppe nicht hole? Es brännte draußen alles an. aufgetragen war, kam Johannes mit Uli und fluchte n wenig, als er nur zwei Teller sah, fluchte über seine Fu, daß sie schon im Nest sei; e selligi Plättere gebe es keine mehr im Kanton, entweder fehle es ihr am Gring oder im Gring; fluchte über die Stubenmagd, daß die Dolder Gans nicht drei zählen könne oder meine, sie fressen wie dSäu aus einem Trog. Johannes behandelte Uli wie einen alten Kameraden und sagte ihm alle Augenblicke: »Seh, suf! Seh, friß!« Mit Elisi war er nicht halb so freundschaftlich, sondern sagte bloß: »Wotsch?« Und wenn Elisi nein sagte, so sagte Johannes: »He nu, so hesch scho gha!« Daneben spottete er über ihns: obs nicht bald einen Mann habe, am Wollen fehle es nicht. Er wollte an seinem Platz lernen eine Suppe machen und Strümpf plätzen; vielleicht bekäme es dann einen. »Vielleicht nähmte dich Uli«, sagte er, »wenn du ihn fragst; soll er diese Nacht etwa bei dir liegen?« Mit solchen brüderlichen Späßen würzte Johannes das Mahl.

Am folgenden Morgen sah man Uli zuerst, nicht gar viel päter erschien Johannes, zu großem Schreck seines Gesines, zu eigenem großem Zorn. Jedes pflegte seiner Behagchkeit, im Glauben, der Meister tue es ebenfalls; der eister faulenzte, im Glauben, es wüßte jeder Dienst, was zu tun hätte. Als er nun einmal zur unerwarteten Stunde fstund, da erfuhr er, was die Faulheit der Meisterleute für irkung tut auf die Diensten. Er fluchte sich fast die Zähne dem Maul, die Zehen ab den Füßen; aber am andern rgen lag er wieder bis gegen neune; was half da das chen? Was kann in einem Wirtshause alles gehen von rgens fünf bis um neune, wo der Herr Wirt und die Frau tin aufstehen? Nirgends straft wohl Gott die zeitlichen den schneller und deutlicher als die der Wirte, welche wirten. Wenn Wirt und Wirtin nicht Ruhe schaffen in n Hause zu rechter Zeit mit Hudeln, mit Spielen oder a nur dasitzen und zusehen, wie andere hudeln über die Z so haben die einen einen schweren Kopf und zitternde Gder am Morgen, die andern mögen sonst nicht auf, und wäend dieser Zeit geht ihnen weit mehr zugrunde, als sie am bend verdient haben; und zum Trinkgeld haben sie den ganzen Tag den schweren Kopf, die faulen Glieder; zum Trinkgeld haben sie ein böses Alter und schlechte Kinder; und was mancher am Ende seines Lebens davonbringt, ist Bettlerbrot, Spitalsuppe und ein schlechter Strohsack. O wenn mancher Wirt wüßte, was ginge, ehe er aufsteht, er würde wohl am Abend früher Feierabend machen.

Johannes donnerte und wetterte, solange er seine verstrupften Diensten sah, welche die Gaststube noch nicht aufgeräumt, die Kühe nicht gemolken, die Pferde nicht gestriegelt hatten, und auf dem Wege zu seinem Lande, das er Uli zeigen wollte, klagte er gar bitterlich über alle seine Diensten, wie sie alle nichts wert seien, und wie er hundert Kronen geben wollte um einen guten Knecht. Er wußte noch nicht, daß ein schlechter Meister nie gute Diensten hat, daß die einen unter ihm schlecht werden, die, welche gut bleiben wollen, ihm weglaufen müssen.

Als sie endlich zurückkamen von ihrem Beschauen, fanden sie das Elisi diesmal ganz in schwefelgelber Montur, das heißt in schwefelgelbem Tschöpli und Fürtuch, betrübt in der Nebenstube, wohin man eben das Frühstück gebracht hatte, zirka um halb zehn Uhr: Strübli von gestern, Anken, Käs, Nidle, Kaffee und schönes weißes Brot. Trinette ließ sich nicht sehen. Es hieß, sie hätte in der Nacht nicht schlafen können und mache jetzt etwas nach. Nachdem man fertig war, sagte ds Elisi noch nichts vom Anspannen. Johannes führte den Uli in seine Keller, und ds Elisi spazierte schön schwefelgelb vor dem Hause auf der Tärasse, im Garten, ums Haus herum, die Handschuhe an den Händen, das Nastuch darin, spazierte hin und her, auf und ab, bis es endlich eilf Uhr schlug. Da winkte es dem Uli und sagte: sie müßten fort, er solle zwegmachen; es wolle gehn und sich anders anziehen; sobald es fertig sei, müsse er anspannen. Es ging fast eine Stunde, bis ds Elisi grasgrün wieder zum Vorschein kam. Und wer saß da prächtig in schokoladefarbener Seide (Donna Maria war noch nicht Mode), kostbar um und um, hinten Silber und vornen Gold? Es war Trinette, Trinette, welche die schwefelgelbe Pracht nicht sehen wollte und auf das grasgrüne Elisi gewartet hatte, um ihm zu zeigen, daß es dann auch noch Kleider hätte, wenn es sich zeigen wolle, und wenn es schon noch nicht geerbt hätte und nicht mehr daheim sei. Ds Elisi wurde noch einmal so grün, als es die vor ihm sitzende Herrlichkeit sah, und brachte seinen Mund gar nicht auf zu einem Bonjour und der Frage nach dem Zahnweh. Hingegen Trinette tat wohl etwas schmächtig, war übrigens die Freundlichkeit selbst, wollte Elisi nötigen, heute (so grasgrün) noch dazubleiben. Als alle Bitten umsonst waren, erhielt die Stubenmagd Befehl, schleunig den Tisch zu decken und aufzutragen, gäb wie Elisi wehrte, weil sie erst dischiniert hätten.

Es war ein stattlich Essen da, das Beste, was das Haus vermochte; allein es schmeckte heute dem grasgrünen Elisi nicht halb so gut als gestern dem himmelblauen; sobald es Trinette ansah, stockte ihm der Bissen im Halse, selbst dem Johannes sein Neuenburger hatte heute einen ganz andern Geschmack als gestern. Es hatte keine Ruhe, bis es angespannt war.

Als endlich angespannt, alles eingepackt war, ds Elisi im Sitz saß, wollte Uli vorauf; aber Johannes tat es nicht. Er solle doch nicht ein Narr sein, sagte er, sie werden da innen einander nicht beißen, nicht kräbeln, hingegen draußen regne es und sei unlustig. Sie sollten sich nur gut zusammenlassen, so hätten sie nicht kalt; man sei ja dafür auf der Welt, für einander zu helfen. Uli mochte wollen oder nicht, er mußte hinein, und ds Elisi rückte weg, drückte sich in eine Ecke und ließ sich nicht hervor, bis sie weit außer Frevligen waren.

Endlich hob es den Kopf auf und sagte, es sei froh, daß sie auf dem Heimweg seien; ds Bruders seien wüste Leute, er sei ein Grobian, ein Unflat, Trinette ein böses Mensch, e halbe Narr. Die werden schön für den Hag hinaus husen. Sie könnten beide wohl brauchen, aber nichts verdienen; was das Maul wolle, müsse gefressen, was den Augen gefalle, gekauft sein. Für die ledig zu bleiben, die es nur für einen Narren zu halten begehrten, dazu sei es nicht dumm genug; und sollte es einen von der Gasse nehmen, so wollte es heiraten, nur daß die keinen Kreuzer von ihm bekämen. Wenn einst Vater und Mutter gestorben seien und es noch keinen Mann hätte, so wüßte es wohl, wie es ihm ginge; die würden es eingänterlen (einschließen), bis es murbe genug zum Erben wäre. Aber es sei ihnen noch zu schlimm und wolle dem Trini sein schokelaseidenes Tschöpli eintreiben. Eins, das hunderttausend Pfund erben könne, lasse so das Spiel nicht mit sich treiben. Auf den Reichtum brauche es nicht zu sehen; es vermöchte einen Mann zu erhalten, daß sie beide gut haben könnten. Aber hübsch müßte er sein und frein, es wolle Freude an ihm haben können. Die Alten scheue es nicht; wenn es wüst tue, so könne es bei ihnen alles zwängen. Wenn es nume afe einer wollte, noch heute wollte es die Sache richtig machen, nume ihnen zTrutz. Nit, es hätte bereits gar manchen haben können und sie alle abgewiesen, sie hätten ihm nicht gefallen. Aber jetzt meine die Göhle, es wolle gar keinen, und es dürfe sich niemand mehr an ihns lassen. Wenn es vornen anfangen könnte, so machte es es ganz anders; es nähme den erstbesten, so riskierte es wenigstens nicht, daß es für den Hag hinauskäme. So redete ds Elisi aus seinem ingrimmigen Herzen und rückte immer mehr aus seiner Ecke hervor und sagte: »Uli, du mußt nit so schüch sy!« Kurz, aus lauter Täubi wurde ds Elisi unter dem Fußsack recht zärtlich; bloß den Kopf hielt es, solange es Tag war, in angemessener Entfernung. An dem Städtchen ließ es vorbeilenken und bestimmte einen unbedeutenden Ort zum Füttern. Uli ward es bei dem allem wunderlich zumut; indessen vergaß er nicht, daß seines Meisters Tochter neben ihm sitze, machte von ihrem Gerede keine besondere Anwendung auf sich und von allem Näherrücken keinen Gebrauch, trotz der Aufforderung, nicht so schüch zu sein.

Diesmal bannisierte ds Elisi Uli nicht zu einem aparten

Schoppen nebenaus, sondern ließ gleich eine Halbe für sie beide bringen und dann etwas auf einem Teller, und dann schien ihm dieser Wein noch nicht gut genug, sondern es befahl vom mehbessern und dem Kohli noch ein Immi, ließ sich da zBoden wohl sein und sorgte dafür, daß es dem Uli und dem Kohli nicht übler sei. Der erstere mußte Hammeschnittli essen, bis er zuletzt glaubte, selbst eine Hamme zu sein.

Als sie wieder fortfuhren, irrte der Sonnenschein, die Tagesheiteri nicht mehr, und ds Elisi wurde auch oberhalb des Fußsackes zärtlich, lehnte sich an Uli an und redete allerlei, bis es endlich sagte: es gelüste ihns, ihm ein Müntschi zu geben, ob er etwas dawider hätte? Seit dem Weltschland hätte es keine mehr gegeben; es müsse doch probieren, ob es das noch könne. Im Weltschland hätte man beim Pfänderspiel ihm immer gesagt, es könne das keins so gut wie es. Was sollte Uli dagegen haben? Ds Elisi küßte ihn nun nach Herzenslust ab, und er gab wohl hie und da ein Müntschi wieder, aber ziemlich kaltblütig. Dem Elisi waren sie wirklich auch wohl kalt, und es meinte, dem Vreneli würde er wärmere geben und ungeheißen. Uli wollte von Vreneli nichts wissen und sagte, dem hätte er noch keine gegeben; er wüßte nicht, wie dazu kommen. Elisi meinte, das sei doch kurios; es seien nur Müntscheni und täten eim doch so wohl; man würde es niemand glauben, wenn man es nicht selbst erfahren täte. Und es, eine reiche Tochter, hätte so manches Jahr keine erhalten, daß es ganz vergessen gehabt, wie wohl sie eim täten. Aber das müß ihm künftig nicht mehr so gehen, »gäll, Uli?« Als Uli antworten wollte, tat der Kohli einen Satz, daß sie beide hoch auffuhren, wollte in einen Acker hinaus, daß Uli mit beiden Händen wehren mußte. Endlich wieder gerade auf der Straße, war er so ertaubet, daß Uli aus Leibeskräften ihn halten mußte. Da war es mit dem Küssen aus und Elisi froh, daß es mit ganzen Gliedern heimkam.

Zwanzigstes Kapitel

Uli kriegt Gedanken und wird stark im Rechnen.

So lief die Fahrt glücklich und unschuldig ab, aber nicht ohne Folgen. Es stieg Uli nach und nach doch zu Haupt, daß er da leicht zu einer reichen Frau kommen, glücklich werden könne. Denn so unsinnig es ist, so ist doch im gemeinen Sprachgebrauch glücklich werden und reich werden gleichbedeutend. Man hört ja so oft: »Der kann wohl, der ist glücklich gewesen im Heiraten und hat mehr als zehntausend Pfund erwybet. Freilich ist seine Frau ein Laschi, und er hat viel mit ihr; aber was macht das, wenn man Geld hat? Das Geld ist doch die Hauptsache.« Von dieser allgemeinen und doch so unbegründeten Ansicht war Uli nicht frei, wollte er ja doch auch reich, ein Mann werden. Wenn er an Elisis Äußerungen dachte, die freilich im Nebel und im Regen getan waren, so kam es ihm immer wahrscheinlicher vor, daß es ihn nehmen würde, wenn er es recht begehrte. Der Bruder hatte ihn so freundschaftlich behandelt, so viel Zutrauen ihm gezeigt, daß er meinte, der würde wirklich nicht sehr darwider sein. Wenn es einer sein müßte, so wäre er ihm lieber als mancher andere. Den Eltern, dachte er, wäre es wohl im Anfang nicht recht, und sie würden wüst tun; aber wenn einmal Elisi es erzwängt hätte, die Sache geschehen, so machte es ihm keinen Kummer, ihnen lieb zu werden.

Der Gedanke, einmal auf der Glungge Bauer zu sein und so ganz frei schalten zu können, tat ihm gar unendlich wohl. In zwanzig Jahren, rechnete er manchmal aus, wollte er gut noch einmal so reich sein, der ganzen Gegend wolle er zeigen, was das Bauren könne. Es stieg ein Plan nach dem andern vor ihm auf, wie er es anfangen, was er alles vornehmen wolle, was der Pfarrer sagen werde, wenn er mit der reichen Tochter die Hochzeit angebe, was die Leute in seiner Heimat sagen werden, wenn er einmal mit eigenem

Roß und Wagen daherkomme und es heiße, der Uli hätte sechs Roß im Stall und zehn Kühe von den schönsten? Freilich, wenn er dann das Elisi schlärplen sah, so gab es ihm einen Tolgg in seine Rechnung. Er sah wohl, daß es für die Haushaltung nichts, daneben wunderlich und bräuchig und mit allem unzufrieden sei. Das letztere würde bessern, dachte er, wenn es einen Mann hätte. Er vermöge dann, Diensten zu haben; es gehe sonst, wenn die Frau nichts mache: bei solchem Reichtum möge es wohl etwas erleiden. Es sei bei einer jeden etwas zu scheuen; er hätte noch von keiner gehört, die gewesen sei, daß man nicht noch etwas anderes gewünscht. Reich, reich, das sei doch immer die Hauptsache. Und doch, wenn er Elisi sah, so wollte es ihm erleiden. Das verschinene Tirggeli, Hämpfeli kam ihm gar zu unappetitlich vor. Wenn es ihn mit seinen feuchtkalten Händen anrührte, so schauderte es ihn; es war ihm, als müsse er den Fleck abwischen, den es berührt. Wenn er es erst reden hörte, so zimperlig und doch so dumm, so wollte es ihn aus der Stube treiben, und er mußte für sich denken: »Nein, bei dieser haltest du es nicht aus; bei jedem Wort, das sie sagt, müßtest du dich ja schämen.« Aber wenn er dann von Elisi weg war, so sah er wieder den schönen Hof, hörte das Geld klingen, sah sich im Ansehen, und es kam ihm vor, als sei Elisi doch so wüst nicht, und nach und nach wollte es ihn dünken, als sei es wirklich gescheuter, als man glaube, und wenn es Liebe zu einem hätte und man vernünftig mit ihm rede, so wäre noch etwas mit ihm zu machen, und bei einem rechten Mann könnte es noch eine recht vernünftige Frau abgeben.

Das alles ging nur in Ulis Kopf vor; allein »es ist nichts so rein gesponnen, es kömmt doch endlich an die Sonnen«. Die Reise hatte Elisi und Uli vertraulicher gemacht, es war ein anderer Ton, in dem sie zueinander redeten, und mit den eigenen Augen eines gewissen Einverständnisses blickte ihn ds Elisi an. Uli freilich suchte die Augen zu meiden, besonders wenn sie in Vrenelis Gesichtskreis waren. Denn so, wie

Elisis Reichtum ihn alle Tage heftiger lockte, so schien ihm Vreneli alle Tage hübscher und anschlägiger. Am besten, dachte er oft, würde es gehen, wenn Vreneli bei ihnen bleiben und die Haushaltung machen würde. Mehr als früher zog Elisi Uli nach, und wenn es an einem Sonntagnachmittag einen Augenblick alleine mit ihm in der Stube war, so ruhte es nicht, bis es ans Küssen kam. Es wäre für sein Leben gerne wieder einmal mit ihm ausgefahren, allein es wußte nicht, wohin, und an die Märkte kamen Vater oder Mutter mit. Indessen, hätte Uli Böses im Sinne gehabt und auf schlechtem Wege zu einer Heirat kommen wollen, wie man deren Beispiele von Schlechtern, als Uli war, viele hat, Elisi hätte Gelegenheit genug dazu gegeben und in sich nichts getragen, das ihns davor geschützt. »Uli, bis nit so schüch!« hätte es vielleicht noch gesagt. Aber Uli war brav, begehrte nichts Böses, mied solche Gelegenheiten, ging der Anlässigkeit von Elisi recht oft aus dem Wege, wollte viel lieber Elisi verdienen als verführen. Er arbeitete um so emsiger, ließ sich alles besonders angelegen sein und wollte sich das Lob erwerben: wenn er schon jetzt nicht reich sei, so könne es ihm bei solcher Anstelligkeit nicht fehlen, es zu werden. Das, glaubte er, werde soviel bei den Eltern ziehen als viele tausend Pfund. Er dachte nicht an das Schreckenswort: »Ume dr Knecht!«

Nun aber hatten die Nebendiensten auch Augen im Kopf, und weit eher, als Uli noch an etwas gedacht, hatten sie Elisis zutäppisches Wesen bemerkt und Uli damit aufgezogen. Sie schrieben immer mehr seine Tätigkeit der Absicht zu, Tochtermann zu werden. Die Veränderung seit der Reise blieb ihnen nicht verborgen. Sie ersannen allerlei Märlein über die Vorgänge auf derselben, stichelten Uli ins Angesicht und verleumdeten hinter seinem Rücken. Alle Zumutungen, die er machte, deuteten sie, als ob er sich nur auf ihre Kosten wertmachen wolle, nahmen sie daher böse auf, stellten sich ungebärdig und dachten, dem wollten sies vrha. Sie paßten Elisi und Uli auf, wo sie nur konnten, suchten ihr zufällig oder absichtlich Beisammensein zu stören oder zu belauschen, allerhand Schabernack ihnen zu machen und hätten gar gerne irgendein grobes Ärgernis aufgedeckt; aber dazu gab Uli keine Gelegenheit. Noch ging die Waage bei ihm auf und ab. Es erleidete ihm manchmal Elisi und das Dasein in der Glungge, daß er gerne hundert Stunden da dänne gewesen wäre. Das Mädchen aber ward immer verliebter, kramete Uli bei jeder Gelegenheit, verehrte ihm mehr, als er annehmen wollte, tat so narrochtig mit ihm, daß es endlich selbst den Eltern auffiel. Joggeli muckelte: da hätte man es jetzt; da könne man sehen, was Uli eigentlich im Schilde führe; dem wolle er aber einen Strich durch die Rechnung machen. Indessen tat er nichts; insgeheim hätte er es seinem Sohn, der ihn so oft bschummelte, gönnen mögen, wenn Elisi einen dummen Streich gemacht und hätte heiraten müssen.

Die Mutter nahm das mehr zu Herzen und sprach Elisi zu: es sollte doch mit Uli nicht so narrochtig tun und auch denken, was die Leute sagen, und wie sie es auf die Trommel nehmen werden. Es schicke sich doch wahrhaftig nicht für ein reiches Meitschi, mit einem Knecht zu tun wie mit einem Schatz. Nit, sie hätte nichts wider Uli, aber er sei doch immer nur der Knecht, und es werde doch keinen Knecht wollen. Dann plärete ds Elisi und sagte: es sei alles nicht recht, was es mache; man hätte in Gottsname immer mit ihm zu balgen; bald halte man ihm vor, es sei zu hochmütig, bald, es mache sich zu gemein. Wenn es mit einem Knecht ein freundlich Wort rede, so mache man ihm einen Lärm, einen ärgern könnte man ihm nicht machen, wenn es schwanger wäre. Aber man gönne ihm in Gottsnamen keine Freude, und alles sei nur auf ihm. Es wäre ihm am wöhlsten, wenn es bald sterben könnte. Und Elisi plärete dabei immer heftiger, bis es keinen Atem mehr hatte, die Mutter in aller Eile das Göllert auftun mußte und wirklich glaubte, das Elisi wolle sterben. Dann schwieg die gute Mutter wieder, denn sie wollte wirklich nicht, daß ds Elisi sterbe. Sie klagte nur zuweilen Vreneli, sie wisse nicht, was sie da machen solle. Tue sie wüst, so wär ds Elisi imstand, etwas Ungeschicktes zu machen; lasse sie es gehen, und geschehe dann wirklich auch etwas Ungeschicktes, so werde sie an allem schuld sein sollen, und man werde sagen, warum sie nicht zu rechter Zeit dazugetan. Aber einmal jetzt wüßte sie nichts zu machen. Über den Uli könne sie nicht klagen, er führe sich vernünftig auf, und sie glaube, es sei ihm eher zuwider. Und so mir nichts dir nichts, bis man mehr zu klagen habe, ihn fortzuschicken, reue sie auch. Und wenn sie es täte, so wäre Joggeli der erste, der ihr immer vorhielte, sie hätte aus leerem Kummer den besten Knecht fortgeschickt, den sie noch gehabt. Aber er mache es immer so: da, wo sie möchte, daß er rede, da schweige er, und, wo er schweigen sollte, da möffele er drein. Vreneli solle immer gut Achtung geben und, wenn es etwas Apartes sehe, es ihr sagen. Aber von Vreneli hatte die Alte wenig Trost; das tat, als ob die Sache ihns nichts anginge. Ds Elisi konnte sich nicht enthalten, dem Vreneli von Uli zu reden, wie er ein Hübscher und Freiner sei, und wie es sich nicht verschwören wolle, daß es ihn nicht noch einmal heirate; wenn sie es einmal taub machten und ihm nicht tun wollten, was es begehre, so sollten sie nur sehen, was es mache. Es besinne sich dann nicht lange, und es brauche nur ein Wörtlein zu sagen, so gehe Uli und gebe das Hochzeit an. Wenn Vreneli dann auch zu diesem wenig sagte, so hielt ds Elisi ihm vor, es sei schalus. Oder wenn Vreneli ihm zusprechen wollte, es solle doch Uli nicht so zum Narren halten, es begehre ihn doch nicht, oder es solle den Eltern nicht diesen Verdruß machen, so hielt es ihm vor, es möchte Uli selbst und wolle ihns nur abspenstig machen, um selbst ans Brett zu kommen; aber so eine mit einem blutten Füdle nehme Uli nicht, dafür sei er zu gescheut. Es solle sich nicht einbilden, daß es so bald einen Mann bekäme; der leidest Knecht besinne sich, ehe er so ein arm Meitli nehme, und zweimal, ehe er ein unehliches nehme. Das sei immer noch die größte Schand, die es gebe.

Obgleich Vreneli solche Reden tief empfand, so ließ es es doch nicht merken, weinte nicht und zankte nicht, sagte höchstens: »Elisi, daß du nicht auch unehlich bist, dafür kannst du nichts; und daß du nicht schon ein Unehliches hast, daran bist du auch nicht schuld.«

Am meisten Not machte Vreneli das eigene Betragen gegen Uli. Je mehr diesem Elisis Geld zu Kopfe wuchs, desto mehr fühlte er sich zu Vreneli gezogen; er konnte es gar nicht leiden, wenn es ihm kurzen Bescheid gab oder böse über ihn schien, und suchte es auf alle Weise zu versöhnen, gut zu stimmen. Er floh Elisi oft und suchte es nie auf; er floh Vreneli nie, suchte es aber oft auf, während es ihn floh und Elisi ihn suchte. Vreneli wollte mit Uli kurz sein und trocken, und doch konnte es, wenn es den besten Vorsatz hatte, oft nicht anders als freundlich mit dem freundlichen Burschen sein, konnte zuweilen sich bei ihm vergessen und zwei, drei Minuten mit ihm schwatzen und lachen. Wenn das dann zufällig ds Elisi sah, so gab es gräßliche Geschichten. Zuerst hielt es Vreneli die wüstesten Sachen vor, bis es nicht mehr reden, kaum Atem finden konnte. In diesem Zustande schoß es manchmal an ihns hin und hätte es prügeln mögen, wenn es ihm nicht an Kraft gebrochen hätte. Dann ging es über Uli her; er mußte hundertmal hören, daß er ein Unflat sei und nur der Knecht. Und es sehe jetzt, was es zu erwarten hätte, wenn es so dumms wäre, wie man meine. Aber es sei Gottlob noch früh genug, und es wolle nicht so ein Narr sein, sein Geld einem zu bringen, von dem es fürchten müsse, er verbrauche es mit Huren. Dann fing es an zu heulen über solche Falschheit, und wie es sterben wolle. Manchmal versöhnte es sich schon während diesen Tränen, und Uli mußte versprechen, nicht mehr andern nachzulaufen, dem wüsten Vreni, das ihn locken, verführen wolle, kein gutes Wort mehr zu geben. Bald dauerte der Unfriede lange, und ds Elisi kupete. Dann kam es Uli doch vor: eine, die so schalus sei, die ihm den Knecht so oft vorhalte, so heulen oder kupen könne, sei doch nicht die liebenswürdigste Frau, und da gebe es ein bös Dabeisein, und es wäre besser, wenn er die ganze Sache sich aus dem Sinne schlüge. So, wie er nun gleichgültig gegen das Kupen ward, so ward es Elisi angst, und es suchte die Versöhnung, kramete etwas oder suchte sonst eine Gelegenheit, wo es Uli flattieren, ihm anhalten konnte, er solle es doch liebhaben, es habe sonst keine Freude mehr am Leben. Und wenn es ihn so bös mache, so solle er ihm nicht zürnen; das geschehe nur, weil seine Liebe so groß sei, weil es ihn keiner andern gönne usw. Wenn es ihn einst recht hätte, so wollte es nicht mehr schalus sein; aber solange es so dahange und nicht wisse, woran es sei, komme es ihm manchmal, als ob es lieber sterben wollte. Es wisse auch nie recht, ob Uli ihns liebhabe; es dunke ihns manchmal, wenn er es recht liebhätte, so setzte er ganz anders an und nähme die Sache besser in die Hand; er sei da so wie ein Gstabi und mache kein Gleich (Glied). Wenn dann Uli sagte, er wüßte es nicht besser zu machen, er wisse ja auch nicht recht, ob ds Elisi ihn eigentlich wolle; und wenn es ihm Ernst sei, so solle es mit den Eltern reden, oder sie wollten zum Pfarrer gehen und das Hochzeit angeben und dann sehen, was daraus werden wolle, so sagte Elisi: das pressiere nicht halb so, Hochzeit halten könnten sie immer noch. Das sei die Hauptsache, daß er es liebhabe, und dann sei es in einem Jahr noch frühe genug, oder wenn er recht dransetze (das komme auf ihn an, es wolle sehen), in einem halben. Aber mit dem Donners Vreni solle er nichts mehr zu tun haben, sonst kratze es beiden die Augen aus, und das Mönsch müsse aus dem Hause.

Natürlich gab die Sache ein groß Gerede weitumher, und man redete weit mehr davon, als daran war. Es gab zwei Partien: die eine gönnte die Geschichte den Eltern, die andere die reiche Frau dem Uli. Je länger die Sache dauerte, und das ging nicht nur ein Jahr, desto mehr gewann der Erfolg an Wahrscheinlichkeit, desto mehr unterzogen sich die Dienstboten dem Uli und stellten sich auf die Seite des

mutmaßlichen Tochtermanns, so daß der Hof ein immer blühenderes Aussehen bekam und Uli immer unentbehrlicher wurde. Selbst Joggeli, dem der bare Gewinn in den Sack floß, und der wohl rechnen konnte, was zwanzig Klafter Futter, tausend Garben Korn mehr zu bedeuten hätten, verbiß seinen Ärger, tat ein Auge zu und tröstete sich damit, er wolle Uli brauchen solange als möglich; wenn es einmal Ernst gelten sollte, so könnte man immer noch sehen.
Als einmal Johannes daherkam, der auch von dem Gerede gehört hatte, und verdammt aufbegehrte und forderte, daß man Uli fortschicke, so wollte Joggeli nichts davon hören. Solange er lebe, hätte er hier zu befehlen, und Uli wäre Johannes der Rechte, wenn er ihn hätte. Was hier gehe, gehe Johannes nichts an, und wenn man dem Uli ds Elisi geben wolle, so gehe es ihn auch nichts an. Er müsse nicht glauben, daß er alles allein erben wolle; einstweilen sei, was sie noch hätten, und was er ihnen nicht abgeläschlet, noch ihr. Je wüster Johannes tue, desto eher müsse ds Elisi heiraten; es sei nicht, daß es Uli sein müsse, es gebe andere auch noch. Sie wüßten wohl, wie lieb sie ihm alle seien; wenn er das Geld hätte, so früge er Vater und Mutter und Elisi nichts mehr nach; sie könnten seinethalb alle noch einmal heiraten, und wenns Schinderknechte wären, so wäre es ihm gleich. So redete Joggeli zu seinem Sohne in seinem kärigen, hustenden Tone, daß es der Mutter ganz angst war und sie einredete, er solle doch nicht Kummer haben, das geschehe nicht, sie seie auch noch da, und ds Elisi werde nicht alles zwängen, und Uli sei ein braver Bursche usw. Johannes wollte nun mit Uli selbst reden; aber der war nicht zu finden. Er sei um eine Kuh aus, hieß es. Trinette, diesmal noch viel schöner schwefelgelb als früher Elisi, bewegte sich um Elisi mit verachtender Miene und gerümpfter Nase und sagte endlich zu demselben: »Pfitusig, wie gmein machst de di! Mit eme Knecht si möge abzgä! Es ist eine Schande für die ganze Familie! Wenn meine Leute gewußt hätten, daß

meines Mannes Schwester einen Knecht sollte heiraten, sie hätten ihn geschickt Band hauen; er gefiel ihnen ohnehin nicht sonderlich. Aber ih bi Göhls gnue gsi u ha ne abselut welle. Mi cha di nimme zur Familie zelle, und du kannst dann sehen, wo du untereschlüfst (ein Unterkommen findest); einmal hier sollt ihr dann nicht mehr bleiben. Pfitusig, so mit emene Knecht es Gschleipf z'ha! Pfitusig, es gruset mr fry ab dr, ih ma di nume nimme aluege. Pfitusig, schämst di nit i dys bluetig Herz yche und teuf (tief) i Bode ache!« Aber ds Elisi schämte sich nicht, sondern hängte Trinette noch ein viel böser Maul an und meinte: ein Meitschi hätte dWehli, sich abzugeben, mit wem es wolle, und könne einen Knecht oder einen Herrn heiraten; vor Gott seien all Menschen gleich. Aber wenn es einmal eine Frau sei, dann würde es sich schämen, bald mit dem Stallknecht und bald mit dem Metzger, bald mit dem Herdknecht und bald mit dem Karrer und zletzt noch mit allen Zundleren und allen Ländern im Geschrei zu sein und Kinder zu haben, wo keins eine Nase habe wie das andere und eins dem andern gleiche wie ein Gäuer einem Weltsch. Wenn Vreneli und die Mutter nicht gewesen wären, so hätten sich die beiden Schwägerinnen die grasgrüne und die schwefelgelbe Seide vom Leibe gerissen. Als die Mutter Trinette mit Zusprechen helfen wollte, so ereiferte sich ds Elisi so, daß man es zu Bette bringen mußte. Erst jetzt, sagte es, als es wieder zu sich und zur Sprache kam, erst jetzt wolle es machen, was ihm anständig sei. Es wolle sich nicht einmetzgen lassen wie eine feiße Sau. Und es sei schlecht von den Eltern, daß sie meinten, es solle ein Kind einzig erben und das andere ohne Mann verrebeln, nur damit alles auf einem Haufen bleibe.

Johannes und seine Frau blieben nicht lange da. Auf dem Heimwege öfters einkehrend, wobei aller Rückhalt verloren ging, kramten sie ihren guten Freunden, Kollegen und Kolleginnen die ganze Geschichte aus, und ihre Erzählung erhob das Gerücht zur vollen Gewißheit. Der Bruder und seine Frau haben es selbst gesagt, hieß es, und die werden doch etwas davon wissen.

Nicht lange darauf fuhr Uli mit einem Roß zMärit, sah aber bald, daß er es nicht verkaufen könne um das, was er lösen sollte. Da es schlecht Wetter war, so nahm er es ab dem Markt und stallete es in einem Wirtshause ein. Wie er in die Gaststube wollte und um eine Ecke bog, prallte er an seinen alten Meister. Mit unverhohlener Freude bot Uli ihm die Hand und sagte, wie froh er sei, ihn anzutreffen und ein wenig bei ihm zu sein. Der Meister war trockener und redete von vielen Geschäften, gab aber doch endlich Uli ein Stelldichein, wo sie ruhig eine Halbe trinken könnten. Dort, nachdem sie in einem Winkel ziemlich gedeckt saßen, eröffneten sie die Vorrede, und Johannes fragte, ob es viel Heu gegeben; und Uli sagte »Ja«, und ob bei ihnen das Korn auch schon gefallen wäre, ihres hätte der erste Luft gestoßen. »Du bist alle zweg«, fuhr der Meister nach einigen weitern Zwischenreden fort, »und was hab ich gehört? Du werdest bald Bauer in der Glunggen werden, sagen die Leute.« »So, wer redt das?« fragte Uli. »He, die Leute sagens, es sei weit und breit das Gerede, und man rede es für eine bestimmte Wahrheit.« »Die Leute wissen immer mehr«, sagte Uli, »als die, welche es angeht.« Öppis werde doch an der Sache sein, antwortete der Meister. »He«, sagte Uli, er wolle nicht sagen, daß es es einst nicht geben könne, aber die Sache sei noch im weiten Felde; geredet sei noch nichts darüber, und es könnte noch beid Weg gehen. »He«, sagte Johannes, »es duecht mi, es sei genug geredet.« »He, wieso?« fragte Uli. »He, ds Meitschi ist ja schwanger!« »Das ist eine verfluchte Lüge«, sagte Uli, »ich habe es nie angerührt dä Weg. Ich will nicht sagen, daß ichs nicht hätte können; aber ich hätte mich geschämt, es so zu machen. Es hätten da alle Leute mir schuld gegeben und gedacht, es sei ein Schelmenstreich von mir, wie schon mehr dergleichen geschehen; und das habe ich nicht gewollt. Die Leute müssen mir nicht nachreden, ich sei dä Weg zu einer reichen Frau gekommen.« »So?«

sagte Johannes, »das ist dann anders, als ich gehört, und ich habe geglaubt, Uli wolle mich ansprechen, ihm z'best z'reden. Das wäre mir zwider gsi, ich muß es sagen, und deswegen habe ich lieber gewollt, ich hätte dich nicht angetroffen. Es freut mich, daß es nicht so ist; ich hätte auch noch Schmutz davon auf den Ärmel gekriegt. Jedenfalls hätte es mich geärgert, wenn du es auch so gemacht wie andere Lusbuben.« Aber öppis werde doch an der Sache sein? »He«, sagte Uli, er wolle nicht leugnen, daß er nicht glaube, die Tochter wollte ihn, und es wäre zu erzwingen, wenn sie recht ansetzten. Und es hätte ihn allerdings duecht, für ein armes Bürschli, wie er sei, wäre das ein großes Glück; besser machen könnte er es nie. »Das wird doch wohl das bleich, durchschynig Meitschi sy, wo geng ab em Luft muß, wenn ers nit näh soll?« fragte Johannes. »Öppe gar ds Brävst ist es nicht«, sagte Uli; »es ist magers und ungsüngs; aber es werde ihm schon bessern, wenn es einen Mann habe, hat der Doktor gesagt; aber hunderttausend Pfund bekömmt es.« »Höcklets no geng so da ume, oder rührt es auch etwas an, macht es die Haushaltung?« fragte Johannes. »Werche tut es nicht viel, und in der Küche ist es wenig, aber schön lismen kann es und mit Krällene allerlei Styfs machen. Aber wenn es den Hof einmal bekömmt, so vermag man eine Köchin zu halten. Wenn es nur hie und da nachsieht, es braucht ja nicht selber alles anzurühren«, meinte Uli. »Jä, für nachezluege muß man die Sache selbst verstehen; das ist gar dumm, daß man meint, wenn eine Frau bei einer Sache hocke, so sei damit alles getan. Es kann zum Beispiel eine Frau lang in einer Apothek hocke und lismerle, die Knechte können doch machen, was sie wollen«, sagte Johannes. »Aber es het mi duecht, es lueg gar ulydig dry und gränn eim nume so an, statt eim auch es freundlich Wort z'gä.« Es fehle ihm viel, sagte Uli, und es sei gar ein Empfindliches. Aber wenn es einen freinen Mann hätte und öppe zu tun, soviel es möcht, daß es sich ein wenig vergessen könnte, es würde ihm schon besseren. Es sei doch nicht, daß es dann nie könne freundlich sein. Es könne bsunderbar flattieren; und wenn man den Hof recht werche, so könne man darauf wenigstens zehntausend Garben machen, und zwar nur Korngarben. Das sei viel, sagte Johannes, und solche Höfe gebe es nicht mehr viel im Kanton. Aber wenn man ihm die Wahl ließe, einen gfreuten Hof und eine ungfreuti Frau dazu oder keins von beiden, er wolle hundertmal lieber das letztere. Reich sein sei eine schöne Sache, aber reich mache noch nicht glücklich; wenn man so ein kybig Häpeli daheim habe, das über alles entweder gränne oder pflenne, so möchte der Tüfel dabeisein. Und wenn man einmal die Freude außer dem Hause suchen müsse, so hätte es gefehlt.

»Aber Meister«, sagte Uli, »du hast mich doch immer brichtet, ich solle husen und sparen, so gebe ich auch einen Mann ab; man sei nichts, wenn man nichts habe.« »Ganz recht, Uli«, sagte der Meister, »das habe ich gesagt und sage es noch. Es ist einer glücklicher, wenn er huset, als wenn er liederlich ist, und es ist einer kein Mann, wenn er in seinen ledigen Tagen nicht für die alten sorgen kann. Wenn einer in den jungen Jahren nicht einen guten Anfang macht, so kömmt er zu einem bösen Ende. Ein braver Bursche mit etwas Geld kann auch besser heiraten als ein Hudel und soll auf eine rechte Frau sehen; aber die reichste Frau ist nicht immer die beste. Es gibt Weiber, die mir ohne einen Kreuzer lieber wären als andere mit hunderttausend Pfund. Es kommt immer auf die Person an. Mach, was du willst, aber besinne dich wohl!« »Ds Elisi ist freilich eine elende Person«, sagte Uli, »aber es kann ihm bessern; es ist manche mager gewesen in der Jugend, sie ist im Alter noch dick geworden, und bös aparti ist es nicht, besonders wenn es zufrieden ist. Wenn es höhn ist, dann weiß es freilich nicht recht, was es sagt, und hält mir den Knecht vor und andere Meitscheni; aber wenn es wieder zufrieden geworden ist, so kann es recht kurzweilig sein und hat das beste Herz von der Welt. Es hat mir schon gekramet, es weiß kein Mensch, wieviel, und hätte mir noch viel mehr gegeben, wenn ich nicht immer gewehrt hätte.« »Mach, was du willst!« sagte Johannes, »aber ich sage dir noch einmal: besinne dich wohl; es tut selten gut, wenn so Ungleiches zusammenkömmt, und es ist noch selten gut gekommen, wenn der Knecht des Meisters Tochter geheiratet hat. Es ist mir etwas an dir gelegen, einem andern hätte ich nicht so viel gesagt. Jetzt muß ich heim; komm einmal in müßiger Zeit zu uns, dann wollen wir noch weiter über das Kapitel reden, wenn es nicht zu spät ist.«

Uli sah seinem Meister unzufrieden nach. »Ich hätte nicht geglaubt«, dachte er, »daß der mir mein Glück nicht gönnte. Aber so sind die Donners Bauren, sie sind alle gleich: sie mögen es nicht leiden, wenn ein Knecht zu einem Hof kömmt. Der Johannes ist noch von den besten einer; aber er mag es auch nicht vertragen, daß sein alter Knecht reicher wird, als er ist, und zu einem schönen Hof kömmt. Was hätte es ihm sonst gemacht, ob ds Elisi hübsch oder wüst ist? Er hat doch auch nicht allein auf die Hübschi gesehen, als er seine Frau genommen. Sie sehen das fast wie eine Sünde an, wenn unsereiner an eine Baurentochter nur denkt, und doch wär noch manche froh, sie bekäme einen manierlichen Knecht und müßte nicht ihr Lebtag der Hund auf einem Hofe sein.« Er lasse sich aber nicht so mir nichts dir nichts absprengen; das sei ihm jetzt schon zu lang gegangen und das Gerede zu fast unter die Leute gekommen, als daß er so davonwolle. Aber ab Brett müsse die Sache, dachte er, er wolle einmal wissen, woran er sei; so zwischen Tür und Angel zu hangen, sei ihm nicht länger anständig. Er wolle es Elisi sagen, es solle mit den Alten reden; bis im Herbst müsse das Hochzeit zu verkünden sein, oder er wolle auf Weihnacht fort; dr Narr wolle er nicht länger sein.

Einundzwanzigstes Kapitel

Wie eine Badefahrt durch eine Rechnung fährt.

Solche Entschlüsse faßte er hinter einem Schoppen. Als er dann auf seinem Braunen heimritt, ging ihm der ganze Hof im Kopf herum, und ob der wohl sein würde, oder ob Johannes das Wirtshaus verlassen und ihn beziehen würde. Das letztere glaubte er nicht; er hielt Johannes und Trinette zu sehr an das Weltgetümmel gewohnt, als daß sie auf der einsamen Glunggen sich gefallen sollten. Wenn er den Hof bekäme, dachte er, so würde er sicher nicht viel darauf schuldig. Johannes hätte bereits viele Tausende, und soviel er merken mochte, hatte Joggeli noch weit über siebentausend Pfund Gülte. Nun begann er zu rechnen, was er aus dem Hof ziehen könnte. Er überschlug die Hauskosten, dann den Abtrag aus Feld, Wald und Stall, rechnete die Fehljahre ein, rechnete alles mäßig, und er glaubte, wenn er weder Zins noch Schleiß auszurichten hätte, so wollte er wohl eher vier- als nur dreitausend Pfund jährlich vorsparen. Er rechnete: wenn ihm Gott das Leben schenken würde nur fünfundzwanzig Jahre lang, so wollte er soviel Geld am Zins haben, als der Hof gelten würde. Dann sollte einer kommen und ihm die reiche Frau vorhalten und das Geld komme von ihr! Dem wolle er dann sagen, es sei keine Kunst, viel zu erben; aber hunderttausend Pfund zu erwerben sei eine Kunst, und ds Elisi hätte manchen Reichen nehmen können, und in fünfundzwanzig Jahren hätten beide nichts mehr zu beißen und zu brechen gehabt, geschweige dann noch einmal soviel, als sie geerbt.

Unter solchen Gedanken kam der Weg dem Uli unendlich kurzweilig vor, und der Braune rächelete (wieherte) am Stalle, ehe Uli daran dachte, daß er schon daheim sei. Es ging nicht lange, so hatte ihn ds Elisi gefunden und forschte nach dem Kram. Uli packte aus, Feigen und Mandeln und Kastanien, aber sagte zugleich: er möchte doch bald wissen, woran er sei; so könne das nicht länger gehen, die Leute lachten ihn allenthalben aus. Entweder wollten sie Hochzeit haben, oder er wolle fort. Ds Elisi sagte, das sei an ihm, zu sagen, wann es Hochzeit haben wolle. Sobald sie es einmal recht taub machten, so müßte es am nächsten Sonntag sein, und wenn der Bruder noch einmal komme und das Geringste sage, so laufe es auf der Stelle zum Pfarrer, und der müsse auf der Stelle Predig anstellen und es verkünden. Jetzt aber könnte es unmöglich daran sinnen. Die Mutter hätte ihm versprochen, mit ihm in den Gurnigel zu gehen für acht oder vierzehn Tage. Da müßte nun die Näherin noch kommen, der Schneider, der Schuhmacher; es hätte an soviel zu sinnen, daß es ganz sturm sei, müßte zudem noch hie aus, da aus, Sachen einzukaufen, daß es gar nicht wüßte, wo man Zeit zum Hochzeit nehmen sollte. Wenn der Gurnigel verrumpelt hätte, dann wollte es sehen, wie es ihm im Kopf sei. So komme es auch zweimal zu neuen Kleidern; es nähmte es doch wunder, ob dann die Hex zu Frevligen ihre Nase nicht müßte hintern halten. Uli mochte sagen, was er wollte, ds Elisi aß Feigen und dachte an den Gurnigel. Ganze Tage packte es aus und ein, machte die Koffern fertig und packte wieder aus. Es dachte nicht nur, was es wohl für Aufsehen machen werde, sondern es erzählte allen, die einen Augenblick bei ihm stillestehen konnten, wie gewiß droben keins sein werde, das solche Kleider habe, und was wohl die Herren dazu sagen werden, es sollen gar schöne und reiche hinaufkommen. Es frug alle Leute, wie manchmal des Tages man sich anders anziehe, und wie manche Bkleidig es mit sich nehmen solle? Ob wohl fünfe genug seien, oder ob man sechs haben müßte; ob man die Mänteli droben auch könnte waschen und glätten lassen, und ob man wohl gutes Ammermehl hätte, von körnigem Mehl, oder ob es mit hinaufnehmen solle? Mit so Tüfelsdreck von Erdöpfeln wolle es sich seine Mänteli nicht verderben lassen. Was man wohl meine: ob es Mode sei, die heiteren Bkleidigen am Morgen anzuziehen oder am Abend? Wo man wohl das beste Schmöckwasser zu kaufen bekomme, zu Bern oder zu Burgdorf, oder ob es dasselbe sollte von Neuenburg kommen lassen? Man hätte ihm gesagt, dort schmöcke (rieche) man weitaus am besten weit und breit. So hatte ds Elisi fast Tag und Nacht zu tun, und die Mutter sagte manchmal: sie wollte, sie hätte nichts davon gesagt, oder sie wären schon dort, das Meitschi werde ihr noch zum Narren; sie hätte ihr Lebtag noch nie so tun sehen.

Als die Mutter endlich auch ans Einpacken denken wollte, war kein Platz für sie. Ds Elisi hatte schon zwei Koffern gefüllt, und eine Menge Sachen sollten noch mit, aber man wußte nicht, wie. Die Mutter meinte freilich: Elisi könnte füglich dies und jenes daheim lassen, sechs Tschöpli brauche es doch nicht, und an zwei Kitteln wäre es wohl auch genug. Aber allemal, wenn die Mutter so etwas sagte, so weinte das Meitschi, und statt etwas wegzutun, riß es Neues hervor, noch mehr Kittel, noch mehr Tschöpleni, und Gloschleni ohne Zahl. Joggeli hatte eine Art Galgenfreude daran und riet ihnen, sie sollten eine Zügelkisten von Bern kommen lassen; man hätte dort welche wie ein kleines Ofenhaus, da könne man am kommodsten einpacken, nicht nur Kittel und Gloschleni, sondern die Sachen mitsamt den Schäften und Trögen; da werde doch am wenigsten verrumpfet. Dem Elisi gefiel das gar wohl, und Uli sollte auf der Stelle fort, eine solche Kiste zu holen. Aber die Mutter, wie auch ds Elisi weinte und tat, wollte das durchaus nicht zugeben. Sie wolle nicht in die Brattig, sagte sie, und was würden die Leute sagen, wenn sie mit einer solchen Kiste dort ankämen; man könnte sie vielleicht nur nirgends hintun. Es sei schon viel gemacht, daß sie mit einem solchen Narr in den Gurnigel gehe, sie brauche nicht noch eine solche Kiste. Sie ginge gar nicht, wenn es ihr nicht der Doktor befohlen hätte und sie fürchten müßte, das Meitschi hintersinnete sich. Er sei immer der Wüstest, sagte sie zu ihrem Mann; statt etwa einen guten Rat zu geben oder dem Meitschi abzubrechen, treibe er nur das Gespött mit ihnen. Sie wisse wohl, am liebsten wäre es ihm, wenn sie gar nicht gingen, und es hätte ihn von jeher jeder Kreuzer gereut, den er für sie hätte ausgeben müssen, und doch sei sie auch nicht mit leeren Händen gekommen. Dann sagte Joggeli, sie hätte das Meitschi so gemacht, ihm zu allem z'best geredet; sie könne es jetzt haben, wie es sei, er wisse nichts zu machen. Sie wolle doch nicht alle Schuld tragen, sagte sie. Wer ihm immer die schönsten Sachen gekramet hätte, und wer es ins Weltschland getan, woher es so wunderligs heimgekommen? Einmal nicht sie. Aber sie wisse es wohl: es sollten immer alle Leute schuld sein, nur er nie, und doch rede er immer zur letzen (unrechten) Zeit und schweige immer zur letzen Zeit, nur um andern schuld geben zu können. Während sie zusammen branzten, branzte Elisi mit Uli, dem die Gurnigelfahrt nicht recht gefallen wollte, und der jetzt Elisi noch dazu verhelfen sollte, seine ganze Garderobe mitzunehmen. Wenn er nur ein Wörtlein einreden wollte, dies oder jenes sei doch nicht nötig mitzunehmen, so fuhr ein Wetter über ihn aus, das fürchterlich war. Da könne es 's schon sehen, weinte Elisi, was es von ihm zu erwarten hätte; er sei schon jetzt der Wüstest von allen gegen ihns etc. Er wußte sich endlich nicht anders zu helfen, als daß er unvermerkt ein tüchtiges Kistchen zwegmachte, es durch Elisi füllen ließ und unter dessen Adresse durch den Boten voranschickte. Auf das hin versprach ihm Elisi, im Gurnigel wolle es mit der Mutter reden und plären, bis sie ja sage, und es solle nicht Martistag werden, so müßten sie verkündet sein.

Nun hatten Mutter und Tochter in zwei großen Koffern Platz für ihre Sachen, da die Mutter mit viel wenigerm zufrieden war. Nur etwas warme Rustig, sagte sie, wolle sie mitnehmen; man hätte ihr schon manchmal gesagt, es schneie dort zuweilen wie mitts im Winter. Ds Elisi war nicht zu bewegen, wollene Strümpfe mitzunehmen. Wenn es an einem Orte lustig gegangen sei, so hätte es noch nie gefroren, sagte es. Viel Kaffeepulver nahm die Mutter mit, wie die Junge sie auch auslachte und meinte, sie wolle im

Gurnigel bessere Sachen haben als Kaffee. Ein gutes Kaffeeli, sagte die Mutter, sei immer die Hauptsache, und so an einem Ort verbrenne man ihn immer (ganz besonders die Basler), man bekomme nie guten. Schmarotzen oder entlehnen schicke sich ihr auch nicht, und man sei manchmal froh, wenn man für eine gute Bekannte ein gutes Tröpfli hätte. Statt so viel Kleider wollte sie lieber eine frischmelchige Kuh mitnehmen, von wegen der Nidle. Sie hätte manchmal gehört, dort sei die Nidle noch schöner himmelblau als Elisis Tschöpli. Als das Kistchen fort war, ward Uli fast vergessen, und es gmühte ihn sehr, wie Elisi fast nicht Zeit hatte, »adie, leb wohl!« zu sagen, als er das Roß hielt, mit dem Joggeli sie auf Bern führen wollte.

Als sie fort waren, trat eine rechte Windstille ein; es wohlete dabei ordentlich den Zurückgebliebenen. Uli konnte mit Vreneli reden, ohne daß er immer ringsum blicken mußte, ob nicht Elisi hinter irgendeinem Baum ihnen abgugge. Und obgleich Vreneli ziemlich trocken mit ihm war, so floh es doch nicht und brach die Rede nicht so kurz ab. Bloß als einmal Uli es fragte, warum es so leid aussehe, es dünke ihn, es hätte seit einiger Zeit viel gemagert, kehrte es sich um und gab ihm keine Antwort. Übrigens war es eine Freude, zu sehen, wie es die Haushaltung machte. Das Ding schien fast von selbst zu gehen wie eine Zeit (eine Uhr). Es schien Uli, als könne er die Jungfrauen nie mehr draußen brauchen als jetzt, und doch ging alles im gleichen fort daheim. Vreneli rührte sich aber, wie wenn es auf Rädlene ginge; die Hände bewegten sich flink, wenn schon der Mund ging, und wenn auch Mund und Hände im Gang waren, so konnte es noch an einem dritten Orte sehen, was dort ging. Es sah mit den Augen ringsum und nicht nur zmittendrin, geradehinaus. Dabei meinte es nicht, um eine rechte Hausmutter zu scheinen, müsse es so recht strub und wüst daherkommen, um dann sagen zu können, wenn man in allem sein müsse, so könne man nicht gsunntiget sein. Vreneli war von den Leuten, die, sie mögen anrühren, was sie wollen, immer ein sauber und nett Aussehen haben, während es hingegen Leute gibt, die, sie mögen anwenden, wie sie wollen, es nie dahin bringen, daß zwischen ihnen und einem Ofenwisch ein merklicher Unterschied ist. Mit Fragen und Werweisen wurde keine Zeit verloren. Es schien, als ob dem Mädchen, sobald es aufstehe, das ganze Tagewerk klar und geordnet, wie eins nach dem andern komme, vor Augen stehe, so daß es nie vergebene Gänge gab, man nie von ihm hörte: »Ih ha nit gsinnet, ih ha nit denkt, ih ha nit gmeint.« Als Uli draußen und Vreneli drinnen nach ihrem Sinn unumschränkt herrschten, die Arbeiten ineinanderreiseten, einander in die Hände arbeiteten, ging alles so wie gpfiffen, daß Joggeli brummte, es werde ihm ganz wunderlich dabei, und es ginge ihm alles ringsum. Er sei froh, wenn seine Alte wiederkomme; er frage dem nichts nach, wenn alles so ginge wie ghexet. So könne man sich nie ordentlich besinnen, was und wie man es machen wolle. Das mahne ihn daran, wie wenn man ohne Schleiftrog im Galopp den Stalden ab sprengen wolle, oder wie wenn zwei in den neumodischen Tänzen, denen man Länguus sage, davonführen, wie wenn sie Fecken hätten und in die Hölle fahren wollten zämmefüßlige (mit beiden Beinen zugleich).

Indessen war die Alte im Gurnigel, wo es dem Elisi ganz besonders wohl gefiel, wenn es ihm schon fast die Füße abfrieren wollte bei dem kalten Sommer und seinen hoffärtigen Schuhen und Strümpfen. Peinvoll war ihm die Reise gewesen. Es hatte sich himmelblau angezogen in Bern, in Riggisberg kam es ihm in Sinn, es wolle sich schwarz anziehen, schwarz scheine viel vornehmer. Die vornehmen Frauen kämen ja auch oft in schwarzseidenen Kleidern. Der Kutscher wollte aber die Koffer nicht abpacken und fluchte es gar jämmerlich an: das hätte ihm noch kein vernünftiger Mensch zugemutet, daß er in Riggisberg abpacke, und doch hätte er vornehmere Leute geführt, als er heute habe. Kurz, er tat es nicht, und ds Elisi plärete bis hinauf, wo auf einmal die Kutsche hielt und es aussteigen sollte, um den steilen

Weg hinauf zu Fuß zu gehen. Elisi wollte nicht, wollte auch die Mutter aufweisen: sie hätten bezahlt, um zu fahren, und nicht, um zu laufen, und das sei ein grober Stadtlümmel, und dem täte es wohl, sie hinaufzufahren. Aber die Mutter war eine zu verständige Bäurin, als daß sie vom Elisi sich meistern ließ. Ihr Leben lang sei sie nie einen solchen Berg hinaufgefahren, und die Rosse vermöchten sich dessen nichts, daß der Kutscher ein Lümmel sei. Sie stieg aus, drückte aber dem Kutscher ein Trinkgeld in die Hand, daß er ihr Meitschi fahren lasse, es sei ihm übel, und wandelte nun im Schweiße ihres Angesichtes und mit schwerem Atem den Berg auf, oft stillestehend und schwer aufseufzend.
Im Gurnigel war große Freude, als ds Elisi so schön himmelblau zum Vorschein kam. Die Frauen lächelten auf den Stockzähnen und mochten fast nicht warten, bis die Ankömmlinge im Hause waren, um laut zu lachen. Sie mußten aber lange warten, denn da gab es viel auf- und abzupacken. Spazierende Herren lachten ungeniert, und einige mit Schnäuzen traten ganz nahe hinzu, stützten sich mit beiden Händen, wenn nicht die eine den Schnauz drehte, auf ihre Stöcke, hielten sich schön gerade, ließen ihre Äugelein zu Zeiten martialisch zwitzern, beugten ihre steifen Oberleiber einander seitwärts zu und machten unter schallendem Gelächter ihre deutschen, weltschen und holländischen Bemerkungen.
Der Raum dieses Büchleins, das schon viel größer geworden ist, als es es im Sinne hatte, erlaubt es nicht, diese merkwürdige Badefahrt des näheren zu beschreiben; nur das Notwendigste ist erlaubt aufzuzeichnen. Ds Elisi machte Aufsehen im Gurnigel und war recht glücklich, ja, wie im Himmel. Nur zwei Dinge waren ihm nicht recht. Es konnte gar nicht leiden, daß sie am Bürgertisch aßen. Wenn nur eine Schneiderin dagewesen wäre, es hätte sich auf der Stelle städtisch kleiden lassen, hätte die Mutter im Stich gelassen und wäre an den Herrentisch gezogen. Es sagte der Mutter manchmal, es hätte gar keinen Appetit unter den groben

Leuten, wo eim niemer serviere, ein jeder nur für sich selbst sehe und esse, wie wenn die andern nichts bekommen sollten. Zweitens klagte es schwer, daß man des Morgens so früh aufstehen mußte, um das Wasser zu trinken. Die ersten Tage blieb es im Bette. Als die Herren es aber fragten, warum es nicht komme, es sei am Morgen so schön, zum Schwarzbrünnli zu gehen usw., da wollte es diese Zeit nicht versäumen und zwang sich aufzustehen. Aber es ging genug zu, und die Mutter schwitzte oft mehr als den ersten Tag den Berg auf, bis sie ds Elisi aus dem Bett, auf den Beinen und aus der Stube hatte.

Die ganze männliche Welt gab sich mehr oder weniger mit dem Elisi ab, dessen Bekanntschaft man den ersten Tag beim Tanz gemacht hatte; tanzen war nämlich das, was Elisi wahrscheinlich am besten konnte. So tanzte man nicht ungerne mit ihm und trieb dabei seinen Spaß mit ihm. Zuerst meinten die Herren, es sei eine der sentimentalen Närrinnen, die sich mit Bücherlesen abgeben. Sie fragten nach seiner Lektüre, ob es den Clauren kenne und den Kotzebue und den Cramer, nach dem Lafontaine und dem la Motte Fouqué und andern, nach Eberhards Pastetik und Stapfers Seufzern der Liebe. Aber sie sahen bald, daß sie auf dem Holzweg seien. Ds Elisi las das ganze Jahr aus nichts; seit es in der Schule das Fragenbuch, im Weltschland die Grammaire aus der Hand gelegt, hatte es vielleicht kein Buch mehr in die Hand genommen, kaum mehr den Kalender; ja es wäre zweifelhaft gewesen, ob es eine Zeile ohne Fehler hätte lesen können. Ds Elisi beschäftigte sich nur mit seinen Kleidern, seiner Person, seinem Essen, seinem Heiraten, sonst mit nichts. In die gelehrten Gespräche trat es also nicht ein und gab sich nicht einmal den Schein, als ob es einen von den genannten Herren kenne; es war von dieser Krankheit unangesteckt. Die Herren waren einen Augenblick in Verlegenheit, als sie mit diesem ausgetretenen Thema nicht Glück machten. Sie schwadronierten hin und her, bis sie endlich merkten, wie wohl das Rühmen bei Elisi angehe. Das trieben sie nun anfangs auf die unverschämteste Weise, daß ihnen die Augen übergingen, Elisi in Wonne schwamm, die nicht dumme Mutter aber manchmal sagte: »Aber Meitschi, wie magst du dich doch mit diesen abgeben? Sie halten dich nur zum Narren; glaub es mir doch, ich weiß auch noch, was Trumpf ist. Wenn mir einmal einer solche Sachen gesagt hätte, wie sie dir sagen, ich hätte ihm einen Klapf gegeben, daß er nicht mehr gewußt, ob er den Kopf noch hätte oder nicht.«

Das Ding nahm aber eine etwas andere Farbe an, als man vernahm, das schwefelgelbe Ding sei Erbin von wenigstens hunderttausend Pfund; man betrachtete es nun mit andern Augen und kriegte eine Art Respekt vor ihm. Hunderttausend Pfund, pardieu, sind keine Kleinigkeit! Wenn die Herren beisammen waren, so war der gleiche Spott da, und jeden Abend ging ein neu Geschichtlein von Elisi herum. Dem hatte es erzählt, wieviel Mänteli es habe und wieviel Gloschli; ein anderer wußte, woher sie ihr Schmöckwasser hätte kommen lassen; ein dritter brachte eine Krankheitsgeschichte zum Vorschein; ein vierter war darübergekommen, das ds Elisi nicht wußte, in welchem Lande es wohne. Wenn aber die Herren alleine waren, jeder für sich, so dachte mancher an die hunderttausend Pfund, stellte sich vor den Spiegel, drehte den Schnauz, warf sich forsche Blicke zu und dachte: ein schöner Kerl sei er noch, aber es sei Zeit, daß er an Schermen komme, machte sich dann Pläne zu einem Feldzug auf die hunderttausend Pfund. Hier im Gurnigel waren ihm zuviel Leute, bloßgeben mochte er sich nicht; später dann wollte er das Ding näher besehen. Hier wollte er sich unterdessen gut Spiel machen, Anknüpfungspunkte suchen etc. Wenn sie zu Elisi kamen, so suchte nun keiner es absichtlich lächerlich zu machen, sondern seine eigene Person ins rechte Licht zu stellen, sich angenehm zu machen, redete vom Glück der Bekanntschaft, vom Glück, sie fortzusetzen; wo man die Ehre hätte, es anzutreffen; ob es wohl erlaubt wäre, ihm einmal einen Besuch zu machen; was

Vater und Mutter wohl sagen würden, wenn man einmal käme und sie um eine Suppe bitten würde etc. Das Elisi schwamm im Glück.

Hie und da einer wagte sich auch an die Mutter mit seinen Redensarten, erhielt aber gewöhnlich höchstens ein zweisylbig Wort zur Antwort. »Die Alte ist une bête«, sagte er dann, »so was man sagt ein Baurentolgg.« Die Mutter aber sagte: »Wie magst du doch auch solchen ablosen? Das sind mir doch die dümmsten Menschen, die ich erlebt habe. Solange ich da bin, wissen die mich nichts anderes zu fragen als: ob ich nicht meine, daß es bald schön Wetter gebe, und ob wir schon verheuet hätten. Unser Bub wäre witziger, er wüßte doch noch von etwas anderem zu schwatzen als vom Wetter und vom Heu. Solche Herren meinen doch, man sei so dumm auf dem Lande, daß man von nichts zu reden wisse als vom Wetter und vom Heu, die Löhle!«

Während diese Herren in aller Ruhe ihre Pläne machten, in aller angewohnter Steifheit jeder sich den Weg zu öffnen suchte für die Zukunft, in aller angebornen Selbstgefälligkeit sich dachten, das werde sich schon machen, ohne zu pressieren, verstund es ein anderer anders.

Es war ein Baumwollenhändler im Gurnigel, und zwar ein grusam vornehmer. Er hatte zwar keinen Schnauz, aber er war mit Gold überhängt, und sein Uhrenbhänk läutete fast wie ein Roßgschäll, konnte tanzen wie dr Tüfel und schwatzen wie eine Elster. Der wußte mit Mutter und Tochter zu schwatzen, daß es ihnen wohlgefiel. Der Mutter wußte er von allen Arten von Baumwollenzeug und Garn zu reden, was gut und nicht gut sei, daß sie den Mund offen vergaß. »Wenn man immer einen solchen bei sich haben könnte, wenn man etwas kaufen wollte, das wäre kummlich«, sagte sie. Dann sprach er wie nebenbei von seinen Geschäften, wie ein großes Lager er habe, um wieviel Tausende er hier eingekauft, um wieviel Tausende dort, daß der guten Mutter ganz der Verstand stillestund. Wenn der nicht grusam reich sei oder einen Geldschyßer habe, so begreife sie nicht, woher er das Geld nehme, so viel zu kaufen, sagte sie. Sie seien auch reich; aber so viel Geld brächten sie doch nicht so bald zusammen, und zu entlehnen schäme man sich, wenn man es schon bekäme. Mit Elisi schwatzte er von seinen Kleidern und lobte ihm den Stoff und die Farbe, wußte aber, wo man beides noch besser kriege, erbot sich, ihm zu verschreiben, was es wolle. Er garantiere ihm, sagte er, von solcher Qualität, wie er sie zu bekommen wisse, hätte keine Ratsherrenfrau in Bern, und wenn ihm eine schon hundert Louisdor bieten würde, wenn er ihr auch verschaffen wolle, er lachete sie nur aus; was frag er hundert Louisdor nach! Die Jungfer Elise müsse die einzige sein im Kanton, die solches Zeug trage. Die größte Freude hätte er über die Augen, welche die Töchter in Bern machen werden, wenn sie solches Zeug sehen würden und es nicht bekommen könnten. Dann wußte er mit Elisi vom Welschland zu schwatzen, kannte alle Orte, wo es gewesen war, auf das genaueste, wußte von dessen Bekannten zu reden, wie wenn er sie erst heute verlassen, so daß ds Elisi sich nicht genug verwundern konnte, daß es ihn dort nie gesehen, nie angetroffen. Es war ihm bei dem Bauwollenhändler weitaus am heimeligsten, er besaß sein vollkommenes Vertrauen, aber die Schnäuze gefielen ihm doch fast noch besser. Sövli schön Herre, sagte es, hätte es syr Lebtig no nie gseh, die gingen so graduf, dr Tüfel chönnt se nit chrümme; es glaub, mi chönnt se am ene Bey graduse ha, es miech kene kes Gleich.

Der Baumwollenhändler war nicht dumm; er merkte das und wußte wohl, daß, wenn eine Spekulation einem vor die Füße fällt, man nicht Wochen lang sich besinnen darf, ob man sie aufheben will oder nicht. Als es endlich wieder recht schön Wetter war, lud er Mutter und Tochter ein zu einer Partie nach Blumenstein. Elisi war das gleich recht; die Mutter machte Umstände. Sie ginge nicht ungern einmal nach Blumenstein, sagte sie; aber das gebe große Kosten, nur schon das Fuhrwerk sei unverschämt teuer. Wenn sie eins von ihren sechs Rossen herpfeifen könnte, so wollte sie nicht nein sagen. Das solle ihr keinen Kummer machen, sagte der Einlader, das sei eine Kleinigkeit, nicht der Rede wert. Es würde ein Affront für ihn sein, wenn sie nur noch ein Wort davon reden würde. Die Freude für ihn sei unendlich größer als die Kosten. Aber sie müsse doch noch einmal davon anfangen, sagte die Mutter, er möge sagen, was er wolle. Sie wolle schon mit ihm fahren, die Kosten werden zwar nicht alles zwingen, allein ihren Teil wolle sie tragen. Wo sie ein junges Meitschi gewesen, da hätte sie mancher zu Gast gehalten, sie wolle es nicht leugnen; aber jetzt sei sie zu alt dazu, jetzt tue sie es nicht mehr. Mein Baumwollenherr war nicht verlegen. Er lachte: das werde sich schon machen; sie solle nur kommen. Er wolle für ein Fuhrwerk sorgen; sie sollten nur machen, daß sie um acht Uhr zweg seien. Wenn sie nur zur Tafel dort seien! Die dürften sie nicht versäumen; dort wisse man auch, was Kochen sei. Hier meine man, wenn man etwas in einen Hafen werfe, Wasser darauf schütte, Feuer darunter mache und das zusammenmachen lasse, bis die Eßglocke gehe, so sei das kochet, und die Gäste müßten wohl daran leben, und doch sei es manchmal ein Fressen, das einem Magenweh machen müsse.

Es war ein recht schöner Sonntag da oben im Lande. Die sonst etwas dunkle Gegend wurde durch die Sonne fröhlich, und ihre Einförmigkeit wurde ihr benommen durch die vielen Fuhrwerke, die vielen Wandelnden, die dem Gurnigel zueilten oder sonst wohin. In leichtem, schönem Fuhrwerk mit schnellem Rosse eilten sie windschnell durch das Tal nieder, funkelnd in köstlichstem Putze. Der Mutter schönster Putz war das strahlende Hemd auf der breiten Brust. Die Tochter dagegen hatte andere Dinge aufzuweisen: Gold, Silber, Seide, doch diesmal nicht schwefelgelbe, sondern schwarze, aber keine breite Brust; dafür aber war ihr Mänteli brodiert und bögelte sich einer Brieftasche ähnlich in die Höhe bis fast zum Kinn. Der Herr vorauf strahlte vor Vergnügen, glänzte in neuen Tüchern, mit gelben Handschuhen und schwarzen Stiefelchen, hatte Kasimir an den

Hosen, ein seidenes Schnupftuch im Sack und fuhr wie einer, der nie ein eigenes Roß in den Händen gehabt. Die Mutter hatte immer die Hand auf dem Schlage, als ob sie sich halten wolle, und machte allemal, wenn sie an einem Fuhrwerk vorbei fuhren, das ängstlichste Gesicht. So sei sie nie gefahren, und doch hätten sie gute Rosse im Stall, sagte die Mutter; aber sie möchte es einem Roß nicht zuleid tun. Wenn eim ein Rad abginge, so führe man ja desus, es wüßte kein Mensch, wie weit. Und bsonderbar rainab sprenge er, es hätte kei Gattig; sie möchte ihm kein Roß anvertrauen. Ein Roß sei freilich kein Mensch; aber eben deswegen, weil es ein Unvernünftiges sei, so hätten die Menschen den Verstand, daß sie ihm nicht mehr anmuten sollten, als es wohl erleiden möge. Es lachte der Baumwollenhändler gar sehr über die altväterische Sorglichkeit der Mutter für ein Roß, und er wußte eine Menge Heldentaten zu erzählen, die er auf Kosten von Pferden verübt; wie geschwind er hier und dort gefahren, und wie er so ein Roß zu morischinieren wisse wie keiner. Viel von seines Vaters Rossen wußte er auch zu erzählen, von Engeländern und Mecklenburgern. Er dachte, die wüßten nicht, daß sein Vater Baumwollenzeug in einer Drucke im Lande herumgetragen.

Im Fluge waren sie im bekannten Blumenstein, wo auf der Laube die zahlreichen Gäste den Besuchern entgegensahen und sie musterten.

Es geht nun splendid zu in Blumenstein. Der Baumwollenhändler spielt den Herren vortrefflich, regiert und befiehlt, daß die Mutter ganz erstaunt sagt: dem sehe man es an, daß er nicht zNütigen daheim sei; der könne beim Sacker regieren wie ein General; einmal sie dürfe nicht. Die Kellner kämen ja daher, daß ihrereins sich schämen müßte und froh sei, wenn sie eim ruhig ließen. Bei Tische läßt man es sich wohl sein. Kein Wein ist dem Herrn gut genug, er schimpft über jeden, auch der Neuenburger ist nicht recht, obgleich ds Elisi sagt, er sei viel besser als der des Bruders zu Frevligen, und der sei doch auch gut gewesen. Er weiß ganz vortrefflich zu nötigen, und seine Begleiterinnen trinken ein Glas mehr als üblich, ohne daß sie es merken.

Nach Tische geht das Tanzen an, und Elisi fliegt dahin wie im Himmel. Nun will der Baumwollenhändler auch hinein. Er beginnt sich zärtlich zu machen; er drückt die Hände, ds Elisi drückt wieder. Er macht seine Augen liebetrunken, ds Elisis werden zärtlich; er drückt Elisi an sich, Elisi hilft nach. O wenn er doch sein Lebtag nicht weiter von ihm wäre, sagt er. Ds Elisi sieht ihn an, was noch nachkomme? Er wollte, er hätte es nie gesehen, sagt er. »Ihr seid ein Wüster!« sagt ds Elisi und gibt ihm einen Mupf mit dem Ellbogen. »Ach Gott, was fange ich an, wenn ich fortmuß? Ich schieße mir eine Pistole vor den Kopf!« »Herr Yses!« sagt ds Elisi, »das wollte ich nicht tun, etwas Dumms so!« »Wohl, das tue ich«, sagte er, »auf parole d'honneur.« »So laßt mich gehen!« sagt ds Elisi, »ich will nicht dabei und dann noch etwa schuld sein.« »Ach«, flötete der Baumwollenhändler, »wenn ich hoffen dürfte!« und drückte wieder; ds Elisi sah ihn wieder an und drückte auch. »Ach, wenn ich hoffen dürfte!« sagte er und drückte. Da drückte ds Elisi nicht, sondern sagte: »Ach, das isch es Gstürm, ih cha mi nüt druf vrstah!« »Ach«, sagte er, »wenn Ihr Herz redete, Sie würden mich verstehen!« »Öppis Dumms eso han ih üser lebelang nie ghört. Mi redt mit dem Mul u nit mit dem Herz. We die o no rede wette, wer wet zletscht lose?« »Ach«, seufzt er, »Elisi, Sie zerreißen grausam mein Herz!« »Öppis Dumms eso!« sagt ds Elisi. »Nun mag es kosten, was es will, und sollte es das Leben sein!« rief der Baumwollenhändler pathetisch aus, daß die Tanzenden alle auf ihn sahen, »es muß heraus, Sie müssen mich verstehen: Elisi, ich liebe Sie; ohne Sie gehe ich dem Teufel zu; wollen Sie mein sein, mich glücklich machen mit Ihrer Hand?« »Hürate?« fragte ds Elisi, wieder zärtlich blickend, »ach ganget mr, dir weyt mi nume für e Narr ha!« »Ach Gott, nein, es ist mein blutiger Ernst!« rief der Baumwollenhändler. »Ohne Sie lebe ich nicht mehr bis zur Zurzacher Meß!« »Dr syt e

Wüste, grad eso z'cho«, sagte Elisi zärtlich »und eim so angst z'mache; chönnet dr Eui Sach nit o manierlich säge, u daß mes o bigryft?« Das tat nun auch der Baumwollenhändler, und Elisi sagte ihm zu, mit etwas innerlichem Zögern freilich, wenn es an die mit den Schnäuzen dachte, die kein Gleich machen würden, wenn man sie bei einem Bein geradeaus hielte. Indessen dachte es: »Hätten sie die Gosche aufgetan und zur rechten Zeit geredet;« es geschehe ihnen jetzt gar recht. Es wolle nicht ein Narr sein und jetzt noch länger warten und zuletzt zwischen Stühle und Bänke kommen. Uli blieb weit aus seinem Sinn. Nun war auch der Baumwollenhändler im Himmel, tanzte, wie wenn er über das Stockhorn aus wollte, ließ Champagner kommen und ließ es flott gehen, daß es der Mutter, die sich auch herbeigefunden, angst und bange wurde. Sie begehrte fort und fragte diesen, jenen, was sie schuldig seien, sie wollten fort; und dabei überschlug sie immer, ob sie wohl Geld genug bei sich hätte, das gebe einen Gunten, von dem wollte sie Joggeli nichts sagen. Aber die gute Frau fragte eine lange Stunde umsonst. Immer hieß es: »Plötzlich, plötzlich!« Aber niemand stund ihr weiter Rede. Der helle Schweiß stund ihr endlich aus lauter Angst vor der Stirne. Ds Elisi und der Händler taten auch so dumm miteinander, daß sie sich schämte und sich vornahm: diesmal wolle sie dem Meitschi doch die Sache sagen; es möge dann plären oder nicht, das sei ihr gleich. »Was werden doch die Leute sagen«, dachte sie, »und meinen, was ich für eine Mutter sei, daß mein Meitschi angesichts meiner Augen sich so aufführt!«

Endlich nach einer grausamen Stunde hieß es, es sei angespannt, abgeschafft; sie können fort. Jetzt dachte sie: sobald sie einmal im Fuhrwerk sitze, wolle sie ihnen das Kapitel lesen, daß es eine Gattig hätte. Aber kaum hatte sie dem Kellner, der das Türchen zumachte, »Dankeigit, lebit wohl!« gesagt, als es davonging in sausendem Galopp und immerzu, immerzu, was sie auch rufen mochte, er solle doch hübschli machen, daß sie endlich sagte, das sei ihr ein

Donners Sturm, mit dem fahre sie ihr Lebtag nicht mehr. Wie im Hui waren sie in Riggisberg. Dort ward gehalten trotz allem Protestieren der Mutter, sie hätte nichts nötig; es sei ihr nur, wenn sie daheim wäre. Auf das Verlangen des Herrn wurden sie in eine aparti Stuben geführt und trotz dem Protestieren der Mutter, die meinte, nicht länger, als man bleiben könne, wäre es ihr wöhler in der Gaststube. Vom besten Wein mußte gebracht werden, wenn schon die Mutter sagte: »Herr Yses, noch immer mehr Kosten!« und: »Wer soll den Wein trinken? Ich mag nicht, und es scheint mir, die andern hätten auch genug.« Als er gebracht ward, das Stubenmädchen ihn entsiegelt, mit den Händen aufeinander gefragt hatte: »Ihr werdet heute in Blumenstein gewesen sein? Es war gar schön Wetter! Es werden viele Leute dort gewesen sein? Wir haben auch Leute gehabt, daß wir fast nicht zu wehren wußten«, dann mit rascher Wendung nach einigem Räuspern den Abzug genommen hatte, begann der Baumwollenhändler in wohlgesetzter Rede: sie möchte ihm doch ja seine Aufführung nicht übelnehmen, die Freude hätte ihn übernommen. Er sei reich, habe ein gut Geschäft, es hätte ihm nur eine Frau gefehlt, für glücklich zu sein. Viele hätte er haben können, aber keine sei ihm recht gewesen. Er habe nicht aufs Geld gesehen und nicht auf die Schönheit; er habe eine nach seinem Herzen gesucht, mit der er glücklich sein könne. Erst in ihrer Jungfer Tochter, der Jungfer Elise, habe er gefunden, was sein Herz verlangt. Vom ersten Augenblick an, wo er sie gesehen, sei es ihm wie angetan gewesen; »die oder keine!« habe er bei sich selbst gesagt. Je länger je mehr habe er gefühlt, daß er ohne sie nicht mehr leben könne, und es endlich gewagt, sie auf die heutige Partie einzuladen. Im Gurnigel, unter den vielen Leuten, hätte er es nicht wagen dürfen, seine Erklärung zu machen. Er hätte schier nicht dürfen, hätte sein Herz in beide Hände nehmen müssen und doch erst nach dem Essen und beim Tanzen die Jungfer Elise fragen dürfen: ob sie ihn nicht verschmähe, ob er glücklich oder unglücklich sein solle

in Zeit und Ewigkeit? »Und meine liebe, teure Elise hat mich beglückt, hat meine Hand, mein Herz nicht verschmäht. Oh, da habe ich gefühlt, was es heißt, der Himmel tue sich einem auf! Aber ich bin nicht ruhig gewesen, es hat mich geplagt, bis ich auch der guten Mutter meiner teuren Elise meine Absichten eröffnet, bis meine und meiner teuren Elise Bitten zu ihrem Herzen gedrungen, daß sie mich als Sohn annehmen und mit dem Besitz der unvergleichlichen Elise selig machen wolle schon hier auf Erden.«
Der guten Mutter liefen die Tränen die Backen ab während dieser schönen Rede. Sie dachte bei sich, ein solches gutes Herz habe sie noch bei keinem Menschen gesehen. Aber wunderlich müßte doch so ein Herr sein. Sie müsse sagen, wenn ds Elisi schon ihr Meitschi sei, zur Frau wäre es ihr zu wüst und zu hässig; aber in der Stadt sei alles gerade das Gegenteil als auf dem Lande. Da fräßen sie ja auch Schnekken und verachteten Küchleni. Als er endlich geendet hatte und ihre beiden Hände gefaßt hielt (knien tat er nicht von wegen dem Kasimir an den Hosen), war sie in großer Verlegenheit, was sie antworten sollte. »He ja«, sagte sie endlich, das sei wohl gut und schön, aber er müßte den Vater fragen, der hätte zu befehlen, und was der sagen werde, wisse sie nicht; er sei allbets einist ein wenig wunderlich. Es komme darauf an, in was für einem Laun er sei, und wie man es ihm breichen könne. »Oh«, sagte der Baumwollene, das mache ihm gar keinen Kummer, wenn es ihr recht sei, sie ein gutes Wort für ihn einlegen wolle. Sie solle nur ja sagen, so sei ihm schon geholfen. »Aber Elise, kömmt und helft mir die gute Mutter bitten!« sagte er zu seiner holden Braut, die unterdessen gar emsig Mandeln gegessen und Haselnüsse aufgemacht hatte. Die gute Mutter war nicht unbarmherzig. Sie dachte an Uli, und wie auf diese Weise der Lärm ihr erspart würde, daß die Tochter den Knecht heirate. Der reiche Tochtermann mit seinem guten Mundstück gefiel ihr wohl; indessen sagte sie bloß: »He«, darwider wollte sie nicht sein, wenn ds Elisi nichts darwider habe

und kein anderer mehr ihm im Kopf sei. Aber versprechen könne sie nichts; das müsse der Mann machen, und dann müsse man doch noch etwas genauer wissen, woher er sei, und was er wohl für Mittel hätte. Sie zweifle nicht daran, daß alles so sei, wie er sage; aber es habe sich schon mancher für reich ausgegeben, und nachher sei man darübergekommen, daß alles lauter Lügenwerk gewesen. Und bsunderbar an solchen Orten, wie der Gurnigel auch eins sei, gebe es gar allerlei Leute; da müsse man wohl luegen, wem man traue. Sie denke immer an das Sprichwort: es gebe gar viel Beeren, allein es seien nicht alle Kirschen. Da war der Baumwollenhändler ganz vergnügt und sagte: O wenn es nur das sei, so sei er glücklich und die Jungfer Elise sein. Er wolle sich ausweisen, daß es eine Art hätte. Sie sollte nur keinen Kummer haben, er mache ein Haus, wie es wenige gebe. Er hätte unter den reichsten Fabriktöchtern im Aargau auslesen können und auch im St. Gallerlande. Man hätte ihm manchmal unter den Fuß gegeben, man möchte gerne ein Geschäft der Art mit ihm machen. Aber er hätte sie nicht verstehen wollen. Die Töchter dort seien ihm alle zu bauelig (zu baumwollen) gewesen. Er handle zwar mit Baumwolle, aber das müsse er sagen, die Töchter habe er lieber sydig (seiden) als bauelig. Die Alte lachte gar herzlich, nahm einen guten Schluck und vergaß fast das Pressieren zum Heimfahren. Es ging nun langsamer das Tal auf, und der Herr schwatzte ganz traulich mit seinen Damen und erzählte ihnen von seinen Herrlichkeiten, seinen Einrichtungen, Geschäften, Plänen, daß es der Mutter ganz wunderlich im Kopfe ward und es ihr manchmal schien, die Tannen höben die Füße und tanzten Länguus um sie herum. Wenn es nicht so wäre, dachte sie, so würde er es nicht sagen, und alles Mißtrauen schwand. Sie konnte sich nicht sattsam an den Betrachtungen erlaben, wie das doch eine glückliche Badefahrt sei, und wie das sich auch hätte treffen müssen, daß ds Elisi so einen hier gefunden, der so reich sei und gerade so gnatürt, daß er ds Elisi absolut haben wolle. In hundert Jahren, meinte sie, hätte das vielleicht sich nie so breicht (getroffen). Das Zeichen im Kalender wolle sie sich aber merken, in dem sie die Badefahrt angetreten; das müsse ihr ein vornehmes sein, es nehme sie doch wunder, was für eines? Während die Alte ihre Betrachtungen machte, schätzelete der Herr mit der Jungen, wie es dieser auch recht war. Die Zeit verrann auf dem langen Weg, sie wußten nicht, wie.

Als sie bald heim waren, sagte ds Elisi: es hülfe aber droben von dem allen, was heute vorgegangen, nichts sagen; es begehrte nicht, daß die Herren es wüßten; es müßte sonst gar viel ausstehen von ihnen. Möglicherweise dachte ds Elisi, wenns dem einen oder andern auch noch einfiele, mit ihm nach Blumenstein zu fahren, so könnte es immer noch machen, was es wolle. Dem Baumwollenhändler war der Vorschlag auch ganz recht, aber aus andern Gründen. Im Gurnigel könnte manches bekannt sein, was ihm nicht lieb war, und der Neid es leicht vor die unrechten Ohren bringen. Die Mutter meinte, das verstehe sich. Das würde ein schöner Lärm daheim absetzen, wenn Joggeli vernähmte, seine Tochter sei Hochzeiterin im Gurnigel, und er wüßte nichts davon. Und so etwas trag der Luft in einem Tag, man wisse es nicht, wie weit, bsunderbar wenn es Leute seien, auf die man öppe luege, und die nicht zum Pöbel gehörten.

Die Mutter hatte nichts darwider, daß der Baumwollenhändler seine Elise zur guten Nacht noch herzlich küßte und tat, als könne er fast nicht von ihr lassen. Endlich sagte die Mutter, es dünke sie, es sei genug, es sei morgen auch noch ein Tag; es sei hohe Zeit, wenn man etwas schlafen wolle. Aber trotzdem, daß die gute Mutter endlich im Bette war, konnte sie doch nicht schlafen. Vor allem zog sie den Atem tief herauf, wie wenn es ihr geleichtet hätte auf der Brust, ds Elisi darabgefallen wäre. Dann dachte sie, was Joggeli wohl sagen werde? Diesmal werde es ihm doch wohl recht sein, was sie gemacht, da jetzt ds Elisi dem Knecht entronnen sei. Sie konnte aber auch nicht umhin, an Uli zu denken, was der sagen und machen werde? Es ist ihm nicht übel gegangen, dachte sie zuletzt, er wird wohl noch etwas finden, das sich besser für ihn schickt als ds Elisi. Dann dachte sie an den Trossel, ließ alle Bettstücke, alle Ziechen, alle Leintücher, die, zu diesem Zwecke gemacht, bereitlagen, die Musterung passieren, zählte alle Stücke Tuch, die sie noch ganz hatte, auf und sann und sann, ob sie alle hinreichten, den Trossel so zu vervollständigen, daß er für eine reiche Herrenfrau passe. Und endlich gingen ihr noch alle Strangen Garn, gebauchetes und ungebauchetes, die vorrätig waren, an den Augen vorüber, sonderten sich zu dieser und jener Bestimmung, wanderten zu diesem, jenen Weber, je nachdem es Tischzeug oder Bettzeug oder Hemlituch oder Naselümpen geben sollte. Endlich ob dem Rechnen mit den Webern kam der gute Schlaf und ließ die gute Mutter nicht aus den Armen, bis die Sonne hoch am Himmel stund.

In wenig Tagen lief der Aufenthalt im Gurnigel zu Ende. Der Baumwollenhändler leuchtete wie ein Siegesheld; bei der Mutter wechselten Sorgen mit mütterlicher Freude. Elisi aber war während der ganzen übrigen Zeit in beständigem Werweisen begriffen, ob es es mit diesem oder jenem Schnauz nicht noch besser gemacht, und ob es nicht hätte warten sollen, bis sie fort wären, bis keiner etwas gesagt, um das Jawort zu geben. Indessen tröstete es sich damit, daß im gegebenen Fall noch nichts Schriftliches vorhanden sei, so daß es noch immer machen könne, was es wolle. Diese Bedenken ließen es nicht zum reinen Genusse seines Glükkes kommen. Am Tage vor ihrer Abreise ward Elisi nicht müde, allen Leuten zu sagen, morgen früh um sechse reisten sie ab; und dann ging es spazieren nach jedem einsamen Winkel hin. Dann schwebte der Baumwollenhändler hinter ihm drein wie eine Bremse hinter einem Pferde und wollte zärtlich tun im verborgenen. Aber Elisi fand, der Bysluft gehe kalt, und steuerte wieder der Laube zu. Kaum dort, strich es sich zu einer andern Türe aus wiederum spazieren. Horch, was säuselt hinter ihm drein: ists ein Schnauz, in dem der Wind weht? Ach nein, es ist der Baumwollenhändler, der Staub ab dem Ärmel bläst und dem Elisi nachschießt wie eine hungrige Fliege einem Suppenteller. Da klagt Elisi über den Wetterluft, der ihm gehe durch Mark und Bein, und segelt wiederum der Laube zu. Endlich am Abend, als niemand mit ihm spazieren gehen wollte, als man nur so in allgemeinen Redensarten, die es kaum verstund, sein Weggehen bedauerte, dachte es, einer sei besser als keiner, und es kam zu einem zärtlichen Abschied und näherer Abrede in ihrer Kammer oder Stube, man kann beid Weg sagen.

Endlich hatten sie den Gurnigel im Rücken, und die Mutter meinte: sie wollte, ihr Herz wäre so leicht wie ihr Geldsekkel! »Joggeli wird luegen, wenn er sieht, wie er die Auszehrig hat. Doch das macht mir wenig, wenn ihm nur das andere recht ist. Und was wird Uli sagen? Es macht mir ein rechter Kummer, heimzugehen.« »Mir nicht«, sagte ds Elisi. »Was wird der Vater sagen? Er wird brummen und räsonieren und wird mich machen lassen. Und was frage ich Uli nach? Er ist nume dr Knecht. (Die Mutter wußte aber nicht, was Elisi und Uli alles verhandelt hatten, und wie sie eigentlich zusammen stunden, sondern bloß, daß sie einander süße Augen machten.) Er ist e Göhl gsi, daß er gmeint het, er überchömmi e Buretochter, we sie öppis Bessers wüßti.« Aber Elisis Herz wurde doch schwer. Es kam die Eifersucht und spiegelte ihm nun vor Augen, was sein Baumwollenhändler alles treiben werde, wenn es fort sei. Alle Mägde, alle weiblichen Gäste gingen vor seinen Augen vorüber, und der Gwunder und der Kyb töteten es fast, was er wohl mit allen diesen anfangen und was er ihnen sagen werde. Wenn die Mutter nicht Meister gewesen wäre, es wäre umgekehrt und hätte in irgendeiner Verkleidung den Verlobten beargauget.

Sie wisse nicht, sagte die Mutter, wie sie es machen wolle, ob sie es dem Vater gleich sagen oder warten wolle, bis er komme. Sie wollte, es wäre vorbei. Am Kummer der Mutter nahm ds Elisi keinen Teil; es dünkte ihns, es gäbe alles

Geld, welches es hätte, wenn es nur wieder im Gurnigel wäre; ja es plärete endlich und sagte: es stehe es nicht aus, so lang von ihm fort zu sein! Elisi plärete bis zum Bären, wo die Wirtin gar teilnehmend sich bewies mit Hoffmannstropfen und vielen Fragen. Es besserte Elisi nicht, bis die Mutter sagte, sie müsse doch noch etwas in der Stadt herum. Sie sei lange fort gewesen, und wenn sie nicht auch etwas heimkramete, so ginge es übel. Es gruse ihr freilich, sagte sie, sie hätte Geld gebraucht, es sei eine Schande; sie hätte nicht von weitem an so viel gesinnet. Wenn sie etwa mangle, sagte die Wirtin, so solle sie es nur sagen, es stehe ihr zu Diensten, so viel sie wolle; sie wisse wohl, wie das gehen könne. »Nein«, sagte die Bäurin, sövli bös zweg sei sie doch noch nicht. Sie hätte da noch öppis in einem Säckeli für die Not. Sie hätte freilich gemeint, sie wolle es nicht angreifen. Nun wollte ds Elisi auch mit, es wußte wohl, warum. Die Mutter wollte erst nur für die Hauptpersonen etwas kramen. Aber wenn sie für dieses gekramet hatte, so dauerte sie jenes, wenn es nichts bekäme; und hatte sie für dieses etwas, so kam ihr ein drittes in Sinn, und als sie einmal über die Hälfte aus war, so dünkte es sie, es wäre wüst von ihr, wenn sie nicht für alle etwas hätte. Sie möge die mißvergnügten Gesichter nicht sehen, sagte sie, die seien ihr verflümeret zuwider. Sie mußte das Reservesäckeli zur Hand nehmen, mußte Geld daraus nehmen, und zwar viel, denn ds Elisi wollte zuletzt auch noch etwas. Es konnte niemand kramen sehen, wenn es nicht den bessern Teil davon bekam. Aber je mehr die Mutter daraus nahm, desto ringer ging es ihr. »Äbe so mähr«, dachte sie, e kly meh oder e kly minger, es gang jetz alles i eim zu; es wüß niemer, wie lang es gang, gäb sie wieder vo Hus chömm! Sie hatten fast nicht Platz in ihrem Chaischen, als sie heimfuhren, und mußten so übel sitzen, daß ds Elisi ein über das andere Mal balgete, die Mutter hätte nicht so viel zu kaufen braucht; man könne ja gar nicht sein.

Es war ein schöner Abend, als sie heimfuhren. Bei jedem

Schritt, den das Roß tat, wohlete es der Mutter. Wenn nur das schießig Züg nicht wäre; sie könnte nicht sagen, wie froh sie wäre, heimzukommen. Solche Betten, wie sie daheim hätten, hätte man doch im Gurnigel nicht, wenn es schon Herrenbetten sein sollten. Wenn sie nicht immer noch den Kittel und das Gloschli auf das Bett getan hätte, sie glaube, sie wäre erfroren und käme nicht lebendig heim.

Sie hatte fast nicht Augen genug, nach allem zu sehen, nach jedem Kabisplätz, jedem Flachsplätz, nach den Kirsch- und Apfelbäumen. Alle Augenblicke sagte sie zu Elisi: »Lueg, die fangen schon an, Flachs zu ziehen; dort sind doch schlechte Bohnen!« Aber Elisi nahm sich nicht die Mühe, aufzusehen, sondern sagte: »Lueg, wie mein himmelblau Tschöpli abgeschossen ist; ich darf es nicht mehr tragen als bloß so daheim herum.« »Es nimmt mich doch wunder«, sagte die Mutter, «ob sie wohl den Kabis beschüttet haben?« Dann mußte der Knecht Antwort geben, und auf das genaueste wurde er über alles examiniert. Je näher sie nach Hause kam, desto mehr tat sie die Augen auf, zu sehen, wie alles stehe, und alle Augenblicke nahm es sie wunder: ob sie nicht mehr Gras hätten, als dort sei, auch soviel Brand im Korn, auch so schönes Werch. »Lueg, lueg!« sagte sie endlich, »dort sieht man unsern Kirchturm, jetzt sind wir in einer Viertelstunde daheim.« Als sie den ersten bekannten Menschen sah, lachte ihr das Herz im Leibe, und sie sagte: »Wenn ich gewußt hätte, daß wir den zuerst antreffen würden, ich hätte ihm auch etwas gekramet. Wenn ich noch einmal so lang fortsollte, was aber, so Gottswill ist, nicht mehr geschehen wird, so kaufe ich etwas, um es dem ersten bekannten Menschen zu geben, der mir beim Heimfahren begegnet.«

Endlich bogen sie ein gegen ihr Gut. Vor Blangen hielt sich die Mutter am Fußsack, und eine Bemerkung nach der andern über jeden Baum und jeden Plätz entrann ihr unwillkürlich; und daß die Spatzen in den Erbsen seien, beschäftigte sie so, daß sie es fast nicht merkte, als sie zum Hause fuhren. Dort kam aus der Küche Vreneli gesprungen, aus dem Futtergang Uli, und am Stecken im Schopf stand Joggeli. Er sah doch seine Mutter gerne wiederkommen, wenn er es schon nicht sagte. Schon lange hatte die Mutter die Hand am Fußsack gehabt, wollte ihn jetzt abheben, allein er steckte sich, Uli mußte ihn emporreißen. »So«, sagte die Mutter, »aber vergiß doch recht nicht, morgen ein Gschüch in die Erbsen zu stellen, die Spatzen machen ihnen sonst viel zu wüst.« Drunten gab sie Vreneli die Hand und sagte freundlich: »Ist alles gut gegangen, und hast gut Sorg getragen zu allem?« Dann eilte sie, nachdem sie das Fürtuch glatt gestrichen, dem Joggeli zu, streckte ihm schon von weitem die Hand dar und sagte: »Gottwillche! Wie ist es dir gegangen? Ich bin doch so froh, daß ich wieder daheim bin; so bald bringt mich niemand mehr fort.« Uli hatte Elisi herausgehoben, und das hatte ihm guten Abend gewünscht und gesagt, er solle nicht unerchannt machen beim Auspacken und die Sachen hineinbringen, sie müßten ausgepackt sein von wegen den Rümpfen (Falten). Drinnen war das Kaffee schon zweg, und die Mutter konnte nicht genug rühmen, wie das eins sei. Wenn man schon meine, man habe den besten Kaffee, so fehle eim doch di Nidle, und die sei doch die Hauptsache. Es hätte sie manchmal dünkt, sie gäbte die Plättleni alle für ein Tröpfli guten Kaffee. »Gib mir noch ein Kacheli!« sagte sie zu Vreneli; »alle guten Ding sind drei; es dünkt mich, ich könne gar nicht aufhören.« Dann rühmte sie auch das Brot und den Käs und erklärte endlich: es sei doch alles nüt gegen daheim. Wenn man schon manchmal auch etwas zu klagen habe, »es ist einem doch endlich immer am wöhlsten daheim.« Sie konnte nicht satt werden, zu erzählen, was sie alles gesehen, und wie wohl es ihr jetzt sei.

Zweiundzwanzigstes Kapitel

Von innern Kriegen, welche man mit einer Verlobung beendigen will.

Als Elisi wiederkam, hatte Uli ungefähr das Gefühl, wie wenn auf einmal eine Wolke vor die Sonne kömmt, oder wie es einem ist, wenn mitten in traulichem Gespräch eine Person, vor der man sich in acht nehmen muß, in die Stube tritt. Und doch sah er im Elisi sein Glück heimkommen, freute sich seiner, und es nahm ihn wunder, wie lange er jetzt wohl noch warten müsse. Sonderbar schien es ihm, daß Elisi diesen Abend nicht aus dem Hause kam, ihn nicht beim Brunnen, nicht im Stall, nicht im hintern Gängli suchte. Er grämte sich aber darüber nicht, sondern dachte, es werde ihm etwas Wunderliches durch den Kopf gefahren sein, es werde aber schon wieder zufrieden werden, und schlief getröstet ein.

Drinnen aber ward nicht so bald Ruhe.

Die Mutter hatte den ganzen Abend erzählt und Joggeli Bericht geben müssen über alles; denn er war auch schon im Gurnigel gewesen. Eins aber hatte sie noch nicht gesagt, und wenn sie auch von allen Personen redete, die sie droben angetroffen, der Baumwollenhändler kam nicht über ihre Zunge. Joggeli war lange nicht so teilnehmend gewesen, hatte lange nicht so ohne Muckeln zugehört, daß es sie dünkte, sie könne ihm nichts verheimen, sie müsse ihm das Hinterste hervorgeben. Besonders als sie unter dem heimeligen Dackbett so behaglich sich streckte und es ihr so wohl ward in ihrem warmen, wohlbekannten Bette, schien es ihr eine eigentliche Sünde, wenn sie ihm nicht alles sage. »Los«, sagte sie, »ich muß dir noch etwas sagen, ich kann sonst nicht ruhig schlafen, es kömmt mir sonst vor in der Nacht.« »Was wird das öppe sein?« sagte Joggeli, »hast du das Geld alles gebraucht?« »Fast«, sagte sie; »aber wenn es nur das wäre, so machte es nichts; es ist etwas ganz anderes, ich darf es fast nicht sagen.« Endlich nahm sie das Herz zusammen und sagte: »So stehts: ds Elisi hat einen, und der wird die nächsten Tage kommen und es dir abfordern, es mit dir richtig machen; zwischen ihnen ist schon alles ausgemacht und richtig.«

»Das wär mir der Teufel!« fuhr Joggeli auf, »da will ich auch noch dabeisein, aus der Sache wird nichts. Was würde der Johannes für einen Lärm anfangen! Er schlüge allen die Beine ab. Und was würde Uli sagen? Der liefe mir fort, und wie sollte ich dann bauren? Wie er ist, bekomme ich keinen wieder. Wegen Elisi bleibt er da, schlägt nicht mit dem Lohn auf; ich habe das schon lang gemerkt.« »Willst du denn den Knecht zum Tochtermann?« fragte die Mutter. »Bewahre!« sagte Joggeli, »für das begehre ich ihn nicht. Aber solange er ein Auge auf ds Elisi hat, bleibt er da; während der Zeit sind wir wohl, und vielleicht sterbe ich derweilen, und was frag ich dann dem nach, wie es nachher geht, wenn ich nicht mehr da bin? Ich glaube nicht, daß Elisi den Uli nähmte, wenn es ihm niemand wehrt; es ist zu hochmütig. Was will doch auch eine solche Gränne heiraten?« »Es ist aber doch so«, sagte die Mutter, und gerade solche setzten am meisten an, und man wisse zuletzt nicht, was es Dumms geben könnte. Jetzt habe es einen reichen Herrn an der Hand; so gut mache es es sein Lebtag nicht mehr, und er werde doch nicht vor seinem Glück sein wollen. »Was, noch gar einen Herrn!« sagte Joggeli. »Das wird mir ein schöner Fötzel sein und ein Hungerleider. Ein rechter Herr ließe sich nicht hinter eine solche Gränne. Das sind nur so die Ausgepeitschten, wo niemand mehr will, und die nichts mehr zu beißen und zu brechen haben.« »Potz Tüfel, nein!« sagte die Mutter und zählte ihre Beweistümer für den Reichtum des zukünftigen Tochtermanns her, wie er Geld habe und Geschäfte mache. »Gelogen ist bald viel«, sagte Joggeli. »Wenn er so reich ist, so muß er ein Narr sein, daß er so ein Häpeli, so ein Schlärpli will, nicht recht im Kopf, er würde sonst auf eine Hübschere sehen und auf eine, mit der mehr ist als mit unserem Elisi, das nicht einmal weiß, wie man einer Katz das Fressen darstellt, geschweige denn wie man es kocht.« »Potz Tüfel, nein!« sagte die Mutter, »er ist der Gescheutest, wo im Gurnigel gewesen ist; er hat gewußt, woher man die Baumwolle hat, und wie man daraus das Tuch macht, und was für ein Unterschied ist zwischen der Langentaler Ell und der Berner Ell. Das hat mir noch nie jemand können so begreiflich auslegen wie er. Und vom Weben hat er mir brichten können, die Augen sind mir fry übergelaufen. Wohl, unsern Webern will ich jetzt anders aufpassen! Da ist er ein ganz anderer gewesen als die Stöck von Bern, wo nichts gewußt, als den Schnauz zu drehen, den Stock unter den Arm zu nehmen und zu sagen: »Es schynt mr, dSunne well hüt no fürecho.« »Und sei er einer, wie er wolle«, sagte Joggeli, »so ist er ein Herr, und einem Herren gebe ich ds Elisi nicht. Wenns noch ein Baurensohn wäre, so wollte ich nichts sagen. Der könnte zu uns kommen, den Hof übernehmen lehensweise; dem brauchte man nichts herauszugeben, und Uli könnte dann meinethalb gehen, wohin er wollte. Aber so einen Herrn begehre ich nicht auf den Hof; lieber wollte ich gehn und betteln. Der wird eine Ehesteuer wollen und keine kleine. Ich weiß wohl, wie es die Herren haben; die märten schon untereinander um die Ehesteuer wie dMetzger um dKälber; wenn sie dann erst einen Bauer unter die Finger kriegen, so meinen sie, man könne ihnen nicht Geld genug geben für die Ehre, ihnen den Hunger stellen zu können. Sie meinen, je unverschanter sie gegen einen Bauern seien, für um so höflicher sehe er es an. Er hätte schon dem Johannes helfen müssen, daß ihm das Liegen wehtue; wenn er nun noch so einem Herrn eine Ehesteuer geben müsse, so werden seine Gülten an einem kleinen Ort Platz haben, und vom Hofe könnten sie nicht leben, es müßte anders gehen. Wenn man so alt sei, so gewöhne man sich nicht gerne anders, gehe und habe es bös. Das hätte sie sinnen sollen, sie wäre witzig genug dafür gewesen. Aber wenn eine Frau etwas von einer Heirat schmöcke, so sei es ihr nicht mehr zu helfen, und es sei gerade, wie wenn der Teufel in sie gefahren wäre.«

»Du bist immer der Wüstest!« sagte die Mutter. »Ich vermag mich dessen nichts, sie hatten es unter sich ausgemacht, ehe sie mir etwas gesagt, und wenn es dir nicht recht ist, so mach es mit dem Elisi aus; du kannst dann erfahren, was das verübt.« Das sei ihm kommod, sagte Joggeli, erst die Sache anfangen und dann nichts davon wollen. Er wolle sich darein nicht mischen, aber er sage ihr, er wolle nichts davon. Sie könne seinethalb sehen, wie sie wieder absage. Er hätte schon gehört, sagte sie, sie vermöge sich bei der ganzen Sache nichts, und er sei der Vater, und wenn er nicht wolle, so könne er die Sache ausmachen und nicht immer nur die Faust im Sack machen und sie hineinstoßen. Diesmal wolle sie nichts davon. »Gut Nacht, schlaf wohl!« Aber weder sie noch Joggeli schliefen bald und wohl.

Nicht weit von da war ein ander Gespräch. Meist teilten Elisi und Vreneli das Schlafgemach, wenn es Elisi nicht in Sinn kam, die Vornehme zu machen und ins Stöckli zu gehen, wo sie allerdings ein sehr schön ausstaffiertes Zimmer hatte. Kaum waren sie diesmal in ihrem Stübchen, so fing Elisi an: »Jä gell, wenn du öppis wüßtest! Aber ih säg drs nit; du bruchst das emal einist nit z'wüsse.« Vreneli meinte, es sei von einem neuen Tschöpli die Rede oder einem neuen Kittel und gab sich zum Erraten viele Mühe nicht. Aber in allen möglichen Redeformen forderte ds Elisi das Vreneli zum Erraten auf, bis das letztere endlich sagte: es hätte jetzt des Gstürms genug; entweder solle es schweigen oder sagen, was es habe. »Was sagst du«, sagte Elisi endlich, »wenn einer kömmt in einer schönen Chaise und mich will?« »Was wollte ich dazu sagen?« sagte Vreneli; »frag du Uli, was der dazu sagt!« »Den hab ich nicht zu fragen, und der hat mir nicht zu befehlen; du kannst ihn meinethalb jetzt haben, ihr werdet ohnehin die Köpfe brav zusammengesteckt haben, während ich fortgewesen bin«, sagte Elisi. »Aber es ist mir jetzt gleich; was frag ich einem Knecht nach, und wär er noch einmal so hübsch; du kannst ihn jetzt haben, du hast doch schon lange um ihn nötlich getan; ich habe jetzt einen andern.« »Schäme dich«, sagte Vreneli, »so etwas zu sagen! Sag, wann bin ich dem Mannenvolk nachgelaufen, Knechten oder anderen? Sags doch, wenn du kannst! Wenn ich schon keine reiche Tochter bin, so hätte ich mich doch geschämt. Ich habe nie einen gelockt, bin nie so anlässig an einem herumgestrichen und lasse mir daher nichts derlei vorhalten, am wenigsten von dir. Behalte, was du hast; ich begehre nichts davon, weder deinen Uli noch etwas anderes!« »Meinen Uli! Ich habe keinen Uli; was geht mich unser Knecht an? Hast nicht gehört? Ich habe einen andern und bin mit ihm versprochen. Ach, so einen Schönen, so einen Reichen hast du wohl noch nie gesehen! Er kommt die nächsten Tage, da wirst du luegen!« »Rede doch nicht so dumm!« sagte Vreneli. »Glaubst, du könnest mich zum Narren halten? Glaubst du, ich wisse nicht, daß du mit dem Uli versprochen bist?« »Schweig mir doch mit deinem Tüfels Uli! Hast du nicht gehört, daß ich nichts von ihm will? Es ist mir ja nie Ernst gewesen. Ach nein, einen so Schönen und Reichen hast du sicher nicht gesehen. Ich gehe dann mit ihm in die Stadt, lasse mich anders kleiden. Das Abgende von meinen bäurschen Kleidern kannst du dann alles haben.« »Schweig doch mit deinem Gstürm!« sagte Vreneli, »ich merke dich schon. Ich soll dir nur etwas über Uli sagen und dir glauben mit dem andern, daß du es dann morgen Uli sagen kannst und Streit anstellen; ich kenne dich.« »Du machst mich bald taub, daß du meinst, es sei nicht wahr«, sagte ds Elisi. »Wir wollen die Mutter fragen; die wird dir sagen, ob es wahr ist oder nicht.« »Aber und Uli?« fragte Vreneli. »Was willst du denn mit dem?« »Was geht mich Uli an?« sagte Elisi; »du hasts schon gehört. Es wäre öppe bös, wenn man einen jeden, den man angesehen hat, gleich heiraten müßte.« »Aber du hast nicht bloß ihn angesehen, du hast ihm vom Heiraten gesagt und es versprochen«, antwortete Vreneli. »Warum hats der Narr geglaubt! Was kann ich dafür? Es halten soviel Buben Meitscheni zum Narren; es wird doch wohl auch erlaubt sein, daß hie und da ein Meitschi einen Buben zum Narren hält.« »Du bisch e Uflat«, sagte Vreneli, zog das Dackbett über die Ohren, gab keine Antwort mehr, was ds Elisi auch noch dämperlen mochte.

Am folgenden Morgen war Waffenstillstand, keine der streitenden Partien ließ sich mit der andern ein. Die Mutter ging umher, jedem Hausgenossen ihren Kram insgeheim abzugeben, und verbot jedem, denselben den andern zu zeigen, sie könnten sonst schalus werden – und nach einer Stunde wußte ein jeder, was die andern empfangen, und manch saures Gesicht entstand, manch Stichwort wurde gewechselt; denn beim besten Willen, es allen zu treffen, ists unmöglich. Elisi packte aus und verkehrte dabei viel mit den Mägden, die ihm alle Augenblicke Handbietung leisten mußten. Nachdem es ihnen alles gespienzelt, was es heimgebracht, verfiel es in seine verblümte Redeweise und gab zu verstehen, daß sie bald noch etwas viel Köstlicheres, Schöneres zu sehen kriegten, das es im Gurnigel sich erworben. Es redete mit ihnen so verblümt, daß sie die Wahrheit blinzligen (mit geschlossenen Augen) greifen konnten, und in einigen Stunden wußte es das ganze Hauspersonal, ds Elisi hätte einen, einen Reichen und Vornehmen, und von Uli wolle es nichts mehr wissen.

Dieser hatte arglos seine Arbeit gemacht, den Nachmittag in der Schmiede zugebracht, wo er Pferde beschlagen ließ. Abends heimkommend, sah er allerlei Gesichter, hörte hier muckeln, dort muckeln, und wenn er dazukam, so schwieg man, ging auseinander. Allerlei Blicken begegnete er, spöttischen, mitleidigen etc. Es dünkte ihn, die Mutter und Vreneli seien nie so freundlich gegen ihn gewesen; hingegen tat Elisi, als sehe es ihn nicht, und wich ihm absichtlich aus. Er wußte nicht, was das zu bedeuten hatte; erst am Abend, als er zu Bette ging, fragte er den Buben, der in seinem Stübchen schlief, und der sehr an ihm hing, weil er ihn menschlich behandelte, was es gegeben habe hier; es mache alles so wunderliche Gesichter. Er dürfe es ihm fast nicht sagen, sagte der Bube; er wisse übrigens auch nicht, ob es wahr sei. Uli wollte es wissen, und da sagte der Bube, es heiße, ds Elisi hätte einen, und der werde die nächsten Tage kommen, ein gar grusam Reicher und Schöner, und von Uli wolle es nichts mehr wissen. Uli fragte, woher das gekommen sei? Der Knabe sagte, er wisse es nicht bestimmt, aber es heiße, ds Elisi selbst habe es den Jungfrauen gerühmt und die es weitergesagt. Etwas müsse sein, der Meister mache ein gar bös Gesicht und habe den ganzen Tag der Meisterfrau kein Wort gesagt, auch hätten sie gestern im Bette lange stark miteinander geredet.

Das traf Uli hart; er konnte es fast nicht glauben; so schlecht könnte ds Elisi nicht sein, dachte er; habe es ihm nicht das gesagt, jenes verheißen, und sei es es nicht gewesen, das ihn gesucht, ihn gewollt? Dann aber fielen ihm dessen Zögerungen auf, dessen Hinhalten, dessen gegenwärtig Betragen. Und doch, dachte er, könnte es ihn nicht so zum Narren halten, das wäre ja schlecht, und schlecht sei doch Elisi nicht, wenn es auch nicht das Listigste sei. Ob das wohl der Lohn seiner Redlichkeit, seiner Arbeitsamkeit sein solle, dachte er. Mehrere tausend Pfund habe er dem Meister genützt und zum Dank jetzt endlich Spott und Hohn. Alle Leute hätten von der Sache geredet; wenn es jetzt anders komme, so lächerete es alle, und er dürfe sich nirgends mehr zeigen. Was sollte dann aus ihm werden? Alle seine Träume fielen stückweise auseinander während der langen Nacht. »So«, dachte er, »darf man mir mitspielen, weil ich nur ein Knecht bin, immer und ewig nur Knecht. Es ist, als ob ein Fluch auf dem Worte läge, und ein Lümmel ist, wer etwas anderes will und versucht, sich aufzuschwingen. Ja, mein Meister konnte schön predigen; aber das war eine Speispredigt in seinen Sack. Er wollte einen guten Knecht. Was habe nun ich davon, daß ich einer geworden? Spott, Hohn, ein weites Nachsehen und eine lange Nase.« Und doch dünkte es ihn dann wieder, so könne es eigentlich nicht sein, die ganze Geschichte werde wohl ein leer Gerede sein, ein Spuk, wie ihn Jungfrauen oft anstellen. Das nahm er sich vor: morgen wolle er wissen, woran er sei; könne er es nicht von Elisi vernehmen, so gehe er geradewegs zur Meisterfrau und frage die; so darin hangen wolle er nicht länger, und sei die Sache so, wie die Leute sagen, so packe er auf und bleibe keine Stunde länger.

Am Morgen konnte er lange des Elisi nicht habhaft werden, obgleich er, während alle andern aufs Feld gingen, zu Hause blieb, grasete, dängelete etc. Endlich sah er es im Garten, auffallend geputzt, sich dort schöne Blumen aussuchend. Er zauderte nicht lange und stund vor Elisi, ehe dasselbe sich dessen versah. »Warum fliehst du mich immer?« fragte er, »was soll das bedeuten?« »Ho, nüt«, sagte Elisi. »Aber warum bist du so gegen mich und gibst mir kein freundlich Wort?« »Hab ich denn nicht mehr das Recht, zu sein, wie ich will? Und wenn ich so sein will, so geht es dich nichts an.« »So, ist das so gemeint?« fragte Uli. »Dann wird es wohl wahr sein, daß du einen andern hast?« »Und wenn ich einen hätte, was ginge es dich an? Ich bekümmere mich ja auch nicht darum, was du seither mit Vreni gemacht hast.« »Das dürfen alle Leute wissen«, sagte Uli. »Aber ich möchte wissen, ob du ein so schlechtes Mönsch seiest, einen andern zu nehmen, während du mir versprochen hast.« »Herr Yses, Herr Yses, jetzt sagt mir noch der Uflat ›Mönsch‹«, heulte ds Elisi. »Du, Knecht, du, willst du mich jetzt rühyig lassen, oder ich rufe Vater und Mutter.« »Ruf, wen du willst!« sagte Uli; »aber die schlechteste Person bist du, welche die Erde trägt, nicht wert, daß dich die Sonne anscheint, wenn es wahr ist, was die Leute sagen. Aber gell, Elisi, es ist nicht?« »Warum sollte es nicht sein?« sagte Elisi. »Wenn ich einen Reichern und Vornehmern haben kann, warum sollte ich dann dich nehmen? Das wäre ja dumm. Aber tue nicht so wüst, ich will dir dann z'best reden und Meiner muß dich in seine Handlig nehmen, da kannst du ungwerchet reich werden.« Wie Elisi dieses sagte, fuhr eine schöne Chaise vors

Haus, ein geputzter Herr darin. Wie Elisi ihn erblickte, schrie es: »Da ist er, da ist er!« und lief auf ihn zu. Die Mutter stund unter der Türe und wischte sich verlegen die Hände am Fürtuch ab. Joggeli ließ sich nicht sehen, und Uli stand im Garten wie Loths Weib.

Es ging geraume Zeit, ehe er wußte, was er machte, und was er machen wollte. Fast bewußtlos hatte er gesehen, wie ds Elisi den Menschen empfing und ins Stöckli führte. Dann ballte er die Fäuste und sagte: »Dem Donner will ich es recht sagen, der muß wissen, was für eine er hat, und dann will ich fort, keine Stunde bleibe ich länger da.« Wie er so in einem Satz vom Garten auf die Terrasse springen will, wird er festgehalten am Hemdeärmel, daß er fast in zwei Stücke zerriß. Zornig aufziehend, dem unerwarteten Halter eins zu versetzen, sah er Vreneli neben sich unerschrocken stehn und ihn festhalten. Er schlug nun nicht, aber schnellte ein zorniges: »La mi gah!« »Nein, ich lasse dich nicht gehen«, sagte Vreneli; »lueg mich nur an, wie du willst, aber gehn sollst mir nicht. Du daurest mich, Uli, es macht dirs wüst, aber eben deswegen mußt du jetzt der Witzigere sein. Bleib da und tue dergleichen, als gehe dich alles nichts an; das macht es am täubsten. Tust du wüst, so lachen sie dich aus, und das täte ich ihnen an deinem Platz nicht zu Gefallen.« Uli wollte lange dieses nicht begreifen und klagte bitter, wie wüst Elisi ihms gemacht. »Sei du froh!« sagte Vreneli, »ich habe nichts sagen mögen; aber danke Gott auf den Knieen, daß es so gegangen ist! Wenn du Elisi kenntest wie ich, so nähmest du es nicht, und wenn die ganze Welt sein wäre.« »Das mag jetzt sein, wie es will«, sagte Uli, »so will ich hier fort auf der Stelle; meinethalb kann der neue Tochtermann ihnen den Hof arbeiten.« »Das wäre noch dümmer«, sagte Vreneli, »dann erst würden die Leute zentum lachen und brüllen, wie es dir ergangen. Die einen würden sagen, sie hätten dich fortgejagt, die andern, du seiest zum Narren gehalten worden, du hättest dir eingebildet, du seiest schon Glunggenbauer, und machten dir Gäbeli. Stelle dich, als gehe dich alles nichts an, als lächere dich die Sache noch, so werden die Leute nicht wissen, woran sie sind, dich nicht nur in Ruhe lassen, sondern noch sagen: ›Da sieht man jetzt, Uli ist nicht so dumm, wie man geglaubt hat, er hat sie zum Narren gehalten und nicht sie ihn.‹« »Du bist eine Dolders Hex«, sagte Uli, »aber der Tüfel soll mich nehmen, wenn ich länger da Knecht bleibe« – »als du gedinget hast!« setzte Vreneli hinzu. »Zu Weihnacht kannst du meinethalb gehen, vielleicht gehe ich auch. Aber jetzt gehe nicht! Tue es mir und der Mutter nicht zuleid. Was macht doch das dem Elisi, wenn du gehst? Im Gegenteil, es ist ihm noch das Rechte. Die ganze Bürde fällt auf die Base und mich; der Vetter nimmt sich ja der Sache nur an, um zu branzen. Was vermögen wir uns beide, daß es so gegangen? Aber zähl darauf, du wärest unglücklich geworden, und der Herr wird es auch, zähl darauf! Vielleicht aber betrügt eins das andere. Gehe jetzt in Stall, sieh zum Mutzschwanz; gib ihm Haber, mach, wie wenns dir ganz anständig ginge, und zähle auf mich, du wirst sehen, es kömmt am besten so. Man kömmt am besten durch die Welt, wenn man oft die Welt nicht merken läßt, wie es eim ist.« »Du magst etwas recht haben«, sagte der in der langen Zwiesprache etwas abgekühlte Uli, »aber wenn man nicht zuweilen ausdonnern könnte, es würde einem zuletzt versprengen. Es gehörte sich, daß man einer solchen Täsche auch einmal die Sache sagte.« »Das kannst du eben am besten, wenn du hier bleibst; da wird es sich dir wohl einmal viel besser schicken als heute. Und wenn du hättest müssen den Weg gehen, wo ich, so wüßtest du, daß man mit dem Ausdonnern wenig gewinnt. Ausdonnern heißt nicht: klug sein wie die Schlangen und ohne Falsch wie die Tauben. Die Not hat es mich gelehrt. Aber gehe jetzt, ich werde dem Herrn kücheln und brägeln müssen, und ich tue es ihm von Herzen gern.«

Während die hier so verhandelten und Uli endlich gehorchte wider Willen, fand eine andere Verhandlung statt im Stöckli. Dorthin hatte die Mutter Käse und Wein und weißes Brot gebracht, nachdem sie Vreneli umsonst gerufen. Dann war sie zurückgeeilt zu Joggeli, hatte ihm gesagt, wer da sei, und nun sollte er die Sonntagskutte anziehen, ein Halstuch umlegen und hinüberkommen. Aber Joggeli wollte nicht. Dem Schminggel laufe er nicht nach, er begehre ihn nicht zu sehen, er wolle nichts von ihm und hätte nichts mit ihm, man solle ihn ruhig lassen; er könne wieder gehen, wo er hergekommen. So könne er doch nicht tun, sagte die Mutter, gerade wie wenn er nicht halbwitzig wäre. Mit ihm reden müsse er, und er solle sich in acht nehmen, was er mache. Sie wolle nichts gesagt haben, sich in gar nichts mischen, aber sie wolle dann auch nicht schuld sein, wenn das Meitschi z'lätz tue. Er wisse wohl, wie es sei. Und wenn es etwas Unwatlichs machen würde, so müßte man sich ja ein Gewissen machen in Zeit und Ewigkeit. Das begehre sie nicht; sie begehre ruhig zu sterben. Damit ging sie hinaus, und hart schlug hinter ihr die Türe zu.

Joggeli brummelte fast eine Stunde lang mit sich und über die Weiber, die an nichts schuld sein und doch alles regieren wollten. Unterdessen schenkte Elisi dem Baumwollenhändler ein, sagte, so streng es konnte: »Näht doch, näht doch, trinkit!« Endlich längte Joggeli nach dem Halstuch, band es um und sagte, eine andere Kutte ziehe er nicht an, seine sei für so einen Schminggel gut genug; dann nahm er den Stock, trätschete zwischen Haus und Stöckli einigen Bäumen nach. Drinnen sah ihn der Baumwollenhändler und fragte: ob das der Vater sei? Als Elisi ja sagte, sagte er: so wolle er hinaus, ihn zu grüßen. Joggeli wollte eine halbe Wendung links machen, allein er entrann nicht mehr. Er sei so frei, sagte der Baumwollenhändler, und komme, zu sehen, wie seiner Frau Gemahlin und seiner Jungfer Tochter ihre Kur im Gurnigel zugeschlagen; dort hätte er die Ehre gehabt, ihre Bekanntschaft zu machen, und die glücklichsten Tage seines Lebens verlebt. Joggeli sagte: »He ja, es wird so sein! Ihr werdet krank gewesen sein, daß Ihr ins Bad habt müssen?« »Nein, eigentlich nicht«, sagte der Baumwollenhändler, aber er hätte Ruhe nötig gehabt. Nun erzählte er von seinem großen Geschäft und seinen weiten Reisen, und wie er mit Extrapost Tag und Nacht von Petersburg gekommen usw., daß dem Joggeli der Verstand fast stillstund und der Respekt sich einstellte. »Reden kann der«, dachte er, »wie druckt, und wenn nur das Halbe wahr ist, so ist das ein ganzer Bursch.« Gezogenes Werch gab dem Händler Anlaß, zu fragen: ob er wohl den Hanfsamen selbst ziehe? Als Joggeli nein sagte, verbreitete er sich über die Orte, wo man ihn am besten kaufe: von Basel, von Freiburg im Breisgau; redete von den Pflanzungen aller Art, die man dort sehe, was für Samen dort gewonnen werden, und wieviel sie dem Land eintrügen, und wieviel auch hier damit zu machen wäre, wenn man nur die Sache verstehen wollte und nicht zu fast am alten hinge. Er garantiere: auf einem großen Gut könnte man leicht zwei- bis dreitausend Franken aus allerlei Sämereien lösen, wenn man nur wollte. »Dr Tüfel«, dachte Joggeli, »wenn nur das Halbe wahr ist, so wäre das der Vorwert«, und sein Respekt nahm zu. Als die Mutter im Vorbeigehen fragen konnte: »Nun, wie gefällt er dir?«, sagte er, so für einen Herrn sei er noch nicht der Dümmste; er wisse doch noch, daß die Kühe Hörner hätten und die Pferde keine, und wo Bartlome Most hole.

Der Baumwollenhändler wußte, was er zu rühmen hatte. Das schöne Tischzeug bot ihm viel Stoff; dann kam er vom geräucherten Fleisch auf Hamburg, von der Hamme auf die westfälischen Schinken, vom Bratis auf die Kälber in St. Urban, und was die Bandweber in Baselland für Kalbfleisch essen, und endlich brachte ihn der gute Wein aus der weißen Flasche auf den Wein überhaupt. Hier legte er so viele Kenntnisse an Tag, wußte so viel Sorten zu nennen, die verschiedenen Unterscheidungszeichen anzugeben, daß Joggeli dachte: »Gegen den ist Johannes nur ein Löhl. Wenn der den Neuenburger kennt und den Weltschen, so ists allen Handel.« Er sei doch schon an mancher Kindbett gewesen, aber so einen Kurzweiligen habe er selten angetroffen, die

Zeit gehe einem um, man wisse nicht, wie, und brauche man doch nicht viel dazu zu sagen. Die Mutter vergaß fast das Nöten ob all dem Reden, und Elisi, das nicht begriff, was der Herr wollte, wurde ganz böse, daß er immer mit dem Vater redete und sich nicht mit ihm abgab. Es plärete fast und sagte der Mutter draußen: es glaube, es wolle nichts mehr von dem; er sei so unhöflich und unmanierlich wie der gröbste Knecht und hätte während dem ganzen Essen nichts mit ihm geredet. »Du dumms Elisi«, sagte die Mutter, »du bist doch immer der gleiche Tätsch! Merkst du nicht, daß er beim Vater in Hulden kommen muß, wenn er ja sagen soll? Du weißt ja, wie er wüst getan.« »Was geht ihn der Vater an?« sagte ds Elisi. »Er will mich heiraten, und wegen dem Vater kann er mir den Kummer überlassen; dem wollte ich es reisen, wenn er etwas darwiderhaben wollte!« »Schweig doch!« sagte die Mutter; »es dünkt mich, es möge eins herkommen, woher es wolle, so sei es witziger als du, und doch hat man ein erschrecklich Geld an dich gewandt, und bist noch im Weltschland gewesen. Aber wo die Gaben nicht sind, was will man?« »Und dann«, fuhr ds Elisi fort, »hat er immer das Vreneli angesehen, wenn es etwas brachte; er ist ein Wüster, ich habe es ihm angesehen. Das Vreneli soll nicht mehr hinüberkommen; du kannst bringen, was wir noch mangeln.« »Du wirst noch etwas anderes erfahren, Elisi«, sagte die Mutter. »Das wirst du keinem wehren können, daß er nicht die andern auch ansieht; froh kannst sein, wenn es nur dabei bleibt.« Es wolle dann beim Donner luegen, sagte ds Elisi.

Unterdessen hatten drinnen die wichtigen Verhandlungen begonnen. Der Baumwollenhändler hatte den ersten Augenblick ergriffen, als er mit Joggeli alleine war, die Bewerbung zu eröffnen, noch schöner und wohlgestellter als bei der Mutter. Von Ehesteuer sagte er kein Wort, kein Wort von Trossel; hingegen zog er eine Brieftasche hervor voll Papier und sagte Joggeli, da könne er einen Begriff von seinem Geschäft erhalten und seinem Vermögen. Diese Brieftasche enthielt eine Menge Wechsel aller Art, von denen Joggeli wenig anders begriff als die Summen und dann die für bar Vermögen nahm, so daß er wie die Mutter nicht begreifen konnte, warum so ein grusam Geschickter, grusam Reicher und grusam Schöner an Elisi sich mache. Es habe halt, dachte er, ein jeder Mensch seinen Gaue (goût). Die einen wollten ihre Weiber bleich, die andern rot, die einen fett, die andern mager, die einen hoffärtig, die andern tätig, die einen narrochtig, die andern witzig. Der werde nun gerade so eins wollen, wie ds Elisi sei, das werde sein Gaue sein, darüber müsse man sich nicht verwundern. So dachte Joggeli während der schönen Rede des Bewerbers. Aber sein mißtrauisch Gemüt war damit noch lange nicht befriedigt; er fragte noch eine Menge Dinge, machte viele Einwendungen, suchte über Bekannte, Verwandte ihn auszuforschen, um allfällige Erkundigungen einziehen zu können, und brachte am Ende selbst die Rede auf die Ehesteuer. Er bitte sich aus, sagte der Herr, daß davon einstweilen keine Rede sei; er sei darin gar nicht wie andere gesinnet und hätte es eigentlich auch nicht nötig. Er wolle nicht sagen, daß er das Geld nicht auch liebhabe; aber der Mann sei dafür da, die Frau zu erhalten. Sollte es später in ihrem guten Willen liegen, ihm etwas zu geben, so werde er es mit Dank annehmen; sonst sei er mit nichts auch zufrieden, die Jungfer Elise sei ihm alles. Es werden sich später viele Gelegenheiten geben, einander nützlich zu sein, wenn er das Glück hätte, in ihre Familie zu treten. Ihren Flachs, ihr Kirschenwasser sollten sie künftig ganz anders verkaufen als jetzt; aus dem letztern löse er in Frankfurt wenigstens vier Franken aus der Maß. Auch mit dem Korn lasse sich viel machen, wenn man es verstehe. Dann gebe es sehr oft Gelegenheit zu schönen Spekulationen, wenn man bares Geld zur Verfügung habe. Nun geschehe es, daß auch der reichste Kaufmann oft zu solchen Nebengeschäften nicht Geld habe; wenn er dann in solchen Augenblicken vorsprechen dürfte um Vorschuß, so könne er leicht fünf und sechs Prozente offerieren und doch noch zehn bis fünfzehn Prozente gewinnen. Das gefiel Joggeli nicht übel. Der, dachte er, sei doch ein kurioser Held, mit dem ließe sich noch handeln, noch besser als mit einem Bauer. Doch wollte er seine Einwilligung noch nicht geben, sondern forderte vierzehn Tage Bedenkzeit. Man müsse mit dem Sohn reden, sagte er, und hie und da nachfragen; wenn er ihm schon traue, so sei das doch so der Brauch. Zudem wüßte er nicht, ob ds Elisi nicht besser täte, ledig zu bleiben; es sei neue kränklich und möge wenig erleiden. »Was wolltest du davon wissen?« sagte ds Elisi; »du weißt viel, was ich erleiden mag oder nicht. Aber wenn immer alles auf einem ist, so muß eim allbets einist öppis fehle.« Der Herr fiel rasch ein und beteuerte, wie die Jungfer Elise ihm gerade recht sei, drückte ihre Hände, beteuerte, wie die Bedenkzeit ihm gerade recht sei. Ja freilich, sie könnten über ihn fragen, wo sie wollten, so müßten sie alles Gute vernehmen, wenn die Leute nicht verleumdeten, was freilich oft geschehe, besonders wenn man viele Neider hätte. Unterdessen solle man ihm doch erlauben, der Jungfer Elise einstweilen ein Andenken zu geben, und somit zog er ein Kästchen hervor, eine prächtige Uhr mit Kette daraus und hängte die mit zärtlichen Gebärden der Jungfer Elise um und bat sich ehrerbietig die Erlaubnis aus, der Uhr noch ein Küßchen beifügen zu können. Jetzt war ds Elisi wieder zufrieden mit ihm, freute sich wie ein Kind über sein Geschenk, lief ins Haus, es dem Vreneli, den Jungfrauen zu zeigen, und dann wieder zu dem Geliebten, ihn zu fragen, wie man sie öffne, und wo man sie aufziehe, ihm erzählend, wie des Bruders Frau Augen machen werde, wenn sie dieselbe sehe. Elisi wollte jetzt gegen die Bedenkzeit sich auflehnen; der Geliebte aber bat recht dringend, den Eltern nachzugeben. Unterdessen könne er seine Papiere in Ordnung bringen, daß die Verkündigung alsobald erfolgen könne. Man müsse die gute Jahreszeit profitieren, um noch eine rechte Hochzeitreise zu machen, wohin es seine Elise gelüste. Nun erst begann Elisis Jubel, und dann plärete es wieder über den Aufschub; es hätte die Reise gleich jetzt antreten mögen.

So verrann der Tag. Der Glückliche rüstete sich zum Aufbruch und wollte mit Pomp dahinfahren. Dem Vreneli wollte er ein Zehnbätzler in die Hand drücken; es wandte sich rasch weg und sagte, es nehme kein Geld. Vor der Küche traf er auf die, die sein Roß zäumten, denen Uli zu Hülfe kommen mußte, weil es den Kopf gar hoch hielt. Da drückte er unversehens Uli auch einen Zehnbätzler in die Hand. Wie der sah, was er hatte, und wer es gab, ließ er es, ohne ein Wort zu reden, fallen, wie wenn es ihn gebrannt hätte, machte den Zaum zurecht und tat, als wenn der Herr und sein Geld gar nicht da wären. Derselbe las den Zehnbätzler wieder auf und dachte bei sich: »Das sind mir puckte Leute, denen will ich es eintreiben.«

Dreiundzwanzigstes Kapitel

Von nachträglichen Verlegenheiten, welche statt des Friedens aus der Verlobung kommen.

Als er endlich fort war und die Leute wieder zur eigentlichen Besinnung kamen, fanden sie sich schweren Herzens, Elisi ausgenommen. »Was wird Uli machen, was wird Johannes sagen, wie wird alles gehen?« rüttelte die Leute gewaltig aus ihrem ruhigen Leben auf. Zu ihrer großen Verwunderung sagte Uli nichts und tat so kaltblütig, als ob ihn das nichts anginge, und wenn seine Mitdiensten ihn aufziehen wollten, so schmunzelte er, daß die Leute nicht wußten, woran sie mit ihm waren. Je mehr und mehr konnte er es auch von ganzem Herzen tun; denn jetzt, da die Sache vorbei war, war es ihm, als ob er, aus schwerem, dummem Traum erwacht, viel leichter geworden sei. Das Geld, das Gut hatte ihn wie mit einem Blendwerk umstrickt, er mußte die Sache nur von dieser Seite ansehen und übersah Elisis Persönlichkeit mehr und mehr. Jetzt, da ihm diese wieder ins grelle Licht trat, jetzt ging er mehr und mehr dem Standpunkt zu, auf welchem er Gott danken mußte, dieser Gefahr entronnen zu sein. Mehr und mehr begriff er, wie unglücklich ein Mann bei allem Gelde sein müsse mit einem solchen Ding zur Frau. Jetzt erst begann er seinen alten Meister zu fassen, und er dachte manchmal, wenn er nur bald zu ihm käme, daß er ihm sein Mißtrauen abbitten könnte. Indessen stund es in ihm fest, den Dienst aufzusagen; da wollte er nicht mehr bleiben; er wartete nur eine Gelegenheit ab, es zu tun. Wo ein solcher Halunk Tochtermann sei, da sei seines Bleibens nicht, dachte er, und daß der Baumwollenhändler ein Halunk sei, das sagte ihm immer deutlicher sein eigenes Bewußtsein, so wie ihm die Gründe immer klarer wurden, warum er selbst Elisi eigentlich gewollt. Er mußte sich sagen, daß, wenn er nur die Hälfte des Zehntens gehabt, welchen der Schminggel vorspiegle, er an Elisi nie gedacht hätte.

Nicht so kaltblütig benahmen sich Johannes und seine Frau. Elisi wollte hin, es ihnen anzukündigen und seine Uhr zu zeigen; allein weder der Vater noch die Mutter wollten mit, und alleine durfte Elisi es doch nicht wagen. Man schrieb. Wie aus einer Kanone kam das Ehepaar dahergefahren mit Schnauben und Tosen. Gepläret, geflucht wurde an selbem Tag in der Glunggen wie vielleicht seit hundert Jahren nie. Es war kein Schimpfname, den Johannes dem Bräutigam nicht gab, kein Laster, das er nicht haben sollte, kein Fluch, mit dem er ihn nicht belegte, und Trinette fügte noch unter Schluchzen und Schnüpfen bei, was Johannes vergaß. Ds Elisi sparte auch sein Maul nicht, wäre aber von dem Bruder geprügelt worden, wenn die Mutter nicht gewehrt. »Da hast dus jetzt«, sagte Joggeli, »da siehst dus, wies geht; da kann ich die Suppe ausessen helfen, die ihr eingebrockt.« Johannes übergab sich unzählige Male dem Teufel, wenn er je wieder einen Fuß in die Glungge setze, wenn sie einem

solchen Donners verfluchten Saufötzel ihre Tochter geben würden. Jetzt suchte er Uli wieder auf und fluchte auch bei ihm sich aus. Er verfluchte sich hunderttausendmal, daß, wenn der Donners Plätter doch einen Mann hätte haben müssen, er hunderttausendmal lieber Uli zum Schwager gehabt. Natürlich ledig wäre ihm das Mönsch am liebsten gewesen, sagte er, was brauche es das Geld zu vermannen! »Aber wie die Schelmen haben sie an dir gehandelt. Gäll, wärest du zu mir gekommen? Aber du kommst noch, bei den verfluchten Donnern bleibst du nicht!« Uli gab wenig und ausweichenden Bescheid und war froh, als Johannes mit Schnauben und Tosen von dannen gefahren war. Der arme Teufel hatte von dem Tage nichts, als daß seine Frau ihn um eine solche Uhr und Kette plagte, bis sie dieselbe hatte.
Joggeli hatte noch andere Erkundigungen eingezogen, sie waren ungünstig, ausweichend, oberflächlich gut. Er sei ein Windbeutel, dem nicht zu trauen sei, zeige viel Geld und habe keins, wenn man von ihm wolle, sagten die einen; man wisse nichts Genaues über ihn, er scheine Geschäfte zu machen, aber man sei nicht in direktem Verkehr, die zweiten; er sei ein artiger, gewandter junger Mann, der seinen Weg machen werde und, soviel man merke, Vermögen besitze, die dritten. Je näher das Ende des Termins kam, desto schwerer ward das Herz den Alten, besonders der guten Mutter, der Joggeli alles aufbürdete. Sie wären lieber zurückgegangen, ja die Alte hätte Elisi fast lieber dem Uli gegeben; allein sooft davon die Rede war, tat Elisi wie eine Besessene, verdrehte die Glieder, bekam Schaum vor den Mund, daß sie sich vor dem fallenden Weh fürchteten. Als der Termin aus war, an einem Tage, an welchem es regnete und windete, daß man nicht leicht einen Hund zur Türe ausgelassen hätte, kam der Baumwollenhändler wieder angefahren. Trübselig wie sein Herbeifahren war sein Empfang. Es zeigte sich kein Knecht, das Roß abzunehmen, Elisi blieb wegen dem Luft zehn Schritte von ihm am Schermen stehen, keine Jungfrau kam mit einem Regenschirm, die Alten zeig-

ten sich nicht. Es ging noch ärger, als wo Uli anlangte als neuer Meisterknecht.

Es ging lange, bis er unter Dach war, naß und fröstelnd, lange, bis er sein Gesicht in die üblichen freundlichen Falten gelegt, und noch länger, bis die Alten kamen, aber auch frostig, so daß alle waren, Elisi ausgenommen, wie wenn sie bei zwanzig Grad Kälte in einem ungeheizten Zimmer einander amüsieren sollten. Nach langen Vor- und Einreden fragte endlich der Baumwollenhändler: ob er jetzt wohl den Ring, den er mitgebracht, der Jungfer Elise als seiner lieben Braut an den Finger stecken dürfte. Die Alten machten beträchtliche Gesichter. Eins sah das andere an; endlich sagte Joggeli: er wisse neue nit, sie hätten allerlei vernommen, und der Sohn sei sich neue gar nicht zufrieden. Das letztere sei ihm ganz begreiflich, sagte der Händler; aber wenn er die Ehre hätte, ihren Herrn Sohn persönlich zu kennen, so würde er garantieren, daß derselbe nichts gegen ihn hätte als eben, daß er seine Jungfer Schwester heiraten möchte und somit an seinem künftigen Erbe ihm zu schaden scheine. Ebenso begreiflich sei ihm das andere. Er hätte schon lange viele Neider gehabt, und jetzt seien noch viel mehr derselben entstanden, die ihm sein Glück mißgönnten und ihn von Jungfer Elise zu trennen suchten. Nun erzählte er lange Geschichten, was man ihm von ihnen erzählt, und wie man ihn abspenstig zu machen gesucht, ihm vorgestellt, wie er betrogen, unglücklich werden werde. Aber er kenne die Leute zu gut, kenne nicht umsonst den Weg von Moskau bis Lissabon, daß er ihn mit verbundenen Augen finden könnte; er wüßte, was die Leute seien und könnten. Sie könnten sich nun denken, wenn man über sie, so ehrbare, honette Leute, die ein so geregeltes Leben auf ihrem Gute führten, solche Dinge erzählen könne, so müßte man sicher von ihm, dem lebhaften jungen Mann, noch viel leichter etwas zu ersinnen wissen. Es seien nie zwei zusammengekommen, daß den Leuten die Mäuler nicht voneinandergegangen.

Er wisse neue nicht, sagte Joggeli, aber es dueche ihn, es

wäre wohl am besten, wenn man sich nicht pressierte und noch so ein Jahr wartete; während der Zeit lernte man sich besser kennen, und beide seien noch jung, sie veralteten nicht. In zwei oder drei Jahren könnten sie perfekt gleich heiraten wie jetzt und wären beide um soviel witziger geworden. Man habe ja Beispiele, daß Leute zwanzig Jahre miteinander versprochen gewesen wären, und es heiße, die seien gerade am glücklichsten gewesen; und er glaube es, da habe man der Zeit gehabt, einander dLün (die Launen) abzluegen. Wenn man so zämmefüßlige dareinspringe, so fehle es eim gar gerne. Da fing ds Elisi zu heulen und zu schreien an, und als man endlich vernahm, was es sagte, so waren es gräßliche Protestationen gegen solche Verzögerung. Sie wollten es metzgen, schrie es, damit der Kerli zFrevligen desto mehr hätte; aber so wahr ein Gott im Himmel sei, sollte es sie gereuen; es wisse schon, was es mache usw.

Nachdem der Baumwollenhändler diesen Ausbruch hatte wirken lassen, besänftigte er Elisi mit zärtlichen Reden und wandte sich dann in rührsamer Ausdrucksweise an die Eltern. Ob sie das Herz hätten, ihr Kind so unglücklich zu machen und ihn dazu; sie könnten ja sehen, wie sie aneinander hingen. Und warum unglücklich machen ihr eigenes Kind? Wegen neidischen, unbegründeten Äußerungen, die bei jeder Heirat üblich seien? Warum? Weil ein Bruder, der, wie es scheine, viel nötig habe, nicht gerne mit seiner Schwester teilen wolle? Nein, so hart, so unbarmherzig, so steinernen Herzens könnten sie sicher nicht sein! Nein, er wisse, sie seien gute, liebe Leute und glaubten an Gott und an eine Seligkeit, und darum bitte er noch einmal bei seiner und ihrer Seligkeit um die Hand der teuren Jungfer Elise, damit sie miteinander die Pfade der Tugend und der Moral wandern könnten, bis sie Gott einst zu einem seligen Leben hinaufnehme in seinen Himmel, wo sie einander alle wiederfinden und alle in alle Ewigkeit miteinander glücklich sein könnten. Der guten Mutter liefen die Tränen wieder über die roten Backen, und Joggeli sagte: »In Gottsname, wenn ihrs zwingen wollt, so zwingts; aber ich will nicht schuld sein, es mag gehen, wie es will!« »In Gottsname«, sagte die Mutter, »es hat so sollen sein, und wenn etwas sein soll, da kann man lange wehren. Aber seht jetzt selbst, daß ihr glücklich werdet! Wenn ihr es nicht werdet, so vermögen wir uns dessen nicht.« »Oh«, sagte der Baumwollenhändler, »was das Glück anbelangt, so habt keinen Kummer; wer wollte mit der teuren Elise nicht glücklich sein! Ich garantiere, wir wollen nie klagen. Das habe ich doch gedacht, daß Ihre guten Herzen nicht zwei Leute unglücklich machen werden. Kommt, Elise, laßt uns den teuren Eltern danken für unser Glück, danken, daß sie uns mehr geglaubt als bösen Leuten!« Bei der Hand faßte er Elisi und zog sie zu den Eltern und fiel darauf der Mutter um den Hals und küßte sie. Ihrer lebelang hätte es ihr niemand so unerchannt gemacht, sagte sie später. Dann fiel er dem Joggeli um den Hals, daß der den Husten bekam fast zum Ersticken. Ds Elisi hätte eigentlich auch um den Hals fallen sollen, aber es hatte eben ein Stück Züpfen in der Hand, die wäre ihm brosmet. Es fand daher vernünftiger, ruhig zu bleiben und seine Züpfe zu essen. Als aber der Baumwollenhändler mit den Eltern fertig war, riß er in seinem mannlichen Ungestüm die Tochter an seine hochschlagende Brust, achtete sich aber der Züpfe zuwenig; die kam ins Gedränge, so daß Elisi schreien mußte: »Herr Jeses, my Züpfe; Ihr verdrücket mr se ganz; wartet doch, bis ih se weggleit ha!«

Der Baumwollenhändler tat sehr glücklich, konnte nicht aufhören, von einem zum andern zu gehen, die Hände zu drücken und zu sagen, er könne Gott im Himmel nicht genug danken für sein Glück; es sei der schönste Tag seines Lebens, und der müsse würdig gefeiert sein. Darauf ging er hinaus zu seiner Chaise. Es möge nun gehen, wie es wolle, sagte die Mutter mit einem Seufzer, jedenfalls habe er ein gutes Herz und Religion. Das sei aber die Hauptsache; was man mehr wolle? Er kam zurück mit Flaschen und sagte: sie hätten letzthin von Wein geredet; er habe gedacht, er wolle ihnen einige Muster mitbringen, sie müßten auch wissen, was Wein sei. Da er das Glück haben sollte, seine liebe Elise zu erhalten, so zieme es sich nicht, an einem solchen Tag gemeinen Wein zu trinken. Solchen Wein trinke man nicht alle Tage; ihnen aber könnte er ihn liefern um einen Spott, wenn er schon nicht Weinhändler sei. Aber wenn man viel in der Welt herumkomme und die Augen mitten im Kopf habe, so wisse man bald, wo man die besten Sachen am wohlfeilsten bekommen könne. So habe er gerade die schönsten Geschäfte gemacht. Auch hatte er ein prächtiges Stück Seidenzeug mitgebracht von aschgrauer Farbe, wie Elisi noch keines gesehen und Trinette keins hatte. Solches, sagte er, würden sie in Bern und Zürich umsonst suchen. Ein guter Freund hätte es direkt von Lyon gebracht und aus Freundschaft es ihm abgelassen. Nun waren alle glücklich, und bei dem guten Wein und schönen Seidenzeug wurde man nach und nach recht gemütlich und heimelig miteinander, daß die Mutter dachte, es wäre doch lätz gegangen, wenn man ihm das Elisi nicht gegeben hätte.

»Was habt ihr für wunderliche Leute im Hause?« fragte unter anderem der heimelig gewordene Bräutigam. »Als ich das letztemal fortwollte, ging ich in die Küche und wollte dem hübschen Meitli, wo uns aufgewartet hat, ein Trinkgeld geben, wie es der Brauch ist; das kehrte mir den Rücken und sagte, es brauche kein Geld.« »Das wird Vreneli gewesen sein«, sagte die Mutter. »Es ist eigentlich nicht Magd, wir haben es dr Gottswille zu uns genommen. Es ist uns eigentlich von weitem verwandt und hat niemand gehabt, der sich seiner angenommen.« »Jä so«, sagte der Baumwollenhändler, »dann ists mir leid, wenn ich es beleidigt habe; ich muß es suchen gutzumachen.« Das sei nicht nötig, sagte ds Elisi; am besten täte er, es nicht immer so anzusehen; es könnte sonst meinen, was das zu bedeuten hätte. Es sei ohnehin ein anlässig Mensch. Das könne man just nicht sagen, sagte die Mutter. »Aber wer war denn der große, schöne Bursche«, durchschnitt der sprachgewandte Herr das unangenehm werdende Gespräch, »der mein Roß zäumte? Der hat mirs noch ärger gemacht. Der hat mir gar keine Antwort gegeben, aber den Zehnbätzler mir vor die Füße geworfen, so daß ich darauf und daran gewesen bin, ihm eine Ohrfeige zu geben, wenn ich meine Hand an einem Knecht hätte beschmutzen mögen.« Es sei besser, er habe das nicht getan, sagte Joggeli. Das werde Uli gewesen sein, der Meisterknecht, ein guter Knecht, aber längs Stück ein Kolder, mit dem nichts anzufangen sei. So einen würde er doch nicht haben, sagte der Händler. Er sei so bös nicht, sagte die Mutter. Und für das Land und das Vieh sei er bsunderbar gut, sie hätten noch keinen so gehabt, und so einen wüßten sie nicht mehr zu bekommen. Das müßte bös sein, sagte der Bräutigam. Wenn sie ihm den Auftrag geben wollten, so wolle er ihnen einen prokurieren um einen billigen Lohn, wo sie dann wüßten, daß sie einen Knecht hätten. Diesmal schnitt die Mutter das Gespräch ab und kam auf etwas anderes.

Endlich begann der Bräutigam davon zu reden, noch heute das Hochzeit angeben zu wollen zu Üfligen. Die Mutter schlug über diese Eile die Hände über dem Kopf zusammen; Joggeli schüttelte den Kopf und sagte, das Pressier gefalle ihm nicht. Elisi sagte, das Wetter sei sehr strub, sie möchte warten bis morgen. Diese Meinung ging endlich durch, und der Herr blieb da über Nacht. Er suchte während dem Abend sein vermeint Vergehen gegen Vreneli gutzumachen, trappete ihm nach und wollte nach seiner Weise artig mit ihm sein. Elisi merkte es aber, und er hatte Mühe selben Abend, ein gutes Wort von ihm zu erhalten. Dem Vreneli packte das Elisi gräßlich aus, hielt ihm Anlässigkeit vor, daß es ihm den Bräutigam verführen wolle, daß es gesehen, wie sie mit den Augen ein Verständnis hätten, und daß es, wenn es einmal verheiratet sei, keinen Fuß mehr ins Haus setzen wolle, solange eine solche Luenz darin sei. Das sei ein schöner Dank, daß man es so lange dr Gottswille gehabt habe.

Vreneli war nicht von denen, welche Personen wie Elisi schwiegen. »Die Luenz«, sagte Vreneli, »kannst du für dich behalten und deinen Schminggel auch; den möchte ich nicht, wenn ich noch einmal nichts hätte. Aber im Weg will ich dir nicht mehr sein, ich bin lange genug dr Gottswille hier gewesen. Was man an mir getan, glaube ich abverdient zu haben und begehre nun nicht zTrinkgeld, daß man mir alle Tage vorhält, was längst vergangen ist, und was dich nichts angeht, denn du hast nichts an mir getan als mich geplagt, wo du konntest. Einer solchen Gränne wegen wollte ich ein Narr sein zu plären und mir die Sache zu Herzen zu nehmen. Aber aus dem Wege will ich dir, darauf zähle! Und jetzt laß mich ruhig, dein Zyberligränni wird wohl auf dich warten.« Elisi wäre dem Vreneli ins Gesicht gefahren, wenn es nicht zu gut gewußt hätte, daß Vreneli sich von niemand auf den Leib kommen ließ. Es war schon einige Male bei solchen Anfällen von Vreneli an den Armen festgehalten worden, daß man die Zeichen noch tagelang sah.

Die sämtlichen Hochzeitgeschichten aller Art, das Hochzeit selbst etc. wollen wir überspringen; denn mit dem Baumwollenhändler haben wir es eigentlich nicht zu tun, sondern mit Uli, daher uns schon zu lange mit dieser unbedeutenden Nebenperson abgegeben. Als dieselbe aber einmal aufgetreten war, wollte sie sich bei ihrer angebornen jüdischen Zudringlichkeit nicht so schnell abfertigen lassen, und noch jetzt, nach gefaßtem Entschluß, werden wir ds Teufels Mühe haben, sie uns vom Leibe zu halten.

Ulis Stillschweigen und ruhiges Verhalten war den alten Eheleuten sehr sonderbar, indessen nicht unangenehm vorgekommen. Es wollte ihnen scheinen, als hätten sie das Verhältnis zwischen Elisi und Uli zu ernsthaft genommen, und dieser sei froh, daß es gelöst sei, so daß er weiters nichts daraus machen, sondern dableiben werde. Sie hatten aber nicht Zeit, während dem Hochzeitstrudel das Nähere zu erforschen, sondern nahmen getrost das Bessere an. Als die Geschichte aber versurret hatte, mahnte die Mutter Joggeli, daß er Uli doch frage, was er gedenke; sie hätte alle gute Hoffnung, er werde bleiben. Joggeli meinte, wenn er nicht bleibe, so sei sie daran schuld. Ein Besserer wäre wohl zu bekommen, der Tochtermann hätte ihnen ja einen versprochen; aber man sei jetzt an Uli gewohnt, daher sei es ihm recht, wenn er bleibe; aber hängen wolle er sich nicht, wenn er gehe. »Du bist immer der gleiche Löhl«, sagte die Frau und ging zur Stube aus.

Als Uli einmal grasete, trappete Joggeli zu ihm und sagte: sie werden es, denke er, wohl haben wie gewöhnlich; einmal er sei nicht anders gesinnet, als daß Uli bleibe. »Nein, Meister«, sagte Uli, »ich will fort, Ihr müßt für einen andern sehen.« »Was kömmt dich an?« sagte Joggeli; »hast du schon wieder zuwenig Lohn, oder hat dich der Johannes mir abgestohlen?« »Keins von beiden«, sagte Uli. »Aber warum willst du dann fort?« »Ho, man kann nicht immer an einem Orte sein«, sagte Uli. »Und wenn ich dir noch vier Kronen hinzumache?« »Um hundert bliebe ich nicht. Es ist mir erleidet, und wenn es mir einmal erleidet ist, so behält mich kein Geld.« Mißmutig stöffelte Joggeli dem Stübli zu und sagte seiner Frau: »Da hast du es jetzt, Uli will nicht bleiben; gehe und suche jetzt einen andern, ich will nichts damit zu tun haben.«

Wie auch die Frau fragte: »Warum? Was hat er gesagt?«, so antwortete Joggeli nichts darauf als: »Frag ihn selbst!« Und als sie fragte: »Was fangen wir jetzt an?«, so sagte er auch: »Da siehe du zu, ich habe von Anfang gesagt, das komme so.« Weiteres brachte sie auf ihre Fragen nicht heraus. Da ging sie hinaus in die Küche, wo Vreneli waltete, die ihre Vertraute war in allen häuslichen Angelegenheiten, und sagte: »Denk o, Uli will fort; weißt du, warum?« »Aparti nicht«, sagte Vreneli; »aber ds Elisi hat es ihm wüst gemacht, und er wird denken, er wolle nicht da den Leuten zum Gespött sein und dazu sein Lebtag für andere werchen, wenn man es ihm am Ende so macht.« »Aber was sollen wir jetzt auch anfangen?« sagte die Mutter, »so einen kriegen wir nicht wieder. Er ist manierlich, fromm, arbeitsam, es ist allen wohl dabei, man hat nichts von Streit gehört, und wenn er fortgeht, so ist alles anders; ich darf gar nicht daran denken.« »Es geht mir gleich«, sagte Vreneli. »So, wie es vorher gegangen ist, mag ich nicht mehr dabeisein. Es ist mir leid, Base, aber ich muß Euch bei diesem Anlaß auch sagen, daß ich nicht mehr dableiben kann; ich will auch fort.« »Was, du? Was hab ich denn dir zuleid getan? Uli und du werden es abgeredet haben?« »Nein, Base«, sagte Vreneli, »Uli und ich haben nichts miteinander abgeredet, wir haben nichts miteinander. Ihr habt mir auch nichts zuleid getan, Base, Ihr seid immer eine Mutter an mir gewesen; und wenn alles auf mir gewesen ist, so habt Ihr Euch meiner angenommen; ich werde Euch das nie vergessen, solange ich lebe; und solange ich bete, werde ich für Euch beten, daß der liebe Gott Euch vergelten wolle, was Ihr an mir getan.« Und Vreneli weinte und längte der Base die Hand, welcher auch wieder große Tropfen über die roten Backen rollten. »Aber warum, du wüsts Meitli, willst dann fort, wann du mich liebhast und ich dir nichts zuleid getan?« fragte diese. »Ich bin an dich gewohnt, du hast mir alles zuvorgetan. Wenn ich etwas habe machen wollen, so war es gemacht; wie soll ich jetzt, wo ich alle Tage älter werde, bald nichts mehr mit mir ist, die schwere Haushaltung machen?« »Base, es ist mir leid, aber ich muß fort; ich habe mich verredet, ich wolle mir von Elisi nicht allemal wüst sagen lassen, wenn es mit seinem Mann kömmt. Allemal hält es mir vor, ich wolle ihm den Mann verführen, und hält mir alle Suppenbröckli vor, die ich hier gegessen. So kann ich nicht länger dabeisein. Wenn mich sein Schminggel einmal anrührte, ich schabte mir die Haut bis auf das Bein ab, so gruset es mir ab ihm. Ich habe ihm gesagt, ich wolle ihm aus dem Wege und wolle mir nicht alles vorhalten lassen; ich sei jetzt nicht mehr dr Gottswille da.« »Ach«, sagte die Mutter, »du mußt dich des Elisis nichts achten; du kennst es ja, es ist immer ein Wüstes gewesen, und was es sagt, hat nichts zu bedeuten. Warum

läßt du mich entgelten, was es dir sagt?« »Dafür kann ich, weiß Gott, nichts«, sagte Vreneli. »Warum kann Elisin niemand in Zucht und Ordnung halten? Ich muß ihm aus dem Wege. Dann ist noch eins, aber ich will es nur Euch gesagt haben. Sein Mann ist allerdings mehr hinter mir drein, als nötig ist, das wüst Böckli! Aber habe er nur Sorge: kömmt er mir zu nahe, so überschlage ich ihn, daß er mit den Beinen am Himmel bhanget. Ach, Base, das geht jedenfalls nicht mehr gut hier; ich könnte ohnehin so nicht mehr dabeisein; der Tochtermann macht schon jetzt, als ob nur er zu befehlen hätte und schon alles sein wäre.«
Daran war etwas Wahres. Die reiche Fülle, welche bei der üblichen Sparsamkeit in der Haushaltung herrschte, wo es auf eine Maß Milch, ein Pfund Anken, ein Brot mehr oder weniger nicht ankam, über die Eier keine Rechnung geführt, Arme, ohne sie zu zählen, gespiesen wurden, hatte er aufs Korn genommen. Manchmal schon in der kurzen Zeit hatte er dem Joggeli vorgerechnet, wieviel er eigentlich sollte verkaufen können, jetzt trage ihm das Gut nicht einmal zwei Prozente ab. Wenn er das Geld für das Gut in seinem Geschäft hätte, so wollte er wenigstens acht Prozent daraus ziehen. Allemal darauf hatte dann Joggeli gemuckelt, über den vielen Verbrauch mit seiner Frau gebalget und gemeint, sie sollte da oder dort abbrechen. Als man ihn in Spycher und Gaden herumgeführt, in Tröge und Schäfte hatte blikken lassen, erstaunte er über die reichen Vorräte. Das trage doch gar nichts ab, sagte er, das verliege ja. In den Sachen liege ein bedeutend Kapital, das nicht nur kein Prozent abtrage, sondern sich am Ende selbst aufzehre. Wenn sie nur das Überflüssigste verkaufen wollten, und gerade jetzt sei ein günstiger Moment, so garantiere er ihnen: wenigstens dreitausend Pfund wollte er lösen. Aber er würde es nicht den Unterhändlern hier verkaufen, die gewöhnlich fünfzig Prozent Gewinn nähmten, sondern direkt den ersten Abnehmern. So hatte er ihnen Garn, Flachs, Tücher, Schnitze, Korn, Kirschenwasser abgeschwatzt, bedeutend

Kisten und Kasten ernüchtert, daß der guten Mutter das Herz blutete und sie sich des Weinens fast nicht enthalten konnte. Sövli use, sagte sie, syg si nit gsi, sit si heyge afa huse. »Bhütis Gott vor ere türe Zyt; was fieng ih a, ih dörft niene warte.« Er hatte Nachricht gebracht, daß er alles vortrefflich verkauft, aber kein Geld. Er habe es gegeben, wie es im Handel üblich sei, auf halbjährigen Kredit, hatte er flüchtig gesagt. Das wollte Joggeli eben auch nicht am besten gefallen.

Vierundzwanzigstes Kapitel

Von einer andern Fahrt, welche durch keine Rechnung fährt, sondern unerwartet eine schließt.

Das fiel der guten Mutter alles bei, und daß dazu Uli und Vreneli fortwollten, daß dann der Tochtermann das Heft ganz in die Hand kriege, daß sie die Haushaltung machen solle mit nichts, gegen die Armen schmürzelen (knickern), daß man ihr jede Kelle Mehl nachrechnen werde und alle ungeraden Male, wenn sie das Kücheln ankäme – und da kam sie ein Elend an, daß sie niedersitzen und weinen mußte, daß man die Hände hätte waschen können unter ihren Augen, so daß selbst Joggeli hinauskam und sagte, sie solle doch nicht so plären; es hörten es ja alle Leute und könnten meinen, was sie hätte. Was er gesagt habe, sei ja nicht der wert; sie wisse ja wohl, daß er allben einist etwas sagen müsse. Auch Vreneli tröstete und sagte, sie solle das nicht so schwer nehmen, es gehe ja am Ende alles leichter, als man denke. Sie aber schüttelte den Kopf und sagte, man solle sie ruhig lassen, sie müsse sich selbst fassen können, das Reden helfe ihr nichts. Sie suchte nach Fassung manchen Tag. Man sah sie umhergehen schweigend, als ob sie Schweres im Kopfe wälze, sah sie hier und dort, wo sie sich unbemerkt glaubte, absitzen, die Hände in den Schoß legen, hie und da den Zipfel des Fürtuches ergreifen und mit der Rückseite die Augen trocknen.

Endlich schien es ihr zu leichten, das Ungewisse schien verschwunden, sie sagte: es hätte ihr viel gewohlet, aber es duech sie, sie möchte neuehin, sie sei so blange (zielloses Sehnen), es besserete ihr, wenn sie einen Tag oder zwei fortkönnte. Joggeli hatte diesmal nichts darwider, seine Alte hatte ihm selbst Kummer gemacht. Sie könne ja zum Sohn oder zur Tochter fahren, wohin sie wolle; Uli solle sie führen, er hätte jetzt wohl Zeit, meinte er. »Nein«, sagte sie, dahin möge sie nicht, da sei ein ewiges Kär, und wenn sie die Säcke mit Neutalern füllte, sie hätte doch noch zuwenig. Aber es dünke sie, sie möchte einmal zu Vetter Johannes; man hätte es ihm schon lange versprochen, nie gehalten, und sie sei nie dort gewesen. Sie sehe da einen neuen Weg, eine unbekannte Gegend und könne vielleicht am besten vergessen, was sie drücke. Sie wolle Vreneli mitnehmen, das sei auch lange nie fortgewesen. Ans Hochzeit habe man es nicht mitgenommen, und es sei doch auch billig, wenn das Meitschi zuweilen eine Freude hätte. Gegen das letztere hatte Joggeli manches einzuwenden, indessen diesmal, der Alten zulieb, gab er nach und wollte zwei Tage sich leiden.

Uli freute sich, als er hörte, wohin er mit der Frau fahren sollte. Vreneli dagegen wehrte sich lange, hatte hundert Gründe dagegen und gab erst nach, als die Base sagte: »Du bisch mr doch es wunderligs Greis, und kurz und gut, du kommst mit, ih befiehles.«

Es war in den ersten Novembertagen eines schönen Herbstes an einem Samstag morgens, als das Sitzwägeli vor dem Hause stund, der Kohli herausgenommen, im Schopf mit geschäftigen Händen aufgeputzt und endlich von einem zum Fuhrwerk geführt wurde, während nun auch Uli seine Sonntagskutte anzog und stattlich mit der Geißel in der Hand an das Fuhrwerk sich stellte. Nicht lange darauf kam Vreneli, schmuck und schön wie ein aufgehender Morgen, einen kleinen Strauß an der Brust, und packte etwas ein. Dann kam die Mutter, geleitet von Joggeli, dem sie noch manche Anweisung zu geben hatte. »Die Leute werden glauben, ihr seiet ein Hochzeit«, sagte Joggeli, »die fahren an einem Samstag im Lande herum. Ds Vreneli sieht gerade aus wie eine Hochzeiterin.« »Öppis Dumms eso!« sagte Vreneli und ward rot bis weit hinteren. »Uli muß noch einen Meien haben, dann meinen es alle Leute«, rief eine schnippische Jungfrau, riß dem Uli den Hut vom Kopf und sprang damit ins Haus. Zornig war Vreneli aufgesprungen im Wägeli: »Mädi, willst du den Hut geben oder nicht? Was braucht Uli einen Meien? Sei mir nicht ds Hergetts, einen Meienstock anzurühren!« Als Mädi nicht hören wollte, wollte Vreneli ab dem Wägeli springen; aber die Mutter, lachend, daß es ihre ganze Gestalt erschütterte, hielt es am Kittel und sagte: »Was willst du? Laß das doch gehen, das ist nur lustig. Vielleicht sieht man ja mich für die Hochzeiterin an, wer weiß?« Die sämtliche Hausbewohnerschaft nahm an dem Spiel teil und lachte über Vrenelis Zorn, der sich gar nicht wollte besänftigen lassen, während Uli in den Spaß eintrat und seinen Hut tüchtig in den Kopf drückte, den Vreneli ihm abzureißen suchte, um den Meien wegzunehmen. Es hätte ihm doch noch denselben abgerissen, wenn nicht die Mutter gesagt hätte, es solle nicht so dumm tun und den schönen Meien verstrupfen. Das wäre doch noch lange nicht das Grüslichste, wenn man sie schon für ein Hochzeit ansehen würde. Es wolle es aber nicht, sagte Vreneli und nahm den eigenen Meien von der Brust und hätte ihn fortgeworfen, wenn die Mutter nicht gesagt hätte: es solle doch nicht so dumm machen. Die, wo am wüstesten täten, die heirateten zuletzt noch am liebsten, wenn es Ernst gälte. »Einmal ich nicht«, sagte Vreneli; »ich will keinen Schlufi, wie sie alle sind. Ich wüßte nicht, was ich so mit einem Schnürfli (von schnarchen) anfangen sollte.« »He, öppe was die anderen!« sagte die Mutter herzlich lachend und fuhr mit dem von nun an schmollenden Vreneli in den schönen Morgen hinaus.

In aller Farbenpracht hing das welke Laub an den Bäumen, im Schimmer seiner eigenen Abendröte; unter ihm streckte sich grün und munter die junge Saat aus, spielte lustig mit den blinkenden Tautropfen, die an ihrer Spitze hingen; geheimnisvoll und düftig dehnte sich über alles der Himmel aus, der geheimnisvolle Schoß der Wunder Gottes. Schwarze Krähen flogen über die Äcker, grüne Spechte hingen an den Bäumen, schnelle Eichhörnchen liefen über die Straße und beguckten von einem rasch erreichten Ast neugierig die Vorüberfahrenden, und hoch in den Lüften segelten in ihrem wohlgeordneten Dreieck die Schneegänse einem wärmeren Lande zu, und seltsam klang aus weiter Höhe ihr seltsam Wanderlied.

Der Mutter verständig Auge schweifte lebendig über alles; ihre lauten Bemerkungen nahmen kein Ende, und manche kluge Rede war zwischen ihr und Uli gewechselt. Besonders wenn sie durch Dörfer fuhren, häufte sich das Auffallende, und selten ein Haus bot ihr nicht Gelegenheit zu einer Bemerkung. Es sei doch nichts, wenn man immer daheim hocke, sagte sie, da sehe man immer das gleiche. Man sollte von Zeit zu Zeit im Lande herumfahren: da sehe man nicht nur etwas für den Gwunder, sondern könne auch viel lernen. Man mache die Sachen nicht an jedem Orte gleich und an einem Orte besser als am andern, und so könne man das Beste daraus nehmen. Sie waren nicht viel mehr als zwei Stunden gefahren, als die Mutter schon davon zu reden anfing, daß sie dem Kohli etwas werden geben müssen. Er seis nicht gewohnt, so lange zu springen, und sie wollte lieber ihn gesund wieder heimbringen. »Halt du beim nächsten Wirtshaus«, sagte sie auf Ulis Einreden, »und lueg, ob er nicht ein Immi Hafer nimmt! Es ist mir auch gleich, etwas zu nehmen, es will mich schier anfangen zu frieren.«

Dort angekommen, befahl sie Uli: »Wenn das Roß den Hafer hat, so komm hinein!« Noch unter der Türe kehrte sie um und rief: »Hast du gehört? Komm dann!« Nachdem drinnen die Wirtin mit dem Fürtuch die Bänke abgewischt, gefragt hatte: »Womit kann man aufwarten?«, eine gute Halbe und ein wenig Tee befohlen war, setzten sich die Frauen, sahen in der Stube herum, machten halblaut ihre Bemerkungen und wunderten sich, daß es an dieser Uhr nicht später sei; aber Uli sei wohl geschwind gefahren, man sehe, es pressiere ihm, hinzukommen. Als endlich das Verlangte da war mit der Entschuldigung, es sei wohl lang gegangen, aber das Wasser sei nicht warm gewesen, und das Holz habe nicht brennen wollen, sagte die Mutter zu Vreneli: es solle doch Uli rufen; sie wisse nicht, warum der nicht komme, sie hätte es ihm doch zweimal gesagt. Als er da war und gehörig Gesundheit gemacht hatte, wollte die Wirtin ein Gespräch anfangen und sagte: es sei heute auch schon ein Hochzeit durchgefahren. Da lachte die Mutter gar herzlich auf. Uli lächerete es auch; hingegen Vreneli wurde hochrot und zornig und sagte: es seien nicht alles Hochzeit, was heute auf der Straße sei. Es werden andere Leute auch noch das Recht haben, am Samstag herumzufahren; die Straße werde nicht bloß für Hochzeitleute sein. Sie solle doch recht nicht zürnen, sagte die Wirtin; sie kenne sie ja nicht; aber es hätte ihr geschienen, sie schickten sich wohl füreinander; ein so hübsches Paar hätte sie nicht bald gesehen. Die Mutter tröstete die Wirtin, sie solle sich nur nicht lange verexgüsieren; sie hätten schon daheim ein großes Gelächter gehabt und gedacht, es werde so gehen, und schon damals sei das Meitschi so bös geworden. »Das ist nicht schön von Euch, Base, daß Ihr mich auch helfet plagen«, sagte Vreneli: »wenn ich das hätte wissen sollen, ich wäre gar nicht mitgekommen.« »Es plaget dich ja kein Mensch«, sagte die Base lachend. »Du tust so dumm; es würde sich ja manches Meitschi meinen, wenn man es für eine Hochzeiterin ansehen würde.« »Ich darum nicht«, sagte Vreneli, »und wenn man mich nicht ruhig läßt, so laufe ich noch jetzt heim.« »Du wirst den Leuten die Mäuler nicht verbinden können und kannst froh sein, wenn sie nie etwas Ärgeres über dich sagen«, antwortete die Base. »Das ist mir genug, wenn mich die Leute verbrüllen mit einem, den ich nicht will, und der mich nicht will.«

Vreneli hätte noch lange geeifert, wenn nicht angespannt und weitergefahren worden wäre. Sie rückten rasch vor. Die Meisterin sagte öfters: »Machs nicht zu stark, Uli; wenn es nur dem Kohli nichts tut!« Als sie hörte, daß sie nur noch eine Stunde von Erdöpfelkofen seien, befahl sie, im nächsten Wirtshause zu halten. Dort wollten sie etwas zu Mittag essen, sie hätte Hunger, und sie möge ds Vetter Johannese nicht zur Mittagszeit kommen, das gebe gar viel Umstände. So im halben Tag sei es am anständigsten und kommodesten, da könne man es mit einem Kaffee machen; das sei bald gemacht, und man nehme es doch gern. Uli gehorchte, fuhr vor, und ziemlich wurden sie vom Stubenmädchen empfangen. Dasselbe führte sie in eine Stube und öffnete sie mit den Worten: »Geht nur hinein; es sind schon zwei drinnen«; und drinnen empfing sie der Ruf: »Das geht gut, da kömmt noch eins« – Hochzeit nämlich! Die Base lachte, daß es sie über und über schüttelte, und sagte: »Du siehst, es muß sein. Du magst dich wehren, wie du willst, es gilt dich doch.« Dahinein bringe es niemand, sagte das zornig gewordene Vreneli, und wenn das den ganzen Tag so gehen solle, so laufe es zu Fuß heim. »Und von dir, Uli, ist es auch nicht bravs, daß du nicht witziger bist als so; du tätest sonst deinen Meien ab dem Hut. Ich habe dir aber nichts darauf, weißt du es nur!« Da sagte Uli: bös wolle er es nicht machen, er hätte es für einen Spaß angesehen. Wenn es es aber so nehme, so wolle er ihm gerne seinen Meien geben und, wenn es wolle, heimgehen; sie könnten mit dem Kohli wohl fahren, er sei sicher. Vreneli nahm den Meien und sagte: »Dankeigist!« Aber die Base sagte: »Ich hätte ihm ihn nicht gegeben; ihr habt euch einander nicht zu verschämen.« »Und kurz und gut, Base, sei das, wie es wolle, so will ich nichts davon, und zu den Hochzeitleuten will ich nicht, und wenn Ihr nicht mit mir in die Gaststube kommen wollt, so laufe ich heim auf der Stelle«, begehrte Vreneli auf. »Das ist mir doch afe es Meitli, das!« sagte die Base. »Uli, wenn ih di wär, su nähmt ih das uf e Gunte!« »Mira, nehm ers, wen r will; aber ih hätt bald gseit, Uli syg witziger as anger Lüt und heyg o selber nit Freud a öppis Dumms eso.« »Wart ume, Vreneli!« sagte die Base, »es wird dir o scho angers cho, zell druf! E Hochzytere z'si ist doch de am Eng e schöni Sach.« »Was, e schöni Sach! E arme Tüfel isch e Hochzytere!« sagte Vreneli. »Hochzyt ha isch no viel ärger as sterbe. Bim Sterbe weiß me doch no öppis, ob me selig wird, oder ob eim dr Tüfel nimmt; bim Hochzyt ha cha me gar nüt wüsse. We me meint, dr Himmel syg voll Gyge, su sys zletzt luter Donnerwetter. U we me meint, mi heyg dr Freinst, su isch es de zletzt, we me recht luegt, dr wüstisch Hung.« »O Meitschi«, sagte die Base, »du heschs o so wie äy Bettlere, wo gseit het, si möcht kei Büri sy, vo wege si mög dKüchleni nit erlyde, das syg ere doch es Dolders Fresse; u wo me du grad druf im ene Cheller erwütscht het, wo si e ganzi Bygete het welle stehle. Gang mr doch mit sellige Rede, mi vrsüngt si drmit gar gern. U we me scho e wenig kybig isch, sym Mul soll me doch geng e Rechnig mache. Mi weiß nie, was es eim gä cha, u we me de drin isch, su chunnts eim wieder zSinn, was me gredt het, u selligi Wort chönne eim mengisch Tag und Nacht vrfolge, ärger as e Truppele wildi Tier, daß me kei Ruh meh het. U menge het ne nit angers wüsse z'ertrünne as dur e Tod.« »Base«, sagte Vreneli, »ih han Ech nit welle höhn mache u di o nit, Uli; aber löyt mit rühyig! Ih bi nüt as es arms Meitschi, u drum muß ih mi wehre, we mi öpper no zu öppis Mingerem mache will.« »Bhüetis!« sagte die Base, »das chunnt niemerem zSinn, u es wär mängi rychi Tochter froh, si wär, was du. Ja, ih wett o gern öppis minger ha u no fry ordelig minger, we ds Elisi wär, was du. Du machst en iedere Ma glücklich, er ma rych oder arm sy. Mi cha di histelle an es n ieders Ort, wo me will, u ds Elisi isch, helf mr Gott, nüt. Ih weiß o nit, wie das cho isch, u ha doch beidi erzoge. Aber es isch o nit eim gä wie am angere. Du masch arühre, was d witt, su steyts dr wohl a, u wenn ih e junge Bursch wär, su seyt ih: ›Die u ke angeri!‹ U was ds Elisi macht, isch uwatlig; da wirds no Vrdruß gä, dä mi i ds Grab bringt.«

Der guten Mutter schossen die Tränen in die Augen, und ds Vreneli, das bei sich selbst gedacht hatte, es könnten zwei an einem Orte und von der gleichen Person erzogen werden und doch ungleich, sagte dieses nicht, sondern tröstete: es werde wohl nicht so bös gehen, sondern besser kommen, als man denke. Aber die Base schüttelte den Kopf und klagte fort, wie sie gedacht hätte, wenn es einmal geheiratet sei, so werde es auch etwas angreifen, es werde ihm schon noch anders kommen; aber es komme ihm nicht. Den ganzen Tag habe es die Hände übereinander, mache die Dame; es sei ein Schlärpli und werde sein Lebtag eins bleiben. Wenn sie ihm nur den Zehnten eingeben könnte, was Vreneli sei, so wollte sie glücklich sein. Ihm gebe alles nichts zu tun, es möge sein, was es wolle, und alles sei immer gemacht, es duech eim, es könne hexen, und wenn ds Elisi an einem Sessel den Staub abwischen sollte, so hätte es einen ganzen Tag daran, und den andern müßte es im Bette liegen. Manchmal am Nachmittag sei noch kein Bett gemacht, und abends um neun Uhr wisse man noch nicht, was man zu Nacht essen wolle. Es hätte sie hochaufgesprengt, als sie das gesehen. »Aber sägits daheim niemere; ih möcht nit, daß es no uschämti«, setzte sie hinzu und trocknete sich die Augen.

Vreneli war wieder gut geworden; das Lob hatte ihm wohlgetan, es wußte eigentlich nicht, warum. Es schwatzte, rühmte, schalt das Essen, schenkte ein und neckte Uli, er hätte immer nur leer. Die Mutter vergaß auch ihren mütterlichen Jammer, und hellauf fuhr man wieder ab, dem vetterlichen Hause zu. Uli hatte nun viel zu berichten, wem dieses Haus gehöre, wem jener Acker. Als er den ersten Acker sah, der dem Vetter Johannes gehörte, lachte ihm das Herz im Leibe. Alles, was er auf demselben geschafft, ging wieder in ihm auf; von weitem zeigte er ihn, pries seine Eigenschaften.

Dann kam ein anderer und wieder ein anderer, und sie fuhren zum Hause, ehe sie daran dachten. Dort machte man Kabis ein im Schopf, die ganze Haushaltung war da versammelt. Alles hob die Köpfe auf, als das unerwartete Wägeli daherkam. Erst kannte man die Leute nicht, dann erhob sich ein Geschrei: »Es ist dr Uli, dr Uli!«, und die Kinder sprangen aus dem Schopfe; dann sagte Johannes: »DBase in der Glungge kömmt mit; was Guggers kömmt die an, was bringt die wohl?« Er und seine Frau traten nun auch hinaus, längten die Hände hinauf zum Willkomm, und Eisi, des Johannese Frau, sagte: »Gottwillche, Uli, bringst is dy Frau?« Da lachte die Base wieder herzlich auf und sagte: »Da ghöret drs, dr möget welle oder nit, es muß sy, all Lüt säges ja.« »An allen Orten sieht man uns für ein Hochzeit an«, erläuterte Uli, »weil wir am Samstag miteinander fahren, wo so viele Hochzeit auf der Straße sind.« »He, und nicht nur das«, sagte Johannes, »sondern es duecht mich, ihr schicktet euch nicht übel zusammen.« »Ghörst, Vreneli«, sagte die Base, »der Vetter meints auch; da hilft wehren nichts mehr.« Bei Vreneli hatte Weinen mit Lachen gekämpft, Zorn mit Spaß; endlich überwand es sich der Leute wegen, das letztere siegte, es antwortete: es hätte immer gehört, wenn es ein Hochzeit geben solle, so müßten zwei wollen; bei ihnen aber wolle gar keins, und so sehe es nicht ein, wie etwas aus der Sache werden sollte. »Was nicht ist, kann werden«, sagte des Johannes Frau, »so etwas kömmt oft ungesinnet.« Es gspüre einmal noch nichts davon, sagte Vreneli, brach dann aber ab und gab die Hand noch einmal und sagte: wie uverschant es sei, daß es mitgekommen, aber die Base habe es haben wollen, sie könne es jetzt versprechen, wenn es ihnen in den Kosten sei. Es freue sie gar wohl, daß sie einmal gekommen, sagte die Hausfrau und hieß dringlich hineinkommen, gäb wie die andern sagten: sie wollten sie nicht versäumen, vor dem Hause bleiben, helfen, es sei so schön und frein da außen!

Wie sie nun auch sagten, sie hätten nichts nötig, hätten erst gegessen, so wurde doch gefeuert, und nur durch dreimaliges Hinausgehen konnte eine förmliche Mahlzeit verhindert, die Guttätigkeit auf ein Kaffee zurückgebracht werden. Vreneli hatte bald mit dem ältesten Mädchen, das aus einem rührigen Kinde eine schöne Jungfrau geworden war, Freundschaft geschlossen und mußte alle dessen Herrlichkeiten in Augenschein nehmen. Uli blieb aus schuldigem Respekt nicht gar lange in der Gesellschaft; die ältern Leute wurden alleine gelassen. Endlich mit einem schweren Seufzer begann die Base: sie müsse fry gerade sagen, warum sie komme; sie hätte nirgends besser hingewußt um Rat und Hülfe als hieher. Der Johannes hätte ihnen schon so oft gedienet, daß sie gedacht, er lasse sie diesmal auch nicht im Stich. Es sei alles so gut gegangen bei ihnen, es sei eine Freude gewesen. Freilich hätte einige Zeit lang Uli ihr Elisi in den Kopf genommen, aber daran sei das Meitschi selbst schuld gewesen, und sie glaube, Uli hätte zuletzt doch eingesehen, daß das Meitschi nichts für ihn sei. Da hätte sie das Unglück in den Gurnigel hinaufgeschlagen, dort das Elisi seinen Mann aufgegabelt, und seither sei alles wie zerstört. Ihr Johannes tue wüst, der Tochtermann sei nicht, wie er sein solle, sei ein grusam Interessierter, meine, sie solle nichts mehr brauchen in der Haushaltung. Ds Elisi hätte immer Streit mit Vreneli; das wolle nun fort deswegen, Uli wolle fort, alles falle wieder auf sie, und sie wisse um ihr Leben nichts anzufangen, sie hätte manche Nacht kein Auge zugetan und aneinander pläret, daß es ihr in ihren alten Tagen so gehe. Da sei ihr eins in Sinn gekommen: es könne ihr doch sicher kein vernünftiger Mensch etwas dawiderhaben, wenn sie das Gut in Lehn geben würden; dadurch falle ihr die Last ab. Und da hätte sie gesinnet, einen bessern Lehenmann als Uli, der ihnen zu allem sehe und ehrlich und brav sei, könnten sie nicht erhalten, und Uli könnte da auch sein Glück machen; denn daß er öppe hart gehalten werden sollte, das täte sie nicht, es solle sein Nutzen sein wie der ihre. Aber sie hätte keinem Menschen etwas davon gesagt;

sie hätte zuerst mit ihm reden wollen, was er dazu meine, und wenn er es gut finde, so möchte sie ihm anhalten, daß er mit Uli rede und der Sache sich annehme, bis sie im reinen sei. Es dünke sie, wenn sie das zwegbrächte, so wollte sie nichts mehr wünschen auf der Welt, wenn schon manches öppe nicht sei, wie es sein sollte. Das sei wohl schön und gut, sagte Johannes, und es würde ihn für Uli freuen, aber da seien ihm zwei Sachen im Weg. Das sei eine gar bedeutende Übernahme, und Uli habe dafür zu wenig Geld. Er habe ein Schönes verdient, aber viel zu wenig, für alles anzuschaffen, was da nötig sei. Er hätte kaum so viel, um im Handel etwas zu machen und nicht zur unrechten Zeit verkaufen zu müssen, woran die meisten Lehnleute gewöhnlich sterben. »Dann kann Uli nicht bloß mit Diensten husen, er muß eine Frau haben, und wo nun eine finden, die dem vorzustehen weiß? Denn das gibt eine schwere Haushaltung.« »Ich wüßte ihm eine«, sagte die Base, »gerade das Meitschi, welches mit mir gekommen. Ein besseres gibt es nicht, und es und Uli haben sich aneinander gewöhnt; wir könnten noch heute sterben, sie trieben die Sache fort, man merkte nicht, daß jemand fehlte. Es ist gesund, stark und für so ein junges hat es gute Gedanken, es täte manche Alte durch. Es hat freilich kein Vermögen, aber doch einen schönen Sparhafen, brav Kleider, und ganz mit leeren Händen ließen wir es auch nicht. Ihr wißt wohl, wie es mit seiner Mutter gegangen ist. Wenn Uli Vreneli nähmte, so glaube ich, er würde für Bsatzig und andere Sachen wenig anzuschaffen brauchen. Die Sache ist da, man kann ihm ja alles in die Schatzung geben; so ist es da, wenn man den Hof wieder übernehmen will, und man braucht es nicht anzuschaffen. Sie könnten anfangen, fast wie wenn sie die Kinder vom Hause wären.«

»Das ist schön und gut«, sagte Johannes; »aber, Base, nehmt es mir nicht für ungut auf, aber fragen muß ich doch: ob Ihr glaubt, daß alles seine Einwilligung gebe? Es sind gar viele Leute, die zu der Sache reden müssen, wenn sie gehen soll.

Was werden Eure Leute sagen? Joggeli ist allbeneinisch wunderlich! Und Eure Kinder werden auch dareinreden und das Gut zu Nutzen bringen wollen so hoch als möglich. Uli macht eine gewagte Sache. Ein einziges Fehljahr, Presten oder so was macht ihn zu Boden. Auf einem solchen Gut ist tausend Pfund Ertrag auf oder nieder nicht sichtbar, während in einem Jahr vier- bis fünftausend Pfund verloren gehen können. Und will das Meitschi Uli? Es ist ein lüftiges und Uli nicht mehr heutig, er hat einige dreißig Jahre auf dem Rücken.« Das, sagte die Base, mache ihr nicht allen Kummer. Joggeli sei am Ende froh, abzugeben, und Uli sei ihm als Lehenmann sicher anständig; denn wenn er schon wunderlich sei, so sei er doch nicht der Wüstest gegen sie und werde wohl einsehen, daß ein guter Lehnmann besser sei als schlechte Knechte. Ihrem Sohn werde das das Rechte sein. Er habe schon über den Schwager geflucht, er nehme alles fort, und das Gut müsse zu Lehn gegeben werden; er höre dann. Auch halte er auf Uli viel und habe ihnen denselben abdingen wollen. Auf den Tochtermann achteten sie sich nicht viel. Er rede ihnen zu viel in ihre Sache, und es wäre ihnen lieb, wenn sie nicht zu der seinigen reden müßten. Vreneli, glaube sie, täte nicht am wüstesten; wenigstens habe es keinen andern, selb wisse sie. Sie glaube, es sehe Uli nicht ungern, und darum hätte es heute so wüst getan, wenn man sie für Hochzeitleute angesehen hätte. Sie sei afe alt; aber sie hätte noch nicht vergessen, wie es die rechten Meitscheni machen. Auf die heutigen anlässigen Täsche verstehe sie sich freilich nicht. Uli mache ihr am meisten Kummer. Der sei so politisch: man wisse nicht, woran man mit ihm sei. Wo ds Elisi den Baumwollenhändler genommen, habe sie geglaubt, er werde die Wände aufspringen, alles verschlagen; aber er habe kein ander Gesicht gemacht, kein Wort lauter gesprochen, es sei gewesen, wie wenn alles ihn nichts anginge. »Uli ist ein Bursch, er kann sein Glück machen, wo er will; er ist brühmt zentum, und wenn mancher Herr wüßte, was das für ein Bursch wäre, es reute ihn kein Geld, er setzte an, bis er ihn hätte.« Uli mache ihr Kummer. Er trage es ihnen wegen dem Elisi nach. Aber er sollte dem lieben Gott danken, daß es so gegangen; er wäre ein unglücklicher Mensch geworden und hätte doch zuletzt an allem schuld sein sollen. Wenn Uli wollte, die Sache würde sich machen, und ein Jahr in das andere gerechnet, sollte er seine tausend Pfund vorschlagen. »Ich weiß, was der Hof abträgt, wenn man es treibt, wie Uli es treiben kann, wenn er und Vreneli zusammenspannen. Das kann Euch kochen, es ist allen recht, und sie schlecken noch die Finger bis an die Ellbogen, und braucht doch fast ds Halbe weniger als manche, die meint, wie sie es könne, und doch die Diensten allemal grännen, wenn sie nur bei der Küche vorbeigehen.« Uli habe ihr Zutrauen, ein böses Jahr hätte er nicht zu fürchten. »Vetter Johannes«, sagte die Base, »du mußt doch nicht glauben, daß wir so wüst Hüng wären, wegen einem bösen Jahr den Lehenmann über nichts zu bringen. Wenn wir den Hof selber hätten, so hätten wir ja auch das böse Jahr, und warum sollte es der Lehenmann allein entgelten, wenn es zu trocken oder zu naß ist? Es ist doch immer unser Hof, und was vermag er sich dessen? Es hat mich schon manchmal wüst duecht, wenn ein Lehenmann immer den gleichen Zins geben muß, gebe es etwas, oder gebe es nichts. Nein, Vetter, Joggeli ist wunderlich, aber der Wüstest doch nicht, und wenn alles fehlen sollte, so ist es dann nicht, daß ich nicht auch noch etwas hätte, womit ich nachhelfen könnte.« »Base«, sagte Johannes, »nehmt es mir nicht für ungut, aber wenn man etwas Rechtes machen will, so muß man von allem reden. Die Sache freute mich für Euch und Uli und auch für mich; denn an Uli ist mir etwas gelegen. Es ist wahr, er ist mir fast so lieb wie mein eigen Kind, und was ich für ihn tun kann, das spare ich nicht. Er hat mir auch von Elisi geredet, und da habe ich ihm die Sache mißraten. Es ist ihm damals nicht recht gewesen, ich sah es ihm wohl an. Es nimmt mich wunder, ob er mir jetzt etwas davon sagt. Soll ich mit ihm von der Sache reden, so ihm ablosen von weitem, was er im Sinne hat, oder gleich mit der Türe ins Haus, oder wollt Ihr zuerst mit Vetter Joggeli reden?« »Ich wäre lieber mit Uli und Vreneli im reinen, und deswegen bin ich mit ihnen gekommen«, sagte die Base. »Fange ich Joggeli davon an, und wollen später Uli und Vreneli nicht, so muß ich mein Lebtag hören, was ich da einmal Dumms hervorgebracht; von wegen er ist gar wunderlich und kann einem eine Sache nicht vergessen; darneben ist er der Wüstest nicht. Wenn es sich dir schickt, Vetter, so lose Uli ab, was er denkt, ziehe ihm die Würm aus der Nase; es wäre mir sehr lieb, wenn ich wüßte, woran ich mit ihm wäre. Es dünkt mich, ich wäre wie im Himmel, wenn die Sache im reinen wäre. Gefällt Euch das Meitschi aber nicht auch?« fragte die Base. Und Johannes und seine Frau rühmten nun, wie hübsch es sei und appetitlich, und der erstere versprach, zu helfen, was er könne.

Selben Abend schickte es sich ihm nicht; er war mit Uli nie allein. Aber am andern Morgen, sobald sie zMorgen gegessen hatten, fragte Johannes den Uli: ob er mit ihm auf den Herd hinauswolle, er möchte ihm zeigen, was er angesäet hätte, und dies und jenes ihn fragen. Die Base mahnte, ja nicht zu lange auszubleiben, indem sie zeitlich verreisen wollten, um nicht zu spät heimzukommen. Während nun Johannese Frau der Base zusprach, daß sie heute noch hier bleiben sollten, wandelten die Männer ab.

Ein schöner Morgen war es wieder. Ein Kirchturm nach dem andern gab sein Zeichen, daß es heute der Tag des Herren sei, die Herzen sich öffnen sollen dem Herrn, um Sabbat mit ihm zu halten, seinen Frieden zu empfangen, seine Liebe zu empfinden. Es ward den beiden Wandelnden auch feierlich im Gemüte; über manchen Acker waren sie gewandelt mit wenig Worten. Sie waren an einen Waldsaum gekommen, von wo man das Tal schwimmen sah in dem wunderbaren herbstlichen Duft und von vielen Kirchtürmen her das Geläute der Glocken hörte, welche die Menschen zusammenriefen, in den geöffneten Herzen den Samen zu empfangen der sechzig- und hundertfältig Früchte tragen soll in gutem Herzensgrunde. Schweigend setzten sie sich dort und ließen einziehen durch die weiten Tore der Augen und Ohren des Herren herrliche Predigt, die alle Tage ausgeht in alle Lande ohne Worte, ließen in tiefer Andacht die Töne widerklingen im Heiligtum ihrer Seelen.

Endlich fragte Johannes: »Du bleibst nicht in der Glungge?« »Nein«, sagte Uli. »Nicht daß ich es ihnen zürne wegen Elisi. Ich bin froh, daß es so gegangen. Erst hintendrein sehe ich, daß ich keine glückliche Stunde mit ihm gehabt hätte, und daß bei einem solchen bösen Schlärpli einen kein Geld glücklich macht. Ich kann nicht begreifen, was ich auch gesinnet habe! Aber ich mag doch nicht bleiben. Der Tochtermann ist immer da, will anfangen zu regieren, plündert sie aus, wo er kann, so daß ich nicht mehr dabeisein mag; auch lasse ich mir von dem nicht befehlen.« »Aber was willst du denn?« fragte Johannes. »Das ists eben, was ich mit dir reden möchte«, sagte Uli. »Plätze bekäme ich genug; ich könnte auch zum Sohne, der gäbe mir Lohn, soviel ich wollte. Aber ich weiß es nicht: Knecht sein ist mir aparti nicht erleidet, aber es dünkt mich, wenn ich etwas Eigenes anfangen wolle, so sei es Zeit. Ich bin in den dreißig Jahren alt und gehöre schon fast zu den Alten.« »Jä so«, sagte Johannes, »hast du das Heiraten im Kopf?« »Aparti nit!« sagte Uli. »Aber wenn ich heiraten will, so sollte es bald geschehen, und etwas Eigenes anfangen muß man auch, während man sich noch rühren mag. Aber ich weiß eben nichts anzufangen. Für alles habe ich zuwenig; denn was sind zweitausend Pfund, um etwas Rechtes anzufangen. Ich sinne noch immer daran, wie du gesagt hast, auf kleinen Gütchen schlage man den Zins nicht heraus, und ein Lehenmann, der nicht Geld in den Händen habe, könne nicht wohl ein großes Wesen übernehmen, und auf kleinen gehe er zugrunde.« »He«, sagte Johannes, »zweitausend Pfund sind schon was, und es gibt hier und da Güter, wo die Bsatzig dabei ist, wo man sie gegen eine Schatzung übernehmen kann, so daß du die zweitausend Pfund zum freien Handel in der Hand behieltest, und wenns dann noch mehr sein müßte, so fändest du wohl Leute, die Geld hätten.« »Ja, aber die gäben mir es nicht. Wenn man Geld will, so muß man gute Versicherung oder Bürgen haben, und wo die nehmen?« »He, Uli«, sagte Johannes, »das ist eben, was ich dir auch gesagt habe: ein guter Name ist auch eine gute Versicherung. Vor fünfzehn Jahren hätte ich dir nicht fünfzehn Batzen geliehen; wenn du aber jetzt zwei- bis dreitausend Pfund mangelst gegen ein bloßes Handschriftli, so kannst du sie haben; oder wenn ich dir Bürge sein soll, so sprich zu! Wofür ist man auf der Welt, als für einander zu helfen?« »Das wäre guter Bescheid«, sagte Uli; »daran hätte ich nicht denken dürfen; und wenn ich etwas wüßte, ich wollte gleich darauflos.« »Das täte ich nicht«, sagte Johannes. »Ich ginge zuerst auf eine Frau aus, und je nachdem ich eine hätte, finge ich etwas an. Es sind schon viele Leute zugrunde gegangen nur deswegen, weil die Frau zu des Mannes Geschäft nicht paßte, oder weil sie nicht dazu passen wollte. Um ein Hauswesen gut zu führen, bedarf es einen einträchtigen Willen. Hast du einmal eine Frau und wählet ihr einträchtig ein Heimwesen zum Kaufen oder Empfangen, das sich zu euch beiden schickt, so ist schon viel gewonnen. Oder hast du schon etwas der Art unterhänds?« »Nein«, sagte Uli. »Ich wüßte wohl eine, aber die sagt mir nicht Herr.« »Warum nicht?« fragte Johannes, »ist es wieder eine reiche Baurentochter?« »Nein«, sagte Uli, »es ist das Meitschi, das mit der Frau gekommen ist. Vermögen hat es aparti nicht; aber wer das bekommt, der ist glücklich. Ich habe es seither schon manchmal gedacht, mit dem kömmt einer weiter, wenn es schon keinen Batzen hat, als mit dem reichen Elisi. Was es in die Hände nimmt, steht ihm wohl an; alles gerät ihm, und es ist nichts, das es nicht versteht. Ich glaube, es wird nie müde; am Morgen ist es zuerst und abends zuletzt und den ganzen Tag nie müßig. Nie muß man auf das Essen warten, nie versäumt es die Jungfrauen, und es meint einer, es werde nie hässig; je mehr zu tun ist, desto lustiger wird es, wo doch sonst die meisten, wenn sie viel Arbeit haben, hässig werden und nicht bei ihnen zu sein ist. Es ist huslig in allen Teilen und doch bsunderbar gut gegen die Armen, und wenn jemand krank wird, so kann es ihm nicht gut genug luegen. Es ist keins weit und breit so.« »Aber warum solltest du das nicht bekommen?« fragte Johannes, »hasset es dich?« »Aparti nicht«, sagte Uli. »Es ist gut gegen mich, und wenn es mir etwas zu Gefallen tun kann, so ist es nie Nein; und wenn es sieht, daß ich möchte, daß etwas gemacht werde, so hilft es mir, soviel es kann, und kein einzigmal begehrt es Saumsteine in den Weg zu legen, wie es die Weiber dickist (oft) haben, daß, wenn sie sehen, daß man etwas absolut machen sollte, sie absolut etwas anderes wollen und einen versäumen, wie sie nur können. Aber doch ist es etwas hochmütig und kanns nicht vergessen, daß es aus einer vornehmen Familie ist, wenn es schon unehlich ist. Wenn ihm einer nur von weitem zu nahe kömmt, so schnauzt es ihn an, als ob es ihn fressen wolle, und öppe Gspaß mit ihm zu treiben und es auch etwas in die Finger zu nehmen, wie an vielen Orten der Brauch ist, das wollte ich keinem raten. Es hat schon mancher eine wüste Täschen herausgenommen.« »Aber das will noch gar nicht sagen, daß es dich nicht nehmen würde«, sagte Johannes. »Wenn es sich schon nicht von jedem will fingerlen lassen, so kann ich ihm das nicht für übelnehmen.« »Ja, dann ist noch eins«, sagte Uli. »Ich darf jetzt nicht mehr an Vreneli sinnen. Würde es mir nicht sagen: ›Gäll, jetzt, wo du die Reiche nicht haben kannst, jetzt soll ich dir gut genug sein! Hast du mir ja das grüne, gelbe Elisi vorziehen können, so will ich dich jetzt auch nicht; ich mag nicht einen, der so mit einem verschlampeten Bärentalpenstengel geschätzelet hat.‹ Das muß es mir zur Antwort geben; und doch habe ich auch während der Geschichte mit Elisi mehr an Vreneli gesinnet als an ds Elisi. Erst jetzt merke ich, daß mir Vreneli immer lieber gewesen ist. Und wenn ich das Meitschi hätte, ich wollte ausbieten, einen Hof zu übernehmen und darauf mehr zu machen als irgendein anderer. Aber jetzt ist es zu spät; es nimmt mich nicht, es ist gar ein Eigeliges.« »He«, sagte Johannes, »man muß nie den Mut verlieren, solange ein Meitschi noch ledig ist. Das sind wunderliche Greiser und tun gewöhnlich gerade das Gegenteil von dem, was man ihnen zutrauet. Wenn die Sache so ist, so wollte ich anhoschen, das Meitschi gefällt mir.« »Nein, Meister, nicht um hundert Kronen wollte ich das Meitschi fragen. Ich weiß wohl, es zerschreißt mir fast das Herz, wenn ich von ihm muß und es nicht mehr alle Tage sehen kann. Aber wenn ich es fragte und es würde mich verachten, nein sagen, ich glaube, ich hinge mich an die Bühnisleiter. Beim Dolder, ich könnte es nicht sehen, wenn es ein anderer zur Kirche führte; ich glaube, ich würde ihn erschießen. Aber das heiratet nicht, das bleibt ledig.« Da begann Johannes gar herzlich zu lachen und fragte, woher er wisse, daß ein solches Meitschi, dreiundzwanzig Jahre alt, ledig bleiben werde. »Oh«, sagte Uli, »es nimmt keinen; ich wüßte nicht, wer dem gut genug wäre.«

Da sagte Johannes, sie wollten doch machen, daß sie heimkämen, ehe die Kirche aus sei; er möchte nicht in die Kirchenleute laufen. Uli folgte ihm, wenig redend, und was er redete, klang immer gegen Vreneli zu, bald dieses, bald jenes, und Johannes sollte ihm versprechen, ja kein Wort über seine Lippen zu lassen von dem, was er ihm gesagt. »Du Gäuchel du«, sagte Johannes, »wem sollte ich etwas davon sagen?«

Die Base hatte daheim schon lange vor Ungeduld gezappelt, und sobald Uli und sein Meister in die Stube traten, sagte sie zu Uli: »Geh doch in die Stube, in welcher wir geschlafen haben, und sieh, was Vreneli macht! Es soll einpacken, wir wollen fort.« Uli fand das Mädchen vor einem Tische stehend, wo es ein Fürtuch der Base zusammenlegte. Uli ging sachte hinter ihns, schlang den Arm aber ganz manierlich um dasselbe und sagte: »DBase pressiert.« Vreneli drehte sich rasch um, sah, wie über diese ungewohnte Vertraulichkeit verwundert, schweigend zu Uli auf. Dieser fragte: »Bist noch immer böse auf mich?« »Ich bin über dich nie böse gewesen«, sagte Vreneli. »So gib mir ein Müntschi, du hast mir noch keins gegeben«, entgegnete Uli und bog sich herab. In diesem Augenblick wand Vreneli sich so kräftig los, daß er in die halbe Stube zurückfuhr; und doch war es ihm, als hätte er ein Müntschi erhalten, er glaubte noch deutlich an einem gewissen Fleck Vrenelis Lippen zu fühlen. Dasselbe aber fuhr mutwillig über ihn her: es dünke ihns, er sei zu solchen Flausen wohl alt, und wahrscheinlich werde die Base ihn nicht heraufgeschickt haben, um mit solchem Narrenwerk es zu versäumen. Er solle doch denken, was Stini, sein alter Schatz, dazu sagen würde, wenn es dazukäme. Es begehre nicht mit demselben ein Schwinget zu haben wie Ürsi. Dabei lachte es, daß es Uli ganz zerschlagen zumute ward und er die Türe suchte sobald möglich.

Die Reise ging später vor sich, als man dachte. Denn als man anspannen wollte, mußte man zuerst noch zu einem Mahl, wobei des Johannes Frau ihre ganze Kochkunst, den ganzen Reichtum ihres Hauses aufgeboten hatte. Obgleich die Base in einem fort sagte: »Herr Jeses, wer möcht doch auch von allem essen!«, so war doch des Nötigens kein Ende, und sie wurde nicht in Ruhe gelassen, bis sie erklärte: sie bringe, ihre armi türi, nichts mehr hinunter; wenn sie noch ein Brösmeli essen sollte, es würde sie versprengen.

Während Uli anspannte, drückte sie des Vetters Kindern neues Geld in die Hände, gäb wie die sich wehrten und ihre Eltern die Base mahnten, sie solle sich doch nicht solche Kosten machen, und den Kindern zusprachen, sie sollten doch nicht so unverschämt sein und es nehmen. Wenn sie es doch nahmen und zu der Mutter eilten und ihren Schatz zeigten, so hieß es: »Nein, es hat kei Gattig, wir müssen uns ja schämen.« Und dann sagte die Base: es sei ja nicht der Rede wert, und sie sollten doch recht bald zu ihnen kommen und es einziehen, was sie ihnen in den Kosten gewesen sei.

Das werde sich schon geben, erhielt sie zur Antwort; aber sie hätte nicht so pressieren und noch einen Tag bleiben sollen. So unter vielen Reden kam sie endlich auf ihr Sitzwägeli und setzte oben das Reden fort, Vreneli alle ihre gemachten Betrachtungen mitteilend, deren in der Tat nicht wenige waren. Denn sie hatte manches gesehen, von dem sie sagte: »Wenn ich jünger wäre und noch besser möchte, das müßte mir auch sein.«

Zu allem redete Uli nichts, war mit seinem Kohli beschäftigt, den er tüchtig traben ließ, so daß endlich die Frau sagte: »Uli, fehlt dir etwas? Machst es dem Kohli nicht zu stark? Er ist nicht gewohnt, so zu laufen.« Uli versprach sich und erhielt den Befehl, etwas über em halben Weg zu halten. Es sei ihr nicht nur wegen dem Kohli, sagte sie, sondern auch wegen ihr selbst. Hamme und Küchli zusammen machten ihr immer Durst. Vreneli sagte, auch ihm sei es recht, es hätte es gerade wie die Base, und heute werden sie doch in ein Wirtshaus können, ohne für ein Hochzeit gehalten zu werden. Man werde eher glauben, sie kämen von einer Gräbt, so mache Uli ein Gesicht. Er hätte keine Ursache, ein anderes zu machen, sagte Uli, am allerwenigsten seinetwegen. Am Samstag sei es nicht recht, wenn er lache, und am Sonntag nicht recht, wenn er nicht lache; es sei bald bös zbreiche. »Du bist puckt, Uli«, sagte Vreneli, »ich habe nicht gewußt, daß man dir nichts mehr sagen darf.« »So, zanket recht!« sagte die Base, »das gefällt mir; was sich liebt, muß sich zanken, und ihr machet exakt wie zwei am Tage nach der Hochzeit.« Eben darum wolle es ja nicht heiraten, sagte Vreneli. Solange es ledig sei, mache es ein Gesicht für sich, wie es ihm gerade anständig sei. »Ich mache meine Gesichter auch für mich«, sagte Uli, »und du brauchst sie gar nicht zu sehen, wenn sie dir nicht anständig sind. Habe nur noch ein wenig Geduld, so wird dir mein Gesicht nicht mehr im Wege sein.« »Nit, nit!« sagte die Base. »Machet einander nicht zu guter Letzt noch böse und kömmt mir taub heim! Man muß aus Spaß nicht gleich Ernst machen, sonst kömmt man nicht durch die Welt. Und wenn man gleich so aufbrennen will, ach bhütis, so ists allerdings besser, man bleibe ledig! Ich bin als Meitschi auch aufbegehrischer Natur gewesen und habe nichts leiden wollen; aber wenn ich bei meinem Joggeli so hätte bleiben wollen, so lägen er oder ich oder beide im Grabe. Ich habe bald gesehen, daß eins nachgeben, sich ändern muß, und da ist die Reihe dazu an mich gekommen. Nit daß Joggeli nicht auch ein Gleich gemacht, er hat sich auch in manchem gebessert. Ich glaube nicht, daß zwei zusammenkommen auf der Welt, die sich nicht mehr oder minder ändern müssen, wenn sie glücklich bleiben wollen.« »Darum ists am besten, man bleibe ledig«, sagte Vreneli; »da kann man bleiben, wie man ist, und es grännet einen niemand an für nichts und wieder nichts.« »Eh, Vreneli, sinnest denn nicht an Gott, und daß der will, daß wir uns ändern und alle Tage besser werden? Ist dir der auch zu wenig, daß du um seinetwillen kein ander Gesicht machen willst, als dir anständig ist?« »Aber Base«, sagte Vreneli, »wie kommt Ihr mir auch! Wir reden von einem Mann, und Ihr kommt mir mit Gott; da ist doch ja gar keine Gleichheit. Wie einem Gott in Sinn kommen kann, wenn man von einem Manne redet, begreife ich nicht. Wenn man von Männern redet, so sollte einem immer der Teufel in Sinn kommen, denn der ist ja auch ein Mann, und er hat das Weib verführt; wenn er nicht gewesen, so wären wir glücklich geblieben. Von einer Frau Tüfelin habe ich noch nichts gehört; das ist mir ein sicher Zeichen, daß der Teufel unter dem Weibervolk keine seinesgleichen gefunden hat, sondern nur unter dem Mannenvolk. Unter dem gibt es ja ganze Legionen, wie es in der Schrift heißt.« »Versündige dich nicht, Vreneli!« sagte die Base; »du weißt nicht, was dir bestimmt ist. Ich glaube, du redest nicht, wie es dir ums Herz ist, sondern wie alle Meitschi, wenn sie noch keinen haben oder der Rechte ihnen noch nicht gekommen.« Sowie Vreneli den Mund zur Antwort auftat, fuhr Uli, der ihnen ganz den Rücken gekehrt und getan hatte, als höre er von allem nichts, zum bestimmten Wirtshause. Die Wirtin empfing sie und führte sie in eine apartige Stube, wie die Base verlangt hatte, nachdem sie dem Uli gesagt, er solle bald nachkommen. Dort befahl sie Wein und auch etwas auf einem Teller oder zweien; das Fahren mache hungrig, sie hätte es nicht geglaubt.

Es war alles da, nur Uli nicht. Die Wirtin war nach ihm ausgeschickt worden, kam wieder mit dem Bescheid, daß sie es ihm gesagt; aber er kam doch nicht. Da sagte die Base: »Geh, Vreneli, und heiße ihn auf der Stelle kommen!« Vreneli drehte und meinte, man solle ihn doch nicht zwingen; wenn er hungrig oder durstig wäre, er würde schon kommen. »Wenn du nicht gehen willst«, sagte die Base, »so muß ich zuletzt noch selber gehen.« Da ging Vreneli hässig und trieb mit hässigen Worten den bei den Keglern stehenden schmollenden Uli, der anfangs nicht kommen wollte, herbei. Seinethalben, sagte es, könnte er bleiben, wo er wäre; aber die Base befehle es. Er solle kommen; es hätte nicht Lust, ihm noch mehr nachzulaufen.

Uli kam endlich, auf die vielen Vorwürfe der Base wenig antwortend. Diese schenkte ihm tapfer ein, nötigte zum Essen und schwatzte allerlei durcheinander, wie es ihr bei Vetter Johannes wohl gefallen, und wie sie jetzt wohl merke, wo Uli sei drässiert worden. Er müßte aber auch bsunderbar wohl für sie gewesen sein, denn noch jetzt hingen die Kinder an ihm, und sie hielten ihn ja wert fast wie ein Kind. »Du wirst wohl wieder zu ihnen wollen, wenn du bei uns fortgehst?« »Nein«, sagte Uli. »Es ist sonst nicht der Brauch, daß man frägt; aber willst du mirs sagen, wo du hinkömmst?« sagte die Base. Er wisse es noch nicht, sagte Uli, es hätte ihm noch nicht pressiert, einen Platz zu nehmen, obgleich er manchen hätte haben können. »E nun, so bleibe du bei uns, das schickt sich für beide Teile am besten; wir sind jetzt aneinander gewohnt.« Sie solle es nicht für ungut haben, sagte er, aber er hätte nicht im Sinn mehr, Knecht zu sein. »Hast du etwas anderes?« fragte sie. »Nein«, antwortete er. »Wenn du nicht mehr Knecht sein willst: wenn wir dir da unser Gut ins Lehen geben wollten?« Dies Wort traf Uli wie ein Stein. Er ließ die mit einem Stück Schafbraten beladene Gabel aufs Teller fallen, behielt den Mund aber offen, drehte seine Augen groß wie Pflugsrädleni der Base zu und starrte sie an, als ob sie aus dem Mond herabkäme. Vreneli, das am Fenster gestanden war und sich über Ulis langes Essen geärgert hatte, drehte sich rasch um und horchte mit spitzigen Augen, was das geben sollte. »Ja, sieh mich nur an!« sagte die Base zu Uli; »es ist mir Ernst mit der Frage: wenn du nicht als Knecht bleiben willst, würdest du wohl als Lehenmann bleiben?« »Frau«, sagte endlich Uli, »wie sollte ich Euer Lehenmann werden können? Das vermag ich nicht; da muß einer anders hintersetzt sein als ich. Ihr wollt mit mir nur Eure Flausen treiben.« »Nein, Uli, es ist mir Ernst«, sagte die Frau, »und mit dem Nitvrmögen ist das nichts, das könnte man ja machen, daß das Anfangen dich nichts kostete, die Bsatzig ist da.« »Aber was denkt Ihr, Frau«, sagte Uli, »wenn das schon wäre, wer wollte mir Bürge sein? Ein einziges Fehljahr brächte mich auf einem solchen Gut zu Boden. Das Geschäft ist zu groß für mich.« »He, Uli, das wird sich alles machen, und die wüstesten Hüng sind wir doch nicht, daß wir einen Lehenmann, der uns anständig ist, wegen einem einzigen Jahr zugrunde gehen ließen. Sag nur, du wollest, so wird sich das schon machen.« »Ja, Frau«, sagte Uli, »und wenn das sich schon machte, wer sollte mir die Haushaltung machen? Das will da was heißen.« »He, nimm eine Frau!« sagte die Base. »Das ist bald gesagt«, antwortete Uli; »aber wo wollte ich wohl eine finden, die gut dafür wäre, und die mich nähme?« »Weißt du keine?« fragte die Base. Da stockte dem Uli das Wort im Munde, und werweisend grübelte er verlegen mit der Gabel auf dem Teller. Vreneli aber sagte rasch: es dunke ihns, es wäre Zeit für fort, der Kohli habe den Hafer längst gefressen, und Uli werde auch bald genug haben, sie könnten ein andermal miteinander Flausen haben. Ohne auf diese Worte zu hören, sagte endlich die Base: »Weißt du keine? Ich wüßte dir eine.« Uli machte wieder Pflugsrädli gegen die Base zu; Vreneli sagte, es möchte die auch wissen. Die Base, in ungestörter, schalkhafter Gemütlichkeit, die eine Hand auf dem Tische, den breiten Rücken behaglich hinten am Stuhle, sagte: »Errate mal, du kennst sie wohl.« Uli sah herum an allen Wänden, er konnte das rechte Wort nicht finden, es war ihm, als ob er einen Erdäpfelstock von einem ganzen Sack Erdäpfel im Halse hätte, und Vreneli trippelte ungeduldig hinter die Base und sagte: sie wollten doch machen und fort, es finstere ja schon. Aber die Base hörte Vreneli nicht, sondern fuhr fort: »Kömmt es dir nicht in Sinn? Du kennst sie wohl, es ist ein werchbar Mensch, tut aber zuweilen etwas uwatlig, und wenn ihr nicht zusammen zanket, so könnt ihr es sonst recht gut miteinander.« Dazu lachte sie recht herzlich und schaute eins ums andere an. Da schaute Uli auf; aber ehe er eine Antwort hervorgeworget hatte, fuhr Vreneli dazwischen und sagte: »Geh und spanne an! Base, man kann den Spaß auch zu weit treiben. Ich wollte, ich wäre nie mitgefahren. Ich weiß gar nicht, warum man mich nicht ruhig lassen kann. Gestern haben mich die Leute taub gemacht, und heute wollt Ihr es noch ärger machen. Das ist nicht schön, Base.«

Uli war aufgestanden und wollte gehen, aber die Base sagte: »Hock doch nieder und los! Es ist mir Ernst; ich habe schon manchmal zu Joggeli gesagt, es schickten sich nie zwei besser zusammen als ihr beide; es sei, wie wenn ihr füreinander gewachsen wäret.« »Aber Base«, rief Vreneli, »dr tusig Gottswillen, hört doch auf, sonst laufe ich fort. Ich lasse mich nicht ausbieten wie eine Kuh. Wartet doch nur bis Weihnacht, da will ich Euch aus den Augen oder, wenn ich Euch so erleidet bin, noch vorher. Was wollt Ihr Euch so vergebene Mühe geben, zwei zusammenzubringen, die einander nicht mögen? Uli fragt mir geradesoviel nach als ich ihm, und je eher wir voneinander kommen, desto lieber ist es mir.« Da ging doch Uli der Mund auf, und er sagte:

»Vreneli, zürne mir doch recht nicht; ich vermag mich ja gar nichts dessen. Aber das muß ich dir sagen: wenn du mich schon hassest, so bist du mir schon lange lieb gewesen, und ich wünschte mir keine bessere Frau. Es muß einer glücklich mit dir sein; wenn du mich wolltest, ich wäre glücklich genug.« »So«, sagte Vreneli, »jetzt, wo du vom Hof hörst, und daß du ihn ins Lehen erhieltest, wenn du eine Frau hättest, bin ich dir auf einmal recht von wegen dem Hof. Du bist mir ein lustig Bürschli! Gell, wenn du nur den Hof kriegtest, so heiratest du jede Luenz ab der Gasse, jeden Zaunstecken aus einem Hag. Aber ohä! Du bist an der Lätzen; es ist nicht, daß ich einen Mann haben muß. Ich will gar keinen; allweg keinen, der jeden Dachen (Docht) nimmt, wenn nur ein Tröpfli Öl daran hanget. Wenn ihr nicht fahren wollt, so laufe ich alleine heim«, und somit wollte es zur Türe aus schießen. Aber Uli fing es auf, hielt es mit starkem Arm, wie es sich auch wehrte, und sagte: »Nein, wahrhaftig, Vreneli, du tust mir unrecht. Wenn ich dich haben könnte, ich wollte mit dir in die Wildnis, wo ich nichts als schwenden und reuten müßte. Es ist wahr, wo mir ds Elisi so flattiert hat, da ist mir der Hof in den Kopf gekommen, und ich hätte es nur deßtwegen genommen. Aber schwer hatte ich mich versündigt, denn schon damals bist du mir im Sinn gelegen, und ich habe dich immer hundertmal lieber gesehen als ds Elisi. Allemal wenn ich ihns gesehen, so bin ich erschrocken; wenn du mir aber begegnet bist, so lachte mir allemal das Herz im Leibe. Frag nur den Johannes, ich habe es ihm heute morgen gesagt: eine Frau, wie du eine gibst, wüßte ich, soweit die Sonne scheint, keine bessere zu finden.« »Laß mich gehen!« schrie Vreneli, das während der schönen Rede getan hatte wie eine Katze am Hälsig und selbst mit Klemmen und Kratzen nicht schonte. »Ich will dich gehen lassen«, sagte Uli, der männlich das Kratzen und Klemmen aushielt, »aber du mußt mich nicht im Verdacht haben, als wollte ich dich nur, wenn ich Lehenmann werden könnte. Du mußt glauben, ich hätte dich sonst lieb.« »Ich verspreche nichts!« rief Vreneli, riß sich los mit eigener Gewalt und floh oben an den Tisch. »Du tust doch so wüst wie eine junge Katze«, sagte die Base. »Ich habe mein Lebtag kein solch Meitschi gesehen. Aber tue jetzt vernünftig, komm, hock da neben mich! Willst du kommen oder nicht? Ich gebe dir mein Lebtag kein gutes Wort mehr, wenn du nicht eine Minute da hocken und dich stillehalten willst. Uli, sag, man solle noch eine Halbe bringen. Halt dich still, Meitschi, und rede mir nicht darein!« sagte die Base und erzählte nun, wie es ihr wäre, wenn sie beide fortgingen, was für böse Tage ihrer warteten, vergoß schmerzliche Tränen über ihre Kinder, und wie sie noch glücklich werden könnte, wenn es ginge, wie sie in schlaflosen Nächten es sich ausgedacht. Wenn zwei miteinander glücklich werden könnten, so wären sie es. Sie habe Joggeli manchmal gesagt, sie hätte ihrer Lebtag nie zwei Menschen gesehen, die einander so wohl verstünden in der Arbeit und einander so behülflich seien. Wenn sie so fortführen miteinander, so müßten sie zu schönem Vermögen kommen. Was sie ihnen behülflich sein könnten, das würden sie tun. Sie hätten es nicht wie viele Lehensherren, denen nicht wohl sei, wenn nicht alle zwei Jahre ein Lehenmann auf ihrem Gut zugrunde ginge, und die allemal schlaflose Nächte hätten und am Zins aufschlagen wollten, wenn einmal der Lehenmann zu rechter Zeit den ganzen Zins geben kann, weil sie fürchten, er habe das Lehen zu wohlfeil. »Nein, gewiß«, sagte sie, »wir wollten tun an euch, wie wenn ihr unsere eigenen Kinder wäret, und einen Trossel müßte Vreneli haben, dessen keine Baurentochter sich zu schämen hätte. Aber wenn ihr das nicht gerate und Vreneli wüst tun wolle, so wüßte sie nicht, was anfangen; sie wollte lieber nicht mehr heim. Sie wolle ihm nichts fürhalten, aber das hätte sie doch nicht um ihns verdient, daß es jetzt so wüst tue; sie hätte öppe getan an ihm, was ihr wohl angestanden sei. Und das Wüstmachen tue es ihr expreß zuleid, sie merke es wohl. Es sei schon lange nicht mehr wie sonst gegen sie. Und gar herzlich weinte die gute Frau. »Aber Base«, sagte Vreneli, »wie könnt Ihr auch so reden? Ihr seid ja meine Mutter gewesen; für eine solche habe ich Euch immer gehalten, und wenn ich für Euch durchs Feuer sollte, ich besänne mich keinen Augenblick. Aber so einem Schnürfli, der mich nicht begehrt, lasse ich mich nicht anhängen. Wenn ich denn endlich einen haben muß, so will ich doch einen, der mich liebhat und mich meinetwegen nimmt und nicht mitsamt den andern Kühen mich zum Lehen begehrt.« »Wie kannst du auch so reden?« sagte die Base; »hast du nicht gehört, daß er gesagt hat, er habe dich schon lange liebgehabt?« »Ja«, sagte Vreneli, »das sagen sie alle, einer wie der andere; wenn man aber an dieser Lüge ersticken müßte, es würde wenige Hochzeit geben. Er wird auch nicht besser sein als die andern; wenn Ihr nicht zuerst vom Hof angefangen hättet, Ihr hättet dann sehen können. Und es ist auch nicht recht von Euch gewesen, mir nichts von allem zu sagen und mich da so ungesinnet ihm darzuwerfen wie einer Sau einen Tannzapfen. Wenn Ihr mir zuerst ein Wort gegönnt hättet, so hätte ich es Euch sagen können, was Trumpf ist bei Uli. Er sagt auch: ›Geld, du bist mir lieb‹; und dann soll eine verstehen: ›Gäll, du bist mir lieb!‹« »Du bist ein wunderlich Gret«, sagte die Base, »und tust ärger, als wenn du die vornehmste Herrentochter wärest.« »Eben, Base, weil ich nichts bin als ein Meitschi, so steht es mir wohl an, vornehm zu tun und mich da nicht so vorwerfen zu lassen. Ich glaube, ich habe ein größer Recht dazu als manche vornehme Tochter, sei es dann meinethalb eine Herren- oder eine Baurentochter.« »Aber Vreneli«, sagte Uli, »was vermag ich mich dessen, und soll ich es jetzt entgelten? Du weißt im Herzen wohl, daß ich dich liebhabe, und ich habe sowenig von dem gewußt, was die Base im Sinne hatte, als du. Es ist daher nicht recht, daß du es an mir auslassest.« »Ach«, sagte Vreneli, »erst jetzt merke ich, daß das Ganze eine abgeredete Sache war; du würdest dich sonst nicht versprechen, ehe ich dich angeklagt. Das ist erst recht wüst, und ich will von der ganzen Sache nichts mehr hören; ich lasse mich nicht so hineinsprengen, wie man die Fische ins Garn sprengt.« Damit wollte Vreneli wieder auf und fort; aber die Base hielt es fest am Kittel und sagte ihm: es sei das wüstest und mißtreuest Mönsch, wo an der Sonne herumlaufe. Seit wann sie hinter seinem Rücken unter dem Hütli spiele? Das sei wahr, wegen dieser Sache habe sie zum Vetter begehrt und dessetwegen habe sie beide mitgenommen. Aber was sie im Sinn gehabt, habe niemand gewußt, nicht einmal Joggeli, geschweige denn Uli. Sie habe dem Vetter den Auftrag gegeben, dem Uli die Würme aus der Nase zu ziehen, und es sei wahr, der habe Vreneli grusam gerühmt, so daß der Vetter ihr gesagt, Uli nähme Vreneli lieber heute als morgen; aber er dürfe ihm nichts sagen, er fürchte, es halte ihm ds Elisi vor. Daraufhin habe sie gedacht, sie wolle reden, wenn Uli nicht dürfe; denn daß ihm Uli nicht anständig sei, das überrede sie niemand, sie habe ihre Augen noch nicht am Rücken. Er vermöge sich also dessen nichts. »Aber warum kömmt er denn heute in die Stube, wo ich einpacke«, fragte Vreneli, »und will mir ein Müntschi geben? Das hat er noch nie getan.«

»He«, sagte Uli, »ich will es dir grad sagen. Als ich heute mit dem Meister geredet hatte, da bliebest du mir im Sinn mehr als je, und ich dachte, ich wollte geben, was ich hätte, wenn ich wüßte, ob du mich liebhättest und mich nehmen würdest. Vom Lehen wußte ich kein Wort. Als ich dich so allein antraf, da übernahm es mich, ich wußte nicht, wie, es kam mir in den Arm fast wie ein Gsüchti, ich müßte dich anrühren, dich um ein Müntschi fragen. Anfangs glaubte ich, ich hätte eins erhalten; allein später dachte ich, es könnte doch nicht sein, du hättest mich sonst nicht so wild in die Stube hinausgeschossen; ich dachte, du hättest mich nicht gerne, und das machte mich betrübt im Herzen, und ich dachte, wenn nur Weihnacht da wäre, daß ich fortkönnte, da wollte ich weit, weit ins Weltschland hinein, daß nie jemand mehr etwas von mir höre. Und so ists mir noch,

Vreneli; wenn du mich nicht willst, so will ich vom Lehen nichts, will fort, fort, soweit mich die Füße tragen, und kein Mensch soll erfahren, wohin ich gekommen.« Er war aufgestanden, vor Vreneli getreten, das Wasser stund ihm in den treuherzigen Augen, der Base aber rollte es die Backen ab. Da sah Vreneli zu ihm auf, die Augen wurden ihm feucht; aber um den Mund zuckte noch der Spott und der Trotz, die niedergehaltene Liebe brach auf und begann durch die Augen ihre leuchtenden Strahlen zu werfen, während das jungfräuliche Widerstreben die Lippen aufwarf als Schanze gegen das Ergeben an die männliche Zudringlichkeit. Und während die Augen Liebe leuchteten, kamen doch hinter den aufgeworfenen Lippen hervor die spottenden Worte: »Aber Uli, was sagt dann Stini, wenn du schon wieder eine andere willst? Wird es dir nicht singen:

Er hat ein Herz wie es Tubehus:
Flügt die eini dry, flügt die anderi drus!«

»Aber wie magst du auch mit ihm den Narren treiben?« sagte die Base, »du siehst ja, wie es ihm Ernst ist. Wenn ich ihn wäre, ich kehrte dir das Nest und sagte dir: ›Blase mir, wo ich schön bin!‹« »Er hat dWehli, Base, und Ihr wisset nicht, ob es mir nicht recht wäre«, sagte Vreneli. »Nein, es wäre dir nicht recht, Meitschi«, sagte die Base, »ich höre es dir schon an. Und Uli, wenn du nicht ein Löhl bist, so nimmst du es jetzt um den Hals; es schießt dich nicht mehr in die Stube hinaus, glaub es mir!« Indessen hätte die Base fast unrecht erhalten. Noch einmal bot das Mädchen seine Kraft auf, und Uli wäre in raschem Umschwunge bald wieder geflogen. Allein des Mädchens Kraft hielt nicht aus. Das Mädchen fiel an Ulis treue Brust und brach in lautes, fast krampfhaftes Weinen aus. Es wurde den beiden andern, als das Schluchzen nicht aufhören wollte, fast angst dabei; sie begriffen nicht, was das sein solle. Uli tröstete, so gut er konnte, und sagte, es solle doch ja recht nicht so tun, und wenn es ihn lieber nicht wollte, so könne er ja gehen, er wolle ihns nicht plagen. Die Base balgete erst, es sei dumm getan; zu ihrer Zeit hätten die Mädchen nicht die Schloßhunde verspottet, wenn sie einen gefunden. Dann ward ihr aber auch bange, und sie sagte, sie wolle es nicht zwingen; wenn es lieber nicht wolle, so könne es ja ihretwegen machen, was es wolle. Es solle doch nur dr Gottswillen nicht so tun, die Wirtsleute könnten sonst glauben, was es wäre.

Endlich konnte ihnen Vreneli sagen, sie sollten es doch nur ruhig lassen, es wolle sich zu überwinden suchen. Es sei sein Lebtag eine arme Waise gewesen und verstoßen von Jugend auf. Es habe nie ein Vater es auf den Schoß genommen, die Mutter es nie geküßt; nie habe es seinen Kopf an irgendeinem Halse verbergen können. Es hätte ihns manchmal gedünkt, gerne wollte es sterben, wenn es nur dabei jemand auf den Knien sitzen, jemand dabei um den Hals nehmen könnte; aber solange es Kind gewesen sei, habe niemand ihns lieb gehabt, nirgends hätte es sein sollen. Es könne nicht sagen, wie oft es einsam geweint. Sein Sehnen sei immer und immer darauf gegangen, irgend einmal jemand so von ganzem Herzen, ganzem Gemüte liebhaben zu können, jemand zu finden, an dessen Brust es sein Haupt in Leid und Freud legen könnte. So eine Freundin aber habe es keine gefunden. Da habe es gedacht, wenn man ihm vom Heiraten gesprochen, es wolle es nie, es sei denn, es könne so von Herzensgrund glauben, daß das die Brust sei, an die es in Leid und Freud sein Haupt legen, die ihm treu sein werde im Leben und im Sterben. Aber es habe keine gefunden, zu der es diesen Glauben hätte haben können. Uli sei ihm lieb, sei ihm schon lange lieb, mehr als es sagen sollte; aber diesen Glauben zu ihm habe es noch nicht finden können. Und wenn es diesmal getäuscht würde, wenn Uli nicht die rechte Liebe, die rechte Treue für ihns hätte, dann wäre ja sein letztes Hoffen dahin, dann würde es keine mehr finden, dann müßte es unglücklich sterben. Darum mache es ihm so angst, und sie sollten es doch jetzt dr Gottswillen ruhig lassen, damit es so recht überlegen könne, was es mache. Ach, sie wüßten es nicht, wie es einer armen Waise zumute sei, welche der Vater nie auf dem Schoße gehabt, die Mutter nie geküßt! »Du bisch e Göhl!« sagte die Base und wischte die nassen Backen ab. »Wenn ich gewußt hätte, daß es dir nur da fehle, auf ein Müntschi mehr oder weniger wäre es mir doch gewiß nicht angekommen. Aber warum sagst du es nicht? Unsereins kann doch wahrhaftig nicht an alles sinnen.« Uli sagte, er hätte das verdienet, es geschehe ihm recht, und er hätte gedenken sollen, daß es ihm so gehen werde. Aber wenn es in ihn hineinsehen könnte, so würde es sehen, wie lieb er es hätte, und wie aufrichtig er es meine. Er wolle sich nicht entschuldigen, er habe schon mehrere Male ans Wyben gesinnet, aber liebgehabt habe er keine wie ihns. Aber er wolle es nicht zwingen, er müsse in Gottes Namen sich gefallen lassen, was sein Wille sei. »Du hörst es ja«, sagte die Base, »wie lieb er dich haben will! Komm, nimm dein Glas und mach Gesundheit mit Uli und versprich ihm, du wollest die Lehenfrau in der Glunggen werden!« Vreneli stund auf, nahm sein Glas, machte Gesundheit, aber versprach nichts, sondern bat: man solle ihns nur heute noch ruhig lassen und nichts mehr davon sagen; morgen wolle es den Bescheid geben, wenn es sein müsse. »Du bist ein wunderliches Gret«, sagte die Base. »He nun, Uli, so spann an, sie werden daheim nicht wissen, wo wir bleiben.« Draußen flimmerten die Sterne im dunkelblauen Grunde, weiße Nebelwölkchen schwebten über feuchten Matten, einzelne Streifen hoben neugierig an Talwänden sich auf, laue Winde wiegten das matte Laub, hie und da läutete eine auf der Weide vergessene Kuh ihrem vergeßlichen Meister, hie und da schickte ein übermütig Bürschchen sein Jauchzen weit über Berg und Tal. Die Bewegungen des Tages und des Fahrens rüttelten die Base in tiefen Schlaf, und Uli hielt mit gespannter Kraft den wild ausgreifenden Kohli in ziemlichem Laufe; Vreneli war alleine in der weiten Welt. Wie weit am fernen Himmel die Sterne schwammen in des unermeßlichen blauen Meeres schrankenlosem Raume, jeder für sich in einsamer Bahn, so fühlte es sich wieder das arme, einsame, verlassene Mädchen im großen Weltengetümmel. Wenn es fort war von Base und Vetter, wenn sie gestorben waren, so hatte es niemand mehr auf der Erde, kein Haus, wohin es sich flüchten konnte in kranken Tagen, keinen Menschen, dem es etwas klagen konnte, kein Auge, das mit ihm lachte, mit ihm weinte, keinen Menschen, der einmal weinte, wenn es sterben sollte, ja vielleicht keinen, der seinen Sarg begleitete bis zu dem engen, kalten Hause, das man ihm endlich doch gewähren mußte. Allein war es, einsam und verlassen sollte es durch das Weltgetümmel bis zu seinem einsamen Grabe auf langer Wanderung, vielleicht durch viele, viele einsame Jahre, gebeugter, mut-, kraftloser von Jahr zu Jahr, ein alt, verwittert, verachtet Wesen, dem kaum jemand Herberge mehr gab, wenn auch um Gottes willen dafür angesprochen. Neues Weh zuckte ihm im Herzen, Klagen wollten aufquellen: warum doch wohl der Vater, der gute, der die Liebe heiße, so arme Kinder leben lasse, die niemand hätten auf der Welt, die in der Kindheit verstoßen würden, in der Jugend verführt, im Alter verachtet?

Da begann es doch zu fühlen, daß es sich an Gott versündige, der ihm viel mehr gegeben als vielen, der seine Unschuld behütet bis auf diesen Tag, es so gestaltet, so hatte werden lassen, daß ein reichlich Auskommen ihm sicher schien, wenn Gott seine Gesundheit erhielt. Es begannen ihm aufzutauchen, wie aus dem Nebel die Hügelspitzen und die Kronen der Bäume, die Liebeszeichen, die Gott augenscheinlich über sein Leben ausgestreut; wie es behütet worden hier und dort, wie es viele heiterere Tage genossen als viele, viele arme Kinder, und wie es auch Leute gefunden, viel bessere als andere Kinder, die, wenn sie es auch nicht wie Vater und Mutter an ihre Herzen nahmen, ihns doch auch liebgehabt und so erzogen, daß es vor alle Leute treten durfte mit dem Gefühl, daß man ihns für einen eigentlichen

Menschen ansehe. Nein, klagen durfte es nicht über den guten Vater droben; es fühlte, daß dessen Hand ob ihm gewesen. Und war seine Hand nicht noch jetzt über ihm, war sie nicht auch heute über ihm? Hatte er sich wohl über das arme, einsame Meitschi erbarmet? Hatte er den Ratschluß wohl gefaßt, weil es getreu geblieben bis dahin und von der Sünde sich unbefleckt zu erhalten gesucht, nun auch seines Herzens Sehnen zu stillen, ihm eine treue Brust zu geben, an die es sein Haupt lehnen konnte, etwas Eigenes, damit einst jemand weine bei seinem Tode, jemand es begleite auf dem trüben Wege zum schaurigen Grabe? War das wohl Uli, der getreue, vielgewandte Knecht, den es so lange schon in verschwiegenem Herzen geliebt, dem es nichts vorzuhalten wußte als seine Verirrung mit Elisi, daß er auch von dem Wahn ergriffen worden, das Geld mache glücklich, der so treu und ehrlich sein Herz dargetan und seinen Fehler bereue? War es nicht eine eigene Fügung, daß sie sich beide getroffen gerade an diesem Orte, daß Uli nicht früher fortgekommen, daß Elisi habe heiraten müssen, daß der Base der Wunsch komme, das Gut Uli in Lehen zu geben? Hatte das alles sich nicht recht wunderbar treffen müssen, war darin nicht offenbar des Vaters gütige Hand? Sollte es wohl das Dargebotene verschmähen? War es etwas Hartes, Widerliches, das ihm zugemutet wurde? Nun rollte die Seele ihre Bilder auf, bevölkerte mit ihnen die öde Zukunft. Uli war sein Mann; es hatte Wurzel geschlagen im Leben, in der weiten Welt; sie waren der Mittelpunkt, um den ein großes Hauswesen sich ordnete, um ihren Willen kreisend. Hundertfältig gestaltete dieses Bild sich vor seinen Augen, und immer schöner, lieblicher woben dessen Farben sich durcheinander. Es wußte nicht mehr, daß es im Wägeli fuhr, es war ihm so leicht, so wohl ums Herz, als ob es bereits atme in jener Welt, wo keine Sorge, kein Leid mehr ist; da rollte das Wägelein über einen Stein. Vreneli fühlte ihn nicht, aber die Base erwachte mit langem Gähnen und fragte, mühsam sich fassend: »E, wo sind wir? Ich habe doch nicht geschlafen?« Da sagte Uli: »Wenn Ihr recht lueget, so seht Ihr dort unser Licht durch die Bäume.« »Herr Yses, wie habe ich doch geschlafen! Das hätte ich doch niemand geglaubt. Wenn nur Joggeli nicht balget, daß wir so spät sind!« »Es macht noch nichts«, sagte Uli, »und morgen kann der Kohli ruhen, wir brauchen ihn nicht.« »He nun«, sagte die Base, »so macht es desto minder. Aber wenn die Rosse spät heimkommen und früh fortsollen, so ist das eine Schinderei. Nähme man doch, wie es einem wäre, wenn man es einem auch so machen würde, immer laufen, immer laufen und keine Zeit zum Essen und Schlafen!« Aus allen Türen schossen diesmal mit Lichtern und Laternen die Bewohner der Glungge, als sie das herannahende Wägeli hörten, die einen ans Pferd hin, die andern zum Wägeli; selbst Joggeli gnappete herbei und sagte: »Ich habe geglaubt, ihr kommet heute nicht mehr, es hätte euch etwas gegeben.«

Fünfundzwanzigstes Kapitel

Der Knoten beginnt sich zu lösen, und als er sich stecken will, zerschlägt ihn ein Mädchen, und zwar mit einem buchenen Scheit.

Nun ging es wie an allen Orten, wenn die Hausmutter spät heimkömmt, mit Reden und Fragen; doch war noch keine Stunde verflossen, so wars stille in der Glungge, nur im Stalle hörte man den Kohli fressen. Der schöne Schlaf hatte sich über die Bewohner gesenkt und seine Gaben gebracht, das Vergessen alles Leids und manch schön Gaukelspiel vor die bewußtlose Seele. Doch auf einem Bette sah man ihn nicht weilen. Es war ein reinlich Bett, auf demselben lag eine stattliche Federdecke und drinnen ein noch stattlicheres Mädchen; zu voll war dessen Seele, des Schlafes Eindrücke aufzunehmen. Was jener Stein unterbrochen, das tauchte wieder auf: liebliche Bilder aller Art schwammen über die Seele, flüchtig eilten die einen vorüber, süß und wonniglich weilten andere lange über dem verklärten Mädchen, das nicht in unruhiger Pein hin und her sich werfend den Schlaf suchte, sondern in seliger Hingebung unbemerkt Stunde um Stunde an sich vorüberrinnen ließ. Als kühle Morgenlüfte durch die Täler strichen, da begann ein süßes, banges Sehnen aufzuwallen, des Mädchens Brust zu schwellen, das Sehnen, Uli ja zu sagen, das Sehnen, ihm zu sagen, es wolle sein sein für immerdar, das Sehnen, ihn auch sein nennen zu können für immerdar. Je dringender dieses Sehnen ward, desto mehr gattete es sich mit der Bangigkeit, das ersehnte Glück möchte nur ein Traum sein, möchte sich verflüchtigen wie des Traumes Bilder, am Morgen möchte Uli nicht mehr zu finden sein, könnte erzürnt über Vrenelis Benehmen anderes Sinnes geworden sein. Oh, wie ihm jetzt dieses Zagen und Abweisen leid tat, wie es sich nicht begreifen konnte, wie es ihns mehr und mehr drängte, das Verschulden gutzumachen, zu vernehmen, ob Uli noch gleichen Sinnes geblieben sei die Nacht hindurch. Es litt es nicht mehr im Bette, leise stund es auf, öffnete ein Fensterchen, atmete Morgenluft, zog sich an und begann sein Morgenwerk leise, daß niemand es höre. Leise öffnete es die Türe, stille war es draußen, kein Knecht rührte sich noch, kein Pferd scharrte nach Futter. Da ging es leise durch den Schopf dem Brunnen zu, dort im kühlen Wasser sich zu waschen nach üblichem Brauch. Am plätschernden Brunnen stund eine Gestalt gebeugt über den Trog und mit Eifer auch ein solches Werk verrichtend. Mit pochendem Herzen erkannte Vreneli seinen Uli, da stund der Ersehnte. Da schwanden Nacht und Nebel, wie Morgenrot ging es ihm auf, und, wie ein Herz ziehen könne, das fühlte es jetzt. Doch den unwiderstehlichen Zug noch mädchenhaft zu umschleiern, war ihm seine Schalkheit zur Hand, und mit unhörbarem Tritte an Uli getreten, schlug es rasch beide Hände vor dessen Augen. In gewaltigem Schreck zuckte der starke Mann zusammen, ein halber Schrei entfuhr ihm; dann die Hände vor den Augen fassend, erkannte er mit süßer Wonne der schönen Hände schöne Eigentümerin. »Bist du es?« fragte er. Und Vreneli wußte, wen er meine, und seine Hände sanken tiefer, umschlangen den teuren Mann, und wortlos lehnte es sein Haupt an dessen treue Brust. Da, wie aus dem Brunnen Welle um Welle sprudelte hell und klar, so wogte in Uli das Bewußtsein seines Glückes auf in mächtigen, ungetrübten Wogen. Er zog das teure Mädchen an sich, und, wie die Wellen des Brunnens plätscherten und Bläschen warfen in blankem Troge, so flüsterte Uli dem Mädchen seine Freude zu, versuchte ein leises Küssen, und kein Stoß warf ihn diesmal zurück von dem holden Ufer, dem er zugesteuert. »Willst du meins sein?« hörte der Brunnen; »bist du mein?« koste es wieder. Und noch manches hörte der Brunnen, aber er sagte es niemand wieder.

Ein eigenes Gefühl durchströmte beide, das Gefühl, ein teures Kleinod gefunden zu haben, das Verlangen, bei diesem Kleinod zu sein für und für und sonder Unterlaß. Wenn jemand einen lieben Brief erhält, wie oft fährt seine Hand in die Tasche und liest ihn von neuem! Wenn jemand einen Acker gekauft hat, wie oft geht er hin des Tages und beschauet seinen Kauf! Wenn jemand eine liebe Seele gefunden und an sich gebunden nicht nur für diese Zeit, sondern auch für die Ewigkeit, soll es ihn dann nicht hin zu dieser Seele ziehen mit Himmelsgewalt, soll es ihn nicht in ihre Augen, die Tore der Seele, hineinziehen, um das Gefühl lebendig zu erhalten, eins mit einer Seele zu sein in Zeit und Ewigkeit? Dieses Einswerden mit einer Seele von ganzem Herzen, ganzem Gemüte und allen Kräften, in welcher Vereinigung alle Ichsucht untergeht, ist das nicht auch ein Vorläufer des Einswerdens mit Gott, welchem ebenfalls unsere Selbstsucht zum Opfer fallen muß? Und wie der, der eins geworden ist mit dem Vater im Himmel, denselben vor Augen hat, wenn die Sonne scheinet, und wenn die Nacht Finsternis bringt in jedes Land und jede Kammer, soll dann dem, der eine Seele gewonnen, nicht auch vergönnt sein, diese Seele zu suchen und wieder zu suchen, sooft die Räume und Geschäfte der Erde sie ihm aus den Augen tragen? Der tiefe Seelenzug in diesen Zeiten wird selten recht verstanden, bringt daher auch selten die rechten Früchte. »Sie machen recht närrisch miteinander«, hört man sagen; »sie machen einem Längizyt.« Das glaube ich gerne; aber warum gönnt man ihnen nicht die ungestörte Freude aneinander? Ach Gott, die Welt und die Furcht der Welt vor ihrem eigenen Fleische! Ach Gott, die Welt und ihre Neugierde, die sehen will, wie zwei zusammen tun, und dann, wenn sie keinen rechten Sinn zueinander haben, sagt: »Die beiden lob ich mir, die sind recht vernünftig; wenn man es nicht wüßte, man merkte es ihnen gar nicht an, daß sie Brautleute wären.« Ich möchte fast sagen, das sei eine vermaledeite Vernünftigkeit, welche für die Seele und ihr Sehnen keine Empfänglichkeit hat, höchstens für des Leibes Reize, deren Empfänglichkeit man allerdings lieber im Dunkeln zeigt, meistens nur für des Geldes verhängnisvolles Klingen. Vreneli und Uli hätten kaum verstanden, was da geschrieben steht; aber diesen Zug der Seelen empfanden sie. Kaum waren sie getrennt worden, so suchten sie sich wieder, und der Brunnen war die heilige Stätte, wo so oft sie sich suchten und fanden. Noch nie hatte Vreneli so viel Wasser in die Küche gebraucht, Uli noch nie so viel zu waschen oder zu tränken gehabt.

Während beim Brunnen ein junges Glück aufging, hielt ein altes Ehepaar im Stübli seine Zwiegespräche. Joggeli und seine Frau erwachten frühe, und den alten Gliedern die nötige Ruhe gönnend, erachteten sie diese Stunde am schicklichsten, ein vertrautes Wort zu wechseln. Nachdem die Frau an Joggelis unruhigem Drehen dessen Erwachen wahrgenommen, fragte sie: ob er seither nichts von einem Knechte vernommen, ob gestern keiner dagewesen sei? Weihnacht rücke, so könne das doch nicht gehen. Nun begann Joggeli sein altes Klagelied über Elisis Heirat, an der er nicht schuld sei, und die ihm Uli forttreibe. Seit der da sei, trage ihm der Hof jährlich tausend Pfund mehr ein. Wenn doch das Meitschi habe heiraten müssen, so wollte er zuletzt lieber, es hätte Uli genommen, als so einen ungefütterten Baumwollenhändler. Er hätte keinen Magen, einen andern Knecht zu suchen; wenn er nur Uli wieder haben könnte, es reute ihn kein Geld.

Sie wisse nicht, wie das gehen solle, sagte die Frau; sie habe mit Uli geredet, allein er habe nichts davon hören wollen, länger hier Knecht zu sein. So hätte mans, sagte Joggeli, die Frauen machten alles, wie sie wollten; sie begehrten alles zu regieren, und wenn etwas krumm gehe, so sollten es die Männer gerade machen. Er hätte vorausgesagt, das käme so; sie könne seinethalb jetzt selbst einen Knecht suchen. Wenn das so gemeint sei, sagte sie, so wolle sie mit allem nichts mehr zu tun haben. Wer am Ende bös hätte, wenn alles schlecht ginge, als sie, die die Haushaltung machen müßte? Das Beste wäre, sie würden das Gut zu Lehen geben; sie wüßte eigentlich nicht, für wen sie bös haben sollte bis ins Grab. Es danke ihr doch zuletzt niemand dafür, sondern, je mehr sie zusammengehüselet habe, desto mehr lache man sie aus. Das sei ihm auch recht, sagte Joggeli, er begehre nicht länger zu pflanzen, damit ihr Tochtermann komme, die Sache nehme und das Geld für sich behalte. Aus freien Stücken habe er ihm eine Ehesteuer gegeben, größer, als mancher Landvogt sie gebe; es schiene ihm, der könnte zufrieden sein und ihn jetzt ruhig lassen. Wenn sie ihm einen anständigen Lehnsmann wüßte, so wollte er noch heute mit ihm die Sache richtig machen. Sie wüßte keinen bessern als Uli, sagte sie. »Uli?« sagte Joggeli. »Ja, wenn der besser hintersetzt wäre und eine anständige Frau hätte, so wäre mir der der Rechte, aber so kann er kein solches Gut übernehmen.« »He«, sagte die Mutter, eine bessere Frau als Vreneli wüßte sie nicht, und sie glaube, sie hätten nichts widereinander. Daneben sei Uli auch nicht mittellos, und vielleicht würde Vetter Johannes ihm helfen, wenn man es begehrte;

es dünke sie, derselbe habe gar viel auf Uli. »So, so«, sagte Joggeli, »es ist also schon alles richtig!« »Was richtig?« fragte sie. »Glaubst du«, sagte Joggeli, »ich solle nichts merken? Du bist nicht umsonst nach Erdöpfelkofen gefahren so mir nichts, dir nichts, daß ich mich fast zu Tode gewundert habe, und hast Vreneli und Uli mitgenommen. Du mußt doch nicht meinen, daß ich so dumm sei und nichts merke, was hinter meinem Rücken abgekartet wird. Aber ich bin auch noch da, und es ist nicht bravs von dir, so mich zum Narren zu halten und mit fremden Leuten unter dem Hütli zu spielen gegen mich. Aber warte nur, ich will es dir reisen! Ich will zeigen, wer Meister ist.«

Nun bekam die gute Frau keine Antwort mehr, sie mochte vorbringen, was sie wollte, so daß sie endlich sagte: »He nun dann, so sei meinethalben Meister und arbeite meinethalben den Hof selbst und mache die Haushaltung auch noch dazu; ich aber will nichts mehr damit zu tun haben.« Brummend wälzte sie sich auf die andere Seite, schlief wieder ein und stund am Morgen später als sonst, schweigend und schmollend auf. Lustig tanzte Vreneli im Hause herum; es war, als ob es über Nacht Federn in die Beine bekommen hätte und eine Mundharmonika zwischen die Zähne. Ganz verwundert sah die Base dem Wesen zu und sagte ihm endlich, als sie allein waren: »Ist es dir über Nacht anders gekommen, willst du ihn jetzt?« »O Base«, sagte Vreneli, »wenn Ihr mich zwingen wollt, was will ich dagegen machen als mich zwingen lassen? Und so, wenn Ihrs zwingen wollt, so zwingts; aber ich will nicht schuld daran sein, es mag kommen, wie es will!« »Du bist eine gottlose Dirne, mir den Mann zu verspotten!« sagte die Base. »Aber das Lachen wird dir schon vergehen, wenn du hörst, daß Joggeli nichts vom Lehen hören will. Er ist bös darüber, daß alles hinter seinem Rücken abgekartet wurde, und sagt jetzt, er sei Meister, er wolle es uns reisen.« Aber das Lachen verging Vreneli nicht, sondern es lachte nur: der Vetter wolle auch gezwungen sein, wie es zum Heiraten. Am besten käme man zurecht mit ihm, wenn man nichts mehr von der Sache sage und sich stelle, man wolle fort. Es mache ihm schon jetzt angst, was er um Weihnacht anfangen wolle; zu einem andern Knecht könne er sich nicht entschließen. Wenn er in acht Tagen noch nicht selbst mit der Sache komme, so wolle es den Tischmacher kommen lassen und ihm ein Trögli zu machen befehlen, wie Mägde zu tun pflegen, wenn sie zügeln wollen. Helfe dieses nicht, so müsse man ihm sagen, Uli komme zum Johannes, man habe neuis gemerkt; dann fange er von selbst von der Sache an und sage: »So zwängets, wenn ihrs zwängen wollt, aber ich will an nichts schuld sein, es mag gehen, wie es will.« »Du bist eine Tüfels Hex«, sagte die Base; »ich glaube, du wärest imstande, ein ganzes Chorgericht zum Narren zu halten. Das wäre mir nie in den Sinn gekommen, und sind wir doch jetzt bald vierzig Jahre beieinander.«

Und richtig: wie Vreneli, das dem Uli eingeschärft hatte, es anzusehen, wie wenn er lauter taub wäre, gesagt hatte, ging es. Der Tischmacher brauchte nicht zu kommen. Lange vor Verlauf der acht Tage fing Joggeli mit seiner Alten zu zanken an: wie sie alles hinter seinem Rücken mache, zu allen Leuten Vertrauen habe und nur zu ihm keines; er möchte doch endlich wissen, was sie jetzt mit dem Uli ausgemacht habe. Es wäre Zeit, daß er auch etwas davon wüßte. Da sagte sie, sie habe nichts mit ihm ausgemacht und nichts angefangen; das sei seine Sache, sie mische sich nicht darein. Er habe ja gesagt, er sei Meister. Da begehrte Joggeli noch mehr auf, daß seine Frau ihn so im Stich lasse und sich gar nicht darum bekümmere, wie es gehe; es sei doch ihre Sache so gut als seine, und er wüßte nicht, warum immer alles an ihn kommen solle. Er wollte, sie solle gehen und mit Uli reden, und wenn er schon eine andere Frau nähme als ds Vreni, so sei es ihm gleich; das sehe ihn seit einiger Zeit so unverschämt und spöttisch an, daß es ihn schon manchmal gelüstet habe, ihm die Hand ins Maul zu geben. Aber seine Frau wollte nicht, nach Vrenelis Instruktionen; das sei

Mannssache, behauptete sie. Da sagte er, wenn sie nicht gehen wolle, so schreibe er dem Tochtermann, er solle ihm einen Knecht oder einen Lehenmann senden; der werde ihm das schon machen. Da ließ die Alte das Herz fallen und übernahm den Auftrag. Als sie mit demselben zu Vreneli kam, sagte dieses: »O du gute Mutter, hast du dich zwingen lassen! Aber Mutter, Mutter, wie konntest du glauben, daß es Joggeli Ernst sei, vom Tochtermann einen Knecht oder einen Lehenmann zu nehmen? Hättest du nur noch einmal herzhaft nein gesagt, so hätte er gesagt: ›He nun, wenn du mir nichts zu Gefallen tun willst, so will ich mit Uli reden, aber ds Vreni, die Täsche, begehre ich nicht, und es mag herauskommen, wie es will, so bin ich nicht schuld daran, mir wäre es nie in Sinn gekommen.‹ Schicke ihm aber Uli hinein; der Vetter soll und muß doch mit ihm zuerst z'grechtem davon reden.«

So geschah es auch.

Die Weitläufigkeiten der ganzen Unterhandlung zu beschreiben, wäre für manchen Lehenmann belehrend; allein für diesmal aus guten Gründen nur folgendes: Joggeli war die ganze Sache mehr als recht, und doch machte er Umstände und Vorbehälte, an denen die ganze Sache hätte scheitern müssen, wenn er fest darauf bestanden hätte; aber so, wie er erfinderisch war im Ersinnen, so war er wieder schwach im Nachgeben, sobald man ihn zu fassen wußte; und das verstund der Vetter Johannes, der als Mittelsmann und Bürge recht gefällig sich finden ließ. Und wenn alle an waren, so wußte Vreneli noch den besten Rat und fand den Ausweg. Joggeli sagte aber oft: er könne nicht begreifen, warum Uli so eine nähme mit einem blutten Füdle und einem Maul wie eine Schlange. Wenn er so ein Bursch wäre und ein solches Lehen in den Händen hätte, er wollte viel tausend Pfund erwyben. So eine Gexnase würde er nicht mit dem Rücken ansehen, und dreißig Kronen wollte er ihm das Lehen wohlfeiler geben, wenn das Ketzer Meitschi ihm wegkäme; das würde dem lieben Gott blau für weiß machen, wenn sie je zusammenkämen, was er aber nicht glaube.

Man war fast richtig, als der Tochtermann die Sache vernahm und einen Mordsspektakel begann. Der wollte erst gar nichts davon wissen und behauptete, sie hätten ja die Verabredung getroffen, daß er ihnen die Produkte abnehme und zu hohen Preisen seinen Bekannten verkaufe. Er hätte deshalb Akkorde getroffen und könne nicht zurück. Endlich wollte er den Hof selbst ins Lehen nehmen trotz seinem brillanten Geschäft, von dem er behauptete, es trage mehr ab als sechs solcher Höfe. Er tat so wüst, drohte auf solche Weise, und ds Elisi mußte wüst tun und mit allem Gräßlichen drohen, daß die ganze Geschichte fast rückgängig geworden wäre. Den beiden Alten kam es gräßlich vor, wenn sie an einem Unglück schuld sein sollten, wenn ds Elisi mit seinem Mann deswegen in Streit käme oder es krank würde oder es ihm sonst schadete in seinen Umständen. Ein jedes sagte: »Mach, was du willst; aber gib mich dann zuletzt nicht an die Axt, ich will nicht schuld sein.« Da gab Vreneli dem Sohn Johannes einen Wink, daß es darauf und daran wäre, daß sein geliebter Schwager Lehenmann in der Glungge würde. Johannes, dem es, seit er Gaden und Spycher durch seinen Schwager gefährdet sah, sehr recht war, daß das Gut in eines Lehenmanns Hände kam, und Uli als einen guten Landwirt recht gerne darauf sah, indem er einst den Hof lieber gut als schlecht zuhanden nahm, kam mit Trinette dahergefahren wie eine Bombe und traf es eben, daß ds Elisi und sein Mann auch da waren. Das gab nun Donnerwetter um Donnerwetter, obgleich es mitten im Winter war. Der Tochtermann machte sich zuerst sehr aufbegehrisch und wollte den Johannes von oben herab traktieren und ihn einschüchtern, mit Oberarm dreinreden. Aber Johannes kannte als Wirt diese Sorte von Leuten auch und redete noch mehr Oberarm drein; zudem hatte er eine gewaltige Faust, die dem Baumwollenhändler abging; mit dieser schlug er auf die Tische, daß alle Türen aufsprangen.

Auch hielt er dem Baumwollenhändler Sachen vor, die dieser lieber hier nicht gehört hätte, seine vielen Schulden und vielen Streiche. Woher er den Landbau kennen wolle, da er im Bettel aufgewachsen? Sie hätten seinen Vater oft hier in der Glunggen über Nacht gehabt im Stall, sie sollten sich nur an den alten, verhudelten Mann mit der Drucke und den Schuhen ohne Sohlen erinnern. Er möchte nur die Alten aushäuteln, den Lehenzins könnten sie im Himmel suchen. Uli müßte das Lehen haben, und sollte er den Donners Bauelebub mit eigenen Händen erwürgen, brüllte er und manövrierte demselben mit seinen dicken Händen so nahe am Halse herum, daß alles zetermordio schrie und ds Elisi sicher ohnmächtig geworden wäre, wenn es gewußt hätte, wie man das mache. Aber der Baumwollenhändler hatte eine zähere Natur als seine Bauele. Kaum war er nicht mehr blau im Gesicht, so gab er mit Verachtung den Gedanken, selbst Lehenmann zu werden, auf. Er wollte ein Narr sein, sagte er, ihnen seine Hülfe aufzudringen; sein Geschäft trage ihm hundertmal mehr ab als so ein Schyßgütli. Gerade ihretwegen, damit sie nicht mit fremden Leuten es machen müßten, hätte er es übernehmen wollen. Wenn man ihm seine Guttätigkeit so aufnehme, so könnten sie machen, was sie wollten, er sei recht froh darüber. Aber das fordere er, daß man das Gut an eine Steigerung bringe und es dem Meistbietenden gebe; das hätte er das Recht zu fordern. Er wüßte nicht, warum man einem solchen Lümmel, der nicht fünfe zählen könnte, ohne fünfmal zu verirren, den Vorzug geben wolle.

Da ging der Streit von vornen an, in den nun auch Joggeli sich mischte, da er sich vom Sohn unterstützt sah. Das gehe ihn hell nichts an, sagte Joggeli seinem Tochtermann; er könne verleihn, wie er wolle, er sei denn doch noch nicht bevogtet. Solange er lebe, solle in der Glungge keine Steigerung sein, und auch nach seinem Tode nicht; er wolle es ihm vermachen, daß es hafte, er sei ihm gut dafür. So einer, von dem man noch jetzt nicht wisse, wo er jung gewesen, solle

ihm nicht kommen und ihm hier in der Glunggen befehlen wollen. Er sei sein Lebtag dagewesen und Vater und Großvater. Soweit man sich hintern besinnen möge, sei der Hof in der Familie gewesen; da solle keiner kommen, der auf der Gasse jung gewesen, und ihm befehlen, was er auf demselben machen solle. Er solle ihm zahlen, was er ihm weggenommen. Es dünke ihn, er sollte für einmal genug haben und sich schämen, noch mehr zu begehren, und er solle nicht meinen, weil er so herrschelig daherkomme, so könnte er mit ihnen machen, was er wolle. Wenn er die Kleider nicht aus ihrem Gelde bezahlt hätte, so wisse man nicht, ob er noch solche tragen würde.
Der Tochtermann ließ sich aber nicht erschrecken. Er lasse sich das Geld nicht vorhalten, sagte er. Ob sie denn eigentlich so dumm seien, zu glauben, er hätte seine Frau wegen etwas anderem als wegem Geld genommen? Daß sie ein halbwitziges Schlärpli sei, hätte ihr ja jedermann angesehen. Aber wenn er eigentlich gewußt hätte, was sie für ein wüstes Reibeisen, eine hässige Krot, eine faule Sau sei, er hätte sie mit keinem Stecklein anrühren mögen, und wenn sie noch einmal soviel Geld gehabt hätte. Jetzt hätte er sie ins Teufels Namen und müßte sie einstweilen behalten; jetzt wolle er dazu sehen, daß er auch zu dem Geld komme, das ihm gehöre. Er lasse sich noch lange nicht absprengen, und sie sollten versichert sein, daß, je wüster sie gegen ihn seien, er um so wüster tue und alles seine Plättere entgelten lasse; die wolle er rangieren, daß es des Salzfaktors Jagdhunde besser haben sollten als sie. Da fiel dem Joggeli und der Mutter das Herz, und sie wären vielleicht dem aufbegehrischen Tochtermann hingekniet; aber Johannes war da. »Mach es nur!« sagte der, »je wüster, desto besser; wir wollen dir den Marsch bald gemacht haben. Je eher du abgesprengt wirst, desto besser ists. Denke an die Krone zu –, und was du da treibst? Du verfluchte Bub! Mit fünfzig Kronen scheiden wir, und dann wirst du zum Geldstag getrieben; das ist das Beste für einen solchen Donner, wie du bist; dann kannst du

ds Land ab und Rüben fressen.« Sie erschrecken ihn noch lange nicht, antwortete der Tochtermann. Mit dem Geldstag könnten sie es probieren, wenn sie wollten; sie kämen an den Unrechten. Was bei der Kronen gegangen sei, gehe sie nichts an, er wolle es auf eine Untersuchung ankommen lassen; und wenn man zu Frevligen nachfragen wollte, so brächte man vielleicht viel ärgere Dinge heraus. Wenn sie die Schande haben wollten, daß ihre Tochter so bald sich scheiden müsse, so sei es ihm recht, er frage nichts darnach. Er wolle ihnen dann aber den Marsch machen. Indessen er so aufbegehrisch redete, zog er doch in etwas seine Pfeifen ein, besonders da Johannes sich nun auf seine Worte berief: sie sollten jetzt sehen, was sie für einen Donner von Tochtermann hätten. Es geschehe ihnen aber recht, sie hätten nichts glauben wollen, und er sollte sie jetzt eigentlich im Stiche lassen mit ihm. Aber es sei ihm auch um seinetwegen; wenn er den Donner machen lasse, so käme es bald dahin, daß die Glungge an eine Steigerung kommen müßte. Davor wolle er sein, er könne darauf zählen. Von einer Steigerung mußte der Tochtermann endlich schweigen; aber nun wollte er sich in den Akkord mischen und ihn machen nach seinem Sinn, also auf eine Weise, daß Uli unmöglich hätte eintreten können. Er warf ihn aufs Papier, und Joggeli gefiel er so übel nicht; er fand von manchem, daran hätte er nicht gedacht; die Mutter aber und Johannes widersetzten sich: was wollte doch so ein baueliger tusigs Donner von einem Lehenakkord wissen; keinem Hund würde man einen solchen machen, und, je wüstere Akkorde man mache, desto weniger würden sie gehalten, und desto mehr müsse das Gut darunter leiden.

Während man darüber stritt im Stübli, versuchte der Baumwollenherr Privatgeschäfte bei Vreneli, wollte mit ihm so unterhandeln, daß, wenn es ihm nachgebe, so wolle er auch mit dem Akkord nachgeben, und ließ sich wohl nach zu ihm heran. Das aber, nicht faul, nahm ein buchenes Scheit, fuhr auf ihn dar wie eine Furie und traktierte ihn jämmerlich. Das gab gräßlichen Spektakel. Vreneli schlug, der Tochtermann schrie, die ganze Verwandtschaft schoß zu allen Türen aus und sah den Herrn vor Vrenelis Scheit in alle Ecken fliehen. Die einen lachten, die andern schrien; Johannes hatte gute Lust, zuzugreifen; niemand gab Auskunft, es war wie beim Turmbau zu Babel. Endlich schoß der Herr in eine geöffnete Türe, und Vreneli wurde vom Verfolgen abgehalten. Wie eine glühende Siegesgöttin stund es da mit dem Scheit in der Hand oder wie ein Engel mit flammendem Schwerte vor dem Paradiese der Unschuld und rief dem fliehenden, blutenden Baumwollenhändler nach: »Weißt du jetzt, wie ein Bernermeitschi akkordiert, und mit was es den Akkord unterschreibt, du keibelige Uflat!« Und frankweg ohne Hehl erzählte es, was der Lumpenhund ihm für Anträge gestellt. Da öffnete dieser die Türe und rief: »Du lügst!« Aber ehe das Wort noch recht aus dem Munde war, fuhr das buchene Scheit aus Vrenelis starker Hand akkurat durch die geöffnete Türe dem Lügner ins Gesicht mittenhinein, und rückwärts fiel er zurück, fuhr mit der Hand ins Gesicht, und drei ausgeschlagene Zähne rollten ihm entgegen. Nun neuer Lärm von allen Seiten. Des Johannese Stimme schallte vor allen in gewaltigem Lachen. Ds Elisi wußte nicht, sollte es auf den Mann los oder auf Vreneli, und machte nach beiden Seiten hin seine klebrigen Fäustchen. Vreneli rief: »Sag noch einmal, ich lüge, wenn du darfst! Es sind noch mehr Scheiter da!« Die weiche Mutter lief nach Wasser und einem Lumpen; Trinette kickerte und sagte: so einen herrscheligen Mann, der meine, alle seien für ihn da, begehre es nicht. Joggeli schüttelte den Kopf, ging ins Stübli und las den Akkord wiederum. Sobald der Baumwollenhändler das Blut sich ausgewischt und recht wieder reden konnte, begehrte er auf über Vreneli, redete vom Verklagen, und wie er es nicht tue, daß es hier auf dem Hofe bleibe, und Joggeli nickte mit dem Kopfe dazu. Vreneli aber stund ungesinnet vor ihm und hätte in gleich noch einmal in die Finger genommen, wenn die Mutter ihns nicht gehalten; aber seine Zunge konnte ihm niemand halten. »Verklag du nur!« rief es; »ich will dann mit den andern Jungfrauen kommen; sie können auch sagen, was sie von dir erfahren; vielleicht wissen die Knechte auch etwas.« »Beweise es, daß ich etwas mit dir gewollt oder mit den Jungfrauen! Ich kann beweisen, wie du mich geschlagen.« »Du Kuh! Da ist einer nicht ein Esel und nimmt Zeugen mit, wenn er ein Mädchen verführen will. Aber es wäre böse, wenn ein Mädchen sich seiner Ehre nicht mehr wehren dürfte, so stark es mag, oder es hätte Zeugen, und wenn es einem den Grind abschlüge und nicht nur Zähne in den Hals!« »Wir wollen sehen, was der Richter sagt«, rief der Baumwollenhändler. »Meinethalben kann er sagen, was er will, und wenn er ein Bock ist wie du und dir recht gibt, so mache ich es ihm wie dir. Wenn das Gesetz für die Hurenbuben und Diebe und Händler und Richter da ist, so schlägt man euch das Gesetz um dGringe, bis ihr gesetzlich zufriedengestellt seid. Ich bin nur ein Meitschi; aber es nimmt mich wunder, ob ich diesen Weg das Gesetz nicht noch viel kräftiger anwenden könnte als so ein abgejagtes Böcklein, wie du bist und mancher andere. Hast du dich nicht still, so wollen wir sehen!« Aber der Händler hatte sich nicht still, räsonierte fort und fort, jedoch ungefähr so, wie eine Kolonne, die sich zurückziehen will, um so hitziger feuert, um den Rückzug zu decken. Er sagte dem Elisi: in einem solchen Haus bleibe er nicht länger, wo er sei wie vogelfrei und ein jedes Rindvieh auf ihn schlagen dürfe und ein jedes ertaubete Mädchen; dem wolle er es aber zeigen und ihm sagen, wie und mit wem er es angetroffen. Er machte einen Lärm mit seiner Unschuld, daß ds Elisi auch halb taub wurde, begriff, ds Vreneli hätte eigentlich seinen Mann verführen wollen, und eilenden Schrittes ging, diesem wüst zu sagen. Während es sich dort fast Schläge holte, ging er in den Stall, befahl anzuspannen und begegnete dabei dem Uli, der bereits von der andern Geschichte wußte, so puckt, daß der ihm sagte, wenn er sich nicht alsobald zum Stall aus mache, so werfe er ihn ins Bschüttiloch, er wolle ihm seine

Hitz vertreiben. Derselbe begehrte auf und sagte Uli: er solle nicht meinen, weil er eine uneheliche, schlechte Dirne zöke, die etwas verwandt sei, so sei ihm alles erlaubt; er sei der Knecht und sie ein schlecht Mensch und damit punktum. Da sagte Uli, er wisse ganz genau, welche das schlechter Mensch sei, ob ds Elisi oder Vreneli, und wenn er es hätte machen wollen wie er, so wäre Elisi nicht seine Frau geworden. Aber die Rechten seien aneinandergekommen, sie schickten sich zusammen wie Mist und Mistbähre. Er solle jetzt schweigen und gehen, sonst zeichne er ihn auch noch, obgleich es ihm zuwider sei, einen anzurühren, den ein Meitschi geprügelt. Der Baumwollenhändler wollte vielleicht Streit, aber Uli ließ sein Roß herausführen; das trieb den Herrn aus dem Stall, und als er wieder hineinkam, war Uli nicht mehr da. Endlich reisten er und Elisi ab, aber unter vielen Drohungen: wie man erfahren solle, was man an ihnen getan, und wie man sie nicht mehr sehen werde an einem Orte, wo man sie so behandelt.

Es leichterte allen ordentlich, als sie fort waren, und Johannes versprach dem Vreneli ein Stück Hausrat zur Ehesteuer, es könne auslesen, was es wolle, weil es den Schwager so tüchtig abgeklopft. Er wollte gerne eine Dublone geben, wenn er klagen würde; dem wollte er Sünden einbrocken, daß er daran ersticken sollte.

Sechsundzwanzigstes Kapitel

Wie Vreneli und Uli auf hochzeitlichen Wegen gehen und endlich Hochzeit halten.

Von da an ging die Sache vonstatten, viel besser, als Uli gedacht hatte, und er mußte manchmal denken, es gehe ihm besser, als er verdient, und mußte denken, was sein alter Meister gesagt: der gute Name sei ein eigenes Kapital und mehr wert als Geld und Gut. Der Lehenzins war billig; was aber die Hauptsache ausmachte, das waren die Zugaben. Einiges, was ihm besonders gefiel, nahm zwar der Johannes zuhanden. Es sei nichts als billig, sagte er, daß er auch etwas hätte gegen das Korn und Kirschenwasser, das der Schwager ihnen abgeläschlet (abgeschwatzt). Die Zugaben erstreckten sich nicht nur auf den ganzen Viehstand, Schiff und Geschirr, sondern auch auf den Hausrat und die Dienstenbetten. Die Schatzung über alles war billig, so daß sie den Empfänger, wenn die Sachen einmal zurückgegeben werden mußten, nicht über nichts bringen konnte. Es waren einige tüchtige Vorbehälte, die indessen bei dem billigen Zins zu übersehen waren. Uli mußte ihnen eine Kuh füttern, zwei Schweine mästen, Erdäpfel genug geben, ein Mäß Flachssamen, zwei Mäß Hanfsamen säen, ein Pferd geben, sooft sie fahren wollten. Wenn man einig ist, so ist selten ein Vorbehalt zu schwer, gerät man aber in Mißverhältnisse, so wird jeder Vorbehalt ein Stein des Anstoßes.

Uli und Vreneli konnten ihr meistes Geld sparen und brauchten sehr wenig anzuschaffen; der versprochene Trossel blieb ihnen auch nicht aus; ein Bett und einen Schaft erhielten sie, wie man sie selten schöner sieht. Johannes sandte ihnen, ohne ihre Auswahl zu erwarten, eine schöne Wiege, die Vreneli lange nicht ins Haus lassen wollte, behauptend, die sei verirret.

Aber was das dem Uli zu sinnen und zu denken gab, wie er alles anzustellen hätte in Feld, Stall und Haus; wie es ihm angst machte, bald um das Korn, bald um den Lewat, bald ums Gras; wie er schon vor Fasnacht, wenn der Bysluft ging, jammerte, es gebe in diesem Jahr nicht Heu; wie hundertmal er rechnete, aus was er den Lehenzins schlagen, wieviel er verspielen, wieviel gewinnen könne, das kann nicht wohl erzählt werden. Es ist aber auch begreiflich, daß es einem jungen Anfänger im ersten Jahr, das ihm den Boden unter den Füßen wegnehmen oder einen Boden darunter gründen kann, etwas bange wird; ein alter, reicher Bauer nimmt es schon kaltblütiger. Da tut es ihm wohl, wenn er oft zu dem aufsieht, der in seinen geheimen Kammern den Bysluft macht und den Schnee, der Heuschrecken sendet und den Tau fallen läßt. Wenn er aufblickt zu dem da oben, so kommt ihm der Trost ins Herz, daß der den jungen Anfänger so wenig vergessen werde als den Sperling auf dem Dache, als die Lilie auf dem Felde, sobald derselbe seiner nicht vergißt. Allgemach wird er es lernen, aber nur allgemach, fleißig sein und treu und alles auf das beste tun, dann aber dem Herrn getrost es überlassen, was daraus werde, und kummerlos das Gedeihen erwarten oder das Fehlschlagen; wird mit ergebenem Herzen zusehen können, wie der Hagel die Felder zerschlägt, die Flammen das Haus zerstören, und getrost und ohne Heuchelei sagen: »Der Herr hats gegeben, der Herr hats genommen, der Name des Herrn sei gelobt!« Uli sah viel auf zu dem, der so schön ihn geführt bis dahin, und vergaß keinen Abend seinen innigen Dank; aber das stürmische Meer im Herzen, das Wogen der Gedanken in der Brust wollte sich nicht legen; er war zu neu aufgeregt, zu viel stürmte auf einmal auf ihn ein.

Vreneli klagte gar manchmal, er sei nicht mehr sein alter Uli, habe keinen Spaß mehr, keine Worte, keine Ohren. Sie hätten noch so viel abzureden, und da sitze er, staune; es sei, als ob die Worte ihm im Halse gefrören, und es könne manchmal eine ganze Stunde reden, ohne Antwort zu bekommen. Wenn es gewußt hätte, daß der Brautstand so langweilig sei, so hätte es ihn geschickt, Band hauen. Statt zuweilen mit ihm zu schätzelen und Flausen zu haben, sinne er darüber nach, was ihm mehr abtrage, eine Füllimähre oder zwei Ferlimore (Mutterschweine), oder welche Kühe besser Milch geben, die rotschäcken oder die schwarzblöschen. Wenn Vreneli so mit Uli kifelte, so weckte das ihn wohl auf, und er tändelte und lachte manchmal eine ganze Viertelstunde lang, bis ihm der Ernst und das Sinnen wiederkam. Vreneli, so leichtfertig es schien, war innerlich nicht minder ernst, konnte es aber verbergen. Es war von den

Leuten, die äußerlich immer lustig und leichten Sinnes scheinen, die tiefen Gedanken aber in der Tiefe des Herzens verbergen, so daß man sie ihnen gar nicht zutraut. Es konnte auch halbe und ganze Nächte sinnen, was ihm als Hausfrau alles obliege, wie es dieses und jenes machen wolle, daß es am besten komme; konnte aus vollem Herzen seufzen, ob es wohl der Aufgabe gewachsen sei; konnte mit nassen Augen Gott bitten um seinen Beistand und seine Hülfe, seinem schweren Amte getreulich vorzustehen und Uli glücklich zu machen.

Von diesem allem sieht man am Morgen nichts mehr; der feuchte Glanz in den Augen scheint von dem Rauch in der Küche zu kommen. Es fährt herum wie auf Rädern und trällert seine Liedchen wie ein harmlos Rotkehlchen, und wo es Uli erwischen kann, möchte es mit ihm spaßen, ihn necken. Hinter dem Tändeln aber sitzt der ernste, innige Gedanke, Uli glücklich machen zu wollen; und wenn es leichtsinnig mit ihm zu schätzeln scheint, so ist es nur, um einen Augenblick seinen Kopf an Ulis Brust legen, sich seines Glückes recht bewußt werden zu können, eine Seele zu besitzen, ein vernünftig Wesen sein nennen zu können. »Du bist mir auch das leichtsinnigste Geschöpf von der Welt!« sagte die Base oft. »Wo ich habe Hochzeit halten sollen, da habe ich manchmal ganze Tage lang pläret, und wenn mich Joggeli hat anrühren wollen, daß es die Leute gesehen, so bin ich zur Türe ausgelaufen, und kein Mensch hätte mich wieder hineingebracht. Ich weiß nicht, wie das gehen soll.« Und wirklich schüttelte sie manchmal bei sich selbst den Kopf und dachte, sie verstehe sich nicht mehr auf die heutigen Meitschi; aber wenn das so fortgehe, so komme das nicht gut. Vreneli falle nicht gut aus, und Uli sei mit ihm geschlagen; mit dr Narre trybe werche man keinen Hof. Diesen geheimen Kummer vermehrte Joggeli noch, der ihr alle Tage sagte: »Du kannst sehen, wie das kömmt; das geht nicht ein Jahr, so sind sie am Haufen. Aber ich vermag mich dessen nichts; ich habe es genug gesagt, es komme nicht gut.

Aber man glaubt mir nichts, man hat mir nie geglaubt, darum ist auch alles so gekommen. Ich habe es mit dem Elisi von Anfang an gesagt, aber es wollte mich damals niemand hören.«

So rückte in banger Stimmung die Zeit heran, wo Uli das Lehen übernehmen sollte, das ihm das Zutrauen um seiner Anstelligkeit und Treue willen übertrug. Vorher sollte er mit Vreneli Hochzeit halten. Schon seit dem Neujahr war davon die Rede gewesen, aber das Meitschi hatte immer Gründe zum Aufschub. Bald hatte es nicht Zeit gehabt, recht daran zu sinnen; bald hatte es eben daran gesinnet und gefunden, es sei besser, noch einen Sonntag oder zwei zu warten. Dann sagte es, es wolle vom Hochzeit gleich als Meisterfrau eintreten und nicht erst noch Magd sein, oder, der Schuhmacher hätte seine Sonntagsschuhe, in den Holzböden könne es doch nicht wohl zum Pfarrer gehen, das Hochzeit anzugeben. So strich ein Sonntag nach dem andern vorbei. Da saß an einem stürmischen Sonntagsnachmittag die Base hinter dem Tisch und sagte: »Vreneli, gib mir doch die Brattig, sie hanget dort auf.« Sie blätterte darin, weit von den Augen sie haltend, zählte mit dem dicken Finger die Wochen, zählte wieder und schrie endlich: »Weißt du, daß es bis zum fünfzehnten März, wo ihr das Lehen antreten müßt, nur noch fünf Wochen sind? Du wüsts Meitli, hast die Sache bis dahin verdreht! Auf der Stelle geht mir jetzt und gebt mir das Hochzeit an! Das ist mir eine schöne Geschichte! Jawolle!« Vreneli wollte es nicht glauben, zählte nach, fand es endlich noch eine Woche zu früh und meinte, wenn sie nur einen Tag oder zwei vor dem fünfzehnten Hochzeit hielten, so wäre es lange früh genug. Aber davon wollte die Base nichts hören. Uli schlug sich auf ihre Seite, und wenn schon nicht selben Sonntag, so sollte doch in selber Woche das Hochzeit beim Pfarrer zu Üfligen angegeben und derselbe ersucht werden, in beider Heimat zu schreiben, damit es auch dort verkündet werde. Am Montag hatte aber Vreneli seine Schuhe noch nicht vom Schuhmacher; am

Dienstag schien ihm der Mond zu heiter. Alle Leute würden es ja kennen durchs Dorf ab, sagte es. Am Mittwochen war das Zeichen ihm nicht gut genug, auch sei der Mittwochen ja eigentlich kein Tag, behauptete es. Es stehe an diesem Tag ja kein Jungfräulein ein, und so sei das Hochzeitangeben noch wichtiger, als einen Dienst anzutreten, wo man ja das ganze Jahr darauskönne, wann man wolle. Endlich am Donnstag gingen alle mit Ernst hinter ihns und sagten ihm, das sei kreuzdumm getan. Es hätte sich der Sache doch nicht zu schämen, und einmal müsse es sein, gäb es geschehe einen Tag früher oder später, und es sollte froh sein, wenn es einmal geschehen sei.

Glücklicherweise hatte der Schuhmacher die Schuhe gebracht, und der liebe Gott sandte ein gräßliches Schneegestöber, daß kein Mensch mit offenen Augen ein Dutzend Schritte gehen konnte, und eine Nacht legte sich zwischen Himmel und Erde, wie keine noch so dick und schwarz gewesen war. Als es nun so recht strub machte, Schnee und Riesel an die Fenster prätschten, fingershoch an den Rahmen hingen, der Wind schaurig durch das Dach pfiff, die Nacht dick und finster zu den Fenstern einkam, das Lämpchen selbst sich ihrer kaum erwehren mochte, die Katzen schaudernd die Feuerplatte suchten, der Hund an der Küchentüre kratzte und mit dem Schwanz zwischen den Beinen unter den Ofen kroch, da sagte Vreneli endlich: »Jetzt, Uli, mach dich zweg; jetzt wollen wir gehen, jetzt guggen uns die Leute gewiß nicht nach.« »Du bist mir doch das wüstest Gret«, sagte die Base. »Nein, bei solchem Wetter käme ich dir auch nicht, wenn ich Uli wäre; da könntest du alleine gehen.« »Das kann er machen, wie er will«, sagte Vreneli; »aber wenn er heute nicht kömmt, so gehe ich nachher nicht mehr. Und wenn seine Liebe so groß ist, wie er sagt, so tut ein solches Wetter ihm nur wohl.« »Wohl, ich wollte dir, wenn ich Uli wäre!« sagte die Base. »Aber so nehmt doch das Wägeli, Hans kann euch führen; ihr kömmt ja um in solchem Wetter.« »Warum nicht gar, Base, auf dem Wägeli reiten, um das Hochzeit anzugeben! Da würden die Leute ja erst recht zu reden haben, und wir kämen das andere Jahr in die Brattig, und das Wägeli käme zmitts auf die große Helge.« Nun wollte die Base Uli aufweisen, er solle nicht gehen; aber dem war es recht, wenn Vreneli nur einmal gehen wollte. Aber wunder nehme es ihn, wie Vreneli durchkommen wolle. Etwas hätte es verdient um sein wunderlich Tun, und so wollten sie es in Gottes Namen wagen; könnten sie doch jetzt zusammen gehen, und brauchte keins dem andern hinter einem Hag oder hinter einer Scheuer zu warten, wie es sonst üblich sei. Die Base, beständig brummend über diese Narrheit, half doch, so gut sie konnte, bei der Ausrüstung zu dieser Fahrt, brachte Joggelis Mantelkragen und seine Pelzhandschuhe; aber bei jedem Stück, das sie brachte, sagte sie: »Los, Meitschi, das kömmt gewiß nicht gut. Wenn du so wunderlich tun willst, so schlägt dir Uli vom Nest. Wenn ein Meitschi so tut, du mein Gott, was soll das für eine alte Frau werden! Die Wunderlichkeiten nehmen mit dem Alter zu, das kann ich dir sagen.«

Als sie endlich fertig waren und die Küchentüre aufmachten, mußte Vreneli dreimal ansetzen, bis es draußen war, und Uli mußte seinen Hut zuhinterst in der Küche wieder suchen. Die Base fing von neuem an zu jammern, sie zu beschwören, sie sollten doch dr tusig Gottswillen nicht gehen; sie kämen ja um! Aber Vreneli setzte zum drittenmal an mit aller Kraft, war im Schneewirbel verschwunden, der Base Gejammer verhallte ungehört. Es war wirklich ein halb halsbrechender Gang, und Uli mußte dem Mädchen aushelfen. Den Wind gerade im Gesicht, verloren sie öfters den Weg, mußten manchmal stillestehen, sich umsehen, wo sie seien, mußten Atem schöpfen, sich umdrehen, die grellsten Stöße vorbeizulassen; sie brauchten Dreiviertelstunden für die kleine Viertelstunde bis zum Pfarrhaus. Dort klopften sie sich erst so gut möglich vom Schnee rein, dann an die Türe. Lange klopften sie umsonst; der Schall verlor sich in des Windes Geheul, das schauerlich durch die Kamine toste. Da verging

Vreneli die Geduld; statt des ehrerbietig klopfenden Uli klopfte nun es, daß sie drinnen von ihren Sitzen auffuhren, die Frau Pfarrerin sagte: »Herr Jeses, Herr Jeses, was ist das!« Der Herr Pfarrer aber beruhigte sie und sagte: das werde ein Kindbettimann oder ein Hochzeit sein, die schon mehrere Male geklopft; aber Marei werde wieder nichts gehört haben, wie es es im Brauch habe. Unterdessen Marei Bescheid gab, zündete er bereits ein Licht an, damit die Leute nicht lange warten müßten, und sobald Marei zur Türe hinein sagte: »Herr Pfarrer, es sind zwei Lütli da«, trat er schon heraus.

Hinter der Haustüre stunden die beiden, Vreneli hinter Uli. Der Pfarrer, etwas klein, in eben rechtem Alter, aber bereits mit einem ehrwürdigen Haupte versehen und klugen Zügen, die sehr scharf und sehr freundlich sein konnten, hob das Licht über sein Haupt empor, sah etwas vorwärtsgebeugten Hauptes darunter durch und rief endlich: »Eh, Uli, bist du es, bei solchem Wetter! Und hinter dir wird wohl Vreneli sein!« sagte er, mit dem Lichte herumzündend. »Nei aber«, rief er, »bei solchem Wetter? Und die gute Glunggebäurin hat euch gehen lassen! Marei, komm«, rief er, »putz mir die Lütli ab, nimm diesen Kragen und trockne ihn!« Marei kam mit seiner Lampe sehr gerne her. Da tat die Frau Pfarrerin auch die Türe auf mit dem Lichte in der Hand und sagte: »Führe doch die Lütli hier herein; es ist wärmer als bei dir, und Vreneli und ich kennen einander gar wohl.«

Da stand nun Vreneli im Glanz von drei Lichtern noch immer zwischen Uli und der Türe und wußte nicht recht, was für ein Gesicht es vornehmen solle. Endlich machte es gute Miene zum bösen Spiel, kam hervor, grüßte sittig den Pfarrer und dessen Frau und sagte, die Base lasse ihnen guten Abend wünschen, der Vetter auch. Das sagte Vreneli mit der unschuldigsten Miene von der Welt. »Aber«, sagte drinnen der Pfarrer, »warum kömmt ihr bei solchem Wetter? Es ist ja, für darin umzukommen!« »Es hat sich nicht wohl anders geschickt«, sagte Uli, der die Mannespflicht, den Eigenwillen seiner Frau auf seine Schultern zu nehmen, zu fühlen begann, eine Pflicht, die man am Ende notgezwungen üben muß, entweder um nicht unter dem Pantoffel zu scheinen oder die Schwachheiten der Frau nicht auszubringen. »Wir durften nicht länger warten«, fuhr er fort, »da wir den Herrn Pfarrer bitten möchten, die Sache noch da und dort anzuzeigen, damit es auf den nächsten Sonntag verkündet werden könne.« Dafür seien sie wohl spät, sagte der Pfarrer; er wisse nicht, ob die Post vor dem Sonntag käme an beide Orte. Es sei ihm leid, sagte Uli, daran hätten sie nicht gedacht; Vreneli tat, als ob ihns die Sache nichts anginge, und redete recht eifrig mit der Frau Pfarrerin über den Flachs, der so schön geschienen und doch beim Hecheln gar nicht ausgeben wolle.

Als die Formalitäten zu Ende waren, sagte der Pfarrer zu Uli: »Und Ihr werdet Lehenmann in der Glungge? Das freut mich. Ihr seid nicht wie so viele Knechte, denen man kaum ansieht, daß sie Menschen, geschweige daß sie Christen sind; Ihr stellt Euch wie ein Mann dar und tut auch wie ein Christ.« »Ja«, sagte Uli, »warum sollte ich Gottes vergessen? Ich habe ihn nötiger als er mich, und wenn ich ihn vergesse, darf ich dann hoffen, daß er an mich denkt, wenn er seine Gaben und Gnaden austeilt?« »Ja, Uli, das ist schön«, sagte der Pfarrer, »und ich glaube, auch er habe Euch nicht vergessen. Ihr habt ein gutes Lehen, und ich glaube, Ihr bekömmt eine gute Frau. Ich rede nicht vom Arbeiten und Haushasten, da wird Vreneli gerühmt, ich weiß es wohl; Arbeiten und Haushasten ist gut, aber doch nur eine Nebensache. Vreneli scheint leichtsinnig und flüchtig, aber ich weiß, es sinnet auch tiefer und hat ein gutes Herz.« Vreneli hatte seine Ohren bei diesem Gespräche, wie eifrig es vom Flachs redete. So wenig es früher dieses merken ließ, so wenig konnte es sich jetzt enthalten, zu sagen: »Aber, Herr Pfarrer, Ihr könntet mir auch zuviel zutrauen.« »Nein, Vreneli«, sagte der Pfarrer, »ich sehe in der Unterweisung in gar manches Herz hinein, man weiß es nicht; ich höre gar manches, man glaubt es nicht, und dazu errate ich noch vieles. Bist du nicht auch schuld, daß ihr bei diesem gräßlichen Wetter hereingekommen? Sieh, ich wünsche von ganzem Herzen, daß dieses der strübste Gang ist, den ihr miteinander während eurer Ehe geht. Doch was Gott verhängt, weiß niemand, wenn nur alles zur Seligkeit dienet. Aber das kann ich wohl wünschen, daß ihr keinen so struben Gang mehr tun müßt durch des einen oder andern Schuld. Was von Gott kömmt, das läßt sich alles tragen, wenn zwei in Gott eins sind; aber wenn der Eigensinn oder die Wunderlichkeit oder die Leidenschaft von Mann oder Weib Unglück über eine Ehe bringen, Ärgernis und Elend und das Unschuldige muß mit aus dem bittern Kelch trinken, muß bei jedem Zuge denken: ›Daran ist mein Gatte schuld; wenn er nicht wäre oder anders wäre, so wäre das auch nicht‹, da wird das Leben ein Wermutstrank, und der Gang durchs Leben ist noch viel ungestümer als euer heutiger Gang. Und wenn man am Ende ist und es gehen einem die Augen auf und man sieht, daß man das Unwetter selbst war auf dem Lebensweg, das einem Gatten die ganze Lebenszeit verfinstert, getrübt hat, daß er unsertwegen einen so schweren Gang hatte, während er bei etwas weniger Eigensinn oder Wunderlichkeit einen recht schönen, heitern hätte haben können: denk, Vreneli, was muß man sich da für ein Gewissen machen!«

Vreneli war ganz rot geworden, das Wasser trat ihm in die Augen, und die Frau Pfarrerin sagte: »Aber, Mannli, du machst ja dem Meitschi ganz angst, kommst so ernsthaft, daß es mir selbst den Rücken aufgeht, und du weißt doch nicht, ob die Sache so ist, wie du meinst.« »Ich kann mich irren«, antwortete der Pfarrer, »aber ein ernstes Wort gehört zu diesem ernsten Gange. Ihr werdet euch euer Lebtag erinnern an das gräßliche Wetter und das mühselige Gehen; da kömmt dann auch die freundliche Mahnung euch in Sinn, auch wenn Vreneli diesmal nicht schuld war, daß jedes sich hüten solle, daß das andere nicht durch seine Schuld beschwert werde, leiden müsse, daß wir da seien, einander das Leben zu erleichtern und zu versüßen und nicht zu verbittern und mühselig zu machen. Paulus sagt, die Ehe sei ein Geheimnis; er hat recht; aber die Liebe, die er im dreizehnten Kapitel im ersten Brief an die Korinther beschreibt, ist der Schlüssel dazu. Habe ich dir unrecht getan, Vreneli, so zürne mir nicht; du sollst wissen, daß ich es doch gut mit dir meine.«

Da begannen die Wasser aus den Augen zu rollen, und Vreneli bot dem Pfarrer die Hand und sagte: »Ihr habt mehr als recht, ich bin schuld daran, bin ein wüst und wunderlich Meitschi gewesen. Was ihr mir gesagt, will ich nicht vergessen, es soll mir eine Warnung sein für mein Lebtag. Ich habe es nicht bös gemeint, habe nicht daran gedacht, daß es so kommen werde; es ist mir zuwider gewesen, zu kommen, und da habe ich alles hervorgesucht, um es zu verschieben. Aber es soll mir eine Warnung sein!« »Nun, nun«, sagte der Pfarrer, »gräme dich nicht! Es ist allerdings ein schwerer Gang, zum Pfarrer, das Hochzeit anzugeben. Ich begreife, daß es einem Mädchen bange werden muß dabei; und daß man das Schwere so weit von sich wegschiebt als möglich, ist menschlich, und es tun das noch viel andere Leute als nur junge Meitscheni. Es ist eben die schwerste Lebensaufgabe, das Schwere auf sich zu nehmen, vor dem Schwersten nicht zu zagen und zu zittern. Das meiste Unglück der Menschen besteht eigentlich nur darin, daß sie sich mit Händen und Füßen gegen das Kreuz, das sie tragen sollen und tragen müssen, stemmen und wehren. Es ist ganz recht, wenns den jungen Leuten eng ums Herz wird, wenn sie zum Pfarrer gehen, ist dieser Gang doch der entscheidende für ihr ganzes Lebensglück; darum rede ich gewöhnlich ein ernstes Wort dazu, denn dieses Wort wird viel weniger vergessen als Hunderte, die ich in der Kirche sage. Wie heute geben die Umstände sie mir in den Mund, und wenn der Herr so mächtig auf den Flügeln des Sturmes daherfährt, so müssen die Worte ernsthaft werden. Und wie das äußere Leben ein

Bild des geistigen Lebens ist, so ward mir euer Gang daher zum Bilde mancher, mancher Ehe, zum warnenden Worte, vor solcher Ehe und den Ursachen dazu euch zu hüten. Es muß auch niemand wundernehmen und auch dich nicht, liebe Frau, die du jetzt vielleicht zum erstenmal bei der Abnahme einer solchen Angabe gewesen und zum erstenmal einen solchen Zuspruch gehört hast, daß ich so ernsthaft werde. Es ist fürchterlich, welcher Leichtsinn einreißt, und wie schauderhaft unwürdig so viele ihre Ehe angeben. Ein Freund hat mir geschrieben, daß ihm letzthin an einem Samstag zwei Paare zur Hochzeitangabe gekommen seien, beide Bräute hochschwanger und alle viere voll Branntwein, so daß sie kaum reden, kaum gehen konnten. Wären wir in einem christlichen Staate und nicht in einer Agentenwirtschaft, so würde man solche Tiere zurückweisen, bis sie in einem menschlichen Zustande wären. Täte man es jetzt, so riskierte man Anschicksmänner, Rechtsverwahrungen, Zitationen, und die Richter würden mühselig in der Gerichtssatzung oder im Personenrecht einen Paragraphen suchen, der sich auf diesen Fall beziehen ließe, und würden ganz sicher gegen den Pfarrer auch einen finden. Vom eigentlichen Regieren löscht der Begriff immer mehr aus, wie auch das Licht immer düsterer brennt, je mehr Rauch und Staub um dasselbe gemacht wird. Aber was muß das für Ehen geben, wo die Leute in solchem Zustande den wichtigen Gang tun? Und was für ein Bild ihres zukünftigen Zustandes wird da dem Pfarrer auf die Zunge gelegt? Und doch darf er es vielleicht nicht einmal aussprechen diesen trunkenen Leuten, besonders wenn sie etwa Bürger einer Stadt oder sogenannte Fötzelherren sind. Bei solchen läuft er Gefahr, daß sie ihm wüst sagen, ihn in eine Zeitung tun oder gar verklagen. So, wie es bei solchen Erscheinungen einem recht eigentliche Stiche ins Herz gibt, so tut es einem auch wohl, wenn man zwei zur Ehe schreiten sieht, von denen man weiß, daß Gott bei ihnen ist, und daß sie trachten werden, ihre Leiber und ihr Haus zu einem Tempel zu machen, darin Gott wohnen mag. Nicht nur muß der Pfarrer über jede solche Ehe sich freuen, ich weiß, es ist Freude darüber im Himmel. Wenn nun zwei solche zu einem kommen, wo man sich freuen kann über sie, da darf man ein ernsthaft Wort zu ihnen reden; man weiß, sie nehmen es einem nicht übel, sondern es fällt auf gutes Erdreich, wo es dreißig-, sechzig-, hunderfältige Früchte bringt.«

»Ja, Herr Pfarrer«, sagte Vreneli, »ich werde es nie vergessen, was Ihr gesagt, und Uli soll es Euch zu danken haben. Oh, ich habe noch manches Wort von der Unterweisung her, das ich nie vergessen werde. Und wenn es mich schon manchmal dünkt, ich hätte alles vergessen, so steigt bei diesem Anlaß oder einem andern ein Wort aus der Unterweisung in mir auf, fast als ob mir jemand den Finger aufhöbe und sagte: ›E, e!‹« Es gehe ihm auch so, sagte Uli; doch jetzt mehr als früher. Es sei eine Zeit gewesen, wo er wenig an die Unterweisung gesinnet habe. Es komme viel darauf an, was man im Kopf habe, je nachdem komme einem etwas in Sinn. Er hätte es nicht geglaubt, wenn er es nicht selbst erfahren hätte.

Da kam die Magd mit den Tellern herein, um Tisch zu decken. Vreneli merkte es und stund zum Abschied auf, obgleich die Frau Pfarrerin sagte, man solle nicht pressieren, oder sie sollten mithalten. Aber Vreneli sagte, sie müßten gehen, die Base meine sonst, sie seien umgekommen, dankte recht innig dem Pfarrer noch einmal für sein Wort und bat ihn, zu versprechen, daß er auch zu ihnen komme, wenn sie schon nur Lehenleute seien. Ein Kaffee vermöchten sie doch immer, wenn sie vorliebnehmen wollten. Es lache ihm allemal das Herz im Leibe, wenn es ihn nur von weitem sehe. Glück und Segen wünschend zum heiligen Ehestand, zündete ihnen mit hochgehaltenem Lichte der Pfarrer selbst hinaus und gab ihnen einen guten Abend mit für die Base und für den Vetter auch.

Draußen hatte der Schneesturm aufgehört, zerrissene Wolken jagten durch den Himmel, einzelne Sterne flimmerten in den lichten Zwischenräumen, in ein weißes Schneegewand war die Erde gehüllt. Stillschweigend wanderten sie durch das Dorf, wo die Bewohner hinter ihren kleinen runden Scheiben um düstere Lampen saßen, die Spinnräder lustig schnurrten, lang ausgestreckt das Bein von manchem Hans Joggi um den Ofen blampete. Hie und da bellte ein Ringgi sie an, sonst nahm sie niemand wahr; überflüssig war ihre Vorsicht, schweigend und leise durchs Dorf zu eilen. Zum Schweigen trugen auch ihre vollen Herzen bei, in denen gar manches ernst und heiter sich wälzte, während rasche Wolken vorübertrieben, zwischen denen heiterere Sterne funkelten in immer größerer Menge, bis die letzte Wolke entschwunden war, in heiterem Blau Stern an Stern sich reihte, in heiterer Pracht ein funkelnder Himmel sie überstrahlte, die düstern Lämplein zurückblieben unter des Dorfes düstern Dächern. Da umfaßte schweigend Vreneli seinen Uli, blickte hell und strahlend ihm ins Auge, strahlende Augen hoben sich auf zum strahlenden Himmel. Die verschwiegenen Sternlein hörten heilige Gelübde, horchten lautlos den heiligen Gedanken, welche leise und wonnereich die Herzen der seligen Brautleute füllten, die still und leise ihren Heimweg gingen, den ihnen Gottes eigene Hand mit des Himmels Blüten, mit reinem, unbeflecktem Schnee bestreut hatte.

Näher und näher rückte der verhängnisvolle Hochzeittag. Schon waren des Vetters ins Stöckli gezügelt; die Base ließ das Haus von oben bis unten fegen und ribeln, wie sehr auch Vreneli wehrte, daß in dieser kühlen Jahreszeit solche Arbeit nicht viel abtrage, aber ungesund sei. Sie wolle das Haus nicht übergeben wie einen Schweinstall, sagte sie, und die Leute sollten ihr nicht nach ihrem Tode nachreden, wie sie ihr Haus übergeben. Aber man sinne nicht, daß, wenn so viel draußen zu tun sei und man so viel Land habe, man im Hause nicht machen könne, was man wolle, und nicht alle Freitage fegen wie die Herrenfrauen. Der Tischmacher hatte seine Arbeit gebracht; Schneider, Näherin waren endlich unter Schweiß und Angst zu Ende getrieben worden; aber der Schuhmacher wollte nicht rücken, der kam nicht und kam immer nicht, der hatte seine Freude daran, warten zu lassen, sein Wahlspruch war: »Ihr wartet wohl, bis ich komme!« Vreneli verredete sich, der habe ihm die letzten Schuhe gemacht, und sollte es fürder barfuß laufen; und es hielt sein Gelübde.

Wie an einem Samstag vor einem heiligen Sonntag, der fast unwiderstehlich feierliche Gefühle den Herzen aufdringt, fast wie am Vorabend seiner Admission war es ihm am Tage vor der Hochzeit zumute. Sinnig und ernst waltete es im Hause, vielleicht hatte es noch nie so wenig geredet als an diesem Tage. Es war ihm manchmal, als ob es weinen sollte, und doch hatte es ein freundlich Lächeln für alle, die ihm begegneten. Es versank zuweilen in ein Sinnen, wo es sich, Ort und Zeit, alles, alles vergaß; es wußte nichts von sich selbst, wußte nichts von seinem Sinnen. Wenn dann jemand es anredete, so fuhr es auf wie aus tiefem Schlafe; es war ihm, als ob es erst jetzt wieder Ohren und Augen bekäme, als ob es aus einer andern Welt wieder auf Erden fiele.

Als sie am Nachtessen saßen, knallte es unerwartet auf dem Hügel neben dem Hause, daß alle hoch auffuhren. Es waren die Knechte und einige Tagelöhner, die die Ehre der neuen Meisterleute der Welt verkünden wollten. Es liegt in diesem Schießen und Knallen bei Hochzeiten ein tiefer Sinn; schade nur, daß so manches Menschenleben dabei gefährdet wird! Kein widriges Horngeheul klang dazwischen, keine gräßliche Trosselfuhr, wie Neid oder Feindschaft sie Brautleuten bringen, störte den friedlichen Abend. Die Base gab allerlei Ermahnungen, hatte mitunter auch allerlei Späße, brachte Finkenschuhe, Handschuhe, und was sie auftreiben konnte, um am frostigen Morgen vor Kälte sie zu schützen. Früh wollten sie fort. Uli wollte in seiner Heimat Hochzeit halten, wo Vetter Johannes wohnte. Er sagte, es koste dort weniger. Aber inwendig in ihm war etwas anderes, das ihn heimtrieb. Seine schöne Braut, das stattliche Fuhrwerk zeigte er gerne daheim. Man sollte daheim doch auch wissen, daß er aus einem Hudelbub ein Mann geworden, und er wollte es gerne erzählen zu Nutz und Frommen von vielen, wer ihn dazu gemacht und wie.

Unerwartet rief Joggeli ihn noch ins Stübchen und sagte ihm: Rühmen und Flattieren sei nicht seine Art; solange er dagewesen, habe er ihm nicht viel gesagt; aber daß er zufrieden sei mit ihm, das hätte er sehen und daraus abnehmen können, daß er ihm das Gut so gegeben; ein Fremder hätte es nicht so erhalten. Der Tochtermann habe ihm noch gestern geschrieben, er solle, statt soviel in die Schatzung zu geben, eine Steigerung darüber halten; er löse ein großes Kapital, das er ihm zu fünf oder sechs verzinsen wolle. Aber er wolle seine Sachen nicht versteigern, und was er geschrieben habe, das habe er geschrieben. Zum Zeichen der Zufriedenheit wolle er ihm aber noch etwas tun. Er solle das Päckchen nehmen; es sei etwas an die Kosten des morndrigen Tages. Er wisse, Uli sei huslich und halte jetzt besonders sein Geld zusammen; aber morgen solle er nicht sparen und sich sehen lassen. Huslichkeit sei eine schöne Sache, aber am Hochzeittage dürfe man nicht auf den Kreuzer sehen; wo es geschehe, sei es meist eine böse Vorbedeutung; wenn die junge Frau halb hungrig heimkomme und pläre, so komme das selten gut. Uli weigerte sich erst, dankte vielmals für alle schon erhaltenen Vergünstigungen, versprach noch einmal alles Gute und nahm es endlich doch, obgleich er es nicht bedürfe und dafür Geld gerüstet hätte. Da lachte die Mutter: das werde ein Haufen sein, sie könne es sich schon denken; sie wisse, wie er es habe. Was er Ungerades zu einem Neutaler habe, das werde gerüstet sein, aber wechseln werde er kaum etwas lassen wollen. »Ei«, sagte Uli, wenn man das Geld genug verdienen müsse, so zähle man die Batzen, ehe man sie ausgebe; und jetzt könne er gar nicht begreifen, wie man an einem Tage so mir nichts dir nichts verhudeln könne, was man mit saurer Mühe während sechs Tagen an

Wind und Wetter verdient habe. Ehedem hätte er es auch nicht so gehabt. Aber für morgen hätte er nicht sparen wollen und möchte gerne noch seinen alten Meister und dessen Frau einladen. Zwei Kronen oder sechzig Batzen sollten ihn nicht reuen. Da lachte das alte Ehepaar gar herzlich, selbst Joggeli, der es sonst selten tat. »Nu, nu«, sagte er, »es ist nicht Gefahr, daß du um deine Sache kömmst, wenn du nie mehr brauchst und noch Leute zu Gast haben willst. Es ist gut, daß ich noch etwas nachgebessert, sonst hätte Kohli Hunger haben müssen, und du hättest noch manchen Tag ein saures Gesicht gemacht über das zuviel gebrauchte Geld, und ds Vreni, weil du ihm Hunger und Durst gelassen. Gute Nacht!«

Uli aber hatte keine gute Nacht. Früh um drei wollten sie fort. Der Stunden waren also wenige bis dahin, aber sie wollten nicht vorbei. Er konnte nicht schlafen; gar vieles bewegte ihn, warf ihn unruhig hin und her, und alle halbe Minuten griff er nach der Uhr. Die ganze Bedeutung, in die er treten sollte, wälzte sich in ihrer ganzen Schwere auf seine Seele. Dazwischen gaukelten liebliche Bilder, und Vreneli in seiner ganzen Holdseligkeit tanzte vor seinen geschlossenen Augen. Noch nicht lange war die Geisterstunde vorüber, als er das Bett verließ, um dem Pferde sein Futter zu geben und es gehörig zu putzen und zu striegeln. Als er mit dieser Arbeit fertig war, ging er zum Brunnen und begann das Werk auch an sich. Da umfingen ihn wieder schalkhafte Hände, und Vreneli brachte ihm den holden Morgengruß. Ein Vorgefühl hatte es zum Brunnen geführt, und sie kosten im kalten Morgenluft, als ob laue Abendwinde säuselten. Das Beängstigende, Drückende schwand ihm nun, und rasch förderte er die Vorbereitungen zur Abfahrt. Bald konnte er in die Stube zum warmen Kaffee, den Vreneli gekocht und zu dem die Base weißes Brot und Käse gerüstet hatte. Wenig Ruhe hatte das Meitschi am Tische, der Kummer, etwas zu vergessen, ließ es nicht rasten; das Zusammengelegte wurde immer wieder besehen, ob nichts fehle, und doch wären die Finkenschuhe der Base bald zurückgeblieben. Endlich stund es fix und fertig da, holdselig und schön. Die beiden Mägde, die der Gwunder aus dem Bette getrieben, umleuchteten es mit ihren Lampen und waren so in Bewunderung vertieft, daß sie vergaßen, daß das Öl Flecken mache, daß das Feuer zünde; bald wäre Vreneli in Öl getränkt im Feuer aufgegangen. Ach, in der armen Mägde fleischichten Herzen wogte das Verlangen: ach, wenn sie doch einmal so schöne Kleider hätten, so würden sie auch so schön sein wie Vreneli; dann könnten sie auch einmal mit einem so schönen Mann zHochzyt ryten!

Lange vor drei Uhr fuhren sie in den kalten, bereiften Morgen hinaus. Es ist seltsam, wie froh und frei es einem im Gemüte wird, wenn man des Hauses beengende Schranken verläßt, von den allenthalben einem entgegentretenden Geschäften sich wendet und hinaustritt in einen hellen Morgen Gottes. Da geht es einem weit vor den Augen auf, weit wird das Herz, und kühnen Mutes schlägt es dem Leben entgegen, dem Leben, rosenrot gefärbt durch das junge Morgenlicht. Wenn der Abend wiederkömmt, dann kehrt in die müden Glieder das Sehnen ein nach des engen Hauses Ruhe, jede kleine Mühe wird zum Berge, der seufzend bezwungen wird, und erst leuchtet das matt gewordene Auge wieder auf, wenn das düstere Häuschen sichtbar wird, wenn das dunkle Kämmerlein sich zeigt, wo Ruhe ist für die müden Glieder, wo das an Heimweh kranke Herz heilende Schranken findet. Fröhlichen Gemütes fuhren sie der Stunde entgegen, in der ihr Bund fürs Leben geheiligt werden sollte; ein fröhliches Vertrauen zu sich und Gott hatte sich auferbaut in ihren Herzen; sie zweifelten nicht an ihrem Glücke. Fröhlich küßte Uli sein Mädchen; er wußte, die verschwiegenen Sterne plauderten es nicht aus. Er hatte seine Freude an Vrenelis kalt angehauchten Wangen, die, sobald er sie berührte, zu schwellen und zu glühen begannen, als ob sie nur die Wölbung wären des geheimen Feuerherdes, der bei jedem männlichen Hauche zu flammen und zu sprühen beginnt. Er hatte den Mut, zu sagen: das sei doch ein ander Küssen als auf Elisis kalte Backen, die ihm immer vorgekommen wären wie eine weseme Rübe, und es sei ihm immer gewesen, als müßte er den Pfnüsel bekommen, wenn er ihm ein Müntschi habe geben müssen. Vreneli nahm diese Rede nicht übel, fügte nur bei: was dahinten sei, das sei gemäht, es wolle es vergessen. Aber für die Zukunft verbitte es sich das Untersuchen, ob andere Backen heiß oder kalt seien. Wenn er ihm ds Herrgetts wäre, so etwas zu machen, es wüßte nicht, was es anfinge, aber gut ginge es nicht. Unter solcher Rede und Gegenrede erbleichten die flimmernden Sterne und suchten ihre himmelblauen Bettlein, und die gute Mutter Sonne begann ihnen den goldenen Umhang darum aus funkelnden Lichtesstrahlen zu weben, damit ihr keusches Niedergehn, ihren unschuldigen Schlaf neugieriger Sünder Augen nicht beflecken möchten. Der Reif schüttelte seine Locken mächtiger; durch die Sonne von den Sternlein weg, dem dunkeln Schoß der Erde zugetrieben und von den himmlischen Liebchen verjagt, versuchte er, mit irdischen zu kosen, wollte um Vreneli sich legen, seine kalten Arme schlingen um das warme Mädchen, sein weißer Hauch spielte schon in den Spitzen von Vrenelis Kappe. Das Mädchen schauderte zusammen und bat Uli, sich flüchten zu dürfen in ein warmes Stübchen nur einen Augenblick; es schüttelte ihns durch und durch, sie kämen immer noch früh genug.

Uli lenkte alsobald unter einen Herberge darbietenden Schild, und Vreneli suchte Schutz vor dem kalten Liebhaber in einer Gaststube. Dort ist des Morgens gewöhnlich ein wüstes Sein, sie mahnt an eines Trunkenen Erwachen und Katzenjammer; indessen wenn es draußen kalt ist, so nimmt man vorlieb, auch wenn der Ofen nur verglimmende Wärme hat. Das Pferd war bald eingestallet, desto schwerer aber das Stubenmädchen zu wecken, welches das Aufstehen vor hellem Tage nicht liebte, nicht gerne sein abgeschossenes Angesicht zeigte, ehe die Sonne darauf scheinen konnte.

Endlich kam es verstrupft dahergeschlarpet. Es war, als ob es bei jedem Schritt ein Bein oder gar beide verlieren müßte, und vor Gähnen konnte es lange, lange nicht fragen, was ihnen lieb wäre. Lange, lange gings, bis endlich der bestellte warme Wein kam, den man fast siedend trinken mußte, wenn man sich nicht verspäten wollte. »Schon acht Batzen«, dachte Uli, als er die Ürti hörte, »und ein Batzen dem Stallknecht, macht neun. Es ist gut, daß mir Joggeli etwas beigeschossen, ich käme sonst mit fünfzig Batzen nicht aus!« Somit zog er das Päckchen, das er für ein neutaleriges Münzpäckchen eingesteckt, hervor, klaubte es auf und wollte abschaffen. Als er es endlich offen hatte, waren lauter Fünfbätzler darin und fünfzig an der Zahl. Er war eigentlich erschrocken, als sie ihm so unverhüllt auf der Hand lagen, und sagte immer: »Lue doch, Vreneli, lue doch, was mir Joggeli gegeben! Wenn ich das gewußt hätte, ich hätte ihm nötlicher gedankt.« »Das kannst du ja immer noch«, sagte Vreneli; »das Beste ist, daß du es hast. Ich hätte das aber von Joggeli nicht erwartet. Mir hätte er auch etwas geben können. Er hat mich nicht einmal gefragt, ob ich einen Kreuzer Geld habe; und doch weiß er wohl, wie bös das Zeichen ist, wenn eine Hochzeiterin kein Geld im Sack hat. Aber ich glaube, er möchte mir es gönnen, wenn ich mein Lebtag keinen Heller zum Brauchen hätte.« »Da«, sagte Uli, »nimm die Hälfte, es gehört dir wie mir.« »Nein, Uli«, sagte Vreneli, »was sinnest doch? Ich habe Geld genug, und wenn ich keines hätte heute, so wollte ich doch, Zeichen hin, Zeichen her, Geld haben, solange als du welches hast. Zähle darauf, ich will ein freines Fraueli werden, wenn du ein Mann bist, wie es sich gehört; aber wenn du mich untern tun wolltest und vogten, daß ich nichts sagen, nichts haben sollte, so will ichs mit dir probieren, wer Meister werden soll. Du weißt nicht, wie bös ich sein kann. Ich habe mich mein Lebtag wehren müssen; es hat mich immer alles untern tun wollen, und niemand hat es gekonnt. Da kann ich das Wehren; und ich glaube immer, du brächtest so wenig ab als die andern, ds Kunträri.« »Aber wir wollen nicht probieren«, sagte Uli; »ich glaubs, ich käme zu kurz mit dir. Du kannst ja alle um einen Finger wickeln, und sie merkens nicht einmal. Ja, nicht einmal spaßen wollen wir darüber, liebs Meitschi, sonst hörts der Böse und sucht beim einen oder beim andern aus dem Spaße Ernst zu machen. Ich habe einmal meine Großmutter sagen hören, es sei von gar schwerer Bedeutung, was man am Hochzeitmorgen rede, und je näher man der Kirche komme, um so schwerer werde die Bedeutung. Da sollte man eigentlich an nichts anderes denken als an den lieben Gott und seine Engelein, wie die in Friede und Freude miteinander lebten und den Menschen alles Gute brächten und gönnten, und sollte nichts anderes reden als mit dem lieben Gott, daß er bei einem bleiben möchte am Abend und am Morgen, im Hause und auf dem Felde, im Herzen und im Wandel, und daß seine Engelein über einem wachen möchten jahraus, jahrein, damit kein böser Geist Gewalt über einen bekäme und keiner zwischen beide hineinkäme. Sie hat manchmal gesagt, wie es ihr angst geworden sei, als mein Vater und meine Mutter miteinander gelacht und im Spaß gestritten und viel Weltliches geredet. Da sei es nicht lange gegangen, so seien die bösen Geister gekommen, beide seien früh in der Welt untergegangen, und wir seien arme Kinder geworden, allen Leuten im Weg und zweg zum Verderben, wenn sich nicht Gott ganz apart unserer erbarme. Gottlob, er hat es getan; aber der Großmutter Wort kann ich nicht vergessen, und je näher wir jetzt kommen, desto ernsthafter wird es mir im Herzen. Es ist mir fast und doch nicht ganz wie beim Sterben: da geht man auch so einem Tor entgegen und weiß nicht, was dahinter ist, und dahinter kann die Seligkeit sein oder die Hölle. Und wenn man schon mehr oder minder glaubt, es sei die Hölle oder die Seligkeit, die einem wartet, so weiß man doch nicht, wie die Seligkeit ist, und wie die Hölle ist, und beide sind sicher viel anders, als man glaubt, die Seligkeit viel süßer, die Hölle viel bitterer. Da klopft mir das Herz immer mehr, ich muß mich fast schämen, und doch kann ich es nicht verbergen.«

»Meine Eltern sind nie zusammen zKilche gegangen«, sagte Vreneli, »und ich habe es entgelten müssen. Während beide noch gelebt, bin ich doch ein arm, verstoßen Waischen gewesen, und alle bösen Geister haben mir aufgelauert; aber einer hat mich behütet. Wer weiß, ob nicht auch ein frommes Großmüetti für mich gebetet oder gar mich behütet und beschützt hat, vom lieben Gott verordnet. Nein, Uli, ich begehre nicht zu spaßen; ich möchte nicht, daß einmal wieder arme Kinder unsere Sünde entgelten müßten. Und wer weiß, wenn wir recht fromm sind und unsere Kinder dem Herrn zuführen, ob dann nicht Gott um unsertwillen unsern Eltern ihre Sünden vergibt. Nein, Uli, glaub, es ist mir nicht ums Spaßen, es ist mir gar ernst im Gemüt; aber ich habe gar oft spaßen müssen, um den Leuten nicht zu zeigen, wie es mir im Herzen ist; und mit dem Lachen habe ich das Weinen vertrieben, um nicht ausgelacht zu werden. Und um die Meisterschaft wollen wir nicht streiten, da behüte mich Gott davor! Ich habe mich dir ergeben und will dir auch gehorchen, solange du mich liebhast, und will tun, daß du mich alle Tage liebhaben kannst, will keine Zyberligränne werden. Nicht daß ich mich nicht auch wehren würde, wenn du mich quälen, zu deinem Hund machen wolltest; ich glaube, ich würde ein böser Tüfel; ich könnte, weiß Gott, nicht anders. Aber das tust du nicht, und wo mich jemand liebhat, da gehe ich für ihn durchs Feuer, Uli, weiß Gott, noch heute, wenn es sein muß. Sieh, ich verspreche es dir schon hier, und der liebe Gott wird es auch hören, ich will immer Gott vor Augen haben und mit dir zu Gott beten, wann du willst. Aber zürnen mußt mir auch nicht, wenn ich zuweilen lache, singe und springe. Glaub mir, ich habe schon manchmal darüber nachgedacht, wenn eine alte Frau mit mir gekifelt hat, wie ich immer lachen und springen möge und so leichtsinnig sei; aber ich fand mich sicher nie frömmer, als wenn ich so recht fröhlich im Gemüte war; da ists mir oft, ich möchte über alle Berge aus und dem lieben Gott um den Hals fallen oder möchte für jemand sterben, möchte allen Leuten Gutes tun.« »Bhütis!« sagte Uli, »das Lachen und Lustigsein habe ich gar gerne; aber sieh, dort ist der Kirchturm schon, und da ist mir die Rede der Großmutter in Sinn gekommen, und ich habe gedacht: wie man auch nicht lache und spaße, wenn man das Nachtmahl nehmen will, so solle man auf jedem Gange, den man eigentlich zu Gott tut, an Gott denken und ihn bitten, daß er einem dazu verhelfe, zu halten, was man ihm versprechen wolle. Sieh, da fliegen uns Tauben entgegen, eine ganze Schar, und sieh, die zwei weißen darunter, wo dort zusammen fliegen, das ist eine gute Vorbedeutung für Frieden und Eintracht. Es ist mir fast, wie wenn der liebe Gott unseretwegen ein Zeichen getan, daß es gut kommen werde. Meinst du nicht auch?« Und Vreneli drückte Uli die Hand, und in stiller Andacht weilten sie, bis der Stallknecht des Pferdes Zügel nahm und sagte: »Es ist gut frisch diesen Morgen.«

Es war da eins der guten alten Wirtshäuser, in denen die Leute nicht alle Jahre wechseln, sondern eine Generation die andere ablöst. Diese saßen eben an ihrem Kaffee, als die Brautleute hereinkamen, und erkannten alsobald Uli. Nun eine recht freundliche Begrüßung, und sie mußten, sie mochten wollen oder nicht, zu ihnen sitzen und mithalten. Sie sollten doch nicht Umstände machen, hieß es, das sei ja zweg, und an einem so kalten Morgen tue einem nichts wöhler als ein Kacheli warmer Kaffee. Vreneli tat etwas zimperlig: es sei uverschant für ihns, da zuchezhocke, als ob es da daheim wär. Die Wirtin aber musterte es, bis es saß, gschauete es dann und begann dem Uli zu rühmen, wie er eine hübsche Frau habe; lange Zeit sei keine brävere dagewesen. Es freue sie, daß er seine Sache so gut mache; er hätte sie alle gereut, als er fortgekommen. Es freue einen immer, wenn einer zwegkomme. Nit, sie wolle nicht sagen, es gebe auch Leute, die das nicht leiden mögen; aber deren seien doch nicht recht viel. Ob der Pfarrer wohl auf sei, fragte Uli, er sollte vorher noch zu ihm. Er werde wohl, hieß es, bsunderbar an einem Freitag, wo gewöhnlich Leute kämen. Nit, sie wollten sonst nicht sagen, daß er von den Frühsten sei, er möge das Liegen wohl erleiden; aber er sei afe von den Alten, und da sei es ihm wohl zu gönnen. Aber er hätte einen Winter einen Vikari gehabt, den hätte man vor den achten nie sehen können, und das habe alle Leute geärgert, daß sie so einen faulen Vikari haben müßten. Darauf fragte Uli: ob es wohl der Brauch sei, daß er ihns gleich mitnehme? »Nein«, hieß es; selten warte man im Pfarrhaus. Nachher gingen wohl viele zusammen hin, den Schein zu holen. Was aber so die Scheuen seien oder die, welche glaubten, der Pfarrer hätte Ursache, ihnen etwas zu sagen, die kämen gleich wieder ins Wirtshaus, und nur die Kerleni gingen hin.

Nachdem Vreneli das Mitkommen von der Hand gewiesen und Uli noch befohlen hatte, daß man seinem Meister Bescheid mache, er und seine Frau sollten doch kommen, machte er sich auf. In seiner stattlichen Kleidung und in dem düstern Stübchen erkannte ihn der Pfarrer nicht gleich, hatte dann aber eine rechte Freude. »Ich habe gehört«, sagte derselbe, »du seiest zweg, bekommest ein gutes Lehen, eine gute Frau und habest schön Geld erspart. Das tut mir gar wohl, wenn ich eine Ehe einsegnen kann, von der ich hoffe, daß sie in dem Herren bleibt. Daß du etwas erspart, ist nicht die Hauptsache; aber du hättest es nicht, und man hätte dir nicht so viel anvertraut, wenn du nicht brav und fromm wärest, und das ists, was mich eigentlich recht freut. Das Weltliche und das rechte Geistliche sind viel näher beieinander, als die meisten Leute glauben. Sie meinen, um recht wohl zu sein auf der Welt, müsse man das Christentum an den Nagel hängen; und das ist gerade das Gegenteil: daher das beständige Klagen in der Welt, daher betten sich die meisten Menschen so, daß sie liegen wie in Nesseln. Frage dich nur selbst, ob es dir so wohl wäre, wenn du ein Hudel geblieben, verachtet von allen Leuten. Was meinst du wohl, was für einen Hochzeittag hättest du erlebt? Denke dir recht, was du für eine erhalten, und was für Aussichten du gehabt, und was die Leute gesagt hätten, wenn sie euch hätten zur Kirche gehen sehen, und stelle dagegen, wie es heute ist, dann ermiß den großen Unterschied! Oder was meinst du? Ist das blinde Glück, der Zufall, das sogenannte Gfell schuld daran? Die Leute sagen immer: ›Ich habe das Gfell nicht, es ist heutzutage nichts mehr zu machen.‹ Was glaubst du, Uli? Ist es bloß das Gfell? Hättest du dieses Gfell auch gehabt, wenn du ein Hudel geblieben? Aber eben das ist das Unglück, daß die Leute durch das Gfell glücklich werden wollen und nicht durch ein frommes Leben, bei dem der Segen Gottes ist. Da ists nun ganz recht, daß die, welche nur auf das Gfell warten, vom Gfell betrogen werden, bis sie wieder zur Erkenntnis kommen, daß am Gfell nichts, aber an Gottes Segen alles gelegen sei.« »Ja, Herr Pfarrer«, sagte Uli, »ich kann Euch nicht sagen, wie wohl es mir ist gegen damals, wo ich einer von den Schlechtern gewesen bin, die auf der Gasse herumgelaufen. Aber es kömmt doch auch etwas auf das Gfell an; denn wäre ich nicht zu so einem guten Meister gekommen, so wäre auch nichts aus mir geworden.« »Uli, Uli«, sagte der Pfarrer, »war das Gfell oder Gottes Fügung?« »Das ist das gleiche, meine ich«, antwortete Uli. »Ja«, sagte der Pfarrer, es ist das gleiche, aber gleichgültig ists nicht, wie man sagt, darin liegt eben der Unterschied. Wer vom Gfell redet, denkt nicht an Gott, dankt ihm nicht, sucht seine Gnade nicht; er sucht das Gfell von und in der Welt. Wer von Gottes Fügung redet, denkt an Gott, danket ihm, sucht sein Wohlgefallen, sieht in allem Gottes Leitung; er kennt weder Gfell noch Ungfell, sondern alles ist ihm Gottes gütige Leitung, die ihn zur Seligkeit führen will. Die verschiedene Redensart ist der Ausdruck einer verschiedenen Gesinnung, einer verschiedenen Ansicht des Lebens; darum liegt ein so großer Unterschied in den Worten, und es ist wichtig, welche man braucht. Und meint man es auch gut, so macht es einen, wenn man nur von Gfell redet, leichtsinnig oder mißmutig; redet man aber von Gottes Fügung, so wecken diese Worte schon Gedanken in uns und richten unsere Augen auf Gott.« »Ja, so, Herr Pfarrer, habt Ihr etwas recht«, sagte Uli, »und ich will es mir lassen gesagt sein.« »Du kommst doch mit deiner Braut nach dem Gottesdienst zu mir?« »Gar gerne, wenn Ihr es begehret«, sagte Uli; »aber wir versäumen Euch an Eurer Arbeit.« »Es versäumt mich niemand«, sagte der Pfarrer; »denn das ist nicht nur mein Amt, sondern auch meine Freude, bei ernsten Anlässen ein ernstes Wort zu Herzen zu reden, wo ich auf einen Boden hoffen darf, der Früchte trägt. Was bei solchen Anlässen der Herr redet, das wird nicht so bald vergessen.«

Unterdessen hatte Vreneli die Finkenschuhe ausgezogen, die rechte Kappe aufgesetzt, und mit eigenen Händen hatte die Wirtin ihm das Kränzchen angeheftet. Das sei eins auf die Langentaler Mode, sagte sie. »Sei es nun eins, auf welche Mode es wolle, so steht es dir wohl an«, fuhr sie fort. »Aber wenn sie mir daherkommen mit einem Ranzen, der beim Fenster ist, wenn der Kopf erst zur Türe hineinkömmt, und ich soll ihnen dann noch das Kränzchen aufheften, dann kömmt es mir in alle Finger, und ich möchte sie lieber bei den Züpfen nehmen und sie verflümert haaren als ihnen ein Kränzchen aufheften. Es ist eine bluetige Schand, daß eine jede Hure mit einem Kränzchen daherkömmt und damit im Lande herumfährt, und über den Fußsack heraus hängt ihr der Ranzen bis ihrer Mähre aufs Kreuz. Sellige sollten die Kränzchen verboten werden; es ist ja nur das Gespött damit getrieben. Aber es heißt, die Gnädigen Herren frügen dem nicht viel nach und hätten selbst die Ranzen lieber als die Kränzchen. Ich weiß das nicht, ich bin, seit die Östreicher gekommen, nie in Bern gewesen; aber man sagt es so. Ob es ist, weiß ich nicht, frage auch nicht viel darnach, was gehen mich die Herren an? Es ist mir zwider, wenn einer zu uns kömmt. Sie sind so hochmütig, daß sie einem nicht einmal antworten mögen, wenn man ihnen Gottwillchen sagt; und

wenn man ihnen die Hand längen will, so mögen sie einem die ihre nicht geben, so ziehen sie nicht einmal die Handschuhe aus und haben noch Furcht, man bschyße die.«
Es begann zu läuten, und laut begann Vrenelis Herz zu klopfen, es schwamm ihm ordentlich vor den Augen. Die Wirtin brachte ihm Hoffmannstropfen, rieb ihm mit etwas die Schläfe und sagte: »Du mußt das nicht so schwer nehmen, Meitschi, wir müssen alle da durch. Aber geht jetzt in Gottes Namen, der Herr wartet an einem Freitag nicht lange, er ist gar e Ängstlige.«
Uli faßte sein Vreneli bei der Hand und wanderte mit ihm der Kirche zu; feierlich tönten die feierlichen Klänge im Herzen wider, denn der Sigrist läutete ordentlich die Glokken, daß sie an beiden Orten anschlugen, und nicht, wie wenn sie lahm wären, nur bald an diesem, bald an jenem Orte. Wie sie auf den Kirchhof kamen, schaufelte eben der Totenmann an einem Grabe, und stille wars um ihn: kein Schaf, keine Ziege kam und verrichtete ihre Notdurft in des Menschen letzte Ruhestätte; denn da war der Kirchhof kein Weideplatz für ungeistliche Tiere. Es ergriff Vreneli plötzlich eine unwiderstehliche Wehmut. Der ehrwürdige Anblick der Gräber, das Schaufeln eines Grabes weckten düstere Gedanken. »Das bedeutet nichts Gutes«, flüsterte es, »einem von uns schaufelt man sein Grab.« Vor der Kirche stunden Gevatterleute, eine Gotte mit einem Kinde auf dem Arme. »Das bedeutet einem von uns eine Kindbett«, flüsterte Uli, um Vreneli zu trösten. »Ja, daß ich in einer solchen sterbe«, antwortete es, »daß ich aus meinem Glück wegmuß ins kalte Grab.« »Denk doch«, sagte Uli, »daß der liebe Gott ja alles macht, und daß wir nicht abergläubisch, sondern gläubig sein sollen. Daß einmal unser Grab geschaufelt werden wird, ist gewiß; aber daß das Grabgraben Sterben bedeute denen, die dazukommen, habe ich noch nie gehört. Denke doch, wie viele ein Grab graben sehen; wenn es die alle nachzöge, denk auch, wie groß der Sterbet sein müßte!« »Ach, verzeih mir!« sagte Vreneli,

»aber, je wichtiger ein Gang ist, um so ängstlicher wird die arme Seele und möchte gar zu gerne wissen, wie es zu Ende geht, und nimmt daher jede Begegnung als ein Zeichen auf, ein gutes oder ein böses; weißt du, was du von den Tauben sagtest, als wir ins Dorf fuhren?« Da drückte Uli seiner Braut die Hand und sagte ihr: »Du hast recht; laß du uns unser Vertrauen auf Gott stellen und nicht kümmern! Was er uns tun, nehmen oder geben wird, das ist wohlgetan.«

Sie traten in die Kirche, leise, zagend, teilten sich zur Linken und zur Rechten, sahen ein Kindlein aufnehmen in den Bund des Herrn, dachten, wie schön es doch sei, so ein zart und hinfällig Kind der besondern Obhut seines Heilands mit Leib und Seele anempfehlen zu dürfen, und wie eine große Last es von der Eltern Brust wälzen müsse, wenn sie in der Taufe das Bewußtsein erhielten, der Herr wolle mit ihnen sein und mit seinem Geiste sie das Kind nähren lassen, wie die Mutter es sättige mit ihrer Milch. Sie beteten recht andächtig mit und dachten, wie ernsthaft sie es nehmen wollten, wenn sie als Taufzeugen es geloben müßten, darauf zu achten, daß das Kind dem Herrn zugeführt werde. Das gewöhnliche Wochengebet verhallte ihnen in der Wichtigkeit des ernsten Augenblicks, der näher und näher kam. Als der Pfarrer hinter dem Taufsteine hervortrat, als Uli Vreneli geholt hatte und beide ans Bänkchen traten, sanken beide auf die Knie, der Zeremonie weit vorgreifend, hielten die Hände inbrünstig verschlungen, und von ganzer Seele, ganzem Gemüte und allen Kräften beteten und gelobten sie, was die Worte sie hießen, ja noch viel mehr, was aus treuen Herzen sprudelte. Und als sie aufstunden, fühlten sie sich so recht fest und wohlgemut; es war einem jeden, als hätte es einen großen Schatz gewonnen fürs ganze Leben, der ihns glücklich machen müsse, den ihm niemand entreißen, niemand abgewinnen könne, mit dem es vereint bleiben müsse in alle Ewigkeit.

Draußen bat Uli sein Weibchen, mit ihm zum Pfarrer zu kommen, den Schein zu holen. Verschämt weigerte sich dasselbe dessen unter dem Vorwande, es kenne ihn nicht, es sei ja nicht nötig usw. Indessen ging es doch, und nicht mehr verschüchtert wie ein Dieb in der Nacht, sondern wie es einem glücklichen Weib an der Seite eines ehrenhaften Mannes wohl ansteht. Vreneli wußte sich zusammenzunehmen.

Freundlich empfing sie der Pfarrer, ein ehrwürdiger, langer, hagerer Herr. Es war nicht bald einer, wie er, der Ernst mit holdseligem Wesen zu mischen wußte, daß vor ihm die Herzen aufgingen, als wären sie mit einem Zauberstäbchen berührt.

Als er Vreneli betrachtet hatte, fragte er: »Was meinst du, Uli, ist das Gfell oder Gottes Fügung, daß du dieses Weibchen bekommen?« »Herr Pfarrer«, sagte Uli, »Ihr habt recht, ich halte es für eine Gabe Gottes.« »Und du, Weibchen, welches Sinnes bist du?« »Ich meine auch nichts anderes, als daß der liebe Gott uns zusammengeführt«, sagte Vreneli. »Ich glaube auch«, sagte der Pfarrer, »Gott hat das gewollt; das vergeßt nie! Warum hat er euch zusammengeführt? Daß eins das andere glücklich mache, aber nicht nur hier, sondern auch dort; das vergeßt mir wieder nicht! Die Ehe ist auf Erden Gottes Heiligtum, in welchem die Menschen sich weihen und reinigen sollen für den Himmel. Ihr seid gute Leute, seid fromm und brav; aber ihr habt beide Fehler. Dir, Uli, kenne ich zum Beispiel einen, der dir näher und näher kömmt, es ist der Geiz; du, Vreneli, wirst auch welche haben, aber ich kenne sie nicht. Diese Fehler werden hervortreten nach und nach, und wie an dir, Uli, ein Fehler sichtbar wird, so gewahrt ihn deine Frau zuerst, und du kannst ihn an ihren Mienen gewahren, und was an Vreneli hervorkömmt, bemerkst du, und es kann es an deinem Gesichte absehen. Eines wird fast zu des andern Spiegel. In diesem Spiegel, Uli, sollst du deine Fehler erkennen und aus Liebe zu deiner Frau sie abzulegen suchen, weil sie am meisten darunter leidet; und du, Frau, sollst ihm mit aller Sanftmut beistehen, sollst aber auch deine Fehler erkennen und um Ulis willen bezwingen, und er wird dir auch dazu helfen. Wenn der Liebe diese Arbeit zu schwer werden will, so schenkt Gott Kind um Kind, und jedes ist ein Engel, der uns heiligen soll; jedes bringt uns neue Lehren, uns recht darzustellen vor Gott, und neues Begehren, daß es zugerichtet werde zu einem Opfer, das da heilig und Gott wohlgefällig sei. Und, je mehr ihr in diesem Sinne zusammen lebt, desto glücklicher werdet ihr im Himmel und auf Erden; denn glaubt es mir doch recht, das rechte weltliche Glück und das himmlische Glück werden akkurat auf dem gleichen Wege gefunden. Glaubt es mir, der liebe Gott hat euch zusammengeführt, daß eins dem andern in Himmel helfe, daß eins dem andern Stütze und Stab sei auf dem engen, schweren Wege, der ins ewige Leben führt, daß eins dem andern diesen Weg durch der Liebe Sanftmut und Geduld ebne und leichter mache, er ist so schwer und dornenvoll. Wenn nun trübe Tage kommen wollen, wenn Fehler an dem einen, an dem andern, an beiden ausbrechen, so denket nicht an Ungefell, daß ihr unglücklich seiet, sondern an den lieben Gott, der alle diese Fehler schon lange gekannt und euch eben deswegen zusammengebracht, damit eins das andere heile, ihm von seinen Fehlern helfe; das ist Zweck und Aufgabe eures Zusammenkommens. Und wie Liebe den Heiland gesandt, Liebe ihn ans Kreuz gebracht, so muß auch bei euch die Liebe tätig sein; sie ist die Kraft, die über alle Kräfte geht, heilet und bessert. Mit Fluchen und Schimpfen, mit Drohen und Schlagen kann eins das andere unterdrücken, aber nicht bessern, daß es wohlgefällig vor Gott wird. Gewöhnlich, je wüster eins wird, desto wüster wird auch das andere, eins hilft dem andern in die Hölle. Darum vergeßt es nie: Gott hat euch zusammengebracht, eins wird er aus der Hand des andern fordern. ›Mann‹, wird er sagen, ›wo ist deines Weibes Seele?‹ ›Weib‹, wird er sagen, ›wo ist deines Mannes Seele?‹ Macht, daß ihr wie aus einem Munde antworten könnt: ›Herr, hier sind wir beide, hier zu deiner Rechten.‹ Fraueli, vergib mir, daß ich dir an diesem

Morgen so ernsthaft geredet. Aber es ist ja besser, man rede dir jetzt so als später, wenn Uli gestorben und man ihn durch deine Schuld verdorben glaubt; es ist auch dem Uli besser jetzt als später, wenn er dich unter die Erde gebracht hätte. Was ich aber von beiden nicht glaube, denn ihr seht mir beide wirklich so aus, als wenn Gott und Menschen Freude an euch haben sollten.«

Als Vreneli von Sterben hörte, schoß ihm das Wasser in die Augen, und mit bewegter Stimme sprach es: »O Herr Pfarrer, da ist keine Rede von Zürnen. Ihr sollt Dank haben z'hunderttausend Malen für den schönen Zuspruch; ich will mein Lebtag daran denken. Es würde uns große Freude machen, wenn Ihr einmal in unsere Gegend kämet, Ihr uns besuchen würdet, um zu sehen, wie Eure Worte bei uns fruchten, und daß wir sie nicht vergessen haben.« Der Pfarrer sagte, das werde gewiß geschehen, sobald er in ihre Gegend käme, und das könne sehr leicht geschehen. Er betrachte sie, wenn sie auch nicht in seiner Gemeinde wohnten, doch so halb und halb als seine Schäfchen, und sie sollten darauf zählen, daß, wenn es ihnen wohlgehe und sie glücklich seien, niemand größere Freude daran hätte als er. Und wenn er ihnen in etwas dienen könne, sei es, was es wolle, und es stehe in seinen Kräften, so sollten sie nur kommen, er werde sich eine Freude daraus machen. Darauf nahmen sie Abschied, und allen war es recht wohl und heiter im Herzen. Ein wohltuendes, erwärmendes Gefühl hatten sie sich gegenseitig erweckt, das eigentlich ein Mensch im andern bei jedem Zusammensein erwecken sollte. Dann wäre es schön auf Gottes schöner Erde. »Das ist mir doch der freundlichste Herr«, sagte Vreneli im Fortgehen; »er nimmt die Sache ernsthaft und meint es doch gut; dem könnte ich einen ganzen Tag ablosen, es würde mir nicht erleiden.«

Als sie ins Wirtshaus kamen, waren die Gäste noch nicht da, nur der Bescheid: Johannes werde bald kommen, aber seine Frau könne nicht wohl. Da sagte Vreneli: »Du mußt sie holen; fahre hinauf, es ist nicht so weit; wenn du recht fährst, in einer halben Stunde bist du wieder da.« »Ich plage den Kohli nicht gerne, er hat heute noch zu laufen genug«, antwortete Uli. »Der Wirt gibt dir wohl ein Roß, nicht weiter, als es ist.«

So geschah es auch, und es war gut. Johannes war noch nicht zweg, und seine Frau trug großes Bedenken, so an einem Werktag ins Wirtshaus zu sitzen, ohne daß man Gotte sei; was würden die Leute dazu sagen? Er hätte mit seiner Frau zu ihnen kommen sollen, statt da im Wirtshaus Kosten zu haben; sie hätten ihnen auch zu essen und zu trinken gehabt. Das wisse er wohl, sagte Uli, allein das wäre uverschant gewesen und dazu wohl weit; denn sie wollten heute noch heim, er hätte jetzt alle Hände voll zu tun. Aber sie sollten doch recht kommen, er hätte es sonst ungern und müßte glauben, sie schämten sich ihrer. »Was sinnest doch, Uli?« sagte die Frau; »du weißt ja, wie wert du uns bist. Expreß sollte ich jetzt nicht kommen, weil du solche Gedanken hast.« Indessen machte sie sich doch zweg, wollte aber nicht erlauben, daß ihre Tochter mitkäme, die Uli auch gerne mitgehabt. »Warum nicht gar«, sagte sie, »noch die Katze und der Hund, das wäre mir! Es ist uverschant genug, daß ich komme. Warte nur, du wirst dein Geldli sonst noch brauchen können – haushalten hat gar ein weites Maul.«

Mit Verlangen hatte ihnen Vreneli entgegengesehen von der Ecke des Wirtshauses aus. Wer vorbeiging, wandte kein Auge ab ihm, und wenn er vorüber war, fragte er: »Wem ist die Hochzeitere? Ein schöner Meitschi sah ich lange nicht.« Es ging im ganzen Dorfe die Rede von der schönen Hochzeiterin, und wer nur irgend Zeit oder einen Vorwand hatte, ging beim Wirtshause vorüber.

Endlich kam Uli dahergefahren, und gar freundlich empfing sie Vreneli. »Bist doch jetzt ein Fraueli geworden«, rief die Bäurin, »bis mir Gottwillche!« und streckte Vreneli die runde, hohe Hand entgegen. »Das hab ich doch wohl gedacht, das werde ein Paar geben; es hätte sich niemand bas zueinander geschickt.« »Ja, aber selb Kehr ist noch gar nichts gewesen; erst auf dem Heimweg haben sie mich angefangen zu plagen, und daran seid Ihr, glaub ich, auch schuld gewesen«, sagte Vreneli, sich zu Johannes wendend und ihm die Hand bietend. »Aber wartet nur, ich will euch recht den Krieg machen, hinter meinem Rücken mich so zu verhandeln. Ihr seid mir sufere Kunden, und tut ihr mir das noch mehr, so will ich euch bezahlen, wartet nur! Wir wollen euch auch verhandeln hinter eurem Rücken.« Johannes antwortete, und Vreneli begegnete ihm wieder mit schalkhaft wohlgesetzten Worten. Als es einen Augenblick hinausgegangen war, sagte die Bäurin: »Uli, du hast bsunderbar eine manierliche Frau; die kann reden, es stünd manchem Herrenhause wohl an, und ds Schönste ist, daß sie das Werchen ebensogut kann; das ist sonst nicht immer beieinander. Häb Sorg zu dere; du überchunnst ke sellige meh!« Da begann auch Uli mit nassen Augen zu rühmen, bis Vreneli wiederkam. Als bei seinem Eintritt plötzlich das Gespräch stockte, sah es schelmisch eins nach dem andern an und sagte: »Schon wieder habt ihr mich hinter meinem Rücken verhandelt, und das linke Ohr hat mir geläutet; wartet nur! Uli, ist das schön, mich schon so zu verklagen, wenn ich nur einen Augenblick den Rücken kehre?« »Er hat dich nicht verklagt«, sagte die Bäurin, »ds Kunträri, aber ich habe ihm gesagt, er solle Sorg zu dir haben; eine solche bekomme er nicht wieder. Ach, wenn dManne mängisch wüßte, wie die zweute wäre, sie hätten besser Sorg zu de erste! Nit, daß ich zu klagen habe. Myne ist mir lieb und wert; ich bekäme keinen bessern, und er gönnt mir, was ich brauche; aber ich sehe öppe, wie es an andern Orten zugeht.« »Ih ha welle lose«, antwortete Johannes. »Du hast aber nachebesseret. Du hast recht, es geht an manchem Ort den Weibern bös, aber an andern den Männern auch, es kömmt immer darauf an, wo auch Erkanntnus ist und öppe auch der Glaube, daß ein Gott im Himmel sei. Wo kein Glaube ist, da ist das Wüstest Meister.«

Darauf wurden sie in die Hinterstube entboten. Dort war die Suppe aufgetragen, eine Maß Wein auf dem Tisch, ein Kännlein süßer Tee dabei. Sie habe gedacht, sie wolle gleich Tee machen, sagte die Wirtin, es könne dann nehmen, wer wolle; ein Teil sei Liebhaber, ein Teil nicht. Mit ungezwungener Freundlichkeit machte Vreneli die Wirtin, schenkte ein, legte vor, mahnte ans Austrinken; es wurde allen recht wohl und heimelig. Uli machte sich an den Meister und fragte ihn dies und das: wie er sich einrichten solle im Stall; was er für vorteilhafter halte zu pflanzen; um welche Zeit er dieses säe und jenes; für was der Boden gut sei, für was jener. Johannes berichtete väterlich, fragte wieder, und Uli teilte seine Erfahrungen mit. Die Weiber horchten anfangs, dann aber schwoll auch Vrenelis Herz mit Fragen an, und es suchte Rat bei der Bäurin in den hundert Dingen, in denen eine Bäurin Meister sein sollte, erzählte, wie es es bis dahin gemacht, aber ob es nicht noch besser und vorteilhafter anzuschicken wäre? Mit Freuden enthüllte die Bäurin ihre Geheimnisse, sagte aber oft: »Ich glaube, du machst es besser; das muß mir auch probiert sein.« Die trauliche Heimeligkeit lockte Wirt und Wirtin an, verständige Leute, und beide halfen raten und wägen, was das Beste sei, und zeigten ihre Freude an manchem, das sie hörten. Und, je mehr sie hörten, um so mehr zeigten Vreneli und Uli Begierde, zu lernen, um so demütiger wurden sie und horchten den Alten ihre Erfahrungen ab und prägten dieselben sich ein in ihr nicht mit unnützen Dingen beschwertes Gedächtnis.

Der Nachmittag schwand, es wußte es niemand. Auf einmal warf die Sonne einen goldenen Schein ins Stübchen, und verklärt schwamm in ihrem Lichte, was darinnen war. Erschrocken fuhren sie zweg über das unerwartete Licht, das fast von ausgebrochenem Feuer zu kommen schien. Sie sollten nur ruhig sein, sagte die Wirtin, das sei nur von der Sonne; die möge gegen Haustagen (Frühling) hineinscheinen, wenn sie niedergehen wolle. »Herr Yses, so spät schon?« sagte Vreneli; »wir müssen fort, Uli.« »Ich wollte nicht pressieren«, sagte die Wirtin, »der Mond kömmt, ehe es finster wird.« »Wie ist mir doch dieser Nachmittag vorbeigegangen!« sagte die Bäurin. »Ich wüßte mich gar nicht zu besinnen, wann ich so kurze Zeit gehabt hätte.« »Es geht mir auch so«, sagte die Wirtin. »Das ist etwas anderes gewesen als so viele Hochzeitleute, die vor langer Weile nichts anzufangen wissen, als zu saufen und zu spielen, und einem so lange Zeit machen, daß man froh ist, wenn man ihnen den Rücken sieht. Ja, es dünkt mich manchmal, ich müßte so einem Bürschchen, das nichts zu reden weiß an seinem Hochzeittag, als zu fluchen, und seine entlehnte Pfeife geradeausstreckt, wie wenn er den Mond hinunterguseln wollte, eins zum Grind geben, daß er ihn doch auch wieder da habe, wo andere Leute, und reden lerne wie andere Leute.« Die Bäurin aber gab Vreneli die Hand und sagte: »Du bist mir, weiß Gott, recht lieb geworden, und ich lasse dich nicht fort, bis du mir versprichst, du wolltest bald wieder zu uns kommen.« »Recht gerne«, sagte Vreneli, »wenns möglich ist. Es ist mir auch gewesen, als rede ich mit einer Mutter; und wenn wir nur näher beieinander wären, ich käme nur zu viel. Aber wir haben ein großes Wesen und werden nicht viel darauskönnen, ich und Uli. Aber kommt Ihr zu uns, das müßt Ihr mir versprechen; Ihr habt erwachsene Kinder und wisset, es geht zu Hause gleich, wenn Ihr schon fort seid.« »Ja, kommen will ich zu euch, das verspreche ich. Ich habe es dem Johannes schon manchmal gesagt, es nähmte mich wunder, wie es in der Glungge sei. Und los, wenn ihr öppe einist eine Gotte mangelt, so habt nicht Mühe und lauft weit um eine aus! Ich weiß eine, sie sagt euch nicht ab.« »Das wäre guter Bescheid«, sagte Vreneli und zupfte am Fürtuchbändel; es wolle ihn nicht vergessen und daran sinnen, wenn es ihnen einmal dazukommen sollte; man wisse nie, was es geben könne. »Ungefähr wohl«, lachte die Bäurin, »und dann wollen wir sehen, ob ihr uns etwas schätzet oder nicht.«

Unterdessen hatte Uli abgeschafft, anspannen lassen und schenkte nun allseits ein und nötigte zum Abschiedstrunk. Da kam noch der Wirt mit einer Extraflasche und sagte: etwas wolle er auch tun und nicht umsonst getrunken haben. Es freue ihn, daß sie bei ihm gewesen, und er wollte alle Freitage eine vom Mehbesseren zum besten geben, wenn alle Freitag solche Leute bei ihm Hochzeit hätten; an denen hätte er jetzt Freude gehabt. Als er hörte, daß abgeschafft sei, tat Johannes es nicht anders, der Wirt mußte noch eine auf seine Rechnung holen; und es stunden wiederum die Sterne am Himmel, als nach recht innigem Abschied, wie er selten von Nichtverwandten genommen wird, der mutige Kohli ein glückliches Paar rasch davonführte – dem Himmel zu.

Ja, lieber Leser, Vreneli und Uli sind im Himmel, das heißt, sie leben in ungetrübter Liebe, mit vier Knaben, zwei Mädchen von Gott gesegnet; sie leben im wachsenden Wohlstande, denn der Segen Gottes ist ihr Gfell, ihr Name hat guten Klang im Lande; weit umher stehn sie hoch angeschrieben, denn ihr Trachten geht hoch, geht darauf, daß ihr Name im Himmel angeschrieben stehe!

Merke dir das, lieber Leser!

Zum Text der vorliegenden Ausgabe

Die heute maßgebende Gotthelf-Ausgabe ist die große Ausgabe des Rentsch-Verlages in 24 Bänden und 18 Ergänzungsbänden: »Sämtliche Werke«, Erlenbach bei Zürich 1911–77.
»Uli der Knecht« erschien zuerst 1841 im Verlag von Christian Beyel in Zürich und Frauenfeld. Diese erste Ausgabe hatte noch keine Kapitelüberschriften. Die zweite, eine »Bearbeitung des Verfassers für das deutsche Volk«, erschien 1846 bei Julius Springer in Berlin, und zwar mit Kapitelüberschriften.
Die vorliegende »Uli«-Ausgabe folgt dem Text des 4. Bandes der großen Rentsch-Ausgabe, der 1921 erschien und von Rudolf Hunziker bearbeitet wurde. Dieser Text ist die Verbindung des Urtextes von 1841 und der Kapitelüberschriften von 1846. Bis auf »Geld und Geist« und den »Herr Esau« sind alle Romane Gotthelfs in Kapitel mit Überschriften eingeteilt.
Zum Text der Rentsch-Ausgabe berichtet Hunziker, daß »die moderne Orthographie konsequent zur Anwendung gelangt« und die Interpunktion »innerhalb des einzelnen Satzes nach den heute üblichen Regeln gestaltet« ist (S. 396, 397). Nach dieser Bearbeitung wurden in der vorliegenden Edition Orthographie und Interpunktion in wenigen Fällen dem heutigen Gebrauch angeglichen, vor allem die Stellung der Anführungszeichen in Verbindung mit Satzzeichen. Die Errata (S. 432) wurden berücksichtigt, offensichtliche Druckfehler darüber hinaus stillschweigend korrigiert.
Zur Textgestalt im einzelnen vgl. die Ausführungen Hunzikers in seiner Ausgabe (S. 395–399).

Anmerkungen

Die folgenden Anmerkungen wollen hauptsächlich Wort- und Sacherläuterungen bieten. Nur bei wenigen, ganz besonders wichtigen Stellen des »Uli« wurden weitere Texte von Gotthelf eingefügt. Die Verweise innerhalb von »Uli der Knecht« beziehen sich auf die vorliegende Ausgabe. Alle anderen Gotthelf-Zitate stammen aus der großen Ausgabe des Rentsch-Verlages in 24 Bänden und 18 Ergänzungsbänden. Die Bände 1–24 werden mit römischen, die Ergänzungsbände 1–18 mit »Erg.-Bd.« und arabischen Zahlen zitiert.
Die Anmerkungen wären ohne bedeutende Vorarbeiten anderer Forscher nicht in der vorliegenden Form zustande gekommen. Außer dem »Schweizerischen Idiotikon« (1881 ff.) und dem Grimmschen »Deutschen Wörterbuch« (1854 ff.) habe ich vor allem folgende Arbeiten herangezogen:

Albert von Rütte: Erklärung der schwierigern dialektischen Ausdrücke. In: Jeremias Gotthelf: Gesammelte Schriften. Bd. 24. Berlin: Springer, 1858.
Ferdinand Vetter: Beiträge zur Erklärung und Geschichte der Werke Jeremias Gotthelfs. In: Jeremias Gotthelf: Volksausgabe seiner Werke im Urtext. Erg.-Bd. Bern: Schmid und Francke, 1902.
Emanuel Friedli: Bärndütsch als Spiegel bernischen Volkstums. Bd. 1: Lützelflüh. Bern: Francke, 1905.
Rudolf Hunziker: Wort- und Sacherklärungen [zu »Uli der Knecht«]. In: Jeremias Gotthelf: Sämtliche Werke in 24 Bänden. Bd. 4. Erlenbach bei Zürich: Rentsch, 1921. Anh.
Bee Juker: Wörterbuch zu den Werken von Jeremias Gotthelf. Erlenbach bei Zürich: Rentsch, 1972.
Otto von Greyerz / Ruth Bietenhard: Berndeutsches Wörterbuch. Bern: Francke, 1976.

[*Zum Titel:*] Glück und Glücklichwerden durchziehen als Grundthemen die beiden Romane »Uli der Knecht« (1841) und »Uli der Pächter« (1849), aber auch den Roman »Geld und Geist« (1843/44) und die Erzählungen »Hans Jakob und Heiri oder die beiden Seidenweber« (1851) und »Der Besenbinder von Rychiswyl« (1852). In allen diesen Werken wird ausdrücklich der Zusammenhang von Glück und Geld, Glück und Besitz, Glück und Reichtum diskutiert.

In welcher Weise sich diese Probleme für Gotthelf stellen, zeigt der Anfang des »Besenbinders«:

»Glücklich möchten alle Menschen werden. Wenn sie reich wären, würden sie auch glücklich sein, meinen die meisten, meinen, Glück und Geld verhielten sich zusammen wie die Kartoffel zur Kartoffelstaude, die Wurzel zur Pflanze. Wie irren sie sich doch gröblich, wie wenig verstehen sie sich auf das Wesen der Menschen und haben es doch täglich vor Augen!

Die Heilige Schrift sagt, denen, die Gott lieben, täten alle Dinge zum besten dienen, und so ist es auch. Geld ist und bleibt Geld, aber die Herzen, mit denen es zusammenkommt, sind so gar verschieden; daher erwächst aus den verschiedenen Ehen von Herz und Geld ein so verschiedenes Leben, und je nach diesem Leben bringt das Geld Glück oder Unglück. Aufs Herz kommt es an, ob man durch Geld glücklich oder unglücklich werde. Klar hat Gott eigentlich dies an die Sonne gelegt, aber leider sehen die Menschen gar selten klar die klarsten Dinge, machen sie vielmehr dunkel mit ihrer selbstgemachten Weisheit. Am Besenbinder von Rychiswyl greifen wir aus den hundert Exempeln, an welchen wir die obige Wahrheit angeschaut, eins heraus, welches ein Herz zeigen soll, dem Geld Glück brachte« (XXI,160).

Ähnlich in »Hans Jakob und Heiri oder die beiden Seidenweber«:

»Strebsame Leute waren beide, beide wollten glücklich, das heißt reich werden. Wie allen Menschen, war auch ihnen der Trieb nach Verbesserung ihres Zustandes angeboren. Daß sie ihn nicht besser verstunden, Geld und Glück verwechselten, außen suchten, was nur innen zu finden ist, ist ihnen zu verzeihen, waren sie doch noch jung, also dumm, kannten Welt und Weltlauf nicht« (XX,290).

Vgl. auch den in Anm. zu 387,9 f. zitierten Anfang von »Geld und Geist«.

Nach dem Erscheinen von »Uli der Knecht« machten es pietistische Kreise Gotthelf zum Vorwurf, daß er Uli »glücklich« und nicht »selig« werden ließ (vgl. die Briefe vom 4. Februar, 6. Februar, 10. April 1842 in Erg.-Bd. 5).

[*Zum Untertitel:*] *Dienstboten:* Knechte und Mägde.

Meisterleute: Bauer (Meister) und Bäuerin (Meisterfrau, Meisterin).

Vgl. den Brief vom 11. August 1840: »Ich habe eine Idee, Lektur für Knechte und Mägde zu schaffen aus ihrem Lebenskreise.« Vom 18. Oktober 1840: »Und wiederum auf Hoffnung hin habe ich

Neues unternommen, nämlich eine Dienstbotenliteratur zu schaffen.« Vom 29. Dezember 1840: »[...] einzelne Lebensbeschreibungen von Knechten und Mägden, die glücklich und unglücklich werden, jedoch allemal dabei auch die Meisterleute in ihrem Verhältnis zu den Diensten genau gezeichnet.« Vom 10. April 1842: »Er [der »Uli«] ist halt ein Versuch, für Dienstboten zu schreiben und verschrobene Verhältnisse wieder auf den rechten Punkt zu stellen.« (Erg.-Bd. 5, 72, 88, 108, 207.)

Erstes Kapitel

3,9 *mugglen:* unartikulierte Laute von sich geben, brummen, ächzen.
3,13 *Gaden:* Raum im oberen Stockwerk, Schlafkammer für Knechte, Mägde und erwachsene Kinder.
3,16 *gestürmt:* angetrunken, schwindlig, benommen.
3,22 *nicht eben genug trappen:* nicht rücksichtsvoll genug sein.
3,23 *verbrüllet:* in Verruf.
3,25 *gehudelt:* hudeln: lumpen, liederlich leben, Geld vertun.
3,31 *auf die neue Mode:* Der Bodenbauer, Ulis Lehrmeister, vertritt das gute Alte; Joggeli, sein späterer Pachtherr, verfällt, samt seiner Familie, dem schlechten Neuen; s. a. Gotthelfs Wirtshausroman »Der Geltstag oder Die Wirtschaft nach der neuen Mode« (1845).
4,1 *Gott und den Menschen verantwortlich:* vgl. Anm. zu 387,9 f.
4,3 *Stübli:* Schlafzimmer der Meisterleute, das oft zu wichtigen, nicht für jedes Ohr bestimmten Gesprächen und Verhandlungen benützt wird; vgl. Gotthelfs eigene Ausführungen 113,25–114,27. *zMorge gegessen:* gefrühstückt.
4,6 *Bauernadel:* Im Gegensatz zu diesem angestammten Adel, der sich auch in *angestammter Kaltblütigkeit* des Bodenbauern zeigt (47), hat der aufsteigende Knecht Uli etwas Parvenuhaftes an sich. Aber der Bodenbauer macht seinen Knecht auf die Bedeutung des *Namens* aufmerksam: *An diesem Namen, an dem Ruf, der Geltung unter den Menschen, arbeite ein jeder* (28; s. a. 326). In »Geld und Geist«: »Wer solche adelige Ehrbarkeit sehen möchte, der gehe nach Liebiwyl« (VII,8); »denn wer ds Bure z'Liebiwyl seien, das wußte man im Dorngrüt ungefähr so gut, als man in adelichen Ländern die adelichen Häuser kennt« (VII,152).
5,8 *drehte:* zögerte, arbeitete absichtlich langsam.

5,22 *Kumm, los neuis:* Komm, hör mal!
5,27 f. *noch nicht zwanzig Jahre alt:* zu Ulis Alter: *Du bist nun bald zehn Jahre bei mir* (123); *Er ist bald dreißig* (134 f.); *er hat einige dreißig Jahre auf dem Rücken* (322); *Vor fünfzehn Jahren* (326).
5,35 *Brönz:* Branntwein, Schnaps.
6,1 *tubaket:* tubaken: Pfeife rauchen.
6,20 *schmöckest:* schmöcken: riechen.
stopfest: stopfen: stolpern, stapfen.
6,21 *sturm an der Leber:* nicht ganz recht im Kopf, geisteskrank.
6,23 *deine Schleipfe:* (Pl.) deine Schlampen.
6,24 *desumetrolet:* desumetrole: sich herumtreiben.
6,28 *machen:* sich beeilen.
6,31 *Heustöffel:* Heuschrecke(n).
6,32 f. *etwas Schmutziges:* Schmutz: Fett.
7,6 *tublest:* tublen: schmollen, grollen, trotzen.
7,9 *Anne Lisi Gnäggerler:* Anna Elisabeth Geizkragen.
7,10 *das wüstest Meitli zentum:* das schlechteste, unsauberste Mädchen in weitem Umkreis.
7,13 *dich anzugeben, wenns gefehlt hat:* dich als Vater (beim Pfarrer) zu melden, wenn sie schwanger geworden ist (und dich damit zur Heirat zu zwingen).
7,14 *der Gatter vor der Türe … sein:* eine untergeordnete Stellung einnehmen.
7,15 f. *wie so viel tausend andere:* Ulis Aufstieg ist also ein Sonder- und Ausnahmefall; vgl. im »Pächter«: »Es [Vreneli] hatte gesehen nach denen, welche über ihm stunden, und nicht mit den Millionen sich verglichen, welche die untern Stufen der menschlichen Gesellschaft füllen« (XI,239).
8,7 *Nume hübschli!:* Nur sachte!, Nur langsam!
8,16 *sich zu verreden:* sich bis zum Schwur zu versteigen.
9,3 f. *dreiundzwanzig Batzen:* für diese und alle folgenden Währungsfragen vgl. Anm. zu 38,1–17.
9,19 *Weibervolk:* (Sg.) Frau, die Frauen insgesamt (entsprechend: *Mannevolk,* 18,25).
9,22 *Bühne:* Heuboden über dem Stall.
9,23 *Fürtuch:* Schürze.
9,24 *Aspe:* Espe: Zitterpappel; vgl. die Redensart: zittern wie Espenlaub.
9,29 *Einzuggeld:* Niederlassungsgebühr für die aus einer anderen Gemeinde einheiratende Ehefrau, oft vom Ehemann bezahlt.
10,1 *expreß:* absichtlich.

10,3 *koldrig:* übellaunig, streitsüchtig, eigensinnig.
10,16 *Kiltgang:* nächtlicher Besuch eines Burschen bei einem Mädchen (entspricht dem bayrischen ›Fensterln‹).

Zweites Kapitel

11,14 *Ein heiterer Sonntag in einem schönen Baurenhause:* Kap. 2 schiebt die Aussprache zwischen Meister und Knecht hinaus und bildet eine fast idyllische Folie zum dritten: Frömmigkeit in der Natur (Bauer) und in der Kirche (Bäurin), Schönheit und Fruchtbarkeit der Felder und der Tiere (Kaninchen!), das reichliche Essen, die Geschäfte der Alten und Jungen; in Kap. 3 werden die Gründe von Ulis unglücklicher Lage erörtert.
11,15–13,9 *Der Sonntag kam ... auf den Tisch stellten:* Für das Verständnis der Wirkungsabsicht und Religiosität Gotthelfs wichtige Szene: das Anschauen der Natur versetzt den Bodenbauern in eine fromme Gemütsstimmung (*andächtigen Gemütes*); aus ihr entwickelt sich ein Gedanke (*und er gedachte*); daraus wiederum entsteht die Sorge um seinen Knecht (*Aber wenn er des Uli gedachte*). Die Szene gipfelt, ganz biedermeierlich, im Familienkreis in der Rührung der Kaffee einschenkenden Bäuerin. Vgl. dazu die Szene Ännelis in »Geld und Geist«, die Muschg »das Herz von Gotthelfs ganzer Dichtung« nannte:
»Änneli setzte sich nieder, sah über das reiche Land hinweg, sah, wie alles im reichsten Segen prangte, vom Tale weg bis hinauf zu den Gipfeln der Vorberge, sah, so weit das Auge reichte, den Himmel rundum sich senken den Spitzen der Berge zu, sah ihn umranden den Kreis, welchen ihr Auge ermaß, sah, wie da eins ward der Himmel und die Erde, und von dieser Einigung kam der reiche Segen, kam der Sonne Licht, kam der Regen, kam der geheimnisreiche Tau, kam die wunderbare Kraft, welche Leben schafft im Schoße der Erde. Es ward dem Änneli ganz eigen ums Herz, als sie diese Einigung zwischen Himmel und Erde erkannte, und wie eben deswegen alles so schön und herrlich sei und so wunderbar anzuschauen, weil Friede sei zwischen Himmel und Erde, der Himmel seine Fülle spende, die Erde den Himmel preise. Und sie dachte, ob denn eigentlich der Himmel nicht alles umranden sollte, nicht bloß die Erde, sondern auch der Menschen Leben« (VII,89).
Als Gegensatz dazu vgl. Paul Gerhardts »Geh aus, mein Herz,

und suche Freud« oder Barthold Heinrich Brockes' »Kirschblüte bei Nacht«.

11,30 *Pflanzplätzen:* Gemüsepflanzungen.

13,1 *Ätti:* Vater.

13,5 *verdampet:* sich verdampen: die Zeit verplaudern, sich verschwatzen.

13,6 *Augenwasser:* Tränen.

13,11 *zKilche:* zur Kirche, in den Gottesdienst.

13,12 *züpfet:* züpfen: die Zöpfe flechten; zur Morgentoilette vgl. 14f.

13,36 *Bern:* Der »Uli« spielt, wie die meisten Bücher Gotthelfs, im Emmental, Kanton Bern. Gotthelf verwendet im »Uli« teils erfundene (Brönzwyler, Erdöpfelkofen, Frevligen, Üfligen) teils wirkliche (Gurnigel, Blumenstein) Orte und Ortsnamen.

14,4f. *ds Annebäbeli:* das Annebäbeli: die Anna Barbara. Männer und Frauen reden sich bei Gotthelf meist mit ihren Vornamen an; Frauen- und Mädchennamen sind, wie ihre Trägerinnen, stets Neutra (Diminutive!): das Vreneli, das Änneli, das Meyeli.

14,8 *Kleb:* Stück Rindvieh, entweder rot-weiß oder schwarz-weiß gefleckt oder rot mit weißem Stirnfleck.

14,9 *trätschet:* trätschen: sich unruhig hin und her bewegen.

14,14 *gwundrige Jungfern:* neugierige Mägde.

14,16f. *herumdrehten:* vgl. Anm. zu 5,8.

14,19 *strählen:* kämmen.

14,21 *schlumpelig:* schlaff.

14,25 *Trädeli:* Löckchen.

14,26 *kruslet:* gekräuselt.

14,27 *bartet:* barten: sich rasieren.
haue: hauen: schneiden.

14,35 *vernistet:* verlegt.

15,10 *machs nit z'ruch!:* Sei nicht zu streng (mit Uli)!

15,14f. *Psalmenbuch:* »Das von dem Theologieprofessor Joh. Stapfer textlich revidierte bernische Kirchengesangbuch, das noch sämtliche 150 Psalmen aus Lobwassers Umdichtung enthielt; der musikalische Teil bestand aus den von Johann Ulrich Sulzberger 1675 bearbeiteten Goudimelschen Melodien. Es trug den Titel ›Psalmen und Festlieder für den öffentlichen Gottesdienst der Stadt und Landschaft Bern‹ und war von 1775 bis 1853 im Gebrauch« (Hunziker).

15,16 *Mänteli:* Vorhemdchen, weißer Brusteinsatz der Frauentracht.

15,17 *ribsete:* ribsen: stark reiben.
15,25 *Pfingstnägeli:* Pfingstnelke, Goldlack.
15,26 f. *Schaubhütli:* mit Schwefel gefärbter und verstärkter, breitrandiger, flacher Strohhut der alten Tracht.
15,27 *Meieli:* Sträußchen.
Korset: Mieder.
15,36 *unküchelt:* ungebacken, roh.
16,1 *balget:* balgen: schelten, Vorwürfe machen.
16,3 *Meisterjungfere:* Obermagd.
16,9 *Schopf:* Schuppen.
16,17 *Gottwillche:* Willkommen! Grüß Gott!
16,19 *ds Tütschels Sach:* verdammt noch eins (*ds Tütschels:* des Teufels).
16,34 *Nidle:* Rahm.
17,2 *Gotte:* Patin.
17,3 *zweg:* bereit.
17,5 *gleitig:* flink, hurtig, behend.
17,5 f. *Einmal ihr Lisabethli:* jedenfalls ihre Elisabeth.
17,8 *Trini:* Katharina.
17,10 *kücheln:* Küchlein backen. Das Küchli (Pl.: die Küchleni), eine Art Beignet, wird in der Pfanne auf dem Herd gebacken, meist zur »Bewirtung hoher und lieber Gäste« (Friedli). Vgl. 214 f.
17,11 *Anken:* Butter.
17,17 *eigelicher:* sich eigelich machen: sich zieren; s. a. Gotthelfs Bemerkung zu *Eigelichkeit* 150 f.
17,24 f. *Herrenleute:* die Pfarrersleute (der Pfarrer wird mit ›Herr‹ angeredet); oder allgemein: die Oberen, Gebildeten, Städter (die nicht über so viel Butter verfügen).
17,28 *gschmöckt:* gerochen.
17,28 f. *hat noch geglaubt:* hat sich noch wunders was eingebildet.
17,30 *uverschant:* unverschämt, frech.
17,32 *Weltschland:* Welschland, die französische Schweiz.
Gumpernantlis lernen: sich zur Gouvernante ausbilden lassen, städtische Bildung erwerben.
17,35 *Hammeli:* Dim. zu: Hamme ›Schinken‹.
18,10 *übertun:* aufs Feuer setzen.
18,12 *einmal noch z'jungs:* jedenfalls noch zu jung.
18,17 *Eisi:* Elisabeth.
18,20 *dahinterreisen:* dazu bringen, veranlassen zu.

18,25 *Mannevolk:* vgl. Anm. zu 9,19.
erbrichten: zur Vernunft bringen.
18,29 *Küngelenen:* Dat. Pl. zu: Küngeli ›Kaninchen‹.
18,31 *Mähre:* eigtl. Stute; hier: weibliches Kaninchen. Das männliche Tier: *Bock* (19,16).
18,34 *abgemärtet:* abmärten: herunterhandeln.
19,2 *des Jahres:* im Jahr, pro Jahr.
19,3 *ds Hergetts sein:* sich unterstehen.
19,4 *das hätte keine Gattig:* (Konj. Prät.) das gehörte sich nicht, das schickte sich nicht.
19,5 *Verehren:* Schenken.
19,12 *ging es doch nicht über seine Kasse aus:* belastete es seine Kasse doch nicht.
19,26 *ausmachte:* herabsetzte, verspottete.
19,29 *Kabislöcher:* kleine Gruben um die Kohlpflanzen (*Kabis*), die den Abfluß der Jauche verhindern.
19,33 *gschändet:* schänden: Schaden zufügen.
19,35 *leider:* schlechter, häßlicher, schwächer.
19,36 *Rübli:* Karotte, Möhre.
20,12 *Kifel:* Hülsen der Bohnen.
20,21 *lösen:* erlösen (Preis beim Handel).
20,22 *gelten:* einbringen.
20,26 *Kuttlen:* Eingeweide; hier: Leibesfülle.
20,34 *Schwarzkleb:* schwarz-weiß gefleckte Kuh.
20,35 *im Vergeß:* unabsichtlich.
21,4 *braves Rind:* Rind von kräftigem Wuchs, guter Körperbeschaffenheit.
21,6 *Uter:* Euter.
anständig: passend, genehm, zur rechten Zeit.
21,7f. *güst gehen:* einige Wochen vor dem Kalben nicht mehr gemolken werden, da die Milch versiegt ist.
21,19 *nötlicher:* nachdrücklicher, dringender.
21,22 *Zieger:* Quark.
21,24–26 *es duechs ... zAbe:* sie glaube, sie könne das Mittagessen noch mit dem Finger erreichen und käme bis morgen abend gut ohne Essen aus.
21,29 *ausführen:* hochnehmen, verspotten, lächerlich machen.
21,35 *Gesundheit machen:* anstoßen, aufs Wohl trinken; bei Gotthelf mit dem Wort »Gsundheit!« oder »Santé!«.
22,3 *Säcke:* Hosentaschen.

22,6 *Kindlifresser:* Kinder fressender Riese. Steht als Brunnenfigur in Bern.
22,13 *rüsten:* zurechtmachen.
22,25 f. *davor sein:* etwas verhindern.

Drittes Kapitel

22,28 *Kinderlehre:* »sonntäglicher Religionsunterricht, dem auch Erwachsene zuhören durften, zu Gotthelfs Zeiten vom Lehrer erteilt« (Juker). Für Ulis *Elend* und *Unglück* (24) hat der Meister zwei einfache Erklärungen bereit: daß er *sich mit schlechten Mädchen abgebe* und das *Vollsein* (24). Obwohl Friedrich Engels in seiner »Lage der arbeitenden Klasse in England« (1845) nicht vom Land-, sondern vom Industriearbeiter spricht, sollte dieses wichtige Buch zur sozialgeschichtlichen Deutung von Kap. 3 – und sei es nur als Kontrast – herangezogen werden.
»Neben der Zügellosigkeit im Genuß geistiger Getränke bildet die Zügellosigkeit des geschlechtlichen Verkehrs eine Hauptuntugend vieler englischer Arbeiter. Auch diese folgt mit eiserner Konsequenz, mit unumgänglicher Notwendigkeit aus der Lage einer Klasse, die sich selbst überlassen wird, ohne die Mittel zu besitzen, von dieser Freiheit geeigneten Gebrauch zu machen. Die Bourgeoisie hat ihr nur diese beiden Genüsse gelassen, während sie ihr eine Menge von Mühen und Leiden auferlegt hat, und die Folge davon ist, daß die Arbeiter, um doch etwas vom Leben zu haben, alle Leidenschaft auf diese beiden Genüsse konzentrieren und sich ihnen im Übermaß und auf die regelloseste Weise ergeben. Wenn man die Leute in eine Lage versetzt, die nur dem Tier zusagen kann, so bleibt ihnen nichts übrig, als sich zu empören oder in der Bestialität unterzugehen« (Karl Marx / Friedrich Engels, »Werke«, hrsg. vom Institut für Marxismus-Leninismus beim ZK des SED, Bd. 2, Berlin [Ost] 1958, S. 355).
Zum letzten Satz vgl. 73: *Man bedenke: die Diensten sind keine Hunde; je vornehmer man sich gegen sie beträgt, um so gemeiner werden sie, und wenn unser Betragen gegen sie nicht mönschelet, so mönschelen sie auch nicht mehr.*
Die beiden Hauptunterschiede: Uli ist kein Fabrikarbeiter, lebt auch nicht in der Stadt, und der Bodenbauer ist kein Bourgeois. Die Lehren des Bodenbauern (1) vom Dienen, der gegenseitigen Treue und dem guten Namen, (2) daß der Herr nicht der Feind

des Knechtes ist, (3) daß Freude an der Arbeit Freude am Leben bedeutet – stammen bezeichnenderweise von einem Pfarrer. Man beachte auch, wie, parallel zur geistig-moralischen Entstehung eines neuen Uli, auf der animalischen Ebene ein Kalb geboren wird. Zu Kap. 3 s. a. Schwyn (1946).

23,11 *nebeneinander:* Bleiben oder Gehen sind noch nicht entschieden.

23,13 *graglych:* gerade gleich, ebenso recht.

23,25 *aufschnadern:* schaudern, schlottern.

23,28 *dabeisein:* leben innerhalb einer Gemeinschaft, mitmachen, es aushalten.

23,29 *es nähmte ihn wunder:* er möchte gerne wissen.

23,34 *apartig:* besonders (frz. *à part*).

24,5 *ins Unglück zu sprengen:* ins Unglück zu treiben, bewußt irrezuführen.

24,8 *ds Gunteräri:* im Gegenteil (frz. *au contraire*).

24,15 *Lätsch:* Schlinge.

24,17 *er sage allen wüst:* er beschimpfe jeden.

25,2 *vernamset:* vernamsen: nennen.

25,4 *zusammenzählen:* vergleichen, in einen Topf werfen.

25,22 *Ware:* Vieh.
Spycher: Speicher, Vorratshaus in der Nähe (Sicherheit bei Brand!) des Bauernhofes, meist mit Schnitzereien und Inschriften verziert.

26,15 *um [dr] tusig Gottswillen:* um Gotteshimmels willen!

26,22 *Fötzel:* Taugenichts, Lump.

26,26 f. *trägt nichts ab:* abtragen: nützen.

26,31 *verdrehe:* vgl. Anm. zu 5,8.

27,14 *verklappern:* klappern: klatschen, tratschen.

27,21 *Jungfräuli:* (Dim.) Magd.

27,28 *Angst:* Sorge, Anteilnahme.

27,33 *Schmäderfräßigkeit:* schmäderfräßig: wählerisch, verwöhnt in bezug aufs Essen.

Viertes Kapitel

Kap. 3 gipfelt in einem optimistischen Liberalismus: *so könntest du einen von den brävsten Burschen abgeben und es einst haben, wie du nur wolltest* (30). Vgl. 29: *die Welt stehe ihm offen.*
»Der liberalen Theorie zufolge soll die Freiheit jedem einzelnen

ermöglichen, daß er überhaupt die allen gleich zukommende Chance des Erwerbes, der Mehrung und Sicherung des Eigentums wahrnehmen kann. Ungeachtet der Frage nach der Realisierbarkeit dieser Chance für jeden einzelnen, die der Liberalismus an eine abstrakte Vorstellung vom Einzelmenschen knüpft, der scheinbar nicht den tatsächlich bestehenden sozial-ökonomischen Verhältnissen einer Gesellschaft unterworfen ist, trägt der Liberalismus in der Weise der ungleichen Verteilung des Eigentums Rechnung, daß er aus der gesamtgesellschaftlichen Wirksamkeit des Eigentums die Freiheit für den einzelnen und für die Gesellschaft ableitet. Konkret heißt das, wenn dies in der liberalen Theorie auch nicht ausgesprochen, sondern verschleiert wird, daß der ungleiche Besitz von Eigentum – im extremsten Fall seine ungehinderte Nutzung durch wenige – doch die Voraussetzung für die Freiheit und den Wohlstand vieler, auch in Form von Eigentum, schafft« (Lothar Döhn, in: »Handbuch Politischer Theorien und Ideologien«, Reinbek bei Hamburg 1977, S. 15).
Jede Diskussion darüber *schnitt der Kleb ab, der seine Nöten deutlicher kündete* (30).

30,30 *abzubrechen:* abbrechen: zur Aufzucht bestimmen.
31,19 *im Ungreis:* in Verwirrung, in Unordnung.
31,35 *Bei Uli war etwas Neues erwacht:* Uli hat begonnen, sich von seinem Kleinmut und seinen Abhängigkeiten zu befreien und glaubt, *er könnte noch ein Mann werden* (32). Vgl. hierzu: *daß du noch ein Mann werden könntest* (26) und: *so kannst du noch einen Mann abgeben* (37). Vgl. den hierzu wichtigen Anfang von Kap. 9 (90 f.).
32,22–33,28 *zu Vermögen kommen ... zu wenig hätte:* vgl. Anm. zu 38,1–17.
32,25 *eingezogen:* Vorschuß bezogen.
32,27 *vorschlagen:* ersparen.
33,2 *Tanzsonntage:* Das Tanzen war von der Regierung an sechs Sonntagen zwischen März und Oktober gestattet; schon im »Visitations-Rapport über die Gemeinde Utzensdorf 1824« schrieb der damalige Vikar Bitzius:
»Richtig wird an allen erlaubten Sonntagen getanzt und selten nur bis acht Uhr, wie das Gesetz gebietet, also viel mehr als früher. Dann gibt es noch sehr oft sogenannte Niedersinget, die angeblich um der Hochzeitleute angestellt werden, an denen aber die Hochzeitleute oft nicht einmal teilnehmen. Hier wird getanzt, so lange

es den Tanzenden beliebt, meist ohne Einschränkung, obschon es im Gesetz wörtlich steht, daß auf dem Lande nicht länger als bis acht Uhr getanzt werden soll. Zwischendurch gibt es noch Schießet, Musterungen, Eiermähler, wo man die ganze Nacht tanzt, so auch am sogenannten Altenjahrabend und am Neujahr; dazu sollen die Solothurner und Burgdorfer Märten nicht einmal gezählt werden.

So wird also die wohltätige Absicht des Tanzgesetzes umgangen, welches nächtliche Ausschweifungen verhüten will; denn was kann wohl der Sittlichkeit schädlicher sein als die Schwärmereien eine ganze Nacht hindurch, wobei durch Wein und Erhitzung, durch dargebotene Gelegenheit alle guten Grundsätze überwältigt werden müssen?

Da nun auf diese Weise weit mehr und im Ganzen nicht beschränkter getanzt wird als früherhin, so muß natürlich auch der ökonomische Zustand außerordentlich leiden.

Die Jugend dieses Dorfes hat, sehr gering gerechnet, wenigstens dreißigmal Gelegenheit zum Tanzen. Angenommen nun, daß einer nur zur Hälfte geht und jedesmal nur 25 Batzen (was nach der Angabe aller das geringste ist) braucht, so macht dieses schon die bedeutende Summe von 37 Franken 5 Batzen.

Daraus entstehen nun die traurigen Folgen, wie die Erfahrung überzeugend lehrt: daß Knechte und Mägde von ihrem Lohn nicht nur nichts beiseite legen, sondern meistens in Schulden stecken; daß den meisten, wenn sie ein uneheliches Kind haben, was nur zu oft der Fall, die Gemeinden es erhalten müssen« (Erg.-Bd. 11,47 f.).

33,3 *Musterung:* regelmäßige Überprüfung der Ausrüstung der Milizsoldaten.

Garnison: regelmäßige militärische Übung der Milizsoldaten.

33,5 *Niedersingeten:* (Pl.) »Der alte Volksbrauch des ›Niedersingens‹ bestand darin, daß Jünglinge und Mädchen die Neuvermählten des Dorfes mit Gesang zum Brautbett geleiteten; diese mußten dem Gesang durch Bewirtung oder Geld ein Ende machen. Der ›Niedersinget‹, unter dem man nicht nur das Niedersingen, sondern zugleich den gespendeten Schmaus verstand, war seit 1810 gesetzlich verboten« (Hunziker).

33,5 f. *An- und Aussaufeten:* (Pl.) Gelage bei Eröffnung und Schließung von Wirtshäusern.

33,6 *Schießeten:* (Pl.) Schützenfeste, Wettschießen.

33,7 *Tschämeln:* zu Gevatter bitten (für den Angesprochenen meist mit Geldausgaben verbunden).
Abendsitze: abendliche Besuche der Nachbarn.
33,8 *Verfassungsabend:* Feier zur Erinnerung an die Annahme der liberalen Berner Verfassung vom 31. Juli 1831.
Springete: ausgelassene Tanzerei im Freien. Zu den verschiedenen Bräuchen vgl. Strübin (1959).
33,11 f. *fürs Ordinäri:* hier: für gewöhnlich.
33,12 *Brönz:* Branntwein, Schnaps.
33,15 *abschaffen:* bezahlen.
33,24 *abschränzen:* abzwacken.
33,29–36,22 *Als er einst ... Haselhag hervor:* Man beachte, wie Gotthelf zwischen das feierliche, sonntägliche zweite und das philosophische, ethische dritte Kapitel einerseits und die dann folgende Erörterung von Ulis Finanzen andererseits diese derb komische Szene mit Ulis *Schleipfe* einschiebt. Nicht zuletzt trägt der Dialekt (Schimpfwörter und Flüche) dazu bei, die Versucherin lächerlich zu machen. Auch der Baumwollhändler ist eher lächerlich als böse, während Uli selbst im »Pächter« einem keineswegs harmlos-lächerlichen Bösen unterliegt. Zum Problem des Bösen s. a. »Die schwarze Spinne«.
33,30 *Grasen:* Gras mähen, Gras holen.
33,32 *Gring:* Grind, Kopf.
33,35 *Stör:* Arbeit im Haus des Auftraggebers (meist für Schuhmacher und Schneider).
34,1 *verstaunet:* nachdenklich.
34,7 *erleiden:* ertragen, aushalten.
Längizyti: Sehnsucht, Langeweile.
fry: geradezu.
das Essen gestellt: den Appetit genommen.
34,8 *Hag:* Hecke, Zaun.
passet: passen: warten, jemandem auflauern.
34,10 *gewohlet:* wohlen: wohl sein, besser gehen.
34,14 *es het mi duecht:* ich habe geglaubt, gemeint.
34,21 *muckelte:* mugglen: vgl. Anm. zu 3,9.
34,22 *abwarten:* pflegen.
34,31 *neuis:* etwas.
34,32 *öppe:* etwa, vielleicht, eben auch.
schicken: passen.
34,33 *aufgewiesen:* aufgehetzt.
dr Gring großmachen: jemanden eingebildet machen.

34,34 *Kuder Joggelis Annebäbi:* Anna Barbara, die Tochter des Jakob Struppig.
34,34 f. *aufgestüpft:* aufstüpfen: aufreizen, aufhetzen.
35,1 *Strupf:* im Wachstum zurückgebliebener Mensch, Knirps.
35,3 *Hung:* Hund.
35,4 *bim Dolder:* beim Donner!, das kann ich dir sagen!
35,4 f. *Bis mir ds Hergetts:* Untersteh dich!
35,8 *Schyßhüng:* Scheißhunde, Scheißkerle, Feiglinge.
35,9 *Apartigs:* vgl. Anm. zu 23,34.
35,10 *dolderschießig:* Donner und Blitz, verflucht.
35,10 f. *Grännihung:* mürrischer Kerl (*grännen:* das Gesicht verziehen, greinen).
35,12 *zKilche führen:* in die Kirche führen, heiraten.
35,16 *Bsinnig mache(n):* zu Verstande, zur Vernunft bringen.
umezcho: umecho: wiederkommen.
35,17 *Zyberligränni:* sauer, mürrisch dreinschauender Kerl (*Zyberli:* saure Pflaume).
35,19 *Fötzel:* vgl. Anm. zu 26,22.
35,21 *Wäschlumpe:* Waschlappen.
Sonntagskutte: Kutte: Männerrock mit Schößen.
plätzen: ausbessern, flicken.
35,22 *leidi More:* wüste Sau.
denn nadisch: denn doch.
35,24 *z'kündte:* sich künden: sich bemerkbar machen, anbändeln.
verreblet: ausgehungert, heruntergekommen.
35,25 f. *häb nit öppe Kummer, ich well di!:* mach dir bloß keine Sorgen, ich wolle dich!
35,26 *Sellig wett ich:* solche könnte ich.
35,28 *wart ume:* warte nur!, paß nur auf!
35,29 f. *lebig da dännecho:* lebendig von dieser Stelle hier fort.
35,30 *jemand das Maul auftun:* jemanden in Staunen versetzen.
35,31 *Merligen:* Ort am Thunersee (das bernische Schilda, Abdera).
35,32 *aufreisen:* aufhetzen.
35,35 *so lueg de, was geht:* so sieh dich vor, was passieren wird!
36,1 f. *dr Gring machen:* trotzen, eigensinnig sein.
36,7 *bschyßen:* beschmutzen, betrügen.
36,13 *flattieren:* gut zureden, schmeicheln (frz. *flatter*).
36,17 *zerschryßen:* zerreißen.
36,18 *Grasbähre:* Bähre: einrädriger Schubkarren.
36,24 *Bahren:* Futterraufen.

36,27 *Göhl:* Narr.
abläßt: ablassen: übermütig sein.
36,32 *hundshärig:* knauserig.
37,11 *sturm:* vgl. Anm. zu 3,16.
37,12 *zuputzen:* zurichten.
37,15 f. *die gebe es oft am wüstesten:* die treffe es oft am schlimmsten.
37,19 *Los, Meister!:* Hör, Meister!
37,25 *fürhusen:* sparen.
37,28 *nüt:* nichts.
37,35 f. *es nimmt mich wunder:* vgl. Anm. zu 23,29.
38,1–17 *für deine Kleidung ... bis zum letzten:* Uli bekommt – bei freiem Essen und Wohnen – 30 Kronen Jahreslohn. Im folgenden stehen Ulis und des Meisters Verteilung dieses Jahreslohns einander gegenüber:

Ulis Rechnung (32 f.):	des Meisters Rechnung (38–41):
10 Kronen für Kleider 8 Kronen für Strümpfe, Schuhe, Hemden, Waschen	vom Meister akzeptiert
2 Kronen für Tabak	nach des Meisters Meinung zu viel
4 Kronen für Brönz und Wein 3 Kronen für Tanzsonntage 3 Kronen für *die übrigen Hudeleien*	nach des Meisters Meinung überflüssig

Ein gutes Drittel seines Lohns soll Uli also nach des Meisters Meinung sparen. Da das Verhältnis der Preise der Waren und der Löhne untereinander nicht zu allen Zeiten gleich ist, ist es nicht möglich, die Geldbeträge in heutige Währungen umzurechnen. In Gotthelfs Werk kommen hauptsächlich folgende Währungseinheiten vor, die durch eine einfache Division oder Multiplikation auf die Grundwährung, den Batzen, umgerechnet werden können:

Kreuzer	: 4	Gulden	× 15	Taler	× 30
Pfund	× 7½	Krone	× 25	Neutaler	× 40
				Dublone	× 160

Der höchste Geldbetrag in den »Uli«-Romanen ist die Steigerungssumme für die Glungge im »Pächter«: 60 000 Gulden. Zu den kleinsten Beträgen gehört z. B. das *halbbatzige Mütschi* (39) oder der Tageslohn eines Tagelöhners: 12 Kreuzer (»Pächter«, XI,223), der Haftpfennig für Uli oder Ulis und Käthis Essen (137 und 108). Zum Vergleich, nach obiger Tabelle auf Batzen umgerechnet:

60 000 Gulden (Glungge)	=	900 000	Batzen
halbbatziges Mütschi	=	½	Batzen
12 Kreuzer für Tagelöhner	=	3	Batzen
Ulis und Käthis Essen	=	16	Batzen
Haftpfennig	=	20	Batzen
30 Kronen, Ulis Lohn	=	750	Batzen
24 Taler, Mädis Lohn (»Pächter«, XI,56)	=	720	Batzen

38,9 *Bühne:* vgl. Anm. zu 9,22.
38,34 *sich der Gemeinde erwehren:* sich abmühen, nicht so arm zu werden, daß die Gemeinde einen ernähren muß.
39,5 *Langental:* heute: Langenthal, Ort zwischen Burgdorf und Olten.
Märit: Markt.
zeitlich: früh, zeitig.
39,13 *kaum tun:* sich kümmerlich durchschlagen.
39,15 *Heimet:* Gut, Hof.
39,18 *halbbatziges Mütschi:* Weißbrötchen, Wecken zu ½ Batzen.
39,30 f. *verschlengget:* verschleudert.
39,32 *Gythung:* Geizkragen (*Hung:* Hund).
39,33 *z'leerem:* hier: ohne Almosen.
39,35 *nadisch dann:* dann doch.
40,19 *Herumfahren:* Herumtreiben.
40,23 *Kilt:* vgl. Anm. zu 10,16.
40,23 f. *Holzböden:* Holzschuhe.
40,27 *wenn man voll herumgehürschet ist:* wenn man betrunken herumgestrolcht ist.
40,28 *im Kot herumgedröhlt hat:* sich im Dreck gewälzt hat.
40,31 *dsHalb:* die Hälfte.
41,12 *ans Vorschlagen:* ans Sparen.

Fünftes Kapitel

42,5 *zKilchen:* vgl. Anm. zu 13,11.

42,17 *märtete:* märten: markten, handeln.

42,27 *führen es aus:* einen ausführen: einen verhöhnen, verspotten, lächerlich machen.

43,1 f. *sich zTod werchen:* sich zu Tode arbeiten.

43,3 *anständig:* passend, genehm.

43,17 *sie wollten einmal Narren sein:* sie wären schön dumm.

43,19 *Hauenstiel:* Hackenstiel.
gedampet: verdampet: vgl. Anm. zu 13,5.

43,20 *trümpfen:* sticheln.

43,23 *Ohrenträger:* Zuträger, Petzer.

43,24 *schlumpen:* lässig arbeiten.

44,1 f. *als ob da zwei Mächte sich um seine Seele stritten:* Gotthelf ist es wichtig, Gut und Böse klar und deutlich voneinander zu trennen; das Gute ist nützlich und bringt Glück, das Böse ist schädlich und bringt Unglück. Vgl. auch Anm. zu 69,33 und Ulis Lektüre des Sündenfalls 164 f. Vgl. auch die Antithetik in Titeln und Aufbau der Romane »Geld und Geist« und »Zeitgeist und Bernergeist« und Anm. zu 33,29–36,22.

44,6 *aufgewiesen:* aufweisen: aufreizen.

44,31 *oft nicht Meister über sich:* vgl. auch: *er ist schon selbständiger, mehr Herr seiner selbst* (91).

45,4 f. *bysten und berzen:* ächzen und stöhnen.

45,5 *hudelten:* vgl. Anm. zu 3,25.

45,16 *Bastesel:* Lastesel.

45,20 *geistlich:* frömmelnd, sektiererisch (*Versammlungen*).

45,22 f. *das auf die Füße Trappen:* Heimlichkeiten, Vertraulichkeiten haben.

45,23 *guselte:* reizte.

45,31 *abbrachte:* erreichte.

45,33 *afe:* doch eigentlich.

45,36 *Gfell:* vgl. 382: *das blinde Glück, der Zufall, das sogenannte Gfell.*

46,6 *den Faulhund machen:* faulenzen.

46,12 *Platz:* Anstellung.

46,15 *ganze Hutten voll:* jede Menge (*Hutte:* Kiepe, Rückentragkorb).

46,19 *ein Bein machen können:* ein Bein rühren können, einen Finger rühren können.

46,27–28 *Es nimmt ... gah soll:* Ich möchte, beim Teufel, wissen, wie das einmal gehen soll.
46,30 *weggesprengt:* weggetrieben.
46,31 *Gwunder:* Neugierde.
47,1 *Lisi ... Benz:* Elisabeth ... Benedikt.
47,2 *halbbatzig:* einen halben Batzen wert, nicht viel wert.
47,5 f. *dr tusig Gottswille:* um Gotteshimmels willen!
47,6 *gäb wie:* wie sehr auch.
47,15 *zügeln:* ziehen, umziehen.

Sechstes Kapitel

48,5 *Hurnussen:* (von: Hornuß ›Hornisse‹) wird auch heute noch in der Schweiz, insbesondere im Kanton Bern, gespielt; vgl. 48–56. Abbildungen bei Richard Weiss: »Volkskunde der Schweiz«, Erlenbach bei Zürich 1946, Abb. 170 und 171.
48,7 f. *Erdöpfelkofer ... Brönzwylerern:* Kartoffelhofener ... Schnapsweilerer.
48,17 *Zoll:* 3 cm.
48,18 *Linie:* 3 mm.
48,21 *Fuß:* 30 cm.
Schwirren: Pflöcke.
50,1 *Ürti:* Zeche.
50,13 f. *Bernergrind:* Bernerschädel.
50,18 *je feiger die Richter:* Zum Thema vgl. Dürrenmatt (1947).
51,22 *Leistungen:* Arztkosten usw. des Schlägers an den Verletzten (vgl. 60).
51,26 *Ausmachete:* gütlicher Vergleich (zwischen Schläger und Verletztem).
52,27 *zHaß ergreifen:* hassen.
53,3–4 *Das ist ... zu Bern:* Gotthelf setzt oft die von ihm beschriebene kleine Welt mit der sog. großen gleich; im »Pächter« wird Uli einmal mit Napoleon verglichen (XI,346 f.); in »Geld und Geist« die Bäurin Änneli mit Helden und Märtyrern (VII,92); in der Brust des Prinzen und des Bettlers schlage das gleiche Herz, heißt es im »Bauernspiegel« (I,177) und im »Anne Bäbi« (V,289 f.); vgl. auch: *Waterloo oder Morgarten* (61), *Departement des Auswärtigen* (220), *Louis-Philippe* (224), *Kapitän Parry* (231).
53,9 *ans alte Ort:* in den alten Zustand.
53,15 *fecken:* prüfen.

54,1 *Kuttentäschen:* Jackentaschen.
Westensäcke: Westentaschen.
54,2 *der (!) Luft:* der Wind.
54,4 f. *branzen:* schimpfen, disputieren.
54,9 *trätscheten:* schlenderten.
54,26 *Hübeli:* kleine Anhöhe, Hügelchen.
54,28 *trappete:* ging, trottete.
55,16 *zwicken:* einen kurzen Hieb versetzen.
55,24 *in ebenrechter Höhe:* in gewohnter, normaler Höhe.
55,33 *Vörtelchen:* Vorteilchen.
55,36 *Weit dr ne?:* Wollt ihr ihn (den Hornuß)?
55,36 f. *Gät ume!:* Gebt nur!, Nur zu!
56,18 *bas hingere stah oder bas füre:* weiter hinten oder weiter vorn hinstehen.
56,19 *sich auseinanderlassen:* sich verteilen, nicht so dicht stehen.
56,36 *stüpften:* stüpfen: stoßen, einen Tritt geben.
57,11 f. *sich leid stellen:* sich ungeschickt anstellen (Ggs.: sich brav stellen).
57,14 *Ihrer:* die Ihrigen, die eigene Mannschaft.
57,15 *Uwatligs:* Ungutes.
hinecht: heute abend, heute nacht.
57,16 *Kläpf:* Pl. von: Klapf ›Schläge, Prügel‹.
57,18 *Fäger:* Raufbold.
57,22 *trümpfte:* stichelte.
57,30 *was es ihm breiche:* was seinen Teil ausmache.
57,30 f. *Aber da ... wolle:* Da machte man ihm klar, ob man ihn rückwärts entrinnen lassen wolle! (Man will natürlich nicht.)
57,34 f. *dem Müetti under dScheube schlüfen:* der Mama unter die Schürze schlüpfen.
58,20 *vom Tüfel:* wie der Teufel.
58,21 *borgen:* schonen.
58,28 *gescheitert:* mit Holzscheiten beworfen.
gebodiget: zu Boden gezwungen, besiegt.
58,32 *die Leideren:* die Schwächeren, Verlierer.
59,6 f. *E e, ih wett ... zeige:* Na na, ich würde lieber nicht (schlagen); laß den los, sonst will ich dir's zeigen!
59,10 *Künge:* Pl. von: Küng; von ähnlicher Körperkraft ist Hagelhans im »Pächter« und Michel in »Michels Brautschau«, dort auch eine prächtige Schlägerei (XX,135 f.).
59,21 *von der Stirne heiß der Schweiß:* Anklang an Schillers »Lied von der Glocke«: »Von der Stirne heiß / Rinnen muß der

Schweiß«; bei Gotthelf tauchen ab und zu Zitate von Schiller, Bürger (»Lenore«), Goethe u. a. auf, häufiger Sprichwörter und Bibelzitate oder Bibelanklänge.

59,25 *für ds Teufels Gewalt:* unbedingt.

59,27 *dGringe abschryße:* die Köpfe abreißen.

59,33 *tätschen:* klatschen (Geräusch).

klepfen: knallen.

60,5 *gschmucht:* übel, ohnmächtig.

60,8f. *doch afe:* doch endlich.

60,10 *afe wüst genug:* schon wüst genug.

60,18 *es ihnen teilen:* ihren Streit schlichten.

unsauber: unsanft, rücksichtslos.

60,18f. *La gseh, gutets jetz de?:* Laß mal sehen, ob es jetzt nicht bald besser wird!

60,36 *Flöhbicke:* Flohbisse.

61,21f. *Waterloo:* Ort in Belgien, Niederlage Napoleons am 18. Juni 1815.

61,22 *Morgarten:* Ort im Kanton Schwyz, wo am 15. November 1315 die Waldstätte Schwyz, Uri und Unterwalden das Ritterheer Herzog Leopolds I. von Österreich besiegten. Die Schlacht beschrieb Gotthelf in der Erzählung »Der Knabe des Tell«.

61,28 *Hausen:* Sparen.

61,30 *übertrappe:* über die Schnur haue, über die Stränge schlage.

61,31 *erleiden:* ertragen, verkraften.

62,3 *Landvogt:* »Seit dem Untergang des alten Bern (1798) gab es keine Landvögte mehr. An ihre Stelle waren zu Beginn der Mediationszeit (1803) die auf sechs Jahre gewählten Oberamtmänner getreten, die aber im Volk um so länger den alten Namen ›Junker Landvogt‹ behielten, als in der Restaurationszeit (1813–31) das ehemalige Untertanenverhältnis in den 22 Oberämtern teilweise wiederhergestellt wurde. Seitdem 1832 die demokratische Verfassung zum Siege gelangt war, trug der oberste Beamte eines politischen Bezirks den Titel Regierungsstatthalter. Aber auch jetzt starb, wie wir aus Gotthelf ersehen, die Bezeichnung ›Landvogt‹ erst nach und nach aus« (Hunziker). Vgl. Gotthelf in seiner Erzählung »Der Oberamtmann und der Amtsrichter«: »Das gehört auch unter die Landplagen unserer Zeit und zum entschiedenen Fortschritt, daß fast mit jedem Mondwechsel Moden, Gesetze und Titel ändern, was die Leute fort und fort stürmer und dümmer macht, Autorität und Zucht immer mehr zersetzt, und den Leuten das Geld wegbeißt wie Heuschrecken das Gras« (XXII,49).

62,4 *aufgestiefelt:* angestiftet, aufgehetzt.
62,6 *ausmachen:* gütlich beilegen.
62,12 *vermögen:* dazu bringen.
62,13 f. *abmachen:* abrechnen.
62,16 *in allem auszuhalten:* alles zu bezahlen.
62,19 *anständig:* passend, genehm.
62,23 *bannisieren:* verbannen, des Landes verweisen.
62,25 *leistet:* leisten: verbannt sein, eine Strafe absitzen.
62,27 *Resli:* Andreas.
62,28 *es hätte gefehlt:* sei fehlgeschlagen.
62,31 *allweg:* gewiß, durchaus, jedenfalls.
62,36 *witzig:* vernünftig, gescheit.
63,5 *dolderschießig:* vgl. Anm. zu 35,10.
63,13 *gschweigen:* zum Schweigen bringen.
Losen: Zuhören.
63,24 *ds Gunträri:* vgl. Anm. zu 24,8.
63,27 *heuschen:* fordern.
64,11 *brichtet:* brichten: sich besprechen.
64,13 *Futtergang:* »Raum zwischen Tenne und Stall, von dem aus dem Vieh das Futter in die Raufe gelegt wird« (Juker).
64,23 *aufreise:* aufhetze.
64,28 *hineinsprengen:* vgl. Anm. zu 24,5.
64,33 *Dankeigist!:* Hab' Dank!
der Gattigs: solches, solcherlei.
64,35 *dr Tüfel:* noch mal schöner!
65,4 *Bschyßhändel:* Betrugsgeschäfte, Beschiß.
65,17 *klug sein wie eine Schlange:* Mt. 10,16.
65,33 *das mangle sich nicht:* das sei nicht nötig.
66,2 *vernamset:* namentlich aufgeführt.
66,3 f. *er könne nicht Geschriebenes lesen:* Wie viele Figuren Gotthelfs kann Uli zwar Gedrucktes, also z. B. einen Kalender oder die Bibel (Kap. 7) lesen, nicht aber (mit der Hand) Geschriebenes; zum Bildungsniveau auf dem Land im 19. Jh. vgl. Gotthelfs »Leiden und Freuden eines Schulmeisters«, ferner: Rudolf Schenda, »Volk ohne Buch«, Frankfurt a. M. 1970, und Rolf Engelsing, »Analphabetentum und Lektüre«, Stuttgart 1973. – Später kann Uli allerdings einen Brief des Bodenbauern lesen und selber einen Brief schreiben (173).
67,18 *punktum:* ganz genau.

67,34 *zäpflet:* zäpflen: hintenherum spotten, sich heimlich spöttische Blicke zuwerfen.
68,6 f. *liberiert:* befreit (von aller Verantwortung).
68,10 *Fürfuß:* unterer Teil des Strumpfes.
68,11 *Bendicht Hemmlischilt:* Benedikt Hinterhemd.
68,14 *die Donnere:* die Saukerle!
68,17 *abenandere:* auseinander, entzwei.
68,26 *zMorgen essen:* frühstücken.
trätschete: schlenderte.
69,5 *vermachen:* zumachen, reparieren.
69,11 *es wäre afe Zeit:* es wäre langsam Zeit.
69,14 *unterwegs:* ungetan.
69,15 *abträgt:* nützt.
69,17 *fürbas:* weiter, seiner Wege.

Siebentes Kapitel

69,27–28 *breiten Weg ... schmalen Pfad:* Motiv des Jünglings oder des Herakles am Scheideweg. Die Geschichte soll von dem Sophisten Prodikos stammen und ist in den »Memorabilien« des Xenophon 2,1,21–34 überliefert.
70,9 *umsonst:* vergeblich (weil z. B. die Bremsen noch angezogen sind).
70,19 *rüsten:* Gemüse putzen.
70,32 *Biecht:* Reif.
Dackbett: Deckbett.
70,33 *Pfnüsel:* Schnupfen.
71,2 f. *einem Fürfuß plätzen für die Notdurft:* einen Strumpf stopfen, damit man ihn hat, wenn nötig.
71,5 *Haushaltung:* alle Hausbewohner.
71,12 *Gaden:* vgl. Anm. zu 3,13.
71,18 *plättern:* faul herumliegen.
71,19 *trage doch hell nichts ab:* nütze doch überhaupt nichts.
71,22 *Hälsig:* kurzer Strick.
71,23 *da hätte es müssen öppe usgrüteret sy:* da hätte man einfach ausfliegen müssen.
71,25 *sich nicht entblöden:* sich gar nicht scheuen, ungeniert.
71,27 *abhauen:* wegschneiden.
71,27 f. *sich anders anlegen:* sich umkleiden.
71,34 *etwas zu schreiben oder zu lesen:* Gotthelf spricht in diesem

Kapitel von der zivilisierenden und humanisierenden Wirkung des Schreibens und Lesens. Schreiben und Lesen machen aus Tieren erst Menschen und schließlich Christen. Vgl.: *so mönschelen sie auch nicht mehr* (73) und: *er vergesse ganz und gar, daß er ein Mensch sei* (77) sowie: *Aber auch die Diensten schienen anders zu werden* (79). Als Lektüre werden die Bibel und *andere Bücher* (74,35) sowie Kalender angegeben. Bildung durch das Schöne und die Künste spielt bei Gotthelf sonst keine Rolle. Vgl. »Armennot«, Kap. 5 (XV,155 ff.).

71,36 *Kalender:* Gotthelf gab selber von 1840 bis 1845 sechs Jahrgänge des »Neuen Berner Kalenders« heraus; vgl. Hans Itten, »Jeremias Gotthelf als Kalenderschreiber«, Zürich 1959.

72,32 *hoffärtige Hundeställe:* luxuriöse Hundehütten.

73,18 *je vornehmer:* hier: je mehr von oben herab.

73,20 f. *nicht mönschelet ... mehr:* nicht menschlich ist, so gleichen sie bald nicht mehr Menschen, sondern Tieren (es klingt eher Humanität an als etwa das Allzumenschliche).

73,24 *wie des Samihanse Taunern:* wie den Tagelöhnern des Samihans. »Der Gegenstand der Anspielung, der Bauer Samihans und seine Tauner, ist unbekannt« (Vetter, S. 434).

73,25 *Buchiberg ... Bucheggberg:* Amtsbezirk des Kantons Solothurn, gleichnamiger Bergrücken, noch um 1900 reines Agrargebiet, ohne Eisenbahn usw.

73,30 *es pariserlet:* es geht zu wie in Paris. (Anspielung auf Ausbeutung von Arbeitern? Müßiggang und Langeweile sind aller Laster Anfang?)

73,31 *Dachtrauf:* unterer Rand des breiten Vordachs.

73,34 *Was Schießigs:* Was zum Teufel (*Schieß:* Blitz).

74,15 *Bysluft:* kalter Nordostwind.

74,22 *neue nit:* nicht so recht.

74,23 f. *habe es neue einist welle probiere:* einmal habe ich es doch probieren wollen.

74,26 *gspäßig:* sonderbar, seltsam.

74,31 *z Visite:* zu Besuch.

74,35 *Buffert:* vgl. »Schwarze Spinne«: »Und zum glänzenden Schrank aus Kirschbaumholz, Buffert genannt, ging sie, wo hinter Glasfenstern des Hauses Zierden prangten« (XVII,10).

75,3 *Kacheli:* Tasse, irdenes Geschirr, Napf, meist ohne Henkel.

75,4 *Strählen:* Kämmen.

75,6 *ein Mänteli fieggen:* ein Vorhemdchen (vgl. Anm. zu 15,16) bügeln.

75,8 *sauft zuche und dänne:* ungehindert hinzu und wieder weg.
75,12 *Hemlideckel:* (spött.) Mänteli.
75,15 *den Platz verschlügen:* den Platz wegnähmen.
75,15 f. *Das wär ihnen afangs lustig:* (iron.) Das mache ihnen doch langsam Spaß, gehe ihnen zu weit.
75,19 *ihnen alle Essen verstänkten:* ihnen alle Mahlzeiten durch Gestank verdürben.
75,21 f. *halbbatzige Jumpfer:* Dienstmagd ohne viel Wert.
75,25 *doch afange:* doch langsam, nachgerade, allmählich.
75,26 *ihrer Gattig Leut:* Leute wie sie.
75,28 *öppe auch tun:* halt auch tun.
wie es dr Brauch sei: wie es Brauch sei, üblich sei, sich gehöre.
75,31 *auch öppe gwüßt, was dr Bruch syg:* halt auch (noch) gewußt, was sich gehöre.
Vrzieht!: Verzeiht!
75,32 *Trumpf:* Stichelei.
76,1 *öppis:* etwas.
76,2 *Branzen:* Zanken, Streiten.
nebenzuche: nebenan.
76,7 *fürgegangen:* vorbeigegangen.
76,8 *neue no:* eigentlich noch.
76,11 *apartig nicht:* nicht ausdrücklich.
76,15 *höhn:* böse.
76,17 f. *Wo man dann eigentlich sein solle:* Wo man sich denn dann eigentlich aufhalten solle?
76,19 *Gstabi:* steifer, unbeholfener Mensch.
eim am Weg: einem im Weg.
76,24 *freiner:* angenehmer, freundlicher.
76,31 *als ich afangs gsinnet:* als ich zuerst dachte.
76,34 *grüselich:* schrecklich, greulich.
77,2 *o öppige einist:* auch zuweilen.
77,6 *vrschwyge de:* geschweige denn, gar nicht zu reden von.
77,9 f. *mit einem großen Kopf:* aufgeblasen.
77,11 *Ofenhäuser:* Backhäuser.
77,12 *aufzuweisen:* aufzuhetzen, reizen.
77,13 *verflümeret:* Nebenform zu: verflucht.
77,14 *Giftlöffel:* Giftspritze, Aufhetzer(in).
77,14 f. *eins zum Gring geben:* eins auf den Kopf geben, ohrfeigen.
77,15 *zring um dWelt:* rings um die ganze Erdkugel.
77,17 *ds Halb bas:* um die Hälfte besser, nur noch halb so schlecht, doppelt so gut.

77,19 *öppe o sinne lernte:* vielleicht sogar auch nachzudenken lernten.
77,21 *schnup doch:* nun hol aber mal Luft!
77,22 *akkurat wie üse Predikant:* genau wie unser Prediger.
77,23 *am Halbe zviel:* die Hälfte zuviel.
77,30 f. *es trage es eim wohl ab:* es lohne sich einem.
77,33 f. *Tröpfli:* Dim. von: Tropf ›geistig beschränkter Mensch‹.
78,8 *stüpfte:* stüpfen: antreiben, reizen, mit dem Ellenbogen stoßen, Fußtritte geben.
78,19 *Dornhäge:* Dornenhecken.
78,19 f. *in Güllen herumgetröhlt:* in Jauchegruben oder Pfützen herumgewälzt.
78,24 f. *Herd warf ... auf:* Unwillen erregte (*Herd:* Erde).
78,30 f. *für die Gwundernase:* für die Neugier.
78,31 *Es duechte ... Gattig:* Sie fand, das habe doch, bei ihrer Seele, keine Art, schicke sich nicht.
79,5 *ward man rätig:* beschloß man.
79,11 *brichten:* lehren.
79,12 f. *Dr Johannesli ... lehre:* Der kleine Johannes ist wirklich ein gescheiter Bube, der Lehrer kann ihn wahrhaftig bald nichts mehr lehren.
79,22 *ablosen:* zuhören, Gehör schenken.
79,25 *Mooskalb:* Mondkalb, Schafskopf.
79,32 *der Herr:* der Pfarrer.
80,12 *Kurzezyti:* Kurzweil, gute Unterhaltung (vgl. Anm. zu 392,5–9).
80,13 *im halben Tag:* am Nachmittag, zwischen den üblichen Mahlzeiten.
80,31 *Seh, komm:* Los, komm!
80,32 *notti nit:* doch wohl nicht.
80,32 f. *öppe kei Herr nit:* noch lange kein Herr (Städter).
80,34 *zwo vrflucht brave Jumpfere:* zwei verflucht hübsche Mägde.
80,34 f. *wohl öppe o dinne sy:* wahrscheinlich auch drin sein.
81,1 *Karlishof haben:* den Hof Karls d. Gr. erleben; auf Kosten anderer herumschwelgen, Vergnügen haben, schäkern.
81,4 *Zök:* Liebelei, Buhlerei.
81,6 *Holla machen:* auf den Tisch hauen, die Ordnung wiederherstellen.
81,8 *unanständiger:* unangenehmer, unangebrachter.
81,14 *Kilbi:* Kirchweih (*Kilbi halten:* festen).
81,17 f. *Es gutete:* es wurde gut, besserte sich.

81,18 f. *kreuzerige Knechtlein ... viererige Jungfräulein:* Knechte und Mägde, die nicht viel wert sind (vgl. Anm. zu 47,2; 75,21).

Achtes Kapitel

81,28 *Halbe:* eine halbe Maß: 8,356 dl.
81,31 *Schoppen:* eine viertel Maß, eine halbe Halbe: 4,178 dl (vgl. Juker).
82,1 *Ürti:* Zeche im Wirtshaus.
82,9 *er träumte:* Zum weiten und vielfältigen Thema des Traums gibt es die Untersuchung von Baumann (1954).
82,12 *bystete, berzete, gruchsete:* vgl. Anm. zu 45,4.
82,20 *gspannet:* spannen: den Radschuh unterlegen, hemmen.
82,26 *darhalten:* hinhalten, sich aussetzen.
wüst sagen: schimpfen, beschimpfen.
82,27 f. *su hör doch, du alts Rääff!:* so hör doch auf, du altes Zankweib!
82,32 *Toggeli:* Alp, weiblicher Inkubus.
82,35 *Wahrsagerin:* Wie z. B. das Schnupfsäckeli in »Anne Bäbi Jowäger« (V, T. 1, Kap. 17).
83,29 *Stübli:* vgl. Anm. zu 4,3.
84,4 *bschüßten:* bschüßen: wert sein, ausmachen, genügen.
84,6 *längen:* reichen, auskommen.
84,7 *darhalten:* lange ausreichen, lange vorhalten.
84,8 f. *herbeigeführtes Heu:* gekauftes Heu (im Ggs. zum *selbstgemachten*).
84,9 *1 Klafter Heu:* 5,4476 m^3.
84,11 *Stock Heu:* Haufen Heu.
gäb wie: wieviel auch.
84,12 *eim:* einem.
84,16 *Stör:* vgl. Anm. zu 33,35.
84,18 *zweg:* bereit.
84,24 *es hätts dann:* es halte dann.
84,29 *bröde:* brüchig, mürb.
84,30 *an einem Orte:* irgendwo.
84,31 *Spinnhubbelen:* Spinnweben.
84,34 *z'schlimm:* zu schlau.
85,6 *niemand Witzigs:* kein vernünftiger Mensch.
85,8 f. *führten es ... aus:* ausführen: verspotten, lächerlich machen.

85,9 *im Kornplatz:* im Kornfeld; d. h. alle (Krämer usw.), die, wie die Vögel, das Feld (die Diensten) plündern.
85,11 *ds Buren:* die Bauern.
85,17 *verbrüllet:* in Verruf.
85,20 *abläschlen:* ablisten, abschwatzen.
die mindern: die in der Minderzahl.
85,29 *Hunghafen:* Honigtopf.
85,34 *Schick:* guter Fang, vorteilhafter Handel.
86,6 f. *Hechler:* der den Flachs durch den Reffkamm (Hechel) zieht.
86,11 *Trögli:* Truhe.
86,16 *Gülten:* Schuldverschreibungen, Zinsschriften.
Pfosten: Geldbetrag.
86,18 *Stümpleten:* verstreute kleine Geldbeträge.
86,33 *bündig:* klar, deutlich.
87,3 *Michelstag:* »Michaelis, der 29. September, der Herbstanfang, Erntetag. Als Termin (Zinstag usf.) ist der Michelstag für den Landmann von großer Bedeutung« (Hunziker).
87,8 *Märit:* Markt.
87,17 *einmal:* jedenfalls, wirklich.
87,23 *sturm:* vgl. Anm. zu 6,21.
87,27 *Hudeln:* vgl. Anm. zu 3,25.
87,28 *verschlengget:* verschwendet, verschleudert, verpraßt.
87,30 *Hudel:* einer, der hudelt.
87,31 *Hung:* Hund.
88,9 f. *er dürfe es nicht:* er wage es nicht, getraue sich nicht.
88,18 *apartig:* ausdrücklich; vgl. Anm. zu 23,34.
88,19 *Vogt:* Vormund.
88,22 *Gyttüfel:* Geizteufel.
88,32 *er hintersinne sich sonst:* er verliere sonst den Verstand, werde verrückt.
88,35 *Kundsame:* Kundschaft, Kunden.
89,3 *ungfellig:* unglücklich, ohne fortune; vgl. Anm. zu 45,36.
89,9 *i dKasse:* auf die Sparkasse. Zur Erziehung Ulis gehört auch das Wissen, daß Geld Zinsen bringt, und zwar auch dem Bauernknecht. Im Kanton Bern bestand seit 1787 eine »Dienstenzinskasse«, die älteste Sparkasse der Schweiz. Zur Zeit Gotthelfs wurde das Thema u. a. von Eduard Sulzer, »Ideen über Völkerglück« (1828), und Alphonse de Candolle, »Untersuchungen über den Ursprung der Sparkassen« (1836), behandelt. Für Sparkassen wirbt Gotthelf in der Auftragsarbeit »Hans Jakob und Heiri oder die beiden Seidenweber«.

89,13 *kommod:* bequem.
89,22 *ds Gunträri:* im Gegenteil (frz. *au contraire*).
89,30 f. *hintersetzt:* vermöglich.
89,35 *Benefizien, Inventarien:* »Benefizium Inventarii heißt das gesetzliche Recht des Erben, ein amtliches Erbschaftsinventar erstellen zu lassen und je nach dessen Ergebnis das Erbe anzutreten oder auszuschlagen, also eine sog. Rechtswohltat« (Juker). *Geldstag:* Konkurs, Bankrott; vgl. Gotthelfs Roman »Der Geltstag«.
90,3 *St. Galler Kasse:* vgl. hierzu Hermann Wartmann, »Die öffentlichen Sparkassen des Kantons St. Gallen«, Bern 1895, S. 4: »Die zweitälteste Ersparnisanstalt in unserm Kanton, diejenige des kaufmännischen Direktoriums, geht in ihrem ersten Ursprunge ebenfalls auf ein Privatunternehmen zurück. Der Unternehmer, ein Bürger der Stadt St. Gallen und wohnhaft daselbst, geriet aber nach kurzer Zeit in so bedrohliche Verhältnisse, daß eine Liquidation der Kasse mit großem Verlust für die Einleger unvermeidlich schien. Da entschloß sich auf Ansuchen des Regierungsrats das kaufmännische Direktorium, dazwischenzutreten, um eine Katastrophe zu verhüten und um eine kantonale Ersparnisanstalt auf durchaus solider Basis zu gründen. Im März 1835 erteilte die kaufmännische Korporation die nötige Vollmacht zur Übernahme und zur Weiterführung der mit einem Defizit von 8000 Gulden belasteten Kasse, die künftig statutengemäß allen Einwohnern des Kantons zugänglich sein sollte.«

Neuntes Kapitel

90,25 *anschlägiger:* geschickter, anstelliger.
90,27 *bei Gott und den Menschen:* Für Gotthelf gehören beide zusammen. Vgl.: *Das Weltliche und das rechte Geistliche sind viel näher beieinander, als die meisten Leute glauben* (381); *denn glaubt es mir doch recht, das rechte weltliche Glück und das himmlische Glück werden akkurat auf dem gleichen Wege gefunden* (387). Vgl. ferner »Käthi die Großmutter«: »Wie Käthi in Ehren und ohne jemand zu plagen mit Beten und Arbeiten sich durchzuschlagen sucht« (X,184). Vgl. auch den in Anm. zu 387,9 f. zitierten Anfang von »Geld und Geist«.
90,31 *Sauniggel:* Saukerl.
91,7 *laferte:* laferen: albern daherschwatzen.

91,9 f. *Ds Bodebure ... gmeint:* Uli, der Knecht des Bodenbauern hat es gesagt; er hat es auch gemeint (will also niemand betrügen).
91,20 *trappe:* trete.
91,31 *schießt ... herum:* herumschießen: unbesonnen herumstürmen.
91,31 f. *in einer Wesperen:* in einem Wespennest.
92,19 *Rauen:* Fauchen, zorniges Miauen.
92,25 f. *daß mit Husen sie keine möge:* daß im Haushalten und Sparen kein Mädchen sie übertreffe.
92,29 f. *die Augen ... stützen:* die Augen starr irgendwohin, besonders in die Höhe richten.
93,1 *anlässig:* kokett, verbuhlt, zudringlich.
93,4 f. *Es zwings kei Tüfel:* Kein Teufel könne sie zwingen.
93,6 *was ihm gschmöcke:* was ihr schmecke.
93,19 *Köhli:* kleine Kohle.
93,21 *Ampeli:* Lämpchen.
93,24 *Salben:* Wichsen.
93,25 *Es tue ihm sauft:* Er könne doch gut.
Holzboden: Holzschuhe.
93,25 f. *was mangle er:* was habe er nötig, was brauche er.
93,26 *herumstopfen:* herumstapfen, herumlungern.
93,30–33 *Kein Wunder ... nüt:* Kein Wunder, daß du am Morgen so faul bist, wenn du am Abend nie ins Bett willst; aus dir wird deiner Lebtag nichts.
94,2 *einen tölleren:* einen tüchtigeren, kräftigeren, stattlicheren.
94,3 *flattierte:* schmeichelte, biederte sich an (frz. *flatter*).
94,4 *Büschelimüli:* spitzes Mäulchen, Kußmäulchen.
94,9 *teigge Biren:* weiche, teigige Birnen.
nachlegen: das gemähte Getreide hinter dem Mäher in Reihen legen.
94,19 *Mannevölcher:* Männer (vgl. Anm. zu 9,19).
94,20 *Schlärpli:* abgenutzter Schuh; minderwertiges, dummes Ding, Püppchen.
Weiben: Heiraten (vom Mann); vgl. 95,3: *mannen:* heiraten (von der Frau).
Gfräß: Gesicht, Fresse.
94,23 *ein bravs Mönsch:* eine tüchtige Person.
94,24 *Uflat:* grober Mensch, Ungetüm.
94,25 *dem sött me dHose achela:* dem sollte man die Hosen herunterziehen (und ihm den nackten Hintern versohlen).

94,25 f. *Mit so eim ... zusammen:* Mit so einer lasse sie sich noch lange nicht in einen Topf werfen.
94,28 *abschießen:* ausbleichen, verblassen.
94,31 *Kittle ... minger:* Röcke, zwei verflucht gut und zwei weniger gut.
94,33 *husen:* hausen, wohnen, sparen.
94,35–95,1 *öppis angers ... möchte:* etwas anderes als so ein dicker, fauler Hintern (gemeint ist Ürsi), der nicht einmal Geld hätte, um Stroh zu kaufen, wenn sie (Ürsi) ihn (den Hintern) einmal abwischen möchte.
95,4 *Allbets:* Früher.
95,8 *son e Mistmore:* so eine Mistsau.
95,9 *Hinterlag:* Ersparnis.
95,11 *erstecken:* ersticken.
Kräuel: Krallen.
95,12 *schalus:* eifersüchtig, neidisch (frz. *jaloux*).
95,14 *führte es aus:* verspottete es, machte es lächerlich.
95,15 *gäb wie:* wie sehr auch.
Augzähne: Eckzähne, Hauer.
95,16 *einem Eber zTrotz:* besser als, schlimmer als ein Eber.
bhangen: hängen bleiben.
95,16 f. *Es schnürfle zNacht:* Sie schnarche nachts.
95,19–21 *Es het mr ... heyg ne:* Es hat mir geträumt, es habe mich einer sitzenlassen, und ich hatte schon geglaubt, ich hätte ihn.
95,21 f. *wo siebni ... gäbten:* sieben (Hemder) zusammen ergäben noch keinen Ofenwischer (»der meist an einer Stange befestigte Lappen, mit dem der Bauer den heißen Backofen auswischt, bevor er den Teig hineinschiebt«, Hunziker).
95,22 *Gloschleni:* Pl. von: Gloschli ›Unterrock‹.
Hudlen: Lumpen.
95,24 *grusam:* sehr, außerordentlich.
95,26 *Fürfuß:* Fußteil des Strumpfes.
95,28 *zringsum abenandere:* ringsherum zertrennt, losgerissen.
95,30 *Es nähme es nur wunder:* Sie möchte bloß wissen.
95,33 *anschmieren:* hereinlegen.
nähmte es: nähme sie, heiratete sie.
95,34 *ihns lächern:* sie zum Lachen bringen.
95,35 *erlesen:* auslesen, sortieren.
95,36–96,1 *eine Nase voll usenäh:* eine Nase voll (Gestank) mitbekommen, abkriegen.

96,5 *eine süferliche Frau:* eine reinliche, saubere Frau.
96,6 *es gruset mich:* mir graust es, mich ekelt.
96,7 f. *es kötzeret mich:* es kommt mir hoch, erregt mir Brechreiz.
96,9 f. *hinter ihren respektiven Rücken:* eine hinter dem Rücken der andern.
96,14 f. *Esel zwischen zwei Heuhaufen:* ein hungriger Esel, der, von zwei Heuhaufen gleich stark angezogen, sich für keinen entscheiden kann und deshalb verhungert. Der Grundgedanke erscheint schon bei Aristoteles (»De caelo« II,13) und im 4. Gesang von Dantes »Paradiso«, wird aber meist dem Scholastiker Johannes Buridan zugeschrieben, daher »Buridans Esel«.
96,18 *Stöffel:* Einfaltspinsel.
96,26 *den gibt es auch:* den trifft es auch.
96,35 *Gärung, ... untergeht:* In Gotthelfs Werk spielt zwar die Liebe zwischen Mann und Frau eine zentrale Rolle, Liebe als romantische Leidenschaft, als Ekstase, Wahnsinn, Fieber, Krankheit, als ›Gärung‹, ›Rausch‹ und ›Traum‹ kommt jedoch kaum vor. Vgl. dazu die Freiergeschichten »Wie Joggeli eine Frau sucht«, »Wie Christen eine Frau gewinnt«, »Michels Brautschau« oder die Heiratsmotive des Besenbinders von Rychiswyl (XXI,172 ff.) oder die Liebesszene in der »Käserei in der Vehfreude« (XII,395).
97,12 *vorbeiweisen:* fernhalten.
97,35 *tschänzlen:* scharwenzeln, den Hof machen, schöntun.
98,3 *Kilbi haben:* ›Kirchweih haben‹, Vergnügen haben, Feste feiern.
98,5 *Hübschi:* Hübsche, Schönheit.
98,11 f. *werchbar und huslig:* fleißig und sparsam.
98,12 *hässig:* unverträglich, mürrisch, unwirsch.
98,14 *wüst:* häßlich.
98,21 f. *Uflät und wüste Hüng:* Grobiane und Sauhunde.
98,23 *Anken:* Butter.
98,25 *Sauersehen:* Sauertöpfigkeit, mürrisches Wesen.
98,26 f. *er bei ihr keine Leute haben könnte:* Gemeint ist: weil sie mit ihrem Sauersehen alle vertreibt.
98,33 *veralte:* zu alt werde, zu alt sei.
98,36 *Schnuderbube:* Rotznase, Rotzbengel.
99,3 *Meitscheni:* Pl. von: Meitschi ›Mädchen‹.
99,6 *witzig:* vernünftig, gescheit.
99,13 *strubes nächtliches Besuchen:* wüstes, stürmisches nächtliches Besuchen.

99,18 *Futtergang:* vgl. Anm. zu 64,13.
Futterrüsten: Futterbereiten.
99,26 *schnüzte wie eine taube Katze:* schnaubte wie eine wütende Katze.
99,26 f. *ungschämte Mönscher:* schamlose Weibsbilder.
99,27 *Fotzelbuben:* Lumpenbuben, Strolche.
99,32 *Zök:* verdächtige Liebschaft.
Gschleipf: liederliche Liebschaft, Techtelmechtel.
100,3 *abgeputzt:* abgekanzelt, zurechtgewiesen.
100,5 *stürmer:* Komp. zu: sturm; vgl. Anm. zu 6,21.
sie hätte afe Kummer: sie mache sich langsam Sorgen.
100,6 *hätte letzthin afe pläret:* hätte kürzlich sogar geheult.
100,8 *Gits nit ... angere:* Wenn's nicht den gibt, dann gibt's halt einen andern.
100,10 *wenn es nicht gute:* vgl. Anm. zu 81,17 f.
100,18 *desto wüster sagten sie:* desto mehr schimpften sie.
100,26 *mööggen:* brüllen.
100,27 *Es hets:* Jetzt hat sie's erwischt.
100,28 *zündete:* leuchtete.
100,29 *Mistloch:* Jaucheloch.
101,12 *Knebel:* Stock, Holzstück.
101,28 *Züpfen:* Zöpfe.
101,30 f. *das gestrählte Ürsi:* strählen: kämmen; hier: bei den Haaren raufen, hart zusetzen.
102,7 *sprengen:* irreführen, hereinlegen.
102,8 *daß er ihm Stini angereiset:* daß er Christine auf sie losgehetzt habe.
102,20 f. *überkömm ihn emel auch nicht:* bekomme ihn (Uli) jedenfalls auch nicht.

Zehntes Kapitel

103,6 *ermärte:* erhandle.
103,20 *Unschlitt:* Talg.
103,21 *die Schühli zu salben:* die Schuhchen zu wichsen.
führten die Kuh aus: machten die Kuh herunter.
103,26 *bei grauem Heu:* mit schimmligem Heu.
103,27 *Brämen:* Viehbremsen, Stechfliegen.
103,32 *bsüchig:* gesucht, gefragt.
103,33 *einen Schnitt machen:* einen vorteilhaften Handel machen, reichen Gewinn erzielen.

104,1 *in eine Wespern geguselt:* in ein Wespennest gestochert.
104,2 *akkurat so:* genau so.
104,4 *Märit:* Markt, Handel.
104,25 *schnupeten:* schnauften.
104,27 *dr tusig Gottswille:* um Gotteshimmels willen!
104,28 *die Donners Ketzern:* die Teufelsakramentsviecher!
104,33–112,19 *doch diesmal ... zu genießen:* Käthi preist vor dem Essen Güter und Reichtum ihrer Eltern an, nach dem Essen ihre eigene Person, und zwar durch Aussagen anderer (über ein dutzendmal *hat gesagt* usw.). Durch immer deutlichere zarte Hinweise mit dem Dreschflegel will sie Uli klarmachen, daß sie für ihn zu haben sei.
105,3 *bsunderbar:* ganz besonders gut.
105,4 *Nidlen:* (Akk.) Rahm.
ganze Milch: nicht abgerahmte Milch, Vollmilch.
Gspünnst: »zum Spinnen geeignete Hanf- und Flachsfasern« (Juker).
105,8 *Baucher:* »Zur Erzielung weißen Linnens unterzieht der Baucher (Bucher) das Garn einer längeren Behandlung durch Natronlauge« (Hunziker).
105,10 *tuchen:* weben.
105,10f. *daß es einem übel gruse:* daß man das große Grausen kriege.
105,11 *Spycher:* vgl. Anm. zu 25,22.
Trög: Truhen.
105,13 *Burdenen:* Dat. Pl. zu: Burdi ›Haufen, Ladung‹.
105,16 *reistenes:* aus Hanf.
105,24 *einist:* dereinst (wenn es zum Erben kommt).
105,26 *gstiengs nicht aus:* könne es (finanziell) nicht verkraften (obwohl er Bauer ist).
105,28 *Es käme ihm wohl:* Es füge sich für ihn günstig.
105,29 *aus dem Stall zu lösen:* Geld durch Verkauf von Vieh zu erlösen.
105,32 *mängs:* so manches, viele.
105,36 *Ackere:* Äcker.
Jucharten: vgl. Anm. zu 143,26.
106,2 *murber Herd:* lockere Erde.
106,7 *graduf stang:* kerzengrad in die Höhe stehe.
106,9 *abgehauen:* abgeschnitten.
allbets: manchmal.
106,11 *es dunk eim:* es dünke einen, man glaube.

106,15 f. *nume hie … Port:* nur hie und da ein kleines bißchen an einem Abhang (*Hämpfeli:* Handvoll).
106,21 *dSäuleni:* (Sg.: Säuli) die Ferkel.
106,24 *eine Halbe:* vgl. Anm. zu 81,28.
106,27 *ume so:* nur so, bloß.
106,29 *Gspäß haben:* Witze, Umstände machen.
106,30 *minder vorgestellt:* nach außen weniger dargestellt.
106,34 *minder anständig:* weniger passend.
107,2 *Ordinäri:* »das Mittagessen (*Table d'hôte*), das wohlhabende Bauersleute und Viehhändler an Markttagen im Wirtshaus einnehmen« (Hunziker).
107,6 *Mannleni und Hausmutteni:* (ärmere und deshalb sparsame) Männlein und Hausmütterchen.
107,11 *gegolten:* gekostet.
107,15–17 *es heig … gemacht:* es habe einem geradezu geschienen, die Butterkörbchen wüchsen aus dem Boden heraus, und die Leute hätten aus Brunnenwasser Butter gemacht.
107,18 f. *der Gattig:* dergleichen, solches Zeug.
107,19 f. *welche einen Kreuzer Geld mangeln:* die ein bißchen ›Kleingeld‹ brauchen.
107,24 f. *er könnte es machen:* er könnte es auch ohne Essen aushalten.
107,26 *ein Brösmeli Geduld:* ein kleines bißchen Geduld.
Bratis: Gebratenes, Braten.
107,27 *Hammli:* Schinken.
107,30 *es kuhle:* es kühle sich ab, werde kühler.
107,32 *enangerena:* rasch hintereinander.
107,36–108,1 *öppe no mit emene Schöppli?:* vielleicht noch mit einem Schöpplein?
108,1 f. *He nu … Batze:* Gut denn, dann macht es zusammen sechzehn Batzen.
108,3 *fürezieh:* herausziehen, hervorziehen.
108,4 *das wäre ihm gspäßig:* das komme ihm ulkig vor.
108,10 *Bieter:* »Beutel mit Kordelzug, der an der Hand hangend oder unter dem Rock aufgehängt getragen wird« (v. Greyerz/Bietenhard).
108,16 *mänge Bur:* mancher Bauer, viele Bauern.
108,21 *vertragen:* austragen.
108,21 f. *kömmt es an mich:* bin ich dran.
108,22 *Metzg:* Fleisch- und Wurstgeschenk an den Pfarrer, nach der Hausschlachtung überreicht.

108,22 f. *hats böset:* gehts schlechter.
108,23 *Pfarrere:* Frau des Pfarrers.
108,25 *auf ds vielst:* allerhöchstens.
108,26 *Flachsplätz:* Flachsbeet, Flachspflanzung.
108,30 *ausbieten:* öffentlich bekanntmachen.
108,31 *machen können ›welches besser‹:* sich messen.
108,33 *umeweg:* in der Nähe.
Bureau: Schreibkommode.
108,34 *ja ich weiß schon:* es gab sogar Gelegenheiten.
109,2 *in alle Spiel:* zu jeder Arbeit.
109,8 *nie einer mögen:* nie einer übertroffen.
109,9 f. *es haut mir ... gschisse:* es (die Sense) schneidet mir sogar durch Maulwurfhaufen und durch den Wurmdreck wie geschissen.
109,10 *ich fahre noch lange zu:* ich mache noch lange weiter.
109,12 *Segessen:* Sensen.
109,14 *hauig:* scharf.
109,15 f. *so nüt z'tue gebs mr:* so wenig müsse ich mich dabei anstrengen.
109,17 *zweg:* bereit.
im Nest: im Bett.
109,19 *zMorgen rüsten:* das Frühstück zubereiten.
109,20 *es nehme sie nur wunder:* sie möchten bloß wissen.
109,21 *es ausstehen möge:* es ertragen, aushalten könne.
109,22 *öppis:* etwas (Kraft).
109,24 *Immi:* Getreidemaß; 3,5 l.
109,25 *hinaufgegeben:* auf den Wagen geladen.
109,29 *sellig Garben:* solche Garben.
109,31 *doch afe gstabelig:* doch langsam steif, klamm.
109,34 *gäb er mich einist:* bevor er mich einmal (auf den Rücken schlug).
109,35 *Bernbiet:* Bernerland.
Küherstochter: Tochter eines Kühers, Sennen; d. h. eines Knechts für das Rindvieh.
110,2 *geng:* immer, jedesmal.
gmolchen: gemolken.
110,7 *Länderbiet:* Entlebuch.
kei selligi: keine solche.
Ätti: Vater.
110,8 *ds Augewasser ... Husbrunne:* die Tränen sind ihm herunter-

gelaufen, bei meiner armen (Seele), wie bei einem Brunnen vor dem Haus.

110,11 f. *es müß nichts mehr zu machen sein:* solange es noch etwas zu tun gebe.

110,13 *Stübli:* vgl. Anm. zu 4,3.

110,15 *Scheube:* Schürze.

110,17 *erben:* beerben.

110,18 *zDorf:* zu Besuch.

110,18 f. *Kittlen und Fürtücher:* Röcke und Schürzen.

110,21 *hämpfelen:* mit einer Hand umfassen.

110,25 *die Zechen längte:* an die Zehen reichte, die Schuhriemen auflösen dürfte, gewachsen wäre.

110,28 *andere Rustig … abenangereluege:* aus anderem Holz geschnitzt als ihre baumwollenen Töchter, die man umblasen könne (*abenangereluege:* wörtl.: entzweisehen).

110,30 *ybildisch:* eingebildet.

110,31–33 *Ärgäu … gingen:* im Aargau, wo einem der Wein die Zähne abfresse (so sauer ist er) und einem die Rüben den Bauch verderben und erkälten, daß eine Weile nichts als Eiszapfen von einem gingen.

110,36 *Stock:* meist: Stöckli: »kleines Wohnhaus neben dem Bauernhaus, in das sich die Alten zurückziehen, wenn sie dem Sohn oder Pächter den Hof übergeben haben« (Juker).

111,3 *Herrenfrau:* Städterin.

111,6 *werchbar Mensch:* arbeitsames Weibsstück.

111,7 *Längizyti:* Langeweile.

111,8 *Es duechs:* es dünke sie, sie glaube.

111,9 *anständig:* passend, genehm.
mannen: vgl. Anm. zu 94,20.

111,11 *dann nadisch:* dann doch.
es könns: sie habe genügend Auswahl.

111,15 *zahlte Heimet:* bezahlter Hof.

111,20 *bsungerbar:* vor allem.

111,22 f. *er wolle Käthi … manglete:* er wolle Käthi bei den Eltern lassen, so lange sie (die Eltern) sie (Käthi) brauchten.

111,24 *öppis:* ein wenig.

111,25 *mängs tusigmal:* x-tausendmal, vieltausendmal.

111,30 *Erdöpfel:* Kartoffeln.

111,31 *eiertätschlen:* Eiertätsch (Pfannkuchen, Eierkuchen) bakken.

111,33–36 *Es nimmt mich … wenn er will:* Es wundert mich, bei meiner armen (Seele), daß du immer Knecht sein magst; so einer wie du, so ein tüchtiger und sparsamer Bursche, der schon etwas in den Fingern hat, der kann doch wohl etwas (Eigenes) anfangen, wenn er will.

112,4 *Gytgnäpper:* Geizkragen.

112,6 *gäb:* ehe, bevor.

112,8 *notti nit:* doch nicht.

112,10–13 *mi syg ... von der Welt:* man sei doch wohl da zum Heiraten, und man habe viele Beispiele (dafür), daß diejenigen, welche am wählerischsten gewesen seien und am anspruchsvollsten beim Auslesen, die unglücklichsten Hunde der Welt geworden seien.

112,13–15 *so wollte es ... als es selber:* so wollte sie (Käthi), bei ihrer armen (Seele), eine manierliche Frau sein, und zu fressen bekäme ihr Mann so gut wie sie selber.

112,16 *öppis Apartigs:* etwas Besonderes.

112,17 *Das duechs wüsts:* Das halte sie für häßlich.

112,20 *brichtete:* erzählte, redete.

112,23 *Dankeigist:* Hab' Dank!

112,28 f. *chumms hinecht cho yzieh!:* komm heute nacht und hol dir dein Geld!

112,33 *Fluh:* Felswand.
Gring: Kopf.
Mäß: Kornmaß, 14 l.

112,34 *Ankenkübli:* Butterfaß.

112,36 *Wesen:* Anwesen.

113,6 *sturm:* vgl. Anm. zu 6,21.

113,20 f. *Vorgumper:* ›Vorspringer‹; Leute, die im Auftrag der Viehhändler schon vor dem Handeln Umschau halten und die schönen Tiere aussuchen; Zwischenhändler.

114,1 *raten ab:* beratschlagen.
Meublen: Möbel (frz. *meubles*).

114,2 *neue mangle:* neue brauche.

114,6 *Taubsucht:* Jähzorn.

114,9 *Alkoven:* fensterloses Schlafgemach.

114,21 *Schnepf:* »Schneppe, schnabelförmige Verlängerung am Mieder der Frauentracht« (Juker).

114,23 *Mauggern:* Pl. von: Mauggere ›beleidigte Miene, schlechte Laune‹.

114,28 *Kammermeitli:* Stubenmädchen.

114,29 *Bucholterberg:* Gemeinde in der Nähe von Thun.

114,31 f. *die Kuttlen gewaschen:* den Marsch geblasen; ins Gebet genommen; den Kopf gewaschen (*Kuttlen:* Eingeweide).
115,1 *Scheck:* gescheckte Kuh.
115,5 *hock ab:* setz dich.
115,5 f. *hau dr ... heiß!:* schneid dir selber Brot ab, du bist sicher durstig? Es ist heiß!
115,16 *sövli merkig:* so schnell im Lernen (des Kuhhandels). Ulis voller Name lautet: Ulrich Merk (vgl. Anm. zu 140,13).
115,27 *öppen:* ungefähr, einfach.
was ihn billig dueche: was er für richtig halte.
115,30 *los:* hör.
115,35 *ungattlich:* grob, unhöflich.
116,1 *Seh:* Los, vorwärts.
116,3 *lächern:* zum Lachen reizen.
Branzen: Zanken.
116,4 *Dankeiget de:* Habt also Dank!
116,14 *Hubechbure Käthi:* Katharina, die Tochter des Süßapfelbauern.
116,22 *Komplimente:* höfliche Umstände.
116,29 f. *man muß ... recht geben:* vgl. dazu die Erzählung »Wurst wider Wurst« und »Anne Bäbi Jowäger« und darin Hanslis und Sämis Art, mit Anne Bäbi umzugehen (V,366 ff.; VI,123 ff.).
117,4 *neuis:* etwas.
117,8 *niedergehen:* zu Bett gehen.
117,12 *neue so zuechegredt:* eigentlich so zugeredet.
117,14 *ein bsunderbar werchbar Mönsch:* vgl. Anm. zu 111,6.
in alle Spiel: vgl. Anm. zu 109,2.
117,15 *es geht für einen Knecht:* sie kann für einen Knecht gelten.
117,17 f. *um die Stauden herumgeschlagen:* auf den Busch geklopft.
117,18 f. *es zweiet mir sich:* ich bin unschlüssig, schwanke.
117,29 f. *Was trägt es dir ab:* Was nützt es dir?
117,31 *Gusti:* junges Rind.
117,33 *trappet dir den Mist:* tritt sogar den Mist fest.
117,34 *Stumphosen:* Strümpfe ohne Füßlinge (Fürfüße), von Frauen im Sommer getragen.
hinaufspreiset: hinaufspritzt.
117,35 *eine repetierliche Suppe:* eine reputierliche, empfehlenswerte Suppe.
117,36 *Gschlüder:* schales Getränk, fade Brühe.
118,2 *chaaren:* schmieren.
118,3 f. *eine eigeliche Sau:* eine wählerische Sau.

118,6 *tätschlet:* vgl. Anm. zu 111,31.
118,9 *plätzen:* flicken.
118,21 *Es geht nicht um diese Meitlein:* etwa: (Für dich, Uli,) geht es nicht um diese Mädchen.
118,22 *fast:* sehr.
118,24 *ich wäre mich übel reuig geworden:* ich hätte meinen Reinfall ganz schön bereut.
118,27 *Sühniswyb:* Schwiegertochter; doppelt verächtlich: Uli würde nicht nur mittellos einheiraten, sondern obendrein – neben dem Mannweib Käthi – die Frauenrolle spielen müssen.
etwas anfangen: etwas (einen eigenen Hof) bewirtschaften.
118,28 *Jungfrau:* Magd.
118,30 *nirgend genug sehen:* mit nichts zufrieden sein, immer zu wenig haben.
118,36 *gradane dryschla:* ohne Überlegung drauflosverbrauchen (*dryschla:* dreinschlagen).
119,1 *im Anken flotschen:* in der Butter plantschen.
119,5 *wenn man nicht Jungfrauen vermag:* wenn man sich keine Mägde leisten kann.
119,11 *Volk:* Gesinde.
119,16 f. *wie sie doch dr dümmst Hung gsy syg:* wie sie doch die dümmste Gans (wörtl.: der dümmste Hund) gewesen sei.
119,21 f. *So will ich denk gehen:* So will ich wohl besser gehen; ich denke, dann gehe ich besser.
119,26 *eine Kuppelen Kinder:* eine Schar Kinder, ein Haufen Kinder.
119,30 *den Schuh noch völler herausgenommen:* noch tiefer in den Schlamm getreten.
119,33 *kummlich:* bequem.
120,4 *sellig Sache bhäben ih für mi:* solche Sachen behalte ich für mich.

Elftes Kapitel

120,15 *gäb wie:* wie sehr, wie oft, wie ausdrücklich.
120,16 *Trapp:* Trott, Gewohnheit.
120,18 *täuber:* zorniger, böser.
ein ybildisches Bürschchen: vgl. Anm. zu 110,30.
120,19 *brichten:* sagen, beibringen.
120,23 *Tauner:* Tagelöhner.
120,23 f. *fliß sich:* befleißigte sich.

120,25 *satt:* langsam, aber stetig.
120,26 *gleichlig:* gleichmäßig.
120,27 *ab Platz:* vom Platz, weg.
120,29 *trotz:* besser als.
mochte: übertraf.
120,30 *Gsäm:* Sämereien, Samen.
121,1 *fry keinen:* gar keinen.
121,6 *Stopfi:* Trottel.
121,10 *üsereim:* unsereiner.
121,11 f. *vermögen ... mit mingere machen:* können wir uns keine Knechte mit 40 Kronen Jahreslohn leisten, wir müssen es mit weniger teuren machen (*mingere:* minderen).
121,33 *an einem Orte darnach:* an einem entsprechenden Orte.
122,34 *nachezmache:* höherzugehen.
gruset mir: ist mir zuwider, graust mir.
122,36 *Empfangen:* Pachten.
123,3 *zwängen:* durchsetzen, erzwingen.
123,4 *ist immer am Hag:* stößt überall an die Grenze, kann nicht weiter (*Hag:* Hecke, Zaun).
123,8 *dings:* auf Rechnung, auf Kredit.
123,8 f. *im Hinterlig:* im Rückstand, hinterher.
123,9 *die Beine ob sich kehren:* ›die Beine nach oben strecken‹, scheitern, bankrott machen.
123,11 *Heimwesen:* Bauerngut, Hof, ›Heimet‹.
123,12 *librement:* ganz und gar.
123,16 f. *den Zins innerhalb des Hags nehmen:* den Pachtzins nur aus dem Hof selber erwirtschaften.
123,26 *Öppe nit:* Lieber nicht, besser nicht.
123,26 f. *Gliedersucht:* Rheumatismus.
123,27 *Wysucht:* Trunksucht (*Wy:* Wein).
nit menge: ›nicht mancher‹; kaum einer.
123,29 *öppe uverschant:* irgendwie unverschämt.
123,35 *öppe i dr Zyt:* rechtzeitig.
124,4 *Erdäpfelgräber:* Leute, die Kartoffeln ernten.
124,6 *Zug:* Gespann.
124,7 *Bsetzi:* Steinpflasterung unter dem Dachtrauf (vgl. Anm. zu 73,31).
124,14 *giltet:* wert ist, einbringt.
124,15 *neuis:* etwas; hier: wenig.
124,15 f. *es la z'schange gah zUnnutz:* es unnütz verderben lassen.
124,17 *nadisch:* denn doch.

124,19 *zMärit:* auf den Markt.
124,24 f. *Brönzmacher:* Schnapsbrenner.
124,25 *was sinnist:* wo denkst du hin!
124,27 *Stör:* vgl. Anm. zu 33,35.
124,28 *füregä:* herausgeben.
124,31–33 *U de ... gah:* Und außerdem lasse ich die Mägde und den Schneider auch nicht gern alleine zuhause; das könnte lustig zugehen.
124,35 *gstacket voll:* vollgestopft, überfüllt.
124,36 *man löset nicht:* man nimmt nicht (einmal so viel) ein.
125,4 *zAcher:* auf den Acker.
125,7 *Ankenballe:* Butterballen, großes Stück Butter.
125,8 *anken:* buttern.
125,10–12 *Es ist ihnen seltsam ... da sy:* Sie bekommen es (Butterbrot) selten und es bewirkt, daß sie mir weniger zu Mittag essen. Es ist in Gottesnamen kein Segen in nichts, wenn die da sind.
125,14 *Blaß:* Pferd mit weißem Fleck auf der Stirn.
125,16 *Oberaargauer:* Leute aus dem nordöstlichen Teil des Kantons Bern.
125,17 *ſerndrigen Dreck:* Dreck vom vorigen Jahr.
125,18 *Spälten:* Ritzen (in den Felgen).
125,18 f. *Es meint einem:* Man sollte meinen.
125,20 *sufer:* sauber.
125,21 *Großätti:* Großvater.
125,22 *Gfräß:* »kleiner Abfall von Holz, Laub, Gras, Stoff, Spänen, Kehricht« (v. Greyerz/Bietenhard).
125,23 *es ihn heimelete:* er sich daheim fühlte.
125,27 *Bernerwägeli:* offener Einspänner.
125,32 f. *nach allen Säcken:* in alle Taschen.
125,33 *Schwamm:* Zunder zum Anzünden der Pfeife.
125,35 *Bogenkorb:* Henkelkorb.
Zwecheli: Serviette, Tüchlein.
126,4 *Reiten:* das Fahren auf einem Wagen.
126,5 *schalus:* eifersüchtig, neidisch (frz. *jaloux*).
126,6 *Gufebüri:* etwa: Nadelbäurin; hier abwertend für ›zänkische Frau‹.
apartige Leute: besondere Leute.
126,9 *notti nicht:* nicht wieder.
126,11 f. *bhüt ech ... enangere:* Gott behüte euch, und paßt gut aufeinander auf!
126,16 *gschwing:* geschwind.

126,18 *dr Gring am ene Ort vrgißt:* irgendwo seinen Kopf vergißt.
126,21 *Schriften:* Akten.
126,26 *einist:* einmal.
127,1 f. *es bitzeli:* ein bißchen.
127,3 f. *Anne Meieli ... ryte?:* Annemarie, möchtest du vielleicht mitfahren?
127,5 f. *wes di ... absäge:* wenn es dir nichts ausmacht; schon von weitem habe ich gedacht, daß du es seist, und wenn du mich einlädst, so will ich nicht nein sagen.
127,7 *Fußsack:* Leder über die Füße.
127,14 f. *ich wolle ... brauche:* ich wolle wenigstens so viel mitnehmen (zum Verkaufen), daß ich etwa so viel einnehmen kann, wie ich brauche.
127,17 *es duechs geng:* sie sei schon immer der Meinung gewesen.
127,18 f. *nichts abtrage:* nichts einbringe.
127,25 *sie wolle aparti nicht klagen:* nicht, daß sie etwa klagen wolle.
127,27 *Brauch:* Gewohnheit, Art.
127,29 *Söhniswyb:* Schwiegertochter.
geng: immer.
127,31 *sich ... leiden:* sich ... in etwas schicken.
127,34 *anständig war:* wohl anstand, geziemte.
128,3 *neben dem tollen Mann:* neben dem stattlichen Mann.
128,11 *Ankenmärit:* Buttermarkt.
Ich mag die besser: mir fällt es leichter, die (Körbchen zu tragen).
128,12 *Komplimente:* höfliche Umstände.
128,18 *sich schicken:* passen, sich treffen.
128,19 f. *tat dieses ab und jenes:* erledigte dieses und jenes Geschäft.
128,21 *Vetterma, los neuis!:* Vetter, hör mal! (*neuis:* etwas.)
128,24 *schitteres Mannli:* Das gebrechliche Männchen ist Joggeli, der Glunggenbauer, einer der merkwürdigsten Charaktere in Gotthelfs Werk. Sein Hauptzug ist sein Mißtrauen. Gotthelfs Verleger Julius Springer schrieb am 23. Oktober 1849 an den Dichter: »Wir lasen dann noch im ›Pächter‹ gerade die Kapitel vom ›Joggeli‹. Als ich meiner Frau Ihren Brief am Tage darauf vorlas, sagte sie: ist das nicht wie Joggeli! Ja, geehrter Herr, Ihr Mißtrauen und Ihr Mehr-Haben-Wollen paßt so ganz zu einem Charakter, den Sie so fürtrefflich gezeichnet haben« (Erg.-Bd. 7,243).
128,27 *Gottwillche:* Willkommen! Grüß Gott!

128,31 *abzlose:* zuzuhören.
saget ume!: redet nur!
128,34 *zuchelauft:* herbeiläuft.
128,35 *anständig:* passend, recht.
129,6f. *es duech se, noch nie so:* es scheine ihr, noch nie so (voll gewesen).
129,8 *Denk emel afe mit ere Halbi:* Wohl zunächst einmal mit einer Halben; vgl. Anm. zu 81,28.
129,10f. *was dr öppe heit:* was ihr gerade habt.
129,11 *emel lings Fleisch:* jedenfalls lindes (weiches) Fleisch.
129,12–14 *Allbets ... wär:* Früher war es mir ziemlich gleichgültig: aber überall spüre ich das Alter, und oft denke ich, wenn ich bloß nicht mehr lebte!
129,17 *nicht den Zehnten:* nicht den zehnten Teil.
129,22 *Kuppele:* Schar.
129,24 *mögen nicht mehr nach:* kommen nicht mehr nach, können nicht mehr mithalten.
My Bueb, der Johannes: Mein Sohn Johannes. Obwohl Gotthelf seine Figuren oft mit sprechenden oder bedeutungsvollen Namen versieht, heißen der fromme Bodenbauer und der mißratene Sohn Joggelis beide Johannes. Später heißt auch noch ein frevlerisch am Sonntag arbeitender Bauer Johannes (»Pächter«, XI, Kap. 4) und schließlich auch noch Ulis und Vrenelis Söhnchen (»Pächter«, XI,199.208).
129,25 *vornehm:* städtisch, gebildet, arrogant, vornehm.
Weltschland: Welschland, die französische Schweiz. Die beiden Kinder Joggelis, Johannes und Elisi, haben also sogenannte höhere Bildung und sind sich für die Landarbeit zu gut.
129,26 *Wirtshaus:* In der Sekundärliteratur wird oft behauptet, Gotthelf sei, als Mann der Kirche, ein Feind der Wirtshäuser. In Wirklichkeit war er ein scharfer Kritiker des modernen Wirtshauswesens. Vgl. dazu seinen Wirtshausroman »Der Geltstag oder Die Wirtschaft nach der neuen Mode«; ferner »Die Armennot«, »Zeitgeist und Bernergeist«, die »Erlebnisse eines Schuldenbauers«, »Wie fünf Mädchen im Branntwein jämmerlich umkommen« und »Dursli der Branntweinsäufer«, »Doktor Dorbach der Wühler und die Bürglenherren«. Vgl. ferner den schlechten Einfluß des Wirtes auf Uli im »Pächter«. Über das Wirtshaus »Zum Wilden Mann« heißt es jedoch: »Es war wirklich ein braves Haus, ein ererbtes, mit altem Schilde und alten, wohlanständigen Sitten« (»Pächter«, XI,354).

129,26f. *den kann ich nichts rechnen, als:* auf den kann ich in keiner Sache zählen, außer.
129,31f. *nüt angers ... Schatten nach:* nichts anderes als ein verwöhntes Frauenzimmer und strickt nur noch im Schatten (d. h., sie verrichtet keine ländliche Handarbeit und verträgt die Sonne nicht).
129,32 *daß es eim übel gruset:* daß man das große Grausen kriegt.
129,34 *me well se hänke:* man wolle sie aufhängen.
129,36 *flökt:* klaut, plündert.
130,1 *gwerchet:* gearbeitet, getan.
130,2f. *trägt ... ab:* bringt ... ein.
130,4 *Gülti:* Schuldverschreibungen.
130,6 *Bernbiet:* Bernerland.
130,8 *eilf:* elf.
130,11 *Mütt:* 1 Sack, 168 l (Kornmaß).
130,14 *Tauner:* Tagelöhner.
Götti: Pate.
130,16f. *dr tusig Gottswillen:* um Gotteshimmels willen!
130,20 *gäb wie:* wie sehr auch.
130,22 *Lehenmann:* Pächter.
130,24 *in Abgang:* in Verfall.
130,30 *an den ich kommen könnte:* bei dem ich Gehör und Verständnis fände.
130,35 *expreß:* extra, gerade deshalb.
131,14f. *etwas Bestelltes:* Rendez-vous, geheime Verabredung.
131,16 *einmal eine Hübsche:* jedenfalls eine Hübsche.
131,18 *Bhütis:* Behüte uns (Gott)!, Bewahre!
131,28 *da seid Ihr letz dra:* da irrt Ihr euch.
131,30f. *es hat sich bei mir gwerweiset:* ich war unschlüssig, habe geschwankt.
131,31f. *fry graduse:* offen heraus.
132,7 *Das wär mir afe:* Nicht möglich!, So was!
132,15 *mißtreue:* mißtrauische.
132,17 *war fast reuig:* bereute es fast.
132,20 *Ürti:* Zeche im Wirtshaus.
geb [gäb] wie: wie sehr auch.
132,30 *Reitwägeli:* »Einspännerwagen ohne Verdeck und ohne Federung« (Juker).
133,9 *nichts Apartigs:* nichts Besonderes.
133,10 *ein braves Roß:* vgl. Anm. zu 21,4.

133,19 *einer von den Mehbessern:* einer von den besonders Tüchtigen; von denen, die besser sind als andere.
133,25f. *soviel me emel wüß:* soviel man jedenfalls wisse.
133,28 *abgedinget:* abspenstig gemacht.
134,2 *Geißel:* Peitsche.
134,3 *recht freini:* recht liebenswürdig.
134,4 *anwenden:* sich anstrengen, sich Mühe geben.
134,6 *zweg:* bereit.
134,7 *Kacheli:* vgl. Anm. zu 75,3.
134,11f. *son e Schalusi:* so eine Eifersüchtige (frz. *jaloux*).
134,14 *wos mr vrflümeret i Kopf cho ist:* wo es mir verflucht in den Kopf gestiegen ist.
134,16 *angrännen:* angreinen, ein saures Gesicht machen; s. a. Anm. zu 35,10f.; 35,17.
134,21 *Tüfel abenandere:* wörtl.: Teufel entzwei!; etwa: potz Wetter! »Zugrunde liegt die Vorstellung des gewaltsamen Bruchs« (Hunziker).
134,22 *Glungge:* Pfütze, Tümpel, kleiner Weiher; entweder sprechender Name, der die Verkommenheit dieses großen Hofes ausdrückt, oder Ortsname, der auf die feuchte Gegend hinweist, in welcher der Hof liegt: *In nassen Jahren mochte es an einigen Orten wohl naß werden* (143).
134,32 *Dürrs:* Heu.
134,35 *Ist das ne gsi?:* Ist es der da gewesen?
134,36 *lüftig:* leichtsinnig.
134,36–135,1 *Er ist bald dreißig:* s. Anm. zu 5,27f.
135,2 *kommöder:* besser, bequemer.
135,3 *Mit dem:* Damit, mit diesen Worten.
135,8 *Was hat's dem Johannes gä?:* Was ist dem Johannes passiert? Was ist mit Johannes los?
135,9 *agschnellt:* angefahren, angeschnauzt.
135,13f. *Dr Johannes wett mr ne gä für Meisterknecht:* Der Johannes will ihn mir als Meisterknecht geben.
135,14f. *Das wird öppe nicht sein!:* Das ist wohl kaum möglich!
135,22 *Wybli:* Weibchen.
135,24f. *es hauptäntisch bravs Fraueli:* ein ganz besonders tüchtiges Frauchen.
135,25 *bsunderbar wohl:* sehr, sehr angenehm.
135,26 *Hus:* Haus.
135,27 *mit Schein:* offenbar.
135,28 *erleidet:* verleidet.

136,1 *Dabeisein:* vgl. Anm. zu 23,28.
136,12 *neue nit:* nicht so recht.
136,18 *Platz:* Anstellung.
136,27 *zeitlich:* zeitig.
136,27 f. *die Sache ... richtig machen:* den Handel ... abschließen.
136,30 *Gwunder:* Neugierde.
136,32 *Tue Bscheid:* Stoß an!, Prost!
chumm, hock: komm, setz dich!
136,33 *neuis:* etwas.
136,35 *mangle:* brauche.
137,9 *heischen:* fordern, verlangen.
137,14 *märten:* markten, handeln.
137,16 *Karrer:* Knecht, der für Pferde und Wagen zuständig ist.
Melcher: Knecht, der für die Kühe zuständig ist.
137,18 *Kram:* Geschenk.
137,20 *Haftpfennig:* Geldbetrag, der das Interesse Joggelis ausdrückt.
137,21 *anzustehen:* anzutreten, zu beginnen.
137,30 *Umhang:* Vorhang um das Bett.
137,32 *Löhl:* Dummkopf, Einfaltspinsel.
138,2 *dich my Seel vogten:* dich, bei meiner Seele, bevormunden.
138,3 *voll:* betrunken.
138,11 *tat ihm alles durch:* strich ihm alles durch, erklärte alles für nichtig.
138,14 *Redhaus:* (iron.) Redner, Volksredner.
139,21 *Walliserbatzen:* schlechte Scheidemünze.
138,27 *dadänne:* fern von hier.
138,31 *Tauner:* Tagelöhner.
138,31 f. *das gruse ihm:* davor schaudere ihm.
139,8 *süferli:* sachte, behutsam, vorsichtig, sanft.
139,17 *Stör:* vgl. Anm. zu 33,35.
139,23 *Gilet:* (frz.) Weste.
139,32 f. *Unterweisung:* Konfirmandenunterricht.
139,33 *balgen:* schimpfen.
140,1 f. *Abputzer:* scharfer Verweis, Tadel.
140,2 *vom Tüfel:* etwa: der sich gewaschen hat.
140,10 *Was wotsch:* Was willst du.
140,13 *Ulrich Merk:* einzige Stelle, wo Ulis (sprechender) Familienname genannt wird; ›Ulrich‹ setzt sich zusammen aus ›Odal-rich‹: Besitz-reich.

140,14 *Madle Schmöck:* Madeleine oder Magdalena Schmeck (*schmöcken:* riechen, merken, entdecken).
140,33 f. *Führe mich nicht in Versuchung!:* vgl. Mt. 6,13; Lk. 11,4.
140,35 *Wachet und betet:* Mt. 26,4; Mk. 13,33; 14,38; Lk. 21,36.
141,1 *zDorf:* zu Besuch.
141,11 f. *der Name, von dem ich dir gesagt:* s. Kap. 3, bes. 28.
141,18 *es schadet niemere nüt:* es schadet niemand nichts (etwas).
141,24 *Züglen:* (dem) Umziehen.
141,29 *Trog:* Truhe.
141,34 f. *Hocken ih ächt:* Sitze ich wohl.
142,1 *stellte ihnen das Essen:* nahm ihnen den Appetit.
142,3 *use:* hinaus.
ga luege: gehen und nachsehen, nachsehen gehen.
142,5 *mir wey:* wir wollen.
142,5 f. *binenangere sy:* beieinander sein, zusammen verbringen.

Zwölftes Kapitel

142,11 *Tröglein:* Dim. zu: Trog.
Stübli: vgl. Anm. zu 4,3.
142,12 *Eiertätsch:* Pfannkuchen, Eierkuchen.
142,14 *die Hand längte:* die Hand reichte.
142,15 *zürnet mr nüt!:* seid mir nicht böse!
142,17 *Fürtuch:* Schürze.
142,22 *lugg lassen:* loslassen, aufhören.
143,3 *Unglück:* vgl. dazu die Worte des Bodenbauern: *und es ist mir immer, als könnest du da so recht dein Glück machen und ein Mann werden* (149). Vgl. Anm. zu 31,35.
143,3 f. *als wenn es mir vor wäre:* es ist mir vor: mir ahnt, mir schwant.
143,5 *Das ist nichts anders:* Das ist nichts Besonderes.
143,7 *Nütnutz:* Nichtsnutz.
143,13 *kümmere nicht:* hab keine Angst, mach dir keine Sorgen.
143,14 *ds Halb leichter:* halb so schwer, doppelt so leicht.
143,16 f. *grusam mißtreu:* schrecklich mißtrauisch.
143,17 *erfahren hat:* kennengelernt hat.
143,18 *seiner trösten:* seinetwegen trösten.
143,18 f. *am bösten:* am schlimmsten, am schwersten.
143,19 *süferli:* vgl. Anm. zu 139,8.

143,20 f. *gschirr einmal recht aus:* mache einmal nachdrücklich deinen Standpunkt klar.
143,23 *Jennertag:* Januartag.
143,26 *über hundert Jucharten groß:* 1 Ackerjucharte = 3440 m^2; nach 1838: 3600 m^2 = 36 Aren (Juker). Auf jeden Fall ist die Glungge ein sehr großer Hof.
143,27 *nicht ganz in einer Einhäge:* nicht zusammenhängend (sondern z. T. verstreut).
143,28 *Matte:* Wiese.
143,30 *trätschete:* ging unruhig.
143,31 *im Boden:* tiefgelegen, in einer Senke.
143,33 *es hätte ihn blanget:* er habe sehnlich gewartet.
144,1 *Seh:* Los!
144,3 *Karrer:* vgl. Anm. zu 137,18.
144,4 f. *Su los es andermal:* Ein andermal hör (richtig) hin!
144,7 *Habek:* Habicht.
144,8 *schossen:* stürzten.
aufwarfen: ausschlugen.
144,13 *Holzer:* Holzarbeiter.
144,14 *Bueb:* in Pflege gegebener armer Knabe, Verdingkind, wie Mias im »Bauernspiegel«.
144,15 *Handhabe:* Griff.
144,32 f. *Aschenbrödel:* vgl. das Grimmsche Märchen »Aschenputtel« sowie Anm. zu 340,10.
145,4 *verschüpften es:* setzten es zurück, behandelten es lieblos und verächtlich.
145,9 f. *hätte sich nicht gemangelt:* sei nicht nötig gewesen.
145,13 f. *grünes Fleisch:* frisches Fleisch (im Unterschied zum eingesalzenen).
145,14 *Sauerkabis:* Sauerkraut.
145,14 f. *Birenschnitzen:* gedörrten Birnenschnitzen.
145,17 *He nu so de:* Nun gut, nun also.
145,18 *we d son e Fromme bist:* wenn du so ein Frommer bist.
145,19–21 *so wirds scho ... me nähm:* so wirds schon gut werden, ich habe da keine Sorge. Setz dich zu uns und nimm; hab keine Scheu, es ist zum Nehmen da.
145,21 *Ofentritt:* Ofenbank.
145,23 *Druckli:* Schachtel, Schächtelchen.
145,24 *Klungeli:* Garnknäuel.
145,30 *sellig:* solche.

145,31 *my Secht:* bei meiner Seele!, meiner Seel!
Allbets: früher, ehedem.

145,33 f. *Selbist ... nüt meh:* Damals war es gut, aber jetzt ist es nichts mehr. – Das Ausspielen einer besseren alten Zeit gegen eine schlechtere Gegenwart und das Eintreten für die Todesstrafe ist Joggeli und Gotthelf (s. a. Anm. zu 129,12–14) gemeinsam. Vgl. auch: Dürrenmatt (1947) bes. S. 126 ff.

145,34 *Es sollte einem meinen:* Man sollte meinen.

145,35 f. *so luegen sie ihnen durch die Finger:* lassen sie alles durchgehen.

146,1 f. *Es nimmt mi nume wunder:* Ich möchte bloß wissen.

146,6 *darinnen gange ga chaflen:* in ihnen (den Gesetzen) anfangen herumzufummeln, herumzupfuschen.

146,8 *die zu tun:* sie dorthin zu tun.

146,13 *Preßprozeß:* öffentlicher Prozeß, der durch die Presse geht.

146,16–22 *Näht doch ... gmesse gsi:* Nehmt doch, nehmt, es ist dazu da; oder schmeckt es euch nicht? Wir geben es, wie wir es haben. Joggeli, schenk doch ein, schau, sie haben leer: trinkt doch, es ist noch mehr dort, wo der (Wein) gewesen ist. Unser Sohn hat ihn gebracht, er soll gut sein, er hat ihn selber im Welschland gekauft, aber er hat uns tatsächlich 5½ Batzen das Maß (etwa 1,6 l) gekostet, und dann war er noch nicht einmal gut gemessen.

146,25–28 *He, du ... nimm!:* Na, du wärest mir aber ein Schwächling, wenn du das nicht noch schafftest; so ein stattlicher Bursche muß essen, wenn er bei Kräften bleiben soll, und wir gönnen es ihnen (den Burschen); wenn sie arbeiten sollen, so muß man ihnen auch zu essen geben. Nimm nur, nimm!

146,31 *wo wotsch hi?:* wo willst du hin?

146,33 f. *He, ih will ... gfall:* Ach, ich will hinaus, so ein wenig herumschauen, wie es mir gefällt.

146,34 f. *He nu ... werche:* Gut, geh nur, komm wieder herein, wenn es dich friert, heute sollst du mir noch nichts arbeiten.

147,2 *grusam ungern:* schrecklich ungern.

147,8 *zwängen:* durchsetzen.

147,21 *auf ihn darkommen:* gegen ihn losziehen.

147,23 *fry graduse:* offen, gerade heraus.

147,26 *het pläret:* hat geheult.

147,30 *öppe nit übel:* nicht etwa schlecht.

147,31 *zu ihm z'luege:* nach ihm zu sehen, für ihn zu sorgen, auf ihn aufzupassen.
nume afe: doch bloß, bloß wenigstens.
148,3 *mir wey ds mügliche tue:* wir wollen unser Möglichstes tun.
148,4 *zwüsche yche:* zwischendurch, unter der Arbeit.
148,4 f. *so muß es nicht zu machen sein, oder ...:* so soll es nicht anders gehen, als daß...
148,5 *Kacheli:* vgl. Anm. zu 75,3.
148,6 *Möckli:* Brocken, Bissen.
148,8 *so wey mr ... überchunnt:* so wollen wir zusehen, daß Uli auch dann und wann zwischendurch Fleisch bekommt.
148,11 *schalus:* eifersüchtig, neidisch (frz. *jaloux*).
148,12 *Geb wie:* wie auch immer.
148,14 *in allen Kachelene gschmöckt:* in alle Töpfe geguckt (gerochen).
148,16 *Dienst:* Knecht, Magd.
148,17 *dr Kolder gmacht:* den Querkopf gespielt, gebockt.
148,21 *Spycher:* vgl. Anm. zu 25,22.
148,22 *heiter:* hell, tag (*Tagheiteri:* Tageslicht).
148,24 *wenn man dazu täte:* wenn man eingriffe, etwas unternähme.
148,26 *verrigelten:* verkümmerten.
148,28 *Schopf:* Schuppen.
148,35 *selligs:* dergleichen, solches.
149,2 *Plätz:* Stück.
149,8 *Bschütte:* Gülle, Jauche.
149,10 *Bühne:* Heuboden über dem Stall.
149,13 f. *keinen Bescheid:* keine Auskunft, keine Antwort.
149,15 *eine zum Grind geben:* eine runterhauen (*Grind:* Kopf).
149,16 *lyd di!:* gedulde dich!, schick dich drein!
hübscheli: sachte.
149,18 f. *äne ume bringest:* zur Umkehr bringst.
149,22 f. *afangs dryzschieße:* zu Anfang dreinzufahren.
149,25 *gutet es nicht:* wird es nicht besser.
150,2 *hebs:* halte es.
150,3 *im Werche:* bei der Arbeit.

Dreizehntes Kapitel

150,24 *Melcher und Karrer:* vgl. Anm. zu 137,16.
rüsteten Futter: machten Futter zurecht.
150,26 *Tenn:* Tenne, Dreschboden.
150,27 *Herausmachen:* Ausdreschen.
151,3 *Gang:* Futtergang; vgl. Anm. zu 64,13.
151,4 *Futterwalmen:* in Reihen geschichtetes Futter für Pferde und Kühe, rechts und links des Futtergangs.
151,8 *Ware:* Vieh.
151,11 *gschänden:* verschwenden, ungebraucht verderben lassen.
151,15 *zBode ha:* etwas gründlich tun.
151,16 *Rustig:* Zeug, Unrat; hier: alte Streu.
Reuthaue: »starke Hacke für die Bearbeitung unkrautreichen und steinigen Bodens« (Juker).
151,17 *Bsetzi:* Steinpflasterung.
151,18 *herausgäbelen:* herausstochern, mühselig herausarbeiten.
151,19 *Bschüttiloch:* Jauchegrube.
151,20 *sich auftrieb:* angestiegen war.
151,21 *Hofstatt:* Obstbaumgarten.
151,23 f. *Mist ... verlegen:* Mist auf dem Misthaufen gleichmäßig verteilen.
151,26 *kommod:* bequem.
151,31 *zäpfelten ihn aus:* verspotteten ihn, spöttelten über ihn, machten spitze Bemerkungen.
152,3 *selligs:* dergleichen, solches.
152,4 *dem frömdest Mensch:* dem fremdesten (überhaupt nicht verwandten) Menschen.
152,12 *Warum kündet der sich nicht:* Warum macht der sich nicht bemerkbar.
152,13 *Herr Yses:* Herr Jesus!, Um Himmels willen!
152,13 f. *warum chunntr nit cho esse?:* warum kommt er nicht zum Essen?
152,15 *dänne:* auf der Seite, separat.
152,18 f. *es duecht mi ... aufgegangen sein:* es dünkt mich, er sollte Appetit bekommen haben (*dWurmlöcher stopfen:* sich sattessen).
schlecht gemutzet: mutzen: »mit dem ersten Drusch nicht erreichte Ähren noch vollständig ausdreschen« (Juker).
153,4 *gereitert:* reitern: Das gedroschene Korn wird in eine Trommel (Rönnle) geworfen und durch ein Sieb (Rytere) von Spreu und Staub gereinigt.

gewannet: wannen: »Korn durch Hochwerfen mit der Wanne von Staub reinigen« (Juker).

153,5 *Bütti:* Holzzuber, Bottich (aus dem das gedroschene Korn in Säcke gefüllt wird).

153,6 *besaß er sich:* hielt er sich zurück, nahm er sich zusammen.

153,15 *ineinanderreisen:* koordinieren.

153,20 *z'grechtem:* richtig, in aller Form; hier: gerecht an alle verteilte Arbeit.

153,21 *holzen:* Holz schlagen.

153,25 *ds Halb ringer:* um die Hälfte leichter, doppelt so leicht. *Horner:* Hornung, Februar.

153,27 *verkarre:* verderbe, fahre zuschanden.

153,28 *es sei nicht der Brauch:* Joggeli beruft sich auf den *Brauch*, also das Althergebrachte, um seinen eigenen Schlendrian zu rechtfertigen und Ulis Verbesserungen zu unterlaufen. In Wirklichkeit will Uli nicht *eine neue Ordnung einführen* (153 f.) oder *neu Brüch yführe* (159), sondern eine alte Ordnung und alte Bräuche (nämlich die des Bodenbauern) durchsetzen. Nach Gotthelfs Auffassung leidet die Glungge samt ihren Bewohnern am modernen Geist. Während der arme Knecht Uli aufsteigt dank alter Tugenden, verfällt der reiche Bauer Joggeli dem Zeitgeist ohne dies zu merken. Vgl. auch 158 f.

153,36–154,1 *es het mi so duecht:* es schien mir; wäre es nicht gut, wenn.

154,4 *Kuppele:* Schar, Haufen.

154,9 *e bloße Wunderliche:* etwa: ein komischer Kauz.

154,12 *Musjö:* (frz.) *Monsieur.*

154,13 *ihre Nasenlöcher an der Sonne tröcknen:* Maulaffen feilhalten, faulenzen; vgl. auch 157,36.

154,26 *anständiger:* passender, nützlicher.

154,30 *eine Tenneten:* eine Lage, eine Schicht Getreide beim Dreschen.

154,35 *räble:* poltere, scheppere.

155,3 *kujinieren:* hetzen, quälen, schikanieren.

155,12 *Erdäpfel schinden:* Kartoffeln schälen.

155,15 f. *zwei Paare schwangen:* Das Schwingen ist eine Art Ringkampf der Älpler, der auch heute noch als Vereinssport betrieben wird. Die beiden Kämpfer fassen einander kräftig an und versuchen dann, einander durch einen Ruck auf den Rücken zu werfen. Um sich besser packen zu können, tragen die Schwinger bei Wettkämpfen kurze Hosen aus grobem Stoff über ihren langen, daher der Name »Hoselupf« (vgl. Richard Weiss: »Volkskunde der Schweiz«, Erlenbach bei Zürich 1946, S. 186 und Abb. 157, 158).

155,22 f. *Wei mr ... darfst?:* Wollen wir vielleicht eins (Schwinget) miteinander machen, wenn du dich traust?

155,26 *fecken:* auf die Probe stellen (ob Uli gut im Schwingen sei).

155,29 f. *schlug er den Karrer auf den Rücken:* warf er den Karrer auf den Rücken.

155,32 f. *mit einem solchen Hagstecken ... Flöhdreck:* mit einem solchen Zaunpfahl zu schwingen, der Beine habe wie ein Pfeifenröhrchen und Waden dran wie ein Muckenschiß.

155,36 *brachte nichts ab:* erreichte nichts.

156,2 *müpfte:* stieß.

156,5 *Kornwalm:* vgl. Anm. zu 151,4.

156,6 *Schenkel:* »Reihe zum Dreschen bereitgelegten Getreides« (Juker).

156,12 *den struben Melcher:* den bösen, widerborstigen Melker.

156,13 f. *Das sei ihm kommod, wenn er sie alle möge:* Das sei gut für ihn, wenn er sie alle besiege.

156,18 *denen ... lausen:* die ... lausen.

156,24 *gefallenes (Korn):* von Wind und Regen schon auf dem Feld niedergedrücktes Korn.

156,31 *gespitzt:* die Hufeisen mit Stollen gegen das Glatteis ausgerüstet.

156,35 *übermaulet:* überstimmt, überschwatzt.
Seh du: He du; los.

157,4 *säumt:* verzögert, behindert.

157,7 *verfluchte sich:* beteuerte bei seiner Seligkeit.

157,11 *Hüng:* Hunde.

157,15 *Landvogt:* vgl. Anm. zu 62,3.
sich streichen: sich leise und unauffällig davonmachen.

157,16 *Donner:* verfluchter Kerl.

157,17 *die Augen auszubohren:* Augendienerei zu treiben.

157,18 *vermalestiere:* verunglimpfe, verdächtige, schlechtmache.

157,19 *nadisch:* doch.

157,29 *Gäb wie:* Wie sehr auch.

157,32 f. *es duech se:* es dünke sie, sie glaube.

157,36 *Zäng:* Zähne.

158,7 *rüsten:* vorbereiten, (Gemüse) putzen.

158,8 *aufschütten:* z. B. Bohnen, Äpfel, Kartoffeln auf den Tisch schütten.

158,17 *an seine Worte nicht kam:* seinen Worten nicht nachkam, nicht gehorchte.
158,29 *balgen:* schelten, Vorwürfe machen.
158,31 *als das Meienzeug desumzzaaggen:* als die Blumenstöcke zwecklos von einem Ort zum andern tragen.
159,6f. *»du und dein Knecht und deine Magd«:* 2. Mose 20,10.
159,9 *Sunntig:* Sonntag.
159,14 *zwänge wett:* erzwingen wollte.
neu Brüch yführe: neue Bräuche einführen.
selb isch mr nit recht: das ist mir nicht recht.
159,15 *gsi:* gewesen.

Vierzehntes Kapitel

159,18 *Der erste Sonntag:* vgl. Anm. zu 11,14.
159,27 *die halben:* die Hälfte aller.
159,28 *Striche:* Zitzen.
160,13f. *verstrupft:* zerzaust, unordentlich.
160,14 *schliefrig:* schmierig.
160,16 *balgete:* schimpfte, schalt.
160,22f. *syr Gattig:* seiner Art, Leute wie er.
160,26 *Götti:* Pate.
160,27 *Nachtmahl:* Abendmahl.
übers ander Jahr: alle zwei Jahre.
Bettag: Buß- und Bettag, im Herbst.
160,28 *Elisi sött men imm säge:* sie will, daß man Elisi (nicht Lisabethli) zu ihr sagt (weil es ihr vornehmer zu sein scheint).
160,29 *Tschöpli:* Jäckchen.
160,30 *allen wüst gesagt:* alle ausgescholten habe.
160,32 *Ringgi:* Name von Hofhunden.
160,33 *einist:* dereinst.
sellige Trüßle: solche groben Klötze.
160,36 *Bätzifaß:* Faß mit (billigem) Obstschnaps.
161,4 *zKilche z'ga:* in die Kirche, den Gottesdienst zu gehen.
161,14f. *was sie mit ihren Seelen anfangen wollten: Es war ihm an seiner eigenen Seele viel gelegen, darum an den Seelen anderer auch* (vgl. 12).
161,19 *z'mutze:* einer Sache nicht gewachsen (wörtl.: bartlos, kahl).
161,21 *Kuttentäsche:* Jackentasche.
161,26 *noch Brävere:* noch Schönere.

161,26 f. *ziehe ihn an:* spiele auf ihn an, zitiere ihn als Beispiel.
161,31 *von Faulhüngen und Lugibuben:* von Faulpelzen und Lügnern.
161,33 *Fötzel:* Lumpenbuben, Strolche.
161,34 *Säg ume!:* Red du nur!
161,34 f. *es uverschants ... gfiel dr:* ein unverschämtes Maul hast du; aber, gell, der gefiele dir.
162,1 f. *mit dir zKilche chömm:* wörtl.: mit dir in die Kirche ginge; dich heiratete.
162,2 *so heygs de für dyr Lebtig:* dann halte es (Heirat) dein Leben lang.
162,3 *einmal mit dir ... zKilche:* dich jedenfalls möchte ich nicht heiraten.
162,6 *Geständ:* viele herumstehende Leute.
162,13 *wie ein Häftlimacher:* pedantisch, ganz genau (*Häftlimacher:* Hersteller von Häkchen und Ösen).
162,14 *werchen:* bearbeiten.
162,15 *hocken ihm ... auf:* arbeiten gegen ihn, sind aufsässig.
162,16 *schalus:* eifersüchtig (frz. *jaloux*).
162,17 *regieren:* den Herren spielen, den Ton angeben.
162,20 *Joggi:* (Pl.: Joggeni) Jakob. Für Gotthelf können also Namen einen bestimmten, den Träger charakterisierenden Klang haben, z. B. Kellerjoggi in »Geld und Geist«.
162,23 *Müsterli:* Müsterchen, Beispiel, Geschichte.
162,24 *gereiset:* es einem reisen: jemandem eine Falle stellen, es ihm zeigen, heimzahlen.
162,27 *sturm:* schwindlig, durcheinander, verwirrt.
162,35 *Gilberiche:* Gelbfinken, Goldammern.
163,3 f. *zwei Stimmen, die einen begleiten im Leben:* vgl. Anm. zu 44,1 f.; 66 f.
163,4 *einer aufweisenden:* einer aufhetzenden, aufwiegelnden.
163,10 *Weiche von mir, Satanas!:* Mt. 4,10.
163,34 *nicht wachen, nicht beten:* s. Anm. zu 140,35.
164,2 *sich schicken:* sich beeilen.
164,3 *Kinderlehre:* vgl. Anm. zu 22,28.
Fragen aufsagen: Fragen aus dem (in Fragen und Antworten abgefaßten) Heidelberger Katechismus (dem sog. Fragenbuch) beantworten.
164,4 *kommod:* bequem, gelegen.
164,6 *nüsti:* dennoch, nichtsdestoweniger.
164,10 f. *etwas Apartiges:* etwas Besonderes, eine Extrawurst. Gott-

helf betrachtet seine Gegner, die damaligen Radikalen, als Sekte, z. B. im Vorwort zu »Zeitgeist und Bernergeist«: »Ihre Parole ist Vorwärts, Fortschritt, ihr Feldgeschrei Freiheit. Wo war je bei einer Sekte Freiheit? Ist das Leugnen einer höhern Welt, das Wandeln im Fleische, das Beißen und Fressen untereinander Fortschritt, Vorwärts?« (XIII,9.) Oder in dem Brief an Burkhalter vom 5. Dezember 1831: »Unsere Radikalen verursachten mir vor der Zeit meiner Weisheit, als ich noch meinte, alles müsse billig und vernünftig zugehen, den größten Ärger, und ich redete am meisten ihnen zu. Allein sie mahnen mich auffallend an religiöse Sektierer; sie allein haben den seligmachenden Glauben, wie sie meinen. Sie hassen, verfolgen alle, die ihn nicht teilen, meiden sorgfältig ihren Umgang, suchen Proselyten zu machen, setzen in einige Worte alles Heil [...]« (Erg.-Bd. 4,112). Oft ist für Gotthelf das Schlechte auch das Moderne (nicht immer umgekehrt), vgl. z. B. Joggelis Familie, den Baumwollhändler, den Melcher.

164,25 *Trögli:* Truhe.

164,34–165,4 *dieses wunderherrliche Tal ... diesen schönen Garten:* Das Paradies als Tal und Garten, als Hain des Friedens, frei von Leidenschaften, erscheint auch in der Vaterunser-Szene in »Geld und Geist«: »als gehe eine Tür ihm auf, als sehe es aus wilder Nacht in einen schönen, sonnigen Garten [...] und dieser sonnige Garten sei der Friede und das trauliche Verhältnis, und wenn es die ganze Welt gewinnen könnte, an diesen Garten des Friedens tauschte es sie nicht« (VII,20). Vgl. dazu auch die Szene der wiederversöhnten Familie im »Baumgarten, fast einem heiligen Haine vergleichbar [...] unter einem mächtigen Apfelbaume« (VII,120 f.). Im »Anne Bäbi« ist das Bild des Paradieses verbunden mit dem für Gotthelf so vielsagenden Bild des Wassers:

»[...] ein unendliches, herrliches Gebiet, in welchem gewaltig und Welten tragend die gewaltigen Ströme der Liebe und Treue fluten, wo in himmlischen Gärten die Blumen stehn, die Demut und Bescheidenheit, Heiterkeit und Fröhlichkeit wir nennen, wo in üppigen, reichen Gefilden die Kräfte sprossen, welche das Leben ordnen, die Welt gestalten, der Sinn für Ordnung, die Tätigkeit, die nie ermattet, die Besonnenheit, welche das Rechte immer weiß, die Ergebung, welche schaffet, nie entmutigt, ausharret in der Pflicht, wenn auch immer das Gedeihen fehlt, wo in heiligem Haine die Winde von oben rauschen, in seinem innersten

Heiligtum ein klarer See sich birgt, in dem das Bild des himmlischen Vaters sich spiegelt« (V,347).

»[...] und das Mädchen träumt, und die Liebe kommt ihm entgegen und öffnet mit goldenem Schlüssel ein goldenes Tal, ein herrlich Paradies, und Liebesworte sind des Tales Säuseln, und Liebesblicke sind die Lichtstrahlen, die das Tal erleuchten; und eine Herrlichkeit, die keine Worte faßt, schwebt über ihm, senkt sich in sein Herz, schwellt es auf in unendlicher Wonne, wie sie die Rose füllt, wenn sie dem Lichte sich erschließt; und Ewigkeit scheint diese Herrlichkeit zu umranden, und auf den Wellen reiner Lust wiegt das arme Mädchen sich in unendlicher Wonne; und die Wellen tragen es von Seligkeit zu Seligkeit, und immer näher gleitet der Kahn dem Borne, aus dem die Ströme der Seligkeit sich ergießen, die durch des Herrn Welten fließen« (V,371 f.).

»Ein solch fröhlicher Abend wirft Wellen, den Meereswellen vergleichbar, und wie diese an heitere Ufer schlagen und an diese Ufer Schiffende tragen, so tragen sanft und leise glücklicher Abende tanzende Wellen manch Menschenkind an glückliche Gestade, an traumreiche Inseln, in des Paradieses verlornen Garten, den wachend kein Sterblicher findet« (V,398).

Vgl. außerdem V,403 sowie die Stelle, wo Gotthelf die Seele mit einem »heiligen See« vergleicht (V,267 f.). Zwar steht in »Jakobs Wanderungen«: »nach der alten Ordnung Gottes soll der Mensch alles, über was Gott ihn gesetzt hat, veredeln. Zur Strafe, daß er das Paradies verloren, soll er an einem neuen Paradiese schaffen« (IX,247), und Gotthelfs Werke wollen da gewiß mitschaffen, aber in seinen politischen Romanen hat er das »irdische Paradies« der Radikalen verhöhnt:

»Dort wurden feurige Reden gehalten, daß es einem dünkte, die Sterne begönnen zu hüpfen am Himmelszelt, der Sonne komme das Augenwasser, und der alten Erde gramsle es im Herzen wie einem sechzehnjährigen Mädchen. Die Reden hatten zumeist drei Teile. Zuerst Preis und Lob des Volkes, einzelner Patrioten, besonderer Zustände, dann Heulen und Zähneklappern über die Gegner, welche schuld seien, daß das tausendjährige Reich noch nicht angefangen, die Weinbeeren nicht wie Kürbisse seien und der Genfersee nicht voll Muskateller« (IX,289).

»Er erzählte, wie sie es den Luzernern und Jesuiten, den Pfaffen überall machen wollten. Die Kapuziner wurden gespickt und zu Braten verwendet, die Jesuiten verhackt wie Spinat und als Eier

etwelche Nonnen darauf breitgeschlagen. In den Klöstern wurde das tausendjährige Reich gefeiert, am uralten Wein zu Tische gelegen, bis die Sterne Bärte bekamen und die Welt zu wackeln anfing« (XIII,179).
Eine ähnliche Stelle im »Herr Esau« (Erg.-Bd. 1,283 f.).
Das Paradies auf Erden, das irdische Paradies, das tausendjährige Reich und goldene Zeitalter ist eine der großen Sehnsüchte des 19. Jh.s. In »Deutschland. Ein Wintermärchen«, Caput I, schreibt Heine:

Ein neues Lied, ein besseres Lied,
O Freunde, will ich euch dichten!
Wir wollen hier auf Erden schon
Das Himmelreich errichten.

Vgl. auch Werner Hofmann: »Das irdische Paradies«, München 1974.

166,7 *Holderstock:* Holunderbusch.

166,9 *Seh:* hier etwa: Da schau her!

166,25 *Brönz:* Branntwein.

166,28 f. *sich nicht nachela well:* sich nicht fügen, nicht anpassen wolle.

167,1 f. *Kirche ... Wirtshaus:* für Gotthelf häufig, aber keineswegs immer, auch moralische, weltanschauliche, politische Gegensätze. Wirtschaftsgesetze aus den Jahren 1833 und 1836 hatten den Erwerb von Wirtshauspatenten so erleichtert, daß die Zahl der Wirtshäuser im Kanton Bern schon von 1833 bis 1834 um 425 auf 1375 anstieg (Erg.-Bd. 13,392). Im Jahre 1837 erschien Heinrich Zschokkes Erzählung »Die Branntweinpest. Eine Trauergeschichte zur Warnung und Lehre für Reiche und Arme, Alt und Jung.« Vgl. auch Anm. 129,26.

167,6 *gsunntiget:* in Sonntagskleidern.

167,15 f. *trümpfte ... ab:* wies ... durch bissige Reden verzweifelt ab.

167,18 *sellige Fötzle:* solche Lumpen.

167,21 *wenn dr rate cha:* sofern du von mir einen Rat annehmen willst.

167,23 f. *einer rühmte dies an ihm, ein anderer etwas anderes:* die Knechte und Mägde wollen Uli *den Kopf groß machen*, ihn *aufweisen*, wie die Schlange es mit Eva tat; vgl. 163.

167,31 *vormähen:* beim Mähen der vorderste (weil schnellste) sein.

167,32 *einmal er:* er jedenfalls.

167,33 *zu machen:* zu wetteifern, sich zu messen.
167,35 *ihrer Gattig:* Leute wie sie, von ihrer Art.
168,2 *ein Bhülflige:* ein Hilfsbereiter.
168,3 *nadisch:* doch.
168,9 *Rühmen:* Loben.
168,12 *husen:* haushalten, sparen.
168,14f. *auf die Mugge:* auf den Kieker, nicht mögen (*Mugge:* Mücke ist das Schwarze auf der Zielscheibe).
168,15 *Gring:* Kopf.
168,16 *mit ihm aufbegehre:* gegen ihn aufbegehre, ihm widerspreche.
168,19 *akkurat nicht:* ebensowenig, auch nicht.
168,25 *öppe auch andern:* etwa auch andern.
169,6 *Hudelornig:* Lumpenordnung, Schlamperei.
169,11 *Plätzen:* Flicken, Ausbessern.
169,17 *Dreiröhrenhut:* Dreispitz, Dreimaster (gehörte zur Berufstracht der Beamten).
169,18f. *kusch machen:* sich kuschen, sich legen.
169,20 *Ürte:* Zeche.
169,24 *zKilt:* vgl. Anm. zu 10,16.
169,24 *Meitscheni:* Pl. von: Meitschi ›Mädchen‹.
169,27 *Gaden:* vgl. Anm. zu 3,13.
169,32f. *es nähmte ihn wunder:* er wüßte gerne.
169,33 *Kilter:* nächtlicher Besucher, Liebhaber.
170,1 *surrete:* schmerzte heftig.
170,4 *klepfte:* klatschte.
170,8 *Tätsch:* Schlag.
Nit, nit, zDonner, ih bis: Halt, halt, verflucht, ich bin's!
170,9–12 *Ich weiß ne ... erwütscht:* Ich sehe ihn nirgends mehr, es ist, als habe ihn der Teufel geholt! Aber komm, hilf mir den Pferdeknecht auf die Beine stellen, den hat's im Nacken erwischt.
170,13 *eintreiben:* vergelten, eintränken, es jemandem zeigen.
170,14 *Türli:* Gartentüre.
170,14f. *es müßt dr Tüfel tue:* es müßte mit dem Teufel zugehen.
170,16 *salben:* hier: verdreschen.
170,20 *e sellige Ketzer:* etwa: einen solchen Mordsschlag.
170,23 *i dr Kefi:* im ›Käfig‹, Gefängnis.
170,25 *Dä Dolder:* etwa: der Teufelskerl (*Dolder:* Donner).
171,8 *schickte es sich nicht:* bot sich keine Gelegenheit.
171,9 *gwunderig:* neugierig.
171,18 *gschmucht:* schwindlig, schlecht, ohnmächtig.

Herdknecht: »unterster der landwirtschaftlichen Dienstboten, der ausschließlich Feldarbeit, nicht das Vieh, besorgt« (Juker).
171,19 *gefahren:* geschossen, gestürzt.
171,23 *gepaßt:* aufgelauert.
171,27 *Betten:* Bettenmachen.
171,30 *den Gring abschreiße:* den Kopf herunterreiße.
171,30f. *kam darüber:* kam dahinter, fand es heraus.
172,7 *wie er hier zweg sei:* in welcher Lage er hier sei.
172,8 *sich niemere nüt achten:* sich um niemand kümmern.
172,13 *ungsinnet:* unversehens, ohne daß jemand daran denkt.
172,16 *öppe machen:* halt tun, einfach machen.
Ätti: Vater.
172,17 *bim Schieß:* wörtl.: beim Blitz!; etwa: verdammt!

Fünfzehntes Kapitel

172,22 *Stübli:* vgl. Anm. zu 4,3.
172,29 *gäb wie sie anwende:* wie sehr sie sich auch bemühe, anstrenge.
172,31 *nüt:* nichts.
duechs's geng: dünke sie es immer, ihr scheine stets, sie glaube immer.
173,3 *Ofenwüsch:* »der meist an einer Stange befestigte Lappen, mit dem der Bauer den heißen Backofen auswischt, bevor er den Teig hineinschiebt« (Hunziker).
173,5 *seine Frauen:* die Leiterinnen des Pensionats.
173,6–7 *O quelle mignonne ... Berne:* O was sind Sie für ein allerliebstes Herzchen, welch hübsches Betragen Sie haben, und die Haut ist so fein, so adelig, Sie sind ein Göscheli (Zuckermäulchen), wie man in Bern sagt.
173,7f. *Du bisch es Bleechs un e Räbel:* Du bist bleich und ein abgemagertes Ding. Die Bauerntochter verleugnet also die ländlichen Schönheitsvorstellungen (vgl. als Gegensatz Vreneli, 144f.) und gibt sich städtisch, zart, blaß, modisch. Gotthelf, obwohl in Murten geboren, konnte vermutlich kaum Französisch. Vgl. den Brief an Hagenbach vom 27. Dezember 1848: »Nach Neuenburg will ich kommen, wenn ich auch nicht Weltsch kann. Bin ich mal da, so wird es mich wohl die beiden Seen hinauf treiben, denn Genf möchte ich doch auch einmal sehen. Ich bin noch nicht weiter als bis Wiflisburg [Avenches, H. P. H.] gekommen, und

damals war ich circa 6 Jahre alt. Du begreifst, daß es mit meinem Weltsch nicht weit hersein kann« (Erg.-Bd. 7,167 f.). Mias, die Hauptfigur des »Bauernspiegels«, kämpft mit bei der Julirevolution 1830 in Paris. Ein großer Teil von »Jakobs Wanderungen« spielt in der französischen Schweiz, und Jakob findet bei einem alten waadtländischen Ehepaar wieder zu sich selbst, nachdem er seine Absicht, nach Paris zu wandern, aufgegeben hat. Im Eingang des »Dursli« setzt er sich mit dem Eindringen französischer Revolutionsparolen in die Schweiz auseinander. Im »Pächter« (XI,346 f.) wird Uli einmal mit dem von Gotthelf so bewunderten Napoleon verglichen. »Napoleon – keiner von seinen Zeitgenossen hat Gotthelf so beeindruckt wie Napoleon. Alle gekrönten Häupter seiner Zeit bespöttelte er, Napoleon bewunderte er [. . .]. Er ist die einzige Persönlichkeit seiner Zeit, vor der Gotthelf wirklich Respekt hat.« (W. Juker, Erg.-Bd. 18,141 f.) – Über Elisi schreibt Gotthelf am 1. Dezember 1840 an seinen Vetter Carl Bitzius: »Hingegen wieder ist Elisi keine verzerrte Figur. Du hast am Solothurner Schießet [Schützenfest, H. P. H.] die Bauerntöchter nicht gesehen, welche ihre goldenen Ringe über die Handschuhe trugen, einen Regenschirm offen trugen und in der andern Hand ein elegantes Sonnenschirmchen und mit grünen Schleiern behaftet waren. Ich hätte sie anspucken mögen« (Erg.-Bd. 5,101).

173,10 *seh, trink eis:* los, trink einen Schluck!

173,11 *es bitzli vom Hammli:* ein bißchen Schinken.

173,12 f. *es mangle sich dessen nicht:* es sei nicht nötig.

173,20 *gern öppe ein Kapitel:* wohl gerne mal ein Kapitel (in der Bibel).

173,25 *die angere:* die anderen.

173,26 *gheye:* sich herumtreiben.

173,26 *Rüsten:* Gemüse putzen.

173,27 *Haspen:* »Früher wurde in den Bauernhäusern von den Frauen viel gesponnen. Dienstfertige Knechte besorgten dabei mitunter das Haspen, d. h. das Aufwinden des Garns von der Spule auf den Haspel und das Festbinden zu Strangen« (Hunziker).
magst du dich gmühen: scheust du keine Mühe.

173,29 *bsunderbar:* ganz besonders.
zfriede: zufrieden.

173,30 *allbeneinisch:* zuweilen.

173,31 *seiner nüt achten:* ihn nicht beachten, dich nicht um ihn kümmern.

173,34 f. *für Saumehl fassen:* Roggen zu Mehl fürs Schweinefutter fassen.
173,36–174,1 *hätte ihr ... vor:* halte ihr doch immer vor.
174,1 *verschleipfe:* heimlich beiseite schaffen, verschwenden.
174,5 *dahergezügelt:* dahergezogen (*zügeln:* umziehen).
174,7 *Küher:* vgl. Anm. zu 109,35.
174,12 *ein gspäßigs Gesicht:* ein seltsames Gesicht.
174,13 *Göhl:* Narr.
174,15 *Hung:* Hund.
174,17 *ausführen:* verspotten.
dr Plätz machen: ausschelten, herumkritisieren.
174,23 *Stichwort:* Stichelei.
174,26 *grännete:* greinte, verzog das Gesicht.
174,29 *Druckleni:* Pl. von: Druckli ›Schachtel, Schächtelchen‹.
Krälli: Glasperle, Halskette.
Ketteli ... Häfte: Das Schulterteil der Frauentracht (*Göller:* Koller) bestand aus schwarzem Samt und war oft mit Glasperlen oder Silberblumen bestickt. An den vier unteren Enden des Göllers befanden sich silberne, an Rosetten befestigte Ringe (*Häfte*), an denen silberne Ketten (*Kettleni*), die unter den Armen durchhingen, befestigt waren (Abb. bei Friedli, S. 160 ff., 416 ff.).
174,29 f. *Tüchleni:* Pl. von: Tüchli ›Tüchlein‹.
174,30 *Mänteli:* vgl. Anm. zu 15,16.
174,31 *überlegt:* überschüttet, überdeckt.
175,1 *man trieb das Spiel mit ihm:* man machte sich über sie lustig.
175,2 *durften ihm nichts sagen:* wagten nicht, hatten nicht den Mut, ihm etwas zu sagen.
plärete: heulte.
175,4 f. *eine Geschichte vom Gugger:* eine heillose Geschichte, ein Riesentheater (*Gugger:* Kuckuck).
175,5 *waren einander nicht hold:* konnten einander nicht leiden.
175,11 *Wochenmönsch:* Dienstmädchen zur Aushilfe an Werktagen.
175,13 *O ciel ... elle a:* O Himmel, wie gewöhnlich sie aussieht!
175,14 f. *Narrochtigi:* Albernheit, närrisches Gehaben.
175,15 *Meisterlosigkeit:* Verwöhntheit, Zügellosigkeit.
175,19 *schalus:* eifersüchtig, neidisch (frz. *jaloux*).
175,25 *Haarschnüre:* »lange, schwarze, in die Zöpfe eingeflochtene Bänder« (Juker).
175,33 *aufzuprotzen:* aufzubegehren.
176,7 *sellig:* solche.
176,13 *Züpfen:* Zöpfe.

176,15 *züpfete:* flocht die Zöpfe.
176,20 *bas nieden:* weiter unten.
176,21 *die Juden:* Sie erscheinen in Gotthelfs Werk nur am Rand, meist als Viehhändler (z. B. im »Pächter«, XI,355 ff.); freilich müssen sie oft für seinen derben Spott herhalten. Die Figur des bösen Juden wie Veitel Itzig in Freytags »Soll und Haben« oder Moses Freudenstein in Raabes »Hungerpastor« gibt es bei Gotthelf nicht. Er macht sich also wohl hin und wieder ein negatives Bild von Juden, z. B. »schmutzige Juden und geizige Christen« (184), für den Vorwurf des Antisemitismus reichen seine wenigen Seitenhiebe aber nicht. Vgl. jedoch auch Anm. zu 307,24 f.
176,26 *Gräbel:* (größere) Holzabfälle.
176,27 *aufgeholzt:* (Holz) kleingemacht.
Scheiterbygen: Holzstöße (südd. Holzbeigen).
176,27 f. *zierlich:* schmuck, schön.
176,29 f. *zring ums:* rings um (das Haus).
176,36–177,1 *voll Moos, Misteln und dürren Ästen:* Die neue Wirtschaft entwickelt sich kraft alter Tugenden. Die durch die industrielle Revolution entstandenen Veränderungen werden sichtbar im »Bauernspiegel«: »Was doch in einem Zeitraum von zwanzig Jahren erfunden, geschaffen wird, und besonders in unsern Tagen! [...] Neue Häuser glänzten überall zwischen wohlunterhaltenen Bäumen hervor, die nicht mehr voll Moos und Mistelen waren. Große Scheiben, helle Fenster zeugten von helleren Menschen, und blaue Schieferdächer von vorsichtigen und klugen« (I,299). Vgl. auch Anm. zu 153,28.
177,1 f. *einem Meister zTrotz:* noch besser als ein richtiger Bauer.
177,4 *kujonieren:* hetzen, quälen, schikanieren.
Bschütti: Gülle, Jauche.
177,6 f. *auffror:* (der Erdboden) auftaute.
177,7 *Matten:* Wiesen.
177,8 f. *Wuhre aufzutun:* (kleine) Ableitungsgräben zu reinigen (vgl. Anm. zu 225,31).
177,9 *Britschen:* kleine Schleusen.
177,14 *wässern:* die Wiesen bewässern.
177,15 f. *so duech es ihn:* so glaube er.
177,20 *Was wott er ächt aber:* was will er wohl wieder.
177,21 *zSinn cho:* in den Sinn gekommen, eingefallen.
e Tüfels Chäri: ein verfluchter Nörgler.
177,22 *Sunndig und Werchtig:* sonntags und werktags.
rühyig: ruhig, in Ruhe.

177,25 *Werch:* jede der landwirtschaftlichen Hauptarbeiten: Heu, Korn, Kartoffeln, Holz.
177,35 *in Hinderlig:* ins Hintertreffen, in Rückstand (die Jahreszeit betreffend).
178,2 *Erdäpfel:* Kartoffeln.
178,3 *Bäunde:* Hanf- oder Flachspflanzung.
178,4 *anständig wäre:* passe, gefalle.
178,5 *ein so freiner:* ein so freundlicher.
178,6 *an der Sunne umezträtsche:* in der Sonne herumzuspazieren.
178,9 *trage nichts ab:* nütze nichts, bringe nichts ein.
178,10 *ein sellig Pressier:* ein solches Hasten.
178,11 *Sachen:* hier: Vorräte.
178,14 *hingere hangen:* bremsen, zurückhalten.
178,20 *Finkenschuhe:* Hausschuhe, Pantoffeln, warme gefütterte Schuhe.
178,30 *Plätz:* Feld, Beet, Stück Land.
178,33 *Reps:* Raps (Brassica Napus oleifera).
178,34 *abmärten:* abhandeln.
179,1 *Stümperei:* hier: Land in vielen kleinen Stücken.
179,4 *Liegendes:* im Speicher liegendes, Vorrat.
179,35 *Häge:* Hecken.
Klafter: vor 1838: 2,346 m; nach 1838: 1,8 m.
Börder, mutwillige: wild wuchernde Ränder und Abhänge.
180,3 *afe:* einstweilen.
180,4 *füremache:* herausrücken, ›ausspucken‹.
180,7 *erfüttern:* durch Füttern etwas erreichen.
180,8 *Abgang:* Verlust, Einbuße.
180,10 *Striche:* Zitzen.
180,25 *öppis angers:* etwas anderes.
180,30 *zunderobis:* das Unterste zuoberst.
180,31 *merke:* beobachte genau, komme auf die Schliche.
180,32 *es ihm reisen:* ihm den Meister zeigen.
180,33 *werche:* arbeite.
180,34 *Großätti:* Großvater.
180,35 f. *vom Tüfel:* in Mengen, riesig.
180,36 *dabeizusein:* vgl. Anm. zu 23,28.
181,1 *drängseliert:* drangsaliert, unter Druck gesetzt.
181,3 *witzig:* klug, vernünftig, gescheit.
181,4 *z'Halbem reicher:* um die Hälfte reicher, doppelt so reich.
181,19 *zu fast:* zu sehr.
181,20 *zwängen:* durchsetzen, erzwingen.

181,28 f. *auf einen andern Pfosten pretendieren:* eine andere Stellung erstreben.
181,33 *Lett:* Lehm, Dreck.
181,36 *stüpfen:* antreiben.
182,2 f. *den Flachsplätz sauber rüste:* das Flachsbeet ausputze.
182,8 f. *ein sechskreuzeriges, drei Schuh hohes Knechtlein:* ein wertloses, unbedeutendes Knechtlein.
182,9 *Güggel:* Gockel, Hahn.
182,13 *es Bürschli:* hier: ein Kerl.
182,14 *dGnüegi:* zur Genüge, soviel man will.
182,23 *hintenfür:* noch einmal von vorne.
182,24 *balgete:* schalt.
182,35 *häuflen:* um die Kartoffelpflanzen die Erde aufhäufen, damit sie mehr Nahrung bekommen.
182,36 *Mäß:* Kornmaß, 14 l.
183,1 *gesteckelt:* steckeln: die Flachspflanzen an Stecken binden (etwa wie Bohnen oder Tomaten), damit sie nicht umfallen und besser trocknen.
183,6 *fortkäret ha:* durch ständiges Streiten und Nörgeln zum Fortgehen getrieben haben.

Sechzehntes Kapitel

183,11 *im Stall etwas ändere:* durch Schlachtung, Kauf oder Verkauf.
183,12 *Monatmärit:* monatlicher Markt.
183,13 *Zingel:* »Bildet die Färbung einen Gürtel (lat. *cingulum*), so ist die damit geschmückte Trägerin selbst ein Zingel« (Friedli). *Stär:* Stirnfleck, Blesse (Kuhname).
183,14 *fahren:* gehen, losziehen.
183,29 *Hofstatt:* Obstbaumgarten.
184,3 *dueche:* dünke, scheine.
184,5 *käre:* nutzlos Worte wechseln, nörgeln.
184,15 *übertreibe:* zu sehr treibe.
184,18 *Hudelpack:* Lumpenpack.
184,25 *nicht geheim:* unheimlich.
185,2 *schätzte:* einen Preis vorschlug.
185,8 *Ware:* Vieh.
185,11 *Schick:* guter Fang, vorteilhafter Handel.
185,11 f. *vom obern Tore:* »Das Ober- oder Murtentor bei der

Heiliggeistkirche in Bern wurde schon 1807 abgebrochen. Hier ist das an dessen Stelle errichtete eiserne Gittertor gemeint« (Hunziker).

185,13 *aus den reichen Gemeinden oberhalb der Stadt:* zwischen Bern und Schwarzenburg.

185,16 *Speckseitenkutten:* (altmodischer) langer Männerrock mit breiten Schößen.

185,17 *strub:* struppig, wüst.

185,18 *hatte noch lange nicht ausgetragen:* bekam das Kalb noch lange nicht.

185,23 *nebenaus:* in einer abgelegenen Gegend.

185,27 *tun genug:* arbeiten schwer.

185,29 *visitierte:* untersuchte, prüfte.

185,34 *das Grün:* frisches, grünes Gras.

185,36 *eingrase:* als Gras verfüttere.
Dr Ätti: mein Vater.

186,1 f. *fünf Haupt:* fünf Stück Rindvieh.

186,3 *kaum genug:* kümmerlich genug.
Nebenausmannli: Hinterwäldler.

186,16 *wie ein Eisenwecken:* breit ausladend (*Eisenwecken:* Keil zum Holzspalten).

186,23 *ausführen:* verspotten, lächerlich machen.

186,25 f. *ein Trank:* Tränklein, Arznei.

186,35 *Ürti:* Zeche

187,21 f. *Es fiel ihm ein, wie er schon früher:* vgl. 115 f.

187,23 *die Ehrlichkeit ihm wohlbekommen:* vgl. im »Pächter«: »Es [Vreneli] hatte die ganz sichere Ansicht, daß bei der Ehrlichkeit der größte Vorteil sei« (XI,139); »den Mann aber habe ihm [Uli] recht eigentlich Gott gesandt, um ihm Freude über seine Umkehr zu bezeugen und zum Zeichen, daß Ehrlichkeit immerhin die größte Klugheit sei. Uli war weit entfernt zu glauben, nun müsse und werde Gott ihm allemal, wenn Ehrlichkeit die Versuchung überwinde, ein besonderes Zeichen tun und den Lohn ihm immer gleich bar auszahlen. Aber es freute ihn diesmal, das so aufzufassen« (XI,357 f.).

187,31 *wenn es ihm auskäme:* wenn es herauskäme, daß er...

188,9 *Schnäfeli:* Scheibchen, Stückchen.

188,26 *er sei gesinnet:* er habe die Absicht.

188,29 *Märitgeläufe:* Marktlauferei, Weg zum Markt.

188,31 *beim Schieß e Wüste!:* verdammt noch mal ein böser Kerl! (*Schieß:* Blitz.)

188,35 *husen:* haushalten, sparen.
188,36 *Jä, jerenei!:* etwa: O herrjeh, nein!
189,1 *Gunten:* Kosten, Konto.
189,2 *nadisch:* denn doch.
189,5 *das hat ... kei Gattig:* das hat doch, bei meiner armen teuren (Seele), keine Art; ist unerhört; geht übers erträgliche Maß hinaus.
189,6 *e sellige z'ha:* einen solchen (Knecht) zu haben.
189,8 *wenn er dich merkt:* wenn er dir dahinterkommt.
gheit: wirft.
189,12 *Käri:* Nörgler, Drängler.
189,18 *im Hinderlig:* im Rückstand, hinterher.
189,19 *akkurat:* genauso wie.
189,23 *bschüß keis Huse nüt:* nütze alles Sparen nichts.
drehte: zögerte.
189,24 *der erste:* als erster.
190,8 *Matte:* Wiese.
190,11 *durchtun:* in den Schatten stellen.
vormähen: beim Mähen der vorderste sein.
190,14 *Tauner:* Tagelöhner.
190,17 *anschlagen:* befestigen (das Messer am Stiel).
190,18 *Bschütti:* Gülle, Jauche.
190,27 *drängseliert und kujiniert:* unter Druck gesetzt und gehetzt.
190,30 *Dängelen:* die Sense dengeln, mit dem Hammer scharfschlagen.
Rüsten der Wagen: Vorbereiten der Wagen (zum Heueinfahren).
190,31 *gekehrt:* (das Heu) gewendet.
191,2 *Aufrechen:* das Heu zu Reihen (Walmen) zusammenrechen.
191,3 *Wüsttun:* Schimpfen, Krachschlagen, Toben.
Birlig: »etwa 1 m hoher Haufen. Zu solchen Haufen wird das über Nacht draußen liegende halbtrockene Heu aufgeschichtet« (Juker).
191,6 *jastete sich:* hetzte sich ab, hastete.
191,7 *er brachte nichts ab:* er erreichte nichts, es nützte alles nichts.
191,9 *gäb wie:* wie sehr auch.
191,10 *stüpften:* antrieben.
191,11 *Uli möge nicht gfahren:* Uli komme nicht zurecht, Uli halte das nicht durch.
191,13 *zwängen:* durchsetzen, erzwingen.
191,18 *Dürres:* Heu.
191,22 *Schleiftröge:* Radschuhe, Bremsklötze.

191,24 *erworget:* geht zugrunde.
191,26 *Brülle:* Schreie.
191,30 *erlängen:* erreichen, fassen.
191,31 *es duech ne:* er glaube.
191,33 *Möffen:* (Sg.: Möff) etwa: dumme Ochsen (verdreht aus frz. *bœuf*).
gramsle: krabble, kribble.
191,35 *einzuführen:* (Heu von der Wiese in die Scheune) einzufahren.
191,36–192,1 *so schirre er aus:* so laufe er davon.
192,1 *ungesinnet:* vgl. Anm. zu 172,13.
192,8 *zetten:* Heu zum Dörren ausbreiten.
192,13 *sich zu stecken:* steckenzubleiben, zu stocken.
192,15 *rückte es:* ging es vorwärts.
192,22 *ein Blind:* ein Blinder.
192,29 *Heuwalm:* zu einer Reihe geharktes Heu (vgl. Anm. zu 151,4).
am dünnern Ort: am dünneren Ende.
192,30 *ungebrannte Asche:* etwa: ein tüchtiges Stück Holz; hier: der Griff der Peitsche.
192,31 *besaß er sich:* behielt sich in der Hand, hielt er sich zurück.
192,36 *grusamer Streit:* schrecklicher Streit.
193,5 *er söll usecho!:* er soll herauskommen!
He Ymmers!: Herr Jesus!
193,8 *Kacheli:* Tasse, Becher, irdenes Geschirr.
193,10 *dänne deckt:* beiseite gestellt, warm gehalten.
193,27 f. *falsch gedinget:* unter den falschen Bedingungen eingestellt.
193,33 *sich schicken:* sich beeilen.
193,34 *fechten:* hart arbeiten, sich mühen.
194,1 *He, ume ... prüßisch!:* Nun, nun, nur nicht gleich so barsch (preußisch)!
194,2 f. *mir das Maul gegönnt:* mir etwas davon gesagt; dich herabgelassen, mit mir zu reden.
194,9 *Unantwort:* böse Worte.
Ds Gunträri: Ganz im Gegenteil! (frz. *au contraire.*)
194,12 *Ornig:* Ordnung.
194,24 *Bis doch nit e Göhl!:* Sei doch nicht so dumm! (*Göhl:* Narr.)
194,27 *unmußige Zeit:* Zeit mit viel Arbeit und wenig Muße.
194,29 *ds Halb ringer:* doppelt so leicht.
195,2 *ein Kapitel lesen:* den Marsch blasen, zurechtweisen.

195,5 *hübscheli:* sachte.
195,9 *füremachen:* herausgeben (den Lohn).
es lächere sie nur: darüber könnten sie nur lachen.
195,12 *den Wagen zu reisen:* den Wagen zu lenken.
195,13 *bestechen:* steckenbleiben.
195,14 *Seh:* Los!
195,19 *Martistag:* »der 11. November, das Ende des landwirtschaftlichen Jahres, einer der bedeutsamsten Termine im ländlichen und bürgerlichen Leben« (Hunziker).
195,29 *es mangelte sich:* es wäre nötig.
195,33 *in Fürtüchern:* in Schürzen.
195,34 *Häb di!:* Halt dich fest!
196,1 *Lader:* Knecht auf dem Wagen, der das Heu verteilt und festtritt.
196,3 *Bindbaum:* Holzstange, in der Länge des Heuwagens, oben längs auf dem Heu liegend, vorne in einer Art Leiter, dem *Fürgstütz* (230) verankert, hinten mit den *Wellenseilen* (196) angezogen, um der Ladung Halt zu geben.
196,16 *Tenn:* Tenne, Dreschboden.
klepfte: krachte.
196,17 *Schopf:* Schuppen.
196,21 *Gaden:* vgl. Anm. zu 3,13.
196,22 *machten adie:* sagten adieu, lebewohl.
197,5 *er wußte alles anzukehren:* etwa: er wendete allen Fleiß an, setzte alle seine Kräfte ein.
197,12 *Bub:* vgl. Anm. zu 144,14.
197,13 f. *Taunerschaft:* die Tagelöhner.
197,23 *sövli:* genügend.
197,25 *Pinte:* Kneipe, Beiz.
198,1 *gmühen:* verdrießen.
198,9 *hintereinandergereiset:* gegeneinander aufgehetzt.
198,9 f. *es nicht besser gsinnet:* es nicht besser gewußt, sich nicht viel dabei gedacht.
198,19 *wäre neue Sinns:* wäre anscheinend gesonnen.
198,19 f. *er hat neue gmurbet:* er ist anscheinend weich (mürb) geworden, gibt nach.
198,20 *syg neue:* sei eigentlich.
198,22 f. *ein Neuer ... brichten:* einem Neuen muß man erst wieder alles erklären.
198,27 *z'best rede:* ein gutes Wort einlege.
198,31 f. *Gwerchet:* gearbeitet, getan.

199,4 *doch afe so prüßische:* doch allmählich recht preußisch, entschieden.
199,6f. *daß öppe ... dahintenbleibt:* daß wohl nur wenige der nötigen Arbeiten ungetan bleiben.
199,7 *taub:* zornig.
199,16f. *Euch öppe nicht anständig:* Euch nicht genehm, nicht recht.
199,18f. *red ume:* rede nur.
199,32 *lebig dadenne:* lebendig von dannen.
199,33 *Herd:* Erde, Ackerboden.
199,34 *aus den Ställen ziehen:* durch Verkauf, Zucht Gewinn aus den Ställen ziehen.
200,20f. *hinger em Haus:* hinter dem Haus.
200,21f. *Emmental ... Oberland ... Seeland:* Teile des Kantons Bern; *Seeland:* das Gebiet um den Neuenburger-, Bieler- und Murtensee.
200,22 *im Uflat:* etwa: in der Unordnung.

Siebzehntes Kapitel

201,5 *fry es ganz angers Leben:* in jeder Hinsicht ein ganz anderes Leben.
201,6 *dabeizusein:* vgl. Anm. zu 23,28.
Es duech se: Sie glaube, es scheine ihr.
201,8 *ds Halb mehr:* um die Hälfte mehr, doppelt soviel.
201,9 *Werch:* Ernte.
201,11 *Jetzt dürfe sie:* Jetzt getraue sie sich, wage sie es.
201,12 *Ankenhäfen:* Buttertöpfe.
201,13 *Sichelte:* Erntefest eines Bauernhofes nach Einbringen des Getreides; s. die Beschreibung ab 209 und Kap. 2 des »Pächters«.
201,17 *balgen:* schelten, meckern.
201,19 *hintenum:* hinten herum.
201,28 *Mütte:* vgl. Anm. zu 130,11.
mangelte sie sehr übel: hätte sie dringend nötig.
202,5 *nicht den Kübel auszuleeren:* etwa: nicht unüberlegt Schluß zu machen, es mit einem Schlag zu verderben.
202,10 *Meitschi:* Mädchen.
Kupen: Schmollen.
202,12 *Bürdeli:* kleine Bürde, Päckchen.
202,15 *dinge:* Knechte oder Mägde einstelle.

202,17 *es blangeten alle gar grusam:* alle hätten schrecklich Sehnsucht.
202,22 *Hofstatt:* Obstbaumgarten.
beschüttet: mit Jauche (Bschütti) gedüngt.
202,25 *ein grusam Wunderlicher:* ein schrecklich komischer Kauz.
203,3 *wüst zu sagen:* ihn auszuschimpfen.
203,14 *angegeben:* geheißen.
203,16 *Öppe der Meister?:* Etwa der Meister?
203,17 f. *öppe nicht lange:* wohl nicht lange.
203,25 *es habe gefehlt:* es sei (etwas) schief gelaufen, man habe eine Dummheit gemacht.
203,26 *fecken:* prüfen.
203,28 *gang guck:* geh und sieh nach.
203,29 f. *dr wüstest Hung:* der wüsteste Hund, der gemeinste Kerl.
203,32 *fortgesprengt:* fortgetrieben.
203,35 *öppe es bitzli luegti:* auch mal ein bißchen darauf achtete.
204,8 f. *wo man ... Täsche beizt:* wo man ihm immer und immer wieder eine Falle stellt.
204,11 *Du bist geng e Göhl, Alti:* Du bist immer (die gleiche) Närrin, Alte.
204,18 *Dä Donner!:* Der Saukerl!
204,21 *Furt wott ih!:* Fort will ich!
204,29 *dä Gränni:* der mürrische, ewig unzufriedene Kerl.
204,35 *er hätte mich dr Gottswillen:* er verhalte mich um Gotteslohn, umsonst.
204,36 *Aber los:* Aber hör.
205,1 *du bist allen anständig:* jeder ist mit dir zufrieden.
205,1 f. *es freins Debysi:* wörtl.: ein freundliches Dabeisein; man fühlt sich wohl (mit dir).
205,7 *Mira chönne sie:* Sollen sie meinetwegen.
was gheit es mi: was kümmert es mich.
205,12 f. *nichts Einfaltes:* nichts Dummes.
205,18 *my armi –:* bei meiner armen (Seele) –.
205,26 *nadisch:* doch, sehr wohl.
205,29 *Beizen und Fecken:* Fallenstellen und Prüfen.
205,32 *anekneue:* wörtl.: hinknien; sich demütigen, Abbitte leisten.
205,34 *anhalten:* flehentlich bitten.
206,4 *myr Alte:* meiner Alten.
206,12 f. *desumeschleipfe:* sich herumtreiben, herumschlampen; vgl. Anm. zu 6,23.
206,14 *doch afe:* doch wirklich.

206,25 f. *Dr Gring mache:* trotzen, eigensinnig sein.
206,26 *afe dr wert:* lohne sich nicht, nicht wert.
206,29 *afe Ursache gehabt:* wirklich Grund gehabt.
207,8 f. *wie ein brüllender Löwe:* 1. Petr. 5,8.
207,15 *neue heutzutage:* allem Anschein nach heutzutage.
207,16 *übergülden:* wörtl.: mit Gold überziehen; sehr hoch bezahlen.
207,19 *Aber gät ... branzen!:* Aber gebt jetzt einander die Hände und hört auf zu zanken.
207,32 *Werch ... gezogen:* Hanf ... geerntet.
207,33 *Strauchen:* Pflügen des Brachlandes.
Lewatsäen: (das) Rapssäen; vgl. Anm. zu 178,33.
208,3 *Gallenfieber:* Nach den Vorstellungen der Volksmedizin auf die Galle zurückgeführte Krankheit, deren Symptome heute jedoch auf verschiedene Störungen hindeuten können; Gotthelf will vermutlich auf den psychosomatischen Aspekt der Krankheit – der Base läuft die Galle über – hinweisen.
208,4 *kirschen:* die Kirschen ernten.
208,5 *ließ es an den Haufen heiß werden:* d. h., ohne es zum Trocknen auszubreiten.
208,6 *Rooße:* »damit der Bast (Linti) sich allmählich loslöst, werden Flachs und Hanf der nassen Fäulnis unterworfen (Rossi), d. h. auf Wiesen gebreitet und der Tauröste der Witterung ausgesetzt« (Juker).
208,9 *drehen:* absichtlich langsam arbeiten.
werweisen: sich fragen, im Zweifel sein.
208,17 *Stotzen:* müßiges Herumstehen.
208,24 *Spreitenen:* Pl. von: Spreiti »der Platz, meist eine frischgemähte Wiese, wo Hanf und Flachs zum Dörren ausgelegt wird« (Juker).
208,33 *meinte sich noch damit:* war sogar stolz darauf, prahlte damit.
208,34 *Mir hey se:* Wir machen sie (die Sichelte).
208,35 *kurzi Haar sy bald bürstet:* d. h., die anderen werden schneller fertig, weil sie weniger zu tun haben.
209,5 *Tauner:* Tagelöhner.
209,6 *Brösmeli:* Dim. zu: Brosame ›ein klein wenig‹.
209,7 f. *zwei- oder dreier Gattig:* zwei oder drei (verschiedene) Sorten.
209,8 *Küchleni:* vgl. Anm. zu 17,10.
209,9 *aus dem tausendjährigen Reich:* u. a. auf der Apokalypse

(Offb. 20,1 ff.) basierende eschatologische Vorstellung von einem 1000jährigen Friedensreich unter der Herrschaft des auferstandenen Christus, wiederkehrend bei so verschiedenen Denkern wie Augustinus, Joachim von Fiore und Ernst Bloch; von Gotthelf oft spöttisch-ironisch verwendet wie hier oder als Illusion seiner Feinde, der Radikalen, dargestellt; vgl. Anm. zu 164,34–165,4.

209,11 f. *schmürzelen:* knausern.

209,27 *Stör:* vgl. Anm. zu 33,35.

209,30 *mit ihm abschaffen:* ihn auszahlen.

209,31 *entmangeln:* entbehren.

209,35 *fry:* offen heraus.

210,4 *tut sie ... an Schatten:* verschließt sie an einem dunklen Ort.

210,19 *kein Haar von unserm Haupte fällt:* 1. Sam. 14,45; Mt. 10,29.

210,21 *daß wir die Armen allezeit bei uns haben:* 5. Mose 15,11; dieses Bibelwort ist auch ein Grundgedanke von Gotthelfs »Armennot«, vgl. XV,88.

210,25 *Anken:* Butter.
verküchelt: in die ›Küchleni‹ verbacken, beim ›Kücheln‹ verbraucht.

210,28 *Frevligen:* sprechender Ortsname, in dem ›Frevel‹ mitklingt; s. Gotthelfs Charakterisierung 235 f. In diesem Kapitel findet die erste Konfrontation der mittleren Generationen statt: Johannes, Trinette und Elisi als Vertreter des schlechten Neuen (Wirtshaus, Mode, französische Sprachbrocken, Naschhaftigkeit, Verzärtelung, Geldgier, sozialer Abstieg) und Uli und Vreneli als Vertreter des guten Neuen (Fleiß, Sparsamkeit, Bescheidenheit, sozialer Aufstieg).

210,32 *schlenggete:* schlenkerte.

210,33 f. *sieben Haimonskinder ... Bayard:* »Die vier [sic] Haimonskinder« sind eines der deutschen Volksbücher, zu denen auch der »Faust« und der »Eulenspiegel« gehören.

210,35 *Bunschur:* Bonjour, guten Tag.
Häpeli: zartes Persönchen; bei Gotthelf oft auch ›Stadthäpeli‹.

210,36 *Zipperynli:* arbeitsscheue Frau, Zierpüppchen.
Merci: anstatt wie im Emmental üblich ›Danke‹ oder ›Dankeigist‹.

211,2 *etwas anrühren:* zupacken, selber arbeiten.

211,3 *blampete:* baumelte, hing schlaff herum.
Geißelstecken: Peitschenstock.

211,4 *meisterlosig:* verwöhnt.
Hähnelifecken: Brathähnchenflügel.

211,6 *Südi:* Christine; Mädchen.
211,9 *angetoggelt:* aufgetakelt, aufgedonnert (*Toggel:* Puppe).
211,10 *Kehrum:* immer wieder.
211,11 f. *Wer macht ... gah müß!:* Wer bringt mir die Kinder dauernd zum Schreien? Ich will einmal nachsehen, ob das immer so zugehen muß (ob dem nicht abzuhelfen ist).
211,13 *Schwyg ume:* Schweig nur.
211,20 *Edewarli ... Rudeli ... Carelini:* Dim. für (die städtischen Namen): Eduard ... Rudolf ... Caroline.
211,27 *leichtete es ihr:* wurde es ihr leicht ums Herz.
211,30 *Trinette:* eine französisierte Katharina.
211,32 *herrschelig:* vornehm, in Benehmen und Kleidung einem Städter ähnlich.
211,36–212,1 *adie machen:* adieu sagen, sich verabschieden.
212,1 *Ward aber Trinette Meister:* siegte, setzte sich aber Trinette durch.
212,2 *Häfte:* vgl. Anm. zu 174,29.
sydigeres Tschöpli: Jäckchen aus noch besserer Seide. Im allgemeinen sind die Jäckchen aus Tuch, nur reiche Bäuerinnen können sich seidene Tschöpli leisten.
212,3 *Badefahrt:* d. h. wie Elisi und die Base in Kap. 21.
212,4 *Mauggere:* saures Gesicht, blasierte Miene.
zümpferere Scheßti: geziertere Gebärden (frz. *geste*).
212,7 *Schärbank:* von frz. *char à banc*, Pferdewagen mit seitlichen Sitzbänken (hier auch Zeichen von Angeberei).
212,9 *abgehauen:* abgeschnitten.
212,10 *Stündelikappe:* »die betont schlichte Frauenkappe der Sektenangehörigen war, mit Seide und Spitzen aufgeputzt, zur modischen Kopfbedeckung geworden« (Juker). (*Stündeler:* Pietisten, Sektierer, existieren z. T. noch heute im Emmental.)
212,11 *A revoir!:* (frz.) Au revoir!, Auf Wiedersehen!
Bon voyage!: (frz.) Gute Reise!
212,12 *Kohli:* schwarzes oder dunkelbraunes Pferd.
212,13 f. *mauvais goût:* (frz.) schlechten Geschmack.
212,14 *de mauvaises manières:* (frz.) schlechte Manieren.
212,15 *pfitusig:* wörtl.: pfuitausend!; pfui Teufel!
212,19 *Knüderen:* Pl. von: Knüder ›nicht recht gewachsener, kleiner, dicker Mensch‹ (*knüderig:* knorrig).
212,21 *Tournure:* (frz.) Figuren.
gwixte Stifeli: gewichste Stiefelchen.

212,22 *Tätschen:* wörtl.: breitgeschlagene Fladen; plumpe Personen.
213,4 *Dankeigist:* Hab' Dank!
213,12 *Weinherr:* Weinhändler.
213,15 *Schräpfeten:* Pl. von: Schräpfete ›Aderlaß‹.
213,32 *Ätti:* Vater.
213,34 *War:* Vieh.
214,4 *trappete:* ging, trottete.
214,10 *bald da dänne:* bald hier abzutreten, zu sterben.
214,16 *Schnürfline:* Pl. von: Schnürfli ›unreifer, unbedeutender, unwichtiger Mensch‹.
214,18 *bas hingere:* weiter nach hinten.
keiner dafür halten: traue sich keiner.
214,20 *mit der Sache ab Weg:* die Sache hinter sich bringen.
214,21 *wie angebränntet:* wie beim Kochen angebrannt.
214,25 *Safferetsuppe:* Fleischsuppe mit Safran.
Kacheln: (irdene) Schüsseln.
214,28 f. *grünes und dürres Rindfleisch:* frisches und getrocknetes Rindfleisch.
Schnitze: Backobst (meist gedörrte Äpfel- oder Birnenviertel).
214,30 *aufgebyget:* aufgetürmt, aufgeschichtet.
214,30 f. *mäßige Flaschen:* Flaschen mit 1 Maß (etwa 1,5 l) Inhalt.
214,33 *Spatzen im Hirse:* Redensart für ›im Überfluß leben‹.
215,6 *Zuckererbse:* passen auf den luxuriösen Extratisch im Stübli; vgl. Heines Verse in Caput I von »Deutschland. Ein Wintermärchen«:

Ja, Zuckererbsen für jedermann,
Sobald die Schoten platzen!
Den Himmel überlassen wir
Den Engeln und den Spatzen.

215,8 *Hamme:* Schinken.
Züpfen: »als Zopf geflochtenes feines Brot aus Weißmehl, Butter, Eiern« (Juker).
215,10 *Zehntsteigerung:* Der Gläubiger hatte bei Zahlungsunfähigkeit des Schuldners Anspruch auf ein Zehntel des Ertrages von dessen Grundstücken; dieses Anrecht konnte er versteigern, die Versteigerung fand im Wirtshaus statt, dorther stammt das Dessert.
215,15 *erleiden:* vertragen (an Essen).
215,19 *Toggeli:* Alptraum, Alpdrücken.

215,21 *Durchlauf:* Durchfall.
215,36 *zweg:* fertig, aufgestanden, bereit.
216,8 *Schnäfeli:* Scheibchen, Stückchen.
216,11 f. *mißtreu:* mißtrauisch.
216,13 *Pflartsch:* arbeitsscheues, träges Weibsbild.
216,18 *Sä:* hier hast du, nimm, da.
Haftgeld: vgl. Anm. zu 137,20.
216,28 *Züber:* Zuber, Waschwanne mit zwei Griffen.
216,30 *schmächtig:* Hunger leidend (d. h., die beiden Damen wollen fasten).
217,1 f. *es hat keine Gattig:* vgl. Anm. zu 19,4.
217,2 *drässiert sy:* dressiert sein, erzogen sein.
217,4 *macht ... dr Groß:* spielt ... den großen Herrn.
217,5 *dä schießig Narr:* der verfluchte Narr (*Schieß:* Blitz).
217,7–9 *Dr Herr ... wott er:* Den Städter will er spielen und zeigen, daß er weiß, was unter Stadtleuten üblich ist, das will er.
217,14 *dä Uflat:* der gemeine Kerl.
217,17 *Umönsch:* Unmensch.
217,23 f. *loste ich der Sache ab:* hörte ich die Sache an, der Sache zu.
217,24 *drängesilierte:* drangsalierte, unter Druck setzte.
217,26 *er stellte sich recht brav:* er bewährte sich, hielt stand.
218,4 *nimmt alles in eine Wid:* wirft alles in einen Topf (*Wid:* Weide; hier: der Weidenschößling, mit dem andere Schößlinge zusammengebunden werden).
218,8 f. *hängt mir ... ein Schlemperlig an:* läßt der Vetter wieder eine Beschimpfung, Anzüglichkeit oder bissige Bemerkung gegen mich los.
218,9 f. *dem ärgsten Mönsch:* etwa: dem schlimmsten Luder.
218,11 f. *Denk ume o:* Stell dir bloß einmal vor.
218,12 f. *wott er is nit dr Uli abdinge!:* will er uns doch tatsächlich den Uli abwerben!
218,19 *zwider:* zuwider.
218,21 *Gschleipf:* etwas ›haben‹ mit jemandem, Techtelmechtel; vgl. Anm. zu 6,23.
218,26 *Täsche:* boshaftes, klatschsüchtiges, gerissenes Weibsstück.
218,33 f. *men isch umen ... will:* man ist doch bloß ein Narr, wenn man dir nützen will.

Achtzehntes Kapitel

219,8 *Weibervolk:* vgl. Anm. zu 9,19.

219,13 f. *es sei ihm nicht wegen dem Weibervolk:* Die Kirschen werden von den Männern gepflückt (*gekirschet*, 219,5), aber von den Frauen verarbeitet; Uli will sagen, er schaue nicht wegen der Frauen, sondern weil man *alle Sachen achten* (219,17 f.) müsse, nach den Kirschen.

219,19 *fürers:* weiter (Uli will nicht fort von der Glungge).

219,34 *geben hinterrucks den Talpen:* wörtl.: geben hinterrücks die Pfote; etwa: kratzen von hinten, während sie *vorwärts am meisten schlecken* (219).
höpperlete: hoppelte (unsicheres Gehen von Kindern und jungen Tieren).

220,7 *allem an:* aller Wahrscheinlichkeit nach, es sieht ganz so aus.

220,14 f. *Aber Vreneli war im Hause, was Uli außer dem Hause:* Um diese Rollenverteilung richtig einzuschätzen, muß man sich klarmachen, daß Gotthelf der Frau dabei den Vorrang gab. »Ein Mann ist fast nicht imstande, einen Hof zu verprassen, wenn ein anschlägig Weib im Hause waltet. [. . .] Das weibliche Geschlecht ist darum von so hoher, gewaltiger Bedeutung durch sein Walten im Hause für Sitte, Zucht und Frömmigkeit, und die Wohlfahrt eines Landes hängt mehr vom Walten des Weibes ab, als Männer und Regenten sich einbilden, und vielleicht mehr als vom Raten, Klügeln, Regentlen der Männer« (XVI,14 f.). Zur größeren Frömmigkeit der Frau und ihre Unterstützung des Pfarrers vgl. »Zeitgeist und Bernergeist«, Kap. 12 (XIII,245 ff.).

220,25 *in corpore:* insgesamt.

220,25 f. *gegenwärtig das Departement des Auswärtigen in Paris:* Seit der Mitte der Dreißigerjahre hatten sich die Beziehungen zwischen Frankreich und der Schweiz sehr verschlechtert. Louis-Philippe verlangte durch seinen Gesandten in der Schweiz, den Herzog von Montebello, das Vorgehen der Schweizer Behörden gegen die Umtriebe revolutionärer Flüchtlinge bzw. deren Ausweisung. Da die Bevölkerung auf der Seite der Flüchtlinge stand, wurde diese Forderung als Einmischung in das schweizerische Asylrecht empfunden. 1838 verlangte das Pariser Kabinett die Ausweisung des populären Louis-Napoléon Bonaparte, des späteren Napoléon III., der schon seit Jahren in der Schweiz lebte. Auf beiden Seiten der Jura-Grenze wurden Truppen konzentriert, und man stand am Rande eines Krieges, der nur dadurch verhindert wurde, daß Louis-Napoléon sich freiwillig nach England begab (vgl. »Handbuch der Schweizer Geschichte«, Bd. 2, Zürich 1977, S. 930–934).

220,28 *Keßlerwesen:* wird von Gotthelf selber im nachfolgenden Satz erklärt. Keßler sind Kesselflicker, Pfannenschmiede. Ein schweizerisches Idiotikon aus dem Jahre 1812 sagt dazu folgendes: »und weil dergleichen Kesselflicker sonst unstäter Art sind: so werden noch folgende idiotische Ausdrücke hergeleitet, als: [...] kesslern, unstät in Gesinnungen und Neigungen seyn, und es äussern, z. B. keifen und liebkosen mit einer Person nach kurzer Zeitdauer«. In der Novelle »Wie Joggeli eine Frau sucht« tritt der Titelheld als Kesselflicker auf.

220,34 *expreß:* nun gerade (frz. *exprès*).

221,1 *Trumpf:* Stichelei.

221,12 *handkehrum:* umgehend.

221,22 *kurze Zeit:* Kurzweil, gute Unterhaltung.

221,24 f. *wie Schnupf:* (so schnell) wie Schnupftabak (in die Nase fliegt); spielend, mühelos, wie am Schnürchen.

221,26 *kramete:* kaufte ein.

221,31 *märten:* markten, handeln, feilschen.

221,35 *wäger:* wirklich, wahrhaftig.

222,1 *exakt läuten ließe:* Die Glocken beginnen eine Viertelstunde vor dem Gottesdienst zu läuten; wenn sie verstummen, betritt der Pfarrer die Kirche.

222,3 *Volk:* hier: Gesinde.

222,13 *aufgereiset:* aufgehetzt.

222,15 *nichts Apartes:* etwa: keine Extraarbeit.

222,18 *verrätschen:* verraten.

222,20 *er hätte sich dessen nicht vermocht:* er sei nicht schuld daran, hätte nichts dafürgekonnt.

222,26 f. *mit Zwilchhändschen greifen:* mit Handschuhen aus Zwilch noch spüren; Gotthelf sagt sonst auch »zarte Hinweise mit dem Dreschflegel«.

222,27 *geng der wüstest Hung:* immer (d. h., er ist und bleibt) der wüsteste Hund, der gemeinste Kerl.

222,31 *der Witzigist:* der Schlaueste, Klügste.

222,33 *anständig:* genehm, recht.

223,3 f. *fälscher als Galgenholz:* verbreitetes Sprichwort, bei dem ›Galgenholz‹ auch als Familienname verstanden werden kann; vgl. Lutz Röhrich, »Lexikon der sprichwörtlichen Redensarten«, Bd. 1, Freiburg i. Br. 1973, S. 299 f.

223,8 *täte wüst:* vgl. Anm. zu 191,3.
223,11 *Herr Ises:* Herr Jesus!
223,12 *han ih pläret:* habe ich geheult.
223,17–19 *Wo das nit ... grad het:* Als es dies nicht gegeben hat, war es etwas anderes. Irgend etwas muß man immer haben; ist's nicht dies, so ist es etwas anderes, und immer ist das am schwersten, was man gerade hat. – Hier spricht nicht etwa Gotthelf, sondern die resignierte Glunggenbäuerin. Vgl. dazu auch die Worte der Dorngrütbäurin in »Geld und Geist«: »Dafür ist man auf der Welt. [...] Mi muß si i d'Sach wüße z'schicke. [...] Es hats ein jeder auch so gemacht« (VII,217 f.), und dagegen Änneli: »Aber für was ist me uf dr Welt, als für si z'bessere« (VII,391).
223,25 *duret:* leid getan.
223,31 *ein freines Meitli:* ein liebenswürdiges Mädchen.
223,32 *daß es einem übel gruset:* daß einen das große Grausen packt.
224,4 *Louis-Philippe:* vgl. Anm. zu 220,25 f.
224,6 *wie gesalbet:* wie geschmiert.
224,8 *ds Halb ringer:* doppelt so leicht.
224,13 f. *Schleiftrog:* Radschuh, Bremsklotz.
224,17 f. *strubes Land:* wüstes, unbearbeitetes Land.
224,20 f. *das dem Nidle ab der Milch Nehmen gleicht:* das dem Abrahmen der Milch gleicht (also nur obenhin).
224,21 *man schürpfte:* man schürfte, hackte oberflächlich.
224,23 f. *keinen mürben, uneingenommenen Boden:* keinen lockeren, von anderen Gewächsen freien Boden.
224,31 *Es grusete Joggeli:* Joggeli bekam einen Schrecken.
224,32 *sechs Haupt:* sechs Pferde.
224,35 *verlochen:* vergraben, verscharren.
224,36 *obenfürzumachen:* nach oben zu bringen oder zu kehren.
225,1 f. *untern fahre:* hinunterbringe.
225,2 *ganz gegen Amerika:* typische Übertreibung eines Menschen, der sich ganz gut im Unrecht weiß. Vgl. die Begründung des Dorngrütbauern in »Geld und Geist«, der seine Frau nie irgendwohin mitnimmt: »Daß das Weibervolk die ganze Welt sehe, [...] halte er nicht für nötig; wenn er sie an alle Orte führen sollte, wo sie nicht gewesen, so hätte er mehr zu tun als er möchte, und sei z'alte für noch anzufangen« (VII,226).
225,10 *erronnen:* aufgekeimt, aufgesproßt.
225,12 f. *dahintenbleiben:* eingehen, absterben.
225,25 *im sechzehner Jahr:* »1816 und 1817 waren schwerer Miß-

ernten wegen ausgesprochene Hungerjahre« (W. Juker, Erg.-Bd. 18,175).
225,29 *Rübli:* Möhren, gelbe Rüben.
225,31 *Wühre:* Ableitungsgräben.
226,1 *Jucharten:* vgl. Anm. zu 143,26.
226,4 *zu streng:* zu schwer, zu anstrengend.
226,10 *sei ihm nicht anständig:* passe ihm nicht.
226,21 *reisen:* treiben, hetzen.
226,22 *drufgingen:* draufgingen, zerschlissen.
notti nicht: halt doch nicht.
226,23 *zwängen:* durchsetzen, erzwingen.
226,34 f. *den Schleck haben:* iron.: den Leckerbissen haben, d. h. sich opfern.
227,1 *den Kopf aufsetzen:* schmollen.
227,6 *aus dem Trapp:* aus der Gewohnheit, dem üblichen Trott.
227,9 *da daheim:* etwa: es so gewohnt.
227,12 *übernutzete Diensten:* überanstrengte Knechte und Mägde.
227,18 *sich zu schicken:* sich zu beeilen.
227,19 *wie ein Häftlimacher:* vgl. Anm. zu 162,13.
227,26 *die böse Gewohnheit:* vgl. 27 f.
227,30 *täubelet:* schmollt, zürnt, zornig schweigt.
227,33 *Werchteufel:* Arbeitsteufel.
228,2 *Fragenbuch:* vgl. Anm. zu 164,3.
228,3 *Paulus sagte:* Jes. 64,5.
228,27 *im Gring:* im Kopf.
228,28 *Schlärpli:* unnützes Frauenzimmer, dummes Ding (Elisi).
die alte Stürme: die alte wirrköpfige Närrin (die Base).

Neunzehntes Kapitel

229,10 *Längizyti:* Langeweile.
229,15 *Meienstöcke:* Blumentöpfe, -stöcke.
fürers: an einen andern Ort.
229,30 *Lismete:* Strickzeug.
229,31 *Schopf:* Schuppen.
229,33 *Emdet:* zweite Heuernte, Grummet.
Schaubhütli: vgl. Anm. zu 15,26 f.
229,34 *Bracelets:* Armbänder (frz. *bracelets*).
230,1 *Sonnenparisöli:* Sonnenschirmchen (frz. *parasol*).
230,15 *Brülle:* Schreie.

230,16 *gschmucht:* übel, schwindlig, ohnmächtig.
230,26 *heyt mi ... Gottswille:* haltet mich um Gotteshimmels willen fest!
230,27 *Tenn:* Tenne, Dreschboden.
230,28 *durfte:* getraute sich, konnte.
Wellenseil: vgl. Anm. zu 196,3.
230,29 *Fürgstütz:* vgl. Anm. zu 196,3.
230,32 *Du Tüfels Göhl:* Du Teufelsnärrin.
230,33 *unser Lebtig:* unser Lebtag.
230,34 f. *begehrte mit der Mutter auf:* machte der Mutter Vorwürfe.
230,35 *balge:* Vorwürfe mache, schelte.
231,6 *ih fallen abe:* ich falle hinab.
231,6 f. *das tue nichts so:* so gehe es nicht.
231,21 *Kapitän Parry:* Sir William Edward P. (1790–1855), englischer Seemann und Nordpolforscher.
231,24 *handkehrum:* umgehend.
231,27 f. *führte ihn aus:* verspottete.
231,33 *Meisterlosigkeiten:* vgl. Anm. zu 175,15.
232,5 *wirbelsinnig:* halb verrückt.
232,6 *höpperlete:* hoppelte.
232,8 *nicht dr wert:* nicht der Rede oder des Weinens wert, nicht so schlimm.
232,9 *putzte ... ab:* kanzelte ... ab, wies ... zurecht.
232,10 *rühyig:* in Ruhe.
232,14 *Himmelswelt:* die Welt unter dem Himmel, Gottes Erdboden.
232,15 *kujonieren:* hetzen, quälen.
232,17 f. *unmußige Zeit:* vgl. Anm. zu 194,27.
232,19 *schnopsen:* nach Luft schnappen (da eine Flüssigkeit in die Luftröhre eingedrungen ist).
232,21 *Kästen:* Schränke (meist eintürig).
232,22 *Schäfte:* Schränke (meist zweitürig).
232,25 *nicht anständig:* unangenehm.
232,29 *puckt und mutz:* barsch und kurz angebunden.
232,30 *Salben:* Wichsen, Einfetten.
232,31 *mühte:* grämte, betrübte.
232,34 *gekramet:* gekauft.
232,35 f. *wohl angewendet:* sich sehr (mit der Kleidung) angestrengt.
233,1 *möge er doch nicht nach:* könne er es nicht aufnehmen.

233,2 *glitzerig:* glitzernd, funkelnd.
233,5 *Drucke:* Schachtel.
233,6 *Mänteli:* vgl. Anm. zu 15,16.
233,36 *allbets:* früher immer.
234,4 f. *sei nit ... Kanton gsi:* habe es nur wenige schönere Mädchen im Kanton gegeben.
234,5 *wie gmalet:* wie gemalt.
234,7 *allbets sys Gitarrli:* früher immer ihr Gitärrchen.
234,10 *Im Ärgäu sy zweu Liebi ...:* Volkslied, das davon handelt, wie ein junger Mann in den Krieg zieht und, als er nach einem Jahr zurückkehrt, seine Braut an einen andern verloren hat. Die Strophen 6, 8 und 9 lauten:

Gott grüeß di, du Hübschi, du Feini,
vo Herze gefallst du mir wol!

[...]

Wie chan i denn dir no g'falle?
ha scho lang en andere Ma,

En hübsche-n-und en riche,
und der mi erhalte cha.

(Ludwig Tobler, »Schweizerische Volkslieder«, Bd. 2, Frauenfeld 1884, S. 180).
234,11 *Üsi Chatz ...:* Kinderlied; der vollständige Text lautet:

Üsi Chatz u ds Here Chatz
Hei enandere bisse,
Üsi Chatz het ds Here Chatz
E Bitz vom Stil usgschrisse.

(Unsere Katze und Pfarrers Katze / Haben einander gebissen, / Unsere Katze hat Pfarrers Katze / Ein Stück vom Schwanz herausgerissen; Gertrud Züricher, »Kinderlieder der Deutschen Schweiz«, Basel 1926, Nr. 1303.)
234,12 *ganz Kuppele Weltsch:* ganze Scharen von Welsch(West-)schweizern.
234,13 *flattiert:* geschmeichelt (frz. *flatter*), Komplimente gemacht.
234,19 *wie öppe:* gerade wie.
234,20 *Speise ... brauchen:* Dinge ... essen.
234,22 *der leicht meisterlosig sei:* der auch nur ein bißchen was Feineres kenne (*meisterlosig:* verwöhnt, wählerisch).
234,31 *Schesli:* Chaischen (frz. *chaise* ›Kutsche‹).

234,36 *Schoppen:* vgl. Anm. zu 81,31.

235,1 *öppe es Mümpfeli Fleisch:* so einen kleinen Bissen Fleisch (*Mümpfeli:* Mundvoll).
es Brösmeli Köch: ein klein wenig Gekochtes (Gemüse).

235,4 *seit ihm der Herr erlaubt:* seit der Pfarrer sie konfirmiert habe (eigtl.: ihr den Zutritt zum Abendmahl erlaubt habe).

235,7 *wo man leicht vornehm sei:* wo man nichts gegen feinere Lebensart habe.

235,8 *den Hähnelinen:* den Brathähnchen.

235,9 *es kramete tüchtig:* sie kaufte viel ein.

235,16 *Sigrist:* Sakristan, Küster.

235,17 *Schloß:* Landvogteischloß; vgl. Anm. zu 62,3.

235,19 f. *er könne es sonst machen:* er komme auch sonst (ohne Geschenke) zurecht.

235,23 *höhn:* böse.

235,24 *Bis doch recht nit höhn!:* Sei doch nicht wirklich böse!

235,24–29 *Üserein ... Freud meh!:* frei übertragen: So feine und vornehme Menschen wie ich müssen sich an die guten Sitten halten, wenn sie nicht in Verruf kommen wollen. Einfache Leute haben es sehr bequem, es achtet niemand darauf, was sie machen; sie können machen, was ihnen gerade einfällt, es sagt niemand etwas darüber; aber auf Menschen wie mich paßt jeder auf. Sei doch nicht ernstlich böse, sonst werde ich ganz traurig!

235,31 *etwas Ungattlichs:* etwas Schlimmes, etwas Dummes.

235,34 *ein großes Dorf in ebenem Lande:* Gotthelf denkt sich das Dorf Frevligen wahrscheinlich im Oberaargau, denn das Emmental ist nicht eben, sondern hügelig. Das Städtchen, durch das Uli und Elisi auf der Hinfahrt kommen (234 f.) und das sie auf der Rückfahrt umfahren (245), müßte dann Burgdorf sein.

236,8 *die sieben Weisen:* Bei den alten Griechen eine Gruppe von sieben weisen Männern, zuerst von Platon (»Protagoras« 343 a) erwähnt; zu den bekanntesten zählte man Solon, Thales, Bias und Periander, über die Namen herrschen seit je aber verschiedene Ansichten, da 17 Weise zur Auswahl stehen.

236,8 f. *Schnuderbuben:* Rotzbengel, Rotznasen.

236,10 *vier Fakultäten:* der alten Universität, nämlich Theologie, Jurisprudenz, Medizin, Philosophie.

236,11 *sieben freien Künste:* die Artes liberales der Antike und des Mittelalters: Grammatik, Rhetorik, Dialektik, Musik, Arithmetik, Geometrie, Astronomie. »Klassischen Zeugniswert für das System besitzt Senecas Brief 88, der von den artes liberales und den studia liberalia handelt. Das sind Studien, die nicht dem Gelderwerb dienen. ›Liberal‹ heißen sie, weil sie eines freien Mannes würdig sind. Deswegen bleiben Malerei, Bildhauerei und andere Handwerkskünste (artes mechanicae) ausgeschlossen« (Ernst Robert Curtius, »Europäische Literatur und lateinisches Mittelalter«, Bern 1961, S. 47).

236,13 f. *Jupiter mit Blitz und Donner:* Jupiter, der höchste Gott der alten Römer, wurde oft mit Zeus gleichgesetzt, dem griechischen Göttervater: »Furchtbar donnerte Zeus und sandte den blendenden Blitzstrahl«, heißt es von ihm in der »Ilias« (8,133). Wahrscheinlich schwebt Gotthelf aber nicht dieser Homervers vor, sondern eine Plastik des blitzeschleudernden Zeus. »Städtezerstörer« ist in der antiken Mythologie aber nicht Zeus, sondern der Kriegsgott Ares (Hesiod, »Theogonia« 938).

236,15 *ein lieblich Mieneli:* ein liebliches Gesichtchen.

236,19 f. *Dr Tüfel soll mi näh!:* Der Teufel soll mich holen!

236,20 *Fröschmalter:* Froschlaich; hier iron. für: Jabot.

Spitzenfalten: reichlich in Falten gelegte Spitzen; Jabot.

236,23 f. *Dampfmaschine ... en gros:* Die Frevliger sind offenbar ganz moderne Leute; die Dampfmaschine und die Massenherstellung von Waren sind Errungenschaften des Industrialismus; alte Autoritäten – 7 Weise, 4 Fakultäten, 7 freie Künste – sind nichts dagegen!

236,29 *halbwitziger:* halbschlauer, beschränkter.

Gummi: Geschäftsreisender, reisender Kleinwarenhändler (von frz. *commis voyageur*); ein Gummi erzählt »Wie fünf Mädchen im Branntwein jämmerlich umkommen«.

236,36–237,2 *Dä het ... Donner!:* Der hat jetzt, bei meiner armen teuren Himmelgottsseele, recht, der verfluchte Millionstausendsakramentskerl!

237,24 f. *sich herumschlenggeten:* sich aus Verlegenheit schnell abwandten.

237,29 *Bunschur!:* Bonjour! Guten Tag!

237,31 *Wo Donner wottst du hin:* Wo zum Teufel willst du hin.

Bünteln: Bündeln.

237,34 *Längizyti:* Langeweile, Sehnsucht.

237,35 *einist:* einmal.

zDorf cho: zu Besuch kommen.

238,1 *die honetteren Reisenden:* die besseren, vornehmeren Reisenden.

238,10 *Kär:* andauerndes Gezänk.

238,12 *Helgen:* Pl. von: Helge ›Bild, Heiligenbild‹ (vgl. Friedli, S. 152 f.).
238,13 f. *Kindbettimann:* Kindbetti ist sowohl das Kindbett der Frau als auch der Taufschmaus, den der Vater des Täuflings, der Kindbettimann, oft im Wirtshaus gibt.
238,15 *Kirchenzyt:* Kirchenuhr.
Hochzeitsschäfte und Tröge: Schränke und Truhen; oft auch mit den Initialen des Ehepaares, Sprüchen, Jahreszahlen, farbigen Mustern oder Bildern bemalt.
238,21 *mit angelaufenem Mänteli:* mit schmutzigem Vorhemdchen.
238,22 *Gufen:* Anstecknadeln, Schmucknadeln mit Zierkopf.
Kittel: Rock.
238,23 *Häfte:* vgl. Anm. zu 174,29.
Haarschnur: Haarband (vgl. Anm. zu 175,25).
238,24 *Ärgäuer Scheübe:* Schürze aus dem Aargau.
238,26 *sich sträubelte:* sich auftakelte, sich herausputzte.
238,29 *Bonsoir, Elise:* (frz.) Guten Abend, Elise.
di z'seh: dich zu sehen.
238,30 *ich ha … vrgesse:* ich habe gedacht, man habe mich ganz vergessen.
238,32 *Mäß:* Maß.
Tschöpli: Jäckchen.
238,36 *dr Däche z'sy:* zu triumphieren (*Däche:* Dekan).
239,3 *das Leydest:* ihre schlechtesten Kleider.
239,5 f. *Gäb was:* Was auch immer.
239,6 *de bon goût:* mit gutem Geschmack.
239,10 *Strübli:* »Aus angerührtem Teig, welcher mittelst des Strüübli-Trichters oder der Strüübli-Chelle spiralförmig in möglichst heißes Fett gegossen wird, bestehen auch die Strüübli« (Friedli, S. 510).
239,11 *Neuenburger:* Wein aus Neuenburg (Neuchâtel).
239,12 *Roquemoore:* billiger französischer Rotwein (Roquemaure).
239,13 *zwee Gäuggle:* zwei Närrinnen.
239,16 *brodiert:* gestickt (frz. *broder*).
239,18 *vorniederzogen:* vorne herunterzogen, nach vorne zogen.
239,18 f. *Blämpel:* Anhänger an den Göllerketten.
239,22 *besaß sie sich:* nahm sie sich zusammen, hielt sich zurück.
239,24 *hoffärtig zu sein:* prächtig aufgeputzt daherzukommen.
239,25 *da möge es alles erleiden:* da gehe es noch, da könne man sich das leisten.

239,26 f. *tue einem das die Nase hintere:* lege einem Zügel an, zwinge einen zu Einschränkungen.
239,29 *grusam:* schrecklich.
239,31 *ganz zweg:* hier etwa: guter Laune (gegenüber der vorhergehenden *Trübsal*, 238).
239,34 *Kuttlenrugger:* saurer Wein, der die Eingeweide (*Kuttle*) zum Gluckern bringt.
239,35 *Taveller:* »feiner Süßdruck-Roséwein aus Tavel, Dépt. Gard, der oft gefälscht wurde aus südfranzösischem Rotwein und Elsässer Weißwein« (Juker).
240,1 *Guttuch:* feiner Wollstoff.
240,5 *Sauerkabis:* Sauerkraut.
240,8 *luegten nur zu sich:* schauten nur auf ihren eigenen Vorteil.
240,12 *es duechte ihns:* es schien ihr.
240,13 *Bkleidig:* Kleider, Bekleidung.
240,16 *Glust:* Gelüsten, Lust.
240,19 *ungsinnet:* unverhofft.
240,23 *vergrauen:* verschimmeln, versauern.
240,24 *um die Stauden schlug:* auf den Busch klopfte, immer wieder davon anfing.
240,24 f. *tat keinen Wank:* rührte sich nicht.
240,26 *Säutreiber:* Schweinehändler.
Lutern: Luthern im Kanton Luzern, Bezirk Willisau.
240,27 *Eschlismatt:* Escholzmatt im Entlebuch, Kanton Luzern.
241,5 *Sunntig:* Sonntag.
241,9 *stüpfte:* stupste.
241,12 *Gerichtsäß:* Beisitzer im Gemeindegericht.
241,13 *Jumpfere:* hier: Jungfer, Mädchen; sonst: Magd.
hoffärtig Meitschi: prachtvolles Mädchen.
241,13 f. *ob ers ihr bringen dürfe:* ob er ihr zutrinken dürfe (indem er einen Schluck aus seinem Glas trinkt und es dann Elisi reicht)?
241,17 *zimperlig:* geziert.
241,27 *gar Zahnweh:* so starke Zahnschmerzen.
241,28 *Obs öppe öppis angers syg?:* Ob es vielleicht etwas anderes sei?
241,29 *daneben:* davon abgesehen.
241,30 *angeholfen:* zu einem Gesprächsthema verholfen.
241,33 *ob es angebacken sei:* ob es (das Stubenmädchen) festgebakken sei.
242,1 *im Nest:* im Bett.
e sellige Plättere: etwa: eine solche dicke, faule Kuh.

242,2f. *am Gring oder im Gring:* an Ohrfeigen oder Verstand (*Gring:* Kopf).
242,3 *Dolder Gans:* verfluchte Gans (*Dolder:* Donner).
242,6 *Seh suf!:* Los, sauf!
242,8 *Wotsch?:* Willst du?
242,9 *He nu, so hesch scho gha!:* Nun gut, dann hast du schon gehabt!
242,11 *an seinem Platz:* an ihrer Stelle.
242,12 *Strümpf plätzen:* Strümpfe stopfen.
242,30 *überwirten:* die Polizeistunde überschreiten, bis spät in die Nacht ausschenken; vgl. Gotthelfs Roman »Der Geltstag oder Die Wirtschaft nach der neuen Mode«.
242,31 *Hudeln:* Liederlichsein, Geld vertun.
243,4 *Spitalsuppe:* Verpflegung im Armenhaus.
243,7f. *verstrupften:* zerzausten, unordentlichen.
243,21 *Anken:* Butter.
243,22 *Nidle:* Rahm.
243,24 *mache ... nach:* hole ... nach.
243,35 *Donna Maria:* »die Farbbezeichnung dieser Frauenmode ist auf Maria II. da Gloria, Königin von Portugal 1826–53, zurückzuführen« (Hunziker).
244,9 *schmächtig:* vgl. Anm. zu 216,30.
244,12 *gäb wie:* wie sehr auch.
244,13 *dischiniert:* gefrühstückt (frz. *déjeuner*).
244,22 *tat es nicht:* ließ es nicht zu.
244,24 *kräbeln:* kratzen.
244,25 *sei unlustig:* mache keinen Spaß.
244,32 *ds Bruders:* der Bruder samt Familie.
244,33 *Unflat:* grober Mensch, Ungetüm.
244,34 *für den Hag hinaus husen:* über die Grenze hinaus wirtschaften, pleite gehen.
244,35 *brauchen:* verbrauchen.
245,7 *eingänterlen:* einsperren, die Bewegungsfreiheit beschränken (*Gänterli:* kleines Schränkchen).
murbe: mürb, weich und deshalb nachgiebig.
245,8 *es sei ihnen noch zu schlimm:* sie (Elisi) sei noch zu schlau für sie (Johannes und Trinette).
245,9 *schokelaseidenes:* aus schokoladebrauner Seide.
245,14 *frein:* angenehm, liebenswürdig, freundlich.
245,15 *wüst tue:* Krach schlage, tobe.
245,16 *nume afe:* bloß endlich.

245,17 *die Sache richtig machen:* den Handel (d. h. die Heirat) abschließen.
245,20 *Göhle:* Narren.
245,23 *für den Hag:* hier etwa: zu kurz, ins Hintertreffen.
245,25 f. *nit so schüch sy:* nicht so schüchtern sein.
245,26 *Täubi:* Zorn.
245,27 *Fußsack:* Leder über die Füße.
245,36 *bannisierte:* verbannte, sonderte ab.
245,36–246,1 *nicht zu einem aparten Schoppen nebenaus:* Uli muß diesmal nicht getrennt von Elisi essen und trinken.
246,4 *vom mehbessern:* vom besseren, teureren.
Kohli: schwarzes oder dunkelbraunes Pferd.
Immi: Getreidemaß, 3,5 l.
246,5 *zBoden:* gründlich.
246,6 f. *Hammenschnittli:* Schinkenscheiben.
246,9 *irrte:* hinderte.
246,9 f. *Tagesheiteri:* Tageslicht.
246,12 *Müntschi:* Kuß.
246,32 *ertaubet:* wild.

Zwanzigstes Kapitel

247,8 *Der kann wohl:* Der versteht es.
247,10 *erwybet:* erheiratet.
247,11 *Laschi:* dummes Ding.
er hat viel mit ihr: d. h. Schwierigkeiten, Ärger.
247,30 *was das Bauren könne:* was man mit gründlicher Arbeit als Bauer alles erreichen könne.
247,33 *die Hochzeit angebe:* die Heirat ins Kirchenbuch eintragen lasse, das Aufgebot bestelle.
248,3 *schlärplen:* ein Schlärpli sein, müde herumschlurfen.
248,4 *Tolgg:* Tintenklecks.
248,5 *wunderlich und bräuchig:* wählerisch und verschwenderisch.
248,8 *sonst:* auch dann.
248,9 *erleiden:* könne das Vermögen etwas verkraften, könne man sich etwas leisten.
248,12 *Reich, reich …:* vgl. die Worte Christens in »Geld und Geist« über seine Wandlung: »›Geld, Geld, reich, reich‹, hätte ihm früher immer in den Ohren geklungen, und wenn er von einem unbekannten Menschen reden gehört, so hätte er gefragt:

›Het er öppis?‹ Jetzt solle fürder ›Friede, Friede, fromm, fromm‹, in seinen Ohren sein, und wenn er nach dem Werte eines Menschen frage, so wolle er auch anders seine Frage stellen« (VII,99 f.).

248,13 f. *so wollte es ihm erleiden:* so wollte es ihm verleiden, verlor er die Lust.

248,14 *Das verschinene Tirggeli:* Das blasse, verkümmerte Ding. *Hämpfeli:* wörtl.: eine Handvoll; halbe Portion, mickriges Ding.

248,25 *gescheuter:* gescheiter.

248,30 f. *es ist nichts so rein gesponnen . . .:* altes, sehr verbreitetes Sprichwort; vgl. Mieder (1972) S. 144 f.

249,2 *anschlägiger:* anstelliger, geschickter.

249,14 f. *bis nit so schüch:* sei nicht so schüchtern.

249,17 *Anlässigkeit:* Koketterie, Zugänglichkeit, Verbuhltheit.

249,24 *Ume dr Knecht!:* Nur der Knecht (als Schwiegersohn)!

249,36 *vrha:* vereiteln, verderben.

250,7 *da dänne:* entfernt.

250,8 *kramete Uli:* kaufte etwas für Uli.

250,9 *narrochtig:* närrisch, albern.

250,11 *muckelte:* vgl. Anm. zu 3,9.

250,19 f. *auf die Trommel nehmen:* etwas austrommeln, verbreiten.

250,26 *balgen:* schimpfen, Vorwürfe machen.

250,31 *alles sei nur auf ihm:* alle seien gegen sie.

250,34 *Göllert:* vgl. Anm. zu 174,29.

251,6 *dazugetan:* helfend eingegriffen. *einmal jetzt:* jedenfalls jetzt.

251,15 *möffele:* mümmle; mische er sich ein, maule.

251,16 *etwas Apartes:* etwas Besonderes.

251,19 f. *ein Freiner:* ein Liebenswürdiger, ein netter Kerl.

251,20 *sich nicht verschwören:* (iron.) nicht darauf schwören, nicht garantieren.

251,21 *taub:* zornig, böse.

251,27 *schalus:* eifersüchtig, neidisch (frz. *jaloux*).

251,28 f. *es begehre ihn doch nicht:* sie (Elisi) wolle ihn (Uli) doch nicht ernsthaft zum Mann.

251,31 *selbst ans Brett zu kommen:* selber zum Zuge zu kommen.

251,32 *mit einem blutten Füdle:* wörtl. mit einem nackten Hintern; ohne Geld, ohne Hab und Gut.

251,34 *der leidest Knecht:* der geringste Knecht.

251,35 *ein unehliches:* Vreneli ist die uneheliche Tochter des Hagelhans, vgl. im »Pächter«, XI,439 f.

252,21 *schoß es:* stürzte sie (Elisi auf Vreneli) los.
252,24 *Unflat:* grober, gemeiner Kerl.
252,34 *kupete:* schmollte.
253,16 *Gstabi:* steifer, unbeholfener Mensch.
253,16 f. *mache kein Gleich:* rühre keinen Finger (*Gleich:* Gelenk).
253,32 *Partien:* Parteien.
253,35 *unterzogen sich:* fügten sich, gehorchten.
254,5 *Klafter:* 1 Heuklafter = 5,45 m³.
254,18 *abgeläschlet:* abgelistet, abgeschwatzt.
254,24 *Schinderknechte:* Knechte der (wenig angesehenen) Schinder oder Abdecker, die sich gewerbsmäßig mit der Beseitigung von Tierleichen abgaben.
254,25 *kärigen:* heiseren, keifenden.
254,27 *einredete:* Einspruch erhob.
254,34 f. *Pfitusig ... abzgä!:* Pfui Teufel, wie erniedrigst du dich! Sich mit einem Knecht abzugeben!
255,2 *geschickt Band hauen:* wörtl.: ausgeschickt, um Weidenruten zu schneiden; zum Teufel schicken.
255,3 f. *Aber ih ... zelle:* Aber ich war blöd genug und wollte ihn um jeden Preis. Man kann dich nicht mehr zur Familie zählen.
255,5 *wo du untereschlüfst:* wo du unterkriechst.
255,6 *einmal hier:* hier jedenfalls.
255,6–9 *Pfitusig ... ache!:* Pfui Teufel, sich mit einem Knecht einzulassen! Pfui Teufel, es graust mir richtig vor dir, ich mag dich gar nicht mehr ansehen. Pfui Teufel, schämst du dich nicht bis aufs Blut und tief in den Erdboden hinein!
255,10 f. *hängte Trinette ... Maul an:* gab Trinette noch viel böser zurück.
255,11 f. *ein Meitschi hätte dWehli:* ein Mädchen habe die Wahl.
255,17 *mit allen Zundleren:* mit allen Zunderhändlern (*Zunder:* Feuerschwamm, in den hinein mit Feuersteinen Funken geschlagen wurden; Zündhölzer gab es noch nicht).
255,17 f. *allen Ländern:* Länder: Bewohner des Luzerner Hinterlandes und des Entlebuches.
255,20 *Gäuer:* Aargauer.
Weltsch: Westschweizer.
255,26 f. *was ihm anständig sei:* was ihm passe, genehm sei.
255,27 *einmetzgen:* verwursten, verheizen.
255,28 *feiße:* fette.
255,30 *verrebeln:* verrecken.
256,3 *zMärit:* auf den Markt.

256,4 *nicht verkaufen könne:* vgl. Anm. zu 312,30.
lösen: gewinnen, erzielen.
256,6 *stallete es ... ein:* stellte es ... in einen Stall.
256,11 f. *Stelldichein:* Treff, Ort für ein Treffen.
256,16 *gefallen:* durch Wind umgeknickt.
der erste Luft: der erste Windstoß.
256,16 f. *Du bist alle zweg:* Du bist überall gut dran.
256,21 f. *man rede es für eine bestimmte Wahrheit:* man spreche darüber als feste Tatsache (nicht als Gerücht).
256,23 *Öppis:* etwas.
256,27 f. *es duecht mi:* mich dünkt, ich glaube.
256,30 *dä Weg:* so, auf diese Art.
257,2 f. *z'best z'reden:* ein gutes Wort einzulegen.
257,3 *zwider gsi:* zuwider gewesen.
257,8 *Lusbuben:* Lausbuben.
257,14 f. *das bleich, durchschynig ... näh soll?:* das bleiche, durchsichtige Mädchen, das immer vom frischen Wind weg muß, damit es nicht von ihm fortgeweht wird?
257,15–17 *Öppe gar ... ungsüngs:* Das Kräftigste ist es wohl nicht, es ist mager und kränklich.
257,17 f. *allerlei Styfs:* allerlei Hübsches, Schmucksachen.
257,19 *Höcklets ... ume:* Hockt es immer noch so da herum?
257,21 *Werche:* arbeiten.
257,22 *lismen:* stricken.
mit Krällene: (Sg.: Krälli) mit Glasperlen.
257,26 *für nachezluege:* um eine Arbeit zu beaufsichtigen.
257,29 *Apothek:* entweder im alten Sinne: Speicher; oder im neueren: Apotheke, wo der Patient der Herstellung der Arznei zusehen kann.
lismerle: so tun, als ob man stricke.
257,31–33 *es lueg ... Wort z'gä:* es schaue ganz mürrisch drein und zeige einem ein saures Gesicht, statt einem auch ein freundliches Wort zu geben.
257,34 *einen freinen Mann:* einen lieben, netten Mann.
257,35 *öppe zu tun:* vielleicht zu arbeiten.
258,1 f. *bsunderbar flattieren:* besonders gut schmeicheln, flirten (frz. *flatter*).
258,6 f. *einen gfreuten Hof und eine ungfreuti Frau:* einen Hof, der Freude, und eine Frau, die Kummer mache.
258,10 *ein kybig Häpeli:* ein zänkisches Ding.
258,10 f. *gränne oder pflenne:* weine oder flenne.

258,15 *brichtet:* belehrt.
husen: gut haushalten, sparen.
258,23 *Hudel:* einer, der Geld vertut.
258,31 *bös aparti:* besonders schlimm, schlecht.
258,32 *höhn:* zornig, böse.
258,34 *Meitscheni:* Pl. von: Meitschi ›Mädchen‹.
258,36 *gekramet:* Dinge gekauft, Geschenke gemacht.
259,19 *Hübschi:* hübsches Aussehen.
259,25 *absprengen:* wegtreiben, davon abbringen.
259,26 *zu fast:* zu sehr.
259,26 f. *als daß er so davonwolle:* als daß er ohne weiteres davon ablasse.
259,27 *ab Brett:* vorwärts.

Einundzwanzigstes Kapitel

260,13 *Gülte:* Schuldverschreibungen, Guthaben.
260,17 *Schleiß:* Altersversorgung des alten Bauernpaares, das den Hof dem Sohn überläßt; Abgaben an Geld und Gütern an den Verpächter.
261,5 *taub:* böse, zornig.
261,8 *Predig anstellen:* Predigt halten.
verkünden: die Heiratsabsicht des Paares von der Kanzel herab der Gemeinde bekanntmachen; das ›es‹ bezieht sich vermutlich nicht auf die Heirat, sondern nur auf Elisi, die auch hier nur an sich selber denkt.
261,10 *Gurnigel:* Der Gurnigel ist ein Bergrücken (1540 m) südlich von Bern; auf ihm liegt das ehemals luxuriöse Gurnigelbad mit mehreren Schwefel- und Eisenquellen; das Kurhaus wurde 1944 abgerissen. Kurz vor der Niederschrift des »Uli« gab Gotthelf in Artikeln im »Berner Volksfreund« (Erg.-Bd. 13,150 ff. 157 ff.) seiner Befürchtung Ausdruck, das Gurnigelbad werde zu einem Luxusbad ausschließlich für Reiche. Im August 1853 verbrachte er dort drei Wochen zur Kur und muß sich außerordentlich gelangweilt haben. Er nennt den Gurnigel boshaft »Gurniggel« und »Hurnigel« (Erg.-Bd. 9,33.45). Nach seiner Rückkehr nach Lützelflüh schreibt er am 19. November 1853 an K. R. Hagenbach: »Den Besuch in der Predigergesellschaft verdarb mir der Arzt, der mich in Gurnigel schickte. Es war die erste Kur, die ich machte, sie reizte mich zu keiner zweiten. Was das sogenannte

Erholen ein langweilig Ding ist, wenn es vielleicht auch gesund sein mag.« – Carl und Käti Müller-Jost (1979) vertreten die These, Gotthelf habe seine robuste Gesundheit durch Überdosen von Jod, das er sich gegen seinen Kropf selber verordnete, nach und nach ruiniert. Sie schreiben im Kapitel »Das Gurnigelbad und wie es Gotthelf in demselben ergeht« über Gotthelfs Kur: »Selbst nach dem Wissensstand der damaligen Medizin ist es unverständlich, ja unverzeihlich, diesen schwerkranken, kreislaufdekompensierten Mann ausgerechnet in das hochgelegene Gurnigelbad zu schicken. Allein schon die Trinkkur – acht Gläser um vier Uhr morgens! – ist für den bereits mit Wasser aufgeschwemmten Körper und das schwer geschädigte Herz eine unverantwortliche Belastung. Daß Gotthelf diese Roßkur übersteht, grenzt an ein Wunder« (S. 103); »er kommt kränker heim, als er wegging« (S. 108).

261,13 *sturm:* verwirrt, durcheinander.

261,15 f. *verrumplet hätte:* nicht mehr rumple; vorbei sei.

261,17 f. *es nähmte es doch wunder:* sie möchte doch gerne wissen.

261,18 f. *ihre Nase nicht müßte hintern halten:* vgl. Anm. zu 239,26 f.

261,27 *wie manchmal des Tages:* wie oft am Tage.

261,28 *wie manche Bekleidig:* wie viele Kleider (Bekleidung).

261,30 *Mänteli:* vgl. Anm. zu 15,16.

261,31 *glätten:* bügeln.

261,31 f. *Ammermehl:* Stärkemehl aus Amelkorn (Spelt, Dinkel) zum Stärken von Kleidungsstücken.

261,33 *Tüfelsdreck von Erdöpfeln:* aus Kartoffeln gewonnener Teufelsdreck, Stärkemehl.

261,36–262,1 *Schmöckwasser:* Riechwasser, Parfüm.

262,13 *Tschöpli:* (Pl.: Tschöpleni) Jäckchen.

262,14 *Kitteln:* Röcken.

262,17 *Gloschleni:* Pl. von: Gloschli ›Unterrock‹.

262,19 *eine Zügelkisten:* eine große Kiste für einen Umzug.

262,20 *Ofenhaus:* Backhaus.

262,22 f. *Schäften und Trögen:* Schränken und Truhen.

262,23 *verrumpfet:* zerknittert.

262,27 *Brattig:* Kalender.

262,33 *das Meitschi hintersinnete sich:* das Mädchen verliere den Verstand, drehe durch.

262,35 *abzubrechen:* Einhalt zu gebieten.

263,5 *z'best geredet:* Fürsprache geleistet, gerechtfertigt.

263,8 *gekramet:* gekauft.
263,9 *wunderligs:* anspruchsvoll, wählerisch.
263,9 f. *Einmal nicht sie:* Sie jedenfalls nicht.
263,14 *branzten:* stritten.
263,26 *Martistag:* vgl. Anm. zu 195,19.
263,30 *warme Rustig:* Ausrüstung an warmen Kleidern.
264,7 *frischmelchige Kuh:* Kuh kurz nach dem Kalben (die Milch ist dann besonders fett).
264,9 *dort sei ... himmelblau:* im Gurnigel sei der Rahm besonders wäßrig.
264,11 *gmühte ihn:* betrübte, grämte ihn.
264,14 *es wohlete:* es wurde wohl.
264,17 *ihnen abgugge:* sie belauere.
264,20 *leid:* schlecht.
264,27 *auf Rädlene:* (Pl.) auf Rädchen.
264,33 *strub:* wüst, struppig.
264,34 *wenn man in allem sein müsse:* wenn man jede Arbeit tun müsse.
264,35 *gsunntiget:* sonntäglich gekleidet.
265,3 *Ofenwisch:* vgl. Anm. zu 173,3 f.
265,4 *Werweisen:* Schwanken, Unschlüssigkeit.
265,8 *vergebene Gänge:* unnötige Wege.
265,8 f. *Ih ha ... gmeint:* Ich habe nicht daran gedacht, ich habe nicht erwartet, ich habe nicht geglaubt.
265,11 *ineinanderreiseten:* gemeinsam in Angriff nahmen, koordinierten.
265,12 *wie gpfiffen:* ganz leicht.
265,14 *es ginge ihm alles ringsum:* es drehe sich alles um ihn.
265,15 *er frage dem nichts nach:* es sei ihm gleichgültig, er lege keinen Wert darauf.
265,18 *Schleiftrog:* Radschuh, Bremsklotz.
Stalden: Abhang, abschüssige Straße.
265,20 *Länguus:* alter Tanz (der Name kommt vom weiten Ausgreifen mit den Beinen).
davonführen: davonflögen.
265,21 *Fecken:* Flügel.
265,28 *Riggisberg:* Dorf unterhalb des Gurnigel.
266,2 *aufweisen:* aufhetzen, überreden.
266,4 *dem täte es wohl:* der sei dazu da.
266,7 f. *vermöchten sich dessen nichts:* könnten nichts dafür.
266,19 *mit Schnäuzen:* mit Schnurrbärten. ›Schnauz‹ kann auch den

Träger eines Schnurrbartes bezeichnen. Der Schnurrbart wurde von den Radikalen oft als politisches Markenzeichen getragen; Gotthelf titulierte sie deshalb als »Schnäuzler«. Vgl. auch in »Jakobs Wanderungen«: »Jakob war ein stolzer Geselle, hatte Ideen in Leib gekriegt, einen Schnauz ins Gesicht, dunkle Bakken, und zornige Augen konnte er machen, daß die Fliegen zitterten an der Wand« (IX,99).

266,22 *zwitzern:* blitzen.

266,32–35 *Bürgertisch ... Herrentisch:* ein Tisch für einfache Bürger und ein Tisch für die Vornehmen.

267,1 *niemer:* niemand.

267,7 *Schwarzbrünnli:* eine der beiden schwefelhaltigen Quellen des Gurnigels, die andere ist der Stockbrunnen. Am 10. August 1853 schrieb Gotthelf vom Gurnigel an seine Tochter Henriette: »Das Schwarzbrünnli, das ich gestern angefangen, wirkt so, daß gestern die Aare in Bern ½ Fuß gestiegen sein soll, daß der Regierungsrat extra Sitzung hielt und durch Expresse fragen ließ, wo es Wolkenbrüche gegeben. Ich tat, als gehe das mich gar nichts an, aber weiß Gott wie das heute und morgen dem Unterland gehen wird« (Der Brief steht als Nachtrag in Erg.-Bd. 18,27 ff.).

267,8 f. *es ging genug zu:* es kostete große Mühe.

267,19 *Clauren:* Heinrich C. (Pseudonym für Karl Gottlieb Heun, 1771–1854), ein Bestsellerautor der Zeit; besonders beliebt war sein Roman über das Berner Mädchen »Mimili« (1816), der sich vor allem durch Rührseligkeit, Lüsternheit und ein idyllisches Bild der Schweiz auszeichnet. Im Vorwort zur zweiten Auflage des »Bauernspiegels« spricht Gotthelf von »den zur Unnatur verzerrten Mimeligestalten« (I,384). Schon in seinem »Reisebericht« von 1821 schrieb Gotthelf: »Unglücklicherweise kamen auch Mimili und Elsi von Solothurn zur Sprache. Diese beiden Undinger haben mir hier schon mehr Ärger gemacht, als alles andere zusammen. Jeder, der mit mir von der Schweiz reden will, rühmt sich, diese gelesen zu haben, und staunt das Land an, wo solche Mädchen wachsen. Da ich aber keine Ehre in solcher Unnatur und Unwahrheit finde, so sparte ich nie, dem hochweisen Herrn Clauren eins anzuhängen, daß er sich unterstehe, uns Schweizer schildern zu wollen, deren Sprache und Land er nicht kenne, daß er unsere Mädchen, die noch etwas steif und unzugänglich in ehrenfester Sitte leben, so schnell jedem Landstreicher in die Arme fliegen lasse, daß er unsere natürlichen, eher rohen

Hirtenmädchen zu durchsichtigen Mondscheindamen umschaffte. Unter den jungen Männern war nicht einer, dessen Lieblingsplan nicht gewesen wäre, die Schweiz zu bereisen, das Land der Freiheit und der Naturschönheit, wie sie es nannten« (Erg.-Bd. 12,119 f.).

Kotzebue: Friedrich August K. (1761–1819), Verfasser vielgespielter Theaterstücke (»Die deutschen Kleinstädter«), als vermeintlicher russischer Spion von dem Burschenschafter Sand ermordet. Anläßlich einer »Hamlet«-Aufführung schreibt Gotthelf im »Reisebericht«: »Es ist doch eine kuriose Sache um den Geschmack des Publikums; werden solche große herrliche Trauerstücke auf die Bühne gebracht, fehlt die schöne Welt. Kommt hingegen die Reihe an ein halb süßes, halb saures Kotzebuesches Stück, so fehlen die Bänke, die Zuschauer zu fassen« (Erg.-Bd. 12,145).

267,20 *Cramer:* Karl Gottlob C. (1758–1817), Verfasser von Ritter- und Räubergeschichten.

Lafontaine: August L. (1758–1831), Modeautor der damaligen Leihbibliotheken, schrieb über 160 Bände; Gotthelf las seinen »Tobias Hoppe« (Erg.-Bd. 4,52).

267,20 f. *la Motte Fouqué:* Der Romantiker Friedrich de la Motte-Fouqué (1777–1843).

267,21 *Eberhards Pastetik:* Johann August E.s »Handbuch der Ästhetik«, Halle 1803–05.

267,21 f. *Stapfers Seufzern der Liebe:* Ein Autor namens Stapfer war hier nicht zu ermitteln.

267,23 *Ds Elisi las das ganze Jahr aus nichts:* über Badekur und Bildungsstand der Frauen vgl. Kap. 11–14 in »Zeitgeist und Bernergeist«.

267,24 *Fragenbuch:* vgl. Anm. zu 164,3.

267,24 f. *Grammaire:* (frz.) Grammatik.

267,36 *Rühmen:* Lobsprüche, Komplimente.

268,6 *was Trumpf ist:* was wirklich zählt.

268,7 *Klapf:* Schlag, Ohrfeige.

268,14 *pardieu:* (frz.) bei Gott!, Sakrament!

268,18 *Gloschli:* Unterrock.

268,26 *an Schermen:* an einen geschützten Ort, unter Dach, in Sicherheit.

269,6 *une bête:* (frz.) ein Vieh.

269,7 *Baurentolgg:* Bauerntrampel.

269,8 *ablosen:* zuhören.

269,12 *verheuet:* mit dem Heuen fertig.

Bub: vgl. Anm. zu 144,14.
witziger: gescheiter.

269,16 *Löhle:* Dummköpfe.

269,22 *Baumwollenhändler:* nach Gotthelfs Darstellung eine typische Ausgeburt der modernen Zeit: ein geldgieriger Betrüger und Windbeutel. Das schlechte Alte (Glunggenfamilie) verbindet sich mit dem schlechten Neuen. Daneben ist der Baumwollhändler auch eine wirtschaftsgeschichtlich interessante Figur. Über die Bedeutung der Baumwolle schreibt Paul Bairoch: »Thus, cotton (which, it must be remembered, had been known for a long time) became an important commodity in the West where it was to play a major role in industrial development. – Cotton had a dual importance. The first part was quantitative. In England around 1840 textiles accounted for 75 % of industrial employment, and within that figure cotton accounted for half. Cotton goods represented 40 % of exports. Comparable percentages for other countries are lower because England alone, thanks to her advanced techniques, exported such large amounts of cotton goods; but in the other European countries cotton also had a foremost place in the development of industrialisation, which, indeed, it came to symbolise. Just as, ten to twenty years ago, the silhouette of the blast-furnace was the concrete image of industrialisation, so in the eighteenth century and the first half of the nineteenth the cotton mill – that huge squat building pierced by scores of small windows to which hordes of workers, mostly women and children, trooped as each day dawned – was the visual expression of the new economic age. – But cotton also played an important qualitative role. For its fibres particularly lend themselves to mechanical treatment, and this was the impulse for mechanisation of the textile industry« (»Fontana Economic History of Europe«, Bd. 3: »Agriculture and the Industrial Revolution«, London 1969, S. 486 f.).

269,22 f. *ein grusam vornehmer:* ein schauderhaft vornehmer.

269,24 *Uhrenbhänk:* Anhängsel an der Uhrenkette, Berlocke.

269,25 *Roßgschäll:* Glöckchen am Pferdegeschirr.

268,31 *kummlich:* bequem.

269,36 *Geldschyßer:* Geldscheißer.

270,7 *verschreiben:* schriftlich bestellen.

270,23–26 *Sövli ... Gleich:* Derart schöne Herren [...] hätte sie ihr Lebtag noch nie gesehen, die schritten so kerzengerade, selbst der Teufel könnte sie nicht krümmen; sie glaube, man könnte sie an einem Bein in die Luft hinaushalten, und keiner würde ein Gelenk dabei biegen.

270,33 *Spekulation:* einträgliches Geschäft.

270,32 *Blumenstein:* kleiner Badeort im Gürbetal, am Fuß der Stockhornkette, wenige Kilometer vom Gurnigelbad.

271,3 *Affront:* (frz.) Beleidigung.

271,14 *zweg:* bereit.

271,18 *zusammenmachen:* zusammenkochen.

271,33 *brodiert:* gestickt (frz. *broder*).
bögelte sich: bauschte sich.

271,36 *Kasimir:* »dünner, glänzender und geschmeidiger Wollstoff, der an Feinheit nur der Seide nachsteht und von den Frauen für ihre guten Kleider gebraucht wurde. Ein Mann mit ›Kasimir an den Hosen‹ huldigte vom Standpunkt des Bauern aus geckenhafter Eleganz« (Hunziker). Der Baumwollhändler hat wahrscheinlich Streifen von Kasimir an den Hosen.

272,8 *desus:* über den Straßenrand hinaus.

272,9 *rainab:* bergabwärts.

272,10 *kei Gattig:* keine Art, gehöre sich nicht.

272,12 *ein Unvernünftiges:* ein unvernünftiges Tier.

272,18 *morischinieren:* dressieren, Mores lehren (frz. *morigéner*).

272,22 *Drucke:* Schachtel.

272,24 *Laube:* überdachter Balkon.

272,26 *splendid:* prachtvoll.

272,29 *nicht zNütigen daheim:* nicht in Habenichtsen zuhause, d. h. reich.
beim Sacker: Sakrament.

272,30 *einmal sie dürfe nicht:* sie jedenfalls traue sich nicht.

273,6 *Er macht seine Augen liebetrunken:* Wie oft macht Gotthelf die Schlechten einfach lächerlich, hier im Stil sentimentaler Romane. Man beachte vor allem die Redeweise des Baumwollhändlers: *in wohlgesetzter Rede* (275 f.), *in rührsamer Ausdrucksweise* (303).

273,11 *Mupf:* Stoß.

273,13 *Herr Yses!:* Herr Jesus!

273,15 *auf parole d'honneur:* Ehrenwort.

273,21 f. *das isch ... vrstah:* das ist ein Geschwätz, ich verstehe mich nicht darauf.

273,23–25 *Öppis Dumms ... lose?:* Etwas derart Dummes habe ich mein Lebtag nie gehört. Man redet mit dem Mund und nicht mit dem Herzen. Wenn die (Herzen) auch noch reden wollten, wer wollte da am Ende noch zuhören?

273,27–34 *Hürate? ... ach, ganget ... Narr ha!:* Heiraten? ... ach, geht mir weg, Ihr wollt mich nur zum Narren halten!

273,36 *Zurzacher Meß:* wichtige Messe, besonders für Lederwaren, im aargauischen Zurzach.

273,36–274,3 *Dr syt ... bigryft?:* Ihr seid ein Wüster, geradeso damit zu kommen ... und einem so Angst zu machen; könnt Ihr Eure Sache nicht auch manierlich sagen, und daß man es auch begreift?

274,13 *Stockhorn:* steil und markant aufragende Felskuppe (2192 m) in der Nähe von Blumenstein, heute mit Seilbahnbetrieb.

274,18 *Gunten:* Konto, Rechnung.

274,30 *abgeschafft:* bezahlt.

274,33 *Dankeigit:* Habt Dank.

274,36 *hübschli:* sachte, langsam.

274,36–275,1 *ein Donners Sturm:* ein verfluchter Draufgänger (*Sturm:* jemand, der unbedacht redet oder handelt).

275,5 *aparti Stuben:* besondere Gaststube.

275,6 f. *nicht länger, als man bleiben könne:* für die kurze Zeit, die man bleiben wolle.

275,16 *wehren:* damit fertig werden.

275,20 *übernommen:* überwältigt.

275,33 *schier nicht dürfen:* es fast nicht gewagt.

276,15 *zu wüst und zu hässig:* zu häßlich und zu unfreundlich.

276,17 *Küchleni:* vgl. Anm. zu 17,10.

276,23 *allbets einist:* zuweilen.

276,25 *breichen:* es im richtigen Moment treffen; hier: beibringen.

276,34 f. *Mundstück:* Mundwerk.

277,18 *unter den Fuß gegeben:* durch die Blume gesagt.

277,35 *gnatürt:* (von Natur) so beschaffen.

278,5 *schätzelete:* tat verliebt, schmuste.

278,8 *es hülfe:* sie (Elisi) sei dafür, halte es für besser.

278,21 *der Luft:* der Wind.

278,23 *öppe luege:* wohl schaue (d. h. angesehene Leute).

279,4 *Trossel:* Aussteuer (frz. *trousseau*).
Ziechen: Kissenbezüge.

279,8 *Herrenfrau:* Städterin, Vornehme.

279,9 *Strange:* »Garnmaß, 3000 m, mit dem Haspel aufgewickelt (kein Knäuel)« (Juker).

279,10 *gebauchetes:* mit Lauge von Buchenholzasche gekochtes.

279,13 *Hemlituch:* Hemdenstoff.
Naselümpen: Taschentücher.
279,21 *Werweisen:* Schwanken, Unschlüssigkeit.
279,33 *Bysluft:* kalter Nordostwind.
279,35 *strich es sich:* machte es sich leise, unauffällig davon.
280,2 *nachschießt:* nachstürzt.
280,10 *man kann beid Weg sagen:* man kann so (Kammer) oder so (Stube) sagen.
280,13 f. *Auszehrig:* Schwindsucht (hier vom Geldseckel).
280,19 *nume dr Knecht:* bloß (unser) Knecht.
280,22 f. *Er ist e Göhl ... wüßti:* Er war ein Narr, wenn er gemeint hat, er bekäme eine Bauerntochter, wenn sie was Besseres wüßte.
280,28 *Gwunder:* Neugierde.
Kyb: Neid, hier: Eifersucht.
280,31 f. *beargauget:* argwöhnisch beobachtet.
281,3 *bis zum Bären:* Wahrscheinlich ist der »Bären« in Bern gemeint, da die Mutter *noch etwas in der Stadt herum* (281,6) will.
281,4 *Hoffmannstropfen:* von dem Arzt Friedrich Hoffmann (1660–1742) gefundenes weitverbreitetes Heilmittel, das aus einem Teil Äther und zwei Teilen Alkohol besteht und gegen Ohnmachten und Krämpfe verwendet wird.
281,7 f. *etwas heimkramete:* kleine Geschenke nach Hause mitbrächte.
281,8 *Es gruse ihr:* Es grause ihr, es sei schauderhaft.
281,10 *Wenn sie etwa mangle:* Falls ihr etwa (Geld) fehle.
281,13 *sövli bös zweg:* derart schlimm dran.
281,14 *öppis:* etwas.
Säckeli: Säckchen, Täschchen, Beutelchen.
für die Not: für den Notfall.
281,18 *dauerte sie:* tat ihr leid.
281,23 *verflümeret:* verdreht aus: verflucht.
281,28 *ringer:* leichter, müheloser.
281,28 f. *Äbe so mähr:* Eben so gut, gleichviel, auch recht, ist egal.
281,29–31 *e kly ... chömm:* ein bißchen mehr oder ein bißchen weniger, es gehe jetzt alles auf einmal; es wisse niemand, wie lange es daure, bevor sie wieder von zu Hause wegkomme.
281,33 *balgete:* Vorwürfe machte, schalt.
281,34 f. *man könne ja gar nicht sein:* man habe ja gar keinen Platz mehr.
282,1 *wohlete es:* wurde es besser, ging es besser.

282,2 *das schießig Züg:* die verfluchte Sache (mit dem Baumwollhändler).
282,5 *Herrenbetten:* Betten für Städter und Vornehme.
282,6 *Kittel ... Gloschli:* Rock ... Unterrock.
282,9 *Kabisplätz:* Weißkohlbeet.
282,11 *Flachs ziehen:* Flachs ernten (meist Ende Juli).
282,14 *Tschöpli:* Jäckchen.
282,16 *beschüttet:* mit Jauche (*Bschütti*) gedüngt.
282,21 f. *Brand im Korn:* Pilzkrankheit des Getreides.
282,22 *Werch:* Hanf.
282,32 *Vor Blangen:* Vor sehnsüchtiger Erwartung.
282,33 *Fußsack:* Leder über die Füße.
282,34 *Plätz:* Gemüsebeet.
283,2 *Futtergang:* vgl. Anm. zu 64,13.
Schopf: Schuppen.
283,5 f. *er steckte sich:* er verklemmte sich.
283,7 *Gschüch:* Vogelscheuche.
283,8 f. *machen ihnen sonst viel zu wüst:* richten sonst zu viel Schaden an.
283,12 *Fürtuch:* Schürze.
283,13 *Gottwillche!:* Willkommen! Grüß Gott!
283,17 *nicht unerchannt machen:* nicht grob sein, vorsichtig sein.
283,22 *Nidle:* Rahm, Sahne.
283,23 f. *sie gäbte die Plättleni:* sie gäbe die vielen Gänge der Menus gerne dahin.
283,25 *Kacheli:* vgl. Anm. zu 75,3.
283,28 *nüt:* nichts.

Zweiundzwanzigstes Kapitel

284,12 *Gängli:* (auch: Säugängli) Schmaler Gang zwischen Haus und Schweinestall, von wo aus den Schweinen das Futter in die Tröge geschüttet wird.
284,24 *Muckeln:* vgl. Anm. zu 3,9.
284,25 *verheimen:* verheimlichen.
284,27 *Dackbett:* Deckbett.
284,31 *kömmt mir sonst vor:* erscheint mir sonst als Gespenst.
284,32 *öppe:* wohl.
285,4 *richtig machen:* den Handel abschließen.
285,10 *bauren:* den Hof führen.

285,20 *Gränne:* weibl. Form von: Gränni; vgl. Anm. zu 204,29.
285,21 f. *setzten am meisten an:* legten es am meisten darauf an.
285,23 *einen reichen Herrn:* einen reichen Städter.
285,26 *Fötzel:* Lump, Fetz.
285,28 f. *die Ausgepeitschten:* die Abgetakelten, Bankrotteure.
285,35 *Häpeli:* mickriges Ding.
Schlärpli: unnützes, faules Frauenzimmer; dummes Ding.
286,7 *Langentaler Ell:* »Auch nachdem das von zwölf Kantonen ratifizierte Konkordat über eine einheitliche Maß- und Gewichtsordnung laut Tagsatzungsbeschluß auf den 1. Januar 1838 in Vollziehung gesetzt war, blieben die alten Maße beim Volke noch längere Zeit im Gebrauch. Die Langentaler Elle betrug 1,0386 Schweizerellen = 0,623 m, während die Berner Elle nur 0,9028 Schweizerellen = 0,541 m umfaßte« (Hunziker).
286,9 *brichten:* erzählen, reden.
fry: geradezu.
286,11 *Stöck:* grobe Klötze; oder als Pars pro toto.
286,12 *Schnauz:* Schnurrbart.
286,13 f. *Es schynt ... fürecho:* Es scheint mir, die Sonne wolle heute noch hervorkommen.
286,22 *Ehesteuer:* Mitgift.
286,23 *märten:* markten, feilschen.
286,27 *den Hunger stellen:* den Hunger abstellen; ernähren.
286,27 f. *unverschanter:* unverschämter.
286,30 *daß ihm das Liegen wehtue:* daß er keine ruhige Minute mehr habe.
286,31 *Gülten:* Schuldverschreibungen; Wertpapiere.
286,33 *es müßte anders gehen:* d. h., Elisi und der Baumwollhändler könnten nicht vom Hof leben, es sei denn Joggeli und seine Frau verließen den Hof.
286,35 *witzig genug:* schlau genug.
287,1 *schmöcke:* rieche.
287,3 f. *Ich vermag mich dessen nichts:* Ich kann nichts dafür.
287,7 *Das sei ihm kommod:* (iron.) Das sei die einfachste Lösung.
287,13 *ausmachen:* ein Ende machen.
287,19 *Stöckli:* vgl. Anm. zu 110,36.
287,22 *öppis:* etwas.
287,22 f. *Aber ih ... z'wüsse:* Aber ich sag es dir nicht; das brauchst du jedenfalls einmal nicht zu wissen.
287,24 *Tschöpli:* Jäckchen.
287,25 *Kittel:* Rock.

287,28 *des Gstürms:* des ergebnis- und sinnlosen Geschwätzes.
288,2 *nötlich getan:* eifrig bemüht.
288,7 *anlässig:* kokett, verbuhlt, zudringlich.
288,22 *das Abgende:* das Abgelegte, die nicht mehr getragenen Kleider.
288,28 *taub:* zornig; verrückt.
288,32 *öppe bös:* doch wohl schlimm.
289,1 *Meitscheni:* Pl. von: Meitschi ›Mädchen‹.
289,3 *Du bisch e Uflat:* etwa: Du bist hundsgemein.
289,5 *dämperlen:* plappern, schwatzen.
289,7 *Partien:* Parteien.
289,9 *Kram:* Geschenk, Reisepräsent.
289,11 *schalus:* eifersüchtig (frz. *jaloux*).
289,12 *Stichwort:* Stichelei.
289,16 *gespienzelt:* spienzeln: etwas prahlerisch vorzeigen, um andere neidisch zu machen.
289,34 *den Buben:* vgl. Anm. zu 144,14.
290,5 *grusam:* grausam, furchtbar.
290,20 *das Listigste:* das Gescheiteste.
290,25 *lächerete:* brächte zum Lachen.
290,32 f. *Speispredigt:* Predigt eines wandernden Sektenpredigers, der dafür gut gespeist wird.
290,33 *in seinen Sack:* in seine eigene Tasche.
291,10 *grasete:* holte Gras.
dängelete: vgl. Anm. zu 190,30.
291,14 *nüt:* nichts.
291,23 *Mönsch:* das Mensch, verächtlich für: weibl. Person.
291,24 *Herr Yses:* Herr Jesus.
291,25 *Uflat:* Grobian.
291,26 *rühyig:* in Ruhe.
291,34 *z'best reden:* ein gutes Wort einlegen.
291,35 *Handlig:* Handlung, Geschäft.
ungwerchet: ohne zu arbeiten.
292,4 *Fürtuch:* Schürze.
292,5 *wie Loths Weib:* vgl. 1. Mose 19,26: »Lots Weib ward zur Salzsäule«.
292,9 *Dem Donner:* etwa: dem verfluchten Hund.
292,12 *Terrasse:* vgl. Anm. zu 124,7 ›Bsetzi‹.
292,14 *aufziehend:* zum Schlag ausholend.
292,16 *schnellte:* stieß hervor.
292,17 *La mi gah!:* Laß mich los!

292,20 *der Witzigere:* der Klügere.
292,21 *tue dergleichen:* tue so.
292,22 *am täubsten:* am zornigsten.
Tust du wüst: vgl. Anm. zu 191,3.
292,32 *zentum:* ringsumher, weit und breit.
292,36 *machten dir Gäbeli:* »mit Zeige- und Kleinfinger spottend auf jemanden zeigen und dazu rufen: Gäbeli, Gäbeli!« (Juker); im Schwäbischen werden die beiden Zeigefinger schabend übereinander gekreuzt, und man ruft dabei: Ätschegäbele!; Hermann Hesse nennt es »Rübchen schaben«.
293,1 *lächere dich:* bringe dich zum Lachen.
293,5 f. *eine Dolders Hex:* eine Teufelshex! (d. h., dir ist keiner gewachsen).
293,13 *branzen:* schimpfen, zanken.
293,13 f. *Was vermögen wir uns beide:* Was können wir beide dafür.
293,17 *Mutzschwanz:* Pferd mit kurzgestutztem Schwanz.
293,25 *Täsche:* boshaftes, gerissenes Klatschweib.
293,27 *besser schicken:* besser gelingen, passen.
293,32 *kücheln:* vgl. Anm. zu 17,10.
brägeln: braten, brutzeln, prasseln (lautmalerisch).
294,5 *Schminggel:* Geck.
294,9 *nicht halbwitzig:* nicht recht gescheit, nicht ganz normal.
294,12 f. *wenn das Meitschi z'lätz tue:* wenn das Mädchen zu verrückt tue.
294,14 *etwas Unwatlichs:* etwas Ungutes.
294,21 f. *näht doch, trinkit!:* nehmt doch, trinkt!
294,22 *längte:* reichte.
294,25 *trätschete:* schlenderte unruhig.
295,4 f. *und der Respekt sich einstellte:* Joggeli ist also gegen Angebereien nicht gefeit. Gefeit aus Sturheit sind Sime Sämeli und seine Frau Anni im »Herr Esau«: »beide teilten den süßen Glauben, ihnen komme niemand im ganzen Kanton gleich, sowie die gründliche Verachtung gegen alle, die nicht wenigstens ebensoviel Rosse und Kühe hatten als sie. Daraus entsprang eine grenzenlose Rücksichtslosigkeit« (Erg.-Bd. 1,86); »Sime Sämeli besaß ein Selbstbewußtsein, welches ihm kaum ein König erschüttert hätte« (Erg.-Bd. 2,10). Ähnlich beim Dorngrütbauern in »Geld und Geist«: »denn der Dorngrütbauer war der Meinung, daß seinesgleichen nicht auf Erden sei« (VII,223). Gefeit aus Überlegenheit ist die Bäurin Lisi in »Zeitgeist und Bernergeist«: »Habt nicht Mühe! Wir wissen, wer wir sind, und was sich für

uns schickt, dabei sind wir wohl, und was will man mehr?« (XIII,422.)

295,7 *Gezogenes Werch:* herausgezogener, d. h. geernteter Hanf.

295,14 *zu fast:* zu sehr.

295,18 *Dr Tüfel:* Teufel noch mal!

295,21 *so für einen Herrn:* obwohl ein Städter.

295,23 *wo Bartlome Most hole:* genau Bescheid wissen; vgl. Lutz Röhrich, »Lexikon der sprichwörtlichen Redensarten«, Bd. 1, Freiburg i. Br. 1973, S. 104 f.

295,26 *Hamme:* Schinken.

295,27 *Bratis:* Braten.

295,28 *St. Urban:* Dorf im Kanton Luzern mit Zisterzienserkloster und barocker Kirche; das Kloster wurde 1848 aufgehoben und ist seit 1870 psychiatrische Klinik.

295,30 *weiße Flasche:* bauchige Flasche mit aufgemalten oder eingeätzten Namenszügen, Wappen, Sprüchen, Bildern.

295,28 *Löhl:* Dummkopf.

295,34 f. *ists allen Handel:* ist das alles.

295,35 *Kindbett:* Taufe, Taufschmaus.

296,3 *Nöten:* Nötigen, Aufforderung zuzugreifen.

296,10 *Tätsch:* etwa: dumme Kuh.

296,15 *es reisen:* den Meister zeigen.

296,24 *was wir noch mangeln:* was uns noch fehlt.

296,27 *beim Donner luegen:* darauf (auf die Eskapaden des Baumwollhändlers) aufpassen, Donnerwetter nochmal!

296,34 *Trossel:* Aussteuer (frz. *trousseau*).

297,4 *grusam:* schrecklich.

297,6 *Gaue:* Geschmack (frz. *goût*).

297,9 *narrochtig:* närrisch, kindisch, albern.
witzig: vernünftig, verständig, gescheit.

297,29 *Maß:* etwa 1,5 l.

298,9 *neue kränklich:* doch eigentlich kränklich.

298,8 f. *erleiden:* ertragen.

298,12 f. *muß eim allbets einist öppis fehle:* muß einem immer wieder etwas fehlen.

298,33 *Verkündigung:* vgl. Anm. zu 261,8.

299,4 *mit Pomp dahinfahren:* spöttische Verdrehung eines Bibelverses; vgl. Ps. 109,23: »Ich fahre dahin wie ein Schatten.« Hab. 3,11: »Deine Pfeile fahren mit Glänzen dahin.«

299,14 *puckte:* barsche, schroffe.

299,15 *eintreiben:* eintränken, es jemandem zeigen.

Dreiundzwanzigstes Kapitel

300,17 *des Zehntens:* des zehnten Teils.
300,30 *Schnüpfen:* Schluchzen; stoßweises Atmen, weil man weint.
300,35 *übergab sich unzählige Male dem Teufel:* indem er z. B. jeden Satz mit »Hol mich der Teufel!« begann.
301,1 *Saufötzel:* Saulump.
301,4 *der Donners Plätter:* das verfluchte faule Weibsstück.
301,7 *vermannen:* durch Heirat (mannen) verschwenden.
301,29 *dem fallenden Weh:* der Epilepsie.
301,35 *am Schermen:* unter Dach, im Trockenen.
302,11 f. *beträchtliche Gesichter:* bedenkliche Gesichter.
302,13 *neue nit:* nicht so recht.
302,14 *neue gar nicht:* eigentlich gar nicht.
303,10 *abzluegen:* abzusehen, kennen zu lernen.
zämmefüßlige: mit beiden Beinen zugleich; blindlings.
304,6 f. *vermögen wir uns dessen nicht:* können wir nichts dafür.
304,16 *unerchannt:* derb, roh, schnell.
304,20 *Züpfen:* vgl. Anm. zu 215,8.
304,21 *brosmet:* zerbröckelt.
304,26 f. *Herr Jeses ... ha!:* Herr Jesus, meine Züpfe, Ihr zerdrückt sie mir ganz; wartet doch, bis ich sie weggelegt habe!
305,6 *um einen Spott:* für einen Spottpreis.
305,15 *Lyon:* seit dem 15. Jh. Hauptsitz der französischen Seidenweberei; Weberaufstände in den Jahren 1831, 1834 und 1849.
305,19 *lätz gegangen:* falsch, verkehrt gelaufen.
305,22 *heimelig:* heimisch, vertraut.
305,28 *dr Gottswille:* um Gottes Lohn, umsonst.
305,35 *anlässig:* kokett, verbuhlt, zudringlich.
306,9 *längs Stück ein Kolder:* öfters ein Querkopf.
306,16 *prokurieren:* verschaffen.
306,21 *das Hochzeit angeben:* das Aufgebot bestellen.
306,23 *das Pressier:* die Hast, Pressiererei.
306,24 *strub:* schlecht, stürmisch, widerwärtig.
306,28 *trappete:* ging, trottete.
307,2 *Luenz:* Schlampe, Luder.
307,10 *Gränne:* mürrische, unzufriedene Frau.
307,13 *Zyberligränni:* vgl. Anm. zu 35,17.
307,22 f. *mit dieser unbedeutenden Nebenperson:* Der Baumwollhändler mag ein unbedeutender Mensch und eine Nebenperson sein; immerhin verkörpert er vieles, was Gotthelf an der neuen

Zeit verurteilt, und spukt noch bis in die letzten Kapitel des »Pächters« hinein.

307,24 f. *bei ihrer angebornen jüdischen Zudringlichkeit:* Bis zu dieser Stelle hätte wohl kein Leser den Baumwollhändler für einen Juden gehalten; wahrscheinlich nennt Gotthelf auch nur die Zudringlichkeit und nicht den Mann ›jüdisch‹. Allerdings wird der Vater des Baumwollhändlers erwähnt, der vielleicht ein hausierender Jude war (353). Eindeutig läßt sich das Problem aber nicht klären. Vgl. Anm. zu 176,21.

307,26 *ds Teufels:* Teufel!, verflucht!

308,7 *Löhl:* Dummkopf.

308,9 *grasete:* Gras mähte, Gras holte.

308,20 *stöffelte:* stolperte.

308,31 *Denk o:* Denk auch, denk nur!

308,31 f. *Aparti nicht:* nicht eigentlich.

308,34 *werchen:* arbeiten.

309,17 *längte:* reichte.

309,25 *mich verredet:* mir geschworen.

309,26 *wüst sagen:* schelten.

309,31 *es gruset mir ab ihm:* es graust mir vor ihm.

310,6 *das wüst Böckli:* der widerliche Bock (Schürzenjäger).

310,7 f. *überschlage ich ihn … bhanget:* werfe ich ihn um, daß er alle Viere nach oben streckt.

310,14 *Anken:* Butter.

310,22 *gemuckelt:* vgl. Anm. zu 3,9.

310,23 *gebalget:* gescholten.

310,24 *abbrechen:* absparen, knausern.
Spycher: vgl. Anm. zu 25,22.

310,25 *Gaden:* vgl. Anm. zu 3,13.
Tröge und Schäfte: Truhen und Schränke.

310,26 f. *Das trage doch gar nichts ab:* Das bringe doch nichts ein.

310,27 *verliege:* liege ungenutzt herum und verderbe.

310,36 *Schnitze:* getrocknete Äpfel- und Birnenschnitze.

311,1 *ernüchtert:* geleert.

311,3–5 *Sövli … warte:* So zu Ende mit allen Vorräten [. . .] sei sie nicht gewesen, seit sie angefangen hätten zu wirtschaften. »Behüte uns Gott vor einer teuren Zeit; was finge ich an, ich könnte bei keinem Geschäft auf das Geld warten (sondern müßte es gleich einziehen).«

Vierundzwanzigstes Kapitel

311,18 *Kücheln:* vgl. Anm. zu 17,10.
311,24 *allben einist:* zuweilen.
312,1 *des Fürtuches:* der Schürze.
312,4 *es hätte ihr viel gewohlet:* es sei ihr viel besser geworden.
312,5 *neuehin:* irgendwohin.
blange: (Adj.) »wehmütig gestimmt, von unbestimmter Sehnsucht oder von düsterer Vorahnung ergriffen« (Juker).
312,11 *Kär:* dauerndes Gezänk.
312,12 *Säcke:* Taschen.
312,18 *Ans Hochzeit:* des Baumwollhändlers mit Elisi; warum er nichts davon erzählt, begründet Gotthelf 307.
312,22 *sich leiden:* sich darein schicken.
312,25 f. *Du bisch mr doch es wunderligs Greis:* Du bist mir doch ein komisches Ding (*wunderlig:* wählerisch, heikel; *Greis:* Einrichtung, Ordnung).
312,30 *Kohli:* schwarzes oder dunkelbraunes Pferd. Man beachte, wie Gotthelf in der Behandlung und Reaktion des Pferdes Gefühlsbewegungen der Reisenden andeutet. Das Pferd verkörpert auch im Märchen eine elementare triebhafte Schicht der Seele. Symbolische Bedeutung dürfte auch das Roß haben, das Uli nicht verkaufen kann (256): er wird Elisi nicht los, sitzt auf dem falschen Roß. Deutlich ist auch die Symbolik des Pferdegespanns in »Geld und Geist« (VII,309 ff.).
Schopf: Schuppen.
312,33 *Geißel:* Peitsche.
313,3 *Hochzeit:* Brautpaar am Hochzeitstag.
313,5 *Öppis Dumms eso!:* So etwas Dummes!, Quatsch!
313,6 *Meien:* Blumenstrauß, Blume.
313,10 *Mädi:* Magdalena.
313,11 *Sei mir nicht ds Hergetts:* Untersteh' dich, um Gottes willen!
313,14 *erschüttete:* schüttelte.
313,24 *verstrupfen:* zerzausen.
313,25 *das Grüslichste:* das Schlimmste (*grüslich:* abscheulich, gräßlich).
313,31 *Einmal ich nicht:* Ich jedenfalls nicht.
Schlufi: Trottel, leicht zu betörender Mensch.
313,33 *Schnürfli:* vgl. Anm. zu 214,16.
313,33 f. *He, öppe was die anderen:* Nun, etwa was alle andern auch.

314,5 *düftig:* dunstig.
314,22 *für den Gwunder:* zur Befriedigung der Neugier.
314,31 *Immi:* Getreidemaß, 3,5 l.
315,2 *Halbe:* vgl. Anm. zu 81,28.
315,12 *Gesundheit gemacht:* vgl. Anm. zu 21,35.
315,15 *lächerete:* brachte zum Lachen.
315,23 f. *verexgüsieren:* entschuldigen (frz. *excuser*).
315,30 f. *würde sich ... meinen:* wäre ... stolz darauf.
316,1 *verbrüllen:* in Verruf bringen.
316,9 *ds Vetter Johannese:* dem oder zum Vetter Johannes.
316,11 *im halben Tag:* mitten am Tag; am frühen Nachmittag. *am kommodesten:* am bequemsten.
316,14 *ziemlich:* höflich, wie es sich geziemt.
316,20 f. *es gilt dich doch:* etwa: es trifft dich doch (*gelten:* auf dem Spiel stehen).
316,24 *bravs:* nett.
316,25 *Ich habe dir aber nichts darauf:* Es ist mir egal.
316,31 *Dankeigist!:* Hab' Dank!
317,1 *afe es Meitli:* vielleicht ein Mädchen.
317,1 f. *wenn ih ... Gunte:* wenn ich dich wäre, würde ich mir das merken (*Gunte:* Konto).
317,2–4 *Mira ... Dumms eso:* Meinetwegen, merke er sich's, wenn er will; aber ich hätte fast geglaubt, Uli sei vernünftiger als andere Leute und habe auch selber keine Freude an solch dummem Zeug.
317,4 f. *Wart ume:* Warte nur ab!
317,5–7 *es wird ... schöni Sach:* es wird dir schon noch anders werden, verlaß dich darauf! Eine Braut zu sein, ist doch am Ende eine schöne Sache.
317,7–14 *Was, e schöni Sach! ... wüstisch Hung:* Eine schöne Sache? Ein armer Teufel ist man als Braut! [...] Heiraten ist noch viel schlimmer als sterben. Beim Sterben weiß man doch noch etwa, ob man selig wird oder ob einen der Teufel holt; beim Heiraten kann man gar nichts wissen. Wenn man meint, der Himmel hänge voller Geigen, so sind es zuletzt lauter Donnerwetter. Und wenn man meint, man habe den liebenswürdigsten Mann, so ist es zuletzt, wenn man recht hinschaut, der gröbste Hund.
317,14–25 *O Meitschi ... as dur e Tod:* O Mädchen [...] dir geht's auch wie jener Bettlerin, die gesagt hat, sie wolle keine Bäurin sein, weil sie die Küchlein nicht vertrage, das sei ihr doch ein Donnerwettersfraß; und die man kurz darauf in einem Keller erwischt hat, wo sie ganze Stapel (Küchlein) stehlen wollte. Geh

mir doch weg mit solchen Reden, man versündigt sich damit gar zu leicht. Und wenn man schon ein wenig zänkisch ist, so soll man doch immer seinen Mund im Zaum halten. Man weiß nie, was einem widerfahren kann, und wenn man (in einer Sache) drin ist, dann kommt es einem wieder in den Sinn, was man (vorher) geredet hat, und solche Worte können einen oft Tag und Nacht verfolgen, ärger als ein Rudel wilder Tiere, so daß man keine Ruhe mehr hat. Und viele konnten ihnen (den Worten) nicht anders entrinnen als durch den Tod.

317,26–29 *Base ... mache will:* Base [...] ich wollte Euch nicht böse machen und dich auch nicht, Uli; aber laßt mich in Ruhe! Ich bin nichts als ein armes Mädchen, und darum muß ich mich wehren, wenn mich jemand zu etwas noch Geringerem machen will.

317,29–318,4 *Bhüetis ... i ds Grab bringt:* Da sei Gott vor! [...] das kommt niemand in den Sinn, und es wäre manche reiche Tochter froh, (wenn) sie wäre, was du (bist). Ja, ich wollte auch gern ein bißchen weniger haben und (sogar) noch ganz ordentlich weniger, wenn Elisi wäre, was du (bist). Du machst jeden Mann glücklich, er mag reich oder arm sein. Man kann dich hinstellen an einen jeden Ort, wo man will, und das Elisi ist, helf mir Gott, nichts. Ich weiß auch nicht, wie das gekommen ist, und habe doch (euch) beide erzogen. Aber es ist auch dem einen nicht gegeben wie dem anderen. Du kannst anrühren, was du willst, so steht es dir wohl an, und wenn ich ein junger Bursche wäre, so sagte ich: ›Die und keine andere!‹ Und was das Elisi macht, ist verkehrt, da wird es noch Verdruß geben, der mich ins Grab bringt.

318,12 *etwas angreifen:* etwas anpacken.

318,15 *Schlärpli:* unnützes, faules Frauenzimmer, dummes Ding.

318,16 *den Zehnten:* den zehnten Teil.

318,18 *es duech eim:* es dünke einen, man meine.

318,24 *hochaufgesprengt:* die Wände hochgejagt.

318,24 f. *Aber sägits ... uschämti:* Aber sagt es niemand daheim; ich möchte nicht, daß es noch herauskäme.

318,31 *hellauf:* fröhlich, wohlgemut.

319,3 *Kabis:* Weißkohl.

319,8 *was Guggers:* was zum Kuckuck?

319,10 *längten:* reichten.

319,11 f. *Gottwillche ... Frau?:* Willkommen, Uli, bringst du uns deine Frau?

319,13 f. *Da ghöret drs ... säges ja:* Da hört ihr's, ihr mögt wollen oder nicht, alle Leute sagen es ja.

319,27 *ungesinnet:* ohne daß man daran denkt.
Es gspüre einmal: Sie spüre jedenfalls.
319,29 *uverschant:* unverschämt, aufdringlich.
319,31 *versprechen:* entschuldigen.
319,33 *gäb wie:* wie sehr auch.
319,34 *versäumen:* aufhalten, von der Arbeit abhalten.
319,35 *frein:* freundlich, mild (vgl. 312f.: *Es war in den ersten Novembertagen...*).
320,3 *Guttätigkeit:* Gastfreundlichkeit.
zurückgebracht: heruntergeschraubt.
320,10 *fry gerade:* offen heraus.
320,22 *grusam:* grausam, überaus.
320,27 *aneinander pläret:* ohne Unterlaß geheult, ununterbrochen.
320,30 *in Lehn geben:* verpachten.
320,32 *Lehenmann:* Pächter.
320,34 *öppe hart:* etwa hart.
320,35 *das täte sie nicht:* das lasse sie nicht zu.
321,2 *anhalten:* flehentlich bitten.
321,4 *zwegbrächte:* zuwege, zustande brächte.
321,6 *öppe nicht sei:* wohl nicht so sei.
321,14 *husen:* haushalten.
321,22 *täte manche Alte durch:* stellte manche Alte in den Schatten.
321,23f. *Sparhafen:* Sparpfennig, Erspartes.
321,24 *brav Kleider:* reichlich Kleider.
321,27 *Bsatzig:* vgl. Gotthelfs Anm. 123,20–22.
321,29 *in die Schatzung geben:* »dem neuen Pächter eines Bauerngutes auch Gerätschaften, Vieh, Vorräte in Pacht geben oder vorstrecken« (Juker).
322,1 *allbeneinisch:* zuweilen.
322,4 *Presten:* Viehseuchen; auch: Krankheiten (vgl.: bresthaft ›mit Gebrechen behaftet‹).
322,8 *ein lüftiges:* leichtsinnig, lustig.
322,9 *heutig:* jung.
322,12 *anständig:* genehm.
322,17f. *er höre dann:* er (der Schwager) höre dann auf (alles fortzunehmen).
322,22 *täte nicht am wüstesten:* vgl. Anm. zu 191,3.
322,26 *afe alt:* allmählich alt.
322,27f. *anlässigen Täsche:* (Pl.) etwa: schamlose Luder.
322,29 *politisch:* diplomatisch, zeige sein wahres Gesicht nicht.
322,32 *verschlagen:* kaputtschlagen.

322,35 *ist brühmt zentum:* hat weit umher einen guten Ruf.
323,7 *vorschlagen:* ersparen, zum Vermögen legen.
323,8 *abträgt:* einbringt.
323,13 *grännen:* greinen, das Gesicht verziehen.
323,16 *Hüng:* Hunde.
323,17f. *über nichts zu bringen:* Hab und Gut verlieren zu lassen.
323,21 *was vermag er sich dessen?:* was kann er dafür?
323,21f. *Es hat mich ... wüst duecht:* [...] erschien mir unverschämt.
323,23 *gebe es etwas:* geschehe etwas.
323,25 *fehlen:* fehlschlagen.
323,35 *Es nimmt mich wunder:* Ich möchte wissen.
324,1 *ablosen von weitem:* vorsichtig aushorchen.
324,9 *Wenn es sich dir schickt:* Wenn es dir paßt.
324,18 *zMorgen gegessen:* gefrühstückt.
324,20 *Herd:* Erde, Feld.
324,22 *zeitlich verreisen:* zeitig abfahren.
324,34 *Duft:* Dunst.
325,1 *sechzig- und hundertfältig Früchte tragen:* Mt. 13,8; Mk. 4,8; Lk. 8,8.
325,20f. *aparti nicht:* nicht eigentlich.
326,5 *gute Versicherung:* finanzielle Sicherheit.
326,10 *Handschriftli:* Schuldverschreibung.
326,16 *Ich ginge zuerst auf eine Frau aus:* Nach Gotthelfs Vorstellung hängen Liebe, Ehe und Arbeit ganz eng miteinander zusammen. Vgl. dazu den Anfang des »Pächters« und Anm. zu 374,28f.
326,22 *Heimwesen:* Bauerngut.
326,23 *Empfangen:* Pachten.
sich ... schickt: paßt.
326,24 *unterhänds:* in Aussicht, im Auge.
326,25f. *sagt mir nicht Herr:* Mt. 7,21; tut mir die Ehre nicht an.
326,36 *nie versäumt es die Jungfrauen:* nie hält sie die Mägde von der Arbeit ab.
326,36–327,1 *es meint einer:* man meint.
327,1 *hässig:* unverträglich, übellaunig.
327,4 *huslig:* sparsam.
327,6 *jemand luegen:* nach jemandem sehen, jemanden versorgen.
327,12 *Saumsteine:* Hindernisse.
327,20 *öppe Gspaß:* so ein bißchen Ulk, Spaß.
327,22f. *hat ... eine wüste Täschen herausgenommen:* ist übel abgefertigt worden.

327,25 *fingerlen:* befingern, befummeln.
327,31 f. *der ... Bärentalpenstengel ... geschätzelet hat:* der mit so einem verwelkten Bärtentalpstengel geschmust hat. (*Bärentalpe:* Bärentatze, Bärenklau, Heraclinum sphondylium).
328,1 *ausbieten:* öffentlich bekanntmachen.
328,3 *ein Eigeliges:* vgl. Gotthelfs Erklärung 150 f.
328,5 *Greiser:* Dinger.
328,7 f. *anhoschen:* sachte anklopfen, nachforschen.
328,10 *zerschreißt:* zerreißt.
328,13 *Bühnisleiter:* Leiter von der Tenn zum Heuboden. *Beim Dolder:* Beim Donner; Verflucht.
328,27 *Gäuchel:* Narr.
328,34 *Fürtuch:* Schürze.
329,4 *Müntschi:* Kuß.
329,10 *es dünke ihns:* sie glaube.
329,13 *es zu versäumen:* sie von der Arbeit abzuhalten.
329,14 *Stini ... Ürsi:* die Mägde in Kap. 9.
329,15 *Schwinget:* Schwingwettkampf (s. Anm. zu 155,15).
329,25 *ihre armi türi:* bei ihrer armen, teuren Seele.
329,26 *Brösmeli:* Bröselchen, Brosame.
329,28 *gäb wie:* wie sehr auch.
329,33 *kei Gattig:* keine Art, gehört sich nicht.
330,7 *besser möchte:* besser könnte.
330,12 *versprach sich:* entschuldigte sich.
330,13 *etwas über em halben Weg:* kurz nach der Hälfte des Weges.
330,15 *Hamme und Küchli:* Schinken und Küchlein (vgl. Anm. zu 17,10).
330,20 *Gräbt:* Begräbnis.
330,23 f. *bös z'breiche:* schwer zu treffen, schwer recht zu machen.
330,24 *puckt:* barsch.
330,30 *gerade anständig sei:* gerade passe.
330,36 *taub:* böse, zornig.
331,2 *bhütis:* behüte uns Gott davor!
331,9 *ein Gleich gemacht:* ein Glied gerührt hätte.
331,14 *grännet ... an:* blickt einen böse oder unfreundlich an.
332,2 f. *apartige Stube:* besondere Stube.
332,11 *drehte:* zögerte.
332,31 *Platz:* Stelle, Arbeitsplatz.
333,5 *Pflugsrädleni:* Pflugräder.
333,9 *mit spitzigen Augen:* etwa: machte Stielaugen.

333,13 f. *Das vermag ich nicht:* Dazu bin ich finanziell nicht in der Lage.
333,14 *anders hintersetzt sein:* mehr Geld, Vermögen haben.
333,23 *Hüng:* Hunde.
333,32 *werweisend:* unschlüssig, schwankend.
grübelte: bohrte, stocherte.
334,8 *Erdäpfelstock:* Kartoffelbrei.
334,13 *werchbar:* arbeitsam, fleißig.
334,14 *uwatlig:* ungehobelt.
334,17 *hervorgeworget:* herausgewürgt.
334,25 *Hock doch nieder und los!:* Setze dich doch hin und höre mir zu!
334,26 *es schickten sich:* es paßten.
334,28 f. *dr tusig Gottswillen:* um Gotteshimmels willen!
335,1 *ich vermag mich ja gar nichts dessen:* ich kann ja gar nichts dafür.
335,10 *Luenz:* Schlampe, Luder.
335,16 *Hag:* Zaun.
335,16 f. *an der Lätzen:* an der Unrechten, an die Falsche geraten.
335,18 *allweg:* jedenfalls.
335,20 *schwenden und reuten:* Boden urbar machen, roden.
335,32 *Hälsig:* kurzer Strick zum Anbinden von Haustieren.
336,28 *Trossel:* Aussteuer (frz. *trousseau*).
336,32 *fürhalten:* vorwerfen, vorhalten.
336,34 *öppe getan:* doch wohl getan.
336,35 *Wüstmachen:* Schimpfen, Krachschlagen.
337,6 *Schnürfli:* unreifer, unbedeutender Mensch.
337,18 *ungesinnet:* unversehens.
337,21 *was Trumpf ist:* was zählt.
337,24 *Herrentochter:* höhere Tochter (aus der Stadt).
337,36 *versprechen:* entschuldigen.
338,2 *hineinsprengen:* hineintreiben.
338,5 *mißtreuest Mönsch:* mißtrauischste Ding.
338,6 f. *unter dem Hütli spiele:* hinterlistig handle.
338,14 *dürfe:* wage, getraue sich.
338,17 *das überrede:* davon überzeuge.
338,28 *Gsüchti:* Gliederschmerzen, Rheumatismus.
339,16 *Tubehus:* Taubenhaus, -schlag.
339,20 *ich kehrte dir das Nest:* etwa: ich würde dich samt Matratze aus dem Bett werfen.
339,20 f. *Blase mir, wo ich schön bin!:* etwa: Du kannst mich mal!

339,21 *dWehli:* die Wahl.
339,24 *Löhl:* Dummkopf.
340,1 *balgete:* schalt.
340,2f. *die Schloßhunde verspottet:* die Schloßhunde durch Bissigkeit übertroffen (*Schloß:* Sitz des Landvogts, vgl. Anm. zu 62,3).
340,10f. *Es sei sein Lebtag eine arme Waise gewesen:* Vreneli weiß hier noch nicht, daß sie die uneheliche Tochter des steinreichen Bauern Hagelhans ist und erfährt es auch erst am Schluß des »Pächters« (XI,440). Über Hagelhans vgl. Kap. 6,22, 25–28 im »Pächter«. Ebenfalls im »Pächter« heißt es, Vreneli »hatte aristokratisches Blut in seinen Adern« (XI,197), »war mit angeborener adliger Art begabt« (XI,224), »war von den seltenen Weibern, welche regieren und gehorchen können, beides am rechten Orte; das sind rare Vögel« (XI,318). Diese Züge – Seelenadel und Lebenstüchtigkeit – haben auch Änneli in der »Käserei in der Vehfreude« und Meyeli in »Anne Bäbi Jowäger«, obwohl Gotthelf sie zunächst als *Aschenbrödel* (144f.) einführt, sie in arme Verhältnisse versetzt oder Waisen sein läßt. Vreneli, Änneli und Meyeli erleiden nicht das Schicksal vieler armer Kinder, *die in der Kindheit verstoßen [...], in der Jugend verführt, im Alter verachtet* (342) werden. Sie sind also Gegensätze zu der Gotthelf bekannten Lage. Vgl. auch das Schicksal von Vrenelis Jugendfreundin in Kap. 15 des »Pächters«: »Es [Vreneli] hatte gesehen nach denen, welche über ihm stunden, und nicht mit den Millionen [!] sich verglichen, welche die unteren Stufen der menschlichen Gesellschaft füllen« (XI,239).
341,4 *Du bisch e Göhl!:* Du bist eine Närrin!
341,14 *Wyben:* Weiben; eine Frau nehmen, heiraten.
343,24f. *Nun rollte die Seele ihre Bilder auf:* Das Erzeugen von Bildern, oft Bildern des Paradieses, ist für Gotthelf eine wichtige Fähigkeit der Seele.
»Wie bei dem Ertrinkenden die Gedanken nicht kommen einer ehrbar nach dem andern, sondern in Massen ins Bewußtsein treten, wie in entscheidenden Lebensmomenten überhaupt die Tätigkeit des Geistes eine ganz andere ist, als wenn in gewöhnlichem Gange die Dinge kommen und gehen, so drängten in diesem Augenblick Bilder und Gedanken in des armen Knaben Seele in nie empfundener Fülle; aber sie fanden nicht Kräfte zum Handeln, nicht Worte zum Reden, sie fanden nichts als den geheimnisvollen heiligen See, der im Heiligtume jeder Seele seine heiligen Wellen schlägt« (V,266f.).

»Selten eine ist so roh, daß sie nichts empfindet, daß nicht eine Welle aus dem Meere bräutlicher Empfindungen, gemischt aus Weh und Wonne, über den Rand ihres Gemütes schlägt. In Meyeli rauschten sie mächtig auf, und auch Jakobli ergriffen sie und bewegten sein Gemüt. Es waren nicht besondere Gedanken, die sich gleichsam Bild um Bild vor ihre Seelen stellten; es war gedankenloses, aber tiefes Empfinden; wie im heiligen Haine der Wind durch die Eichen zieht, so war es ein Wehen des Geistes in ihren Herzen, er machte keine Worte, und doch erklang seine Rede hinein in die innersten Falten des Herzens [...]. Sie sind selten, die Augenblicke im Menschenleben, wo in Weh und Wonne die heiligen Fluten weit über alles Denken gehn« (V,403). »Aber sei auch das Bild verschwunden, ist nur der Geist geblieben; der lebendige Geist sprüht neue Bilder immer wieder auf, schöne Kinder, Zeugen seines Lebens« (VII,126).
Vgl. auch Anm. zu 164,34–165,4.

344,3 *Herr Yses:* Herr Jesus.
344,9 *Nähme man doch:* Denke man doch.
344,12 *schossen:* stürzten.
344,15 *gnappete:* humpelte.
344,16 *es hätte euch etwas gegeben:* es sei euch etwas passiert.

Fünfundzwanzigstes Kapitel

344,18 *sich stecken:* sich schürzen, sich verschlingen.
345,12 *gattete es sich:* vereinte es sich.
345,25 *Schopf:* Schuppen.
346,24 f. *ein Vorläufer des Einswerdens mit Gott:* vgl. Anm. zu 11,14–13,9 und 387,9.
347,7 *Längizyti:* Langeweile.
347,23 *der Brunnen war die heilige Stätte:* Der »vermaledeiten Vernünftigkeit« stellt Gotthelf den Brunnen, den Ort des reinen Wassers, des Quellens, Sprudelns und Aufwallens, gegenüber. Das Wasser und Wassermetaphern spielen in seinen Werken eine große Rolle, z. B. in der »Wassernot« und in »Käthi die Großmutter« als Hochwasser, in der »Armennot« als Metapher. In »Jakobs Wanderungen« trifft Jakob dreimal mit dem geheimnisvollen »Brandenburger« zusammen, jedesmal in der Nähe eines Sees oder Stromes. »Er zuckte zusammen unwillkürlich, denn es waren des Brandenburgers Augen, welche ihm zum dritten Male

erschienen in bedeutungsvollen Augenblicken, so gleichsam an Lebensbrücken, unter denen die Wasser schwollen und rauschten. [...] Das war Jakob ein seltsam Zusammentreffen, jetzt auf der Rheinbrücke, einmal am Zürichersee und einmal an der Rhone« (IX,481 f.). Die Seele vergleicht Gotthelf mit einem »heiligen See« (s. Anm. zu 164,34 und 343,24), und den Beginn seines eigenen Dichtens beschreibt er in dem berühmten Brief an seinen Vetter Carl Bitzius von 16. Dezember 1838: »Und daß es nun ein förmlich Losbrechen einer lange verhaltenen Kraft, ich möchte sagen der Ausbruch eines Bergsees ist, das bedenkt man natürlich nicht. Ein solcher See bricht in wilden Fluten los, bis er sich Bahn gebrochen, und führt Dreck und Steine mit in wildem Graus. Dann läutert er sich und kann ein schönes Wässerchen werden« (Erg.-Bd. 4,280).

348,18 *zu Lehen geben:* verpachten.
348,21 *zusammengehüselet:* nach und nach zusammengespart.
348,25 *Ehesteuer:* Mitgift.
348,26 *Landvogt:* vgl. Anm. zu 62,3.
348,28 *anständigen:* geeigneten, passenden.
348,31 *hintersetzt:* mit Vermögen, Geld versehen.
349,1 *habe gar viel:* halte gar viel.
349,9 *bravs:* schön, nett.
349,10 f. *unter dem Hütli zu spielen:* hinterlistig zu handeln.
349,11 f. *es dir reisen:* es dir zeigen, heimzahlen.
350,6 *Trögli:* Truhe.
350,8 *zügeln:* umziehen.
350,9 *neuis:* etwas.
350,12 *Tüfels Hex:* Teufelsweib, Luder (aber durchaus als Kompliment).
350,13 f. *Chorgericht:* »halb kirchliche Gemeindebehörde, die vor allem Sittlichkeitsvergehen und Ehesachen zu beurteilen hatte und im Chor der Kirche tagte« (Juker).
350,18 *lauter taub:* ganz böse, ganz zornig.
350,35 *die Hand ins Maul zu geben:* eine reinzuhauen, aufs Maul hauen.
351,12 *Täsche:* boshaftes, klatschsüchtiges, gerissenes Weibsstück.
351,16 *z'grechtem:* richtig, in aller Form.
351,27 f. *an waren:* nicht weiter wußten.
351,30 *mit einem blutten Füdle:* vgl. Anm. zu 251,32.
351,33 *erwyben:* erheiraten (vom Mann).
Gexnase: vorlautes, naseweises Mädchen.

351,35 *das Ketzers Meitschi:* das verfluchte Mädchen.
352,3 *Man war fast richtig:* Man war fast handelseinig.
352,8 *Akkorde:* Vereinbarungen.
352,18f. *gib mich ... nicht an die Axt:* mache mich ... nicht verantwortlich.
352,22 *Gaden:* vgl. Anm. zu 3,13.
352,23 *Spycher:* vgl. Anm. zu 25,22.
352,32 *mit Oberarm:* mit großer Kraft und Angeberei.
353,6 *verhudelten:* zerlumpten.
Drucke: Schachtel (hier vielleicht: Bauchladen).
353,8 *aushäuteln:* das Fell über die Ohren ziehen, ausplündern.
353,9f. *Donners Bauelebub:* Donnersbaumwollenlümmel.
353,15 *Bauele:* Baumwolle.
353,19 *Schyßgütli:* Scheißhöfchen (die Glungge ist ein sehr großer Hof!).
353,24 *Steigerung:* Versteigerung.
353,31 *hell nichts:* rein gar nichts, überhaupt nichts.
353,32 *verleihn:* verpachten.
353,33 *bevogtet:* unter Vormundschaft gestellt.
353,35 *vermachen, daß es hafte:* etwa: einen Riegel vorschieben, der halte.
er sei ihm gut dafür: er stehe dafür gut, er garantiere.
354,3 *hintern:* zurück.
354,9 *herrschelig:* so gekleidet und so arrogant wie ein Städter.
354,16f. *ein halbwitziges Schlärpli:* etwa: eine dämliche Gans (*Schlärpli:* vgl. Anm. zu 94,20).
354,19 *hässige Krott:* giftige Kröte, Nervensäge (*hässig:* übellaunig).
354,20 *mit keinem Stecklein:* bei Gotthelf häufiger Ausdruck für Ekel und Abscheu.
354,24 *absprengen:* davonjagen.
354,26 *Plättere:* plumpe, faule Frau.
354,27 *rangieren:* drillen.
des Salzfaktors Jagdhunde: »Es gab im Kanton Bern sieben Hauptniederlagen von Salz und ebenso viele Salzfaktoren. Ihnen lagen die Abgabe des Salzes an die Salzauswäger und die Rechnungsführung ob, sie unterstanden dem Salzhandlungsverwalter in Bern. Der Ausfall Gotthelfs bezieht sich auf den Burgdorfer Salzfaktor Johann Friedrich Äbi, einen ehemaligen Schulmeister. Dessen Eitelkeit und Ehrgeiz geißelte Gotthelf in seinem Briefe an Reithard vom 3. Dezember 1840: ›Äbi trachtet überhaupt nach

sehr großem; es ärgert ihn aber verflucht, daß es so langsam geht, wird aber wahrscheinlich sehr alt werden müssen‹« (Hunziker).

354,30 *hingekniet:* vgl. Anm. zu 205,32.

354,33 *Krone zu – :* ein Wirtshaus (Andeutung von Seitensprüngen des Baumwollhändlers).

354,34 f. *scheiden wir:* betreiben wir die Scheidung.

354,35 *Geldstag:* Bankrott.

355,1 *ds Land ab:* ohne feste Habe über Land ziehen.

355,11 *zog ... seine Pfeifen ein:* steckte zurück, gab klein bei.

355,26 *ein baueliger tusigs Donner:* etwa: ein baumwollener Sakramentslump.

Lehenakkord: Pachtvertrag.

355,34 f. *nach zu ihm heran:* trat ihr zu nahe.

356,2 *schoß:* stürzte.

356,12 *Bernermeitschi:* Bernermädchen.

356,13 *du keibelige Uflat:* etwa: du gemeines Aas! (*Keib:* Aas; *Uflat:* grober Mensch).

356,17 *akkurat:* genau, haarscharf.

356,25 *wenn du darfst:* wenn du's wagst, dich getraust.

356,27 *kickerte:* kicherte.

356,32 f. *wie er es nicht tue:* daß er es nicht dulde.

356,34 *ungesinnet:* unerwartet, unversehens.

357,7 f. *Aber es wäre böse:* Aber es stünde schlimm.

357,10 *Grind:* Kopf.

357,16 *um dGringe:* um die Köpfe.

357,17 f. *es nimmt mich wunder:* ich möchte wissen.

357,18 *diesen Weg:* auf diese Art.

357,27 *ertaubete:* wütende, erzürnte.

357,34 *puckt:* barsch, schroff.

357,36 *Bschüttiloch:* Jauchegrube.

358,3 *zöke:* an sich ziehe (›Zöök‹ entspricht etwa ›Gschleipf‹; vgl. Anm. zu 218,21).

358,9 *Mistbähre:* Schubkarren für den Mist.

Sechsundzwanzigstes Kapitel

358,30 f. *was sein alter Meister gesagt:* s. 28.

359,1 *Lehenzins:* Pacht.

359,7 f. *Schiff und Geschirr:* »die gesamte Fahrhabe eines Bauernhofs« (Juker).

359,9 *Schatzung:* die Festlegung des Wertes der von Uli übernommenen Vorräte, Geräte, Nutztiere.
359,11 *über nichts bringen:* ruinieren.
359,12 *Vorbehälte:* Sonderbedingungen.
359,15 *Mäß:* Kornmaß, 14 l.
359,20 f. *Trossel:* Aussteuer (frz. *trousseau*).
359,21 *Schaft:* Schrank.
359,28 *Lewat:* Raps.
359,29 *Bysluft:* kalter Nordostwind.
360,6 *Sperling auf dem Dache:* vgl. Mt. 6,26 und 10,31 ff.
360,7 *Lilie auf dem Feld:* Mt. 6,28.
360,14 f. *Der Herr hats gegeben:* Hiob 1,21.
360,23 *staune:* träume.
360,27 *geschickt, Band hauen:* dorthin geschickt, wo der Pfeffer wächst (*Band hauen:* Weidenruten schneiden).
360,28 *schätzelen:* verliebt tun.
360,29 *Füllimähre:* Mutterstute.
360,31 *rotschäcken:* rotweiß.
360,31 f. *schwarzblöschen:* schwarz mit weißem Stirnfleck.
360,32 *kifelte:* (scherzhaft) zankte.
361,31 *falle nicht gut aus:* entwickle sich nicht gut.
361,32 *mit dr Narre trybe:* mit Possen (bewirtschafte man keinen Hof).
361,35 *am Haufen:* ruiniert.
361,35 f. *ich vermag mich dessen nichts:* ich kann nichts dafür.
362,15 *Holzböden:* Holzschuhe.
362,19 *Brattig:* Kalender.
362,25 *verdreht:* hinausgezögert.
363,10 *gäb es geschehe:* geschehe es nun.
363,18 *strub:* stürmisch.
363,19 *Riesel:* Graupelschnee, Hagel in feinen Körnern.
prätschten: klatschten, prasselten.
364,1 *reiten:* fahren.
364,4 *Helge:* Bild (vgl. auch Anm. zu 238,12).
aufweisen: veranlassen.
364,10 *Hag:* Hecke.
364,16 f. *so schlägt dir Uli vom Nest:* so läuft dir Uli davon, wird dir untreu.
364,24 *dr tusig Gottswillen:* um Gotteshimmels willen.
365,5 *Kindbettimann:* vgl. Anm. zu 238,13.
365,6 *Marei:* Maria.

365,10 *Lütli:* Leutchen.
365,13 *in eben rechtem Alter:* in mittleren Jahren.
366,13 *Hecheln:* Flachs durch die Hechel (Reffkamm) ziehen.
366,27 *Haushasten:* das Besorgen des Haushalts.
366,35 f. *Unterweisung:* Konfirmandenunterricht.
367,4 *strübste:* mühseligste.
367,27 *Mannli:* mein lieber Mann (Eheleute reden sich oft mit ›Mannli‹ und ›Fraueli‹ an).
368,3 *Paulus sagt:* Eph. 5,32.
368,5 *Brief an die Korinther:* 1. Kor. 13 ist eines der wichtigsten Kapitel der Bibel.
369,13 f. *Wären wir in einem christlichen Staate:* vgl. dazu: Elsi Hagnauer (1931), Guggisberg (1939), Dürrenmatt (1947).
369,17 *Anschicksmänner:* »Agenten zur Einleitung von Rechtshändeln. Nach einem Schelthandel sandte der Geschädigte zwei Anschicksmänner, um den Angreifer zu einem gütlichen Vergleich aufzufordern« (Hunziker).
Rechtsverwahrungen: öffentliche Erklärungen, gegenüber Anschuldigungen oder Verleumdungen gerichtlich vorzugehen.
369,17 f. *Zitationen:* Vorladungen vor Gericht.
369,30 *Fötzelherren:* wörtl.: Lumpenherren; (1) sich als vornehm aufspielende Lumpen; (2) Taugenichtse aus den oberen Schichten.
369,30 f. *ihm wüst sagen:* ihn beschimpfen.
370,31 f. *zündete:* leuchtete.
371,6 *blampete:* baumelte.
Ringgi: Name von Hofhunden.
371,26 *des Vetters:* der Vetter mit Anhang (Joggeli und die Base).
Stöckli: vgl. Anm. zu 110,36.
gezügelt: (hinüber) gezogen.
371,27 *ribeln:* scheuern, putzen.
372,5 *verredete sich:* schwor sich.
372,10 *Admission:* Zulassung zum Abendmahl, Konfirmation.
372,29 *Trosselfuhr:* Wie Friedli bemerkt, dient das Schießen bei Hochzeiten ursprünglich der Abwehr feindlicher Geister, später dem Ausdruck der Freude. Dagegen verhöhnt man ein mißliebiges Ehepaar »durch Karrikatur des Umzugs mit der Aussteuer (Trossel) ins Haus des Bräutigams, wobei Höllenlärm und Gejohle, unterbrochen durch allerlei anzügliche Rufe, die Hauptsache sind« (Friedli, S. 560).
372,32 *Finkenschuhe:* Hausschuhe, warme Pantoffeln.
373,3 *Hudelbub:* Lumpenbub.

373,6 *Stübchen:* vgl. Anm. zu 4,3.
373,7 *Rühmen und Flattieren:* Lob und Schmeichelei.
373,15 f. *was er geschrieben habe, das habe er geschrieben:* Joh. 19,22.
373,18 f. *morndrigen:* morgigen.
373,19 *huslich:* sparsam.
373,28 *gerüstet:* bereitgelegt, vorbereitet.
373,33 *genug verdienen:* sauer verdienen.
373,35 *verhudeln:* verlumpen, verplempern.
374,10 *Kohli:* schwarzes oder dunkelbraunes Pferd (hier metaphorisch).
374,21 *Holdseligkeit:* Lieblichkeit und gewinnendes Wesen (s. a. die Beschreibung des Pfarrers 386).
374,28 f. *sie kosten in kalter Morgenluft:* Gotthelf liegt es daran, romantische Szenen möglichst unromantisch zu schildern. Vgl. z. B. das Treffen von Felix und Änneli in der »Käserei in der Vehfreude«:
»Der Abend war eben nicht für Liebesabenteuer eingerichtet, wie man sie sonst zu beschreiben pflegt. Es flöteten keine Nachtigallen im Busche, es murmelten die Bächlein nicht, es zirpten die Grillen nicht, der Mond goß sein silbernes Licht nicht auf die Erde, die himmlische Sichel schiffte nicht im Blau der Lüfte, es säuselten keine lauen Abendwinde. Es ging eine handfeste Bise und trieb das abgefallene Laub herum; grau war der Himmel, die Erde hatte ihr Hochzeitskleid, das Blumengewand, abgelegt und machte ein Gesicht wie ein neunundneunzigjähriges, runzelhaftes Mütterchen. Einzelne melancholische Krähen hüpften bedächtig von Furche zu Furche oder steckten trübselig den Kopf zwischen die Schultern, als ob sie an den kommenden Schnee dächten und eine Predigt darüber studierten. Struppichte Spatzen bewegten sich im Busche, und hungrige Gilbrichte flatterten über den Weg, sahen sich nach etwas Eßbarem um, welches Roß oder Kuh fallen gelassen« (XII,395).
Vgl. auch im »Besenbinder von Rychiswyl« das Gespräch des Hansli mit seiner Mutter übers Heiraten:
»›Hansli, und wenn du sehen würdest, ein Eselein zu bekommen? Habe schon oft davon gehört, wie das die allerkommodesten Tiere seien, sie kosteten fast nichts, sie fräßen fast nichts und ganz unwerte Sachen, zögen trotz einem Roß, und sogar die Milch könnte man brauchen – nit, daß ich möchte, aber um so zu sagen.‹ ›Nein, Mutter‹, sagte Hansli, ›sie sollen auch bsunderbar köpfig

sein, so daß man längs Stück nichts mit ihnen machen kann, und für was sollte ich es die fünf andere Tage brauchen? Nein, aber Mutter, ich hatte an eine Frau gedacht, was sagt Ihr dazu?‹ ›Aber Hansli, warum nicht lieber an eine Geiß oder an einen Esel, was dir nicht zSinn kommt! Was willst mit einer Frau machen?‹ ›He, Mutter, öppe was ein anderer‹, sagte Hansli, ›dann dachte ich, könnte sie mir helfen den Karren ziehen, es ginge mehr als einmal so leicht, wenn mir eine hülfe, und in der Zwischenzeit könnte sie pflanzen und helfen Besen machen, wo man weder eine Geiß noch einen Esel dazu anweisen kann‹« (XXI,173).

375,3 *Gwunder:* Neugierde.

375,11 *zHochzyt ryten:* auf einem Wagen zur Hochzeit fahren.

376,3 *eine weseme Rübe:* eine verschrumpelte Rübe.

376,4 *Pfnüsel:* Schnupfen.

376,5 *Müntschi:* Kuß.

376,9 *Wenn er ihm ds Herrgetts wäre:* Wenn er sich unterstünde.

376,35 *abgeschossenes:* entfärbtes, bleiches.

377,1 *verstrupft:* zerzaust, unordentlich.
dahergeschlarpet: dahergeschlurft.

377,7 *Ürti:* Zeche.

377,12 *abschaffen:* bezahlen.

377,15 *Lue doch:* Sieh doch (*lue:* Imp. zu: luegen)!

377,17 *nötlicher:* eifriger.

377,27f. *Zeichen hin, Zeichen her:* »In der Ausgabe von 1846 ergänzte Gotthelf die Stelle folgendermaßen: ›das Zeichen im Kalender, es war der Krebs‹« (Hunziker). ›Zeichen‹ kann auch ›Sternzeichen‹ heißen. Aber Vreneli bezieht sich doch wohl eher auf ihre eigenen Worte: *wie bös das Zeichen ist, wenn eine Hochzeiterin kein Geld im Sack hat* (377,22).

377,29 *ein freines Fraueli:* eine liebe Ehefrau.

377,30f. *untern tun und vogten:* unterdrücken und bevormunden.

377,36 *du brächtest so wenig ab:* du erreichtest so wenig.

378,1 *ds Kunträri:* im Gegenteil (frz. *au contraire*).

378,25 *zweg zum Verderben:* bereit, vorbestimmt zum Verderben.
apart: besonders (frz. *à part*).

379,3 *zKilche:* zur Kirche, in den Gottesdienst.

379,8 *Großmüetti:* Großmütterchen.

379,22f. *Zyberligränne:* Fem. zu: Zyberligränni, vgl. Anm. zu 35,17.

379,34 *gekifelt:* gezankt.

380,3 *Bhütis!:* Bewahre! (wörtl.: Behüte uns!)

380,7 *Nachtmahl:* Abendmahl.
380,26 *zweg:* alles bereit, genug da.
380,27 *Kacheli:* vgl. Anm. zu 75,3.
380,28 *uverschant:* unverschämt.
zuchezhocke: sich dazuzusetzen.
380,29 *musterte es:* kommandierte sie energisch.
380,30 *gschauete es:* schaute sie genau an.
380,31 *keine brävere:* keine stattlichere.
380,34 *zwegkomme:* zurechtkomme, sein Glück mache.
381,4 f. *afe von den Alten:* gehöre allmählich zu den Alten.
381,6 *Vikari:* Vikar, junger Hilfspfarrer; eine kuriose Vikarsgestalt beschreibt Gotthelf in »Anne Bäbi Jowäger«.
381,6 f. *vor den achten:* vor acht Uhr.
381,9 *daß er ihns gleich mitnehme:* daß er sie (Vreneli) gleich mit ins Pfarrhaus nehme.
381,11 *Schein:* Trauschein.
381,14 *die Kerleni:* die wirklichen Kerle.
381,31 f. *müsse man das Christentum an den Nagel hängen:* Eines der Hauptprobleme nicht nur des »Uli«, nicht nur des Gotthelfschen Werks überhaupt, sondern des 19. Jh.s. Vgl. Anm. zum Titel und zu 164; 387. Es ist m. E. fraglich, ob sich Gottfried Kellers Deutung dieses Problems, ausgesprochen in der Rezension von Gotthelfs »Erlebnisse eines Schuldenbauers«, halten läßt:
»Das Buch Hiob bestreitet in seinem prachtvollen und majestätischen Rhythmus und dialektischen Wogenschlag den althebräischen Glaubenssatz, daß Gott ausschließlich und zum Kennzeichen die Rechtschaffenen, Frommen auf Erden glücklich mache und mit Besitz und leiblichem Gedeihen ausdrücklich vor den Schlechten auszeichne, welchen es auch schlecht ergehe. Alle Gotthelfschen Werke nehmen eben diesen mosaischen Glaubenssatz in ihrem Kerne gegen das tapfere Buch Hiob in Schutz, mit einer kleinen Modifikation. Nach ihnen sind alle Frommen und Gerechten entweder schon mit Wohlstand und Glück gesegnet und sind zugleich gut konservativ, oder sie verdienen es zu werden, und es ist ersichtlich, daß dies Gottes Absicht ist; aber die Schlechten, die Sünder, die Lumpenhunde, welche alle liberal, aufgeklärt, zugleich aber höchst miserabel, ärmlich, bettelhaft und unglücklich sind, hindern die konservativen Gerechten an ihrem irdischen Florieren und bringen sie fortwährend um das Ihrige. Während also die drei zänkischen und kritischen Freunde

im Buch Hiob diesen grausamerweise damit trösten wollen, daß er schlechtweg an seinem Unglücke als Lump und Sünder zu erkennen sei, gibt die linnengeschürzte Muse Gotthelfs zu, daß allerdings auch der Gerechte zuweilen unglücklich sein könne, daß aber hieran nur die Aufgeklärten und Liberalen schuld seien. Sehen wir ab von dieser Modifikation, welche wir mit der apokryphischen Einmischung des Teufels im ›Hiob‹ vergleichen können, so stellen Bitzius' Werke vollkommen ein umgekehrtes Buch Hiob dar, worin die drei streitenden Freunde mit ihrer Kritik recht behalten, und zwar zu dem Zwecke, die liberale Hälfte der spezifisch bernerischen Bevölkerung mit ihren Führern zu verdammen und zu stempeln. Aber der Weg, auf welchem der Dichter an dies komische kleine Zielchen gelangt, ist ein so schöner und reicher, daß er ein Genuß und Gewinn für uns alle ist, und darum sei ihm verziehen« (G. K., »Sämtliche Werke«, Bd. 22, 1948, S. 105 f.).

381,33 f. *betten sich die meisten Menschen:* vgl. dazu in der 16. Szene von Brechts »Aufstieg und Fall der Stadt Mahagonny«:

Denn wie man sich bettet, so liegt man
Es deckt einen keiner da zu
Und wenn einer tritt, dann bin ich es
Und wird einer getreten, dann bist's du.

381,35 *Hudel:* Lump, liederlicher Kerl.

383,19 *Ranzen:* Bauch (da sie schwanger sind).

383,22 f. *bei den Züpfen:* an den Zöpfen.
verflümert: Nebenform zu: *verflucht.*
haaren: an den Haaren ziehen.

383,27 *Sellige:* solchen.

383,29 *die Gnädigen Herren:* die Regierung. Vgl. den Brief Gotthelfs vom 24. Januar 1854: »Unsere Gnädigen in Bern manövrieren wunderlich. Wenn ich was von ihnen lese, kommt es mir immer unwillkürlich in den Hals wie Donners Schelme und Spitzbube, Meineidige und Hosenscheißer usw. Ein miserabler Pack versammelt sich doch kaum irgendwo auf Erden unter dem Namen von Räten als unsere saubern Eidgenossen in Bern« (Erg.-Bd. 9,86).

383,31 f. *seit die Östreicher gekommen:* im Dezember 1813. Nach der Niederlage Napoleons in der Völkerschlacht bei Leipzig (Oktober 1813) mißachtete Metternich die Neutralität der Schweiz und ließ etwa 130 000 Mann östereichischer Truppen nach Frankreich hindurchmarschieren; diese plünderten und raubten und verbreiteten den Typhus unter der Bevölkerung. Freilich hatte eine geheime Mission von Berner Patriziern, in der Hoffnung, das alte Regiment wiederherzustellen, Metternich einen Wink gegeben.

383,36 *Gottwillchen:* Willkommen! Grüß Gott!

384,1 *längen:* reichen.

384,3 *man bschyße die:* man mache die schmutzig.

384,6 *Hoffmannstropfen:* vgl. Anm. zu 281,4.

384,9 *Herr:* Pfarrer (vgl. auch Anm. zu 17,24 f.).

384,10 *e Ängstlige:* ein Eiliger.

384,13 *Sigrist:* Sakristan, Küster.

384,25 *Gotte:* Patin.

384,35 f. *der Sterbet:* das Sterben (eigtl.: Epidemie).

385,9 f. *teilten sich zur Linken und zur Rechten:* Männer und Frauen sitzen in der Kirche getrennt voneinander.

385,28 f. *was aus treuen Herzen sprudelte:* s. Anm. zu 347,23.

386,3 *wie ein Dieb in der Nacht:* 1. Thess. 5,2.

386,7 *der Pfarrer:* Markante Pfarrerfiguren zeichnet Gotthelf im weisen und gemütlichen Pfarrer in »Anne Bäbi Jowäger«, im streitbaren Priester in der »Schwarzen Spinne« und – möglicherweise als überhöhtes Selbstporträt – im Druiden Schwito in der Erzählung »Der Druide«. Vgl. Hopf (1927), Hutzli (1953).

387,9 f. *das rechte weltliche Glück und das himmlische Glück:* ein Grundgedanke Gotthelfs, in diesem Kapitel noch dreimal vom Pfarrer ausgesprochen: *Das Weltliche und das rechte Geistliche sind viel näher beieinander, als die meisten Leute glauben* (381); *Daß eins das andere glücklich mache, aber nicht nur hier, sondern auch dort* (386); *denn ihr seht mir beide so aus, als wenn Gott und Menschen Freude an euch haben sollten* (388). Vgl. auch *Gott und den Menschen verantwortlich* (4,1), Anm. zu 11–13 sowie den Anfang von »Geld und Geist«:

»Das wahre Glück des Menschen ist eine zarte Blume; tausenderlei Ungeziefer umschwirret sie, ein unreiner Hauch tötet sie. Zum Gärtner ist ihr der Mensch gesetzt, sein Lohn ist Seligkeit, aber wie wenige verstehen ihre Kunst, wie viele setzen mit eigener Hand in der Blume innersten Kranz der Blume giftigsten Feind; wie viele sehen sorglos zu, wie das Ungeziefer sich ansetzt, haben ihre Lust daran, wie dasselbe nagt und frißt, die Blume erblaßt! Wohl dem, welchem zu rechter Zeit das Auge aufgeht, welcher mit rascher Hand die Blume wahret, den Feind tötet; er wahret seines Herzens Frieden, er gewinnt seiner Seele Heil, und beide hängen zusammen wie Leib und Seele, wie Diesseits und Jenseits« (VII,7).

387,28 *unterdrücken, aber nicht bessern:* vgl. »Geld und Geist«: »Aber für was ist me uf dr Welt, als für si z'bessere?« (VII,391.)

388,32 *ablosen:* zuhören.

389,3 *Kohli:* schwarzes oder dunkelbraunes Pferd.

389,7 *zweg:* fertig, bereit.

389,8 *Gotte:* Patin.

389,12 *uverschant:* unverschämt, aufdringlich.

389,33 *Fraueli:* Ehefrau.

389,36–390,1 *bas zueinander geschickt:* besser zueinander gepaßt.

390,1 *selb Kehr:* damals.

390,8 *sufere Kunden:* (iron.) saubere Leute.

390,17 f. *Häb Sorg ... sellige meh!:* Trage Sorge um sie; eine solche bekommst du nicht noch einmal!

390,27 *mängisch:* manchmal.

390,28 *zweute:* zweite.

390,29 *Myne:* meiner.

390,31 *ich sehe öppe:* ich sehe halt.

390,32 *Ih ha welle lose:* Ich habe zuhören wollen (was da von schlechten Ehemännern geredet wird).

390,33 *nachebesseret:* vgl. den Satz: *Myne ist mir lieb und wert* (390,28).

390,35 *Erkanntnus:* Einsicht, Weisheit.

391,18 *anzuschicken:* anzufangen, anzustellen.

391,29 *es wußte es niemand:* ohne daß es jemand merkte.

391,32 *fuhren sie zweg:* kamen sie zu sich.

392,5–9 *kurze Zeit ... lange Zeit:* Wenn gute Leute beisammen sind, wird die Zeit vergessen. Vgl. im »Pächter«: »Die Zeit schwand wie den Seligen die Ewigkeit, unbemerkt, und dunkel wards, ehe jemand daran gedacht« (XI,112).

392,13 f. *hinunterguseln:* hinunterstochern.

392,14 *eins zum Grind geben:* eine runterhauen (*Grind:* Kopf).

392,22 *Wesen:* Anwesen, Gut.

392,28 *Und los:* Und hör!

392,29 *öppe einist eine Gotte mangelt:* vielleicht einmal eine Patin braucht.

393,1 *abgeschafft:* bezahlt.

393,6 *vom Mehbesseren:* vom besseren, teureren Wein.

393,16 f. *vier Knaben, zwei Mädchen:* Der letzte Absatz greift weit voraus in die Zukunft: die Kinder Ulis und Vrenelis werden erst im »Pächter« geboren. Die Fortsetzung des »Knechts« wird zuerst in Briefen von Gotthelfs Verleger Julius Springer erwähnt: 6. August, 14. September und 21. Oktober 1846.

393,22 *Merke dir das, lieber Leser!:* Bis zum letzten Satz will Gotthelf der Lehrer seiner Leser bleiben. Man erinnere sich auch an den Namen der Titelfigur: Ulrich Merk!

Literaturhinweise

Eine knappe, aber gründliche Einführung in die biographische und interpretatorische Gotthelf-Forschung bietet Karl Fehr, *Jeremias Gotthelf*, Stuttgart 1967 (Sammlung Metzler, 60), bes. S. 84 ff.: »Die Gotthelf-Forschung und ihre Probleme«, wo einzelne wichtige Schriften über Gotthelf referiert werden. Vgl. ferner: Friedrich Sengle, »Zum Wandel des Gotthelfbildes«, in: *Germanisch-Romanische Monatsschrift*, N. F. 7 (1957) H. 3, S. 244–253; auch in: F. S., *Arbeiten zur deutschen Literatur 1750–1850*, Stuttgart 1965, S. 197–211; Roger Paulin, »Jeremias Gotthelf. Forschungsreferat«, in: *Zur Literatur der Restaurationsepoche 1815–1848. Festschrift Friedrich Sengle*, hrsg. von Jost Hermand und Manfred Windfuhr, Stuttgart 1970.

Gesamtdarstellungen

Bartels, Adolf: Jeremias Gotthelfs Leben und Schaffen. Leipzig 1904.

Fehr, Karl: Jeremias Gotthelf. Zürich 1954. (Büchergilde Gutenberg.)

Führer zu Gotthelf und Gotthelfstätten. Hrsg. von Walter Laedrach. Bern 1954.

Günther, Werner: Der ewige Gotthelf. Erlenbach bei Zürich 1934. [2. Aufl. u. d. T.: Jeremias Gotthelf. Wesen und Werk. Berlin 1954.]

Manuel, Carl: Jeremias Gotthelf. Berlin 1857. [Auch in: J. G.: Gesammelte Schriften. Bd. 24. Berlin 1858.]

Muret, Gabriel: Jérémie Gotthelf. Sa vie et ses œuvres. Paris 1913.

Muschg, Walter: Gotthelf. Die Geheimnisse des Erzählers. München 1931. Unveränd. Nachdr. München 1967.

Seebass, Friedrich: Jeremias Gotthelf. Pfarrer, Volkserzieher und Dichter. Gießen 1954.

Waidson, Herbert Morgan: Jeremias Gotthelf. An Introduction to the Swiss Novelist. Oxford 1953.

Abhandlungen über einzelne Themen

Bänziger, Hans: Gottfried Keller und Jeremias Gotthelf. Ihr wesentliches Verhältnis als Grundlage für das Verständnis von Kellers Aufsätzen. Bern 1943.

Barthel, Helene: Der Emmentaler Bauer bei Jeremias Gotthelf. Münster 1931.
Baumann, Marianne: Der Traum im Werk von Jeremias Gotthelf. Bern 1945.
Bockleth, Ida: Volksmoral und Volkserziehung in den Werken des Jeremias Gotthelf. Tübingen 1951.
Boller, Hedwig: Das Erlösungsproblem bei Jeremias Gotthelf. Zürich 1932.
Brüschweiler, Albert: Jeremias Gotthelfs Darstellung des Berner Taufwesens volkskundlich und historisch untersucht und ergänzt. Bern 1925.
Buess, Eduard: Jeremias Gotthelf, sein Gottes- und Menschenverständnis. Zürich 1948.
Buhne, Reinhild: Jeremias Gotthelf und das Problem der Armut. Bern 1968.
Cunche, Gabriel: La société paysanne bernoise dans la première moitié du 19e siècle d'après les romans de Jeremias Gotthelf. Neuchâtel 1921.
Dahnke, Hans Dietrich: Probleme der Gesellschaftsauffassung und -darstellung bei Jeremias Gotthelf. Diss. Berlin (F. U.) 1956. [Masch.]
Demagny, Jean Daniel: Les Idées Politiques de Jeremias Gotthelf et de Gottfried Keller et leur évolution. Paris 1954.
Dürrenmatt, Hans Ulrich: Die Kritik Jeremias Gotthelfs am zeitgenössischen bernischen Recht. Bern 1947.
Fehr, Karl: Das Bild des Menschen bei Jeremias Gotthelf. Frauenfeld 1953.
Flury, Theodor: Pestalozzi und Gotthelf. Die Persönlichkeit und ihre geistige Welt. Trimbach bei Olten 1937.
Gallati, Ernst: Jeremias Gotthelfs Gesellschaftskritik. Bern 1970.
Goldschmidt, Hermann L.: Der Geist der Erziehung bei Jeremias Gotthelf. Bern 1939.
Günther, Werner: Gotthelf et Ramuz. Lausanne 1946.
– Neue Gotthelfstudien. Bern 1958.
Guggisberg, Kurt: Jeremias Gotthelf. Christentum und Leben. Zürich 1939.
Hagnauer, Elisabeth: Gotthelf und seine Zeit, dargestellt an Idee und Gestaltung der Ehe. Bern 1931.
Haller, Lilli: Jeremias Gotthelf, Studien zur Erzählungstechnik. Bern 1906.

Hedinger-Henrici, Paul: Jeremias Gotthelf als Volkserzieher. Bern 1928.
Hopf, Walter: Jeremias Gotthelf im Kreise seiner Amtsbrüder und als Pfarrer. Bern 1927.
Hutzli, Walter: Jeremias Gotthelf. Das kirchliche Leben im Spiegel seiner Werke. Bern 1953.
Ineichen, Alfred: Die Weltanschauung Jeremias Gotthelfs. Zürich 1920.
Kohlschmidt, Werner: Dichter, Tradition und Zeitgeist. Bern 1965.
Lötscher, Ulrich: Jeremias Gotthelf als Politiker. Bern 1905.
Mäder, Paul: Gotthelfs historische Novellistik und ihre Quellen. Bern 1932.
Maybaum, Josef: Gottesordnung und Zeitgeist. Eine Darstellung der Gedanken Jeremias Gotthelfs über Recht und Staat. Bonn 1960.
Mieder, Wolfgang: Das Sprichwort im Werke Jeremias Gotthelfs. Bern 1972.
Müller, Carl: Jeremias Gotthelf und die Ärzte. Bern 1963.
Müller-Jost, Carl und Käti: Jeremias Gotthelfs Konstitution und Krankheit. Bern 1979.
Müller, Oskar: Das Problem der Sentimentalität in Gotthelfs historischen Novellen. Bern 1969.
Muret, Gabriel: Gotthelf in seinen Beziehungen zu Deutschland. München 1912.
Muschg, Walter: Gottfried Keller und Jeremias Gotthelf. In: Jahrbuch des Freien Deutschen Hochstifts. Bd. 41. Halle 1940.
– (Hrsg.): Jeremias Gotthelfs Persönlichkeit. Erinnerungen von Zeitgenossen. Basel 1944.
Neuenschwander, Martin: Jeremias Gotthelf als Dichter der Ordnung. Zürich 1966.
Oberle, Werner: Der adelige Mensch in der Dichtung. Eichendorff, Gotthelf, Stifter, Fontane. Basel 1950.
Reber, Alfred: Stil und Bedeutung des Gesprächs im Werke Jeremias Gotthelfs. Berlin 1967.
Rodner, Felicity Ann: Women in Gotthelf's Short Stories. Cambridge (Mass.) 1976.
Salfinger, Theodor: Gotthelf und die Romantik. Basel 1945.
Schmidt, Doris: Der natürliche Mensch. Ein Versuch über Jeremias Gotthelf. Gießen 1940.
Schwyn, Ruth: Dienen. Ein Ausschnitt aus dem Problem der Ver-

antwortung gegenüber dem Nächsten, dargestellt am Werke von Jeremias Gotthelf. Frauenfeld 1946.
Spengeler, Anton: Jeremias Gotthelf. Von der politischen und religiösen Metamorphose zum dichterischen Refugium. Luzern 1975.
Steiner, Ernst: Individuum und Gemeinschaft bei Jeremias Gotthelf. Eine Untersuchung über ihre Bedeutung und Wechselwirkung. (Diss. Bern.) Grosshöchstetten 1954.
Strasser, Walter Heinrich: Jeremias Gotthelf als Satiriker. Diss. Basel 1960.
Strübin, Eduard: Grundfragen des Volkslebens bei Jeremias Gotthelf. Basel 1959.
Tanner, Robert: Familienerziehung im Werke Jeremias Gotthelfs. Zürich 1942.

Neuere Ansätze

Bauer, Winfried: Jeremias Gotthelf. Ein Vertreter der geistlichen Restauration der Biedermeierzeit. Stuttgart 1975.
Fritz, Hubert: Die Erzählweisen in den Romanen Charles Sealsfields und Jeremias Gotthelfs. Zur Rhetorik im Biedermeier. Bern 1976.
Holl, Hanns Peter: Wie ich als Deutscher zu Jeremias Gotthelf kam. Erlenbach bei Zürich 1979.
Jaussi, Ueli: Der Dichter als Lehrer. Zur parabolisch-didaktischen Struktur von Gotthelfs Erzählen. Bern 1978.
Jørgensen, Sven-Aage: Weerth und Gotthelf als Dichter des Proletariats. Ein kritischer Vergleich. In: Geist und Zeichen. Festschrift für Arthur Henkel. Hrsg. von Herbert Anton [u. a.]. Heidelberg 1977.
Mettenleiter, Peter: Destruktion der Heimatdichtung. Typologische Untersuchungen zu Gotthelf – Auerbach – Ganghofer. Tübingen 1974.
Sengle, Friedrich: Biedermeierzeit. Bd. 3. Stuttgart 1980. S. 888 bis 951.

Wichtige nicht-germanistische Deutungen

Bloch, Ernst: Hebel, Gotthelf und bäurisches Tao. In: E. B.: Literarische Aufsätze. Frankfurt a. M. 1965. S. 365–385.
Burckhardt, Carl Jakob: Gotthelf und die Politik. In: Schweizerische Monatshefte für Politik und Kultur 5 (1925) H. 8.

Huch, Ricarda: Jeremias Gotthelfs Weltanschauung. Bern 1917.
Keller, Gottfried: Jeremias Gotthelf. In: Blätter für literarische Unterhaltung. Leipzig 1849, 1851, 1852 und 1855. Auch in: G. K.: Sämtliche Werke. Hrsg. von Jonas Fränkel. Bd. 22. Erlenbach bei Zürich / München 1948. S. 43–117.
Taillandier, Saint-René: Le romancier populaire de la Suisse allemande. In: Revue des Deux Mondes 3 (1851). S. 447–477.

Zum »Uli«

Fehr, Karl: Das Bild des Menschen bei Jeremias Gotthelf. Frauenfeld 1953. S. 254–300.
Hahl, Werner: Jeremias Gotthelf: Uli der Knecht (1841). Die christliche ›Ökonomik‹ als Roman. In: Romane und Erzählungen des Bürgerlichen Realismus. Neue Interpretationen. Hrsg. von Horst Denkler. Stuttgart 1980.
Keller, Gottfried: Jeremias Gotthelf. In: Blätter für literarische Unterhaltung. Leipzig 1849, 1851, 1852, 1855. Auch in: G. K.: Sämtliche Werke. Hrsg. von Jonas Fränkel. Bd. 22. Erlenbach bei Zürich / München 1948. S. 43–117.
Kohlschmidt, Werner: Die Welt des Bauern im Spiegel von Immermanns »Münchhausen« und Gotthelfs »Uli«. In: W. K.: Die entzweite Welt. Gladbeck 1953.
Muschg, Walter: Jeremias Gotthelf. Eine Einführung in seine Werke. Bern 1954.
Vetter, Ferdinand: Einleitung. In: Jeremias Gotthelf: Uli der Knecht. Leipzig 1887. (Reclams Universal-Bibliothek. 2333 bis 35 a/b.)

Nachwort

Vom Dichter Jeremias Gotthelf

Gottfried Keller schreibt in einem berühmten und oft zitierten Satz seines Nachrufs auf Jeremias Gotthelf, »daß er ohne alle Ausnahme das größte epische Talent war, welches seit langer Zeit und vielleicht für lange Zeit lebte« (*Sämtliche Werke*, Bd. 22, 1948, S. 108). Er nennt Gotthelf »ein episches Genie« und vergleicht ihn mit Goethe: »In jeder Erzählung Gotthelfs liegt an Dichte und Innigkeit das Zeug zu einem ›Hermann und Dorothea‹.« Diesem Lobpreis des Verstorbenen folgt jedoch die Kritik auf dem Fuße, denn Keller fährt fort: »aber in keiner [Erzählung] nimmt er auch nur den leisesten Anlauf, seinem Gedichte die Schönheit und Vollendung zu verschaffen, welche der künstlerische, gewissenhafte und ökonomische Goethe seinem einen so zierlich und begrenzt gebauten Epos zu geben wußte. Und hierin liegt die andere Seite seines Wesens. Kein bekannter Dichter oder Schriftsteller lebt gegenwärtig, welcher so sein Licht unter den Scheffel stellt und in solchem Maße das verachtet, was man Technik, Kritik, Literaturgeschichte, Ästhetik, kurz Rechenschaft von seinem Tun und Lassen nennt in künstlerischer Beziehung« (S. 108 f.).

Gotthelf als epische Urkraft, aber »dabei ohne ästhetische Zucht geblieben [. . .] wie ein Naturdichter [. . .] ohne Nachdenken und Mäßigung« (S. 50) – das erinnert an den Lobpreis des Genies Shakespeare durch Herder und den jungen Goethe. Damals, zu Beginn der Siebzigerjahre des 18. Jahrhunderts, bedeuteten die Worte »Genie« und »Natur« nicht nur das höchste mögliche Lob, sondern sie enthielten ein zukunftsträchtiges Programm und Bekenntnis. In der Zwischenzeit hatten die Französische Revolution von 1789 und die Feldzüge Napoleons Europa erschüttert, die Revolutionen von 1830 und 1848 hatten die politischen Verhältnisse stark verändert, in Mitteleuropa begann die Industrialisierung, und Goethe war aus einem »Stürmer und Dränger« zu einem Klassiker geworden. In Gotthelfs Todesjahr, 1854, kann Keller den Klassiker Goethe gegen das »epische Genie« und den »Naturdichter« Gotthelf als Kritik und Vorbild ausspielen. Dabei ist doch das Neue, das durch Gotthelf in die Dichtung und überhaupt in die Welt kam, nicht geringer als das der Stürmer und Dränger, und es verlangt auch sein eigenes Maß.

Übrigens scheint der Vergleich Gotthelfs mit Shakespeare schon früh angestellt worden zu sein. Der Lehrer und Pfarrer Ludwig Lindt schreibt über den *Uli* an Gotthelf: »Und was mir am besten darin gefällt, ist, daß Du nicht Schafe und Böcke voneinander scheidest, sondern jedem eine Dosis Schafs- und eine Dosis Bocksnatur zuteilst, daß Du, gerade wie Shakespeare, auch in den schlechteren Kerls das Menschliche erkennen und in den Besten den Teufelssparren merken lassest« (Erg.-Bd. 5,195). So im Jahre 1842. Und Wilhelm Heinrich Riehl schreibt: »Seine Bücher sind ohne Form und Maß, bald zu breit und bald zu lang, aber es sprüht ein so frischer Geist voll natürlicher Poesie in ihnen, daß man in dem Verfasser mit Recht ein Stück von einem Shakespeare gefunden hat. Shakespeare als Dorfpfarrer im Kanton Bern. Die ideelle Bedeutung der Kunst und verfeinerten Gesittung für das nationale Leben wird von Gotthelf nicht verstanden; er will sie gar nicht verstehen. Er ist ein ebenso großer Barbar gegen den ästhetischen Humanismus, wie die ästhetischen Humanisten des klassischen Zeitalters Barbaren gegenüber dem Haus und der Familie waren« (*Naturgeschichte des Volkes als Grundlage einer deutschen Sozialpolitik*, Bd. 3, *Die Familie*, Stuttgart/Tübingen 1855, S. 234). Auch in diesen Sätzen spricht sich der Gegensatz zwischen dem »Naturdichter« Gotthelf und den Dichtern der Klassik aus. Der Vergleich mit Shakespeare klingt auch ein wenig wie eine Entschuldigung.

Wahrscheinlich liegt diese Einschätzung Gotthelfs als

»Naturdichter« nicht allein an den Denkformen jener Zeit, sondern ist in seinem Image als Dorfpfarrer und Volksschriftsteller begründet. Er selber kokettiert ab und zu in der Rolle des Naturburschen. Schon in der Vorrede zum *Bauernspiegel* (1837) stellt er sich als »treuherzig« und tolpatschig dar: »Mancher Schulmeister wird die Achseln zukken und meinen, es sei Gott versucht, bei einer solchen Sprachunkunde [...] ein Buch zu schreiben« (I,379). Und in dem berühmten Brief an seinen Vetter Carl Bitzius vom 16. Dezember 1838 vergleicht er den Anfang seines Schaffens mit dem Ausbruch eines Bergsees (Erg.-Bd. 4,280; vgl. Anm. zu 347,23). An Irenäus Gersdorf, Lehrer, Prinzessinnenerzieher und Leiter eines Volksschriftenvereins, schreibt er am 8. Januar 1846: »Übrigens bekenne ich gerne, daß ich was an mir habe von einem mutwilligen Füllen, welches auf üppiger Weide steht, bald frißt und bald springt, seines Lebens froh ist, nicht daran denkt, daß ihm jemand zusieht, sich seiner freut oder über ihns sich ärgert« (Erg.-Bd. 6,248).

Aber neben dieser Naturhaftigkeit besaß Gotthelf ein klares schriftstellerisches Bewußtsein: »Es war, wie ich zum Schreiben gekommen, auf der einen Seite eine Naturnotwendigkeit, auf der andern Seite mußte ich wirklich so schreiben, wenn ich einschlagen wollte ins Volk« (Erg.-Bd. 4,281). Er spricht von sich als einem »Volksschriftsteller«, z. B. in der Einleitung zum *Herr Esau* (Erg.-Bd. 1,7 ff.), und in einem früheren Brief an Gersdorf stellt er sogar die für einen Volksschriftsteller nötigen Eigenschaften zusammen: Kenntnis des Volkes aus eigener Anschauung, Humor, heilige Liebe zur Wahrheit, Freimütigkeit (Erg.-Bd. 5,333 f.). In seinen schriftstellerischen Anfängen, d. h. mit fast vierzig Jahren, ritt er vielleicht »ohne Theorie und Plan wie ein kecker Husar in Feindesland, der auf alles haut, was ihm vor den Säbel kömmt«, aber bald »mußte sich mein Gefühl in Bewußtsein verwandeln, und was ich anfangs tat in keckem Mute, mußte unterlassen oder mit klarer Besonnenheit

nenheit fortgesetzt werden« (Erg.-Bd. 5,332). An seinen Freund und Gesinnungsgenossen Abraham Emanuel Fröhlich schreibt Gotthelf am 1. November 1845: »Es wird mir wirklich manchmal, als möchte ich nichts, als ein wacker Roß und einen guten Säbel und möchte reiten und schlagen gegen Teufel und Welt und möchte fließen sehn mein schwarz rot Blut in wackerm Streite« (Erg.-Bd. 6,208).

Friedrich Sengle, Winfried Bauer und Hubert Fritz haben gezeigt, über welch gründliche literarische und rhetorische Bildung die Pfarrer und Volksschriftsteller der »Biedermeierzeit« verfügten. Es sollte niemanden mehr verwundern, daß Gotthelf Jean Paul und Walter Scott gut kannte, um nur zwei Autoren zu nennen. Als junger Student verfaßte er eine Preisarbeit über das Thema »Ist sich das Wesen der Poesie der Alten und Neuern gleich?«, ein Aufsatz von über vierzig Druckseiten (Erg.-Bd. 12). Aller naiven Treuherzigkeit und allem groben Gebaren, allen Ausfällen gegen Eugène Sue und sonstige literarische Zeitgenossen zum Trotz, war Gotthelf ein gebildeter Mann. Nur war ihm nicht die Kunst oder das Buch oder das Lesen die Hauptsache, sondern das »Volk«. Gotthelf schreibt nicht als Dichter oder als Künstler, sondern als Pfarrer. Er verachtet nicht, wie Keller ihm vorwirft, »Technik, Kritik, Literaturgeschichte, Ästhetik«, ganz im Gegenteil: sein Stil hat etwas an sich von einer Taktik.

Der Vetter Carl Bitzius schreibt dem Dichter einmal in einem kritischen Brief über den *Herr Esau*, die »Hauptsache« in seinen Büchern sei »die Förderung einer schönen Gesinnung, die abschreckende Schilderung eines Lasters«, als »Volksschriftsteller« könne er »auf viele Tausende einwirken, einzelne Verirrte auf den rechten Weg zurückführen, Familienglück gründen, die Verwaltung von Gemeinden allmählig zum Bessern lenken, religiöse Gesinnung und Zucht im ganzen Volk verbreiten und stützen« (Erg.-Bd. 6,111 f.). Im *Uli*, in *Dursli der Branntweinsäufer* und in *Geld und Geist* sei er dieser Aufgabe sehr schön nachgekommen. Damit wanderte aber der politische Gotthelf, d. h. der Torso des *Herr Esau*, in die Schublade, aus der er erst im Jahre 1922 wieder auftauchte. Gotthelf selber äußert sich gegenüber Gersdorf: »Ich bin wirklich noch gar nicht zum Bewußtsein gekommen von schriftstellerischer Stellung und daherigem Rufe, habe das auch nie im Auge, wenn ich die Feder ansetze, sondern das Volk und seine Not, sein wahr Wohl, seine Vergangenheit, seine Gegenwart und seine Zukunft; und wenn mich das einmal bewegt, so bin ich nicht mehr Meister, da werde ich regiert« (Erg.-Bd. 6,248).

Von der Zeit Gotthelfs und von der heutigen Zeit

Gotthelf lebte von 1797 bis 1854. Er wurde im selben Jahr geboren wie Heinrich Heine und Annette von Droste-Hülshoff. Und er hat fast die gleichen Lebensdaten wie Balzac (1799–1850), der wie Gotthelf konservative Ansichten hatte, in seinen Romanen aber einen unbestechlichen und kritischen Blick für seine Zeit, beider Zeit, bewies. Gotthelfs Schaffenszeit als Schriftsteller dauerte nur etwa siebzehn oder achtzehn Jahre, weil er erst im Alter von fast vierzig zu schreiben begann, aber sie umgreift die für die europäische Geschichte wichtigen Vierzigerjahre des 19. Jahrhunderts.

Als Gotthelf geboren wurde, waren außer der Schweiz und Frankreich die Länder Europas alle noch Monarchien. Wirtschaftsgeschichtlich betrachtet, waren alle Länder noch Agrargesellschaften, d. h. daß etwa 60 bis 70 Prozent oder mehr Bewohner auf dem Land lebten und arbeiteten – heute sind es oft nur noch unter 5 Prozent –, daß die Technologie und Energiegewinnung, mit heute verglichen, noch sehr unentwickelt war, daß es fast noch keine Fabriken, keine Kaufhäuser, keine Riesenstädte, keinen Eisenbahn- und Flugverkehr, keine Massengesellschaft gab. Die erwähnten 60 bis 70 Prozent der Bevölkerung, das »Volk«, waren, verglichen mit heute, verhältnismäßig arm und ungebildet und rückständig. In verschiedener Hinsicht lassen sich die europäischen Zustände von damals ungefähr mit denen in den heutigen Entwicklungsländern vergleichen, die ja auch noch Agrargesellschaften sind. Auch in den Entwicklungsländern gibt es, wie damals bei uns in Europa, eine große Zahl von Analphabeten, was natürlich auf viele Bereiche weiterwirkt. Auch die Rückständigkeit der Hygiene und Medizin, der Landschulen, der Lebensumstände überhaupt, die Gotthelf vor allem in seinen ersten Romanen – *Bauernspiegel, Leiden und Freuden eines Schulmeisters, Anne Bäbi Jowäger* – beschreibt und bekämpft, läßt sich am Beispiel der heutigen Entwicklungsländer veranschaulichen.

Gotthelfs Kampf für Volksbildung und Volksaufklärung – und damit auch für eine gute Ausbildung der Lehrer und höhere Lehrergehälter – ist nicht bloß die wunderliche Neigung eines Dorfpfarrers, sondern hatte damals epochale und hätte heute globale Bedeutung. Eine Figur wie Anne Bäbi Jowäger ist nicht bloß eine derb-komische Bäurin, sondern sie symbolisiert darüber hinaus jene Schichten in der Seele des Einzelnen und in einem Volk, die sich gegen jeglichen Fortschritt, jegliches Wissen, jegliche bessere Einsicht sperren, die selbst aus eigenem Schaden niemals klug werden. Die Anne-Bäbi-Jowäger-Mentalität ist eine allgemeine Erscheinung, damals so brennend wie in der heutigen Welt.

Die Literaturwissenschaft hat sich große Mühe gegeben, Gotthelfs Werk »einzuordnen«. Da er nach der Klassik und Romantik schrieb, zwischen Goethes Tod (1832) und Heines Tod (1856), nannte man ihn einen Realisten (Fehr). Aber auch zu einem Naturalisten hat man ihn erklärt (Bartels). In jüngster Zeit wurde behauptet, er sei ein »Vertreter der geistlichen Restauration der Biedermeierzeit« (Bauer). Dergleichen Etikettierungen bleiben am besten unter den Literaturwissenschaftlern! Sie nützen nämlich dem Leser fast gar nichts, sondern hindern ihn eher daran, aus Gotthelfs Werk Erkenntnis, Wissen, Vergnügen, Erbauung, Freude und

Humor zu schöpfen. Spöttisch schreibt Gotthelf einmal an den in Bern lehrenden Literaturwissenschaftler Ludwig Eckhardt, der ein Buch über ihn schreiben wollte: »Sie Gelehrte und andere Rezensenten amüsieren mich immer mächtig und zwar mit ihrem eminenten Scharfsinn, was kein Verstand der Verständigen sieht, das entdeckt in Einfalt ein gelehrt Gemüt. Ich las letzthin eine lange Rezension von R. Taillandier in der Revuc des deux mondes. Potz Hagel, was ich da für einen Respekt kriegte vor einem gewissen, mir ganz unbekannt gebliebenen Schweizer Jeremias Gotthelf. Ich nahm mir vor, nächstens mit ihm Bekanntschaft zu machen und ebenso mit seinen Büchern« (Erg.-Bd. 8,311).
Für ein angemessenes Verständnis des Gotthelfschen Werkes sollte man sich zweierlei vergegenwärtigen. Einmal, daß es in einer Zeit entstand, in der sich die Länder Mitteleuropas von Agrargesellschaften in Industriegesellschaften zu wandeln begannen, jene welthistorische Umwälzung also, die von Historikern als »industrielle Revolution« bezeichnet wird. Und zweitens, daß des Autors Lebenszeit von zwei Revolutionen, 1830 und 1848, und allem, was sie verursachte und was von ihnen ausging, geprägt wurde. Beide, die industrielle Revolution und die Revolutionen von 1830 und 1848, machen aus der Zeit Gotthelfs eine Epoche schneller Veränderungen und starker Erschütterungen. Eine alte Zeit und eine neue Zeit lagen miteinander im Kampf; von einer »guten alten Zeit« kann also keine Rede sein. Das Werk des größten sogenannten Bauerndichters der Weltliteratur entstand gerade in jenen Jahren, als der Untergang des alten Glaubens, der alten Wirtschafts-, Regierungs- und Lebensformen begann. Gotthelfs Werk ist eine Reaktion auf diese Übergänge, und meist enthält es beide Seiten.
Als Feind aller »Kommunisten, Sozialisten, Fourieristen und anderer Unchristen« (IX,217), als eifernder Verteidiger des alten Glaubens gegen moderne Theologen wie David Friedrich Strauss und Eduard Zeller, als Verteidiger der Familie gegen die sogenannte freie Liebe und als Darsteller

keuscher Mädchen und frommer Bauern steht Gotthelf im Geruch des Konservativen oder gar Reaktionärs – oder er genießt umgekehrt den Ruf eines Bewahrers guter alter Sitten. Man kann sich gut ausmalen, gegen was alles er heute wäre – vielleicht gegen alles –, wenn die Sache sich so einfach darstellte. Sie ist nämlich verwickelter, als es auf den ersten Blick scheint und als die Gotthelf-Rezeption verrät.
Als Dreiunddreißigjähriger begrüßte Gotthelf die Auswirkungen der Julirevolution auf die Schweiz, daß nämlich elf Kantone, darunter Bern, ihre aristokratische Regierungsform beendeten und vom Volk gewählte Regierungen einsetzten. Die Hauptfigur des *Bauernspiegels*, Jeremias Gotthelf – von ihm hat der Pfarrer Bitzius seinen Dichternamen –, kämpft als Schweizer Soldat in französischen Diensten auf Seiten des Königs, Karls X., in den Straßenkämpfen Ende Juli 1830 in Paris. Auf der falschen Seite, wie ihm sein Instinkt sagt, da er den »Volksgeist« nicht kennt, »der in gewissen Stunden über Millionen kommen kann« (I,248 ff.). In dieser Zeit war Gotthelf ein Liberaler, der die Fortschritte der bürgerlichen Revolution begrüßte, weil er an das Gute im Volk glaubte. Als sich von den Liberalen aber dann die Radikalen abspalteten, zog er nicht mit, sondern wurde in immer stärkerem Maße ein entschiedener Feind jeglicher radikalen Politik. (Zur Einschätzung der damaligen Radikalen vgl. Erich Gruner, *Die Parteien in der Schweiz*, Bern 1977, und Karl Marx' Bemerkung über die Schweizer Radikalen im *Kommunistischen Manifest*.)
Da nun aber den damaligen Radikalen, ihrer Politik und ihren Neuerungen, vorläufig die Zukunft zu gehören schien, erscheint, vom 19. Jahrhundert aus betrachtet, Gotthelf als ein Mann mit dem Rücken zur Zukunft. Der christliche, »altväterische« Glaube Gotthelfs und seine Vorstellungen vom rechten Leben mußten mit dem Glauben an die Wissenschaft, mit der Philosophie Feuerbachs, mit Materialismus und Sozialismus feindlich zusammenprallen. Gotthelf war zwar im Jahre 1841 selber einmal zwischen Basel und Mühl-

hausen auf einer Eisenbahn gefahren, aber das Eisenbahnunglück, das sich am 9. Mai 1842 zwischen Versailles und Paris ereignete, erfüllte ihn fast mit apokalyptischen Ängsten (XXIV,25 f.), und in *Jakobs Wanderungen* fragt er sich, »ob nicht die Eisenbahnen viel schuld seien an den Schwindeleien der Zeit« (IX,492). Die Eisenbahnen und die Textilindustrie waren zwei der Hauptantriebskräfte der Industrialisierung. Elisis Mann im *Uli*, eine negative Figur, ist Baumwollhändler.

Die Positionen und Gegenpositionen Gotthelfs, Alt und Neu, alter Glaube, alte Sitten und »entschiedener Fortschritt« – ein Schlachtruf der damaligen Radikalen – diese Gegensätze fordern dazu auf, so scheint es, eine eigene Position zu wählen, damals wie heute. Gotthelf selber hat diese Positionen in seinem Roman *Zeitgeist und Bernergeist* (1852), den er für seinen besten hielt, einander unversöhnlich gegenübergestellt, ähnlich übrigens – nur umgekehrt – wie sein Feind Strauss in seinem erfolgreichen Buch *Der alte und der neue Glaube* (1872): Gotthelf will den neuen, Strauss den alten Glauben widerlegen.

Wir sind Kinder unserer Zeit, wie Gotthelf ein Kind seiner Zeit war. Seit seinem Tod (1854) hat sich unsere ganze Welt in maßlosem Tempo verändert, wie es sich ein Mensch in der ersten Hälfte des 19. Jahrhunderts nicht einmal erträumen konnte. Ein Mensch, der nach zwei Weltkriegen, dem Faschismus, der Russischen und Chinesischen Revolution, im Zeitalter der Atombomben und Atomkraftwerke lebt, ist ein anderer Mensch und schaut ganz anders in die Welt als vor mehr als 125 Jahren. Und ein Leser, der Baudelaire, Zola, Kafka, Döblin, Brecht, Joyce, Dos Passos gelesen hat, ein Zeitgenosse moderner Kunst und moderner Musik, des Kinos und des Fernsehens, der großen Konzerne und des Welttourismus, wird Gotthelf auch anders lesen und sich anders zu ihm stellen als ein Mensch in der ersten Hälfte des 19. Jahrhunderts. Vom Nord-Süd-Konflikt aus gesehen, bekommt der *Anne Bäbi*-Roman auf einmal neue Bedeutung. Von der »Unwirtlichkeit unserer Städte« aus beurteilt, gewinnen Gotthelfs Ausfälle gegen das Stadtleben unerwartete Aktualität.

Man kann nämlich durchaus ein Kind und Zeitgenosse unserer Zeit sein und gleichzeitig Gotthelfs Werke angemessen schätzen und aus ihnen lernen. Angemessen, das bedeutet: beiden Zeiten gerecht. Die Zeitlosigkeit Gotthelfs liegt in seiner Geschichtlichkeit. Gotthelf hochschätzen, das heißt nicht: Gotthelfs Positionen einnehmen, seine Ansichten uneingeschränkt teilen. Der Bruch aber, den er zwischen Alt und Neu, Land und Stadt, altem Glauben und Naturwissenschaft erkannte und registrierte, geht auch noch durch unsere Zeit. Dieser Bruch ist sein Problem und unser Problem; die Verherrlichung des Landlebens, die er betrieben haben soll, ist demgegenüber zweitrangig. Wer heute diesen Bruch im Werk Gotthelfs, in seiner und in unserer Zeit anerkennt, gibt dem Dichter damit seine wirkliche Größe und Bedeutung; als Parteigenosse und Richtungsanhänger wird er freilich unbrauchbar.

Das zeigt sich vor allem dort, wo man es am wenigsten erwarten würde, nämlich in seinen politischen Romanen: dem *Herr Esau* (entstanden 1844, veröffentlicht 1922), *Jakobs, des Handwerksgesellen, Wanderungen durch die Schweiz* (1846/47) und *Zeitgeist und Bernergeist* (1852). Gotthelf bekämpft heftig und erbittert den »Zeitgeist«, er stellt ihn als Krankheit dar und will nichts Geringeres sein als der Arzt seiner Zeit (vgl. den Anfang von Kap. 21 in *Zeitgeist und Bernergeist*). Er bekämpft den »entschiedenen Fortschritt« und die Radikalen. Vom Standpunkt der Radikalen der Vierzigerjahre des letzten Jahrhunderts aus mag er daher als Reaktionär erschienen sein. Aber wir können heute wohl kaum mehr diesen einfachen Standpunkt einnehmen. Unser Rechts-Links-Schema mag zwar dem Schema Konservativ–Radikal des letzten Jahrhunderts entsprechen. Aber es ist völlig falsch, diese beiden Schemata mit der Antithese Zeitgeist – Bernergeist gleichzusetzen. Wer solche

Gleichsetzungen unternimmt, der degradiert einen großen Dichter zu einem Ideologen, der verdirbt lebendige Ideen zu Parteiengeschwätz.

Es ist deshalb notwendig, den politischen Schriftsteller Gotthelf von seinen zeitabhängigen und lokalbedingten Kampfpositionen zu lösen und ihn von einem höheren Standpunkt aus zu betrachten. Der Typus des von Gotthelf immer wieder dargestellten Radikalen – die Krankheit des »Zeitgeistes«, der blinde Glaube an etwas wie einen »entschiedenen Fortschritt« als Allheilmittel – ist grundsätzlich in jedem politischen Lager möglich. Schon 1831 schreibt Gotthelf an seinen Freund, den Bauern Joseph Burkhalter: »Unsere Radikalen besonders verursachten mir vor der Zeit meiner Weisheit, als ich noch meinte, alles müsse billig und vernünftig zugehen, den größten Ärger, und ich redete am meisten ihnen zu. Allein sie mahnen mich auffallend an religiöse Sektierer; sie allein haben den seligmachenden Glauben, wie sie meinen. Sie hassen, verfolgen alle, die ihn nicht teilen, meiden sorgfältig ihren Umgang, suchen Proselyten zu machen, setzen in einige Worte alles Heil, glauben durch einen unmittelbaren (ich mag nicht sagen heiligen) Geist erleuchtet zu sein und verachten Erfahrung und Wissenschaft usw. So sind sie, wenn sie es nur glauben wollten« (Erg.-Bd. 4,112).

Und über zwanzig Jahre später schreibt er im Vorwort zu *Zeitgeist und Bernergeist*: »Wer mit Liebe am Volke hängt, klar in dessen Leben sieht, der muß überall mit der radikalen Politik feindlich zusammentreffen, denn dieselbe ist eigentlich keine Politik, sondern eine eigene Lebens- und Weltanschauung, die alle Verhältnisse einfaßt, der ganzen Menschheit sich bemächtigen will. Durch eine eigentliche Sekte wird sie getragen, von Fanatismus, welcher den Sektierern eigen ist, werden ihre Anhänger getrieben. Ihre Parole ist Vorwärts, Fortschritt, ihr Feldgeschrei Freiheit. Wo war je bei einer Sekte Freiheit? Ist das Leugnen einer höhern Welt, das Wandeln im Fleische, das Beißen und Fressen untereinander Fortschritt, Vorwärts?« (XIII,9.)

Was Gotthelf im Brief »unsere Radikalen« und im Vorwort »radikale Politik« nennt, entpuppt sich, von heute aus gesehen, als ein grundmenschliches Problem. Es muß also möglich sein, das Allgemeingültige in Gotthelfs Werk von der Berner Lokalpolitik des letzten Jahrhunderts abzulösen. Dann erscheinen viele seiner Worte in unser Jahrhundert hineingesprochen: »Die Leute taumeln in einem schweren Rausche, und da ist nicht zuzusprechen, nicht abzuwehren, so wenig als besoffenen Nachtbuben« (Erg.-Bd. 6,333 f.).

Vom Knecht Uli

In den Romanen *Geld und Geist* (1843/44) und *Zeitgeist und Bernergeist* (1852) stellt Gotthelf zwei Emmentaler Bauernhöfe und ihre Familien einander gegenüber. In *Geld und Geist* tragen die Höfe sprechende Namen: Liebiwyl ist geprägt vom Geist und von der Liebe der Bäuerin Änneli, das Dorngrüt wird von einem Geizkragen und Weiberverächter, dem Dorngrütbauern, tyrannisch regiert. In *Zeitgeist und Bernergeist* sind es zwei ursprünglich reiche Höfe mit glücklichen Bewohnern, der Hunghafen (Honigtopf) und die Ankenballe (Butterballen). Der Hunghafen wird aber vom »Zeitgeist« wie von einer Krankheit befallen, er verwahrlost, die Bäuerin stirbt, und der Sohn kommt im Weinrausch ums Leben.

Auch *Uli der Knecht* (1841), obwohl komplizierter gebaut, spielt auf zwei Höfen. Fast genau bis zur Mitte des Romans lebt Uli auf dem Hof des Bodenbauern Johannes in Erdöpfelkofen. Im zweiten Teil ist er zunächst Meisterknecht und schließlich Pächter auf der Glungge in der Nähe von Üfligen. Wie in den beiden anderen Romanen herrscht auch auf den Höfen im *Uli* ein entgegengesetzter Geist. Der Bodenbauer ist ein frommer und kluger Mann, eine für Gotthelf in jeder

Hinsicht vorbildliche Gestalt. Neuerungen keineswegs abgeneigt (vgl. Kap. 6), ist er doch ein Bauer, der am guten Alten festhält. »Es war ihm an seiner eigenen Seele viel gelegen, darum an den Seelen anderer auch« (S. 12). Er hat Weisheit und Menschenkenntnis, und seine »angestammte Kaltblütigkeit« (S. 47) bewahrt ihn vor Einschüchterungen durch andere. Seinen nicht allzu großen Hof bewirtschaftet und regiert er mit seiner Familie und ein paar Knechten und Mägden ganz in seinem Geiste. Und dieser Bauer Johannes ist der eigentliche Erzieher und geistige Vater des Knechtes Uli und auch der Haupturheber seines Glücks.

Ganz anders geht es auf der Glungge zu. Die Glungge ist ein sehr großer Hof, der aber durch die Unfähigkeit des Bauern Joggeli und seiner Familie heruntergewirtschaftet wurde. Joggeli ist kein »Meister«, d. h., er ist nicht Herr im eigenen Hause, zu schwach, um den Ton anzugeben. Außerdem plagt ihn ein krankhaftes Mißtrauen, und drittens kokettiert er mit der modernen Zeit. Er hat nämlich seinem Sohn Johannes – auch er hat diesen Namen – ein Wirtshaus gekauft und seine Tochter Elisi in einem Pensionat in der französischen Schweiz erziehen lassen. Beide Kinder sind damit für die Landarbeit und den elterlichen Hof verloren, beide sind sich dafür zu gut, zu »vornehm«. Johannes, der Wirt, hat die modebeflissene Trinette zur Frau, das arbeitsscheue Elisi heiratet einen modernen Windbeutel, den Baumwollhändler. Es ist nur eine Kleinigkeit, aber sie ist bedeutsam: daß Johannes und Elisi französische Brocken in ihre Sprache mischen. Das Französische ist für Gotthelf das Fremde, das Städtische, das Moderne, auch das politisch Radikale. Die »jüngeren Weiber« in *Zeitgeist und Bernergeist*, die auch Eugène Sues *Geheimnisse von Paris* lesen, »redeten manchmal etwas wie Französisch« (XIII,247). Übrigens schickte Gotthelf trotzdem seine beiden Töchter Henriette und Cécile in Neuenburgische Pensionate und seinen Sohn Albert zum Studium nach Lausanne, zum »weltsch lernen« (Erg.-Bd. 9,98), wie er an Fröhlich schreibt.

Obwohl es nicht so einfach antithetisch ist wie in *Geld und Geist* und *Zeitgeist und Bernergeist* – auch der *Uli* spiegelt in zwei großen Berner Einzelhöfen eine Art Epochengegensatz wider. In *Geld und Geist* ist dieser Gegensatz unpolitisch: es stehen sich Liebe und Materialismus, Geist und Geld, Matriarchat und Patriarchat gegenüber. *Zeitgeist und Bernergeist* dagegen ist eine politische Kampfschrift, die am »Zeitgeist« in keiner Hinsicht auch nur ein einziges gutes Haar läßt. Das Buch brachte Gotthelf in den Ruf eines Reaktionärs und kostete ihn die Gunst seiner deutschen Leser. Der *Uli* ist deshalb komplizierter, weil die Titelfigur in der Mitte des Romans vom altväterischen Hof in den dekadenten hinüberwechselt und ihn schließlich als Pächter übernimmt.

Mit dem Knecht Uli kommt nämlich ein drittes Moment zwischen diese Gegensätze, das man Ulis sozialen Aufstieg nennen könnte. Mit der Erziehung, den Lehren und den Ratschlägen des Bodenbauern übernimmt Uli die Glungge und macht damit sein Glück. Der volle Titel des Buches lautet ja *Wie Uli der Knecht glücklich wird*. Dieses Glück aber entsteht in einer Auseinandersetzung zwischen Alt und Neu. Am Schluß ist die Glungge wieder ein lebensfähiger Hof.

Der Aufstieg Ulis zum Pächter spiegelt, obwohl ein Einzelfall, epochale soziale Umschichtungsprozesse wider. In Agrargesellschaften sind die sozialen Aufstiegsmöglichkeiten äußerst gering. Daß der Tüchtige, Anständige und Fleißige sein Glück selber machen könne, das ist ein Glaube der bürgerlichen Revolution, des Liberalismus und des industriellen Zeitalters. Uli ist ein Emporkömmling, der aus dem Nichts stammt: er ist Waise, von seiner Herkunft und Jugend erfährt der Leser so gut wie nichts (die Namen der Eltern S. 140). Nachdem ihm der Bodenbauer die Schädlichkeit und Aufwendigkeit alkoholischer und sexueller Ausschweifungen klargemacht hat, beginnen sich in Uli Wünsche nach einem Hof, nach Geld und Grundbesitz zu regen.

Dieser Wünsche wegen wäre er sogar zu einer Ehe mit Hubechbure Käthi (Kap. 10) oder dem Elisi von der Glungge bereit, zu einer Einheirat also. Seine Angst ist, »immer und ewig nur Knecht« (S. 290) zu bleiben. Vreneli, seine spätere Frau, scheint auch aus dem Nichts zu kommen. Sie hält sich für »eine arme Waise und verstoßen von Jugend auf« (S. 340 und Anm.). Darin, daß sie sich selber das meiste verdanken müssen, ihren eigenen Tugenden und Kräften, sind sich Vreneli und Uli gleich. Erst am Schluß des zweiten Uli-Romans, *Uli der Pächter*, erfährt Vreneli – und damit erfährt es der Leser –, Uli soll es auf Vrenelis Wunsch erst später erfahren (XI,442), daß sie die uneheliche Tochter des Hagelhans ist. Hagelhans ist ein alter Bauernaristokrat, er hat sogar die Dimension eines Bauernkönigs oder Bauerngottes.

Der Aufstieg Ulis zum Pächter wird also aus verschiedenen Gründen möglich: weil Uli die Lehren des altväterischen Bodenbauern annimmt, weil die an der neuen Zeit orientierte und verunsicherte Familie Joggelis die Glungge selber nicht mehr bewirtschaften kann, weil Uli in Vreneli eine Aristokratentochter zur Seite steht, die sein zeitweilig parvenuhaftes Verhalten ausgleicht, und schließlich, weil der steinreiche Hagelhans im letzten Moment die schwer verschuldete Glungge ersteigert und sie seiner Tochter und seinem Schwiegersohn weiterhin überläßt (*Pächter*, Kap. 25–28). »Es naht der festgesetzte Zeitpunkt«, verrät der Dichter auf der letzten Seite des *Pächters*, »wo Hagelhans sagen will, wer er ist, wo Uli aus einem wohlhabenden Pächter ein reicher Bauer werden soll« (XI,444). Einen dritten Teil des *Uli* hat Gotthelf geplant, aber nicht mehr geschrieben (vgl. Erg.-Bd. 9, S. 50, 65, 261).

Zeigt nicht, wenn auch in bäuerlichem Gewande, dieser Aufstieg Ulis zum Pächter symbolisch den Aufstieg des liberalen Bürgertums? Sind nicht Ulis und Vrenelis Tugenden bürgerliche Tugenden? Im *Knecht* führen diese Tugenden ins Glück, im *Pächter* erwachsen aus diesen selben

Tugenden Gefahren für Glück und Seelenheil. Auch dies sind epochale Probleme, und man tut Gotthelf Unrecht, wenn man ihn mit Berthold Auerbach und seinen *Dorfgeschichten* vergleicht. Als individueller Lebensweg ist Ulis Aufstieg ein Ausnahmefall. Von Vreneli schreibt Gotthelf im *Pächter*: »Es hatte gesehen nach denen, welche über ihm stunden, und nicht mit den Millionen sich verglichen, welche die untern Stufen der menschlichen Gesellschaft füllen. [...] Da schämte sich Vreneli bitterlich bis zum Weinen« (XI,239). Und gerade im *Pächter* appelliert Gotthelf an die christliche Demut und Milde der »Emporkömmlinge« (XI,429). An solchen Stellen stößt die Lebensauffassung des bürgerlichen Liberalismus an eine Grenze. Was soll mit diesen Millionen geschehen, »welche die untern Stufen der menschlichen Gesellschaft füllen« und keinen Aufstieg erleben? Im Jahre 1848, als Gotthelf am *Pächter* arbeitete, gab Karl Marx das *Kommunistische Manifest* heraus.
Das Vorwort zum *Pächter* beginnt Gotthelf mit den Sätzen: »Der erste Teil dieses Buches enthielt die Geschichte eines Knechtes, welcher durch Treue aus einem Knechte zum Meister wurde. Dieser zweite Teil enthält die Geschichte eines Meisters, welcher in den Banden der Welt lag, und welchen der Geist wirklich frei machte. Der erste Teil war den einen zu weltlich« (XI,445). Am 18. Februar 1849 schreibt Gotthelf an Fröhlich: »Der Pächter hat freilich nicht das Kolorit wie der Knecht, aber er scheint mir sich zu demselben zu verhalten wie zum Jüngling der Mann« (Erg.-Bd. 7,190). Es gibt aber noch eine dritte Beziehung zwischen den beiden Romanen. Der *Knecht* wurde als »Gabe für Dienstboten und Meisterleute« in Gotthelfs nächster Umgebung geschrieben und erschien in einem Schweizer Verlag. Er ist noch voll von Dialekt. Der *Pächter* wurde für den Verlag von Julius Springer in Berlin geschrieben, mit dem der Dichter seit 1845 zusammenarbeitete. Es ist ein Schritt über den alemannischen Sprachraum hinaus. Der *Pächter* hat fast keine Dialektstellen mehr. Der Aufstieg des Knechts

und sein irdisches Glück sind progressiv und erschienen »den einen zu weltlich«. Im *Pächter* brechen archaische Mächte über den Emporkömmling herein, ein Gewitter, das seine Ernte vernichtet.

Es bleibt aber dabei, daß Gotthelf seinen Uli hier auf Erden sein Glück machen läßt, ganz entgegen der weitverbreiteten Vorstellung, das Christentum transponiere die Erfüllung rein ins Jenseits. Im selben Jahr, als Gotthelf *Geld und Geist* schrieb, ließ der gleichaltrige Heine in *Deutschland. Ein Wintermärchen* ein Harfenmädchen singen:

> Sie sang vom irdischen Jammertal,
> Von Freuden, die bald zerronnen,
> Vom Jenseits, wo die Seele schwelgt
> Verklärt in ewgen Wonnen.
>
> Sie sang das alte Entsagungslied,
> Das Eiapopeia vom Himmel,
> Womit man einlullt, wenn es greint,
> Das Volk, den großen Lümmel.
>
> (Caput I)

Ganz anders Gotthelf: er ist umfassender, verbindet Alt und Neu, er kann sich irdisches Glück und himmlische Seligkeit nicht getrennt voneinander vorstellen (s. Anm. zu S. 387), so wie für ihn die ewigen Wahrheiten der Bibel und die sich wandelnde Geschichte untrennbar zusammengehören. Beide, das Buch der Bibel und das Buch der Geschichte, müssen sich ergänzen, wer nur in einem lesen kann, ist »nur halbwitzig«, aber »wo der Mensch mit beiden Augen in beide Bücher sieht, da nahen sich Himmel und Erde« (VI,63 f.).

Eine Art rettender Gott, Deus ex machina, ist dann schließlich der Hagelhans. Ein unchristlicher Gott freilich, denn er hat sich zeitlebens aufgeführt wie ein Räuberhauptmann. Mit den frommen Bauern Gotthelfs hat er nichts zu tun, er geht nie in eine Kirche, und Mensch und Tier fürchten sich vor ihm. »Hagelhans war ein Bauer, groß von Statur und reich an Geld, hatte Knochen wie ein Ochs, ein Gesicht wie ein Löwe und Augen wie eine Katze, wenn weder Sonne, Mond noch Sterne am Himmel stehen. Lieb war er, soweit man wußte, niemandem, kam er in einen Stall, so schlotterte das Vieh, sah ihn ein armer Mann auf der Straße, so floh er über alle Zäune weg, kam er in ein Wirtshaus, so floh das Stubenmädchen auf den Estrich und rief den Wirt, als täte es am Messer stecken; einen Hund hatte er, groß wie ein vierteljährig Kalb, der begleitete ihn Tritt für Tritt, und Tauben trippelten furchtlos um seine Füße« (*Pächter*, XI,95). Wo kommen diese Tauben her?

Dreimal wird mitgeteilt, die Stimme dieses Mannes, der »wie ein alter Riese« (XI,97), »wie ein alter Edelmann« (XI,98) oder »wie ein aus einem Hünengrabe erstandener Recke« (XI,415) oder »fast wie ein alter Turm aus der Römerzeit« (XI,412) aussieht, klinge »wie dumpfer Donner« (XI,96, 415, 435). »Hagelhans war Hagelhans« (XI,99), denn er »hatte eine eigene Freude daran gehabt, den lieben Gott zu machen und zu züchtigen und zu plagen mit grober Hand, wen er für schlecht hielt oder wer ihm sonst nicht gefiel« (XI,415 f.). Der Hof des Riesen heißt Blitzloch und gleicht einem verwunschenen Schloß: »Ungewöhnlich groß war das Haus, und still wie das Grab lag es da, kein Leben schien dasselbe zu bergen, wenn nicht Tauben es rings umflattert hätten. Tauben saßen auf dem Dache an der Sonne, Tauben standen auf dem Brunnen und nippten den köstlichen, süßen Trank, Tauben beinelten rund ums Haus« (XI,97).

Gottvater kann dieser unheilige Riese mit seinem unrasierten »Löwengesicht« (XI,95) kaum sein, trotz der Tauben des Geistes und des Friedens. Ist es vielleicht Saturn, der alte Bauerngott? Oder der Erdgeist? Ich will es aus Respekt vor ihm nicht weiter untersuchen. Dieser Uralte, der »geschieden von der Welt« (XI,98) lebt, der Vater Vrenelis, kauft die Glungge. Das genügt ihm aber nicht. Es ergreift ihn »der seltsame Baugeist« (XI,414), er will die Glungge abreißen lassen und einen neuen Hof bauen. Vreneli, die einzige, die dem Alten zu widersprechen wagt, kann mit Mühe wenigstens noch einige Frist gewinnen. Aber »wenn Hagelhans was anfängt, so fährt er bis ans Ende, halbwegs bleibt er nicht« (XI,414), sagt er von sich in der dritten Person. Der Uralte will das Neue bauen.

Volksschriftsteller

Der Volksschriftsteller ist ein Kenner des Volkes und ein Volksfreund. »Neben dem Humor muß aber die heilige Liebe zum Volke wohnen«, sagt Gotthelf in dem oben zitierten Brief an Gersdorf (Erg.-Bd. 5,334). »Dem Volke würde ein Spiegel erblinden, eine ihm zugängliche Quelle, aus welcher es Erkenntnis und Kraft schöpfen soll, vertrocknen« (Erg.-Bd. 1,9), wenn der Volksschriftsteller nicht mehr schriebe. Gotthelf will nicht dem Volk zurufen: »Du edles Volk, du herrlich Volk, du, du, du«, sondern er schleudert ihm die Worte des Jesaja entgegen: »O Volk, du bist eine Eiterbeule, und vom Kopf bis zum Fuß ist nichts Gesundes an dir, deine Gerechtigkeit ist ein unflätig Kleid, und deine Feste hasse ich und deine Neumonde, du bist abgewichen, und abgöttisch ist dein Herz geworden, ob dir hängen Strafgerichte, und besserst du dich nicht, so brechen sie ein über dich« (Erg.-Bd. 1,283).

Der Volksschriftsteller schreibt aber auch über die Herren des Volkes. »Alles, was ins Volksleben hineinscheint«, so an Gersdorf, »muß in Volksschriften vorkommen: Pfarrer, Arzt, Lehrer, Regent etc., und zwar nicht bloß gerühmt, denn das wäre unwahr, sondern wie sie eben sind und nicht sein sollten. Das Volk ärgert sich an nichts mehr, als wenn es immer und immer als einzig zu heilendes Glied dargestellt wird, die Repräsentanten der andern Stände aber ihm zum Muster gegeben werden als Tugendbilder. Das Volk fühlt dieses Unrecht scharf und verliert das Zutrauen zum Buch und zum Schriftsteller« (Erg.-Bd. 5,334). Das eigentliche Thema des Volksschriftstellers ist also das Verhältnis von Herr und Knecht. Deshalb nennt Brecht sein Stück *Herr Puntila und sein Knecht Matti* ein »Volksstück«, und in diesem Zusammenhang müßten auch Raimund, Nestroy und Horvath betrachtet werden. Das Schützenfest in Chur im ersten Band von Gotthelfs *Herr Esau* steht dem Münchner Oktoberfest in Horvaths *Kasimir und Karoline* näher als dem Schützenfest in Aarau, das Gottfried Keller im *Fähnlein der sieben Aufrechten* beschreibt. So steht Gotthelf auch Büchner, Brecht und Horvath näher als etwa Keller oder Stifter. Der *Woyzeck* und der *Bauernspiegel* stammen beide aus dem Jahre 1837.

Die beiden *Uli*-Romane erzählen den Weg eines Knechts, der zum Herrn wird. Aber Uli ist ein Einzelfall, und er hatte im Bodenbauern einen Herrn, der diesen Aufstieg selber förderte und dessen Lehren sich in Glück verwandelten. »[...] denn so, wie man untreu sei gegen den Meister, sei man auch untreu an sich« (S. 27), so der Bodenbauer, die Lehren des Pfarrers weitergebend. »In dem Maße, als sie dem Meister treu wären, wären sie es auch an ihnen, und wie der Meister an ihnen gewönne, gewönnen sie selbst auch. Sie sollten ja nie meinen, daß nur der Meister Nutzen zöge aus ihrem Fleiß; sie gewönnen wenigstens ebensoviel dabei« (S. 29). Bei einem Herrn wie Johannes und einem Knecht wie Uli gilt dann auch: »die Welt stehe ihm offen [...] so könntest du einen von den brävsten Burschen abgeben und es einst haben, wie du nur wolltest« (S. 30).

Im Geiste des Liberalismus sucht Gotthelf nach individuellen Lösungen. Jene Millionen, »welche die untern Stufen der menschlichen Gesellschaft füllen« (*Pächter*, XI,239), bleiben noch drohend im Hintergrund. Ihnen gegenüber gibt es bei Gotthelf nur die »echt christliche Bruderpflicht« (XVI,92) der Nächstenliebe und Mildtätigkeit. Für Brecht und Horvath, die das »Volk« der Industriegesellschaften, die Arbeiter und Angestellten, im Blick haben, genügt diese Lösung nicht mehr. Aber selbst ein so altmodisch und nutzlos erscheinender Vorschlag: Da es immer Arme geben werde, müsse man die Armen an das Ertragen der Armut gewöhnen – Gotthelf trägt dies 1840 in seiner *Armennot* vor –, ist, global betrachtet, auch in unserem Jahrhundert noch bedenkenswert.

Bedenkenswert, weil dieser Gedanke nicht beruhigen kann und jegliches Heile-Welt-Gefühl stört. Eine Lösung ist dies natürlich nicht, weder damals noch heute. Ein Problem, Mißstände, Übel und Gefahren, von denen alle betroffen sind oder betroffen werden können – Hunger, Atombomben, Arbeitslosigkeit, Dunkelheit und Kälte der Welt –, werden nicht dadurch behoben, daß ein Einziger davonkommt und sein Glück macht. Trotzdem können Änderungen bei Einzelnen anfangen. Für allgemeine Wahrheiten kann man kaum persönlich einstehen. Ethische Anstöße und Initiativen müssen von Einzelnen kommen, und von solchen Einzelnen – und ihren Widersachern und Widerständen – erzählen die Novellen und Romane Gotthelfs.

Inhalt